Jogando para Amar

BECKA MACK

Jogando para Amar

SÉRIE JOGANDO PARA VENCER – 3

São Paulo
2025

Grupo Editorial
UNIVERSO DOS LIVROS

Unravel me - Playing for keeps 3

Diretor-geral
Alessandro Gerardi

Gerente editorial
Marcia Batista

Produção editorial
Letícia Nakamura
Raquel F. Abranches
Victoria Viana

Tradução
Cynthia Costa

Preparação
Aline Graça

Revisão
Paula Craveiro
Márcia Leme

Ilustração de capa
Bilohh

Arte
Barbara Garoli
Renato Klisman

Diagramação
Nadine Christine

Dados Internacionais de Catalogação na Publicação (CIP)
Angélica Ilacqua CRB-8/7057

M141j

Mack, Becka
Jogando para amar / Becka Mack ; tradução de Cynthia Costa.
-- São Paulo : Universo dos Livros, 2025.
448 p. (Série Jogando para vencer)

ISBN 978-65-5609-819-7
Título original: *Unravel me*

1. Ficção canadense
I. Título II. Costa, Cynthia III. Série

24-4968 CDD C813

Índices para catálogo sistemático:
1. Ficção canadense

Universo dos Livros Editora Ltda.
Avenida Ordem e Progresso, 157 — 8º andar — Conj. 803
CEP 01141-030 — Barra Funda — São Paulo/SP
Telefone: (11) 3392-3336
www.universodoslivros.com.br
e-mail: editor@universodoslivros.com.br

Para Nicole,
Só há uma mulher que pode, com orgulho,
se chamar de senhora Lockwood, e essa mulher é você.
Obrigada por estar aqui desde o primeiro dia.
Amo você × 1 000 000.

E, para Fielding, nosso lindo garotão que pensava ser um
cachorrinho de colo, não um *bernese* de sessenta quilos.
Ainda sentimos você por perto. Descanse no paraíso, amigão.

Este livro contém referências emocionais à morte passada dos pais e ao luto decorrente, além de breves discussões sobre adoção, retratos de negligência infantil (não praticada pelos personagens principais) e a morte de um animal (com descrições mínimas, relacionadas ao treinamento da personagem como estudante de veterinária; não é o animal de estimação da protagonista). Se você é sensível a esses temas, utilize estas informações para decidir se deseja ou não continuar com a leitura desta história.

1
O DEMÔNIO SURGIU

ADAM

"QUE CAGADA."

Enterro essas palavras no meu travesseiro, em que, juro, não há nenhuma poça de baba. Minha cabeça está latejando, e fecho os olhos com força para evitar a luz do sol que atravessa como laser a janela do meu quarto.

A cagada em questão é o motivo da dor de cabeça que tortura meu crânio neste momento: a quantidade de álcool que consumi ontem à noite com Carter.

Maldito Carter. Motivo por trás de noventa e nove por cento das minhas cagadas, sobretudo aquelas movidas a álcool.

Vejo, então, o vídeo muito comentado no nosso grupo de bate-papo de hóquei, o Marias-Patins, quando enfim consigo encontrar meu celular. E o que aparece no vídeo? Eu, de cabeça para baixo, segurando um barril de cerveja enquanto meus companheiros de equipe, Emmett e Garrett, me seguram pelas pernas e Jaxon filma tudo. Carter, claro, está segurando o barril na minha boca, falando merda para eu não parar de beber. E quem são as Marias-Patins? Nós, obviamente.

Garrett: ainda dormindo, Woody?

Woody — que significa madeira, pau — é uma versão abreviada do meu sobrenome, Lockwood. E também porque os caras me flagraram me masturbando em um quarto de hotel. Não morro de orgulho disso e eles não esquecem de jeito nenhum. Mas, ei, eu estava a dois mil quilômetros de distância da minha namorada e só tinha dezenove anos. Só queria algum alívio.

Carter: dormindo pra curar a ressaca como um bebezinho, que nem minha filha

Chega uma foto de sua neném de cinco meses, a Ireland, tão doce quanto o pai é irritante.

Carter: até a Ollie tá acordada, e ela bebeu uns 5 litros. Recomponha-se, cara!

Ok, isso não é justo. Sua esposa, Olivia, é campeã quando se trata de encher a cara, e ela tem quase o mesmo tamanho do *puppuccino* que peço para o meu cachorro na Starbucks. Além disso, mereço desabafar. Meus amigos estão todos se estabelecendo em relacionamentos sérios, exceto Jaxon; nós dois não estamos nem perto disso. Ele vai a diversos encontros por mês para transar; eu vou a diversos encontros e volto para casa sozinho, decepcionado e cansado de procurar por algo que talvez nem exista. Não para mim, pelo visto.

Emmett: Estão a fim de patinar agora de manhã?
Garrett: daqui a 30 min? Jennie e eu estamos prestes a nos divertir.
Carter: vá. se. foder.
Garrett: Prefiro foder sua irmã.
Carter: vou te matar
Emmett: Papai??? É aqui que você intervém.

Eu sou o "papai" e meu trabalho não oficial é manter Carter e Garrett sob controle para que não se ataquem. Carter ainda está se acostumando ao fato de um de seus melhores amigos namorar sua irmã caçula, e Garrett, por sua vez, se tornou um pouco hostil, sempre jogando na cara de Carter que está transando com Jennie. É superdivertido ver alguém irritar Carter tanto quanto ele nos irrita, mas hoje não estou fisicamente capaz de mantê-los vivos.

Eu: vou deixar a seleção natural seguir seu curso hj.
Garrett: O Q? Vai deixar Carter me pegar?
Jaxon: Não sei se consigo. Acho q machuquei a virilha. Ursinho Garrett, descanse em paz.
Emmett: Fazendo o q?
Jaxon: *emoji de sorriso* vc qr dizer com quem

Gemendo, transporto as pernas para a beirada da cama e me sento. Todo o sangue parece ir para a minha cabeça e pressiono os dedos na dor latejante em minhas têmporas antes de digitar a próxima mensagem, que é mais um pedido de socorro do que qualquer outra coisa. Simplesmente não consigo funcionar sem comer o suficiente para alimentar uma família de quatro pessoas.

Eu: Merda. Big Macs, por favor.

Os caras estão ansiosos para se meter na patinação e para irmos ao McDonald's, então ligo o chuveiro para lavar o que posso dessa ressaca antes de afogar o restante em hambúrgueres gordurosos e batatas fritas bem salgadas.

Meu pau se ergue, balançando contra o meu umbigo, implorando para que eu cuide da ereção matinal. Entro na água morna e envolvo meu punho em volta dele, com a outra mão espalmada contra a parede de mármore. Baixo a cabeça e gemo.

Tenho fodido minha mão por tanto tempo que nem lembro como é estar dentro de uma mulher. E, sendo sincero? Estou cansado. Não é do sexo que sinto falta, mas da conexão. Minha namorada era meu mundo inteiro, acima do hóquei, acima de tudo.

E, em um segundo, ela destruiu meu mundo.

Roubou pedaços de mim e os esmagou com seu salto alto.

Não sinto falta dela. Sinto falta do amor que já existiu, do corpo que eu abraçava contra o meu todas as noites, do jeito como meu coração disparava toda vez que ela sorria para mim. Sinto falta do jeito que ela me amava antes do...

Pare.

Ela parou de me amar, e agora não sei se algum dia encontrarei alguém que me ame por quem eu sou de fato.

Não o Adam Lockwood, o goleiro famoso. Não o menino de ouro da Liga Nacional de Hóquei, o ingresso para uma vida de luxo, eventos chiques, casas de praia e nem mais um dia de trabalho na vida.

Apenas... Eu.

Afasto os pensamentos quando percebo que meu pau ficou mole. Rindo, pego o sabonete e me ensaboo. Nada mata uma ereção mais rápido do que pensar em Courtney.

Quando saio do chuveiro, percebo que meu cachorro, Bear, não está no meu quarto. Em geral, ele fica no meu pé, com seus sessenta quilos, e gosta quando estou de ressaca porque fico ainda mais dengoso. Meu celular diz que já passa das 10h, então o coitado deve estar dando o seu melhor em matéria de atuação, fingindo-se de morto ao lado de sua tigela na cozinha.

Visto uma cueca bóxer e corro escada abaixo, sem parar ao som de pratos batendo na cozinha. É normal acordar com alguns companheiros de equipe ainda por perto na manhã seguinte a uma festa, mas não espero a loira de pernas longas andando pelo corredor, bem na minha direção. Ela termina de aplicar seu *gloss* rosa enquanto seus olhos percorrem meu corpo, parado ali quase nu.

— Obrigada pela diversão, lindo.

Com a mão no meu torso, ela dá um beijo demorado na minha bochecha, fazendo-a esquentar.

— Er... — Passo a mão pelos meus cachos desgrenhados. — Não sei quem você... Que... diversão?

— Toda ela.

A moça pisca ao calçar um par de saltos vermelhos e sai, me deixando bastante confuso.

Nós...?

Não, porque eu nunca faria isso. Certo? E, se fizesse, eu me lembraria. Sexo com uma estranha? Não eu, não em meu perfeito juízo.

A menos que eu não estivesse em meu perfeito juízo.

Balanço a cabeça, suspirando quando avisto Bear na cozinha.

— Aí está você, amigão.

Olhos cor de chocolate se voltam para mim com ar de desdém.

Ajoelhando-me, passo os dedos por seu pelo grosso e escuro.

— Eu sei. Me perdoe. Eu não queria ter te trancado para fora do quarto, e agora estou atrasado para o café da manhã. Bebi demais ontem à noite. Você me perdoa?

Ele bufa, lambe meu nariz e volta a me encarar.

Só que não é bem para mim que ele está olhando.

Acompanhando seu olhar por cima do meu ombro, meu coração para nas pernas nuas ao pé do meu fogão. Sigo os longos membros para cima, até chegar à minha camiseta, dos Vipers, que mal cobre sua bunda. Mais para cima, vejo o cabelo ruivo caindo por suas costas conforme ela *cozinha* no *meu fogão*.

— Ele está super mal-humorado hoje. — Uma voz alegre soa ao adicionar bacon à frigideira quente. — Dei o café da manhã há uma hora, mas ele nem tocou. Só fica me encarando.

Levantando-me devagar, olho para as costas da ruiva, esperando que ela... não sei... entre em combustão? Meus punhos se cerram, o sangue troveja em meus ouvidos. Bear se levanta a meu lado, com um rosnado baixo retumbando em seu peito.

— Lá vai ele de novo com esse rosnado. Você está mimando demais esse cachorro, Adam. Sempre mimou.

— Saia da minha casa, porra.

Minha ex-namorada vira-se para mim com seus olhos azuis condescendentes, acompanhados de um beicinho pelo qual eu costumava desmoronar.

— Isso é jeito de falar comigo, querido? — Ela se aproxima, as pontas dos dedos deslizando pelo meu peito antes de pegar minha nuca. — Um dia esta casa também foi minha.

— Sim, e daí você transou com outro na minha cama.

Tive de comprar um colchão novo, e Carter me convenceu a adquirir o modelo escandalosamente caro em que durmo agora. Até que saí na vantagem, considerando a situação.

Ela passa um braço em volta do meu pescoço, dirigindo-me aqueles grandes olhos azuis que eu amava.

— Se você tivesse prestado mais atenção em mim, eu não teria procurado em outro lugar. Mas estou disposta a superar, se você quiser. — Seu lábio inferior desliza entre os dentes. — Você bem que pareceu disposto ontem à noite, quando me deixou entrar.

Eu a deixei entrar? Bêbado ou sóbrio, não há a mínima chance de eu ter deixado essa diaba entrar na minha casa.

Reviso as memórias da noite passada conforme arranco seu braço de cima de mim, mas não consigo me lembrar de nada.

— Não deixei você entrar.

— Então como vim parar aqui, Adam? Por que estou com a sua camiseta, preparando café da manhã na sua cozinha?

— Não sei. Bruxas têm superpoderes, ouvi dizer.

Passando por ela com a mandíbula cerrada, desligo o fogão e tiro a panela do fogo.

Esta não é mais a garota tímida cuja mão estava úmida quando a segurei no nosso primeiro encontro. Não é a mulher a quem dei minha virgindade aos dezessete anos. Não é a parceira com quem construí sonhos, planejei minha vida.

Mãos macias deslizam lentamente pelas minhas costas e fecho os olhos quando ela envolve os braços em torno da minha cintura, aproximando-se.

— Estou com saudades — sussurra Courtney. — Por favor, Adam... Podemos ser felizes de novo.

Lábios quentes tocam meu ombro e, por um momento, me entrego à conexão.

Quero *algo*. Quero me sentir desejado. Apreciado. *Amado.*

Não, não é que eu apenas queira. *Anseio* por tudo isso.

E ela não pode me dar nada.

— Eu mereço mais. — Virando-me, arranco seus braços de cima de mim e seguro seu queixo em minha mão, forçando seus olhos a encararem os meus, certificando-me de que ela ouvirá as minhas palavras. Esta será a última vez que falarei. — Mereço mais do que você pode me dar, Courtney. Mereço mais.

E vou encontrar.

Seus olhos arregalam-se, brilhantes. Ela balança a cabeça.

— Não. Adam, não.

— Sim. Não sobrou nada. Vá embora e não volte nunca mais.

Dou um passo à frente, empurrando-a pelo corredor, até que suas costas batem na minha porta da frente.

Sua expressão contém toda a traição de uma mestra em manipulações.

— Como você pode jogar fora tudo o que tínhamos? Eu te dei tanto tempo para superar o que aconteceu, Adam. Por que não consegue superar?

Alguém supera chegar em casa e encontrar a namorada transando com outro cara, enquanto o anel de noivado que ele planejou dar a ela está escondido na gaveta de cuecas?

Abro o armário, onde encontro sua bolsa e sapatos bem guardados, como se ela já tivesse decidido ficar. Coloco-os nas mãos dela e olho para a camiseta que ela está vestindo. Não quero nem saber onde ela a encontrou.

— Me entregue a porra da camiseta e vá embora.

Seu olhar se escurece e ela arranca a camiseta pela cabeça, jogando-a nos meus pés.

— Jesus Cristo — murmuro vendo-a diante de mim completamente nua.

— É melhor dar uma boa olhada — Courtney retruca, tirando um vestido de dentro da bolsa. Ela o coloca pela cabeça antes de colocar a calcinha. — Será a última vez que verá este corpo.

— Assim espero.

Ela suspira e dá um tapinha em minha bochecha.

Abro a porta da frente.

— Saia.

Bear late a meu lado, como se concordasse comigo, e fazendo Courtney pular de susto.

Ela pisa na varanda e abre a boca, mas, antes que ela possa falar, bato a porta em sua cara.

Bear cutuca minha coxa com o focinho molhado. Ele sorri para mim, a língua para fora da boca, e caio na risada.

— Também pensei que fosse um pesadelo — digo a ele, coçando suas orelhas e voltando para a cozinha. — De que outra forma Voldemort apareceria aqui?

Bear late, saltitando para devorar seu café da manhã enquanto examino o desastre diante de mim. Até que o interior da casa não está tão ruim, mas me encolho ao ver o quintal. Unicórnios flutuantes enchem minha piscina e, entre eles, dois pênis infláveis gigantes com os quais Carter e Emmett estavam brincando de luta de espadas em certo momento. *Muito obrigado, Kara, por trazer essas decorações.* Copos vermelhos estão espalhados pelo quintal, alguns biquínis largados, embora eu não me lembre de uma única garota nua na minha piscina ontem à noite. Na verdade, Jaxon é o único que ameaçou tirar o calção.

A limpeza é o último item na lista de coisas que quero fazer agora. Estou desesperado por um Big Mac, ou cinco, então vou para cima me vestir, esquecendo a bagunça.

A porta de um dos quartos se abre e Jaxon sai, colocando uma camisa. Ele sorri, passando os dedos pelos cabelos antes de escondê-los sob um boné.

— Pra onde você foi ontem à noite?

— Hein? Pra onde eu fui?

— Você sumiu da face da Terra, amigão. Imaginei que tivesse ido dormir. Você não lembra? Aqueles barris de cerveja foderam com você, hein?

Esfrego as têmporas.

— Eu não bebia de ponta-cabeça num barril desde o ensino médio.

— E ainda assim deixou Carter convencer você a beber três barris!

Deixo Carter me convencer a fazer muitas coisas quando estou bebendo, porque ele tem um jeitinho que faz a maioria das ideias parecerem geniais. Excluindo ontem à noite, obviamente, porque ainda estou tentando descobrir como e quando Courtney entrou aqui.

— Ei, você viu uma ruiva aqui ontem à noite?

Jaxon só entrou para o nosso time no ano passado, então não teve o desprazer de conhecer Courtney. Também é o único outro solteiro no nosso grupo, então, se alguém ficou por aqui tempo suficiente ontem à noite para notá-la, essa pessoa foi ele.

— Ruiva? É o diabo a quem estava se referindo ontem à noite?

— O… O quê?

Ele dá de ombros.

— É, estávamos na piscina com algumas garotas depois que Carter, Garrett e Emmett foram embora, e uma nova leva de pessoas apareceu. De repente, você arregalou os olhos e soltou: "Puta merda. O demônio surgiu". Então pulou para fora da piscina, dizendo "Nunca estive aqui", e saiu correndo como se sua bunda estivesse pegando fogo.

Merda. Ok, então ela estava mesmo aqui. Estremeço ao pensar nisso, mas pelo menos tenho certeza de que nunca mais a tocarei, não importa o que ela insinue. Mas e a loira de antes? Aquela que me agradeceu pela, hum… *diversão*. Ela estava falando sobre a festa ou…?

— Você não, hum, viu… Quero dizer, eu não, hum… Eu… — Limpo a garganta. — Passei a noite com alguém?

Jaxon ergue as sobrancelhas antes de cair na risada.

— Cara, como vou saber? Não fiquei sentado do lado de fora da sua porta. Estava ocupado.

Bem na hora, unhas cor-de-rosa pousam em seu torso, deslizando por baixo de sua camisa. Uma pequena loira espia ao redor, e Jaxon sussurra "Bom dia, *baby*" antes de pressionar os lábios nos dela.

— Me liga. — Ela coloca um pedaço de papel na mão dele e sorri para mim antes de beijar minha bochecha. — Obrigada pela festa, Aaron.

— Adam — murmuro ao vê-la passar. Viro-me para Jaxon, erguendo as sobrancelhas diante de seu sorriso irritante. — Será que você não consegue passar uma única noite… — Meu queixo cai quando aparece uma morena atrás dele. Ele também a chama de *baby* e ela também entrega seu número de celular. Balanço a cabeça. — Não.

Ele sorri ainda mais.

— Sim.

Pode parecer inacreditável, mas é a vez de uma terceira garota, com cabelo preto azulado, ser chamada de *baby* e entregar outro número. Tenho

99% de certeza de que ele só as está chamando de *baby* porque não se lembra do nome delas.

Ainda assim, meu queixo cai um pouco mais.

— Não.

— Sim...

— Meus pais dormem aí quando me visitam! O colchão é novo, acabei de comprar!

— Pois foi batizado para a próxima visita deles. Deacon e Bev podem me agradecer depois.

Ele me segue até meu quarto, contando sobre sua noite louca enquanto visto uma bermuda e uma camiseta. A merda toda entra por um ouvido e sai pelo outro, e apoio o cotovelo sobre a cômoda para abrir as mensagens do Tinder. O balãozinho vermelho brilhante me diz que tenho 97 mensagens esperando, o que faz minha pressão arterial disparar. Ignoro duas e vou até a terceira da lista.

Alessia: Mal posso esperar pra te ver hj à noite *emoji de beijo*

O emoji de beijo me confunde. Não nos conhecemos pessoalmente, então parece um pouco avançado demais. Carter diz que sou apenas antiquado, mas não sei.

Eu: tbm não. Te vejo às 19h. *emoji sorridente*
Alessia: *emoji de beijo* *emoji de beijo*

Guardo o celular, tentando não catastrofizar demais. Já estou me arrependendo do encontro de hoje à noite, mas, para ser justo, a vida tem sido um desastre atrás de outro nos últimos quinze meses ou mais.

Olho para Bear.

— Comida, depois passeio?

Ele lambe o focinho e sai correndo do quarto.

Jaxon sorri.

— Big Macs?

— Big Macs!

2
NÃO QUERO VIRAR COMIDA DE URSO

ROSIE

— VOCÊ JÁ TIROU ALGUM dia de folga?

Olho para Archie, que é meu colega de trabalho, melhor amigo e *roommate*. Ele está sentado atrás do balcão da recepção, vestindo um uniforme azul com estampa de cachorrinhos e gatinhos. Ele tem um metro e oitenta de altura, é grandão e coberto de tatuagens. Seus adoráveis uniformes são sempre o destaque do meu dia.

— Não vou trabalhar hoje.

Ele ergue uma sobrancelha:

— Certo. Você está aqui no seu dia de folga e nem vai olhar os animais. Voluntariado é a mesma coisa que trabalhar, Rosie...

Reviro os olhos e assino a lista de visitantes.

— Alguém veio levar a Piglet para passear hoje?

Archie sorri tristemente para a tela do computador.

— Você sabe a resposta.

Claro que sei. Piglet é uma pastora-alemã de trinta quilos com quase tanta ansiedade quanto eu, o que é, de acordo com meu terapeuta frio, direto e indiferente, algo enorme. Ela precisa de tempo, paciência e amor; depois de alguns minutos de tentativa, a maioria dos outros voluntários não consegue lhe dar nada disso.

— E é por isso que estou aqui no meu dia de folga — digo a Archie, indo em direção ao canil. — Porque a Piglet precisa da visita de alguém.

— Quando você vai levá-la para casa? — Archie grita atrás de mim.

— Quando tiver mais de trinta metros quadrados para oferecer a ela e puder me dar ao luxo de comprar ração sem ter de passar fome — respondo.

No momento, temos oito cães aqui no abrigo de animais Coração Selvagem e, de acordo com o registro de entrada, todos, exceto Piglet, foram levados para passear esta manhã. A maioria mal levanta os olhos de suas camas, contentes com a atenção que receberam e com o exercício que já fizeram hoje, o que me deixa feliz. Mas quando meus olhos pousam na cachorrinha preta e marrom enrodilhada no canto de seu canil, tremendo, meu coração se parte.

— Oi, menina linda — murmuro, agachando-me.

Seus grandes olhos castanhos pousam nos meus e, embora estejam brilhando, ela fica onde está, observando-me de uma distância segura e choraminga. Porque, por mais assustada que esteja, ela quer vir até mim.

Quatro meses atrás, eu a encontrei amarrada no banco em frente ao abrigo, bem cedinho de manhã. Havia um bilhete colado na porta da frente; o autor dizia que estava cansado de ouvir os maus-tratos praticados pelo tutor da cadela. Tivemos de sedá-la para fazê-la passar pelas portas, porque ela estava tão assustada que atacava qualquer um que se aproximasse.

Passei o dia inteiro do lado de fora de seu canil, lendo e conversando com ela, e trabalhei duro desde então para construir o vínculo que temos hoje.

Com muita paciência, aprendemos que, apesar de seu pânico e de sua hesitação, ela é só uma garotinha doce e amigável que ama abraços. O problema é que a própria gaiola lhe causa muita ansiedade. Ainda assim, hoje ela é uma cachorra diferente: mais despreocupada, curiosa e feliz. Piglet só não encontrou sua família ainda.

Eu pego a guia dela.

— Quer dar uma voltinha, Pig? — Suas orelhas se levantam e ela inclina a cabeça. Aponto para a mochila e dou um tapinha nela. — Eu trouxe seu almoço.

A cadela se levanta devagar, com as pernas tremendo. Ela coloca o rabo entre as pernas traseiras conforme se aproxima e me cheira através da grade, depois cheira a mochila. Sua língua pende para fora da boca, Pig se apruma um pouco mais e até me dirige um latido baixinho!

— Isso aí, garota! — Destranco seu canil e coço atrás de suas orelhas antes de colocar a coleira. — Qualquer coisa por comida, hein?

Ela lambe meu tornozelo, cutuca a mochila e olha para mim com olhos suplicantes.

— Droga. — Suspiro, abrindo a mochila e lhe dando um dos biscoitos que ela tanto ama. — Você sabe me conquistar.

Piglet cola-se ao meu lado ao atravessar o abrigo, mas, assim que pisamos sob o sol quente de Vancouver, ela se sente livre. Galopa três passos para a frente e salta no ar, girando, seu bumbum fofo rebolando e a língua balançando fora da boca. Quando se posiciona de novo sobre as quatro patas, ela acaricia meu quadril e começa a liderar o caminho.

O abrigo fica em uma área tranquila de North Vancouver, longe do barulho e das multidões do centro da cidade. As montanhas e o mar verde compõem um cenário espetacular, e adoro pegar o ônibus e atravessar a ponte todos os dias, deixando a cidade para trás e vindo em direção à natureza.

Como sempre, nossa caminhada nos leva a algum lugar no sopé do monte Fromme. Há um grupo de pessoas adiante na estrada, onde os turistas vêm para caminhar, mas Piglet e eu nos esgueiramos por uma pequena abertura nos fundos do parque, correndo pela estreita trilha até chegarmos a uma escadaria.

Os degraus de madeira estão velhos e frágeis, mas nos levam ao nosso local favorito de paz e sossego. Piglet não tem problema para subir, pulando ansiosamente três degraus de cada vez enquanto me esforço para acompanhá-la. Descer mais tarde é que será um problema.

Ela gosta da liberdade nas montanhas, do som dos pássaros e da água corrente que passa por perto, do cheiro de terra fresca e do aroma dos pinheiros. Aqui em cima respiramos de outro modo, de um jeito mais profundo, cada inspiração nítida e refrescante. Isso nos faz acordar, pensar com clareza.

Antes de Piglet, eu passava muito tempo aqui sozinha, vagando sem rumo pela floresta, sentada com os pés no riacho, contemplando a vida. Às vezes, eu ansiava que a vida fosse diferente, mas sabia que nunca iria desistir do que tinha, apesar da solidão opressora.

Com Pig, não me sinto tão sozinha. Não é a vida que imaginei quando eu era criança, mas é a vida que me foi dada. Amo a vida como ela é e o que ela me deu.

Mesmo que eu vá lamentar para sempre pelas partes que foram tiradas de mim.

Piglet e eu continuamos, serpenteando por entre pinheiros e cedros altos, meus olhos percorrendo o tronco de cada árvore, procurando na casca por um coração e três iniciais que sei que vivem em algum lugar nesta floresta. Tenho procurado por anos, todo sábado desde que me mudei para cá, mas sempre saio daqui com um buraco no coração que parece crescer um pouquinho cada vez mais.

Uma hora depois, meu estômago começa a roncar, e Piglet diminui o ritmo, alternando o olhar entre mim e minha mochila. Reviro os olhos.

— Você tem o melhor olhar de coitadinha do mundo, sabia disso, Pig? — Coço sua cabeça conforme ela lambe meu joelho. — Estamos quase na ponte, agora. Mais cinco minutos e vamos fazer um intervalo para o almoço, ok, garota?

Ela late e corre para a frente, parando no tronco de uma árvore a fim de farejar. Um galho estala à distância, seguido por um farfalhar de folhas, e uma voz profunda dá um grito que ninguém quer ouvir quando está caminhando sozinho na floresta.

— *Bear!*

Piglet ergue a cabeça e de repente para no meio do caminho. Posiciono-me contra um tronco áspero e largo, tremendo ao ouvir passos trovejarem em nossa direção. Algo gigantesco e preto irrompe por entre as árvores, arrancando o fôlego dos meus pulmões quando ele me encara.

Minha vida inteira passa diante dos meus olhos, porque tenho quase cem por cento de certeza de que é um urso saltando sobre mim.

— *Corra, Piglet!* — grito, jogando a coleira dela e empurrando-a para trás de um arbusto. Cubro meu rosto e me preparo para o impacto. — *Sou jovem demais para morrer!*

Algo sólido e fofo colide com meu corpo, levando-me ao chão. Um nariz úmido se enfia no meu rosto, fungando de modo agressivo e, quando acho que serei sua próxima refeição... ele me lambe.

Sua língua grande e molhada corre do meu maxilar até a lateral do meu rosto, antes de ir para o outro lado e repetir a ação. É meio estranho, mas não é a pior das saudações, acho.

Abro uma pálpebra, e todo o medo se esvai do meu corpo diante do rosto feliz e ofegante diante de mim.

— Meu Deus, eu *vou* morrer. Vou sim! — O robusto cão preto olha para mim com enormes olhos cor de chocolate, e enterro minhas mãos em seu pelo longo e macio e fecho meus olhos, concentrando-me no banho que ele está me dando com sua língua. — Você é o cãozinho mais fofo e doce do mundo, não é, garotão? Sim, você é. — Eu o abraço com força quando seu focinho se aninha na curva do meu pescoço, o rabo balançando de um lado para o outro, todo feliz. — Morri e fui para o céu? Se isto for o paraíso, ficarei aqui para sempre.

Passos ecoam por entre folhas caídas e galhos quebrados, e uma voz profunda grita a mesma palavra de novo.

— *Bear!*

O cão corpulento se vira, sentando seu traseiro excepcionalmente grande em minhas coxas como se fosse um cachorrinho de colo, não um mastim tibetano quase do meu tamanho. Ele enfia a língua em meu ouvido e descansa o queixo em meu ombro conforme um homem enorme irrompe no meio da folhagem, com os olhos azuis arregalados. Quando nos vê, ele suspira, o corpo relaxando ao levar as mãos à cintura e abaixar o rosto.

— Jesus amado — ele resmunga, esfregando os olhos e abrindo os braços com uma feição incrédula, mas divertida, encarando o cachorro que pode ou não ter me eleito como sua nova dona. — Você me assustou pra caramba, cara!

Eu rio quando o cachorro enfia a cabeça grande no meu pescoço, e o olhar do homem se volta para o meu. Seu rosto enrubesce ao me ver. Assim como o meu.

— Você é alto pra caramba — digo abruptamente. — Nossa, fui grossa! Eu só quis dizer que, tipo, você é... — Engulo em seco. — Superalto.

Sua boca se abre em um sorriso. É tão genuíno e amigável, tão largo, que fico encantada com a beleza da atitude. Quando uma risada calorosa sai de sua boca, aconchego-me um pouco mais no cachorro a meu lado, escondendo meu rubor enquanto analiso o pai dele.

Ele é... excepcional. Seus olhos azuis elétricos são um contraste gritante com o dourado da pele, a barba escura revestindo o maxilar e, quando ele tira o boné de beisebol e deixa os cachos escuros se soltarem, com os dedos longos correndo por eles, engulo em seco.

Sua camiseta cinza está grudada ao corpo largo, exibindo bíceps musculosos, antebraços bem trabalhados de dar água na boca e uma cintura fina. Meu olhar segue a linha de sua bermuda preta, justa nas coxas grossas, e espio uma tatuagem aparecendo na perna direita, quase na altura do joelho. Se você já se perguntou se tatuagem na coxa é sexy, a resposta é sim. Gostoso. Pra. Caralho.

Engulo mais uma vez, e ele ergue a barra da camiseta para limpar o suor da testa, revelando... *Ah, meu Deus, são dez gomos que estou vendo? Isso existe?*

Minha garganta se fecha ao avistar seu abdômen imaculado. Precisando *muito* de água, pego a mochila ainda presa às minhas costas. Ao fazer isso, perco o controle sobre o cachorro, e talvez a sanidade, caindo para a frente com um gritinho, dando com a cara no chão. O cachorro ao meu lado pula com um latido, enquanto Piglet choraminga do arbusto atrás do qual ainda está se escondendo. O homem que testemunhou meu vexame corre para me ajudar.

Mãos grandes agarram minha cintura, me levantando do chão.

— Peguei você — ele murmura, colocando-me em seus braços.

— Sou muito pesada...

— Eu sei que você não discutirá comigo agora — ele provoca, me colocando sobre uma pedra. Mãos quentes repousam sobre os meus joelhos e separam minhas pernas quando ele se agacha entre elas e me olha com duas piscinas azuis nas quais uma garota poderia se afogar. Ele tira terra do meu rosto antes de se apoiar de novo em meus joelhos. — Acho que é a segunda vez que meu cachorro a derruba.

Sorrio, deixando escapar outra risadinha. Seus olhos recaem sobre minha boca e meu coração bate forte contra o peito.

— Para ser justa, da primeira vez foi seu cachorro, mas desta vez só me distraí.

— Se distraiu?

— É, você fez aquilo com a camisa, e seus gominhos. — Eu limpo a garganta no meu punho. — Caras gostosos fazem isso nos filmes o tempo todo.

Seus olhos parecem se divertir com o que falei.

— Ah. Então nós dois temos que nos desculpar, né?

— Aceito desculpas na forma de sorvete ou café gelado. Não sou exigente.

Ele ri enquanto o cachorro lambe seu pescoço.

— Nós nos lembraremos disso. — Seus olhos baixam e seu polegar roça um arranhão recente no meu joelho. — Sinto muito que ele tenha derrubado você. Ele nunca sai correndo assim. É como se tivesse sentido seu cheiro e a atacado.

— Sendo sincero, foi mais culpa minha do que qualquer outra coisa. Eu o vi correndo em minha direção e surtei. Eu, hum... Pensei que fosse um urso!

O homem ri e acaricia a orelha do cachorro.

— Ouviu isso, cara? Ela pensou que você fosse um ursão grande e feroz. Ele vai ficar se gabando disso o dia inteiro. — Seu olhar desliza sobre mim. — Tem certeza de que está bem? Não está machucada?

Balanço a cabeça e os dedos no ar.

— Viu? Totalmente bem.

Ele ri de novo e fico impressionada com quanto gosto de ser a razão de sua risada.

— Essas mãozinhas no ar não me convenceram. Você tem de ficar de pé e dar uma voltinha completa para o efeito dramático. Precisa me convencer de que consegue ir embora sozinha, senão serei obrigado a arrastá-la para minha casa para fazer um exame completo.

Ele pega minha mão e se levanta, me puxando para ficar de pé enquanto meio que penso em fingir um osso quebrado, porque gostei dessa história de ele me levar para casa e fazer um exame. *Onde eu assino?*

— Sabe o que é engraçado? — Ele gesticula para o cachorro. — O nome dele é Bear, ou seja, é um urso mesmo.

Bato a palma na testa.

— Levei um susto mesmo! Achei que você estivesse me avisando sobre um urso. — Empurro seu ombro, de brincadeira. — Então é *sim* sua culpa eu ter caído e me sujado.

Ele pisca.

— Vamos ali. Tem um riacho logo à frente onde você pode se limpar.

Eu sei onde fica o riacho, claro. Piglet e eu passamos por ele depois do almoço toda vez que viemos aqui. Ela adora se molhar e andar na água até os tornozelos é uma das maneiras de me convencer a voltar a nadar — um dia, espero conseguir.

Mas eu não conheço esse homem, e em algum lugar nos arbustos há uma cachorra escondida e assustada, porque ela também não o conhece.

— Na verdade, não posso, mas obrigada. — Encontro a ponta da guia de Piglet, perdida em toda a comoção. Ela me leva para perto de uma pedra, e encontro minha doce menina encolhidinha. — Oi, linda — sussurro, agachando-me e largando a mochila. Ela rasteja em minha direção, o rabo entre as pernas trêmulas.

Olho para o homem atrás de mim, que está nos observando com curiosidade. Cada linha em seu rosto se suaviza quando Piglet se aninha em mim.

— Piglet mora no abrigo onde trabalho.

Ele olha para Bear. A compaixão em ambos os olhares aquece meu coração.

— Nós te assustamos, garota? Não era nossa intenção, né, amigão?

— Eu a encontrei amarrada na frente do abrigo, alguns meses atrás — explico. — Ela estava assustada e ansiosa, e rosnou para alguns de nós. Não sabemos o que aconteceu com ela, mas ela estava bastante desnutrida e tinha algumas costelas quebradas. — Faço carinho na região entre seus olhos e ela se inclina ainda mais no meu abraço. — Ela é, na verdade, muito carinhosa, mas ainda está aprendendo a confiar nas pessoas. E tem mais medo de homens.

Seu semblante fica triste, com os olhos azuis desanimados. Ele e Bear compartilham um longo olhar antes de se abaixarem no chão atrás de mim. Bear apoia a cabeça nas patas, observando Piglet.

— A propósito, eu sou o Adam.

Meu rosto esquenta, sem dúvida ficando vermelho.

— Rosie.

— Rosie... — Sua voz profunda murmura, e seus olhos deslumbrantes vagam pelo meu rosto e um sorriso de tirar o fôlego irrompe em sua face. — Que bonito.

Abaixo meu rosto quente, e dou um sorriso tímido e alegre ao acariciar o pelo de Piglet.

Adam pega uma folha de grama, girando-a entre os dedos antes de fazer cócegas no nariz de Bear com ela.

— Você gosta de fazer trilhas com Rosie, Piglet? Aposto que você não a derruba como o grande e feroz Bear, não é?

Piglet levanta a cabeça do meu colo e a inclina, piscando para Adam.

— Ah, você é uma garota bonita, não é mesmo? Linda, e aposto que seu coração também é.

Sorrio para ela, que olha de mim para Adam.

— Você não precisa se sentar aqui com a gente. Sei que não é muito divertido. Ela só precisa de um pouco de paciência.

— Não nos importamos. — Ele cutuca Bear. — E podemos ser pacientes também, não podemos, amigo? Exceto quando se trata de cheeseburgers.

Bear uiva e, quando rio, Piglet se afasta um pouco do meu colo, deslizando sobre sua barriga, aproximando-se um pouco mais dos meninos. As orelhas de Bear se animam e ele olha para Adam em busca de instruções.

— Tenha paciência... — Adam o alerta.

Bear deita a cabeça sobre as patas, esperando. Tão lenta como mel, Piglet se aproxima, um centímetro de cada vez, o corpo raspando o chão, espiando de volta para mim após cada movimento para verificar se ainda estou aqui.

— Estou aqui — eu a asseguro, tentando manter o controle sobre minha animação.

Com cautela, Piglet se levanta. Bear fica parado conforme ela vagueia ao seu lado, cheirando sua orelha, seu pescoço, descendo por suas costas até seu enorme rabo fofo, se contorcendo de felicidade. Quando ela se move de volta para seu rosto, aquele rabo começa a bater contra o chão, bem animado.

Piglet deita-se na frente de Bear, nariz com nariz, dois pares de olhos castanhos cor de chocolate se encarando, e aperto meu peito, bem onde meu coração está explodindo de felicidade. Observo Adam e coro quando vejo seus olhos sorridentes fixos em mim.

— Você está tão fofa agora — ele sussurra, rindo das minhas mãos agitadas enquanto olho para os cachorros.

— Eu? Eles é que estão!

Bem nesta hora, Bear abre a boca, colocando a língua para fora, passando-a em cheio no nariz de Piglet, e enterro todo o meu rosto nas mãos para não gritar sem querer. E, então, a coisa mais incrível acontece. Minha doce e corajosa Piglet se levanta, voltando a atenção para Adam. Seu rabo se dobra por apenas um momento, mas, como ele permanece parado e a deixa sentir seu cheiro, ela continua se movendo. Enfia o nariz no rosto dele, fazendo-o rir, e o barulho suave faz o rabo dela balançar no ar, me dando um tapa no rosto.

— Posso fazer carinho nela? — Adam pergunta. — Entendo se for muito cedo ainda. Não quero desfazer nenhum progresso seu com ela.

Antes que eu possa responder, Piglet arrasta a língua do queixo de Adam até sua testa, onde aqueles cachos se soltam de novo quando ela arranca o boné da cabeça dele.

— Pig! — Eu rio, curvando-me para a frente. — Pelo menos leve-o para jantar primeiro!

Minha risada piora quando Piglet sobe em Adam, montando em seu colo e lambendo seu rosto, e acabo bufando no meio da gargalhada. Bato palmas para abafar o barulho, mas Adam está ocupado demais rindo também, tentando afastar a pastora-alemã de cima de seu colo ao mesmo tempo que Bear decide concorrer com ela. O cachorro para a meu lado, cutucando meu ombro, minha cabeça, antes de, enfim, desistir e me empurrar direto para o colo de Adam. Piglet salta dele assim que ocupo o espaço; ela cai de costas, com as patas no ar, e logo Bear põe-se a rolar pelo chão com ela.

— Bear! — Adam o repreende em tom de brincadeira, agarrando meus punhos e tentando me endireitar entre suas pernas. — Você derrubou Rosie de novo!

— Desculpe — balbucio, ficando de joelhos. Mas então me apoio em sua coxa musculosa, muito perto do volume entre suas pernas, e meus olhos se arregalam no momento em que percebo o que fiz. Minha mão escorrega e caio para a frente, meu peito esmagando o dele, fazendo-o cair para trás comigo por cima. — Sinto muito, Adam, eu juro!

Arranho seu peito, tentando me afastar, mas ele continua rindo. Quando enfim me sento, corada e suada, percebo que estou montada em um completo estranho.

Olho para baixo. Para seu corpo largo, sua camiseta puxada para cima, expondo aquela laje de mármore primorosamente esculpida, e aqueles são…? Caramba, são. Veias grossas e saltitantes, uma de cada lado do tronco, correndo para baixo do cós da bermuda, que na verdade não consigo ver, porque estou sentada com minha virilha bem em cima do pau desse homem.

Ooops.

— *Ah!* — grito, jogando-me para fora de seu colo.

Meu pé se prende à perna dele, e tropeço para trás, ainda gritando, à espera da minha morte iminente ao cair de uma montanha.

Adam apenas se estica, agarrando um pedaço da minha camiseta, me puxando de volta para a segurança. Caio de volta em seu colo, mãos em seu peito, minha respiração cambaleante e pesada. Minha pulsação cai entre minhas pernas conforme aqueles olhos azuis fixam os meus e ele sussurra:

— Não vá morrer em cima de mim, Rosie. Não estou pronto para me despedir de você ainda. Acabamos de nos conhecer.

Todo o sangue do meu corpo corre para o rosto, e minha boca abre e fecha quinhentas vezes antes de Adam acabar sentindo pena de mim. Com gentileza, ele me tira do seu colo e me ajuda a ficar de pé antes de me entregar a coleira de Piglet e pegar a de Bear.

— Você se importa se Bear e eu caminharmos com vocês duas?

— Hum…

Afasto minha franja desfiada da testa conforme Adam coloca minha mochila em seu ombro. Ele franze as sobrancelhas com um toque de diversão c inclina a cabcça antes de dar um passo à frente, tomando a decisão por mim.

— Vamos lá, garotas.

3
BUNDINHA BEM REDONDA

ROSIE

NÃO SAÍ DO LUGAR AINDA, caso você esteja se perguntando.

Sei que é simples, um pé na frente do outro e tudo mais. Mas, veja bem, é a primeira vez que Adam me agraciou com seu traseiro e, hum...

O homem tem uma bundinha bem redonda.

Querida mãe dos dragões, que visão gloriosa. Divina. É...

— Vamos, Rosie?

Eu me assusto, sacudindo a névoa da bunda redonda, e deixo Piglet me arrastar até Adam e Bear.

É uma caminhada tranquila, com os cães explorando o território à nossa frente, parando aqui e ali para cheirar um galho caído ou para um beijo no focinho um do outro. A mão de Adam roça na minha mais de uma vez enquanto serpenteamos pelo terreno irregular e, quando tropeço nos meus próprios pés, ele me estabiliza envolvendo seus longos dedos nos meus.

Há uma batida constante no meu peito que ressoa por todo o caminho até meus ouvidos, me fazendo engolir os nervos que surgiram do nada. Eu não o conheço. Nem um pouco. Ele é gentil e amigável e aqui estou eu pronta para cair aos seus pés. Preciso me recompor, então, talvez seja melhor ficar em silêncio.

Chegamos a uma bifurcação, uma velha ponte de madeira à frente. Piglet corre de volta até nós, morde de brincadeira minha mochila pendurada no ombro de Adam e dá seu salto infame, rebolando o traseiro.

— Sempre paramos na ponte para almoçar — explico a Adam enquanto Piglet nos conduz a seu lugar favorito. — É o ponto alto do dia dela.

— Comida também é o ponto alto do nosso dia, não é, Bear?

Adam ri ao me entregar a mochila, observando-me agachar na beirada da pequena ponte, com os dois cachorros rastejando até mim conforme retiro os potinhos de comida.

Ergo um chips de batata-doce assim que Adam se senta ao meu lado.

— Bear pode comer petiscos? São saudáveis e caseiros. Trouxe batata-doce desidratada com um pouco de canela e biscoitos de manteiga de amendoim com banana. Fiz tudo esta manhã, então estão bem fresquinhos.

Ele assente, observando-me alimentar os cachorros.

— Parece mesmo saudável. Você é veterinária?

— Tentando ser — murmuro, limpando as mãos depois que os cachorros as lambem até limpá-las.

— Você é uma veterinária de verdade? Que legal!

— Ainda não, mas, ano que vem, espero já ser. — Sorrio para ele ao desembrulhar meu sanduíche e lhe estendo metade. — Panini de frango grelhado com pesto.

Seu estômago ronca.

— Não posso comer metade do seu almoço.

— Seu estômago diz o contrário. — Eu rio, colocando o sanduíche em suas mãos.

Ele cora, mas aceita alegremente.

— Não me julgue, mas já comi dois Big Macs hoje.

— Nossa — gemo. — Não como um Big Mac há anos.

Quando se tem um orçamento tão restrito quanto o meu, não se desvia da sua lista de compras, exceto para acomodar quaisquer ofertas que estejam no folheto do mercado daquela semana. Observo Adam, notando que, na minha segunda mordida, ele já devorou sua metade. Cutuco sua barriga dura.

— Você parece o tipo de cara que está sempre com fome. — Mas então empalideço com as minhas palavras, então logo volto atrás. — Porque você é tão alto, quero dizer. Não tenho certeza se já conheci alguém tão alto. — Engulo em seco. — E largo.

E sua bunda. Uau.

Adam ri, pegando um biscoito de torta de maçã do recipiente que ofereço.

— Sou o mais alto dos meus amigos e estou com fome na maior parte do tempo. — Ele devora o biscoito e engole. — Mas você deveria ver meus amigos, Carter e Garrett. São trituradores humanos de lixo. Tenho um armário em casa com guloseimas só para quando eles visitam.

— Você está brincando!

— Não. Tenho que reabastecê-lo toda semana.

Piglet levanta-se e espreguiça-se antes de deitar-se ao lado de Adam, com a cabeça em seu colo. Adam acaricia o espaço entre seus olhos, do jeito que ela gosta, e ela adormece. Fico impressionada com sua mudança instantânea de comportamento.

— Eu nunca, nunca vi isso antes. Ela não se dá bem com nenhum homem. A única pessoa com quem ela relaxa sou, bem... eu.

— Não se preocupe. — Ele cutuca meu ombro com o dele. — Não vou te substituir.

Eu rio.

— Promete?

— Prometo. — Seu olhar se move sobre mim em uma varredura lenta, que aquece meu interior. — Porque você é insubstituível, não é, Rosie?

Baixo o olhar para minhas pernas, observando-as balançar acima do riacho brilhante logo abaixo, incapaz de olhar para Adam. Ele me encara com intensidade, como se estivesse procurando algo. Não sei o quê, mas de repente fico preocupada que ele não encontre; torcendo, até, para que não encontre.

Seja lá o que ele estiver procurando, é improvável que eu consiga oferecer. Até hoje, só consegui ser a segunda opção de alguém.

Dedos aproximam-se do meu rosto, atraindo meu olhar de volta para Adam. Ele afasta minha franja e sorri, enrolando uma mecha de loiro-mel e rosa-claro antes de colocá-la atrás da minha orelha.

— Gostei do seu cabelo — ele me diz baixinho.

Minhas bochechas esquentam quando toco em um dos coques rosados e bagunçados na cabeça, depois passo os dedos pela metade inferior do cabelo, que está solta, com ondas rebeldes caindo até um pouco acima dos ombros.

— Dos coques? Ou da cor?

— Esses coques altos são bem fofos. E gosto do rosa. Combinam com você, Rosie.

Franzo o nariz.

— Você acha?

— Hum... Bonitos e únicos.

Suas palavras gentis desaceleram as batidas do meu coração. Em geral, só crianças elogiam meu cabelo. Mas recebo, sim, olhares críticos de pessoas na fila do caixa do supermercado, que acham que as escolhas de vida de uma pessoa refletem em algo tão trivial quanto a cor do cabelo. Não tive muito controle sobre nada na minha vida. Essa é uma maneira de retomar o controle, algo que faço porque é minha escolha e somente minha.

Então, quando as pontas dos dedos de Adam roçam minha bochecha e ele os retira, tenho certeza de que sente o calor do meu rosto. Sussurro:

— Obrigada.

Depois do almoço, passeamos pelo riacho raso, a água fria refrescando meus pés descalços. Adam vai um pouco mais longe, até a água quase alcançar seus joelhos, e volto devagar para a margem sentindo meu coração bater forte no peito.

Ele se junta a mim alguns minutos depois com dois cachorros felizes e molhados, e caminha a meu lado na volta. Várias vezes penso em desviar da trilha e dizer que nos perdemos, só para prolongar esse dia um pouco mais. Sim... Sim, eu penso.

Mas, antes que eu perceba, estamos no topo daquela escada velha e frágil que nos levará de volta à realidade.

Adam começa a descer na minha frente com Bear, e Piglet faz o que sempre faz: enfia as patas na terra, recusando-se a se mover.

— Vamos, garota. — Tento convencê-la com gentileza. — Você está segura comigo, prometo.

Ela choraminga e se deita, e me sento no degrau mais alto, acariciando sua cabeça.

— Ei, Adam? Podem ir sem a gente. Pig está com medo de descer as escadas. Em geral, leva meia hora. Só vou...

— Vamos lá. — Adam coloca-se ao meu lado em um instante, pegando a coleira de Piglet em sua mão, trocando-a pela de Bear. — Você leva o Bear; eu me encarrego da Pig.

Antes que eu possa protestar, ele se abaixa, beija a testa da cadela, apruma-se e dá um tapinha no peito. Piglet ergue-se nas patas traseiras e joga as patas contra o tronco de Adam, que a pega em seus braços.

— Esta é a minha garota — ele diz, e fico boquiaberta. — Vá em frente.

Olho para Bear, que inclina a cabeça para o lado, como se estivesse pensando que também queria uma carona.

— Sem chance, grandão.

Ele bufa e começa a trotar escada abaixo. Ao chegar ao chão, Piglet está parecendo muito convencida e contente nos braços de Adam.

Reviro os olhos quando ela lambe atrás da orelha dele.

— Sua paqueradora.

Adam coloca Pig no chão e tira o boné, passando os dedos pelos cachos desgrenhados antes de cobri-los novamente.

— Você veio de carro?

Abano a cabeça. Ele continua:

— Vocês, hum... Precisam de uma carona? Caminhei até aqui, mas não moro longe. Podemos ir caminhando até minha casa, aí levo vocês.

— Está tudo bem. O abrigo não fica longe daqui.

Adam assente, olhando por cima do ombro. Ele coça o pescoço e aponta para trás.

— Bem, estou indo para lá.

Aponto na direção oposta.

— E eu vou para lá.

Ele balança a cabeça.

— Acho que é aqui que nos despedimos.

Agora sou eu quem está balançando a cabeça. Que estranho. Então deixo tudo cem vezes mais estranho ao estender minha mão.

— Prazer em conhecê-lo.

Ele olha para a minha mão, depois de volta para mim. Para minha mão de novo, depois para mim. Então dá um sorriso. Tão largo, tão divertido, tão *presunçoso*.

— Um aperto de mão, hein? Que formal.

Meus olhos se estreitam, braços cruzados sobre o peito.

— O que você sugere?

Ele dá de ombros e, quando dá um passo em minha direção, meu coração salta até a garganta.

— Sabe, Rosie. Eu não estava tendo o melhor dos dias antes de trombar com você. Ou, melhor, antes de o meu cachorro trombar com você. Mas talvez ele soubesse o que estava fazendo. Porque meu dia ficou cem vezes melhor depois que ele derrubou você.

Adam dá mais um passo à frente e, em meio ao pânico que se instala ao pensar que esse homem bonito e gentil pode estar... *flertando comigo*, perco o controle do meu corpo, cruzando acidentalmente um tornozelo sobre o outro e tropeçando nos meus próprios pés, o que me faz, mais uma vez, colidir com ele.

Adam ri no meu ouvido, um som baixo e caloroso, e sua respiração sopra no meu pescoço quando ele me segura contra si.

— Você é problema, não é não?

Essa palavra desperta algo dentro de mim, algo perdido e estilhaçado, e me agarro a Adam quando ele me abraça por um momento curto demais.

Ele coça o queixo de Piglet e, com um último olhar em minha direção, pisca para mim.

— Vejo você por aí, problema.

4
A GARRAFA INTEIRA, POR FAVOR

ADAM

ESTOU MORRENDO.

Figurativamente, claro. *Talvez* literalmente. Pergunte-me de novo daqui a duas horas.

Um tornozelo engancha em volta do meu sob a mesa e mal resisto à vontade de arrastar minhas mãos pelo meu rosto. Limpo a garganta, desengancho a perna com cuidado e coloco meus dois pés abaixo da minha cadeira, em segurança. Tomo um gole do vinho tinto, mas logo o pego de volta e tomo o resto do *pinot noir* de nove anos quando a ponta do salto de Alessia toca o meu pé mais uma vez.

— Você gosta mesmo de vinho, hein? — ela pergunta, com os olhos azuis semicerrados e os cílios batendo.

— Ficou óbvio, né?

Acho que nunca virei duas taças em menos de dez minutos. Preciso parar com isso.

De marcar encontros, não de beber vinho. O vinho fica, a garota vai.

Não sei por que continuo pensando que o resultado pode ser diferente. Que, quanto mais tempo eu passar no mercado de encontros, mais rápido vou encontrar uma namorada. Jaxon diz que sou delirante, que devo apenas aproveitar os encontros, levar as mulheres para casa e me divertir um pouco. Não acho que nós dois tenhamos a mesma ideia de diversão.

Eu gostaria de fazer sexo? Com certeza. Já faz mais de um ano que estou sem. Estou desenvolvendo artrite prematura no meu punho e acabei de fazer vinte e seis anos. Mas, quando cada encontro termina, prefiro ser submetido a uma vida inteira usando uma tala de punho e desistir da minha carreira como goleiro bem pago da Liga Nacional a passar mais tempo com essas mulheres.

Além disso, elas também não querem o sexo em si. Esse é o problema que muitos caras do meu time têm: mulheres que só querem dizer que fizeram sexo com um jogador famoso de hóquei.

Meu problema é que elas querem mais. Também quero mais, mas o meu "mais" é genuíno. Elas querem mais cifrões.

— Oi! Ei, você! — Alessia acena para o nosso garçom quando ele passa com uma bandeja de comida. Ela aponta para a garrafa de vinho quase vazia. — Você traz outra garrafa?

Scott ergue uma sobrancelha na minha direção e, quando assinto, sua boca se abre em um pequeno sorriso. Venho aqui cerca de duas vezes por mês, porque Scott respeita minha privacidade e sabe ler as minhas dicas. Ele trata as mulheres que trago como realeza e, quando as coisas começam a ir mal, ele me diz que o chef gostaria de me conhecer. Daí ele me empurra para fora da porta da cozinha para uma pausa de cinco minutos enquanto tenta acelerar o resto do serviço de jantar.

Alessia olha ao redor do restaurante, fazendo bico.

— Devíamos pedir para ele nos trocar de mesa. Estamos enfiados aqui no fundo.

— É bacana aqui atrás — respondo baixinho, tomando da minha água gelada. — É tranquilo.

Caramba, o bico dela pode ficar ainda maior? Quão longe esse lábio inferior consegue chegar?

— Quase ninguém consegue nos ver aqui atrás.

— Gosto de privacidade. — Esta é a minha simples resposta.

Não estou com vontade de entrar em todos os motivos pelos quais ela prefere estar no centro das atenções comigo.

Alessia apareceu nas minhas mensagens no Tinder há uma semana. Seu perfil mostrava fotos dela com cavalos e cachorros, abraçada à avó na cama do asilo e fazendo trilha no Caminho dos Apalaches. Ela pareceu meiga e não disse muita coisa, apenas que Bear estava fofo na minha foto de perfil e que ela também adorava caminhar. Três dias atrás, perguntei se ela gostaria de jantar e tem sido ladeira abaixo desde então. Os emojis de beijo, as mensagens intermináveis ao longo do dia pedindo atualizações constantes sobre o que estou fazendo, com quem estou. No segundo em que a vi na frente do restaurante esta noite, ela jogou os braços em volta do meu pescoço e plantou um beijo de batom na minha bochecha.

Gosto de contato físico. Gosto de intimidade. Mas quero que seja natural. Como aconteceu hoje mais cedo, quando aquela coisa linda de cabelo rosa e cor de mel tropeçou nos próprios pés e caiu em mim quando comentei sobre seu aperto de mão.

Minha mente se volta para Rosie pela centésima vez, o brilho natural de suas bochechas, os raios dourados que dançavam naqueles olhos verde-claros, o jeito como bufava quando ria e parecia tão aliviada ao pensar que eu não tinha percebido. Tudo nela era natural. Seus sorrisos, suas risadas, a maneira tímida como tirou os sapatos e caminhou pelo riacho comigo, observando a beleza ao nosso redor.

— Então você acabou de renovar seu contrato com os Vipers — Alessia diz, interrompendo meus pensamentos. Seus olhos brilham de excitação. — Dez milhões e meio por ano, pelos próximos oito anos?

— Achei que você não acompanhava o hóquei.

Para ser mais específico, Alessia disse que teve de me pesquisar quando falei que jogava profissionalmente. Ela ignora o que falei.

— Então, o que vai fazer com todo esse dinheiro? Comprar uma casa nova? Onde você mora agora? Quantos quartos tem? Com vista para as montanhas? — Seus olhos se arregalam e ela segura minha mão com as suas. — Meu Deus, você já foi a Paris? É tão linda, sobretudo no outono. Temos de ir.

— Tenho compromissos no hóquei — eu a lembro, tentando puxar minha mão de volta.

Alessia entrelaça nossos dedos e engulo um gemido quando o flash de um celular dispara do outro lado do restaurante.

— Você não pode tirar uma semana de folga?

— Não é assim que... — suspiro. — Não é assim que o hóquei funciona, não quando se tem um contrato.

— Ah. — Ela franze a testa, então sorri. — Ouvi dizer que é linda no Natal também.

— Você me disse que passa o Natal com sua avó no asilo.

— Até lá, a vovó provavelmente já terá morrido. Se não tiver, não tem problema. Ela não perceberá mesmo.

Ela tira o celular da bolsa e me mostra uma série de fotos posando ao lado da avó adormecida, fazendo o sinal da paz ao sorrir ou franzindo os lábios.

Que porra é essa em que fui me meter?

— Hum... — Despejo o que resta da primeira garrafa na taça e viro na boca, esperando que a bebida queime a memória desta conversa. — Então você fez a trilha dos Apalaches.

Ela revira os olhos e se curva sobre a mesa, batendo palmas.

— Ai. Meu. Deus, essa foi a *pior* de todas! Odeio natureza. Odeio insetos. Odeio caminhar. Eu me presenteei com umas férias de cinco dias em um hotel com spa depois daquele pesadelo.

O que restou do meu coração afunda em minhas entranhas.

— Sua garrafa — Scott murmura, aparecendo em nossa mesa. Ele desarrolha o vinho, coloca uma amostra em cada copo e sorri. — Sr. Lockwood, se puder, nosso chef de cozinha adoraria conhecê-lo. Ele é um grande fã seu.

Dou um salto na mesma hora e meus joelhos batem contra a mesa, sacudindo os pratos. Seguro as taças de vinho antes que elas caiam.

— Mas é claro. Com certeza. Sim, claro. Adoro conhecer fãs. — Toco o ombro de Alessia. — Volto já.

Scott me conduz pelo restaurante até um corredor escuro.

— Da próxima vez que eu beber meia garrafa de vinho de duzentos dólares em dez minutos, preciso que você finja que há um incêndio na cozinha e coloque todos os clientes para fora. Eu pago as contas. Entendido?

Scott ri.

— Entendido, Sr. Lockwood.

— Então você a beijou.

— Eu *não* a beijei. Você estava mesmo me ouvindo?

Carter dá de ombros.

— Aquela foto no Instagram diz que você a beijou.

Empurro o ombro de Carter, que tropeça de lado em seus patins, pulando o meio-fio e caindo na grama, onde se segura contra uma árvore.

— Filho da puta — ele grita, saltando de volta para a rua, correndo atrás de mim a toda velocidade enquanto disparo à sua frente.

Antes que ele possa me pegar, Emmett envolve um braço em volta da cabeça dele, puxando-o de volta para si.

— Não cutuque o urso. Adam entrou no modo urso!

Garrett solta uma risada.

— Adam nunca vira um urso.

Jaxon dá a volta em mim e se vira, patinando de costas para poder me olhar com um sorriso presunçoso.

— Eu virei um *urso* com três garotas no quarto dos pais dele na sexta à noite.

Aponto para ele.

— Você está no topo da minha lista!

Jaxon balança as sobrancelhas e gira, nós cinco nos sintonizando na patinação, deslizando pela rua silenciosa.

— Então você não a beijou?

Puxo meu boné com a lembrança desconfortável da noite passada. Acompanhei Alessia até seu carro, agradeci o jantar bom/horrível, mas, quando abri a porta, ela colocou os braços em volta do meu pescoço e pressionou os lábios nos meus. Fiquei ali em choque antes de ela enfiar sua língua na minha boca.

Não tenho muito orgulho de dizer que, por três segundos inteiros, considerei beijá-la. Deixei a língua dela deslizar contra a minha, e minha mente vagou para um lugar onde me perguntei como seria desistir por uma noite, esquecer o que quero e só obter um alívio pela primeira vez em tanto tempo.

Mas voltei à realidade com o flash do seu celular assim que ela tirou uma selfie nossa no meio do beijo, e ainda bem.

— Parei o beijo e falei que não sentia uma conexão e que seria melhor se seguíssemos nossos caminhos separados. — Acaricio meu rosto, onde ainda posso sentir a palma da mão dela. — Ela me deu um tapa e disse "obrigada por desperdiçar meu tempo" antes de entrar no carro, bater a porta e ir embora.

Carter ri.

— Nunca pensei que seria você, de todos nós, quem levaria um tapa.

Jaxon toca sua bochecha e sorri.

— Já ganhei minha cota justa. Alimentada por uma energia selvagem. Em geral, termina de volta na cama ou contra uma parede. Uma vez, até caímos direto no...

— Não preciso ouvir isso — eu o interrompo. — E agora tem uma foto minha e dela flutuando pela internet para sempre.

Garrett pega o celular, rindo da foto que vi uma centena de vezes hoje, a que Alessia me marcou ao raiar do dia.

— A legenda é a pior parte. — Emmett pega o celular, limpando a garganta antes de ler as palavras de Alessia em voz alta, aquela que ele reserva para quando imita sua esposa, Kara. — Passei a melhor noite com esse homem, mas fiquei tão triste quando tive que dizer a ele que não sentia uma conexão amorosa. *Emoji triste* Três de cinco na escala do beijo. Precisa de um pouco de trabalho de língua.

— Precisa de um trabalho de língua, minha bunda — resmungo, patinando pela minha garagem. Risadas e gritos fluem quando fecho o portão. — Eu que falei sobre não sentir conexão!

— Modo urso ativado. — Carter faz garras com a mão. — *Rrrraaauuu.*

Seus olhos brilham ao pousarem em sua filha, mas, antes que ele possa chegar até ela, Garrett corre, pega-a no colo e a abraça contra o peito.

— Oi, meu anjo — ele murmura, salpicando o rosto da bebê com beijos, fazendo-a gritar de tanto rir. — Tio Gare está aqui.

Carter geme, cerra os punhos e começa a arrancar os patins.

— *Jennie*! Venha buscar seu namorado!

Kara, que está tomando sol de bruços, revira os olhos.

— Aja de acordo com a sua idade, Carter. — Ela sorri para Emmett quando ele dá um tapinha na bunda dela. — Oi, amor.

A porta do meu pátio desliza, e Jennie e Olivia saem de fininho. Os olhos de ambas brilham ao ver seus respectivos homens sem camisa, suados e brigando pela bebê mais fofinha. Garrett enfim desiste de Ireland em favor de pegar Jennie nos braços, enterrando o rosto em seu pescoço.

— Mantenha as mãos acima da cintura, Andersen — Carter resmunga quando Garrett aperta a bunda de Jennie. — Esta aí é minha irmã. — Ele intercala beijos em Ireland, que balbucia, e Olivia. — Minhas duas princesas.

Jaxon rouba os holofotes quando passa por todos, gritando:

— *Bomba!*

E desaparece na minha piscina, levantando um jato d'água de dois metros.

Olivia me segue até a cozinha, onde encho um copo com água gelada e o esvazio em segundos.

— O encontro não foi bom, hein? — ela pergunta, pegando uma bandeja de frutas da minha geladeira.

— O quê, aquela foto nossa nos beijando não te convenceu?

Coloco um pedaço de melão na boca e ela ri.

— Você parecia um cachorrinho prestes a ser atropelado.

— Talvez seja por isso que ela só me deu nota três de cinco na escala de beijos.

Olivia bufa, mas uma compaixão genuína brilha em seus olhos.

— Sinto muito que não tenha dado certo.

Dou de ombros.

— Está tudo bem. Estou me acostumando à ideia de que não há ninguém para mim.

Ela franze a testa.

— Não acredito nisso, Adam. Nem um pouco.

— Estou cansado de procurar — admito baixinho.

— Talvez seja esse o ponto. Talvez quando parar de procurar e apenas viver... Talvez aí encontre sua magia.

Sorrio ao abraçar o pequeno corpo de Olivia antes de ela sair. Magia parece uma coisa legal.

Meu celular toca quando estou tirando hambúrgueres e salsichas da geladeira. O rosto da minha mãe está me encarando da tela, com os profundos olhos castanhos e seu sorriso largo posando ao meu lado, logo depois do meu primeiro jogo na Liga Nacional, toda orgulhosa e mal alcançando meus ombros. Essa imagem me traz um nível de conforto que é difícil de encontrar em qualquer outro lugar.

Coloco o celular entre a orelha e o ombro enquanto distribuo a carne em uma tábua.

— Oi, mãe.

— Oi, querido. O que está fazendo?

— Vou começar o churrasco — falo, ouvindo um grito e o som de um mergulho ecoando pela porta.

— Queria que papai e eu estivéssemos aí com vocês. — Ela hesita e há um tom sombrio em sua fala seguinte. — Talvez precisemos visitar você logo.

Meu peito aperta.

— Está tudo bem?

— Bem, seu pai e eu estamos preocupados, porque...

Outra pausa.

— Você está rindo?

— Não — ela ri. — É só que estamos preocupados com você, porque — *risos* — aparentemente você é apenas — *bufo* — três de cinco na escala do beijo...

Ela enfim se engasga, quase abafada pelo estrondo da risada do meu pai.

— Porra, vocês dois são cruéis.

— E ela não sentiu uma conexão amorosa! — Ela chia, ofegando por ar, e reviro os olhos.

— Não se esqueça de trabalhar a língua! — grita meu pai. — Ele precisa de um trabalho de língua sério!

— Odeio vocês — resmungo.

Quando consegue controlar o riso — parece estar chorando —, ela diz:

— Desculpe, querido. Acompanhar sua vida amorosa nas redes sociais é nossa maneira favorita de passar as manhãs de domingo.

— Não tenho vida amorosa.

— Talvez você precise recuar um pouco — ela sugere.

— Sim, a Ollie estava dizendo a mesma coisa.

— Você tem um grupo ótimo ao seu redor, querido. Se estiver procurando por amor, dê uma olhada nas pessoas com quem você cruza todos os dias. No momento que encontrar alguém que te faça se sentir bem, como uma extensão da sua família, você saberá.

Sei que ela está certa. O riso que me cerca nos meus melhores e piores dias me traz uma satisfação sem a qual eu não conseguiria viver e, quando saio e vejo meus amigos se sentindo à vontade na minha casa, sei que, se só pudesse contar com eles pelo resto da vida, já me consideraria sortudo.

Mas isso ainda não me impede de desejar ter alguém para chamar de minha à noite, quando o silêncio se instala.

— Oi, princesa — sussurro, pegando Ireland e beijando seu narizinho. Eu puxo a alça do seu chapéu de sol xadrez cor-de-rosa e ela sorri para mim, desdentada, ressaltando aquelas covinhas dos Beckett em seu maiozinho de babados. — Caramba, você está fofa pra caralho.

— Essa é uma característica da família Beckett — Carter afirma, nadando até a borda da piscina. — Ireland, neném, olha! Olha o papai! Olha o que consigo fazer! — Ele pressiona os pés contra a parede da piscina e se lança para trás, dando uma cambalhota debaixo da água, emergindo com um suspiro. — Você me viu, princesa? Viu o papai? Dez em dez, certo?

Faço cócegas em sua bochecha.

— Ela não estava olhando.

— Ah, cara. — Carter dá um tapa na água e nada para longe.

— Seu pai às vezes é um pouco exagerado, não é? — murmuro para Ireland, colocando-a de volta em seu cobertor, esticando-me ao lado dela.

Seus inocentes olhos verdes me encaram enquanto dirijo seu fusquinha favorito em volta dela, e não consigo evitar que minha mente vague até outro par de olhos verdes. Perdi a conta de quantas vezes fiz isso, deixando meus pensamentos vagarem de volta para Rosie. O sorriso doce, os cachos loiros cor de mel com mechas de rosa-claro, as sardas douradas espalhadas pelas maçãs do rosto, o jeito com que a cadelinha a olhava, como se ela fosse seu mundo inteiro.

Horas depois, sentado à beira da piscina, observando o sol se pôr atrás do cenário espetacular, quando está tudo tranquilo e a cabeça do meu cachorro repousa na minha coxa, ainda estou pensando nela.

A porta do pátio desliza e Jaxon senta-se a meu lado, entregando-me uma cerveja e molhando as pernas na água.

— Nunca vou me cansar desta vista.

— Também não.

Tomo um longo gole da cerveja, lambendo o gosto dos meus lábios e, pela centésima vez, me pergunto qual é o gosto da boca de Rosie. Jaxon não deve ser a pessoa ideal com quem devo conversar sobre isso, mas ele é o único solteiro do grupo, então é o único que ainda está aqui esta noite.

— Conheci alguém ontem.

— É, cara, eu sei. Essa foto tem 250 mil curtidas no Instagram. Todo mundo sabe.

Eu rio, emitindo um som exausto, e esfrego os olhos.

— Outra pessoa. Ontem, quando Bear e eu fomos fazer uma caminhada.

As sobrancelhas dele se erguem.

— Ah? E? Conte aí.

— Ela era… Sei lá. — Coloco a palma da mão na nuca, pensando em Rosie. — Tão fofa. Está na faculdade de veterinária e estava passeando com uma cachorrinha do abrigo de animais. Levou petiscos caseiros para a cachorra e dividiu alguns com Bear. Também compartilhou o almoço dela comigo. A cachorrinha teve uma vida difícil, pelo que contou, e ela era tão paciente com o animalzinho. — Dou de ombros. — Ela era muito fofa.

— Está me dizendo que encontrou alguém que gosta de cachorros de *verdade*, sem fingimento? Você tirou a sorte grande, amigo.

— Cala a boca, seu babaca.

Ele ri e toma um gole de cerveja.

— Sério. Parece algo que vale a pena explorar.

— Sim, acho que sim.

— E como ela se sentiu em relação ao hóquei?

— Não surgiu o assunto. — Lembro-me da maneira como procurei em seus olhos qualquer sinal de animação quando me apresentei, como seus olhos grandes não revelaram nada. — Não acho que ela tenha me reconhecido.

— Não deve ser muito fã de hóquei, então. Tudo bem. Era mais ou menos o que você queria, certo?

— Seria bom saber se ela gosta de mim como eu sou, isso com certeza.

— Então você vai ligar para ela e convidá-la para sair?

Eu me encolho.

— Eu faria isso, mas... não peguei o número dela.

— Jesus, Adam! Erro de principiante.

— Eu não estava pensando direito. Eu estava todo... — Passo a mão no cabelo, puxando. — *Encantado.*

Jaxon ri.

— Então volte no próximo fim de semana. Mesma hora, mesmo lugar. Aposto que ela estará lá.

— Isso é meio... lógico. Mas não é meio forçado? Parece perseguição. Não quero assustá-la.

— Não... Um cara determinado indo atrás de uma gatinha com quem se conectou? As mulheres gostam disso. Além do mais, se você sentiu algo, algo que pode ser real... — Ele dá de ombros de novo. — Você não quer perder essa chance. Vá atrás dela.

Eu o observo em silêncio por um momento, casualmente bebendo a cerveja ao observar para as montanhas.

— Você não tem um ponto fraco, Jaxon, tem?

— Nem, foda-se isso.

— Parece que você é um molenga por baixo desse exterior duro. — Meu sorriso cresce e ele balança a cabeça. — Parece que você sabe bem como cortejar uma mulher, não apenas dormir com ela.

— Tudo bem. — Ele arranca a cerveja das minhas mãos e caminha em direção à casa. — Você já bebeu o suficiente. Vou fazer um café para você.

Eu rio ao vê-lo entrar, e Bear abre os olhos sonolentos, virando-se para mim sob o sol poente.

— O que você acha, Bear? Tentamos? — Solto um suspiro ao mergulho final do sol e as estrelas começam a pipocar no céu. — Talvez ela goste de nós exatamente pelo que somos.

Será que deixei Jaxon me convencer a fazer isso?

— O que estou fazendo aqui? — Olho para Bear, que me espera, com tranquilidade, e depois de volta para o pequeno prédio na minha frente. Jogo os braços para cima. — Vamos embora. Isso é estúpido. Não deve ser esse o abrigo. E ela nem vai se lembrar da gente.

Bear me dá um latido raivoso, como se discordasse sobre quão memorável pareço pensar que ele é. Ele pega sua coleira nos dentes e puxa, tentando me levar em direção ao abrigo Coração Selvagem.

— Vamos, amigo. Vamos lá. Se é pra gente vê-la de novo, então…

O som de uma risada suave rouba minhas palavras quando a porta da frente se abre e uma pastora-alemã salta para fora, praticamente arrastando uma coisinha pequena com ondas loiras cor-de-rosa e mel caindo do coque bagunçado no topo da cabeça.

Observo Piglet trotar para a frente, dando três passos rápidos antes de pular no ar, como se nunca tivesse ficado tão animada, e Rosie parece não se cansar de vê-la assim.

Bear choraminga ao vê-las, as duas garotas que poderiam ter roubado um lugar em nossos corações uma semana atrás, e dois pares de olhos se voltam para nós. Piglet se encolhe, escondendo-se entre as pernas de Rosie até nos reconhecer. Lentamente, ela recua para o sol, fita Rosie, de volta para nós, e começa a abanar o rabo.

O semblante de Rosie brilha de reconhecimento e surpresa, e os nós no meu estômago se apertam ao lutar entre a vontade de correr e a vontade de ficar.

— Adam?

— Oi, Rosie. — A voz sai rouca pra caralho e acaricio a parte de trás do meu pescoço úmido ao percebê-la se aproximando devagar, a curiosidade dançando em seus olhos cor de jade. — Eu, hum… Não tinha certeza se este era o abrigo certo, mas é o mais próximo, e imaginei que talvez vocês fossem passear no mesmo horário todo sábado, e… — Limpo a garganta no punho. — Achei que seria legal se os cachorros pudessem caminhar juntos de novo, já que pareceram gostar um do outro. Sabe, pelos cães.

Seu sorriso cresce e fica grande, deslumbrante, e Rosie balança a cabeça em concordância.

— Ah, sim. Claro. Pelos cães.

— E talvez por mim também — admito. — Eu, hum… gostei de caminhar com você. E de falar com você. E de comer você. Não, droga! — Aperto os olhos e balanço a cabeça. — Porra, não, não é isso que eu… Comer *com* você. Seu sanduíche. Não sua… — Gesticulo para sua virilha.

Puta merda, gesticulei para a virilha dela! Estou me transformando em Garrett.

Preciso de ajuda. Preciso de uma intervenção. Estou sofrendo de paixonite e não sei o que fazer com isso. Já faz tanto tempo. Devo ligar para Carter? Ele é o melhor conselheiro que poderei encontrar? Não, vou ligar para Olivia. Ela é sensata. Pode me ajudar. Talvez ela possa reunir as meninas.

Aponto para a calçada.

— Vou embora agora.

Risos explodem atrás de mim quando me viro. Meu interior se acalma com as próximas palavras de Rosie, com sua mão no meu punho, me impedindo de ir embora.

— Nós adoraríamos caminhar com vocês.

5
PROBLEMAS COM P MAIÚSCULO

ADAM

ELA É TÃO BONITA. ELA sabe como é bonita? Seu cabelo parece tão macio que só quero tocá-lo. Ela tem sardas que parecem ouro líquido, pontilhando a ponta do nariz e varrendo as maçãs do rosto. Seu queixo tem uma covinha minúscula, bem ali no meio, e, quando ela sorri, eu...

— Você está me deixando nervosa.

Tropeço nos meus pés, dando um solavanco para a frente.

— O quê?

Rosie ri e seu nariz fica uma coisinha fofa e enrugada.

— Você não disse uma palavra em dez minutos, Adam. Está apenas andando em silêncio, me encarando. — Ela limpa o queixo. — Estou com algo no rosto? Comi um sanduíche de manteiga de amendoim e geleia mais cedo e, em geral, sou uma comedora bem bagunceira. — Ela balança a cabeça por cima do ombro, tentando olhar para a própria bunda. — Ou me sentei em alguma coisa? Você não acreditaria quantas vezes fiz isso, apenas para descobrir horas depois, quando tiro a roupa.

Eu rio.

— Não, você não tem geleia no rosto e não se sentou em nada. Sua bunda está per... — Paro. Rosie pisca para mim. Pisco de volta. — *Per*feitamente roxa. — Gesticulo para a bunda em sua legging roxa. — Suas calças são roxas, então sua bunda também está... roxa. Não que eu estivesse olhando.

Claro que eu estava olhando.

Rosie coloca uma mecha rosa atrás da orelha.

— Obrigada... Acho?

Concordo.

— Sim, é uma legging bonita.

Adorei a legging, quase tanto quanto adorei a bunda, e não por causa da cor.

Porque seus quadris são cheios e bem redondos, e não tenho orgulho de dizer que, toda vez que ela pula na minha frente, meus olhos se concentram naquela bunda perfeita naquelas calças esculpidas. Quem teve o direito de dar a ela uma bunda dessas? Ela atrai minha mente para lugares obscuros e proibidos... Como seria agarrá-la em minhas mãos, levantá-la até a minha cintura e pressioná-la contra uma árvore...

Quero senti-la. Tocá-la. Quero passar meu polegar sobre aquela pequena covinha em seu queixo, passar a mão sobre seu quadril, entrelaçar meus dedos com os dela e apenas *sentir*. Quero sentir alguma coisa, qualquer coisa, e só quero que pareça *certo*.

— Desculpe — enfim digo. — Estou na minha própria cabeça hoje. Todos os dias, aliás.

— Está tudo bem. Eu moro na minha. É um lugar opressor às vezes. Ah! — Ela dá um tapinha no meu ombro e se vira, caminhando à frente. — Você já imaginou aquela coisa do pior-cenário-possível?

Levanto uma sobrancelha.

— Que coisa de pior-cenário-possível?

Ela coloca a mão no peito.

— Sou especialista em pior-cenário-possível. — Ela se vira e se junta a mim, segurando meu cotovelo enquanto caminhamos. — Começo pensando em algo aparentemente insignificante e, então, por acidente, imagino em algo ruim que poderia acontecer por causa disso, depois outra coisa ruim e, antes que eu perceba, já fiz uma lista de todas as coisas horríveis e assustadoras que poderiam dar errado se eu entrasse muito fundo na água, ou se fosse caminhar à noite, se enfim ganhasse a coragem de dizer não a alguém. — Ela observa meu rosto inexpressivo por um momento, então se encolhe. — Desculpe. Meu nível de ansiedade é absurdo! — Ela aponta para Piglet, que está andando à nossa frente com Bear. — Exceto com a Pig. E, veja, agora estou imaginando um novo pior-cenário-possível: talvez você tenha se arrependido de ter me convidado para caminhar e agora está pensando em maneiras de sair da situação, talvez desesperado o bastante para me jogar do penhasco? — Ela arregala os olhos para mim. — Por favor, não me mate.

Uma gargalhada escapa do fundo do meu peito e apoio um braço em volta de seus ombros.

— Eu nem sonharia em te convidar para sair. Como eu lidaria com essa sua calça roxa?

— Você quer dizer, com a minha bunda?

— Cuidado, problema. — Há aquele rubor, da mesma cor de seu cabelo, nas maçãs de seu rosto. — Entendo o que você quer dizer, porém — falo. — Eu me perco nos meus pensamentos, que acabam escapando para coisas que podem dar errado, para a possibilidade de eu não estar vendo a situação com clareza ou de a história se repetir. É confuso e...

— Assustador.

— Sim, é. Me faz pensar em muitas coisas.

— Faz com que eu perca muitas oportunidades — ela acrescenta baixinho.

— Ei. — Cutucando a lateral do seu corpo, sorrio, porque quero ver seu sorriso de novo. — Mantenha-me por perto que você não perderá mais nada. Vou continuar aparecendo no abrigo para que você não tenha escolha.

Ela abre um sorriso largo e esperançoso, até um pouco pateta.

— Será que você está me stalkeando?

— Foi o que eu falei! Mas meu amigo disse que garotas gostam dessas coisas.

Seus olhos encontram os meus, curiosos e um pouco hesitantes, outro rubor em suas bochechas.

— Você falou sobre mim com um amigo?

Há uma parte de mim, uma parte grande, que está incerta. Em dúvida se estou vendo algo, sentindo algo que não está de fato aqui. Que estou desesperado o suficiente para me convencer de que ela está interessada. *De fato* interessada. E esse medo todo rouba minhas palavras. Então só sorrio de leve e pego sua mão, ajudando-a a passar por um monte de pedras antes de chegar à ponte. Ela se senta à beira do riacho, com os pés balançando na água, e me abaixo ao seu lado. Os cães correm em nossa direção quando ela pega a mochila, e observo como Bear se comporta como um anjinho quando ela o faz se sentar, mostrando-lhe um biscoito antes de o oferecer. Ele o pega delicadamente e lambe a bochecha de Rosie em sinal de agradecimento. Rosie ri e beija seu focinho antes de fazer o mesmo com Piglet. Depois de tomarem água de uma tigela dobrável, os cachorros se aconchegam atrás de nós.

— A Piglet parece gostar do Bear — observo.

— Como fica muito nervosa perto de pessoas, ela não consegue socializar como os outros cachorrinhos do abrigo conseguem. Ela confia em poucos, e fico triste de imaginar que, talvez, ela também fique presa dentro da própria cabeça. Fiquei muito feliz por ela ter feito um amigo.

— Então deveríamos caminhar juntos todo sábado, hein?

Rosie sorri para sua mochila.

— Se você quiser.

— Eu quero. E você?

Desta vez, seu rubor sobe até a ponta das orelhas.

— Sim. Acho que sim.

— Legal. Combinado.

Os olhos de Rosie se voltam para os meus, um mar de curiosidade e nervosismo girando sob seus cílios. A franja cobre parte de seu rosto, mas não a ponto de esconder as emoções que ela exibe tão livremente. Ela abre a boca, mas parece duvidar do que iria dizer, então só morde o lábio inferior e concentra a atenção na mochila, com um leve tremor nas mãos.

Ela me entrega dois sanduíches e um muffin.

— Aqui. Para você.

— Você trouxe almoço para mim?

— Sabe, pensei, apenas no caso de nos encontrarmos de novo e de você querer almoçar com a gente. É um sanduíche de bacon com peru no pão italiano. Não é grande coisa. Se não quiser…

— Parece ótimo. — Coloco minha mão sobre a dela, que está com os nervos à flor da pele, interrompendo a forma desajeitada com que ela está abrindo o sanduíche. — Você pensou em mim, o que já significa muito. — Acaricio seu punho com o meu polegar e seus olhos acompanham o movimento antes de se erguerem para os meus. — Obrigado, Rosie.

E, então, para aliviar a tensão no ar, suspiro feliz.

— Não como nada desde o segundo café da manhã.

— Segundo café da manhã?

— Eu definharia se houvesse só um.

Ouço aquele risinho, mesmo que ela esconda atrás do muffin. Quando termina de comer, me entrega um guardanapo para limpar as mãos, oferece outro biscoito aos cães e enche a tigela de água uma última vez antes de embalarmos tudo.

Pego sua mão, ajudando-a a se levantar, e inclino minha cabeça em direção ao riacho cintilante.

— Quer caminhar na água comigo?

Ela hesita como se fosse dizer não, mas Bear corre na frente, pulando na água, e Piglet puxa sua coleira, fazendo Rosie avançar ao correr atrás de Bear.

— Aqui — falo com uma risada, pegando a coleira de Piglet. Tiro os tênis e as meias e sigo os cães para dentro da água. — Pode se sentar. Mergulhe só os pés, e nós vamos brincar.

Ela assente, sentando-se na beirada, observando-nos enquanto mergulha os pés. Os cachorros brincam na minha frente, lutando e rolando, até que nós três estamos encharcados até os ossos. Eles param para descansar, deitados ao sol, e o barulho tranquilo da água atrai a atenção por cima do meu ombro.

Rosie caminha devagar em nossa direção, com uma mão no queixo, a outra segurando a gola da blusa. Ela olha para mim com sorriso instável, como se se movesse em câmera lenta, e sorrio de volta.

Sua palma quente desliza contra a minha e a agarro com força, puxando-a para mim. Não quero soltá-la, mas solto, e juntos caminhamos pelas águas rasas. Depois de alguns minutos de paz, o próximo passo de Rosie traz a água até seus joelhos, arrancando um suspiro agudo dela.

— *Ai!* Eu não sabia que era tão fundo.

Ela recua de imediato, puxando a parte de trás da minha camiseta antes de escorregar em uma pedra e quase cair de bunda no chão.

Pego Rosie pela cintura, suas curvas suaves derretendo sob a palma da minha mão conforme ela se agarra à minha camiseta. As pontas dos meus dedos cravam nas laterais de seu corpo e ela me encara, os lábios rosados se separando, cada sopro de respiração beijando meus lábios quando a seguro bem perto de mim, olhando para seu rosto em formato de coração.

— Cuidado, problema.

Seus dedos continuam apertando a camiseta e seu olhar recai sobre minha boca. Então ela pisca, balança a cabeça e nos puxa de volta para o raso.

Piglet corre para o lado dela, cheirando suas pernas e mãos, antes de, enfim, lamber onde quer que ela possa colocar a língua.

Rosie dá um tapinha na cabeça dela.

Estou bem, Pig, mas obrigada de qualquer forma pelos beijos. — Seus olhos encontram os meus por apenas um instante. — Desculpe. Entrei um pouco em pânico.

— Não se desculpe. Você é muito baixinha; devemos ficar no raso.

Ela ri.

— Não sou baixinha.

— É o que todas as pessoas pequenas dizem.

— Eu... — Rosie bufa, cruzando os braços sobre o peito. — Não sou pequena!

Sorrio, dando um tapinha no canto do seu beicinho.

— Quanto você tem de altura? Um metro e sessenta e cinco?

Ela aponta o nariz teimoso e fofo para o céu.

— Um metro e sessenta e sete, para o seu conhecimento. Mas acho que pareço minúscula quando comparada à sua altura monstruosa.

Sufoco uma risada.

— Desculpe por ter errado por dois centímetros.

— Dois centímetros são muito importantes.

— Ah, concordo plenamente. Dois centímetros podem significar a diferença entre uma noite decepcionante e uma noite gritando pelas razões certas.

As palavras saem da minha boca antes que eu possa pensar demais nelas, e espero que não soem tão mal. A boca de Rosie se abre, o calor em suas bochechas retorna como lava derretida, e pisco.

Fechando a boca, ela franze o nariz para esconder como está se divertindo e dá um tapinha no meu ombro.

— Que safado! Pelo bem de todas as garotas que passam a noite com você, espero que você tenha esses dois centímetros extras.

Eu rio.

— Não há garotas.

Ela ergue as sobrancelhas.

— Nenhuma?

— Nenhuma.

— Hum. — Ela se aproxima, acenando para mim como se tivesse um segredo, e abaixo a cabeça, sentindo um coquetel de excitação e nervosismo correr pela minha espinha à medida que seu hálito quente toca meu ouvido. — É porque faltam os dois centímetros extras?

Afasto-me com um suspiro agudo e uma mão pressionada no peito. Quando ela começa a rir, puxo de leve o coque na sua cabeça.

— Você é mesmo um problema com P maiúsculo, não é?

Sua risada cessa aos poucos e ela volta sua atenção para os dedos do pé.

— Não é fã do apelido?

— Problema?

— Hum...

Ela olha para o céu azul-claro com um sorriso distante curvando os lábios.

— Adoro, na verdade. Meu pai o inventou quando eu tinha dois anos.

— Ah, então nós dois enxergamos por trás desses grandes olhos verdes e sorriso inocente.

— Ei. — Ela estreita os olhos e cutuca minha barriga. — Saiba que o maior problema em que me meti quando criança foi trazer para casa um coelhinho que encontrei no parque. Ele estava sozinho, então pensei que tinha perdido a mãe e eu estava fazendo a coisa certa. Meu pai explicou que as mamães coelhas os deixam durante o dia para protegê-los de predadores e que ela estaria procurando pelo bebê quando o sol se pusesse, na hora de alimentá-lo. Fiquei perturbada por tê-lo tirado da mãe.

— Vamos lá. A pior coisa que já fez foi salvar um coelhinho que você pensou que poderia estar passando fome? Nem vem, não compro essa história.

— É verdade! Eu era comportadinha. Meus pais e eu sempre fomos tão ocupados em nosso tempo livre, caminhando, acampando, explorando lugares... — Ela dá de ombros. — Acho que nunca tive a chance de me desviar do bom caminho.

— Mas e quando era adolescente?

Algo em sua expressão muda, a luz em seus olhos parece se apagar, roubando toda a animação.

— Fui uma adolescente ainda melhor. Tão quieta que ninguém nem me notava. — Ela se vira, caminhando de volta para a margem. — Tenho de começar a voltar. — Seu sorriso reservado se desfaz em risadas quando os cachorros vêm correndo aos seus pés, mordiscando-os conforme ela tenta calçar as meias. — *Parem!* — ela grita, rastejando para longe sobre as mãos e os joelhos. — Tenho cócegas!

Vê-la de quatro, com sua bunda cheia e redonda no ar, desperta algo em mim. Desbloqueia algo velado e selvagem, uma voracidade tão grande que levo a palma da mão trêmula sobre a boca.

Porra, não consigo me lembrar da última vez que fiquei tão excitado, que me senti tão atraído por alguém. Não são apenas pelas *curvas*, pelos quadris largos, pela curva suave da cintura, onde adoraria enterrar as pontas dos dedos até que desaparecessem. É a maneira como todo o seu corpo ganha vida quando ela ri, seu narizinho enrugado. É a maneira como seus olhos brilham de animação e se turvam ao menor sinal de decepção, incapaz de esconderem uma única emoção, deixando-a totalmente aberta, implorando para ser lida como se fosse seu livro favorito. Como seus dentes descem sobre seu lábio inferior, mordiscando-o quando está tímida. Como ela é incapaz de controlar o sorriso quando ele quer se libertar, e a maneira como me atrai como um ímã, porque, quando ela sorri, tudo parece perfeito.

É a maneira como ela ama os animais, como trata Piglet com tanta paciência. Como trouxe sanduíches a mais para a caminhada, só para o caso de me encontrar... Porque ela pensou em mim.

Não é que eu me sinta menos frágil com Rosie, mas a luz dela consegue me penetrar, por entre os pedacinhos estilhaçados que ficaram em mim. Encontro a beleza, uma sensação de paz que me diz que coisas boas estão por vir.

Talvez seja estúpido da minha parte estar tão esperançoso depois de tudo, das traições, das mentiras e dos inúmeros encontros com mulheres aleatórias, menos com a pessoa certa. Talvez eu esteja perdendo a cabeça, pensando que posso encontrar consolo em alguém que mal conheço.

Mas prefiro ter esperança a aceitar a opção mais devastadora: que não encontrarei o que meus amigos têm, o tipo de amor que meus pais têm e que me ensinaram a esperar.

Rosie e eu caminhamos em silêncio com os cães trotando à nossa frente, e depois de alguns minutos ela me cutuca.

— E você?

— E eu?

— Você foi uma criança fofa ou um terror?

Eu rio, raspando meu queixo e admitindo:

— Eu era uma peste. Meus pais sempre me ensinaram a ser gentil e prestativo; isso nunca foi um problema. Mas acabei indo parar em muitos lugares onde não deveria estar. Como em um buraco de um metro de profundidade no jardim dos fundos da minha avó, quando testei se conseguiria cavar um túnel até a China. — Aponto um dedo no rosto divertido de Rosie. — Não dá, aliás, então nem desperdice sua energia com isso. E houve também uma vez na casa de campo, quando colecionei um balde de sapos e os trouxe para minha mãe quando ela estava cochilando no sofá. Ela tinha medo de sapos, mas eu queria mostrar que não tinha nada a temer, porque eles são apenas homenzinhos gentis e saltitantes, e um pouco de limo não faz mal a ninguém. Mas não saiu bem como o planejado... — Coloco a mão na minha nuca quando me lembro de como minha mãe abriu a tampa da surpresa que levei para ela... E ela pulou de susto e acabou derrubando o balde da minha mão, tropeçando no cobertor e caindo de cara no chão com doze sapos saltando pela sala de estar. — Lembre-me de ligar para minha mãe e pedir desculpas pela centésima vez quando chegar em casa.

— Ah, qual é?! Você era apenas uma criança! Tinha boa intenção. Você devia ter, o quê? Cinco, seis anos?

Passo a mão na boca para esconder meu sorriso culpado.

— Treze.

— *Treze*? Adam! Ligue para sua mãe agora mesmo e peça desculpas!

— Eu sei, eu sei. Já falei: eu era uma peste. Mas, ei, até que fiquei melhor com o tempo. — Sorrio, de forma charmosa, e balanço minhas sobrancelhas. — Como adulto, já fui chamado até de angelical!

Ela bufa, revirando os olhos.

— Arrogante também. E quanto aos apelidos? Você tem algum?

— Woody, acho, é o único.

— Woody? Por quê?

— Porque meu sobrenome é Lockwood.

— Lockwood — ela murmura e prendo a respiração, esperando que reconheça meu nome inteiro.

Esperando para que essa bolha feliz e segura em que me encontro enfim estoure. Mas isso não acontece.

Ela sorri, estendendo a mão.

— Prazer em conhecê-lo, Adam Lockwood. Sou Rosie Wells.

Rio, puxando-a para o meu lado, passando meu braço em volta dela.

— Você é fofa pra caralho, Rosie Wells. — Bear me lança um olhar por cima do ombro e reviro os olhos. — Você também, Bear. — Piglet nos rodeia, batendo no rosto de Bear com o traseiro e saltando sobre nós, a língua pendurada para fora. — E você também, lindinha.

Ela passa por entre as pernas de Rosie com um gemido, grandes olhos castanhos espiando o topo das escadas quando elas aparecem. Entrego a coleira do Bear para Rosie.

— Vamos lá, garota.

— Você vai machucar as costas um dia desses — Rosie avisa quando pego Piglet em meus braços.

— Imagine... — Coloco Piglet em um braço e flexiono o bíceps do outro. — Sou grande e forte.

— Seu pai se acha a última Coca-Cola do deserto, não é mesmo, Bear? — ela sussurra para meu cachorro quando começam a descer as escadas e o merdinha late, em concordância. — Se quisesse nos impressionar mesmo, ele carregaria você também!

— Estou te ouvindo!

Ela me lança um sorriso brilhante por cima do ombro.

— Você está se saindo superbem, Adam! Uau, como você é forte!

— Mulheres — murmuro, e Pig enfia a língua no meu ouvido.

Passo os dez minutos de caminhada até o abrigo pensando em como dizer, bem por acaso, que sou um atleta profissional famoso, que a acho muito bonita e que seria superlegal se ela quisesse talvez, tipo… passar algum tempo comigo. Sair para comer algo que ela não tenha preparado, talvez tomar uma taça de vinho que eu possa saborear nos lábios dela depois.

Abro e fecho a boca umas vinte mil vezes. Rosie não está se saindo muito melhor do que eu. Está aqui, na minha frente, enrolando uma mecha rosa e arranhando o chão com seu Nike surrado, decorado com uma faixa floral em branco e azul. Seus olhos saltam entre os pés dela e o meu rosto, seu rosto parecendo cada vez mais vermelho a cada olhar.

— Bem, acho…

— Você quer jantar comigo? — pergunto, de modo abrupto e, de repente, minhas bochechas ficam tão vermelhas quanto as dela.

— Jantar?

— Sei que combinamos caminhar no próximo sábado, mas seria bom ver você antes disso.

Olhos arregalados e esperançosos me encaram.

— Antes disso?

— Antes disso.

— Antes de sábado?

— Antes de sábado.

Ela morde o lábio, franze o nariz.

— Tipo… Quando?

“Hoje à noite” está na ponta da minha língua, mas é cedo demais. Preciso de ajuda.

Talvez profissional. Preciso marcar uma reunião.

Preciso mesmo de uma noite só com as garotas.

— Que tal quarta-feira? Você, eu e o jantar.

Algo brilha em seus olhos, iluminando-a de dentro para fora.

Suas mãos se fecham em punhos ansiosos ao lado do corpo.

— Ah, sim, eu poderia ir jantar. Sou muito boa para comer. — Seu queixo cai e ela cobre a boca com as duas mãos. — Ah, meu Deus! *Sou boa de garfo,* foi isso o que eu quis dizer. Eu falei outra coisa, não falei?

— Falou — confirmo, o pânico aliviando seu aperto em minha garganta. — Mas não foi pior do que quando apontei para a sua virilha. — Pego as mãos dela nas minhas, meu polegar movendo-se sobre o esmalte roxo lascado em suas unhas. — Então... Jantar? Quarta-feira?

Rosie assente ansiosamente, então faz uma pausa.

— Mas, espere. É apenas um encontro entre amigos? Ou é... Um encontro? Tipo um encontro-encontro? Duas pessoas jantando...

— Encontro?

— Sim.

— Sim. — Sorrio. — É um encontro.

— Ah. Legal. Muito legal. — Sua cabeça balança. — Gostei.

— Bom. — Trago o corpo dela para perto do meu, para dar um daqueles abraços sobre os quais pensei a semana toda. Ela cheira a verão, a coco, melão e roupa recém-lavada, e inspiro seu aroma suave, quente e perfeito. — Porque tenho que te dizer, Rosie, os pensamentos que tenho tido levariam *um amigo* a uma situação bem problemática.

Quando terminamos de trocar números de telefone e ela desaparece dentro do abrigo, ainda vejo o rubor vulcânico que cobre todo o seu corpo, quente o suficiente para que eu ainda consiga senti-lo enquanto volto para casa.

Crio um novo grupo de mensagens e digito os nomes de Olivia, Kara e Jennie.

Eu: Preciso de ajuda. Conheci uma garota.
Olivia: Eba! Adam!!! *emoji de olhos de coração* *emoji de lágrimas felizes* *emoji de noiva* *emoji de noivo*
Jennie: Meu garoto!!! *emoji de berinjela* *emoji de pêssego* *emoji de gotas de água*
Jennie: Tenho umas recomendações de brinquedos, se quiserem ser criativos.
Jennie: <link> Esse é meu favorito. Ameaço substituir Garrett por ele pelo menos 2x/semana.

Kara: Ora, ora, ora. Olhem quem veio rastejando até suas mestras pra pedir conselhos. Veio ao lugar certo, pequeno gafanhoto.

Kara muda o nome do grupo para Jornada à Bocetolândia.

Eu: Calma, que porra é essa???
Kara: Desculpa, querido *emoji triste* Tentei "Uma nova esperança para Adam: a jornada de um homem à Bocetolândia", mas ficou grande demais.

Jesus amado. Onde fui me meter?!

6

UMA NOVA ESPERANÇA PARA ADAM: A JORNADA DE UM HOMEM À BOCETOLÂNDIA

ADAM

— BEM-VINDOS, TODOS, À PRIMEIRA reunião oficial de "Uma nova esperança para Adam: a jornada de um homem à Bocetolândia". Não se esqueçam de pegar uma cesta de presentes e carimbar os cartões de ponto na saída. A sangria está na geladeira, os petiscos estão na mesa e a pizza chegará em trinta minutos. — Kara cruza uma perna sobre a outra, junta as mãos sob o queixo e sorri. — A aula já começou.

— Kara, pelo amor de Deus. — Enterro o rosto atrás de uma mão antes de esticar os dois braços. — Podemos parar de chamar assim?

— Aula? Acho que sim, se quiser ser chato.

— Não, não a aula. Jornada de um homem à Boceto... Ai, esquece — Afundo nas almofadas do sofá, cruzando os braços sobre o peito e apoiando os pés na mesa de centro. — Nem sei se quero uma namorada se ela for parecida com você — resmungo.

— Poxa, querido. — Ela dá um tapinha na minha mão. — Você não conseguiria lidar comigo.

— E por que Hank está aqui? — Aponto para o nosso velho amigo. — Sem ofensa, Hank. Eu te amo, mas você deve se sentir um pouco deslocado neste... Nisto...

— Em "Uma nova esperança para Adam: a jornada de um homem à Bocetolândia"? — Kara termina por mim. — Dá para acreditar, Hank? Adam acha que você é velho demais para estar aqui.

— Eu não disse isso! É só que, você sabe... Você tem oitenta e seis anos...

Ele sorri, acariciando a cabeça de Bear e Dublin, que descansam em seu colo. Dublin era seu cão-guia, mas, quando ele se mudou para uma casa de repouso há um ano, Dublin foi morar com Carter e Olivia. Hank recebe todo o carinho quando esses dois estão por perto.

— Disseram-me que sou um grande conquistador, sr. Lockwood, mesmo na minha velhice. E algo sobre sabedoria de ancião, blá-blá-blá. — Ele acena para as próprias palavras. — Por que vocês continuam a ouvir as palavras que saem da minha boca está além da minha compreensão, mas, se você precisa de ajuda para conquistar mulheres...

— Não preciso de ajuda para isso... — *Ok, preciso de uma ajudinha, mas não muita... Bem, não tenho ideia do que fazer.* Pego a tigela de batatas fritas da mesa, abraçando-a conforme jogo um punhado na minha boca. — Vou morrer sozinho e com um caso sério de... — Engulo. — Artrite no punho.

Olivia dá um tapinha na minha coxa.

— Isso não é verdade, Adam.

— Pois é, Adam. — Jennie ri. — Existem brinquedos para isso, então você não precisa fazer todo o trabalho sozinho. Não precisa se condenar a uma vida de artrite.

Reviro os olhos e jogo um travesseiro nela quando Kara e ela se cumprimentam, animadas. Eu sempre soube que Jennie tinha uma boca suja como a do irmão, mas tem sido legal vê-la se integrar com a gente desde que ela e Garrett ficaram juntos.

— Ok. — Kara pega uma prancheta e uma caneta, então coloca os óculos, que ela desliza pelo nariz para que possa me encarar por cima das lentes. — Conte-nos sobre a nossa protagonista.

Devoro outro punhado de batatas fritas e franzo a testa quando Olivia me tira a tigela.

— O nome dela é Rosie.

— Rosie! — Kara rabisca no papel, acrescenta meu nome e um sinal de mais, depois envolve os dois com um coração. — Muito fofo. Adorei. Conte-nos tudinho.

— Bem, a conheci no último fim de semana quando estava caminhando com Bear. Ele a derrubou. Ela estava passeando com uma cachorra do abrigo em que trabalha como voluntária. E dividiu seu sanduíche comigo. Ela quer ser veterinária. E eu voltei para o abrigo esta manhã porque Jaxon disse que eu deveria ir e, por acidente, insinuei que gostaria de comê-la, mas eu estava falando da comida dela, aí aconteceu que ela tinha feito dois sanduíches extras para mim, só para o caso de me ver de novo. Ela é tão gentil e atenciosa, e muito paciente e meiga com os cachorros. E tem sardas douradas no nariz, às vezes ela bufa quando ri, e tem, tipo, cabelo cor de mel, mas as pontas são cor-de-rosa, até mais ou menos os ombros; ela me faz sorrir muito, e ela é só... — Paro quando o silêncio ao meu redor se instala. Quatro pares de olhos me observam, esperando, sorrindo. Engulo em seco. — Fofa.

Olivia aperta minha mão.

— Ela já parece maravilhosa, Adam.

— Cabelo rosa — Kara murmura.

— Porra, eu quero um cabelo rosa — acrescenta Jennie.

— Parece que vocês têm uma conexão — Hank interrompe. — Então, com o que precisa de ajuda?

— Dessa vez parece... diferente. Não quero tratar esse encontro como qualquer outro. Podemos ter a chance de algo de verdade. Quero ter certeza de que farei tudo direitinho.

— Então, para onde vai levá-la na quarta?

Kara levanta a prancheta e sorri. Ela desenhou uma imagem de Rosie com base na minha descrição. Foi desenhado com bastante precisão, exceto que ela tem gravetos no lugar dos membros.

— Ainda não tenho certeza. Um lugar discreto seria legal, sem pressão.

— Que tal um piquenique? — Jennie sugere. — Seria legal.

— E seriam só vocês dois, então não precisam se preocupar com fotógrafos ou pessoas pedindo autógrafos — acrescenta Olivia.

— Isso pode mesmo ser opressor no começo. Vocês, jogadores do hóquei, atraem atenção em todos os lugares a que vão.

Concordo, mas uma sensação de mal-estar se instala no meu estômago.

— Só tem, tipo, um problema bem pequenininho. — Faço um gesto com o meu polegar e indicador, espiando entre o pequeno vão. — Pequenininho mesmo. Rosie, hum... Ela não acompanha hóquei.

Jennie dá de ombros.

— Não significa nada. Podemos ensiná-la.

— Ah, sim... — Sacudo meus cachos. Coço a garganta. Bato um punho na mão oposta ao ficar em pé e dar três passos para a direita. Depois giro, passo a mão pelo meu cabelo e aponto para o nada. — É, não foi o que eu quis dizer. Quis dizer que ela, hum... Ela não sabe quem eu sou.

As sobrancelhas de Jennie saltam. O queixo de Olivia cai. Hank passa a mão na boca e solta um longo suspiro. Kara sorri de um jeito meio maldoso e começa a escrever na prancheta.

— Identidade... secreta... — Ela sublinha três vezes. — Eu amo esse enredo.

Olivia balança a cabeça.

— Ok, vamos entender isso. Quando você diz que ela não sabe quem você é...?

— Falei meu nome inteiro, e ela só me respondeu com o dela. Ela acha que sou um cara normal.

— Bem, você *é* um cara normal — argumenta Jennie.

Kara concorda.

— Um cara normal que ganha mais de quinze milhões por ano como um dos melhores goleiros da Liga e todos os seus patrocínios. Um cara totalmente normal.

Ela me encara com os olhos azuis, o canto da boca erguido em um sorriso ao acrescentar, bem lentamente, mais uma linha abaixo das palavras.

Esfrego as mãos no rosto e gemo, caindo de volta no sofá.

— Estraguei tudo. Nem tivemos nosso encontro ainda e já estou fodido.

— Isso não é verdade — Olivia insiste. — O assunto do seu trabalho surgiu naturalmente na conversa?

Eu abano a cabeça.

— Então você não fez nada de errado. Pode contar a ela na quarta-feira.

Assimilo suas palavras por alguns momentos, contemplando tudo o que poderia dar errado, em vez de tudo o que poderia dar certo. Talvez eu *seja* um especialista em imaginar os piores cenários, assim como Rosie.

— Estou com medo — enfim admito. — Sei que é cedo, mas algo parece tão diferente com ela. Parece natural e fácil, e quero... — Estendo o braço e suspiro, odiando o que estou prestes a dizer. — Frio na barriga. Quando estou com ela, quando penso nela... Tudo parece novo, excitante e animador. Mas, e se eu estiver errado?

— Você passou dois dias com ela, apenas sendo você mesmo, sem toda a pressão de ser um craque da Liga. Claro, não é muito tempo, mas nenhum de vocês tem qualquer razão para ser alguém que não é. Rosie parece o tipo de pessoa que é desonesta sobre quem ela é?

— Não — respondo sem hesitação. — Ela não me deu nenhuma razão para pensar que está sendo alguém que não é. É só que...

— Entendo, Adam. — Jennie diz, concordando. — Você está acostumado a sair com mulheres que te oferecem um lado no começo, para ganhar seu tempo e atenção, e, uma vez que conquistam, mostram a você o verdadeiro lado delas. — Ela balança a cabeça, um olhar triste nos olhos. — É decepcionante e, quando tudo o que você está procurando é uma conexão genuína, é simplesmente... triste.

Meu coração dói por Jennie, pela merda que ela passou. Ela viveu muitos anos sendo desejada pelos motivos errados também. Nisso nós dois somos parecidos, e assim me sinto um pouco menos sozinho.

Mas quero estar onde ela está agora, após superar isso. Ela se sentiu muito sozinha durante essa espera? Sentiu como se nem se conhecesse? Porque sinto que estou perdendo pedaços de mim mesmo ao longo do caminho, e odeio isso.

— Não há pressa — Kara interrompe, com delicadeza em seu olhar sob o véu de sarcasmo e agressividade. — Conheça como ela é, deixe-a fazer o mesmo com você, e aproveite cada momento ao longo do caminho. — Ela arqueia uma sobrancelha e inclina a cabeça. — E, se ela acabar como todas as outras, ou pior, como... — Ela se engasga. — Aquela-que-não-deve-ser-nomeada, pegaremos dez caixas de ovos e um pacote de papel higiênico, e vamos para a casa dela no meio da noite, e...

— Não.

— Mas nós...

— Tenho vinte e seis anos! Não vou jogar papel higiênico na casa de ninguém, Kara!

Kara faz beicinho, afundando-se no assento.

— Seu chato. — Ela vira para a próxima página em sua prancheta. — Ok, combinamos um piquenique e contamos a ela que você é rico e famoso. Agora vamos falar de coisas importantes.

— Isso parece ser importante.

Ela revira os olhos.

— Não, Adam, o importante é o que você vai vestir, o que vai oferecer para ela comer, álcool ou não, sexo ou não, bolo de chocolate de sobremesa ou...

— Sexo? — O calor corre para os meus ouvidos e balanço a cabeça. — Nada de sexo. É um primeiro encontro. Eu nem vou beijá-la! — Olho para Jennie e Olivia. — Certo? Sem beijo? Você não beija em um primeiro encontro!

Eu me arrumo no assento, aliviado quando Hank concorda.

— Sim, isso seria ir rápido demais. Sem beijo.

— Ou, esperem. Se eu não beijá-la, não passo uma impressão errada? Rosie vai pensar que não gosto dela? E, se eu a beijar, longo ou rápido? Com ou sem língua? Deixo minhas mãos vagarem ou... — Olho para as minhas mãos úmidas, limpando-as na bermuda antes de jogá-las no ar. — Mantenho minhas mãos onde ela possa vê-las, para que saiba que não haverá nenhuma mão boba?

A sala fica em silêncio por dez segundos inteiros.

Hank limpa a garganta.

— Nunca desejei poder enxergar mais do que agora.

As meninas caem na gargalhada, e até eu abro um sorriso, me forçando a voltar para o sofá.

— Estou muito nervoso. Nunca fico assim antes de um encontro.

— Bem, talvez isso signifique alguma coisa — afirma Hank. — Para essa Rosie pegar um cara tão seguro e confiante como você e transformá-lo em uma confusão desconexa... Talvez conhecê-la tenha sido o destino. E sei que você perdeu um pouco dessa confiança quando as coisas terminaram com sua última namorada, mas talvez Rosie o ajude a recuperá-la. Todas as melhores pessoas nos ajudam a nos encontrar quando estamos nos sentindo perdidos.

Inclino a cabeça.

— Agora entendi.

— Entendeu o quê?

— Por que te convidaram para a noite das garotas. Eu nem preciso delas, só de você.

— Ei! — Olivia gesticula para cima. — Eu trouxe a bebê fofa que você tanto ama!

Kara segura um tablet.

— Ollie também trouxe isso.

Franzo a testa.

— Um tablet?

— Ah, seu lindo bobinho — ela murmura, tocando na tela. — O sistema vai me conectar ao seu sistema de som ambiente, certo?

— Sim...

— Ótimo.

Ela coloca o tablet no chão quando meus alto-falantes apitam, avisando-me que um dispositivo foi conectado. Seu sorriso está ainda mais assustador, e um desconforto desliza pela minha espinha.

— O que nós...

Capítulo Doze. Isabella. Minhas costas batem na parede no corredor escuro com um baque, e suspiro ao sentir a ereção dura como pedra de Grant pressionada contra o meu baixo ventre. Está quente, pesado e grande — tão grande que choramingo seu nome quando ele levanta minha perna, enrolando-a em volta de sua cintura, empurrando contra mim.

"Gosto quando você geme meu nome, mas você vai estar gritando quando eu terminar com você" Grant rosna.

— Que porra é essa? — grito, abrindo bem os braços. — O que é isso?

— É um audiolivro — Kara responde apenas, checando suas unhas. — Para você ouvir, Adam.

— Eu leio livros de autoajuda! Às vezes leio fantasia! Eu amava Harry Potter quando criança... E-eu... Não leio isso!

— Você não está julgando o gosto de Ollie e Hank por livros, está, sr. Lockwood?

Hank ergue as sobrancelhas.

— Essa foi minha escolha para leitura do nosso clube do livro na semana passada.

— E é tão bom — Olivia acrescenta, sem fôlego. Ela abana o rosto. — Não dá para não se apaixonar pelo Grant.

— Posso confirmar isso. — Jennie abre uma embalagem de Dunkaroos. — Minha mãe e eu nos juntamos ao clube na semana passada, e não nos decepcionamos. — Ela passa um biscoito minúsculo em um pouco de cobertura, então o coloca na boca. — Pense nisso como uma pesquisa de campo, Adam. Você já está pirando só com a possibilidade de beijá-la, então pode ajudar. Nos primeiros encontros, é preciso ler a linguagem corporal um do outro.

— Às vezes, você guarda o primeiro beijo para o segundo ou terceiro encontro — acrescenta Olivia.

— Ou, às vezes, você deixa o arrogante capitão de hóquei, em quem jurou nunca tocar, levá-la para cima e fodê-la até o ano que vem em seu colchão *king size*, não é mesmo? — Kara rebate, piscando para Olivia.

— Ele me disse que Oprah tinha o mesmo colchão! Como eu poderia dizer não?

— É bem fácil — pontua Jennie. — "Não." Viu? Fácil. Experimente comigo. "Não, Carter, não vou fazer sexo com você."

Olivia aponta um dedo para mim.

— É para nos concentrarmos no Adam, não no meu lado fraco e tarado!

— Ei! — Empurro seu dedo ameaçador para longe. — Fiquei feliz por vocês dois quando se beijaram no Ano-Novo! — Jogo meus braços no ar quando percebo que o casal no audiolivro está nu. — Ótimo, onde foram parar as roupas deles?

— Eles as perderam enquanto vocês estavam discutindo — responde Hank.

Isabella e Grant se tornam nada mais do que beijos ardentes, toques ousados e gemidos torturados ressoando pela minha sala, garantindo que a memória ficará para sempre gravada em meus ouvidos, e, quando ela pega seu *comprimento grosso e pulsante* na mão, abaixo minha cabeça e gemo.

— Isso é mesmo necessário? Tipo, estou ouvindo pornografia com as esposas dos meus melhores amigos. Vocês são como minhas irmãs. Eu sinto...

Olivia pressiona a mão na minha boca.

— *Shhh*. Está prestes a ficar bom.

Ele pressiona dois dedos dentro da minha boceta encharcada e circula meu clitóris lentamente conforme sua boca se move sobre meu pescoço.

— Jesus Cristo. Não consigo. — Fico de pé e passo as mãos pelo rosto. — Não consigo. Desliguem isso. — Aponto para Kara, que está digitando em seu celular. — O que está fazendo?

— Só estou mandando uma mensagem para o Emmett sobre algo que quero que ele tente hoje à noite.

— Kara...

"É assim que gosta de ser fodida?" ele pergunta. "Devagar e gentilmente?" Ele empurra os dedos grossos com mais força, mais rápido, e meus joelhos cedem quando agarro seus ombros. "Ou duro e forte, assim?"

— Ah! — Um grito de gelar o sangue soa atrás de mim. Olho por cima do ombro, encontrando meus amigos ao pé da minha escada. Carter tapa as orelhas de Ireland, de onde ela está agarrada a Garrett. — Tape os ouvidos, princesa!

— Pegue a bebê, pegue! — Garrett grita, empurrando Ireland para os braços de Carter.

As mãos de Jaxon estão coladas em suas bochechas.

— Que porra vocês estão fazendo, Adam? — ele grita.

Emmett pisca para Kara.

— Recebi sua mensagem, querida.

Subo as escadas pisando forte e o mais rápido que minhas pernas me permitem.

— Vou embora daqui, porra!

Por algum milagre, sobrevivo até quarta-feira.

Ignorei as recomendações desnecessárias de brinquedos da Jennie.

Consegui ouvir trechos de *cenas úteis* de audiolivros enviados por Olivia.

Pela glória de Deus ou de quem quer que tenha me colocado nesta Terra, até consegui ir às compras com Kara, para escolher uma roupa para o encontro.

Agora só preciso sobreviver a este encontro com a minha pessoa favorita de cinco anos.

— Você está fazendo errado — sussurra a vozinha ao meu lado.

— Merda — murmuro quando o pequeno elástico rosa que estou tentando prender em um dos pinos do tear de pulseiras escapa e voa pelo ar. Meu olhar se volta para Lily e eu faço uma careta. — Quero dizer, que cocô. Meleca? Ahhh! — Esfrego a mão na boca. — Droga.

Lily ri, pegando a pequena agulha de plástico que vem com o tear de pulseiras. Com facilidade, ela encaixa outro elástico colorido nos pinos e começa a entrelaçá-lo com a agulha.

— Viu? É assim.

Olho para as mãos.

— Minhas mãos são muito grandes. São mãos de ogro.

Ela balança a cabeça, escondendo o sorriso conforme continua trabalhando.

— Não acho. Ogros são assustadores. — Grandes olhos castanhos se erguem para os meus. — Você não é tão assustador.

Cinco palavras simples não deveriam fazer meu coração bater um pouco mais rápido, mas fazem. Sou voluntário no orfanato há alguns anos, passando tempo com as crianças que chegam precisando de um pouco mais de amor, do mesmo jeito que precisei, lá atrás, quando tinha a idade de Lily.

Lily chegou ao orfanato há quatro meses. Ela chorava quando me via e, por mais que isso partisse meu coração, dei a ela o espaço de que ela precisava. Nos intervalos entre as temporadas de hóquei, e como sou um dos únicos amigos solteiros do grupo, tenho tido muito tempo para passar aqui com as crianças. Talvez ela tenha se acostumado comigo por perto, porque, um mês atrás, Lily sentou-se na ponta do sofá em que eu estava e olhou para a capa do livro em seu colo. Perguntei se eu poderia ler para ela, e ela ficou me encarando por um minuto antes de se aproximar devagar, empurrando o livro entre nós. *Onde quer que esteja, meu amor encontrará você*, de Nancy Tillman. Agora nós o lemos a cada visita.

Progresso é progresso, não importa quão lento seja.

Espero ser assim que ela se sinta ao me ensinar a fazer pulseirinhas coloridas, porque essa merda já dura duas semanas e não está indo bem. Entendo o processo, só não consigo fazer meus dedos gigantes trabalharem em algo tão pequeno.

Lily me devolve a agulha e coloca seu cabelo castanho atrás da orelha.

— Aqui. Agora você tenta de novo, mas devagar.

— Devagar. Entendi.

Trabalhamos em nossas pulseiras lado a lado, sem dizer uma palavra. Não me importo com o silêncio quando estou com ela. O jeito silencioso dela sempre me diz tudo o que eu preciso.

Olho para cima quando uma porta se abre e um garotinho sai correndo, indo em direção aos blocos no chão. Emily, uma boa amiga de Garrett e Jennie e sua antiga vizinha, entra na sala atrás dele. Ela coloca um par de óculos de armação escura no nariz e sorri quando me vê.

— Hoje é o dia que o sr. Lockwood enfim terminará seu primeiro arco-íris. — Ela se agacha e cutuca Lily. — Já era hora, não é mesmo?

Lily ri.

— Ele ainda está aprendendo, mas está indo muito bem.

A menina coloca suas ferramentas na mesa e envolve seus braços em volta da cintura de Emily, apertando.

— Oi, srta. Emily. Vamos conversar hoje?

— Com certeza vamos, querida. Tenho tempo para você agora, mas, se estiver ocupada com Adam…

— Não!

Ela pega um fecho e o prende no elástico.

— Terminei!

— Ah, cara! — reclamo. — O meu ainda está curto demais.

Lily inclina-se, examinando o comprimento da minha pulseira. Ela olha para a dela e morde o lábio. Então, me entrega um fecho.

— Você lembra como terminar?

— Acho que sim. — Prendo o fecho minúsculo do mesmo jeito que vi Lily fazer uma centena de vezes, então tiro minha pequena pulseira do tear e franzo a testa. — Está pequena demais.

Lily pega a pulseira de mim e a coloca em seu punho, então, sendo bem gentil, pega minha mão na sua e coloca a pulseira em meu punho.

— Sou um pouco mais rápida, então a minha ficou mais longa. Podemos trocar. Agora você pode pensar em mim quando usar minha pulseira, e também vou pensar em você quando usar a sua.

Sinto um aperto na garganta e luto para engolir.

— Obrigado, Lily.

— Vou esperar na sua sala — ela diz a Emily, então me lança um olhar tímido. — Tchau, Adam.

A menina atravessa a sala correndo e desaparece antes que eu possa me despedir, e eu me levanto e arrumo o tear.

— Você está se aproximando dela, hein? — Emily observa.

— Ela é a criança mais doce do mundo.

Emily sorri, mas de forma triste e um pouco distante. Como psicóloga infantil que trabalha com as crianças daqui, ela sabe muito mais sobre os pequenos e suas vidas do que eu. Não quero ser cego para os motivos de algumas delas estarem aqui, mas também não tenho certeza se conseguiria lidar bem com esses motivos.

— Lily é uma menininha muito forte. — Ela afasta o pensamento e sorri. — Ouvi dizer que você tem um encontro hoje à noite. Jennie disse que você gosta mesmo dessa moça.

— Acho que sim... Quero dizer, até agora. Sim. Eu acho.

Os olhos dela brilham para mim. Passo os dedos pelos cabelos e puxo minhas roupas.

— Meu Deus, Jennie estava certa. Você está nervoso pra valer, não está?

Suspiro.

— Não tenho orgulho disso.

— *Puta merda.* — Ela segura minha mão quando a porta da frente se abre e meu treinador entra. — Quem é aquele?

— Davis.

— Davis, quem? Nunca o vi antes.

— Meu treinador. Ele visita as crianças às vezes.

— Hum... — Ela traça o lábio inferior com a unha, os olhos brilhando. — Solteiro?

— Recém-divorciado.

— Eba. Bem do meu tipo.

— A filha dele também é muito fofa.

— Filha? — Seus braços caem com o suspiro desanimador. — Eca. Crianças.

Arqueio uma sobrancelha e gesticulo para todas as crianças, aquelas com quem ela trabalha *de graça nas horas vagas.*

— Eu devolvo essas no fim do dia, Adam. Não estou interessada em ficar com nenhuma em tempo integral.

A porta do seu escritório se abre e Lily coloca a cabeça para fora, com os olhos arregalados.

— Emily? Você ainda está aí?

— Já vou, querida! — Ela bate no meu quadril com o dela. — Divirta-se no seu encontro, Don Juan. Não se esqueça de levar flores e sobremesa. Mulheres adoram toda essa merda. — Ela pisca para mim ao se afastar, tapando um dos lados da boca para que não a ouçam. — Elas também adoram *ser* a sobremesa.

Como se eu fosse aceitar algum conselho de Emily.

Certo, vou seguir um *pequeno* conselho dela.

O da sobremesa. Sobre levar uma, não sobre transformar Rosie em sobremesa. Um dia, talvez, mas… Não. *Não, Adam. Foco.*

Arrumo os biscoitos recém-assados e os morangos cobertos de chocolate na minha cesta de piquenique e a coloco perto da porta da frente, ao lado do lindo buquê de peônias cor-de-rosa, laranjas e amarelas que comprei mais cedo.

Calço os sapatos, prendo a coleira do Bear e abro a porta da frente.

Então, bato com força de novo.

Bear olha para mim, com a cabeça inclinada, como se dissesse: "Que porra é essa, cara?".

Corro para o banheiro, acendo a luz e encaro meu reflexo. Meus cachos estão domados e meu rosto, recém-barbeado; meus dentes foram escovados três vezes, só por precaução, e minha roupa está impecável, graças a Kara. Aliso a camisa, ajeito o cabelo e olho para Bear.

— O que você acha, amigo? Bonitão? — Seu rabo feliz bate contra a parede. — Certo? Ótimo. Vai dar tudo certo. Vou contar para Rosie sobre o meu trabalho, ela nem vai se importar, vamos ter uma ótima noite, e talvez eu até pegue a mão dela, e vai ser perfeito. Noite perfeita. Sim.

Ainda assim, ergo o celular, dou um sorriso trêmulo e tiro uma foto. Envio para as meninas.

Eu: Tô bonito?
Jennie: Bonitão como sempre, meu chapa. Vai q é sua. *emoji de berinjela* *emoji de gotículas de água*
Olivia: *olhos de coração* *emoji de lágrimas de felicidade* Vc tá perfeito, Adam.
Kara: Se meu marido não colocar um bebê em mim, você coloca???

Pego a cesta e as flores e respiro fundo.

— Deseje-me sorte, Bear. Vou conquistar a moça bonita.

7
DERRAME DE VINHO & SEGREDOS

ROSIE

— ELA ESCOLHEU O PROTETOR labial com cor. Boa escolha.

— Não dei a ela uma escolha.

— E o vestido de verão? Foi você também?

Archie cantarola, observando-me no espelho.

— Esse foi a Rosie, na verdade.

Marco joga os braços em volta do pescoço de Archie por trás, queixo em seu ombro. Ele beija as pontas dos dedos, como os chefs fazem.

— Lindo, Ro. De fácil acesso também.

O calor espalha-se pelo meu rosto enquanto encaro meu reflexo. Meu cabelo não está se comportando hoje, e as presilhas de flores que usei para prendê-lo não estão ajudando a domá-lo. Passo as mãos pelo vestido.

— Estou bem? Devo me trocar? Cortei meu joelho me depilando... Meu cabelo não está bom... E se...

Archie larga o namorado e me puxa para um abraço.

— Você está linda, Ro.

— Altamente fodível — Marco acrescenta.

— E se ele não gostar de mim? — sussurro contra o peito de Archie.

Sua expressão se contorce com desgosto.

— O que há para não gostar?

Dou de ombros, brincando com meus dedos.

— As pessoas parecem encontrar razões suficientes.

— Nunca somos bons o suficiente para as pessoas erradas. Mas você é a pessoa certa para nós e amamos tudo em você. Não fique nervosa. Seja você mesma. — Ele embala meu rosto, sorrindo. — Agora, o que dizemos?

Respiro fundo antes de recitar as palavras que esses dois trabalham tanto para enraizar em mim.

— Eu sou gentil. Eu sou forte. Eu sou linda. As pessoas que devem estar na minha vida vão me encontrar.

— Isso aí. — Marco me conduz pelo corredor, dando um tapa na minha bunda. — Agora saia daqui!

Quando começo a calçar os tênis, ele grita.

— Não! Não os Nikes, Rosie, por favor, pelo amor de Deus. Você está estragando uma roupa linda!

Olho para os tênis, com as florzinhas brancas decorando a faixa azul-claro. São fofas e combinam com o vestido.

— Não tenho carro — lembro a ele. — Estes são práticos para andar. — Seu olhar me implora para reconsiderar, então continuo antes que ele possa argumentar. — Você pode me forçar a usar o protetor labial com cor, mas ou vou de tênis ou vou descalça.

Aponto para Archie. Além dos anos que passamos como colegas de sala e de trabalho, também somos colegas de casa há três anos. Nossa rotina corre naturalmente, mas às vezes sou um pouco controladora.

— Connor será entregue às...

— 17h.

— E o banho...

— É às 18h15.

— E...

— *Sim*, Rosie, eu sei. Não sou um novato. — Ele enfia o chapéu de aba larga na minha cabeça. — Saia daqui, ou vou te segurar à força para que Marco troque seus sapatos.

Ele lança um olhar penetrante para o armário do corredor, onde um par de saltos de dez centímetros espera para arruinar meus pés. Qualquer indício de humor se dissipa e saio correndo pela porta antes que eles possam cumprir suas ameaças. Está um fim de tarde lindo e ensolarado. Como saí cedo de casa, desço do ônibus dois pontos antes para poder me concentrar nos pensamentos que estão prestes a me levar pelo caminho dos piores-cenários-possíveis, imaginando quão horrível esse encontro está fadado a ser, assim como todos os outros. Oscilo entre ficar contente em saber que não precisamos de alguém em nossa vida que não queira estar ali e em me preocupar que Adam não goste de mim. É uma decepção que já me parece tão pesada, algo que não quero carregar comigo.

Odeio estar me precipitando, vivendo no futuro em vez de aproveitar o agora. Então, quando o parque isolado aparece no horizonte, aliso as mãos no vestido uma última vez e me comprometo a me dar uma chance.

A última mensagem de Adam me disse para ligar quando chegasse, assim ele viria me encontrar, mas é impossível não notar a enorme manta estendida sob um carvalho. Meu coração bate forte e firme, correndo até as pontas dos meus dedos, pulsando nas minhas palmas. Vejo o cobertor xadrez sob a sombra dos galhos, uma cesta em um canto, uma variedade de embutidos, queijos, biscoitos, pães e frutas espalhados sobre uma tábua de madeira no centro. Uma pilha de almofadas no canto completa a estética, porque Adam Lockwood parece ter sido treinado pelo Pinterest.

— Não falei para me ligar quando chegasse?

Meu coração salta para a garganta e, quando me viro, os batimentos param por completo. Adam é a imagem da perfeição sem esforço, abençoado com uma aparência impecável, com a camisa branca de manga curta, para fora de sua bermuda cinza justa, os cachos escuros penteados para o lado, olhos azuis vibrantes tão brincalhões quanto seu lindo sorriso torto. Mas o mais sexy de tudo é a confiança de um homem que tem certeza de que vai arrasar nesse encontro.

— O engraçado é que… — ele murmura, dando um passo em minha direção, sobrancelhas franzidas quando dou um passo para trás. — Eu sabia que você não me ouviria. — Outro passo em minha direção, e outro passo para trás, seu sorriso crescendo, como se ele gostasse desse jogo de gato e rato que estamos jogando. — Você é meu tipo favorito de problema. Quer saber por quê?

— Por quê?

Sua mão sai do bolso, pegando um pedaço do meu vestido, impedindo meu próximo passo para trás, diminuindo a distância entre nós. Sua voz abaixa até um sussurro rouco, o que envia um arrepio quente pela minha espinha quando seus lábios param na minha orelha.

— Porque eu nunca quis estar tão fundo nisto como agora que te conheci.

Ele dá um beijo leve na minha bochecha em chamas antes de pegar minha mão, puxando-me em direção ao nosso piquenique.

— Vamos lá, sua linda. Parece que você precisa de uma taça de vinho.

Uma taça? Vou precisar de uma garrafa inteira de coragem líquida para aguentar *isto*. O que aconteceu com o homem que estava tão nervoso para me convidar para jantar, que não falou comigo por dez minutos inteiros, que só ficava abrindo e fechando a boca?

— Passei uma noite com as garotas — Adam fala ao me guiar até uma pilha de travesseiros.

— O quê?

— Você está se perguntando de onde veio a confiança. Passei uma noite com minhas amigas... Estava tão nervoso para este encontro que pedi às esposas dos meus melhores amigos que me dessem conselhos. — Ele segura uma garrafa de água com gás, uma de vinho tinto e outra de suco de uva, servindo-me uma taça de tinto quando aponto para ela. — Péssima ideia, aliás. Minha confiança veio às custas da minha dignidade, que foi perdida ao ser obrigado a ouvir audiolivros eróticos.

Coloco a mão sobre a boca ao beber o meu vinho.

— *O quê?*

— Como assim, você nunca foi pega por seus melhores amigos ouvindo audiolivros eróticos com as esposas deles e um senhor de oitenta e seis anos? — O sol dança sobre os seus olhos divertidos enquanto ele me observa rir. — Elas acharam que eu precisaria de ajuda para este encontro.

— É difícil acreditar que você esteja tão fora de sintonia com o mundo dos encontros.

— Não estou, acho. Já fui a muitos encontros. Mas este é o primeiro que pareceu significar alguma coisa. — Ele levanta um ombro, gesticulando para nós dois. — Deve ser por isso também que fiz uma videochamada com as mesmas amigas minutos atrás, porque estava surtando sobre a posição das almofadas. Não sabia se eu deveria me sentar no lado oposto do cobertor e por quanto tempo teria de esperar antes de pegar sua mão e não soltá-la mais pelo resto da noite.

Ele tira o meu chapéu e afasta minha franja, as pontas dos dedos roçando minha bochecha.

— Consigo ver que está nervosa, Rosie, eu quero que saiba que, mesmo que eu pareça confiante agora, passei muito nervoso a semana toda por causa deste encontro. Não tenho vergonha de admitir. — Quando ele olha para mim mais uma vez, sob cílios tão escuros e com um olhar tão inebriante, borboletas explodem na minha barriga. — Então a vi parada ali, com este chapéu e este vestido de verão, e todas as coisas assustadoras se dissiparam. A única coisa que estou sentindo agora é felicidade e, se ainda estiver nervosa, tenho animação suficiente para nós dois.

— As almofadas estão confortáveis, gosto de ter você ao meu lado porque você me faz me sentir especial e, se pegar minha mão agora, posso nunca mais pedi-la de volta. — As palavras saem, mas, se eu não puder lhe dar todas as minhas verdades esta noite, pelo menos quero que ele tenha essas. O pânico apertando minha garganta alivia com seu sorriso gentil. — Uau, só tive que beber meia taça de vinho para dizer isso.

— Eu trouxe duas garrafas, caso sinta vontade de expor tudo hoje. Você pode me contar todos os seus segredos.

— Isso é coisa de segundo encontro, sr. Lockwood, e também requer sorvete.

— Entendi. Duas garrafas de vinho, uma casquinha de sorvete e o segundo encontro. — Ele dá um sorriso largo e cheio de travessura, até seu olhar descer para as minhas pernas. Sua mão pousa no meu joelho, deslizando por minha pele nua. Ele pega a barra do meu vestido, que subiu pela coxa. Com delicadeza, ele o coloca de volta no lugar, os olhos subindo para encontrar os meus, um fogo queimando tão intensamente que chamusca minha pele. — Mal posso esperar para desvendar você.

Meus olhos arregalam-se com a insinuação e bebo o restante do meu vinho, o que não alivia em nada a queimação nas minhas bochechas ou a batida repentina entre minhas pernas. Então pego o vinho e encho meu copo de novo. Adam ri, entregando-me uma pequena garrafa de água com gás também. Ele tira de dentro da cesta de piquenique um buquê de flores e o estende para mim, sorrindo.

— Para você.

Meus dedos se fecham na palma da mão por um momento antes de eu acariciar as pétalas, com tons delicados de rosa, laranja e amarelo. Minha visão oscila, e prendo meu lábio inferior trêmulo entre os dentes, uma reação esperada quando a risada da minha mãe ecoa em meus ouvidos, e as memórias de mãos e joelhos sujos, arbustos de peônia e folhas caindo voltam à minha mente.

— Rosie? — Sua voz cai, um leve tremor em sua mão quando ele começa a puxar o buquê de volta. — Desculpe. Eu queria rosas, por causa do seu nome. Mas vi estas e as achei tão bonitas, me lembraram de você. Se não gostar delas…

— Elas são perfeitas — murmuro, envolvendo minha mão na dele, trazendo as flores ao meu nariz. — Adorei, Adam.

Olhos de safira me observam e Adam pega uma única lágrima que rola pelo meu rosto.

— Então, por que está chorando?

Porque não parece haver outra opção.

— Memórias.

Ele pisca.

— Boas ou ruins?

Eu sorrio.

— As melhores. Às vezes, apenas esqueço que não tenho como formar novas memórias. A percepção é um pouco avassaladora por um momento. — Coloco o buquê no chão e, sem hesitação, eu o abraço, afundando em seu calor. — Obrigada, Adam.

Ele me aperta contra seu peito sólido. Seus lábios tocam o topo da minha cabeça.

— De nada, Rosie.

Ficamos assim, entrelaçados, como se nenhum de nós estivesse pronto para soltar, mas, quando meu estômago ronca, Adam ri, afastando-se.

— Com fome?

Outro resmungo, acompanhado de um sorriso envergonhado.

— Sempre.

Enquanto comemos, ele me faz pergunta após pergunta, até que fica satisfeito por saber tudo sobre mim, sobre como fui criada em Ontário e me mudei para Vancouver depois da formatura no ensino médio. Que tenho vinte e quatro anos, mas nasci em novembro, então, quando eu me formar na primavera, terei vinte e cinco. Que concluí a graduação em veterinária e tenho agora uma bolsa integral no programa de pós-graduação.

— Bolsa integral? — Suas sobrancelhas saltam. — Sério, você é um gênio.

Dou de ombros.

— Não tinha nada melhor para fazer além de estudar e ler quando era pequena. Eu não tinha muitos amigos, então acho que é meio um efeito colateral.

— Não se subestime. Você ganhou uma bolsa integral em medicina veterinária e não tem nem vinte e cinco anos. Você está prestes a ser médica, Rosie. Essas são conquistas incríveis. Você deveria estar orgulhosa.

Meu coração dispara. Estou orgulhosa de mim. Trabalhei mais duro do que eu pensava ser possível, e ver outra pessoa reconhecendo minhas conquistas é muito bom.

Adam enche minha taça de vinho.

— O que você faz no abrigo?

— Bem, a universidade exige muito de mim, então trabalho lá em especial nas férias de verão e só às vezes nos dias letivos. Espero que me contratem como veterinária quando eu me formar, mas, agora, trabalho principalmente com socialização animal. Muitos dos animais que chegam estão assustados. A vida deles virou de cabeça para baixo. Trabalhamos para que comecem a confiar em pessoas e possam ser adotados.

— Deve ser gratificante vê-los ganhando confiança.

— É incrível, Adam. Ainda mais com animais que passaram por tanta coisa, como Piglet. Ela tem tanto amor para dar e alguém roubou essa luz dela. É muito bom fazer parte desse processo.

Adam sorri para mim.

— Você realmente a ama.

— Muito.

— Já pensou em adotá-la?

— Só todos os dias.

— O que a está impedindo?

Trago meus pés em minha direção, cruzando as pernas, traçando o contorno dos meus Nikes.

— Não tenho o espaço que Pig merece... Nem o dinheiro para cuidar dela. Se eu tivesse, eu a levaria para casa num piscar de olhos. Mas ela merece mais do que posso oferecer.

— Entendo. Mas o que posso dizer, Rosie, é que não é o espaço que torna um lugar um lar. É o amor. E aposto que você dá o melhor tipo de amor a ela.

O canto da minha boca se ergue em um sorriso.

— Você é mesmo diferente, sabia?

— Como assim?

— Você parece estar sempre no controle, ou ser alguém que gosta de estar, talvez. Talvez seja seu tamanho, ou quão confortável você parece se sentir na própria pele. Você não tem medo de ser gentil, de ser doce, como carregar Piglet escada abaixo porque ela está com medo, ou admitir que pede conselhos às amigas. Mas a maneira como você fala às vezes, a maneira como me toca... Por mais que goste de estar no controle, sinto que há uma parte de você morrendo de vontade de se deixar levar, de se entregar. É revigorante ver alguém tão disposto a ser assim, tão aberto.

Limpo a secura na minha garganta, então a afogo com vinho quando o silêncio se instala ao nosso redor. Espero não ter cruzado um limite.

— E você? — Adam enfim pergunta. — Você gosta de estar no controle?

— Tenho de estar no controle. Na faculdade, no trabalho... Não posso me dar ao luxo de deixar minhas emoções tomarem conta de mim. É uma das coisas mais difíceis que tenho de fazer, e falho algumas vezes. Às vezes falho muito, mas estou tentando. E em casa, eu… — Eu me interrompo antes de falar demais, de falar algo que eu não estou pronta para compartilhar. — Dependo da rotina. Deveria ser mais flexível, mas me estressa até mesmo pensar em mudar algo no meu dia a dia. Então, sim, fico no controle. Mas gosto de estar? — Mordo o lábio e olho para Adam, a maneira como ele está me observando com atenção arrebatada, absorvendo cada palavra. — Às vezes desejo que outra pessoa assuma o controle, só para que eu não tenha de fazer isso. Só para que eu possa relaxar, mesmo que por um momento. Estar no controle o tempo todo é… exaustivo.

Adam inclina-se para trás, sobre as mãos, olhando para o céu azul brilhante, que lentamente se transforma em um lindo tom de lilás ao pôr do sol. No momento que seus olhos encontram os meus, algo em meu peito quer se abrir, deixá-lo me ver por dentro, meus medos, minhas inseguranças, as pequenas alegrias e os triunfos, todas as nuances que me moldam. De alguma forma, parece que é o que ele quer também.

— E se este for seu espaço seguro para fazer isso? E se, quando estiver comigo, você puder relaxar e apenas… ser?

— É uma boa ideia.

Difícil, mas boa. A ansiedade, as tendências obsessivo-compulsivas que cercam minhas rotinas e moldam minha vida são uma voz na minha cabeça que é menos agradável, menos esperançosa. Elas me dizem que não posso relaxar, porque, o que aconteceria se eu fizesse isso? Caos, desordem. Coisas que precisaria consertar.

— Não precisa ser só uma ideia. — Ele coloca a mão sobre a minha, um toque gentil que acalma as minhas preocupações. — Você diz que é especialista em piores-cenários-possíveis, e a ideia de abrir mão de qualquer controle deve ser assustadora, mas talvez, com o tempo e um pouco de confiança, aprendamos a dar e assumir o controle quando for preciso. Um pelo outro e por nós mesmos.

Viro a mão, observando-o traçar as linhas na minha palma.

— Faz sentido que a ideia seja tão assustadora quanto relaxante?

— Faz todo sentido, Rosie. Nada que valha a pena vem fácil, não é? Queremos a calmaria, mas às vezes temos de enfrentar a tempestade para chegar lá.

Suas palavras se acomodam ao meu redor como um cobertor aconchegante, e um arrepio percorre meu corpo quando seus dedos deixam minha palma, viajando pela parte interna do meu antebraço, fazendo-me tremer.

— Que sábio. O que você é, terapeuta?

Ele ri baixinho.

— Não.

— Estou perto?

— Nem um pouco, problema.

— Hum…

Puxo meu braço quando ele faz cócegas, escondendo meu rosto assim que minha risada começa a se transformar em um bufo de porco. Pegando sua mão na minha, eu a viro, trocando de lugar com ele enquanto corro as pontas dos meus dedos sobre sua palma.

— Você é… adestrador de cães?

Seus olhos brilham e ele balança a cabeça.

— Hã-hã.

— Professor?

— Não.

— Corretor de imóveis?

— Frio.

— Policial?

— Mais frio ainda.

— Operador de máquinas? Contador? Trabalha com ar-condicionado? Meu Deus. — Giro em sua direção, quase rastejando em seu colo. — Você é… detetive particular?

Ele ri, passando o braço em volta da minha cintura, puxando-me entre suas pernas, de volta contra seu peito. Ouço o trovão de seu coração ao esperar uma resposta.

— Eu sou, hum… — Ele limpa a garganta. — Trabalho com atletas.

— Atletas? Tipo, de times esportivos?

Ele engole em seco.

— Profissionais.

— Ah…

Meu nariz enruga, e ele enrijece.

— O que foi?

— Não entendo nada de esportes. Não tenho como conversar sobre isso. Sinto muito. Mal consigo distinguir uma bola de beisebol de uma bola de hóquei.

Ele solta uma risada linda e gloriosa.

— Disco de hóquei.

Inclino-me para o lado a fim de olhar para ele por cima do ombro.

— Hein?

— Disco de hóquei, não bola. No hóquei no gelo, é um disco que os jogadores tentam atirar no gol — ele ri, cutucando a covinha no meu queixo.

— Que confuso. Tudo vai pra dentro do gol. Por que tantos nomes diferentes?

— Pra ser sincero, não sei.

— O que você faz com os atletas?

Olhos azuis encontram os meus, e a preocupação ali, a tristeza, rouba meu fôlego, cava um buraco dolorido no meu peito. Não tenho certeza do que ele está procurando quando seu olhar percorre meu rosto, mas, se isso vai tirar esse peso, espero que ele encontre. Ele abaixa o olhar. Quando volta para mim, é com uma reserva que ofusca o brilho em seus olhos, o que parece anormal para um homem tão gentil e aberto.

— Um pouco de tudo — ele enfim responde, passando o dedo pelo corte no meu joelho, que eu fiz me depilando. — Treinamento, nutrição, viagens. — Sua boca se curva e ele pisca. — Todas as coisas chatas.

— Você gosta?

— Muito. Não trocaria por nenhum outro emprego.

— É o que importa, não é? Muitas pessoas passam os dias sendo infelizes no trabalho. A vida é curta demais para não amar o que a gente faz.

Adam sorri para mim.

— Você está certa. O que é a vida se ela não for cheia do que a gente ama?

— Você se incomoda que eu não goste de esportes?

— Nem um pouco. É ótimo. Assim falo de outras coisas.

Cubro sua mão na minha coxa.

— Você pode me contar mais sobre você? Quero saber tudo.

Seu sorriso gentil desacelera a batida do meu coração, e relaxo sobre seu corpo à medida que ele me conta sobre sua vida em Vancouver, como passa os verões com seu cachorro e os amigos, como está amando ser o tio Adam para a filha de cinco meses de seu melhor amigo e que, embora tenha se mudado para cá a trabalho e nunca queira ir embora, ele é, na verdade, do Colorado. Absorvo tudo, embora pareça me sentir insaciável, como se estivesse perdendo grandes pedaços dele. Conversamos por muito tempo, mesmo quando ele orgulhosamente exibe os morangos cobertos de chocolate e os biscoitos que fez para a sobremesa, mesmo quando limpa o caldo do morango escorrendo pelo meu queixo, levando o polegar à boca e provando.

O silêncio só se instala quando o céu escurece e fico bem ciente de todos os lugares em que estamos conectados. Seu peito pressionado nas minhas costas, subindo e descendo. O roçar de seus dedos em minhas coxas, na barra do meu vestido. Seu queixo no meu ombro e seus lábios na minha orelha, tudo isso em forte contraste com a brisa fresca que começa a beliscar meus braços nus. Adam passa a mão sobre meus braços, espalhando um calor escaldante que, de alguma forma, só provoca mais arrepios.

— Aqui — ele sussurra, pegando um suéter atrás das almofadas.

Deslizo o tecido macio sobre minha cabeça, enterrando-me em seu calor. Uma sensação vertiginosa corre para minha cabeça quando o cheiro de Adam me envolve; um aroma terroso e picante, algo limpo, fresco e cítrico, com o cheiro sempre reconfortante de roupa lavada. E, então, algo magnífico acontece. Quando o sol enfim se põe atrás do horizonte, a árvore acima de nós ganha vida.

Pequenas luzes espalhadas entre as folhas brilham como vaga-lumes, fazendo a noite cintilar. Meu coração sobe pela garganta, roubando cada palavra que quero falar. Quando meu olhar encontra o de Adam, suave e elétrico ao mesmo tempo, não sei se tudo dentro de mim para de funcionar, ou se algo dentro de mim se reinicia. É um sentimento tão *diferente*, sinto um desequilíbrio repentino, a necessidade de estender a mão e agarrar esse homem, como se ele fosse meu centro de gravidade.

— Gostou das luzinhas? São movidas a energia solar. Fiquei preocupado que não receberiam luz solar suficiente nas árvores, então as deixei no meu quintal o dia todo. — Ele passa a mão pela nuca. — Achei que poderíamos permanecer mais tempo se tivéssemos alguma iluminação aqui. Assim eu ficaria com você por mais tempo.

— Pode ficar comigo para sempre. — Deixo escapar, depois coloco uma mão sobre minha boca imunda e traidora.

Adam sorri.

— Cuidado. Posso acabar aceitando. — Ele entrelaça nossos dedos e sinto um calor que não quero perder. — Parece o meu tipo de para sempre.

Ele se levanta, puxando-me com ele, e seu sorriso incendeia meu mundo inteiro.

— Dance comigo, Rosie.

— D-dançar? Mas... não tem música.

— Não precisa. — Ele pisca, puxando minha mão. — Venha aqui.

Eu vou, tropeçando em meus pés, e Adam me aperta contra seu peito, sua risada profunda rolando pelo meu pescoço antes de sussurrar o apelido que me emociona e desperta tantas memórias perdidas.

— Problema.

— Talvez seja você o problema.

Mãos largas deslizam sobre meus quadris, pontas dos dedos cravando em meu corpo conforme balançamos lentamente juntos, as folhas farfalhando na brisa de verão e o zumbido suave das cigarras cantando uma melodia suave no ritmo da respiração rouca que arrepia meu pescoço quando Adam mergulha a boca ali. Sua palma desliza pela minha espinha, curvando-se sobre a minha nuca, que ele aperta com gentileza.

— O único problema em que quero me meter, Rosie... É você.

Lábios macios roçam minha têmpora antes que ele apoie o queixo na minha cabeça. Dançamos sob as luzes cintilantes e as estrelas acima de nós. São quase 23h quando começamos a guardar tudo, e minha cabeça parece estar aérea. É um lugar feliz e despreocupado para se estar e, como quase nunca é, me agarro a ele com todas as minhas forças. É um sentimento em que eu poderia me perder, vertiginoso e viciante, e percebo quão facilmente Adam fez o que disse que faria: assumiu o controle e, em troca, relaxei. Deixei de lado as expectativas, as regras, os "e se". Deixei de lado as perguntas que levam a pensar demais e apenas... existi.

Observo Adam arrumar tudo com cuidado na cesta de piquenique e mochila antes de colocá-los no ombro e na curva do cotovelo; meu chapéu de sol preso entre as pontas dos dedos. Deslizo minha mão na dele.

— Obrigada.

— Pelo quê?

— Por me mostrar que não tem problema relaxar às vezes.

Ele aperta meus dedos, leva minha mão aos lábios e dá um beijo nos nós dos meus dedos antes de me conduzir pelo parque até uma caminhonete azul-escuro, onde guarda todas as coisas.

— Você se divertiu? — ele pergunta, uma centelha de incerteza em seu olhar, um tom áspero, mas esperançoso.

Então envolvo os braços em volta de sua cintura e o seguro com força.

— Eu me diverti muito, Adam. Muito obrigada por esta linda noite.

— Certo. Legal. Muito obrigado por ser linda. Não. Não. Porra. Merda. — Ele me arranca dele, me segurando à distância de um braço. — Não foi o que eu quis dizer. Quero dizer, acho você linda, *obviamente*. Claro que acho você linda. — Ele enfia os dedos pelos cachos e suspira. — Que péssimo. Eu sou péssimo. Agora estou nervoso de novo.

Eu rio e bufo, então coloco minha mão na boca para abafar o som desagradável. E, assim, a ansiedade de Adam some, um sorriso arrogante aparece no canto de sua boca.

— Por que você continua fazendo isso?

Enrolo o cabelo em volta do meu dedo.

— Fazendo o quê?

— Cobrindo sua risada.

— Não é uma risada. É o som de um animal morrendo, e é constrangedor.

— Bem, isso vai ser estranho.

— O que vai ser estranho?

— Quando alguém me perguntar qual é meu som favorito e eu tiver que descrevê-lo assim.

Eu pisco para ele.

— Você é louco.

Rindo, ele pega minha mão e desce a calçada.

— Vamos lá. Onde você estacionou?

— Ah, não estacionei.

Seu olhar se volta para mim.

— Você não estacionou?

— Não tenho carro.

— Ah. Alguém te trouxe?

— Não.

— Alguém vai te buscar?

Outra risadinha, mas estou menos envergonhada agora.

— Não, Adam.

— Então, como você… Como você vai… — Ele coça a cabeça. — Chegar em casa em segurança?

— Do mesmo jeito que vim. Vou pegar um ônibus.

Adam cantarola para si mesmo, então me puxa, voltando pelo caminho por onde viemos.

— O ponto de ônibus é para o outro lado.

— E minha caminhonete é para cá.

— Adam...

— Está tarde. Você não vai andar e pegar o ônibus sozinha.

— Mas eu...

— Não é negociável. — Ele abre a porta do passageiro. — A menos que queira que eu a siga o caminho todo no meu carro. Então acho que é um pouco negociável. — Ele sorri para os meus braços cruzados e sobrancelhas levantadas. — Você deveria estar trabalhando para relaxar, e eu deveria estar trabalhando para ter mais controle, lembra?

Enfio meu dedo em seu peito.

— Não use minhas próprias palavras contra mim. — Ele ri quando começo a subir no assento e, conforme minha frustração aumenta com a tarefa difícil, a diversão surge em seu rosto. — Há algo que queira dizer? — resmungo e levanto uma perna de forma charmosa sob meu vestido de verão.

— Eu estava prestes a perguntar a mesma coisa. "Será que você pode me ajudar, Adam? Parece que sou baixinha demais para fazer isso sozinha" pode ser um bom lugar para começar.

Minha cabeça gira em câmera lenta para encará-lo por cima do meu ombro. Ele espera, cotovelo apoiado no batente da janela, bochecha apoiada na mão, e ele até mesmo ergue uma das suas malditas sobrancelhas.

— Sim, Rosie?

— Você é insuportável.

Seguro o console central, mas, antes que eu possa me levantar, Adam agarra minha cintura e me levanta sem esforço até o assento. Ele se inclina sobre mim, encaixando meu cinto de segurança no lugar.

— Aí está. Não foi tão difícil. — Ele aponta para uma alça acima da minha cabeça. — Para referência futura, se segurar isso e apoiar seu pé no degrau, pode se puxar para cima. Ou posso continuar te levantando. — Ele dá de ombros. — Pessoalmente, prefiro a segunda opção, porque aí posso dar uma olhada na sua bunda.

Antes de fechar a porta, ele pisca e, quando sobe no carro, simplesmente pergunta meu endereço, como se não tivesse acabado de dizer o que disse.

A viagem por Vancouver é tranquila. Tão tranquila, na verdade, que, quando acordo com a mão de Adam no meu joelho e sua voz suave no meu ouvido, descubro que estamos estacionados em frente ao meu prédio. Suspiro.

— Caí no sono? Que vergonha. — Meu rosto esquenta. — Quase nunca fico acordada até tão tarde, a menos que esteja estudando para uma prova.

Franzo a testa para o mapa exibido no painel, que parece estar travado no modo de redirecionamento.

— Por que está redirecionando rota?

— Devo ter dado algumas voltas no quarteirão para não ter que te acordar.

— Quantas vezes são algumas?

Ele coça o nariz e desvia o olhar.

— Oito.

— *Adam*.

— Ok, vamos!

Ele está na minha porta antes que eu possa contar até três.

— Você não precisa me levar até lá dentro.

Ele *não pode* entrar, e o pensamento de eu ter que dar desculpas faz minha pulsação acelerar nos meus ouvidos.

— Não vou pedir para entrar. Só quero te acompanhar até a porta, só isso.

Com a mão na minha lombar, ele me segue pelo saguão e entra no elevador. Ele caminha devagar, meus nervos à flor da pele. Quando chegamos ao décimo segundo andar, estou para lá de ansiosa. Ele vai me beijar? Eu o beijo? Ofereço um aperto de mão? Não, não posso fazer isso de novo. E se…

— Qual?

Minha cabeça se levanta.

— Ah. Sim. Aqui. — Eu me apresso pelo corredor. — Aqui no fim.

Enfio a chave na fechadura, parando para ouvir qualquer sinal de vida, segurando um suspiro de alívio pelo silêncio. Eu me viro para Adam.

— Acho que vou, hum…

Coloco minha mão entre nós. *Droga, Rosie.* Fecho meus olhos e balanço minha cabeça, puxando minha mão para trás. Estalo os dedos.

— Ah! Seu suéter! — Faço menção de tirar, mas Adam me impede com a mão na minha. — Fique com ele. Para a próxima vez.

— Próxima vez? Tipo, um… Segundo encontro?

— Um segundo encontro. Com vinho e sorvete e todos os seus segredos.

Ele se aproxima de mim e, quando minhas costas batem na porta, ele ri. Abaixa o rosto, e meu coração salta para a minha garganta, mas ele hesita, seus lábios a centímetros dos meus, tão perto que posso *senti-los*. Ele sorri, bem ali no canto direito, um pequeno movimento de sua linda boca, antes de roçar seus lábios macios em minha bochecha.

— Boa noite, problema.

Meus olhos permanecem fixos nos dele quando entro em meu apartamento. Observo pelo olho mágico que ele fica ali, com as mãos enfiadas nos bolsos. Uma delas sobe, passando pelos cachos e, com um último olhar para minha porta e um sorriso que continua crescendo, Adam se vira e vai embora. Largo meus tênis no corredor e afogo minha excitação em um copo de água antes de entrar na sala de estar escura.

Dou três passos antes de tropeçar em algo fofo, que começa a rir.

"*Elmo adora rir!*"

— Pelo amor de Deus, Elmo.

Pego o brinquedo do chão e o jogo em direção à cesta, no canto. Ele cai com um baque e ri de mim, um som provocador e satânico que odeio com paixão. Paro na porta do meu quarto, pressionando meu ouvido contra ela. Não ouço nada, então empurro a porta o mais silenciosamente possível. Sons de farfalhar, e um corpo minúsculo corre para ficar de pé, saltando do berço no canto do meu quarto. O brilho fraco das estrelas brilhando no teto ilumina os olhos verdes mais magníficos e sonolentos, e meu homenzinho favorito sorri para mim quando entro. Connor vem até mim, estendendo suas mãozinhas no ar, me agarrando.

— *Mamãe!*

Pego meu filho nos braços e o aconchego, meus olhos fechados contra seus finos cabelos loiros.

— Oi, meu amor — sussurro. — Mamãe estava com saudade.

8
OK, PESSOAL: PÉSSIMO CONSELHO

ADAM

— MEU PAU PARECE ENORME.

Empurro para longe a foto que está sendo enfiada no meu rosto.

— Tire isso da minha cara.

Carter ergue as sobrancelhas.

— Intimidante, hein? Nem precisa me dizer.

Ele passa pelas fotos em seu celular antes de se inclinar para a esposa, que está sentada na ponta da mesa com Ireland amarrada ao peito. Ele abaixa a voz, mas não o suficiente para que eu não consiga entender as palavras.

— Você não acha que a espada de trovão parece enorme nas minhas fotos?

— Pelo amor de Deus, Carter, isso é um ensaio de roupa íntima, não fotos de pinto.

— Tanto faz. Vou aparecer em toda a América do Norte.

Ela arranca o celular das mãos dele, colocando-o na bolsa.

— Pare de olhar fotos suas. Seu amigo está pedindo conselhos.

Ele espera que ela vá embora, observando com um sorriso quando ela se junta à garotinha brincando com bonecas. Ele estende as mãos entre nós.

— Ok, eis o que você tem de fazer. Espere pelo menos cinco dias, e espere que ela ligue primeiro. Quando ela ligar, você hesita, como se estivesse tentando lembrar o nome.

Garrett olha para Carter.

— É o pior conselho que já ouvi. Ollie teria quebrado seu nariz se você tentasse isso com ela.

— Ela teria que conseguir alcançar meu nariz primeiro.

— Consigo te ouvir! — ela grita do outro lado da sala.

Emmett balança a cabeça, amarrando uma borboleta rosa brilhante em um fio.

— Escuta, cara, se você gosta dela, ligue. Não há regra sobre quanto tempo precisa esperar.

— Quanto antes, melhor — Garrett acrescenta de seu lugar no chão, onde um garotinho está sentado entre suas pernas, folheando um livro sobre animais. — Isso mostra que você está levando a sério.

Olho para Jaxon. Seus olhos fecham-se enquanto uma garotinha passa sombra roxa brilhante sobre as pálpebras dele, depois cola dois adesivos holográficos de flores nos cantos externos dos olhos. Ele abre uma pálpebra.

— Por que está olhando para mim? Não ligo para garotas depois de encontros, ponto final. — Sarah, a garotinha que está fazendo a maquiagem dele no momento, chuta sua canela. — Ai, merda! Quer dizer, meleca. Para que foi isso?

Sarah apoia o punho na cintura.

— Nenhuma garota vai te amar com essa atitude, Jaxon.

— Minha mãe me ama. Ela é a única garota de que preciso.

— Diga isso de novo quando vier chorar para mim pedindo conselhos porque a garota de quem você gosta não te liga de volta.

— Por que eu… Argh, deixa pra lá. Você tem onze anos. Não vai me irritar. — Jaxon aponta para mim conforme Sarah usa um prendedor de borboleta para tirar seu cabelo da testa. — Meu ponto é o seguinte: não me peça conselhos, porque não tenho nenhum. Você e eu saímos com mulheres por motivos muito diferentes.

Sarah franze o nariz.

— Por que você sairia com uma mulher por qualquer outro motivo que não fosse para se apaixonar e se casar?

— Porque eu gosto de f… — Ele para, olhando para mim. — Fazer amigos. Amo fazer amigos. Muitos amigos. Por que escolher só um, sabe?

Uma mãozinha toca a minha, e os grandes olhos cor de chocolate de Lily me encaram.

— Seus amigos são esquisitos — ela sussurra.

— Muito esquisitos — sussurro de volta. — Mas o que posso fazer?

Ela ri.

— Pelo menos você tem eu. Não sou esquisita.

— E você é minha amiga favorita.

Seus olhos brilham.

— Sério?

— Sim. Você é sempre gentil comigo e me ensina coisas novas. Tenho sorte de ter uma amiga como você.

Lily fica vermelha antes de examinar a pulseira em que estou trabalhando.

— Você está indo muito bem. Talvez possa dar pra sua namorada. — Ela inclina a cabeça. — Por que você e seus amigos estão brigando sobre você ligar para ela?

— Porque estou confuso, e eles só estão me deixando mais confuso ainda. O que você acha que eu deveria fazer?

— Bem… — Ela dá um tapinha no lábio. — Você tem um *crush* nela? Bem grande?

— Bem grandão.

— Fácil, então.

— Fácil?

Nada nessa história parece fácil. Estou sem prática. Meu instinto diz que eu deveria ligar para Rosie. Já faz treze horas inteiras. Não quero que ela pense que não me diverti muito ou que não quero vê-la de novo. Mas meu coração, que me lembra de que nada deu certo por tanto tempo, me avisa para ir mais devagar. Meu cérebro é como um maldito macaco de circo: não tem ideia de qual direção seguir, então continua andando em círculos.

— É igual na hora do almoço, quando tem copinhos a mais de pudim de chocolate. Amo pudim de chocolate, então como o meu super-rápido pra poder pegar outro antes que acabe. É isso que a gente tem que fazer quando gosta de alguma coisa. Pegar antes que outra pessoa pegue.

Tamborilo meus dedos.

— Sem querer, fiquei com o chapéu dela.

Emmett arqueia uma sobrancelha.

— Sem querer?

— Sem querer, de propósito — engulo.

— Um clássico — afirma Carter. — Sabe o que guardei da Ollie depois da nossa primeira vez juntos, para que ela não tivesse escolha a não ser voltar? — Ele balança as sobrancelhas para a esposa. — O coração dela.

Ela revira os olhos do outro lado da sala.

— Adam, como a Rosie reagiu quando você contou sobre o hóquei?

Meu olhar cai para a pulseira que mal toquei.

— Adam — Olivia repete lentamente. — Como ela reagiu?

— Ela não acompanha esportes — respondo, ainda olhando para a pulseira.

— Ah, pelo amor de Deus. Você não contou a Rosie, contou?

— Fiquei com medo — deixo escapar, ignorando os olhares surpresos dos meus amigos. — Ela me perguntou o que eu fazia, e eu ia contar. As palavras estavam bem ali, juro. Mas o encontro estava sendo tão perfeito e, no momento, só consegui imaginar que poderia estragar tudo. — Puxo a pulseira, observando-a se desfazer lentamente, como acontecerá com essa mentira caso eu não lide com ela logo. — O hóquei muda tudo. Não quero ser Adam Lockwood, do Vancouver Vipers. Não para ela. Só quero ser eu.

É o caminho curto para um desastre. Nunca minto. Qual é o sentido? Mas aqui estou eu, na entressafra dos jogos, nada além de tempo livre e sol no horizonte. Dias a fio para explorar coisas com Rosie sem o compromisso de tempo que o hóquei exige de mim. Sem a mídia nas minhas costas, câmeras na minha cara. Só preciso de alguns dias para descobrir o que fazer com isso, para colocar minha cabeça no lugar e lhe explicar tudo. Os olhos castanhos de Olivia brilham com compaixão, mas é Lily quem fala primeiro.

— Não gosto de hóquei, mas gosto de você. Hóquei não é o que te faz especial. — Ela bate no peito e sorri. — É o seu coração.

Ela está certa; sei que ela está. Mas isso não impede o pânico de apertar a minha garganta com a mensagem que aparece na minha tela dois minutos depois.

> **Rosie:** Oi, Adam. Me diverti mt ontem à noite, mas acho q precisamos conversar.

Se já não sabia o que fazer, agora muito menos.

Ligue para ela, todos disseram. E, o que fiz?

Dei um tchau apressado, corri para a minha caminhonete e dirigi para um lugar onde eu provavelmente não deveria estar.

E agora aqui estou no décimo segundo andar, parado do lado de fora da mesma porta de ontem à noite, com um sorriso idiota e tímido e o rosto enrubescido.

Olho para seu chapéu de sol na minha mão antes de levantar o punho para a porta. Então o afasto, enfio meus dedos no meu cabelo e me viro.

— Oi, Rosie — pratico. — Sou eu, Adam. Fecho os olhos com força. — Não, isso é estúpido. Ela sabe quem você é e pode te ver. — Limpo a garganta. — Oi, Rosie. Você deixou seu chapéu na minha caminhonete e eu... Não, não, não. Oi, Adam, sou eu, Rosie. Puta merda.

Arrasto as mãos e o chapéu pelo rosto.

— Vou para casa.

— Adam?

Giro e meu olhar colide com o de Rosie. Além de parecer um pouco divertido e curioso, há algo ousado, o jeito como ela diz meu nome também, que me faz hesitar. Foi uma má ideia. Eu me precipitei demais e agora estamos a quilômetros de distância. Rosie se remexe.

— O que está fazendo aqui?

— Eu... Eu... — Meus pensamentos estão uma bagunça confusa e nebulosa; não sei onde um termina e começa o outro. Acho que é por isso que abro a boca e vomito palavras em cima dela. — Eu me diverti muito ontem à noite, e estava com meus amigos esta manhã contando tudo para todos, pedi ajuda porque não sabia quanto tempo deveria esperar para te ligar, e alguns me disseram para ligar na mesma hora; outros disseram que eu deveria esperar, aí fiquei muito confuso, então você me mandou uma mensagem dizendo que precisávamos conversar, o que em geral é a pior coisa que um cara pode ouvir da garota de quem ele gosta; fiquei um pouco nervoso, e meio que entrei em pânico, e eu... — Paro, esfregando a nuca. — Queria mesmo te ver de novo.

Um sorriso se espalha em seu rosto, a pequena covinha no queixo implorando por um beijo.

— Você não sabia se me ligava, então simplesmente apareceu aqui?

Estendo seu chapéu.

— Eu também meio que roubei seu chapéu para ter um motivo para te ver de novo.

Ela inclina a cabeça.

— Mas ainda estou com o seu suéter.

Engulo em seco.

— Golpe duplo. Você *teria* que me ver de novo.

Ela ri, mas, antes que possa me tirar do constrangimento, a porta é puxada de sua perna, onde ela a mantém aberta, e um garotinho sai de trás dela, segurando um sapato e uma sandália.

— *Sa-pa-to* — ele diz com orgulho, estendendo-os para Rosie. Seus olhos, com um tom vibrante de verde, encontram os meus. — *Sa-pa-to!*

— Bem, olá, amiguinho. — Eu me agacho na frente dele. — São seus sapatos?

Ele concorda animadamente.

— S-s-im!

Ele os enfia no meu peito, então se joga aos meus pés, me mostrando seus dedos descalços.

— Connor — Rosie diz com um suspiro, ajoelhando-se ao lado dele. — Adam não quer calçar seus sapatos.

Um sorriso diabólico aparece em sua boca, e ela começa a fazer cócegas em seus pés.

— Seus pés são fedorentos demais para ele!

O garotinho grita de tanto rir, contorcendo-se para chegar ao meu colo, até que eu também estou rindo.

— Sinto muito. — Rosie o apoia no quadril antes de empurrar um carrinho vermelho para fora e colocá-lo nele. — Em geral, ele é bem tímido. Não fala com estranhos com frequência.

Ela pega os sapatos de mim, trocando um para que ele calce um par de sandálias combinando. Ela os calça em seus pés minúsculos enquanto ele salta do assento, como se não pudesse esperar para ir aonde quer que estejam indo.

— Quem é ele? — pergunto, enfim.

Rosie encara o garotinho, passando suas unhas roxas pelos cabelos finos dele. Um sorriso floresce em seu rosto, um sorriso tão cheio de amor que quase dói. Quando vejo aqueles dois pares de olhos se encarando, não fico surpreso em ver o mesmo amor refletido no olhar do garotinho. Observo-os por mais um momento, notando o formato de sua boca, a maneira como se parece com a de Rosie, o tom de mel nas ondas de seu cabelo, e sei antes que as palavras saiam de sua boca.

— Este é Connor. Meu filho.

9 PROBLEMINHA

ADAM

FILHO. *Meu filho.*

Rosie é mãe.

Os olhos dela se fecham ao pressionar um beijo em sua testa e, quando ela olha para mim, além de orgulho e amor, vejo hesitação, como se estivesse preocupada com o que isso pode significar para nós. Vejo a sombra da tristeza, como se ela já tivesse aceitado minha decisão, já tivesse dito adeus.

Mas não gosto de despedidas e é certo que não estou disposto a me despedir dela.

Eu me agacho ao lado de Connor e sorrio.

— Oi, Connor. Eu sou o Adam.

— *Papa.* — Ele dá um tapinha na minha mão, depois na coxa de Rosie. — Mamãe.

— Ai, meu Deus. — O rosto de Rosie queima. — Sinto muito. Deve ser uma nova fase.

Connor aponta para o corredor.

— Passeio?

— Você e a mamãe vão passear? Posso ir também?

Ele sorri, tão dentuço e inocente, com as mesmas pequenas sardas da mãe espalhadas pelo nariz minúsculo.

— Passeio.

— Vamos ao parque — Rosie responde, colocando a mochila no carrinho. — Você não precisa vir com a gente.

— Eu adoraria, obrigado.

O queixo dela cai.

— Eu… Bem… Mas você…

Ela desiste das palavras, preferindo enrolar uma mecha de cabelo no dedo.

— A menos que você não queira. É sobre isso que você queria falar comigo? Que você não quer mais me ver?

Ela franze a testa.

— Claro que quero te ver.

— Ótimo. — Coloco o chapéu em sua cabeça. — O truque do chapéu funcionou. Vamos.

Pego sua mão, seguro o cabo do carrinho e conduzo as duas fofuras de olhos verdes em direção ao elevador.

— Então, sobre o que queria falar comigo?

Os olhos de Rosie dirigem-se para Connor. Quando voltam para mim, ela parece incerta se entendi.

— Que eu tenho um filho? Sabe, para o caso de isso não ser algo que você quisesse na sua vida.

— Por que isso importaria?

Ela olha para os pés, puxa sua camiseta grande demais.

— Importa para muitas pessoas.

As palavras sussurradas transmitem mágoa, então aperto sua mão e prometo:

— Não importa para mim. Agora eu ganho dois pelo preço de um.

Seu olhar se ergue, movendo-se com cautela entre os meus.

— Você quer mesmo dizer isso?

— Sei que a situação é nova, que não nos conhecemos há muito tempo, mas sinto algo aqui. Gostaria de explorar isso com você. É o que quer também?

— Sim. É.

— Então vamos passar um tempo juntos. Podemos nos mover na velocidade em que você se sentir confortável. Não estou com pressa; só quero continuar te conhecendo. Você me faz sorrir.

Ela me concede um sorriso aqui e, agora, brilhante o suficiente para rivalizar com o sol do verão.

— Você me faz sorrir também.

— *Brum-brum!* — Connor grita atrás de nós, apontando para um caminhão que passa zunindo pela rua. — *Camião! Brum-brum*!

— Esse é o barulho de motor dele. Você deveria vê-lo quando um ônibus passa. Perde a cabeça!

Estaciono o carrinho sob a sombra de uma árvore nos arredores do parque vazio e seguimos enquanto Connor corre em direção aos brinquedos, gritando:

— *Paiquinho!*

— Quantos anos ele tem?

— Um ano e três meses. Nasceu em abril do ano passado. — Ela me observa pelo canto do olho quando Connor desliza sua mão na dela, subindo na pequena plataforma que leva ao escorregador. — Você gosta de crianças?

— Adoro crianças. Faço um pouco de trabalho voluntário com algumas que estão em situação vulnerável.

Seu sorriso é suave e seu olhar, curioso.

— Que incrível, Adam.

Dou de ombros.

— Não é nada.

É algo. O Projeto Família, um dos meus eventos de arrecadação de fundos para o abrigo Segunda Chance, arrecada centenas de milhares de dólares todo ano, ajudando a financiar seu centro e formando novas famílias. É meu orgulho e alegria, minha maior realização, e gosto de mantê-lo perto do meu coração.

— *Papa!*

— Ai, pelo amor de Deus... Connor, é o Adam. — Rosie dá um tapinha no meu peito. — Adam.

Connor pisca para ela. Olha para mim. De volta para Rosie, depois para mim. Aponta para o escorregador.

— Papa, *escoiega*?

Rosie enterra o rosto na mão.

— Desculpe.

— Não precisa se desculpar. — Começo a subir na plataforma. — Você quer ajuda para chegar ao topo, cara?

Seus dedos agarram-se aos meus, e olho para baixo. Sua mão é tão pequena que todos os seus dedos estão agarrados ao meu mindinho. Quando ele me puxa atrás dele, sou atingido por uma sensação quente e apertada no peito.

No topo do escorregador, Connor faz uma pausa.

— Papa *escoiega* com bebê.

Rosie ri.

— Ah, bebê. Não sei se Adam consegue descer pelo escorregador.

Minhas sobrancelhas se erguem rapidamente.

— Ele quer que eu...?

— Sim.

— Mas, eu...

O pequeno escorregador azul é estreito pra caralho. Sou um cara bem confiante e não recuso a maioria dos desafios, mas este... Não sei, não. Uma vida inteira de patinação me deu o que apelidei de bunda de hóquei. E bundas de hóquei... não cabem em escorregadores de criança.

— Desculpe, amigo. — Olho por cima do ombro, para minha própria bunda. — Não acho... Bem, a questão é...

— Adam tem uma bunda grande e redonda — Rosie fala a Connor com seriedade, como se ele pudesse entender o significado por trás das palavras. Seu olhar brincalhão vira-se para o meu. — É perfeita, a propósito, e me peguei olhando para ela com muita frequência, mas não deixe que isso lhe suba à cabeça.

O canto da minha boca se levanta, explodindo em um sorriso lento.

— Tarde demais. Já estou me sentindo orgulhoso. — Levanto meus braços acima da cabeça com um gemido exagerado. — Tudo bem, companheiro. Vamos fazer isso. Vamos ver se minha bunda perfeita nos leva por esse escorregador. — Afasto-me dele, enfio meus quadris entre as laterais de plástico, e Connor grita, lançando-se no meu colo. Pressionando suas costas no meu peito, eu o seguro. — Pronto?

Empurro-me pelo escorregador e começo a descer.

Mas isto é...

Bem decepcionante. Que porra é essa?

Balanço meus quadris o máximo que posso, tentando ganhar impulso. Connor não parece se importar, rindo e gritando, e o melhor de tudo? Nunca ouvi Rosie rir daquele jeito. De forma linda e arejada, tão despreocupada e solta, superando o peso de me perguntar como eu reagiria ao seu filho. Eu daria qualquer coisa para capturar esse momento em uma foto, porque agora a vejo por completo, mas, mais do que isso, *eu a encontrei.*

Pergunto-me se ela vai me encontrar também.

Chegamos ao fim do escorregador de três metros depois de vinte e cinco segundos extenuantes e, no segundo em que minha bunda bate nas lascas de madeira, Connor me puxa de volta para cima. Descemos de novo e de novo, até que ele muda para o balanço e, enfim, Rosie tem que pará-lo para o almoço.

Sob a sombra de uma árvore, Rosie desembrulha sanduíches, frutas e muffins de sua bolsa.

— É simples hoje. — Ela segura um recipiente de sanduíches. — Pasta de amendoim com banana.

— Ah, não. Não posso. É para vocês dois.

— Há o suficiente para todos nós — ela me garante, colocando um pequeno prato de comida na frente de Connor.

— *Ba-na...* — ele diz animadamente, enfiando um pedaço de sanduíche na boca. — *Ba-na-na!*

Rosie ri e me entrega um triângulo de sanduíche.

— Nunca sei com Connor, então sempre trago um sanduíche a mais. Alguns dias ele dá duas mordidas e diz "pronto", outros dias ele...

... vai até o meu colo, se joga em mim e dá uma mordida no meu sanduíche. Tudo isso enquanto rosna como um urso e ainda segura o próprio sanduíche, o que é, para ser honesto, bem impressionante.

— ... não para de comer — Rosie termina com um suspiro. — Não existe nada *meu* em casa. O que é meu é dele, e o que é dele é... Bem, é dele também. Fico com as sobras.

Como se fosse uma deixa, Connor oferece a borda do sanduíche para a mãe.

— Mamãe.

Rindo, faço cócegas nele.

— Você é um problema, assim como a mamãe, não é? — Ele ri, contorcendo-se no meu colo antes de mastigar outro pedaço do meu sanduíche. — Você é um probleminha, hein, cara? Tudo bem. Sempre posso dividir meu sanduíche com você.

Connor dá uma última mordida antes de levar a crosta até minha boca, e como sem pensar.

— Provavelmente não é o tipo de germe que você estava pensando em ingerir, hein? — Rosie murmura antes de seus olhos se arregalarem. — Não que você estivesse pensando em ingerir qualquer germe. Não, tipo, meus germes e seus germes. Eu não quis dizer isso. Eu não quis dizer, tipo, que você estava pensando em me beijar ou algo ridículo assim.

— Hã-hã.

Reflito, observando-a pegar as sobras e se levantar, correndo até a lata de lixo. Falando em bunda, suas curvas estão surreais nesse short jeans.

— Está olhando para a minha bunda? — E bate as duas mãos sobre ela, mas sou eu quem gostaria de fazer isso. Sentando-se de volta ao meu lado, ela esconde o sorriso tímido em seu muffin. — Não é como a sua.

— Você não precisa esfregar isso na minha cara, Rosie. Sou sensível no que diz respeito à minha bunda. Eu sei que a sua é melhor.

Ela enfia o canudo da garrafa de água na boca, escondendo o sorriso.

— Cala a boca.

— Você teria que me obrigar. — Pisco. — Posso pensar em algumas maneiras de fazer isso, se você quiser.

Ela espirra água em si mesma e ainda assim fica fofa, e Connor acha a cena tão engraçada que começa a tentar fazer o mesmo. Ambos são um par perfeito, parecendo gêmeos quando Connor se aconchega no colo dela depois do almoço, quando ela pega o livro favorito dele, *As rodas do ônibus*. Sorrio enquanto ela lê e ele desmaia de sono em seu colo, o polegar na boca, os dedos de Rosie correndo pelo cabelo do bebê.

— Desculpe por não ter contado ontem à noite — Rosie fala baixinho, os olhos dançando com vulnerabilidade, dando uma explicação que ela não me deve, mas quer me oferecer mesmo assim. — Eu não estava tentando esconder, é só que... Não saio muito. Além de ser difícil encontrar tempo, tem sido uma decepção. O primeiro encontro que tive depois que Connor nasceu foi com alguém com quem eu tinha conversado algumas vezes na fila do café da manhã. Gostei mesmo dele, mas, quando ele me chamou para sair, fiquei tão nervosa que não consegui dizer que tinha um filho. Ele foi tão legal que contei sobre Connor quinze minutos depois do início do encontro. O cara mal falou pelos dez minutos seguintes antes de pedir licença para ir ao banheiro. Ele voltou, disse que não estava se sentindo bem e foi embora. Jantei sozinha, tentando não chorar. No meu caminho para casa, eu o vi em um bar próximo. — Seu nariz enruga. — Cheguei em casa e fui para a cama antes de deixar as lágrimas rolarem. Acho que o que me fez sentir pior foi ter perdido a hora de dormir do meu filho por alguém que não se importava com a gente.

Cobrindo sua mão com a minha, dou um aperto suave.

— Sinto muito que ele não tenha reconhecido o que poderia ter tido, Rosie.

— Não foi importante. Só percebi que nem todo mundo nos aceitaria. Decidi depois que não estava interessada em namorar. Mas meu colega de casa e o namorado dele sempre tentam me levar para sair. — Ela levanta um ombro. — Vou de vez em quando, mas sem expectativas. Decidi que minha política é não levar Connor para nada a menos que eu sinta uma conexão genuína. Mas nunca tive um segundo encontro com ninguém, então... — Seu lábio inferior desliza entre os dentes, e ela engole. — Nunca mais tive que lidar com a rejeição.

— Isso conta como o nosso segundo encontro?

Olhos arregalados e esperançosos colidem com os meus.

— Você quer que conte?

Esfrego a ponta do meu polegar em suas lindas unhas roxas antes de entrelaçar nossos dedos, maravilhado com quão perfeita é a sensação de sua mão na minha.

— Já estou planejando o terceiro.

10
ME SALVANDO DE PÊNIS GIGANTES

ROSIE

— ESTE É O ENCONTRO número dois ou três? — Marco apoia o queixo no punho e inclina a cabeça. — Ou, tecnicamente, quatro?

— Quatro — responde Archie. — Porque, tecnicamente, o encontro no parque com o Connor foi o dois e, então, o passeio de cachorro esta manhã foi o três. Certo, Ro?

— Não sei — murmuro, passando os dedos no cabelo, terminando minhas tranças semiembutidas, deixando a parte do cabelo solta.

Com certeza é o quarto encontro. Esta manhã, quando o encontrei com Bear na frente do Coração Selvagem, esperando por mim e Piglet, ele pegou minha mão e disse que era o terceiro encontro. Ele até estava com a própria mochila, cheia de frutas e biscoitos para a sobremesa depois do almoço na ponte.

Coloco uma presilha lilás em cada trança e gemo quando meu biquíni é enfiado na minha cara.

— Não vou usar isso. — Empurro as peças para longe, pego o maiô pendurado atrás da porta do banheiro e, então, mudo de ideia. — Na verdade, acho que nem vou levar maiô.

As sobrancelhas de Marco se erguem.

— Ok, Rosie vai entrar de cabeça. Nadar pelada. Adam vai adorar. Peitos e bunda são sempre a escolha certa.

— Não vou ficar pelada. — Passo por ele e entro no meu quarto. — Apenas não vou nadar.

E daí se foi isso que ele me convidou para fazer?

Archie aperta meu ombro.

— Se não se sentir confortável em nadar, Ro, diga a Adam. Ele vai entender, dado o que aconteceu.

— Não é isso. — *É parcialmente isso.* — Além do mais, ele não sabe o que aconteceu. — Abano a cabeça. — Ok, estou com medo de surtar na piscina, mas, sobretudo, ele é tão bonito... Vislumbrei seu abdômen naquele primeiro dia na trilha, e não era nem um tanquinho. Juro, havia pelo menos oito gomos ali. E ele tem isso... — Gesticulo em direção à minha virilha. — Aquele v idiota que aponta direto para o... o...

— Pirulito?

— Mastro?

— Cacete?

— Vara?

Desdenho das palavras deles.

— Sim. Isso.

Archie dá de ombros.

— E daí? Então ele é gostoso pra caralho, qual é o seu argumento?

Olho para mim mesma, o corpo escondido atrás do meu vestido fluido de verão. Amo meu corpo por tudo que ele já fez e já me deu, mas está longe de ser perfeito.

— Como me comparo a alguém assim?

Archie e Marco trocam um olhar, e Marco assente.

— Ela é uma dessas garotas que não percebe quanto é linda.

— Odeio quando ela faz isso. — Archie suspira e me pega pelos ombros. — Você, Rosie Wells, é linda. Por fora e por dentro também. Qualquer homem tropeçaria nos próprios pés para arrancar um sorriso seu, e parece que Adam fez exatamente isso.

— Você teve um bebê — Marco acrescenta. — Isso não faz você valer menos.

— Não estou tão magra quanto costumava ser. E minha cicatriz...

— Sua cicatriz é um distintivo de honra, por ter uma vida que você criou e nutriu dentro de si. E suas estrias são listras de tigresa, Rosie. Você é forte. É feroz. É perfeita, do jeito que você é. — Marco afasta minha franja. — Não duvide que a pessoa certa não verá isso, porque ela verá.

— Comparar-se com os outros não vai te levar a lugar nenhum. É uma maneira inútil de gastar energia. — Archie dá um tapinha no meu nariz e pisca. — E você precisa poupar sua energia, porque parece que Adam pode precisar dela esta noite.

Dou um tapa na mão dele.

— Não importa, porque com certeza não farei nada. Desmaiei na caminhonete dele voltando para casa depois do nosso encontro na quarta-feira.

Marco suspira em tom melancólico.

— Há algo especial em um homem que dirige uma caminhonete.

As sobrancelhas de Archie se franzem.

— Eu dirijo uma caminhonete.

Marco acena para ele.

— Por favor, Rosie. Vista o biquíni. A parte de baixo é de cintura alta, mostra suas curvas, e Adam vai ficar babando.

Mordo meu lábio ao examinar o conjunto amarelo com pequenas margaridas brancas.

— Acham mesmo?

— Lógico. Agora vamos retocar essas unhas dos pés.

Um retoque se transforma em uma reformulação completa, e Marco até adiciona margaridas para combinar com o meu biquíni, algo que não percebo até terminar, porque estou muito absorta em pensamentos sobre Adam.

Ele foi um sonho com Connor na quinta-feira. Não fiquei surpresa, acho, mas admirada que ele tenha sido tão indiferente com a notícia. O homem nem piscou, apenas se abaixou até Connor e se apresentou antes de pegar minha mão e nos puxar rumo ao parque. Eu não esperava que fosse tão fácil, mas tenho vergonha de ainda estar aqui, meio que… esperando algo de errado acontecer.

Droga, espero que não haja nada de errado.

Meu celular toca enquanto verifico o cabelo pela centésima vez. Eu o pego, ansiosa para ver se é Adam vindo me buscar.

Brandon: Vc precisa vir buscar o Connor. Tem algo errado com ele.

Meu coração bate forte. Espero tempo demais até que o pai do meu filho atenda ao celular do qual me enviou uma mensagem segundos atrás.

— Você está a caminho? — ele resmunga, e meu peito aperta ao som dos gritos de Connor ao fundo.

— O que há de errado? Ele está bem?

— Não sei.

— Como assim "não sei"? Você disse que há algo de errado. Ele está doente?

Brandon geme, como se a conversa o estivesse esgotando.

— Não sei, Rosie. Ele simplesmente não está bem. Não para de chorar.

— Você já tentou dar colo?

— Ele não quer colo.

— Ele almoçou?

— Comeu uns donuts.

— Donuts não são… — Respiro fundo e deixo passar, controlando minha frustração. — Ele pode estar com fome ainda. Você consegue fazer um sanduíche para ele? Cortar algumas frutas?

— Ele não está com fome nenhuma, Rosie, só está infeliz. Preciso que venha buscá-lo; ele está me deixando louco.

— Por favor, não diga coisas assim na frente dele.

— Ele é um bebê. Nem sabe o que estou dizendo — Brandon suspira. — Você vem ou não?

— Estou indo — murmuro, tirando o carrinho dobrado do armário da frente, saindo em silêncio pela porta antes que Archie e Marco possam me parar, forçando-me a ficar, para lembrar Brandon que ele deve ficar com Connor até amanhã à noite, que precisa agir como pai.

Digito uma mensagem que não quero enviar.

> **Eu:** Desculpe, Adam. Tenho q cancelar hj. Espero q possamos remarcar.

No segundo em que saio do elevador, meu celular toca. O nome de Adam acende na minha tela e endureço a espinha antes de atender.

— Ei, você.

— Ei, problema. Tudo bem?

Há uma gentileza em sua voz, que sempre está ali, mesmo quando flerta.

— Sim, claro. — Aperto os olhos e balanço a cabeça antes de passar pelas portas da frente do prédio, entrando na brisa morna. — Não, na verdade não. Não sei. Connor está tendo um dia difícil, acho. O pai dele quer que eu vá buscá-lo.

— Sinto muito que ele não esteja tão bem. — Ele faz uma pausa por um momento. — Ele gosta de nadar?

— Você quer que eu o leve…?

— Quero passar o resto do dia com vocês dois. Tudo bem?

— Não. Quero dizer, sim. Sim, claro que está tudo bem. É só que… Ninguém nunca… Eu…

— Você vai buscá-lo agora? — Adam pergunta, tirando a pressão de dar voz aos meus pensamentos. — Precisa de uma carona?

— Brandon fica a apenas dez minutos de caminhada.

— Ok, bem, posso pegar você e Connor em cerca de meia hora se quiser ir para casa pegar a roupinha de banho dele e tudo mais de que precisar.

— Não, não posso... Quer dizer, não tenho uma cadeirinha para ele. Nós andamos de ônibus para todo lugar. — Suspiro, esfregando meus olhos. Parece que isso não vai funcionar. — E ele precisa de um cochilo, então eu teria que levar o cercadinho, mas ele pode não dormir bem em um ambiente diferente, e só... Não sei, Adam. Talvez hoje não seja um bom dia.

— Ei. — Sua voz tranquila e paciente acalma meus pensamentos acelerados. — Tenho um cercadinho para quando a filha dos meus amigos está aqui. Connor pode dormir nele se você se sentir confortável. Sei que gosta de rotina, então se você não estiver pronta para mudar as coisas, entendo. Mas eu adoraria ver vocês dois, então se quiser tentar isso hoje, saiba que estou aqui.

Meus pés param de se mover e me concentro no momento.

Sinto o couro liso e falso da alça do carrinho em meu punho, o sol quente em minhas bochechas, a brisa morna roçando meu cabelo. Vejo o jeito como meu vestido balança suavemente, ouço a respiração paciente e suave de Adam em meu ouvido enquanto ele espera.

— Ok — concordo, enfim.

— Ok?

— Nós vamos. Vamos tentar.

Há um suspiro do outro lado do celular e sorrio com seu alívio. Meu próprio alívio vem com suas próximas palavras, a excitação que exala tão vividamente.

— Maravilha, Rosie!

Ele está exatamente onde eu esperava que estivesse. Os dois estão, na verdade.

Passo por Brandon, sentado no sofá com os pés em cima da mesa de centro, virando uma cerveja e assistindo ao beisebol, tiro Connor do cercadinho, com ele tentando me alcançar, chorando e gritando.

— Há quanto tempo ele está aí? — pergunto conforme Connor deita sua bochecha encharcada no meu peito, agarrando um punhado do meu cabelo e se acomodando com respirações profundas.

O ombro de Brandon sobe e desce, os olhos nunca deixando a TV.

— Mais ou menos uma hora.

— Parece que ele só queria alguns abraços.

Seu olhar se move rapidamente para mim, olhos revirando.

— Ele precisa aprender que não consegue tudo o que quer chorando.

— Ele é um *bebê*, Brandon. Não consegue controlar as emoções. Está chorando porque quer conforto e nós somos seu lugar seguro. — Pressiono meus lábios no cabelo de Connor e esfrego suas costas, balançando-o para a frente e para trás. — Ele só quer ficar perto de nós. Quer interagir.

— Não sou um programa de TV. Não quero ter de entretê-lo sempre.

— Você acha que eu quero entretê-lo a cada minuto? É difícil e exaustivo, mas escolhemos ter um bebê, então é o que fazemos.

— Não escolhi merda nenhuma.

Paro quando a cor sai do meu rosto.

— O que você falou?

Ele suspira, colocando a garrafa no chão para poder sentar e passar as duas mãos pelo cabelo e pelo rosto.

— Não posso mais fazer isso.

— Não pode ou não quer?

Ele fica de pé e abre os braços.

— É demais! Ele é demais! Tudo o que ele faz é chorar até você voltar. Ele demora uma eternidade para dormir e perco o sono por causa dele. Eu só... Eu não...

Ele puxa o cabelo e se afasta de mim.

— Tenha muito cuidado com suas próximas palavras — aviso. — Você o abandonou uma vez, só para rastejar de volta um mês depois. Se fizer isso de novo, não será bem-vindo de volta. Ele merece ter pessoas em sua vida que o amem.

Brandon se vira para mim e aponta com um dedo ameaçador.

— Não faça isso. Eu o amo. Ele sabe que eu o amo.

Então aja como tal, quero gritar. Em vez disso, vou embora. Abro a porta e olho para ele.

— Ele merece estar cercado por pessoas que queiram estar na vida dele, não importa quão desafiadores os dias possam ser.

Tem que ser um pau de 23 cm, no mínimo. Talvez 25. Pênis de 25 cm existem? Devem existir, porque tenho quase certeza de que esse cara tem um.

Caramba, será que as costas dele doem de carregar isso entre as pernas o dia todo?

A menos que seja um enchimento. Ouvi dizer que eles fazem isso às vezes, colocam enchimento para parecer extragrande. Mas não, acho que não... Não, a arrogância e a confiança nos penetrantes olhos verdes desse homem dizem " tenho um pau enorme e sei disso".

Connor está tão fixado quanto eu. Ele coloca a mãozinha sobre a foto do homem. A diferença de tamanho é tão alarmante que chega a ser cômica.

— Connor, amigo. — Pego sua mão e o guio de volta para o banco no ponto de ônibus, transformando minha risada em uma tosse.

— Não tocamos no corpo de outras pessoas, mesmo que seja apenas uma foto.

Uma foto gigantesca de um pau gigante, enfiado em uma cueca bóxer apertada.

Sério, quem decidiu que um ponto de ônibus era um bom lugar para um anúncio de cuecas? Não me importa se o homem é — aperto os olhos para ler as palavras — "um presente de Deus para o hóquei, para as mulheres e para as cuecas". O que isso significa? Aposto que nem o modelo sabe. Ele ouviu que seu pau-monstro estaria em exposição e aproveitou a chance.

O ronco de um motor soa e a cabeça de Connor se levanta de imediato, antes de correr em direção à calçada.

— *Brum, brum!*

Pego o carrinho e sigo, mas não é o ônibus.

— *Camião* — Connor declara com orgulho, apontando para a caminhonete azul-escuro que se aproxima. — *Camiãozão!* — Ele acena com as duas mãos, saltando nos dedos dos pés. — Uuuuhhh! *Oi, camiãozão!*

A caminhonete para ao nosso lado e um homem com um sorriso tão devastadoramente bonito quanto envergonhado salta do carro.

— Olá, amiguinho — Adam diz, agachando-se na frente de Connor. — Lembra-se de mim?

— Papa!

Connor salta em Adam, envolvendo os pequenos braços em volta de seus ombros largos. Quando Adam ri e o levanta no ar, algo acontece dentro de mim. É a coisa mais estranha, como algo se consertando e se desfazendo ao mesmo tempo. Sinto uma atração por um futuro com o qual sempre sonhei, uma estabilidade que desejei e da qual fui privada por tanto tempo. E, ainda assim, estou pronta para jogar fora quase tudo o que sei, tudo pelo que trabalhei, pelo menor gostinho desse homem, para sentir suas mãos percorrendo os vales do meu corpo, para fazer cada centímetro de mim ganhar vida. Porque, Deus, me sinto viva com ele, e tudo o que ele está fazendo é ficar ali, segurando meu mundo em seus braços, olhando para nós como se pudéssemos ser dele.

— O que está fazendo aqui? — Dou um passo hesitante em sua direção, minhas mãos tremendo ao perceber que ele já significa tanto para mim em tão pouco tempo e que tenho medo de que isso acabe do jeito que sempre acaba: ele indo embora e eu seguindo sozinha nesta estrada. — Não tenho uma cadeirinha de carro.

— Não, mas... — Ele abre a porta de trás. — Eu tenho.

Fico olhando por tanto tempo que Adam para na minha frente, toca meu queixo com dois dedos e fecha minha boca. A diversão brilha em seus olhos quando Connor ri e tenta fazer o mesmo com ele.

— Não saí correndo para comprar uma cadeirinha nem nada assim — ele esclarece diante do meu silêncio. — Não sou... Por favor, não pense que sou... Sinto muito se isso é demais e a assustei. Meu amigo tem cinco carros e uma cadeirinha em cada um deles... Não me pergunte por quê; ele apenas gosta de ostentar. Então me emprestou uma. Ele me ajudou a instalá-la, o que é... bem difícil. Existem tantas regras, mas ele me mostrou como ajustá-la para que possamos ter certeza de que se encaixa perfeitamente em Connor. — Adam sorri um sorriso cheio de dentes, como se estivesse percebendo quão louco isso é. — Exagerei, não foi? Ai, merda. Eu não queria fazer isso. Estou tão fora da minha zona de conforto. A ideia de vocês dois pegando o ônibus para casa mais tarde esta noite não me agradou, então eu... eu... — Ele abaixa a cabeça. — Sinto muito.

Connor coloca a mão na bochecha de Adam e tira seu boné, deixando os cachos soltos, uma linda bagunça. O bebê não perde tempo e enterra os dedinhos neles assim que joga o boné de Adam por cima do ombro.

— Cabelo — ele diz simplesmente, dando tapinhas nas mechas escuras. E aponta para a caminhonete. — *Camiãozão. Bip-bip!*

As palavras simples de Connor dissipam a névoa da minha cabeça. Tudo é simples para ele, que é tranquilo e flexível. Vê algo de que gosta — como Adam, seu boné, seu cabelo, sua caminhonete — e pega. Eu queria ser assim. Não quero analisar demais cada detalhe. Só quero relaxar.

Passo por Adam, espiando o assento do carro.

— Uau — murmuro. — Top de linha.

— É… — Adam sussurra ao meu ouvido. — Ele, de fato, gosta de ostentar…

— Ele parece divertido.

Ele engole em seco.

— Um pouco exagerado.

Olho por cima do ombro e os olhos de Adam caem nos meus, saltando para minha boca. Ele suspira e desvia.

— Connor tem oitenta e um centímetros de altura e pesa dez quilos e meio.

— Então ele ainda pode ficar virado para trás — Adam bufa. — Que é o que imaginei quando a instalamos e, a propósito, é quinhentos por cento mais seguro do que virado para a frente.

Um sorriso abre-se na minha boca.

— Você pesquisou.

— Amo pesquisar. — Suas sobrancelhas franzem. — Esse comentário foi tão ridículo.

Uma risada borbulha no meu peito e Adam sorri. A tensão entre nós se dissipa e faço cócegas na barriga de Connor.

— O que você acha, meu bem? Quer andar na caminhonete do Adam?

Porque mamãe quer andar em outra coisa do Adam.

Não. Caramba. Não, Rosie. Pense com o cérebro, não com os peitos. Pense com o cérebro, não com os peitos. Pense com o cérebro, não com os peitos…

Se eu repetir três vezes, talvez se torne realidade.

Adam estava certo sobre ter pesquisado, embora insista que seu amigo lhe enfiou muitas informações goela abaixo antes que ele saísse da garagem com a cadeirinha instalada.

Levamos apenas um minuto para ajustar o assento perfeitamente para Connor, e meu garotinho fica feliz como sempre quando o colocamos no assento.

— Ainda bem que você chegou logo. Não acho que Connor e eu poderíamos passar mais um minuto olhando para aquele… pênis.

Adam me lança um olhar e, quando gesticulo em direção ao ponto de ônibus, engata a ré e recua devagar até que o anúncio em tamanho real apareça: o sorriso arrogante e malicioso e o pau extragrande — possivelmente aumentado.

— Jesus Cristo — murmura Adam.

— Certo? Isso era mesmo necessário? É como um acidente feio. Eu não conseguia desviar o olhar, não importa quanto tentasse. Isso deve ter uns 25 cm, não?

“23”, juro que ele sussurra.

— O quê? — pergunto.

— Nada. Com certeza está aumentado. — Ele se prepara para dirigir, jogando o braço atrás do meu assento, olhando por cima do ombro e me dando uma piscadela antes de entrar no trânsito. — Chega de pênis no ponto de ônibus, Rosie. Vou te proteger disso.

Seguro seu queixo antes de me inclinar para a frente, surpreendendo nós dois quando pressiono meus lábios em sua bochecha.

— Meu herói, me salvando de pênis gigantes.

11

POSSO CONFIRMAR: É UMA VARA ENORME

ROSIE

VOCÊ JÁ ENTROU EM UM lugar e foi atingida por uma vontade irresistível de trancar a porta para poder viver ali, naquele momento, para sempre? Essa sou eu agora, desde que Adam abriu a porta da frente e nos guiou para dentro.

Connor deu uma olhada na escada larga e começou a subir engatinhando, então Adam passou quinze minutos lhe mostrando como subir e descer, porque não temos escadas em casa. Adam nos mostrou a mesa de jantar que ele e seu pai construíram juntos quando ele se mudou, há dois anos, e brincou de esconde-esconde com Connor ao redor dela. Connor encontrou o controle remoto da TV, entregou a Adam, pediu para ver *ônibus*, e os dois assistiram a um desenho três vezes, cantando o tempo todo. Agora, corro meus dedos pela parede rústica de tijolos, pelas bancadas de mármore. O revestimento branco imaculado é misturado a grandes pedras, pilares de madeira e janelas de moldura preta. Esta casa enorme com vista para as montanhas em North Vancouver é simplesmente... perfeição.

Mas são os armários verde-oliva que me conquistam.

— Sempre adorei a cor desses armários e se tornaram minha parte favorita da casa desde que te conheci — ele diz.

Meu olhar vira-se para Adam enquanto ele caminha a meu lado.

— Por quê?

Ele afasta minha franja.

— Porque são da mesma cor dos seus olhos.

Um calor feliz se acumula em minhas bochechas e vejo meus dedos deslizarem pela cor opaca.

— Meus pais e eu nos mudamos para nossa casa quando eu tinha seis anos. Os armários eram de bordo sólido, mas velhos, e não tínhamos dinheiro para reformar. — Sorrio ao lembrar do meu pai nos arrastando pela loja de departamentos, vendo amostras de tinta. — Ele os pintou de verde para combinar com os meus olhos e os da minha mãe.

— *Hum*... — Adam envolve um braço em volta da minha cintura, puxando-me contra o peito, seus lábios no meu cabelo. — Seu pai e eu nos daríamos bem, acho.

Eles se dariam bem sim. Deus sabe que ele teria feito minha mãe comer na palma da mão dele também. Connor se espreme entre nós, puxando a bermuda de Adam.

— Lanche!

— Lanche? — Adam pergunta e, quando Connor concorda, ele pega pasta de amendoim, um pão e uma banana. — Sim, cara. Vou preparar um...

— *Ba-na-na!* — ele grita, marchando no lugar, batendo palmas.

Ele pega a banana.

— *Ba-na-na!*

— Tudo bem, banana então. — Adam ri, descascando a banana, partindo-a ao meio e lhe entregando. — Foi fácil.

— Onde está o Bear? — pergunto, de repente percebendo o que está faltando.

— Eu o coloquei no meu quarto. Não tinha certeza se Connor ficaria nervoso perto de Bear, já que ele é tão grande.

— Ah, não. Connor ama cachorros. — Bagunço seu cabelo. — Não ama, meu amor?

— *Cachoio* — ele responde, enfiando o último pedaço de banana na boca. — Au, au!

Adam se agacha na frente dele.

— Você quer conhecer meu cachorro Bear? É o meu melhor amigo.

Connor enfia o último pedaço de banana na boca e agarra um dos dedos de Adam. Os olhos de Adam brilham e o canto de sua boca se curva ao sentir o toque em sua mão, fazendo meu coração palpitar. Eu os sigo escada acima, Connor olhando para ele com olhos arregalados e maravilhados, como se estivesse encantado com cada palavra que Adam lhe fala. Ou, talvez, seja a atenção exclusiva que Adam lhe dá. Seja o que for, acho que ele está apaixonado. Adam abre a porta do quarto um centímetro e um nariz preto abre caminho, farejando. Há uma batida sólida e constante de uma cauda feliz chicoteando para a frente e para trás e, quando a língua de Bear aparece, Connor começa a rir.

— Bear, sente-se — Adam ordena, pegando Connor no colo ao abrir a porta. — Bom garoto. Espere.

Os olhos castanhos de Bear saltam entre mim e Connor. Ele muda de pata para pata, choramingando, e Connor começa a ofegar, contorcendo-se, tão desesperado para tocar Bear quanto Bear está para tocá-lo.

— *Cachoio. Cachoio!* — Olhos verdes animados encontram os meus. — Mamãe, *cachoio*!

Adam entra no quarto, vai até a cama *king size* imaculada e se senta. Ele dá dois tapinhas e diz para Bear se levantar antes de fazê-lo deitar-se. Então, ele coloca Connor na cama.

— Somos gentis com os animais — lembro Connor, e ele tenta alcançar Bear, seus olhos brilhando de amor. Bear o encontra no meio do caminho, uma língua gigantesca que cobre todo o rosto de Connor em um único golpe, e meu garotinho joga seus braços em volta do pescoço robusto do cão. — Oi, *cachoio*! Oi, *cachoio gande*!

Adam ri e minha atenção vagueia pelo espaço incrível; penso em quão íntimo é estar aqui com ele. Caminho pelas tábuas quentes abaixo dos meus pés descalços, do sol que entra pelas persianas abertas, deixando a brisa entrar. Entro na varanda enorme.

— Uau. — A única palavra escapa em um suspiro.

Um mar de sempre-vivas me observa, subindo a montanha exuberante, envolvendo-me em sua beleza etérea, lembrando-me por que me mudei para cá. Por que, de todos os lugares que minha família visitou quando eu era criança, Vancouver é o que escolhi para tornar meu lar. Há uma nostalgia no verde, no aroma fresco de pinho e terra que cada rajada de vento traz. Uma calma pacífica que acomoda todos os meus pensamentos acelerados neste momento, a batida irregular do meu coração. Tudo está parado e quieto, e me sinto... em casa. Comigo mesma. Com Connor.

Com Adam.

Algo quente roça minhas costas e dois braços fortes me envolvem, mãos grandes apoiadas na parede de pedra da varanda.

— Bonito, né?

— Bonito nem começa a descrever — suspiro.

Lábios macios descem sobre a minha orelha.

— Eu estava pensando a mesma coisa.

Risadas ecoam atrás de nós e vejo Connor e Bear rolando no tapete felpudo. Adam ri, um som caloroso que faz minha espinha tremer.

— Acho que meu cachorro está apaixonado.

Sim. O cachorro. Com certeza o cachorro. Não o... Não o humano. Não. Isso é, sem dúvidas... Não.

Observo a mão de Adam se mover muito lentamente, as pontas dos dedos percorrendo meu antebraço antes de sua palma se abrir sobre a minha barriga. Em vez de me preocupar com tudo o que ele pode sentir, as linhas suaves que denunciam meu amor pelas manhãs de sábado passadas assando muffins e fornadas de biscoitos no meio da semana, muitos frapês gelados no verão e muitos chocolates quentes no inverno, afundo sob o seu toque. Eu me deleito com a conexão, pontas dos dedos firmes que parecem formigar sob o tecido do meu vestido de verão, como se ele estivesse tocando a pele nua. Meu coração bate forte em meus ouvidos, um zumbido constante que me liberta e me assusta. Engulo o aperto na minha garganta, lambo meus lábios e imploro por uma tempestade repentina para apagar o calor que queima a minha pele.

— Seu coração está a mil por hora — Adam murmura em meu ouvido.

— Eu...

Caramba, que vergonha. Fecho os dedos em minhas palmas até que as unhas belisquem a pele.

— Desculpe.

— Não se desculpe. Sendo sincero, Rosie, não consigo te dizer quão bom é saber que, pela primeira vez na minha vida, estou na mesma sintonia que alguém.

Nossos olhares se encontram, uma pergunta silenciosa no meu: *estamos na mesma sintonia? Mesmo?* Estou nervosa demais para expressar isso, mesmo que ele tenha acabado de dizer as palavras. Mas, em que sintonia estamos? Em que capítulo? Como seu livro termina, e quem ele quer ao seu lado no epílogo? Não tenho escolha; meu futuro é aquele garotinho ali. E, mesmo se a decisão fosse minha? Ele seria minha escolha, dia após dia. Eu sempre o escolheria.

Como seria bom se outra pessoa nos escolhesse também.

Adam segura meu rosto, virando-me para ele. Os nervos apertam minha garganta, roubando meu fôlego, mas ele apenas se inclina para a frente, pressiona o beijo mais gentil em minha testa e acalma todas as preocupações com as seguintes palavras:

— Estou feliz que você esteja aqui, Rosie. Vocês dois.

Tenho de começar a fazer ioga ou algo assim se quiser acompanhar Connor. Como vou criar uma criança tão flexível, que basicamente deu uma cambalhota no cercadinho do quarto de hóspedes de Adam quando eu ainda estava tentando lhe explicar que seu cochilo seria diferente hoje? Talvez as técnicas de respiração também ajudassem a não me deixar maluca com a ideia de mudar nossa rotina diária, mesmo que apenas uma vez.

— Ele adormeceu bem? — Adam sussurra, fazendo-me pular de susto quando saio em silêncio do quarto. — Sim, dormiu como um... um... um...

Meus olhos percorrem o peito nu de Adam, os cachos escuros que parecem tão macios, que quero correr meus dedos por eles. E pelas linhas dos músculos grossos e vigorosos, esculpidos tão impecavelmente, e, puta merda, eu estava certa. É um abdômen definido. E, merda, um calção de banho. Justo da pior maneira possível — porque não consigo desviar o olhar — com listras brilhantes que envolvem todo o quadril, abraçando cada centímetro dele.

E, meninas, acreditem em mim quando digo o seguinte: são *muitos* centímetros.

Caramba. Ele é maior do que o cara da cueca no ponto de ônibus; tenho certeza disso. Ou são as listras? Sempre as evito porque acho que me engordam. Funciona assim com paus também? Sim. Sim, deve funcionar. Porque não tem como ele... Como ele... Simplesmente não tem como, certo? É isso. Estou encarando a minha própria destruição. Obliteração. Aniquilação total. É a única coisa que pode vir de um pau tão grande. Nenhuma mulher vai sobreviver a uma surra desse homem, não sem ser levada para o pronto-socorro, em coma induzido por pau.

Ai, meu Deus. Archie e Marco estavam certos: estou 'apauxonada'.

— Desculpe, você disse... *Aniquilação total*?

Meus olhos se voltam para Adam passando os dedos pelos cachos desgrenhados, um leve rubor em suas maçãs do rosto.

— Como?

— Você estava falando sobre colocar Connor para dormir, mas parou e sussurrou... Aniquilação total. — Ele engole. — E acho que estava olhando para minha virilha.

Forço meu maxilar a se fechar, ignorando o violento som de estalo que faço ao fechar a boca. Meus olhos se contraem, desesperados para descer, só mais uma vez, mas não farei isso.

Ok, farei isso. Porra. Droga. Meu olhar salta para baixo, depois para cima. Os olhos de Adam me acompanham e sua boca se curva quando o calor corre para as pontas das minhas orelhas. Desvio, indo para as escadas.

— Tenho de colocar o meu maiô.

— Levei sua bolsa para o meu quarto. Você pode se trocar lá.

Paro, já na metade da escada.

— Ah. — Virando-me, passo por ele, mantendo meus olhos em meus pés. — Obrigada.

— Rosie?

Paro em sua porta, observando seus pés se aproximando, até que tudo o que posso sentir, tudo o que posso respirar, é ele.

— Precisa de ajuda? — ele pergunta, e engulo.

— Não. — *Talvez.*

— Tá bom. — Pontas de dedos escaldantes deslizam pelo meu braço, puxando a alça do meu vestido de volta para o meu ombro. — Chame se você mudar de ideia, problema.

Preciso de ajuda. De todo tipo de ajuda. Ajuda para me esfriar, porque não faço sexo há mais de um ano e, olhando para ele, de repente é só no que consigo pensar. Estou nervosa. Tão nervosa. Ele é tão doce e gentil, tão paciente, e me joga essas pequenas coisas, toques prolongados e abrasadores, olhares famintos, palavras quentes e provocantes cheias de intensidade. Estou com muito tesão, é bem óbvio, o que é novo e assustador, mas não estou pronta para pular nisso; e se for isso que ele está esperando?

Além do mais, preciso de ajuda para encontrar a confiança e sair daqui com este biquíni.

Não quero me sentir bonita para Adam. Quero me sentir bonita para mim.

E, agora, diante do espelho dele e me observando, está difícil.

Lembro a mim mesma que este corpo me deu o amor da minha vida. Que ele criou algo do nada. Que suportou náuseas intermináveis, dias passados abraçando o vaso sanitário, dores que me fizeram sentir como se eu nunca mais fosse andar direito, uma cirurgia de emergência que — por um momento — me convenceu de que eu era menos mulher porque não conseguia empurrar meu filho para fora. Uma cirurgia que me deixou incapaz de ficar de pé sozinha por dias, de dar mais do que alguns passos com meu recém-nascido nos braços.

Este corpo não é perfeito, mas é forte. Física e mentalmente, por tudo que superou.

Este corpo não é perfeito, mas, por tudo o que fez e tudo o que me deu, ele é lindo.

Amarro o cordão da minha saída de banho transparente no quadril e respiro fundo antes de abrir a porta, começando a descer as escadas. As fotos alinhadas na parede da escada chamam minha atenção, e paro para observá-las. Deve ser Adam em todas elas, tenho certeza. Até o garotinho enfiado ao lado do casal sorridente é tão claramente ele, com olhos cor de cobalto vibrantes, o mais genuíno dos sorrisos com apenas uma pitada de travessura. E o casal... Eles são tudo. Da maneira como se olham, cheios de devoção, amor sem fim, até a maneira como olham para Adam, como se ele fosse o mundo inteiro de ambos. Estou tão encantada com o amor que flui das fotos que não noto Adam até ele estar ao meu lado, elevando-se acima de mim, embora esteja um degrau abaixo. Ele está sorrindo para as fotos, com uma pitada de saudade nos olhos que me deixa um pouco triste.

— São meus pais. — Olho de volta para o casal, com sua pele escura e olhos quentes, os cachos escuros caindo sobre os ombros da mulher. — Fui adotado.

Um sentimento estranho aperta meu coração, o peso daquela única palavra se recusando a se acomodar em meu peito, perguntas que quero fazer, mas não posso, por medo de ultrapassar os limites. Medo de revelar partes de mim para as quais não estou pronta. Então digo:

— Dá para ver o amor entre vocês três.

— Hum. Sempre fui capaz de sentir isso também. — O canto de sua boca ergue-se quando ele olha para uma foto sua nos ombros do pai. — Mesmo que tenha demorado um pouco mais para o meu pai descobrir.

— Como assim?

Adam pega minha mão, puxando-me escada abaixo.

— Eu estava em um abrigo.

O aperto em meu coração alivia-se de uma só vez, e experimento uma sensação crescente e libertadora, com o pensamento de que, talvez, sejamos muito mais parecidos do que eu imaginava. Que ele entenderá todos os medos, as ideias incômodas que me corroem nas partes mais obscuras e silenciosas da noite, quando estou sozinha, perguntando-me se sempre serei assim. A esperança me preenche de maneira tão fluida, com um sentimento caloroso que quase transborda de mim. Antes que as palavras possam sair, Adam continua:

— Meu pai fazia trabalho voluntário no abrigo onde eu estava, então o conheci de imediato. Acho que eu, aos quatro anos, teria ido para casa com meu pai naquele primeiro dia, de tão apaixonado que fiquei por ele. Toda vez que ele estava lá, eu o seguia como um cachorrinho. Eu queria ser igual a ele. — Ele sorri, um pouco distante, como se estivesse se lembrando de algo. — Fiquei no orfanato por dez meses e meus pais me adotaram pouco depois do meu quinto aniversário.

Toda a esperança borbulhante que senti morre, caindo como um peso morto, sufocando meu peito. É uma coisa mesquinha e suja, a inveja que me toma, a amargura por ele ter passado tão pouco tempo lá, por ter encontrado essa linda família que o escolheu, que decidiu que queria amá-lo pelo resto de suas vidas e da dele. Tudo o que quero sentir por ele neste momento é felicidade por ele ter encontrado isso. Em vez disso, estou tomada pela culpa e por uma pilha pungente de ódio por mim mesma, porque, além da felicidade genuína, está o peso de desejar que houvesse alguém lá fora, qualquer um, que pudesse entender como é ficar naquele ambiente dia após dia, no seu melhor comportamento, esperando, sonhando que alguém possa lhe escolher. Que possa passar cinco minutos falando com você e dizer "Ei, acho que quero me arriscar com ela".

Acho que quero levá-la para casa. Acho que quero amá-la.

Enterro os pensamentos desagradáveis o mais fundo que posso, escolhendo abraçar os bons quando aperto sua mão.

— Estou feliz que tenha encontrado a sua família, Adam.

— Seus pais estão na cidade? — ele pergunta casualmente ao me guiar por sua casa, em direção ao quintal.

— Somos só Connor e eu. Vim para cá sozinha depois que me formei no ensino médio.

— Às vezes é solitário?

Sempre.

Forço um sorriso.

— Eu me mantenho ocupada.

— Certo, mas… — Seus dedos circundam meu braço, me parando. — Não foi o que perguntei.

Seus olhos percorrem meu rosto, procurando respostas. Mas eu mesma ainda estou procurando por elas.

— Que tal isso, Rosie. — Ele segura meu queixo com a mão, a ponta do polegar prendendo meu lábio inferior. — Quão ocupada você quer que eu a mantenha? Porque às vezes me sinto sozinho, mas, quando estou com você, me sinto completo.

Essa plenitude que ele jura sentir penetra minha pele, preenchendo todos os espaços vazios como areia entre seixos.

— Eu gostaria que você me mantivesse muito ocupada.

A felicidade invade seu rosto.

— Posso fazer isso.

O quintal de Adam é tão imaculado quanto sua casa, requintado e amplo. Situado abaixo do monte Fromme, é um oásis verdejante digno de uma capa de revista.

— É claro que você tem uma cascata — murmuro ao ver Adam mergulhar na piscina, braços longos fazendo círculos para se empurrar para trás, esperando, observando, *sorrindo*.

Meu coração parece que vai sair do peito quando mergulho os dedos dos pés. A água está morna, mas o arrepio que treme na minha espinha não está. Apenas nado onde há salva-vidas. Onde a água chega aos meus quadris e meus pés tocam o fundo. Onde Archie e Marco estão a um braço de distância, caso o pânico se instale. Meus olhos se fecham conforme entoo o mantra que meu terapeuta me ensinou. *Meu passado não é meu futuro. Tenho o direito de ter medo e tenho o direito de ir devagar, contanto que eu vá.*

E vou, descendo primeiro um degrau, com o coração disparado com a água morna lambendo meus tornozelos.

— Rosie? — Adam murmura, e minhas pálpebras se abrem. — Você vai tirar a roupa?

— O quê? — Olho para mim mesma, ainda coberta. — Ah… Sim, claro.

Encontro uma das espreguiçadeiras abaixo do gazebo e, de costas para Adam, tiro a saída de banho. Meus dedos tremem na minha barriga quando me lembro de que sou bonita e forte e de que, se Adam não conseguir ver isso, a perda será dele.

Dcsço para o primeiro degrau e paro, fechando meus dedos nas palmas das mãos três vezes, apertando meus olhos ao contar cada degrau. Ouço o bater da água quando Adam sobe na escada. Sinto o calor de suas mãos circundando a minha cintura, as pontas dos dedos amparando-me.

— Rosie? — ele sussurra de muito perto.

Acho que seus lábios podem estar quase tocando os meus. Quero olhar, mas não consigo.

— Sim?

— Abra os olhos.

— Preciso?

— Gostaria que você abrisse, mas não vou forçá-la a fazer nada que não queira.

Abro um, só um pouquinho. Ele abre um sorriso, torto e doce.

— Do que está com medo agora, de mim ou de nadar?

— E se eu dissesse dos dois?

— Bem, eu diria que você não tem nada a temer quando se trata de mim. Serei gentil e não vou machucá-la. — Ele passa o polegar sobre a covinha no meu queixo, persuadindo meu olhar a se abrir. Olhos de cobalto se erguem para os meus. — Gostaria de poder dizer que você não tem nada a temer quando se trata de nadar também, mas não sei suas razões e não vou subestimá-las. Quero que saiba, no entanto, que está segura comigo. Não vou deixar nada acontecer com você.

— Promete?

— Juro.

Dou um passo, depois outro, descendo mais dez centímetros, depois mais dez, e minhas unhas cravam em seus ombros. Mãos fortes apertam minha cintura com mais força, me puxando para ele. Quando ele afunda, a água tocando em seu peito, ele puxa meus membros ao redor dele, para que eu possa me agarrar.

— Esta é minha garota — ele murmura contra a minha têmpora. — Você está bem?

— Não me solte, por favor.

— Nem sonharia com isso.

— Quase me afoguei quando tinha onze anos — deixo escapar. — Um bombeiro me salvou. Foi um... um acidente bobo. Na minha própria piscina.

— Que merda, Rosie. Sinto muito.

Suas mãos ainda estão em meu corpo. Ele começa a andar em direção às escadas.

— Eu nunca teria pedido para você...

— Não, por favor. Está tudo bem. — Arrasto meu rosto do local seguro em seu pescoço. — É algo com que venho trabalhando há anos, tentando voltar para a água, e tem sido uma prioridade desde que Connor nasceu. Sei por que meus medos existem, mas não quero que eles me controlem para sempre. Mais do que isso, não quero que afetem a vida de Connor. Ele ama água e quero que se sinta confiante e seguro nela. Estamos aprendendo juntos.

O olhar de Adam está firme no meu, um peso reconfortante me dizendo que ele está ouvindo, absorvendo.

— Obrigado por me deixar fazer parte da sua jornada. — Ele mergulha a boca no meu ombro, pressionando um beijo ali, que envia todo o sangue para minha cabeça, deixando-me tonta. — Não vou pressionar você a fazer nada para o qual não esteja pronta. Você me diz onde estão seus limites e eu os respeitarei.

— Assim fica mais fácil — murmuro contra o seu pescoço. — Com você, parece mais fácil.

— Sinto o mesmo com você.

Olho para ele, a sombra da barba por fazer revestindo seu maxilar robusto, a linha acentuada das maçãs do rosto, a maneira como seus cachos pendem, perfeitos e sem esforço, acima dos olhos.

— O que fica mais fácil para você?

— Ser eu — ele sussurra. — Só eu.

Pego seu rosto em minhas mãos e engulo cada preocupação.

— Gosto de você, Adam. De você, do jeito que você é.

Seu sorriso é como o raio de sol mais brilhante, aquecendo as partes mais frias e escuras de mim. Ele abaixa seu nariz para o meu, seus lábios tão perto que posso sentir o gosto de menta em seu hálito.

— Também gosto de você, Rosie. De você, do jeito que você é.

12

HIPNOSE

ADAM

A PERFEIÇÃO EXISTE E ESTÁ bem aqui em meus braços.

São olhos verdes suaves que se iluminam com tanta facilidade, mostrando cada emoção que passa por eles. A boca em formato de coração, lábios rosados em um sorriso que tira o ar dos meus pulmões. O nariz beijado pelo sol e a maneira como se enruga toda vez que ela ri. A forma como a sinto em meus braços neste exato momento, a pele quente derretendo na minha, a curva da cintura onde a agarro, seus quadris arredondados e inebriantes, implorando-me para arrastar minhas mãos sobre eles, para explorar cada centímetro seu. Eu poderia flutuar pelo resto da minha vida, contente em saber que já senti a perfeição nestes braços.

Rosie apoia a bochecha em meu ombro com um suspiro suave, aconchegando o rosto em meu pescoço, como se eu fosse seu espaço seguro. Acho que ela pode ser o meu.

— É gostoso abraçar você — lábios perfeitos murmuram contra minha pele. — Sólido. Firme. — Outro suspiro. — Seguro.

— Eu serei qualquer coisa que você queira que eu seja.

— É só ser você, Adam. Basta ser exatamente como você é.

Sinto como se suas palavras puxassem uma corda invisível dentro de mim, apertando tudo em meu peito com força. Quero ser o suficiente para ela, mas passei o último ano e meio sem me sentir o suficiente para ninguém. Mas com ela, aqui e agora? Não há hóquei, não há o goleiro famoso, o atleta milionário. Só eu, e ela me diz que sou o suficiente.

Minha mente corre com pensamentos de uma vida com que sempre sonhei. Minha família nas arquibancadas, e eu os deixando orgulhosos. Noites tranquilas de sábado, marmitas para viagem empilhadas uma sobre a outra. Manhãs lentas de domingo, café da manhã com panquecas e desenhos animados na TV. De repente, parece que, enfim, estou sendo presenteado com isso. Mas sei que essa vida não pode ser minha de fato até que eu dê tudo de mim para Rosie e, agora, estou lutando para encontrar as palavras que lhe entregarão essas peças que faltam.

Então as engulo, enterro-as um pouco mais fundo e espero que, quando ela diz que basta ser como sou, ela esteja falando sério.

— Como está indo? — murmuro contra suas tranças cor de mel e rosa.

— Bem. Acho. — Seu olhar ergue-se para o meu, incerto. — Estou indo bem?

Eu rio.

— Você está indo muito bem. Me avise se for demais.

— Não... Pensei que poderia ser, mas parece ok. Embora possa ter algo a ver com o homem gigante que estou abraçando como um coala.

— Estou honrado em ser seu galho de árvore.

Perguntas sobre seu passado rastejam pela minha garganta, buscando respostas que ela não me deve. Em vez disso, digo que estou orgulhoso dela.

— Por quê?

— Já é bastante difícil vencer os nossos medos, e há certa pressão quando parece que não estamos tentando suficiente. É admirável que esteja enfrentando seu medo mais profundo por você e por seu filho.

Seu lábio inferior desliza entre os dentes ao refletir.

— Acho que meu medo mais profundo é só... Perder tudo. Connor. Ele é tudo para mim. Então, nadar depois de quase me afogar? Por mais difícil que seja, parece nada mais do que acordar em uma manhã chuvosa em comparação com o mais breve pensamento de uma vida sem ele.

— Você pensa nisso com frequência? Na vida sem ele?

— Penso mais em ter de deixá-lo, como seria difícil, mas ter de fazer isso de qualquer jeito. Como seria difícil a última vez vendo seu rosto, rezando para que o mundo fosse gentil com ele sem mim para protegê-lo.

Sinto um aperto no peito, que sobe à minha garganta.

— Isso é...

— Triste — ela termina com uma risada ansiosa, mexendo-se como se quisesse se afastar, hesitando porque não consegue. — Eu sei. É constrangedor. A maioria das pessoas não tem pensamentos tão mórbidos.

Pego uma de suas mãos nas minhas, pressionando um beijo na parte interna de sua palma antes de caminhar até as escadas com ela nos braços.

— Seus pensamentos são dolorosos, sim, mas não mórbidos. Não posso me colocar no seu lugar, mas eu o ocuparia se isso significasse um minuto a menos para você sentir essa dor sozinha.

— Às vezes acho que é o que faço — ela murmura quando a coloco em uma espreguiçadeira na sombra, observando-a cobrir-se com a toalha que lhe entrego. — Colocar-me no lugar dos meus pais.

Sento-me ao seu lado, esfregando o cabelo com a minha toalha.

— Como assim?

— Às vezes me pergunto como foi para meus pais. — Ela respira fundo e umedece os lábios enquanto seus olhos percorrem meu rosto, buscando coragem para continuar. — Quando eles souberam que seria um adeus.

Tento dar sentido a suas palavras e um silêncio pesado instala-se entre nós. Minha mente corre, lembrando-me do olhar em seu rosto na primeira vez em que a chamei de "problema", a saudade que expressou quando explicou que era o apelido que o pai lhe tinha dado. O jeito como desmoronou em meus braços quando lhe dei o buquê de peônias, quando me contou sobre todas as memórias maravilhosas que as flores lhe despertaram, quando falou que não era mais capaz de formar memórias assim.

Porque seus pais não estão mais aqui.

— Você teve de dizer adeus.

— Sim... Não consegui, porque não sabia que era um adeus. Mas meu pai... Ele sabia, acho. — Uma tempestade se forma em seus olhos, como nuvens raivosas sem ter para onde ir. — Às vezes, lembro-me de tudo, de cada momento. Mas, outras vezes, fica tudo... borrado. Distorcido. Há uma imagem, porém... É como se estivesse *gravada* no meu cérebro. — A tempestade em seu olhar se dissipa, deixando apenas uma exaustão que posso sentir nos ossos, um tipo de resignação. — O jeito como meu pai colocou uma mecha de cabelo atrás da minha orelha quando disse que voltaria. A devastação em seus olhos quando me olhou pela última vez, por cima do ombro, falando que me amava.

Eu queria ter as palavras certas de consolo, algo para tirar sua tristeza e substituí-la por uma felicidade eterna. Mas não tenho e, embora eu não tenha de fato perdido ninguém — não do jeito que ela perdeu, pelo menos —, sei que não é assim que a tristeza funciona. Então apenas passo um braço em volta de sua cintura, trazendo seu corpo para perto do meu, onde posso mantê-la segura, e dou um beijo em sua têmpora. Ela enxuga uma única lágrima que escapa.

— Não falo sobre isso com frequência. Não é que eu não possa, mas estou sempre tentando seguir em frente, sabe? Perdi minha família, mas estou construindo uma nova com o Connor. Estamos criando as memórias que não posso mais criar com os meus pais.

— Conte mais sobre eles. As memórias... Você me falou sobre o apelido, que seu pai também a chamava de "problema". E as peônias?

Ela olha para mim, a covinha do seu queixo contra o meu peito, um semblante brilhante.

— Minha mãe sempre quis um jardim enorme e colorido, como o que ela tinha quando era criança. Fomos a uma linda loja de jardinagem no final de setembro, quando eu tinha oito anos. — Seu sorriso se alarga conforme a memória volta à sua mente. — Fiquei encantada. Ficamos lá por muito tempo, apenas passeando, absorvendo tudo. Ela queria uma espécie que florescesse nas primaveras. Falei que tinha algo especial em uma planta que floresceria de novo após o mais rigoroso dos invernos. Então encontrei um arbusto exuberante de peônias. Tão bonitas, as flores cor-de-rosa. Não eram tão vibrantes, mas o tom delicado de rosa simplesmente me cativou. — Ela toca as pontas pintadas de rosa de seu cabelo. — É por isso que gosto de rosa. Ele me lembra minha mãe, mas ela disse que a cor a lembrava de mim. Que eu era cativante como a flor que volta toda primavera. — Seu rosto enrubesce até as pontas das orelhas e ela baixa o olhar. — Acho que eu queria me sentir assim de novo, como se eu fosse... cativante. Para alguém, pelo menos.

Cativante? Mas ela é muito mais do que isso. Ela é... fascinante. Deslumbrante. *Hipnótica.* Rosie não sabe disso? Ela não tira o ar dos meus pulmões quando chega ao ambiente; ela sopra vida em mim. Se ela é a flor desabrochando depois do inverno mais rigoroso, eu sou a primavera. Como se tudo em mim ganhasse frescor, ficasse cheio de vida, cor, sol e esperança, depois do que foi roubado de mim com a primeira geada amarga de inverno. Rosie me dá tudo isso, e tem a coragem de se sentar aqui ao meu lado e pensar que é algo menos que encantadora? Não aceito.

— Então vocês escolheram as cor-de-rosa? — pergunto, passando o dedo pela curva de sua coxa, observando-a imitar meu movimento, traçando as linhas pretas da minha tatuagem, que está aparecendo por baixo do calção de banho. — E as roxas. As azuis também. — Ela ri. — Então, no outono seguinte, também compramos as alaranjadas e, no outro, as amarelas. Plantamos um arbusto novo a cada outono, e eu esperava na janela a cada primavera para vê-las florescer. Nosso jardim da frente virou um arco-íris. Todo mundo que passava dava uma espiada.

— Como você, então.

Ela olha para mim, engolindo em seco ao perceber a intensidade por trás do meu olhar.

— Como eu?

— A explosão de cor e vida que as pessoas param para olhar.

Seu nariz franze-se e um rubor colore as maçãs do rosto sardentas ao som das minhas palavras. Ela mantém os olhos fixos na mão que se move sobre a minha coxa, brincando com a barra do meu short. Seus lábios formam um meio-sorriso e ela me espia por baixo de cílios loiros e espessos.

— Posso?

— Hum.

Sinto a garganta apertar com o suave movimento de seus dedos, algo quente na minha barriga quando ela puxa o calção para cima, expondo centímetro após centímetro da pele tatuada que cobre a minha coxa. A ponta de sua unha roça a juba do leão preto, as linhas desgastadas de seu rosto, a sabedoria em seus olhos, como se ele já tivesse visto de tudo.

— Bonito — Rosie murmura, e um golpe lento e quente de sua mão faz músculos que não deveriam saltarem. — Por que um leão?

— Um símbolo, acho.

— De?

De tudo que Courtney tentou tirar de mim, ou talvez tenha conseguido tirar de mim. De cada pedaço que quase perco a cada encontro esperançoso antes que inevitavelmente se torne sem sentido.

— De força. — É o que sai da minha boca. — Sabedoria das lições aprendidas. Um lembrete para sempre tentar fazer o melhor. Para me lembrar de que estou no comando do meu destino, e mais ninguém.

— Quero estar no comando do meu destino — Rosie murmura. — Parece que não importa quanto controle eu tente exercer, não consigo controlar meu futuro.

— Futuro e destino não são a mesma coisa. O futuro é tudo o que vai acontecer, as coisas que não podemos escolher. Mas destino... É tudo o que está destinado para nós. As coisas pelas quais trabalhamos duro todos os dias, porque as *queremos*. Talvez parte do seu destino seja um futuro em que não tenha medo de atravessar as partes mais profundas do riacho na montanha, nadar com seu filho sem medo, poder se despedir dele todas as manhãs sem o medo de que seja permanente. Mas essas coisas não vêm com facilidade, não é? — O jeito como ela me observa, um pequeno vinco entre as sobrancelhas ao se apegar a cada palavra, ponderando sobre elas em sua cabeça, gera em mim uma sensação hipnótica e viciante, como se ela não estivesse em nenhum outro lugar além de aqui comigo. — É algo que você quer e está se esforçando para alcançar, porque sabe que é seu destino, uma vida que está fadada a viver por quanto tempo for vivê-la, e você não aceitará nada menos. Seu futuro é uma vida com seu filho. Seu destino é uma vida com ele, em que sua força e coragem a tornem a melhor vida possível.

Um momento de silêncio estende-se entre nós conforme ela ainda observa sua mão se movendo sobre a minha coxa, seu toque agora mais firme, mais lento, mais ousado. Uma respiração trêmula escapa dela e ela olha para mim com admiração.

— É o que quero.

— Então, pegue — digo, segurando-a pelo punho. Se sua mão continuar se movendo do jeito que está, algo dentro de mim está fadado a quebrar, e eu tenho de estar no controle.

Há um calor que a envolve, como se a iluminasse de dentro para fora, mas que não toca os cantos mais distantes de seu ser. Não as bordas de seu olhar, manchadas de gelo, uma leve incerteza que persiste, como se estivesse desesperada para se livrar da dúvida. Não tenho certeza do que é, até que me aproximo, derrubando a toalha que ainda a cobre de modo desleixado.

Ela deixa o material macio cair, dedos finos flutuando sobre as adoráveis margaridas na parte de baixo de seu biquíni de cintura alta, as mãos descansando sobre a barriga. Seu olhar salta para a minha coxa, a maneira como os músculos flexionam quando me aproximo ainda mais, então para os meus braços, meu peito e mais abaixo, acomodando-se na minha barriga. Ela engole em seco, seus dedos se abrindo mais, cobrindo mais de si mesma, e algo dentro de mim parece morrer.

— Você se incomoda que eu não me pareça com você?

O que me incomoda é o significado oculto por trás de suas palavras, então começo com humor para tentar aliviar sua tensão.

— Por você ser baixinha? É um pouco inconveniente, claro. Meu pescoço vai doer quando chegarmos aos beijos.

Ela revira os olhos e dá um tapa no meu ombro.

— Não sou baixinha! Você é que é enorme!

— Certo, desculpe. *Mediana.* — Pego sua mão agitada, entrelaçando nossos dedos, dando-lhe um aperto reconfortante. — No que está pensando, Rosie? Vamos conversar.

O calor sobe por seu pescoço como uma videira, mas ela continua a me encarar.

— Acho você muito bonito e, às vezes, em especial quando estou de biquíni, me esforço para ficar confortável em meu corpo. Não tenho o abdômen malhado, e você tem oito gomos bem marcadinhos. Além disso... — Ela mergulha a ponta do dedo na depressão dos músculos da minha barriga, traçando a linha do meu quadril esquerdo, o músculo que desaparece sob meu short, e suspira. — Esse v ridículo. Quem inventou isso? Você sabe o que isso faz com uma mulher? — Ela sorri. Suave. Honesta. Vulnerável. — Acho que, perto de você, estou me sentindo um pouco... mediana.

— Se eu ouvir essa palavra sair da sua boca mais uma vez, não me responsabilizarei por minhas ações.

Os olhos verdes piscam para mim, arregalados e cheios de surpresa. Ela abre a boca como se fosse contra-argumentar. Antes que ela possa, porém, agarro seus quadris, puxando-a até que ela esteja deitada de costas e eu esteja vivendo uma visão com a qual tenho sonhado desde que a conheci: Rosie debaixo de mim com lábios entreabertos, peito arfando, o calor invadindo cada centímetro exposto de pele.

— A única coisa mediana em você, Rosie, é sua altura. — As palavras pesam, demonstrando meu desejo reprimido por uma mulher que tem ocupado meu cérebro nas últimas semanas. Meus joelhos a seguram, uma mão desliza lentamente pela lateral deliciosa de seu corpo, sobre a pele imaculadamente corada, cheia de sol, margaridas e muito calor. — E onde você vê imperfeição, eu vejo beleza. — Meu polegar corre sobre a covinha em seu queixo, o menor pedacinho de perfeição que já vi. — Como esta covinha. É tão perfeita que me peguei querendo beijá-la pelo menos cinco vezes hoje. E esses quadris... — Minhas mãos tremem quando meus dedos deslizam pelas laterais de seu corpo, roçando sua cintura, a borda do biquíni envolvendo os quadris cheios. Cada toque é guiado por uma fome mal contida, uma fome que nunca senti. — Porra, como quero agarrá-los. Cravar as pontas dos meus dedos. Até dói me impedir de fazer isso.

No segundo em que suas mãos sobem, com um toque frenético que raspa o pelo que reveste meu maxilar, essa contenção se rompe, um fio que mal estava pendurado. Abaixo meus quadris sobre os dela, e a pressão explode no meu ventre quando ela se pressiona contra mim, um som gutural, desumano, retumba no meu peito assim que ela geme, como se estivesse tão faminta quanto eu. Pernas lisas envolvem minha cintura e minhas mãos as agarram, as pontas dos dedos mergulhando logo abaixo de suas nádegas, afundando em sua bunda macia e segurando-a com força, como se tivesse medo de que ela pudesse escapar.

Não vou deixá-la escapar.

— E essas pernas... — suspiro, passando minhas mãos sobre elas, deslizando de modo intenso que me faz pressionar mais quando Rosie joga a cabeça para trás, expondo o longo pescoço. Meus lábios caem na pele corada ali, saboreando-a e, porra, não é o suficiente. Minha boca desliza por seu pescoço, mordiscando seu queixo, até que enfim consigo beijar aquela covinha bem ali. — Não sei de onde você tirou a ideia de que elas não levam ao paraíso. Com certeza não vejo nada além de paraíso quando olho para você.

— Adam — ela choraminga, contorcendo-se debaixo de mim, dedos arrastando-se pelo meu cabelo.

— Nem um pouco mediana. — Arrasto meu nariz ao longo de sua bochecha, acomodando minha boca acima da dela. — Nunca mais quero ouvir essa palavra. Entendido?

Ela abana a cabeça com firmeza, olhos arregalados prontos para desistir de qualquer aparência de controle.

— Entendido.

— Boa menina. — Corro a mão por seu pescoço, dedos prendendo-a no lugar. Agarro seu queixo, mas com gentileza. Tanto quanto possível nessa posição, vendo-a umedecer os lábios rosados, preparando-me. — Tenho que te dizer, problema, isso não é exatamente o que eu tinha planejado para ganhar um primeiro beijo. — Prendo seu lábio inferior sob meu polegar, meu olhar o rastreando quando me aproximo da boca que mal posso esperar para conhecer. — Mas vou roubá-lo mesmo assim.

Nossos olhares chocam-se e, em meio a toda a voracidade enlouquecedora, algo dentro de mim se suaviza com a esperança nadando em seus olhos, a confiança. Seus lábios se separam, abaixo minha cabeça e uma vozinha grita pelo monitor de vídeo colocado a alguns metros à minha direita.

— *Mamãe!*

13

PROMOÇÃO ESPECIAL: 2 POR 1

ADAM

NÃO CONSIGO ME LEMBRAR DE uma ocasião em que alguém tenha olhado para mim do jeito como Rosie olha.

Courtney olhou, uma vez, mas é quase impossível me lembrar dos nossos primeiros anos juntos e imaginar que foram mesmo reais, mesmo quando tínhamos dezessete anos e ela olhava para mim como se eu fosse um deus.

Mas, com Rosie... Não sou um deus, não estou em um pedestal. Sou o sol nascente no mais claro dos dias, tocando cada centímetro do seu mundo, iluminando as partes mais sombrias e escuras onde ela não vê a luz há muito tempo. Rosie me observa como se eu fosse tudo de melhor e mais brilhante. Olha para mim como se estivesse... grata. Grata por estar aqui comigo. Grata pela paciência, pela compreensão, por cada gentileza e cada sorriso.

Quase dói quão intenso é o seu olhar.

Porque sei que, mesmo nos nossos melhores dias, o jeito que Courtney me olhava nunca poderia se comparar, e isso me faz sentir um pouco... vazio. Anos perdidos e sonhos frustrados. Como invernos rigorosos que parecem não acabar nunca, uma primavera que demorou muito para chegar.

Dói porque Rosie me deu muito, e não fiz o mesmo a ela. Ela aceita o que mostro com facilidade, mesmo que sejam partes pequenas de mim que exibo com certa hesitação, mantendo o restante bem preso ao peito, com medo do que ela fará se souber.

Esta é a questão. Quando conheci Courtney, eu tinha tudo o que sonhei. Uma família incrível que me amava infinitamente, uma carreira promissora como goleiro de hóquei. Estava feliz e despreocupado. Courtney tinha toda a minha parte boa, e ainda assim não foi suficiente. Eu a deixei roubar tudo de bom, brilhante e feliz, um punhado minúsculo de cada vez. Minha confiança, minha fé, minha crença em finais felizes.

Não acho errado tornar alguém seu mundo inteiro, mas sei que a única vez que fiz isso foi meu maior erro.

Agora sei que Courtney não era o mundo que eu queria, mas isso não torna mais fácil começar um novo mundo com outra pessoa, alguém que tem o poder de me destruir de novo. Quero pular de cabeça. Porra, digo a mim mesmo que já estou fazendo isso, que nunca me apaixonei tão rápido, sonhando com um futuro com alguém que mal conheço. Mas a realidade é como uma corda amarrada em meus tornozelos, arrastando meus pés pela estrada que quero seguir; contudo, cada passinho queima minha pele, pedindo-me para ir mais devagar, para apenas... esperar. Só por precaução.

Sobrevivi à primeira vez, mas sobreviverei à segunda?

O olhar de Rosie quando ela me observa brincar na piscina com seu filho nos braços me diz que não há nada para sobreviver. Que ela não vai me destruir. Ainda assim, as fissuras no meu peito sussurram... *Mas, e se?*

Connor contorce-se em meus braços, alcançando os degraus. Sei exatamente onde isso vai dar; há quarenta minutos que estamos fazendo a mesma coisa. Nado até a borda, ele sobe os degraus, contorna o pátio com passos rápidos, parando para pegar o rosto de Bear em suas mãozinhas.

— Oi, *cachoio gande* — ele diz antes de dar um beijo em sua testa. — Mamãe! — Connor murmura, dando um tapinha no joelho dela. — Mamãe!

— Estou assistindo, meu amor. Você vai pular no colo de Adam?

— Papa!

Sufoco uma risada quando vejo o horror estampado no rosto de Rosie, embora Connor tenha me chamado assim umas quinhentas vezes hoje.

— Desculpe de novo — ela sussurra. — O Google diz que é uma fase.

Apenas pisco, então estendo a mão para Connor quando ele se agacha.

— Pronto para pular, probleminha?

— *Pobeminha* — ele repete com um sorriso largo. Mãozinhas se estendem em minha direção e, quando ele se lança nos meus braços, grita: — *Paaa-paaa!*

Eu o giro no ar e o garoto grita de alegria. Connor ri e se agarra ao meu peito, envolvendo-me com suas perninhas. Rosie não consegue tirar os olhos de nós.

— Devemos molhar a mamãe? — Aproximo-me de Rosie, escondendo um sorrisinho. — O que acha, cara? A mamãe não devia ficar um pouco molhada?

Ela aponta um dedo para mim.

— Nem ouse! Eu estava molhada, mas já sequei. — Ela enrola os dedos decorados com margaridas no pelo de Bear. — Bear e eu gostamos assim.

— Hum. Mamãe não gosta de ficar molhada.

O calor no rosto de Rosie me diz que ela entendeu a insinuação, mas não temos tempo para pensar nisso enquanto ajudo Connor a subir os degraus.

— Vá dar um *grande* abraço na mamãe. Coloque todo o seu amor nela.

Pés minúsculos atravessam o pátio, mãos ágeis alcançando a mãe. Ela grita de rir quando ele joga seu corpo molhado em seu colo e, neste momento, acho que os dois podem ser minhas pessoas favoritas no mundo.

Gotas de água caem em cascata pelo meu corpo, respingando no concreto conforme caminho em direção a eles. Pego uma toalha e sacudo o cabelo, observando os olhos de Rosie se moverem sobre mim de forma lenta e quente, a língua correndo pelo lábio inferior, a garganta engolindo quando esfrego a toalha em minha barriga.

— Vou começar o churrasco e preparar o jantar. — Rosie não pisca, medindo-me de cima a baixo. Cutuco seu queixo com dois nós dos dedos, guiando seus olhos para os meus. — Ok, linda?

— Gostoso… — ela murmura, então pisca rapidamente, balançando a cabeça. — Churrasco, quero dizer… Gostoso.

— Isso mesmo.

Deixo meu sorriso no ar, pisco para Connor e entro. Meu celular está vibrando sobre o balcão da cozinha. É o grupo Marias-Patins.

Carter: a cadeirinha funcionou?

Garrett: Que cadeirinha?

Carter: tô falando com Adam, não com vc.

Garrett: tdo bem, vou voltar a comer. Sua irmã.

Carter: seu punheteiro maldito.

Emmett: Punheteiro não, porque ele tem com quem foder, amigo.

Jaxon: *emoji chorando e rindo* No caso, com a sua irmã.

Carter: odeio tdos vcs. Só vou falar com Adam de agora em diante.

Carter: a cadeirinha funcionou com a sua namorada???

Garrett: Qnts anos Rosie tem mesmo?

Emmett: Espera, espera, espera... *emoji de monóculo*

Carter: Não é pra Rosie, idiotas.

Garrett: Achei que vc não ia falar mais com a gente.
Jaxon: *emoji pensativo*
Carter: ...
Jaxon: *emoji surpreso* Não. Não, não, não, não.
Carter: sim.
Jaxon: *emoji derretido* Adam, meu chapa. Me diz q ela não tem um filho.
Garrett: a Jennie ficou toooooda derretida aqui.
Emmett: a Kara tá dizendo: "Padrasto Adam???" O cara passou de uma nota 10/10 para 20.
Jaxon: ADAM. Me diz q não é vdd.
Eu: O nome dele é Connor, ele tem 1 ano e 3 meses e é fofo pra caralho.
Jaxon: NÃOOOOO. Papai Adam?! Descanse em paz.
Emmett: Aeee! Q incrível, meu chapa. Feliz por vc.
Carter: mantenha esse menino longe da minha bebê até ela fazer 40 anos.
Carter: ou nunca.
Carter: nada de meninas também.

Não vou tentar tocar no fato de que um dia Ireland vai crescer, ter vida própria e parar de ouvir seu pai, porque é uma conversa inútil. O recurso de Carter quando alguém tenta argumentar com ele envolve tapar as orelhas e cantarolar "Não estou ouvindo, não estou ouvindo". Aliás, pode ser que Ireland cresça antes dele.

Meu celular toca, e meio que espero que seja Jaxon. Compromisso o assusta, e a ideia de uma criança envolvida deve tê-lo feito entrar em parafuso. Se alguém vai tentar me convencer a desistir desse relacionamento, será ele.

Mas o rosto da minha mãe sorri para mim na tela e atendo à chamada de vídeo ao me afastar da porta do pátio, dirigindo-me à janela da sala de estar, de onde posso avistar Rosie, Connor e Bear brincando na grama com o irrigador.

— Ei, mãe.

— Você gostaria de explicar por que Garrett me disse que você tem uma namorada, antes de você me contar?

— Eu não... O que... Quando vocês... — Esfrego os olhos e suspiro. — Aquele merdinha.

— Não culpe meu anjo. — Garrett é, com certeza, o favorito dela entre os meus amigos, e é por isso que todo mês ela lhe envia uma caixa de salgadinhos e guloseimas especiais dos Estados Unidos que não encontramos aqui no Canadá. — Ele ligou para me agradecer pela caixa e perguntou se eu estava animada para conhecer Rosie. Falei: "Quem é Rosie?", e ele disse: "Ai, merda". Então Jennie começou a gargalhar no fundo, cantarolando: "Você fez uma cagada, você fez uma cagadaaa".

— Ela não é minha namorada — murmuro. — Eu nem a beijei ainda.

— Bem, isso é compreensível.

— É?

— Sim, claro. — Há uma risadinha no fundo, e então o rosto divertido do meu pai aparece por cima do ombro dela. — Se alguém classificasse meu beijo publicamente como uma nota três de cinco, eu também hesitaria em beijar alguém de novo. — Ambos uivam de tanto rir e os filhos da puta até batem as palmas no ar. — É isso aí, Deac!

Sorrio quando avisto Connor correndo atrás de Bear, e Rosie atrás de Connor, os três encharcados até os ossos pulando na água que jorra pelo gramado.

— Meu Deus — mamãe murmura. — Ele está apaixonado.

— Não estou, não. — *Posso estar.* A caminho de, pelo menos. — Olhem, tenho que ir. Ela está aqui agora, e eu deveria estar começando a aquecer...

— Ela está aí? Agora mesmo? Apresente a gente!

— De jeito nenhum.

Suas sobrancelhas escuras se abaixam.

— Deacon, faça seu filho nos apresentar à moça.

Papai rasga um pacote de Fruit Roll-Up e agora também quero um, então pego um também.

— Adam, ouça sua mãe para que eu não tenha que, você sabe, blá-blá-blá, esposa feliz, vida feliz.

Abafo uma risada com o olhar que ela dá a meu pai e, quando Connor grita de tanto rir, o queixo da minha mãe hesita; paro com o meu doce de arco-íris pendurado na frente da boca aberta.

— Estou ouvindo um... bebê?

Enfio o Fruit Roll-Up na boca.

— Criança, tecnicamente. Connor tem um ano e três meses.

Ela se vira para olhar para o meu pai, fungando.

— Deacon, nós vamos ser avós!

— Pelo amor de Deus. — Eu sabia que isso aconteceria. — Acabei de dizer que nem a beijei!

— Bem, o que está esperando? E faça direito, para que ela queira ficar com você! Nada dessa merda meia-boca, nota três de cinco! — Ela ri do olhar de pura exaustão no meu rosto. — Você pode nos contar um pouco sobre ela? Rapidinho. Então desligaremos e deixaremos vocês em paz. Prometo.

Afastando-me da janela com um suspiro, ando de um lado para o outro na sala de estar, olhando para os meus pés, esfregando o pescoço.

— Ela é... Ela é bem linda. Não só por fora, mas por dentro também. Está na faculdade de veterinária e trabalha em um dos abrigos de animais aqui. Tem um coração tão gentil, mãe. — Dou de ombros. — Ela me faz sentir como se as coisas não fossem tão pesadas.

Minha mãe me observa com um sorriso silencioso e vacilante, e meu pai me dá dois polegares para cima atrás dela, outro Fruit Roll-Up em sua boca. Registro o barulho dos pingos de água apenas um instante antes de uma vozinha sussurrar "Papa!" atrás de mim.

Viro-me, os olhos se fixando nos de Rosie de onde ela está na metade do caminho para dentro da porta do meu pátio, com Connor enrolado em uma toalha em seus braços e Bear ofegante ao seu lado.

— Ok, mãe, tenho que ir — meio que grito.

— Ele acabou de te chamar de *pa*...

— *Tchau!*

Preciso de dezessete mil tentativas para apertar o botão de desligar.

Passo uma mão pelo cabelo e gesticulo por cima do ombro, esquecendo-me do celular na mão, que sai voando e pousa com um estrondo em algum lugar atrás de mim.

— Era meu... Meu amigo... Eu não estava falando sobre... Era...

Decido parar, parece ser a aposta mais segura, contentando-me em dar uma risada ansiosa.

— Era sua mãe?

— Quem, aquela? — Aceno com a mão. — Não.

— Você disse: "Ok, mãe, tenho que ir".

— Hum. Sim, entendo como isso pode ser interpretado. Entendo bem.

O canto da boca de Rosie se contrai.

— Bem, vamos nos trocar.

— Ótimo. Incrível. Sim, e eu vou começar o churrasco.

Ela para ao meu lado, cheirando a coco e limão, sol, esperança e tudo de bom e de certo.

— Você me faz sentir como se as coisas não fossem tão pesadas também, Adam. Só para o caso de estar se perguntando.

— Mas como você conseguiu colocar purê de batata na sobrancelha, cara — murmuro, limpando o rosto de Connor com uma toalha morna. Ele se vira, espirrando água ao nosso redor ao se mexer na banheira. — Jesus Cristo, está até no seu ouvido. Rosie! Até no ouvido! — Rosie ri, ajoelhando-se ao meu lado enquanto tiro o purê da orelha dele.

— Connor tem um talento especial para colocar comida em todos os lugares. Veja o cotovelo dele.

Pego sua pequena mão na minha e levanto seu braço. Com certeza, bem ali no vinco do cotovelo, há um amontoado de batata. Balanço a cabeça, limpando-o, e o macaquinho tenta comer o purê da minha mão.

— Problemão e probleminha. Nomes perfeitos para você e sua mamãe.

Rosie joga água em mim.

— Acho que é você quem está causando problemas.

Quero iniciar todo tipo de problema com Rosie, mas estou tentando me comportar da melhor forma possível. É difícil, porque o sol está se pondo, o ar esfriou, e ela está vestindo uma camiseta e uma calça de moletom minhas.

Há algo de especial em ver uma garota bonita em suas roupas, envolta em seu cheiro... Isso nunca me cansa.

Bear coloca-se entre nós, apoiando o queixo na borda da banheira. Connor descansa a testa contra a de Bear:

— Oi, *cachoião.*

Tudo parece extremamente certo com esses três ao meu lado.

— Estou muito feliz que vocês possam ficar — digo a Rosie enquanto ela veste o pijama em Connor e o deita no cercadinho.

— Eu não esperava que ele ficasse tão bem aqui. Ele dorme no meu quarto em casa, e sempre voltamos para tirar uma soneca. — Ela empurra o cabelo dele para trás, sorrindo para seus olhos cansados. — Acho que não dou crédito suficiente a ele.

— Não acho que seja isso. Você tem sua rotina, e nem sempre é fácil sair dela. — Cutuco seu ombro com o meu. — É preciso ter certo controle, né?

— Tenho mesmo dificuldade em fazer isso — ela admite.

— Mas você está se saindo muito bem.

Seu sorriso é suave e grato.

— Obrigada por dizer isso, Adam.

— Mamãe. — Connor dá um tapinha no cercadinho. — Gato?

— Ah, droga. Claro.

Ela pega a bolsa e a vasculha antes de tirar um gato de pelúcia laranja e fofo.

— Ele não dorme sem o Gato.

Connor se levanta, esfregando os olhos com os punhos, com a pelúcia debaixo do braço.

— Mamãe, beijo?

Rosie pega o rosto dele nas mãos, pressionando um beijo na testa, nas duas bochechas e, por último, nos lábios.

— Boa noite, bebê. Mamãe te ama.

Connor se aproxima de mim.

— Papa, beijo?

Dou um beijo alto na testa dele.

— Boa noite, probleminha.

Com a mão de Rosie na minha, eu a guio para fora do quarto, apagando a luz e fechando a porta silenciosamente. Ela está toda nervosa agora, dedos inquietos e olhos saltitantes, o brilho dourado do sol poente entrando pelas janelas, iluminando as sardas em seu nariz.

— Vou ligar para o Archie e pedir conselhos — ela deixa escapar, então dá um tapa na testa. — Para avisar que chegarei em casa mais tarde, quero dizer.

— Me encontre lá atrás quando estiver pronta. — Beijo sua bochecha. — Espero que ele dê bons conselhos.

Há um estranho choque elétrico percorrendo meu corpo conforme arrumo o quintal, com Bear me seguindo para todo canto. Estou nervoso, mas o fato de Rosie estar nervosa também é reconfortante. Apesar do meu desejo desesperado por uma base sólida, uma conexão significativa e uma vida para compartilhar com alguém, tenho me sentido um pouco desequilibrado desde que tropecei nela há algumas semanas. Sei exatamente para onde quero levar as coisas, mas em todas as minhas tentativas de seguir em frente no último ano, nunca me movi de fato nessa direção. Cada passo para a frente terminou com dois para trás. Todo encontro terminou em desastre; toda vez meu rosto acabava estampado em alguma rede social ao lado de uma mulher que eu mal conhecia, e fui me retirando ainda mais para as sombras, me fechando cada vez mais em mim mesmo.

Quero me mostrar para Rosie. Quero abrir meus punhos cerrados, mostrar a ela as mãos trêmulas e pedir que me aceite de qualquer maneira, que goste de mim pelo que sou. Pela primeira vez na vida, não quero ser Adam Lockwood, do Vancouver Vipers, goleiro famoso. Quero ser apenas...

Quero ser apenas *eu mesmo*. Exatamente como sou. Quero ser um amigo leal, um filho amoroso. Quero ser confiável, gentil e generoso, porque gosto de ser assim, não porque tenho de ser. Quero ser o parceiro, o melhor amigo, a mão firme nas costas para quando ela precisar de apoio, os dedos entrelaçados nos seus para caminhar pela vida juntos.

Quero ser Adam.

E, como sempre, o hóquei só vai atrapalhar isso.

A porta do pátio se abre, fazendo meu coração disparar, batendo contra meu esterno como chuva forte caindo em um telhado de zinco. Respiro fundo, fechando os dedos nas palmas das mãos, esperando desacelerar a batida a cada pensamento errático na minha cabeça, e me viro. Rosie está deslumbrante, com uma beleza impecável banhada pelo brilho escuro do crepúsculo, com fragmentos de luz cor de lavanda e pêssego espalhados por todo lado, refletindo na água. As luzes cintilantes mostram o maravilhamento em seu olhar conforme seus olhos vagueiam pelo quintal, absorvendo tudo.

Ela dá um passo hesitante para a frente, depois outro, uma mão no pescoço, a outra segurando a barra da minha camiseta que está usando.

— Adam, que lindo!

— Você achou? Eu, hum... — Corro para o gazebo, pegando as flores que tinha na sala de jantar o dia todo. Ofereço-as a Rosie com a mão trêmula. — Trouxe mais peônias para você. Espero que esteja tudo bem.

— Obrigada.

Ela as pega com um sorriso e olha para o colchão inflável na grama, coberto com travesseiros e cobertores.

— E isso?

— Pensei que, se você quisesse, poderíamos, hum... — Ela entrelaça os dedos nos meus e aperta, uma pressão suave que acalma minha pulsação. Tento de novo. — Eu gostaria de assistir ao pôr do sol com você... Nós dois deitados juntos.

— Eu adoraria.

Meu coração acelera.

— Sim?

Rosie assente, me puxando em direção ao colchão, segurando minha mão ao afundar nele, me puxando junto. Ela se aninha de lado, a bochecha apoiada em um travesseiro, e olha para mim conforme coloco um cobertor sobre nós.

— Este foi um dia tão perfeito, Adam. Estou tão feliz que não precisamos cancelar.

— Connor é sempre bem-vindo aqui. Não quero que sinta que precisa cancelar porque está com ele. Gosto de estar com ele.

Seu sorriso parece igualmente grato e triste, então aperto sua mão.

— Está tudo bem?

— É só que... É bom ouvir isso.

Franzo a testa.

— Que gosto de passar tempo com Connor?

Ela assente de novo.

— Brandon, o pai dele... Bem, foi por isso que o peguei mais cedo hoje. Ou, pelo menos, acho que sim. Filhos não faziam parte do plano. Não tínhamos um relacionamento tão sério, e ele fugiu. Depois voltou, mas, quando Connor tinha alguns meses, ele falou que não queria mais, que não tinha sido feito para ter filhos. Desapareceu por um tempo de novo, depois voltou de novo... — Seus olhos deslizam pelo meu pescoço conforme esfrego meu polegar no dela. — É tão desgastante mentalmente. Ou você está dentro ou fora, sabe? Connor merece se sentir amado e querido o tempo todo. Quero protegê-lo das pessoas que não conseguem lhe oferecer essa constância.

— Acho que é natural querer proteger seu filho de tudo que possa machucá-lo.

— Então, como é que o pai dele pode, às vezes, causar essa dor? — Ela desvia o olhar, franzindo o nariz e mordendo o lábio inferior. — É só que... Connor foi um acidente, sim, mas não foi um erro. Ele é a melhor coisa que já me aconteceu, o maior presente que já recebi. Dói que, às vezes, pareça que sou a única de nós que pensa assim.

— É um peso muito grande para carregar, Rosie. Espero que um dia ele perceba quão sortudo é por ter não só o Connor, mas você também, por ter trazido Connor para a vida dele.

Passo a mão por seu cabelo, descendo por suas costas. Ela se aconchega mais perto, colocando a perna entre as minhas. Ela me deu tanto hoje, mostrando tantos lados seus, e eu gostaria de retribuir contando algo sobre mim. A resposta óbvia grita dentro da minha cabeça, mas afasto o pensamento, enterrando a culpa em algum lugar, passando mais um dia sem lhe contar sobre o meu trabalho, sobre quem sou para todos, menos para ela.

— Posso te dizer uma coisa?

Ela volta toda a atenção para mim.

— Claro.

— Nunca conheci minha mãe biológica. Só sei que ela era jovem quando nasci e que lutava contra o vício. Ela não usou drogas durante a gravidez, mas teve uma recaída quando eu tinha apenas alguns dias de vida. Ela me deixou com a minha avó e nunca mais voltou. — Corro a ponta do dedo pelo braço de Rosie, como se ela fosse uma âncora na realidade, meu porto seguro neste momento instável. — Não me lembro da minha avó, mas sei que ela me amava muito. Em todas as fotos que tenho, parecemos felizes juntos. Ela teve um derrame quando eu tinha quatro anos. Minha única lembrança vívida é do seu velório, quando uma mulher com cachos escuros e olhos azuis olhou para mim da porta, mas que, em vez de entrar, virou-se e foi embora. — Rosie entrelaça os dedos aos meus, passando de leve o polegar nas costas da minha mão, de forma gentil para que eu saiba que ela está aqui, que está me ouvindo. — Nunca tive raiva dela. Não acho que ela pudesse me dar a vida ou o amor que toda criança merece, e ela sabia disso. Ela pensou que haveria pais melhores para mim e, ao ir embora, me deu isso. Uma chance de algo melhor. — Limpo a única lágrima que cai do olho de Rosie, e ela toca meu rosto. — Quando você me contou sobre seus pais, de como essa despedida a consome, eu queria pegar sua mão e dizer que você não estava sozinha, que eu também tinha perdido pessoas. Mas não senti uma perda tão profunda quanto a sua. A minha é diferente. As pessoas escolheram ir embora porque não tínhamos sido feitos uns para os outros. Não tinham sido feitas para mim, e há certa paz em saber disso.

— Isso não torna sua perda menos válida — Rosie pontua, com firmeza. — Por favor, não diminua a dor que você passou por minha causa.

— Não estou fazendo isso. A verdade é que tive muita sorte, e sei disso. E não há dor no meu passado, não nas minhas memórias, pelo menos. Mas, quando você me contou sobre o seu passado... Eu quase queria que houvesse. Eu não queria que você se sentisse sozinha.

Há uma suavidade no olhar de Rosie, uma compreensão que nos puxa para mais perto, como um nó na corda que nos une.

— Não preciso que você assuma minha dor, Adam. Só preciso que fique ao meu lado. Isso basta para mim. — Ela tira um cacho da minha testa. — Faz sentido?

— Acho que sim.

— Obrigada por compartilhar tudo isso comigo.

— Obrigado por compartilhar seu mundo comigo.

Rosie se aconchega mais perto, seu corpo suave pressionado contra mim, trazendo-me um conforto que eu não sabia que precisava, à medida que os fragmentos restantes de luz do sol desaparecem atrás das árvores, estrelas começando a despontar no horizonte escuro.

— Você não conseguirá ver as estrelas com seu rosto enterrado aí, linda.

Ela apoia o queixo no meu peito, sorrindo para mim.

— Gosto mais desta vista.

Eu rio, passando o polegar na covinha em seu queixo.

— Você é a mais fofa do mundo. — Rosie cora, desviando o olhar. Cutuco seu queixo, guiando seus olhos de volta aos meus. — Acho tão fofo quando você fica tímida. Seu corpo inteiro esquenta, você começa a mordiscar o lábio e suas sardas tentam se esconder sob essas bochechas rosadas. — A ponta do meu polegar arrasta-se sobre seu lábio inferior. — Você é linda, Rosie, e adoro estar aqui com você.

— Adoro estar aqui com você também — ela suspira. — Você vai me beijar agora?

Seus olhos arregalam-se e ela fecha a boca.

— Porra… Eu não… Não, isso era para ser… Eu…

Mas engulo suas palavras com a minha boca na dela, e foi além das minhas expectativas. Um beijo suave e gentil, sentindo a maneira como ela se derrete nos meus braços, os ruídos que emite do fundo da garganta. Doce, mas com um toque apimentado, misturado ao gosto cítrico em seus lábios, somado à pressão frenética das pontas de seus dedos em meus ombros, o movimento de suas curvas contra as linhas duras do meu corpo.

Afundo meus dedos em seu cabelo, inclinando sua cabeça para trás. Rosie suspira, seus lábios se separando, me deixando entrar cada vez mais. Sua língua encontra a minha sem hesitação à medida que suas mãos deslizam sobre mim, pelos meus braços, meu peito, agarrando minha camisa, puxando-me para mais perto, jogando sua perna sobre o meu quadril. Minha mão desliza ao longo de sua coxa, sobre sua bunda, agarrando sua cintura. Eu a seguro firme e me movo contra ela, certo de que enfim encontrei o paraíso.

Rosie é como o céu azul-celeste brilhante com o calor do sol de verão revestindo seu rosto. Ela é como os dedos dos pés na areia e água cristalina espirrando nos calcanhares. Arco-íris feitos de flores e redemoinhos de cores se misturando ao pôr do sol como uma pintura perfeita. Ela está escapando da realidade e vivendo em pura alegria sem os pensamentos acelerados e a aflição de muitos corpos, muitos olhos em você.

Ela é minha versão do paraíso.

Seguro seu rosto na minha mão, acariciando-o, aproveitando um último momento para prová-la, chupar seu lábio inferior antes de pressionar minha boca na dela uma, duas vezes mais.

Sua respiração irregular se mistura à minha, a cor florescendo em suas bochechas. Ela pressiona dois dedos trêmulos em seus lábios inchados.

— Uau.

— Sim.

— Eu... Eu quis dizer isso na minha cabeça. A coisa do beijo. E, honestamente, o *uau* também.

— Gosto quando você pensa em voz alta.

— Muitos dos meus pensamentos são sobre você — ela admite.

Solto um suspiro de alívio e a puxo para o meu peito.

— Graças a Deus, porque os meus são sobre você.

— O que a está incomodando?

— Hum? — Meus olhos se erguem para o espelho retrovisor, avistando Connor no banco de trás. Ele está desmaiado com seu bichinho de pelúcia e não se mexeu por mais de um minuto quando o tirei do cercadinho e o coloquei na cadeirinha do carro.

Rosie, no entanto, parece agitada.

— Você esteve mordendo o lábio nos últimos quinze minutos — digo, parando na frente de seu prédio. Puxo seu lábio inferior para soltá-lo dos dentes. — No que está pensando?

— Não quero soar... Estou preocupada que possa soar... Não quero que pense...

— Rosie.

Seus ombros murcham e ela me dá um sorriso culpado sob a luz do poste.

— Gosto mesmo de você, Adam.

— Gosto mesmo de você também.

— Mas...

— Ai, merda. Não um "mas".

Ela ri, me dando um empurrão.

— Gosto mesmo de você, *mas* não estou procurando algo casual. Sendo sincera, eu não estava procurando nada. Mas agora você está aqui, e não quero levar meu filho para algo que não tenha potencial de ser duradouro, algo real, sério e bom. — Ela respira fundo, colocando o cabelo atrás das orelhas. — Sei que tenho apenas vinte e quatro anos, mas quero compartilhar uma vida com alguém. Quero que sejamos especiais para alguém. Quero construir uma família com alguém, e não tenho problemas em me separar de quem não queira isso também. Porque, se Connor é a única família que tenho nesta vida... Ele é suficiente para mim. — Olhos turvos se movem sobre mim e vejo seus dedos se fecharem nos punhos. — Sei que algumas pessoas não gostam de falar sobre compromisso, e talvez seja rápido demais. Mas eu...

Pela segunda vez esta noite, engulo suas palavras, cada uma delas. Suas verdades e suas inseguranças, aquelas que se alinham tão perfeitamente com as minhas.

— Eu quero isso, Rosie. — Encosto a minha testa na dela. — Tudo isso e mais.

— Estou com medo — ela sussurra. — Ninguém nunca se encaixou na minha vida. Não quero saber como seria perder isso.

— Gosto de estar neste lugar. Não tenho planos de ir embora. — Olho para o garotinho no banco de trás, o som suave de sua respiração profunda, depois de volta para a mulher encantadora à minha frente. — Você vem com um pacote, Rosie. Isso não me assusta. E vou repetir quantas vezes forem necessárias até você acreditar.

Olhos cautelosos se movem entre os meus.

— Promete?

Estendo meu mindinho e ela sorri, colocando o dela em volta do meu, puxando nossas mãos para seu peito e minha boca para a sua.

— Juro.

14
ESTÁ... VIBRANDO?

ROSIE

— ACHO QUE JÁ ESTÁ limpo, Ro.

Archie arranca o prato que eu estava lavando por cinco minutos das minhas mãos, enxaguando a espuma antes de colocá-lo no escorredor.

— Você está mesmo *apauxonada*, né?

— Não existe a palavra "apauxonada".

— Está no meu vocabulário, e no seu agora também, já que está andando por aí com esse olhar atordoado no rosto há dias. — Archie tira o próximo prato de mim. — Estou orgulhoso de você, porém. Está como uma adolescente excitada, descobrindo-se pela primeira vez.

Reviro os olhos, jogando espuma nele.

— Já sou mãe; não estou descobrindo nada pela primeira vez.

— Praticamente. Quantos orgasmos Brandon te deu quando estavam fazendo... Que merda vocês estavam fazendo mesmo? Dois?

— Cala a boca.

— Um?

Minha boca contrai-se, e ele insiste:

— Rosie, me diga que Brandon te deu pelo menos um...

— Eu mesma posso me dar orgasmos, ok? — Isso soa um pouco mais impertinente do que eu queria, porque não, Brandon nunca me deu um orgasmo e, para falar a verdade, qualquer orgasmo que consigo me dar é breve e decepcionante. Mas melhor do que nada, acho. — Preciso de um orgasmo — falo no exato momento em que Archie declara: "Você precisa transar". — No entanto, não quero queimar etapas com Adam. — Esvazio a pia, lavo as mãos. — Quero as coisas físicas, mas não quero que elas se sobreponham a todo o resto, sabe?

— Parece que vocês estão se movendo em um ritmo bom. — Ele agarra meu lábio inferior e o puxa para fora dos meus dentes. — Com o que está preocupada?

Mordo minha unha do polegar e levanto um ombro.

— E se eu for chata na cama? Não tenho muita experiência e nunca tentamos nada diferente. Era por isso que Brandon sempre queria que acabasse tão rápido? E nunca ficamos abraçados depois. Ele sempre rolava para longe, ou se levantava para jogar videogame, ou...

— Rosie. — Archie pega meu rosto em suas mãos. — Sei que ele é o pai de Connor, mas o cara é um completo lunático; desculpe, não desculpe. Ele nunca mereceu seu tempo, seu corpo ou seu coração, mas ainda assim você lhe deu tudo.

— Eu só queria que alguém me quisesse.

As palavras saem gaguejadas e as odeio, a maneira como chamuscam o ar e o deixam pesado e sufocante.

— Eu sei que sim, querida. Mas ele te deixou com mais inseguranças além das que você já tinha, e o odeio por isso. Você tem um lindo coração. É tão gentil, tão inteligente e tão incrivelmente forte. Ele tem um jeito de fazer você se esquecer de tudo isso. Não conheço Adam, mas ele parece fazê-la se lembrar de todas essas coisas sobre si mesma. — Archie pega minhas mãos, um aperto gentil que sempre acalma meus pensamentos acelerados. — Deixe-o te construir. E, enquanto isso, vamos escolher alguns brinquedos para você poder cuidar de si mesma.

Dou um tapa em suas mãos.

— Não preciso de um vibrador.

— Tem os sugadores de clitóris também.

— Archie, não vou comprar brinquedos para mim.

Ele pisca, jogando o pano de prato por cima do ombro ao começar a guardar a louça.

— Ok, Rosie.

— *Você* também não vai comprar brinquedos para mim.

Outra piscadela.

— Definitivamente não, Rosie.

Enfio um dedo em seu ombro.

— Pare de dizer o meu nome.

Um sorriso malicioso:

— Claro, Ro.

Sua risada me persegue conforme pego a bolsa de fraldas de Connor.

— Você ficaria menos mal-humorada se transasse.

— Humpf — resmungo, jogando a bolsa perto da porta antes de me juntar a Connor no chão da sala de estar, onde ele está brincando com seus animaizinhos de fazenda.

— Você está pronto para ir ao parque, meu amor?

Ele pega a vaquinha, enfiando-a na minha cara.

— *Vaca! Muuuuu!*

A galinha é a próxima, quicando na minha coxa.

— *Co-co-có!*

Bato no trator verde.

— E o que é isso?

— *Taitor! Brum-brum!*

— Ei, macaquinho. — Archie se inclina na porta. — Vamos ao parque?

Connor se levanta de um salto só, jogando os animais em uma cesta antes de correr em direção a Archie com as pernas bambas.

— *Paique! Paique!*

Jogo meus braços no ar.

— Ele nem dá bola quando sou eu que sugiro.

— Porque o tio Arch é legal. — Archie fala ao pegar Connor, colocando-o no carrinho e empurrando os meus sapatos na minha direção. — Você é só a mamãe.

"Só a mamãe" está se esforçando ao máximo para ser uma mãe legal e corajosa, e é por isso que estou de novo de maiô, correndo atrás dele pelo parque aquático por meia hora no sol quente de verão.

— Estou orgulhoso de você — Archie me diz quando paramos para um lanche. — Você tem feito grandes progressos com a água.

— Connor se divertiu muito nadando com Adam ontem. Ficava pulando nos braços dele. Estava tão feliz! Então entrei também. De corpo inteiro. — Archie me encara, sobrancelhas erguidas, lábios entreabertos. — Ok, me agarrei a Adam e ele prometeu que não me soltaria. Não foi tão difícil quanto pensei que seria, uma vez que eu estava lá dentro, mas acho que isso tem mais a ver com ele.

— Você contou a ele? Sobre…

— Que quase me afoguei? Sim.

— E seus pais?

— Falei que eles faleceram.

— Mas você não contou que as duas coisas estão relacionadas? — ele adivinha. — Você quase se afogando e a morte dos seus pais?

Abano a cabeça, a vergonha subindo pela minha garganta.

— Ei. — Archie aperta meu joelho. — Está tudo bem. Não há pressa.

— É só que... E se eu me abrir demais com ele? Cedo demais? Se não der certo, terei perdido tudo de novo. Parece bobo, eu sei, mas...

— Não é bobo, Rosie, só queria que você não esperasse sempre o pior. Mas entendo. Ou, pelo menos, tento.

— Adam também esteve no sistema de adoção — conto sem alarde.

— Sério? Que coincidência! Um motivo para vocês dois se conectarem.

— Sim, também pensei isso, mas... — Esfrego o pescoço, a culpa deixando minha garganta apertada. — Não contei que estive em um orfanato. Nossas experiências foram diferentes. Ele tinha quatro anos e foi adotado em menos de um ano.

Archie assente.

— Então você sente que, em vez de se conectar por meio de uma experiência comum, suas experiências foram diferentes demais para Adam conseguir entender a sua.

Abaixo o rosto, envergonhada.

— Quão horrível eu sou? Ninguém vai parar no sistema de adoção por motivos felizes. Mas, quando contou sobre encontrar a família, fiquei... com tanta inveja. E me sinto mal por me sentir assim, Arch. Sou adulta, já deveria ter superado isso. Tenho minha própria família agora. Não tenho do que reclamar.

— Mas é assim que funciona? Seus pais morrem, deixando você sozinha em um mundo grande e assustador... Você não quer nada além de encontrar uma família que escolha te amar e, mesmo não a encontrando, você simplesmente amadurece e supera? — Archie balança a cabeça. — Não, sua experiência não diminui a dele, mas a dele também não diminui a sua.

— Eu deveria ter contado a Adam que também fui encaminhada para adoção — argumento —, mas eu estava tão focada em quão diferentes tinham sido as nossas experiências, em como não poderíamos nos identificar por causa dessas diferenças, na inveja que senti dele, que não consegui compartilhar.

— Conhecer alguém nem sempre tem a ver com se identificar. Ele compartilhou algo e você ouviu, que é tudo o que ele poderia pedir de você. O que está acontecendo na sua cabeça, aí já é outra coisa. Seus sentimentos são válidos e você precisa processá-los, olhar para si. Você não precisa se punir por ter feito suposições sobre outra pessoa.

Toda essa reflexão faz mesmo sentido, e Archie sempre foi essa pessoa para mim, aquela que ouve meus pensamentos e os valida antes de me ajudar a entendê-los. Às vezes, levo um tempo para chegar lá, só isso.

— Ei. — Ele segura meu rosto, forçando-me a encará-lo. — Você passou tempo demais se convencendo de que não era digna de amor porque ninguém a escolheu. Queria ter sido a primeira escolha de alguém, e não foi. Mas nem sempre somos, e algo melhor estava à sua espera. — Ele aponta para Connor. — Você é a primeira e única escolha daquele garotinho. E será a primeira escolha de outra pessoa no amor também. Talvez seja Adam, talvez não. Mas o que mais importa, Rosie, é que você seja a primeira escolha. Ame-se exatamente por quem você é e por onde você está, com erros, imperfeições e tudo mais. As pessoas a escolherão por todas as suas facetas, não por apenas algumas delas.

— Vamos lá. Só uma olhada rápida no Instagram dele.

— De jeito nenhum.

Marco balança o celular para mim, assim como tem feito na última hora, tentando arrancar o sobrenome de Adam de mim para que ele e Archie possam bisbilhotar o seu perfil.

— Vamos lá. Você não quer ver se ele tem alguma foto de ex-namoradas?

— Que péssima ideia.

A última coisa que quero fazer é me comparar a qualquer mulher que ele tenha namorado no passado. Eu me esforço muito para ser feliz com a minha aparência e nem sempre é fácil. A comparação é a ladra da alegria.

— Ok, não nos importamos com as ex. Isso é bom. Você não pode apenas mostrar seu namorado gostoso para os seus melhores amigos?

— Ele não tem rede social — minto de maneira preguiçosa, ignorando o rótulo de namorado que não discutimos.

— Que tipo de fracassado não tem rede social?

Cruzo os braços sobre o peito e franzo a testa para o sorriso ridículo e dentuço de Marco enquanto Archie se esconde atrás de uma almofada do sofá.

— Eu!

O interfone perto da porta toca e corro até ela, pensando que pode ser Adam.

— Alô?

— Eu, hum… — A voz desconhecida do outro lado limpa a garganta. — Estou com alguns… pacotes… para Rosie Wells?

— Ah. Certo. Desço em um minuto.

Pego minha bolsa e franzo a testa para Archie.

— Que estranho, não me lembro de ter pedido nada.

— Hum… — ele assobia. — Tão estranho.

— Vou pegar os pacotes e esperar Adam lá na frente. Vejo vocês mais tarde.

— Tchauzinho — Archie diz por cima do ombro.

— Boa escolha no vestido — Marco acrescenta. — Fácil acesso.

Fácil acesso. Por favor. Até parece que estou esperando sentir as mãos de Adam nas minhas pernas durante o filme hoje à noite, sob as estrelas, no *drive-in*. Nem estou sonhando com seus dedos deslizando mais alto, mergulhando abaixo do meu vestido no escuro. E *não* usei minha calcinha de seda rosa mais bonita na esperança de que ele possa tocá-la, ou, melhor ainda, vê-la.

De jeito nenhum.

Ok, tudo bem, mas a culpa não é minha. Temos passado tanto tempo juntos, com Connor e sem ele, e tenho aproveitado cada vez que aquele homem coloca a língua na minha boca. Estou começando a desejar… não sei bem o quê, mas mais. Um pouco mais. Me processe por esperar algo mais desta noite.

O elevador abre, revelando o próprio homem em quem não consigo parar de pensar, sua cabeça baixa examinando a infinidade de pacotes coloridos em seus braços.

— Adam. Ei. Eu estava descendo para pegá-los. Você não precisava…

Minhas palavras arrastam-se conforme seu rosto se levanta devagar, a boca aberta, as bochechas rosadas. Ao mesmo tempo, noto seu semblante — intrigado e, ainda assim, um pouco assustado — e o zumbido fraco vindo de um dos pacotes. Adam dá um passo em minha direção e dou um para trás, a mão no pescoço, caso eu precise apertá-lo para não, hum, vomitar?

— O que é isso? — sussurro, mas já sei.

Adam dá outro passo cuidadoso em minha direção, depois outro, até que estou grudada na parede.

— Hum, o entregador… Ele era… E estava vindo para pegar você… E pensei… — Ele abre a boca, faz uma pausa, as sobrancelhas franzidas como se estivesse sem palavras. — E eu… E então este… — Ele segura o pacote zumbindo, com pelo menos vinte centímetros de comprimento, rosa-choque com letras em amarelo neon dizendo PARA O PRAZER DELA. Adam engole em seco, o sangue troveja em meus ouvidos. — Começou... a vibrar.

— Eu não comprei isso — deixo escapar. — E-eu... não comprei.

A boca de Adam se contorce, um pequeno puxão de um lado, como se não acreditasse em mim ou de repente achasse essa situação horrível... *interessante*. E não sei por quê — eu deveria apertar o meu pescoço para fazer isso parar — mas vou em frente: vômito de palavras.

— Archie me disse para comprar, mas falei que não, só que ele-ele-ele nunca me escuta, e não tenho um orgasmo há muito tempo e nunca com outra pessoa. — Minhas mãos voam até a boca, tapando um suspiro, meus olhos arregalados. — Ai, meu Deus. Não posso acreditar que acabei de dizer isso. — Limpo a garganta, pegando os vários pacotes dos braços de Adam e os colocando nos meus. — Com licença, um momento. — Caminho de forma casual de volta pelo corredor, mas a caminhada logo se transforma em uma pisada rápida e raivosa.

— Imaginei que você voltaria — Archie murmura quando atravesso a porta.

— Seu filho da puta! — resmungo, deixando os pacotes caírem na mesa da cozinha. Sete. São *sete. Pacotes*. — Odeio você.

— Hum. Me diga isso de novo depois que experimentar algum deles. — Ele inclina a cabeça para o som de zumbido. — Você já ligou algum?

— Não, Archie, não liguei. — pego o pacote vibratório, tentando ignorar quão longo ele é. — Adam pegou os pacotes para mim no saguão e este começou a vibrar nas mãos dele.

Archie e Marco encaram-se por cinco segundos silenciosos. Então, explodem em gargalhadas. Deixo o pacote rosa voar antes de me virar, mostrando meu dedo médio por cima do ombro ao som de um baque satisfatório quando o pacote cai.

— Muito obrigada, caralho.

Minha calcinha de seda foi desperdiçada.

Tudo bem, não foi um desperdício total. Sinto-me sexy usando-a e, toda vez que as mãos de Adam roçavam devagar a minha coxa, a antecipação por si só valia a pena. Não é como se eu *esperasse* que ele começasse a me tocar durante o filme, com pessoas ao redor, mesmo que estivesse escuro e estivéssemos estacionados lá no fundo, então, se ele quisesse, *poderia* ter feito isso. *Poderia.*

Agora é meia-noite, estamos dirigindo por uma estrada alternativa no meio do nada e o último lugar para onde quero ir é para casa.

Não consigo tirar os olhos de Adam, uma mão no volante, pernas bem abertas, os cachos de ébano balançando na brisa da janela aberta. Ele está tão relaxado, tão à vontade, tão incrivelmente *lindo*, e está aqui *comigo*.

Adam olha para mim, do mesmo jeito que ele tem feito a cada trinta segundos, olhos azuis cobalto acesos. Um sorriso gentil inicia-se nos cantos de sua boca antes de explodir em um sorriso de rosto inteiro quando me pega olhando. Ele se estica, os dedos se espalhando sobre a minha coxa, deslizando tão devagar para cima, para cima, para cima, até que alcança a barra do meu vestido e a aperta.

— No que está pensando, linda?

— Não estou pronta para ir para casa.

Seus olhos recaem sobre os meus lábios, deslizam pelos meus braços, percorrem o comprimento das minhas pernas nuas antes de voltar para os meus.

— Não?

Balanço a cabeça.

— Não está cansada?

— Ainda não — suspiro.

— Hum...

Meus olhos se prendem em seu dedo médio, acompanhando o caminho quando a ponta se arrasta devagar ao longo da minha coxa, ao redor do meu joelho... Todo o ar é sugado para fora do carro, e meu coração bate de forma implacável antes de despencar entre as minhas pernas.

— Hum.

Ele rouba seu toque de volta, segurando o volante com as duas mãos. Inclinando-se para a frente, observa através do para-brisa, as sobrancelhas franzidas.

— O quê?

Ele puxa o lábio inferior entre os dentes e cantarola.

— Acho que estamos perdidos.

— Perdidos?

Olho em volta, para a noite escura. À luz da lua, tudo o que posso ver são árvores e campos sem fim.

— Não sei como aconteceu... — Ele encosta a caminhonete e desliga a ignição, deixando apenas o rádio ligado. Então mexe no celular antes que uma música suave e lenta saia dos alto-falantes, encharcando o ar da noite de verão. — Mas é melhor aproveitarmos ao máximo — ele fala com um sorriso furtivo antes de pular para fora.

Não tenho certeza do que ele quer dizer, mas observo com uma atenção arrebatada quando ele contorna o capô, abre minha porta e estende a mão para mim.

— Dance comigo, problema.

Uma risadinha escapa e as mãos de Adam engolem minha cintura, me tirando da caminhonete. Dedos longos se entrelaçam nos meus, puxando-me para a frente dos faróis fracos, sob as estrelas dançantes acima de nós. Ele envolve um braço em volta da minha cintura e sorri para mim antes de me puxar contra o seu peito, seu corpo flexível balançando contra o meu conforme ele cantarola com a música.

— Posso te dizer uma coisa? — ele murmura, afundando a mão no cabelo na parte de trás da minha cabeça, me segurando perto. — Nunca estou pronto para dar boa-noite. Não para você, Rosie.

Lábios macios tocam o ponto abaixo da minha orelha, mordiscam a borda do meu maxilar antes de passarem à minha boca. Sua língua na minha boca é lenta, profunda e tão quente que cada centímetro de mim queima.

— Se eu não pudesse fechar os olhos nunca mais, tudo bem, contanto que pudesse mantê-los em você. Parece que não consigo tirá-los de você sempre que está por perto.

Enrolo meus dedos em seus cachos e tento o meu melhor para segurá-los.

— Não consegue?

Ele balança a cabeça.

— Eu sei que filme nós vimos, mas não poderia te contar nada da história. — Ele puxa minhas mãos de seu cabelo, entrelaçando os dedos nos meus e os levantando acima de sua cabeça, girando-me antes de me puxar de volta. Ele enrola uma mecha de cabelo em volta de seu dedo indicador. — Tudo o que conseguia ver era o jeito como você enrolava essas ondas em volta dos dedos me observando de canto de olho. — Seu dedo desliza pela minha clavícula, arrastando a alça do meu vestido para fora do meu ombro, tocando os lábios nas sardas que encontra ali. — A forma como a luz da tela refletia sobre os seus ombros. — Com dois dedos, ele ergue o meu queixo. — A forma como a lua brilhava nesses olhos toda vez que você sorria para mim, como se estivesse tão feliz de estar ali comigo quanto eu estava com você. Caralho, amo esses seus olhos.

Seu nome sai dos meus lábios com um gemido e ele não perde tempo em engoli-lo, as mãos na minha bunda me erguendo, minhas pernas enrolando-se em volta da sua cintura enquanto me carrega ao redor da caminhonete. Meu coração dispara quando ele me deixa cair na caçamba do veículo.

Adam me segura, uma mão de cada lado do meu corpo, e inclina-se sobre mim.

— Então você vai precisar me dizer sobre o que era o filme, porque eu com certeza não sei. Tudo o que consigo ver é você, Rosie. E acho que é tudo o que quero saber.

Umedeço os lábios, o olhar em sua feição inebriante e faminta.

— Também não sei — admito.

— Não?

— Não. Eu não estava... também não estava assistindo.

— Hum...

Seu olhar recai sobre as minhas coxas, que se abrem para ele, convidando-o a entrar, a se aproximar. Vejo o sorriso satisfeito que ele tenta esconder antes de ficar entre elas, as mãos deslizando pelas minhas pernas, as pontas dos dedos mergulhando abaixo do meu vestido, agarrando meus quadris.

— Então, o que estava fazendo?

— Eu estava... — O fogo incendeia minha barriga e seca minha garganta conforme ele move meu vestido cada vez mais para cima. — Distraída.

— Distraída pelo quê?

— Sua mão... Você estava... Você fez... — Sua palma quente desliza pela minha coxa, o polegar roçando a barra do meu vestido. Uma respiração trêmula escapa da minha garganta e suspiro ao sentir minha pele arrepiar. — Sim. Isso.

Ele ri baixinho, o hálito quente deslizando pelo meu ombro nu ao arrastar a boca em direção ao meu pescoço, encontrando o caminho até o meu ouvido.

— Sinto muito por ser uma distração. Mas é justo, não é? Se eu não estava assistindo, você também não devia estar.

— Sim, mas eu não estava... — Minha cabeça cai para trás quando Adam me puxa com apenas um movimento, uma mão no meu peito, a outra em volta do meu quadril nu, abrindo sua boca quente contra o meu pescoço. — Eu não estava te deixando... louco... te tocando.

— Te deixando louca?

— Foi muito bom... Mas não o suficiente. Eu queria... — Suspiro quando ele puxa a alça do meu ombro, desliza a boca ao longo dele, os dentes roçando a pele sensível antes que a língua acalme a leve mordida. — Mais. Caramba, eu queria mais.

— É isso mesmo? — ele murmura. — Você queria ser tocada onde qualquer um pudesse te ver?

— Eu... não sei.

Era isso que eu queria? Ao ar livre, sob a falsa segurança que nos cobria sob o céu escuro? Eu o teria deixado fazer isso?

Quando a pergunta vaga pela minha mente, sei que a resposta é sim. Não apenas sim, mas *sim, pra caralho*. Nunca fui ousada. Estou acostumada a me misturar à multidão; desaparecer, na verdade. Passei tantos anos sem ser vista. Com Adam, pela primeira vez em muito tempo, me sinto vista. Mas é mais do que isso. Não me sinto apenas vista; sinto que sou a única pessoa em seu mundo quando estou com ele.

Então, eu me importaria com outras pessoas se ele ousasse me tocar esta noite? Não.

— Eu só queria ser tocada por você. — Um rosnado áspero ressoa em seu peito, um zumbido de aprovação que vibra tão profundamente, que o sinto da minha barriga aos dedos dos pés. Suas palmas arrastam-se pelas minhas coxas, seu toque tão selvagem, como se estivesse beirando a loucura.

— Assim?

Meu peito sobe e desce bruscamente.

— Sim.

— E assim?

Dedos deslizam por dentro da minha calcinha, agarrando duas mãos cheias da minha bunda, me puxando para mais perto.

— Sim...

— Assim, Rosie? É assim que queria que eu a tocasse?

Suas mãos deslizam sobre meus quadris, descendo por entre as minhas coxas, mantendo-as abertas conforme seus polegares percorrem o cós da minha calcinha, roçando a pele ultrassensível, fazendo-me tremular. Ele engancha um dedo sob meu queixo, forçando-me a encará-lo. Ao mesmo tempo, desliza a ponta do seu polegar sobre o meu clitóris, fazendo-o latejar ainda mais.

— Adam — gemo baixinho, minha cabeça tombando para trás.

Sua boca encosta em meu pescoço, e sinto seu sorriso ali, seu prazer.

— Sim, Rosie?

— Por favor — choramingo. — Me toque, por favor.

É essa simples frase que, acho, o empurra para além do limite. Ele não perde tempo e ergue meu vestido, revelando a calcinha, a seda rosa encharcada.

— Porra — ele resmunga, uma respiração trêmula escapando dos lábios antes de tomarem os meus em um beijo quente, que nos deixa sem fôlego.

Com um aperto forte, ele crava os dedos nos meus quadris, engancha os polegares no cós da minha calcinha e a puxa pelas minhas pernas, tirando também as sandálias. Ele aperta a peça em seu punho, olhos semicerrados e presos na ação antes de enfiá-la no bolso e continuar, suas mãos nas minhas enquanto encosta seu nariz no meu e reivindica um beijo que, de toda forma, pertence a ele.

— Se quiser que eu pare...

— Ahh, Adam, por favor, *não pare.* Eu imploro, se precisar.

Adam sorri como um garoto. Um sorriso feliz e orgulhoso, com o toque certo de arrogância e atrevimento.

— Por mais que queira ouvir você implorar, prefiro dar qualquer coisa que você deseje e de que precise. Só precisa me dizer, e é sua.

— Já faz muito tempo... — admito. — Quero que você seja gentil e paciente, porque estou nervosa. Mas, principalmente... — Minhas mãos deslizam por seus braços musculosos, sobre seus ombros largos, enrolando-se em seus cachos à medida que roço meus lábios nos seus. — Principalmente, quero você.

— Eu sou seu — ele me garante, logo antes de afundar a língua na minha boca, puxando-me para ele.

Ele se esfrega em mim, e cada centímetro do meu corpo entra em curto-circuito com a sensação do seu peso, da sua *ânsia*. Ele precisa de mim, me quer, tanto quanto o quero.

— *Ahhh* — gemo quando ele puxa minha cabeça para trás, os dentes raspando meu pescoço.

— É isso que você quer? — Adam sussurra ao descer a boca pelo meu pescoço, uma mão encontrando meu seio.

— Ser tocada na caçamba da sua caminhonete? Sim! — exclamo ao senti-lo morder a pele delicada do meu ombro, passando a língua sobre ela, selando-a.

A ponta do seu polegar raspa meu mamilo, que arde contra o tecido do vestido assim que ele o aperta, e passo minhas unhas pelos seus braços.

— *Adam*.

— Você teria gemido assim? Teria deixado as pessoas ouvirem você? — A respiração quente rola pelo meu pescoço, fazendo-me tremer quando seus dentes roçam minha orelha. — Elas gostariam de ouvir. E de ver a moça linda se desfazer só para mim. — Ele agarra meus quadris e me puxa para a beirada da caçamba antes de abrir bem minhas coxas. — A questão é, Rosie… — Seu olhar cai, focando-se no ponto entre as minhas pernas, aquele que mostra quanto o desejo, e um sorriso malicioso invade sua boca. — Não gosto de compartilhar. — Ele desliza dois dedos ao longo da abertura úmida, fazendo-me suspirar. Então os leva à boca, devagar, saboreando, e, quando lambe os lábios, tenho certeza de que morri e fui para o céu. — Eles não ouvirão os seus gemidos.

Ele afunda um único dedo dentro de mim e minha cabeça cai para trás, os lábios se abrindo em um gemido. Adam enrosca os dedos no meu cabelo, puxando meu olhar de volta para o dele, sem parar de mover o dedo para dentro e para fora.

— Eles não podem ter sua boca, do jeito que ela abre só para mim. — ele continua. Seu polegar encontra meu clitóris, a pressão firme em um movimento lento e torturante e, quando meus olhos ávidos se prendem aos dele, Adam sorri. — E eles com certeza não podem ter seus olhos. — Sua boca encontra a minha em outro beijo de derreter pensamentos antes que as próximas palavras soem baixas e resolutas: — Eu. Não. Compartilharia. Nem. Fodendo.

— *Ahhh caralho*.

Enfio minhas mãos nas mangas de sua camiseta e agarro seus ombros nus, as unhas cravando ao entregar meu corpo a ele, e talvez minha sanidade também.

— Pode me chamar só de Adam — ele sussurra, a voz baixa e divertida, com certa presunção que é tão rara nele, mas tão linda também.

Meus quadris erguem-se, perseguindo a fricção de sua mão, implorando por *mais*, e mais *forte*, *por favor* e *porra*, ele parece escutar, dando-me tudo o que quero e mais, até que eu esteja ofegante, pronta para explodir.

— Ouça você… E você gemeria assim para eles?! — Adam inclina a cabeça. — Não, são só meus.

— Todos seus — mal consigo dizer, afundando meus dedos nos cachos de sua nuca, puxando sua testa contra a minha assim que começo a me desfazer.

Suas sobrancelhas franzem-se e ele fecha os olhos, dando uma pequena sacudida na cabeça.

— Não achei que fosse possível.

Pressiono meus lábios nos dele, persuadindo-o a abrir os olhos.

— O quê?

A ponta do polegar dele raspa meu lábio inferior.

— Você ficar ainda mais linda. Mas aqui está você, olhando para mim assim, seus lábios inchados e vermelhos, seu cabelo está uma bagunça, e você tão... — Elétricos, seus olhos azuis parecem que mergulham, vagando sobre mim com uma intensidade selvagem que incendeia minha pele. — Tão deliciosamente *corada*. Como se você não se cansasse. Como se estivesse ganhando vida.

Ele enfia um segundo dedo, fazendo-me tremer quando seu polegar esfrega meu clitóris, então engole meu suspiro com a boca.

— Linda não é o suficiente, Rosie. Você é perfeita.

Sabe o que é mais incrível? Eu acredito nele. Digo a mim mesma que é por isso que sinto algo se revirar dentro de mim, que minha espinha se arrepia e meus dedos se fecham. Nunca cheguei tão longe com Brandon. Porque, além do prazer alucinante que Adam está proporcionando, é a confiança, a sensação poderosa que vem com o sentimento de ser tão desejada. Admirada. *Vista*.

Faz muito tempo que ninguém me vê.

— Eu estava sonhando quando você disse que nunca teve um orgasmo com ninguém?

Abano minha cabeça de um lado para o outro conforme minhas coxas começam a tremer.

— Nunca.

— Hum. Isso é um crime.

Ele me observa com uma voracidade mal contida quando inclino a cabeça para trás, antes de arrastar sua boca pelo meu pescoço até chegar à minha orelha.

— No segundo em que você gozar nos meus dedos, essa boceta é minha.

Puta merda, isso resolve a questão. Adam percebe, porque abre um sorriso malicioso, meio perverso.

— Pronta, linda? — Ele ri, e um som oco e áspero arranha a base do meu pescoço quando ele o traça com os lábios. — Pergunta boba, hein? O jeito como está agarrando meus dedos e arranhando meus ombros me diz que sim.

Seus dedos deslizam pela minha nuca, erguendo minha cabeça. Ao mesmo tempo, Adam flexiona os dedos dentro de mim e sussurra "Goza, Rosie!" contra a minha boca, e eu o deixo me atirar da beira do penhasco. Sinto-me cair, afogar e, bem no último segundo, ele me puxa de volta e me ressuscita, seus lábios nos meus engolindo meu grito. Um gemido satisfeito range em sua garganta quando me esfrego contra os seus dedos, tremulando contra as ondas de prazer que batem como tempestade dentro de mim. A boca de Adam se move contra a minha, murmurando aquela palavra que ele prometeu, a única palavra que quero ouvir.

— *Minha.*

15
AQUELE EM QUE ELES USAM BIGODES FALSOS

ROSIE

AS MANHÃS DE SEGUNDA-FEIRA NO abrigo Coração Selvagem são quase impossíveis de superar. Começam devagar, com o zumbido silencioso da música saindo do rádio na recepção, o ronronar suave dos gatos descansando em suas gaiolas à espera de lares definitivos, espreguiçando-se preguiçosamente ao sol, barriguinhas para cima implorando para receberem carinho.

Há certa paz quando se está sozinha aqui por uma ou duas horas antes do início do movimento. É um tipo seguro de felicidade, em uma bolha de contentamento, fingindo por apenas um momento que não recomeçaremos tudo nas segundas-feiras, mais uma semana longa e arrastada, em que mal conseguimos parar de pé.

Um nariz molhado cutuca meu bolso e sorrio para Piglet.

— Você também não gosta das manhãs de segunda, hein?

Ela gosta mesmo é dos petiscos enfiados no meu bolso. Ela os fareja a quilômetros de distância e não para de me olhar com aqueles olhos castanhos enormes até que eu lhe dê um. Ou cinco.

— Você é irresistível, sabia disso, Pig?

Ela pega o petisco da palma da minha mão e trota alegremente ao meu lado, indo para o abrigo de gatos, seu lugar favorito. Acontece que Pig tem uma grande veia maternal. Ela tem sido incrível com Adam e Bear em nossas caminhadas semanais e, embora não pareça mais tão deprimida quando vou ao seu canil logo de manhã, no momento em que me vê, ela pula, abana o rabo, coloca a língua de fora, pronta para qualquer aventura.

Em manhãs tranquilas como esta, uso a guia dela na minha cintura, deixando-a caminhar pelo abrigo comigo. Ela ama essa liberdade, mas, Deus, os gatos... Acho que ela nunca tinha visto nenhum antes, a julgar pela maneira como arregalou os olhos e ficou encarando um deles através da porta por cinco minutos seguidos, sem mover um único músculo.

E, então, o gato se levantou, se espreguiçou, andou até Piglet e tocou o pequeno narizinho rosa contra o focinho preto dela; e aí o inferno começou. Piglet pulou no ar, girando o traseiro, e logo caiu de costas com a barriga para cima, pronta para brincar com a pequena bola de pelos. Ela tem sido uma ótima mediadora da socialização dos gatos, e eles para ela.

Archie acha que Piglet estará pronta para adoção em breve. Essa ideia me angustia. Gostaria tanto de levá-la para casa comigo. Não quero ter de me despedir. Quero ser a pessoa em quem ela confia, o colo em que se joga todas as manhãs, o rosto que cobre de beijos. Mas ela merece mais do que a mim. Mais tempo, mais dinheiro, mais espaço. Tenho o amor, mas não tenho mais nada. E Piglet merece tudo, não apenas os restos.

Uma porta de carro bate em frente ao abrigo, seguida por uma risada profunda, e espio pela janela da frente quando dois homens se aproximam da entrada. Piglet inclina a cabeça, hesitante, mas curiosa. Aliso o espaço entre seus olhos quando ela aninha a cabeça na minha palma.

— Você quer dizer oi, garota? Está pronta para novas amizades? — Ela continua grudada na minha perna, seguindo-me até a recepção. Quando nossos convidados entram, ela corre atrás de mim, quase enfiando a cara inteira na minha bunda. — Você está segura, Pig — eu a asseguro. — Não vou deixar nada acontecer com você. Prometo.

— Ai, merda — um dos homens murmura. — Aquela é a Piglet.

Minha testa se enruga. Talvez Archie tenha compartilhado a foto dela na página de rede social do abrigo. Às vezes, ele faz sessões de fotos com chapéus ridículos, e eles viralizam. Não entendo, mas as pessoas sempre vêm correndo para ver os animais depois. Talvez minha Pig tenha... viralizado.

Credo. Não gosto do som disso.

Os homens têm mais ou menos a minha idade, talvez sejam um pouco mais velhos. Um com ondas douradas e olhos turquesa, o outro com cabelo castanho e tatuagens. Ambos ridiculamente grandes e atraentes, com sorrisos felizes e fáceis e uma presença ao redor deles que parece estranhamente... calorosa. Amigável. Os dois também têm bigodes, um castanho e um loiro, mas o formato é tão idêntico, tão limpo e perfeito, que quase parecem... falsos. Sim, tenho certeza de que os bigodes são falsos, mas não sei por quê.

Piglet não parece questionar os bigodes, enfiando a cabeça entre as minhas pernas, me fazendo cair de lado na mesa, seu nariz girando a mil por hora conforme ela os avalia.

— Ela é uma gracinha, cara — o tatuado sussurra para o amigo loiro.

— Desculpem. Esta é a Piglet. Ela é uma das nossas resgatadas e está aprendendo a confiar em homens. E, sim, ela é superfofa e sabe disso.

O loiro se agacha, sorrindo para ela.

— Não vamos incomodar você, linda.

O rabo de Pig começa a bater contra a mesa. Ela não se aproxima mais, mas a tensão em seu corpo ágil se dissipa.

— Posso ajudar vocês?

O loiro se apruma e passa a mão pelo cabelo, olhando para o amigo com os olhos arregalados.

— Hum, sim. Sim, nós íamos... — Ele dá um tapa no peito do amigo com as costas da mão. — Você ia olhar aqueles... os... gatos.

O homem tatuado bate palmas.

— É! É, eu ia olhar os gatos! Para você, porém. Porque você queria dar um... Um gato para Jennie. No aniversário dela.

— Não vou dar um gato para ela. Começa com um, e logo terei cinco gatos e três cachorros e dormirei sozinho no sofá. — Ele dá um tapa no ombro do amigo. — Você vai ficar com o gato, seu babaca.

— Hum... Certo, então... — Aponto para a ala dos gatos. — Gatos?

— É — responde o tatuado, lançando um olhar significativo para o amigo. — Mas só queremos dar uma olhada mesmo.

— Claro.

É sempre assim, e então eles voltam uma ou duas semanas depois, só para ver se o gato pelo qual se apaixonaram ainda está aqui. Então se passam mais alguns dias, e daí outro dia, desta vez com a papelada de adoção, uma caixa e um sorriso brilhante, eles vêm para levar seu novo amigo para casa. Temos uma das maiores taxas de rotatividade em Vancouver. Nossos gatos raramente ficam aqui mais do que algumas semanas, a menos que seja por motivos médicos. Archie diz que é graças às sessões de fotos de gatos dentro de chapéus.

Piglet e eu lideramos o caminho até a ala dos gatos e, enquanto os sussurros abafados dos homens nos seguem, tenho quase certeza de que estão falando de mim.

— É com certeza o cabelo dela... Rosa...

— Não, cara, ele não disse que era *todo* rosa, ele disse que *tinha* rosa.

Minha mão vai para o meu cabelo, enrolando-se em volta das pontas rosa. Por um momento, desejo me misturar às paredes cor de creme.

— Ela ouviu você, idiota. Agora vai pensar que não gostamos do cabelo dela.

Alguém limpa a garganta e olho para trás, com as orelhas aquecidas. O homem loiro me oferece um sorriso gentil.

— Hum, gosto do seu cabelo. É muito bonito e original.

A cabeça do amigo dele balança.

— Sim, superlegal. Combina com você.

Relaxo um pouco os ombros e tiro a mão do cabelo.

— Obrigada.

Quando entro na sala, Piglet me puxa para uma gaiola cheia de gatinhos. Eles são os favoritos dela, indisciplinados e cheios de amor, e loucos pela Pig.

— Puta merda. — O loiro enfia o dedo pela portinha e uma pequena bola de pelos preta o ataca. — Olha essa gracinha.

O de tatuagens revira os olhos.

— Como se você não fosse adotar um…

— Ai, caralho. — Ele para na frente do nosso mais novo recém-chegado, uma bola gigante de pelos brancos com algumas manchas alaranjadas estrategicamente distribuídas nas quatro patas e ao redor do olho direito. — Quem é esse marshmallow?

— Ele ainda não tem nome. Chegou há alguns dias. Foi deixado para trás quando seus donos se mudaram do apartamento, então não temos nenhuma documentação sobre ele.

O gato se joga quando abro a gaiola, com as patas no ar, a barriga à mostra.

O homem dá um passo à frente sem hesitar.

— Ai, que merda — ele ri, fazendo cócegas em sua barriga. — Você é um filho da puta fofo. — Levantando uma pata do gatinho, ele franze a testa. — Sou só eu, ou ele tem dedos demais?

Concordo.

— Ele é polidáctilo.

— Poli-o quê?

— Polidáctilo — eu rio, observando-o erguer o gato em seus braços como um bebê. — Ele tem um dedo extra em cada pata, mas isso não afeta sua vida. — Coço seu queixo. — Só mais de você para amar, né, amiguinho?

— É como se ele estivesse usando luvas. Né, cara? — Ele enterra o rosto na barriga do gato, e o gato mia, lambendo o cabelo ondulado do homem. — Eu o chamaria de Mittens.

O loiro ri.

— Mittens? Uau, que nome forte, Jaxon.

A boca se abre em um grito silencioso quando o punho do amigo bate em seu ombro, ele agarra o membro ferido e o devolve com um tapa.

— Ai, seu babaca!

O gato — Mittens? — sibila e dá um tapinha no loiro. O homem — Jaxon? — esconde o sorriso.

— Bom garoto, Mittens.

Sorrio para eles.

— Vocês dois formariam um casal tão fofo.

Jaxon afasta o rosto mortificado da barriga de Mittens. O queixo do amigo cai e ele dá um passo para trás.

— Não, mas eu... tenho... Jennie é minha... *Tenho uma Jennie*!

Jaxon gesticula para o outro com um braço trêmulo.

— E sou muito mais gostoso que ele!

— Não é!

— Sou, sim!

— Eu seria um grande *upgrade* para você!

Jaxon enfia um dedo em seu ombro e o gato o golpeia de novo.

— Você seria o oposto disso, amigo! Mittens também pensa assim! E Rosie. Rosie, diga a ele!

Inclino minha cabeça, franzindo a testa.

— Como você sabe o meu nome?

Os dois homens param de lutar, e talvez de respirar. Ambos se encaram, o medo os domina, estampado em seus rostos. O bigode do loiro se solta e fica pendurado no canto da boca. De repente, ele entra em ação, enfiando a mão no bolso, trazendo o celular silencioso ao ouvido.

— Jennie? Você-você precisa de mim? Ok, sim, já vou.

Jaxon coloca Mittens de volta na gaiola.

— Desculpe, Mitts, mas tenho de ir! — Ele dá três passos antes de correr de volta, dando um beijo em sua cabeça peluda, sussurrando: — Te amo, fofo.

Ele acena por cima do ombro, correndo pelo corredor atrás do amigo.

— Tchau, Rosie! Tchau, Piglet!

Pela janela, nós os observamos entrando no carro e acelerando. Eu encontro o olhar de Piglet, tão perdido quanto o meu.

— Homens são estranhos, Pig. Você está certa de desconfiar deles, garota.

— Você disse que ia deixá-lo comigo no trabalho.

Empurro o carrinho pela porta de Brandon e pisco para tirar a chuva dos olhos. Estou encharcada até os ossos, meu cabelo uma bagunça emaranhada. Brandon não tira os olhos da TV.

— É, mas começou a chover, e eu não queria sair.

— Você tem carro — eu o lembro, pegando Connor no meu peito molhado e o abraçando forte. — Estou tão feliz em ver você, meu amor.

— Se não gosta de andar, devia tirar sua carteira e comprar o próprio carro, em vez de esperar por caronas dos outros.

O sangue corre para os meus ouvidos, zumbindo com raiva enquanto Brandon vira uma cerveja, assistindo a um jogo de beisebol.

— Não espero que ninguém me dê carona. Espero que o pai do meu filho às vezes compartilhe o esforço e vá buscá-lo, para que eu não tenha de sempre fazer isso.

Ele joga um punhado de salgadinhos na boca.

— Parece que suas expectativas são o problema, Ro. — Enfim, ele olha para mim por cima do ombro. — Jesus, você está péssima.

Tudo dentro de mim borbulha até ferver, apesar do bater dos meus dentes por causa do frio do ar-condicionado. Cerro os punhos antes de colocar Connor no carrinho e guardar seu gatinho de pelúcia na minha bolsa, ignorando Brandon.

— Para que essa bolsa grande?

— Nós vamos a um lugar — murmuro.

— Para onde?

— Para a casa de um amigo.

— Você não tem amigos.

Fecho os olhos para a explosão que está se formando dentro de mim.

— Estou saindo com alguém e vamos passar um tempo com ele.

É nossa primeira noite na casa de Adam, e estou bem menos animada com isso agora que me sinto como um rato afogado, e Brandon tão amorosamente apontou que minha aparência está péssima. Ouço sons de engasgo por cima do meu ombro e, embora eu esteja tentada a ir embora e esperar que a natureza siga seu curso, olho por cima do ombro quando ele cospe a cerveja.

— Você tem namorado? — Seus olhos escurecem, descendo por meu corpo, um sorriso irônico puxando seus lábios. — Onde você o encontrou? Na esquina?

— Você está sendo um idiota.

— Só quero dizer... E, ei, sem ofensa... Mas você não tem se cuidado muito bem. Ganhou peso...

A raiva aperta meu maxilar. Concentro-me em Connor, seus grandes olhos verdes fixos nos meus, tão cheios de amor e preocupação.

— Eu tive um bebê.

— Um ano e meio atrás. Não pode usar essa desculpa para sempre, pode? Além disso, você fez uma cesárea. Não é a saída mais fácil?

Brandon se vira de volta para a TV, mastigando outro punhado de batatas fritas.

— Não leve isso a sério nem nada. É só começar a ir à academia ou algo assim. — Outro gole de cerveja. — Não quero que dê um mau exemplo para o nosso filho.

Um mau exemplo? Como se recusar a ficar com o próprio filho porque ele está tendo um dia difícil e você não quer lidar com isso? Não mostrar ao filho o amor de que ele precisa e merece porque você prefere sair com seus amigos e ficar bêbado? Ou menosprezar a mãe do seu filho na frente dele, fazendo-a se sentir uma merda para que você possa se sentir melhor consigo mesmo?

As palavras estão lá, bem na ponta da minha língua, queimando como ácido. Mas, como já fiz tantas vezes, me forço a engoli-las, a sentir a queimadura em mim mesma, como se, de alguma forma, eu as merecesse mais do que ele. Como se eu preferisse que Brandon se esquecesse de mim como todo mundo na minha vida, e, talvez, se eu ficar quieta, ele esquecerá.

Mas suas palavras formigam minha pele, tão afiadas quanto a chuva cortante batendo no meu rosto quando piso em direção ao ponto de ônibus, Connor seguro sob sua capa de chuva. E, assim que o céu se abre com um estrondo de trovão e um relâmpago, algo dentro de mim se abre também, escorrendo pelo meu rosto para me lembrar quão fraca sou, quão fraca sempre fui, mesmo quando tento ser forte.

O ar pesado e úmido se torna sufocante e, através da mistura de chuva e lágrimas, mal consigo ver a calçada à minha frente. Mal consigo ver a caminhonete diminuindo a velocidade, parando ao meu lado. Os cachos escuros que saltam, que correm até mim, me cobrindo com um guarda-chuva, a mão segurando meu punho.

Mas sinto o calor de suas mãos quando me puxam para perto do seu corpo, e sinto um abraço que é muito mais do que quente. Sinto seus lábios no topo da minha cabeça, as pontas dos dedos agarrando meu queixo, sinto sua boca tomar a minha sem hesitação, a maneira como sua língua desliza tão facilmente contra a minha antes que ele enfim se afaste, deixando nós dois respirarmos.

— O que está fazendo aqui? — sussurro conforme ele tira Connor do carrinho, dando um beijo em suas duas bochechas.

Meu menino lindo grita, empolgado com seu *papa*.

— Não poderia deixar minhas duas pessoas favoritas andando na chuva — Adam afirma, colocando Connor no assento do carro. Ele fecha a porta e se vira para mim, o sorriso desaparecendo de seu rosto. — Por que está chorando?

— E-eu não estou — insisto pateticamente, enxugando as lágrimas. — É a chuva. Parecem lágrimas por causa da água, mas é-é... — Fungo, depois soluço, e passo a parte de trás do meu punho pelo meu nariz. — Não estou chorando.

Ele pega meu rosto em suas mãos fortes, os polegares limpando as gotas rolando pelo meu rosto.

— Então vou beijar você para a chuva passar — ele murmura antes que seus lábios toquem as minhas bochechas várias vezes, espalhando beijinhos que tornam tudo melhor e pior ao mesmo tempo.

E, quando desmorono em seus braços, Adam me segura, sua voz no meu ouvido me dizendo que está aqui comigo. E sei que ele está. Sei disso pela maneira como ele mantém os dedos entrelaçados nos meus, uma só mão no volante durante todo o caminho para a sua casa.

Do pé da escada, observo Adam e Connor praticando subir e descer por dez minutos. Vejo a maneira como Adam pega o bebê nos braços, o gira no ar e comemora cada vez que os dois conseguem descer. Depois, ele pega o banco de madeira que construiu só para Connor, para que o meu homenzinho possa ficar com ele na bancada da cozinha ao prepararem o jantar juntos. Quando Adam olha por cima do ombro e sorri para mim e para seu cachorro, aninhados no sofá com uma taça de vinho, percebo que encontrei um lar, uma família, aqui mesmo, com um homem que entrou na minha vida uma tarde e nunca olhou para trás, escolheu cada centímetro de mim, não apenas parte de mim.

— Você está ansiosa para voltar para a faculdade em algumas semanas? — ele me pergunta ao lavarmos a louça lado a lado depois do jantar, com Connor e Bear brincando no chão da sala de estar.

— Sim — admito com um suspiro. — Minha rotina na faculdade é tão exigente, e este ano será ainda mais. Connor e eu nunca passamos tanto tempo separados.

— Qual é a sua maior preocupação quanto a isso?

— Que ele pense que não é a minha prioridade. Que se sinta menos amado, menos importante.

— Entendo.

Adam hesita, como se estivesse organizando os pensamentos.

— Minha agenda começa a ficar mais cheia em setembro também, e terei de viajar muito. Acho que tenho estado um pouco preocupado com você se sentindo menos importante para mim também.

— Não acredito que o mais importante seja a quantidade de tempo, mas como o passamos quando estamos juntos. — Pressiono um beijo em seu bíceps antes de subir em meus dedos dos pés e fundir minha boca com a dele conforme sua testa repousa na minha. — E você sempre me faz me sentir importante quando estamos juntos, Adam.

— E acho que você sempre faz Connor se sentir importante e amado quando estão juntos. Então entendo seu medo, e sei que está se sentindo culpada, mas, se serve de consolo, não acho que haja uma chance de aquele garoto ali sentir outra coisa senão seu amor por ele.

Mordendo meus lábios para esconder um sorriso, olho para ele e cutuco sua barriga.

— Percebi o que você fez, espertão. Boa maneira de desviar o assunto.

Ele ri, piscando.

— Mas estou genuinamente preocupado! Sei que farei o meu melhor para você se sentir importante, assim como sei que você fará o seu melhor com Connor, porque você sempre faz. Rosie, você faz isso sem esforço.

— Talvez pareça que sim, mas não é fácil.

— Não, porque sem esforço não significa que é fácil. É sem esforço porque o amor deve ser natural, algo que sente tão profundamente, e nada pode mudar isso. Mas todo amor é difícil às vezes.

— Mas vale a pena, não?

Ele sorri, colocando meu cabelo atrás da orelha antes de beijar a ponta do meu nariz.

— Sempre vale a pena.

— *Papa?*

Connor aparece entre nós, puxando o short de Adam. Adam bagunça seu cabelo.

— E aí, probleminha?

— *Ia-ia-ô?*

— *Ia-ia-ô?*

As sobrancelhas de Adam se juntam quando ele repete os sons, tentando descobrir o que Connor está pedindo ao arrastá-lo para a sala de estar.

— É, podemos ia-ia-ô. Com certeza.

Connor aponta para a TV.

— Ia-ia-ô, papa?

Ele levanta as mãos e começa a dançar. Adam continua repetindo os sons, quase silenciosamente, tentando juntá-los.

— Ia-ia-ô!

Adam pisca e joga a cabeça para trás.

— Aaahhh! *Ia-ia-ô?*

Connor sorri, batendo palmas quando Adam encontra um videoclipe da música. Meu coração sorri assim que ele pega Connor nos braços, dança pela sala de estar com o bebê sem se importar com o mundo, os dois cantando a plenos pulmões, rindo, grasnando como patos, mugindo como vacas, miando como gatos. Esse homem se sente tão à vontade com uma criança nos braços, como se fosse um papel que ele sempre foi obrigado a desempenhar. O fato de ele fazer isso sem esforço algum, e com nada além de entusiasmo, só me faz me apaixonar ainda mais.

A música da fazendinha vira a música do ônibus, que toca umas dezessete vezes enquanto me sento e só assisto, tirando algumas fotos que logo se tornam as minhas favoritas, e, quando estou prestes a acabar com a festa e dizer a Connor que é hora do banho, o celular de Adam vibra no balcão ao meu lado.

— Você tem uma ligação — aviso.

— Não é importante — ele diz em meio à risada, com Connor e Bear pulando em cima dele.

— Pode ser que sim. Estão ligando de novo.

— Tudo bem, vamos lá, cara.

Ele se levanta, virando Connor por cima do ombro, carregando-o para a cozinha com uma mão enquanto o menino grita de tanto rir. Adam pega o celular, franzindo a testa para a ligação antes de recusá-la.

— Não reconheço o número. Se for importante, deixarão uma mensagem. — Ele arrasta Connor sobre o ombro, os dois nariz com nariz. — É hora do banho de alguém, e posso ter comprado algumas bolhas azuis especiais, só para você.

Connor suspira, cantarolando uma de suas palavras favoritas ao subirmos as escadas.

— *Boia! Boia!*

— Não precisava fazer tudo isso — murmuro alguns minutos depois, quando Adam o mergulha na banheira, com barcos e patos flutuando em um mar de bolhas turquesa.

Espio por cima do ombro as estrelas brilhantes no teto acima do cercadinho, a luz noturna de um pequeno trator lançando um brilho fraco sobre o quarto, e algo parece entupir minha garganta.

— Claro que precisava. Ele também faz parte desse relacionamento. Quero que ele sinta que tem um espaço aqui, e nunca quero que você sinta que tem que lidar com algo sozinha.

Aí está aquela palavra com R, *relacionamento*, a que faz parar tudo dentro de mim, exceto a corrida frenética do meu coração. Quero lhe perguntar sobre isso, sobre onde estamos e para onde estamos indo, sobretudo com o fim do verão se aproximando. Eu, de volta à faculdade, no meu ano mais movimentado, e ele de volta ao trabalho, viajando com os atletas com quem trabalha. A preocupação gravada em seu rosto mais cedo na cozinha penetra em meus ossos, mas não porque eu ache que serei menos importante para Adam. Mas porque, depois de um verão cheio dele, de nós, a ideia de passar tantos dias sem vê-lo, sem ser envolvida em seus braços, segura sob o peso constante de seu olhar, envolta em seu afeto... Inunda-me com um vazio surpreendente. É nesse momento, com Connor olhando para Adam com tanta adoração enquanto este homem lhe dá toda a sua atenção, o ama, age bobamente com ele e apenas... diverte-se com ele, que percebo quão plena a vida tem sido com Adam nela. Connor sempre foi a única família de que eu precisava, mas acho que, com Adam... Talvez ele nos complete.

Adam passa a mão na parte de trás da minha coxa, apertando.

— Connor e eu podemos dormir sozinhos. Por que você não vai tomar um banho para relaxar? Não quero me gabar, mas a banheira de hidromassagem do meu quarto é a melhor que existe. Tem dezoito jatos.

— Dezoito? — suspiro.

Ele pisca.

— Dezoito.

Deus, não consigo me lembrar da última vez que tomei um bom banho de banheira. A ideia de relaxar por alguns momentos, com paz e sossego e minha cabeça só para mim, parece-me... Bem, para ser honesta, parece mentira. Pego o rosto de Connor em minhas mãos, pressionando um beijo em ambas as suas bochechas, seu nariz e, por último, seu beicinho.

— Adam pode te colocar para dormir hoje à noite, meu amor?

Connor aponta para Adam.

— Papa.

— Adam.

Ele dá um tapinha na mão de Adam e sorri.

— Papa.

— Ad... — suspiro. — Ok. Sim. Mamãe te ama, meu amor. Se precisar de mim, estarei aqui.

A banheira enorme no canto do banheiro de Adam é tão gloriosa quanto ele prometeu. Há até uma pilha de toalhas fofas e um pote novo de espuma de banho esperando por mim, como se Adam tivesse se planejado para isso. Abro a torneira até a água sair vaporosa e despejo uma porção generosa de espuma. Os aromas de menta, baunilha e café enchem o cômodo, e fecho os olhos.

Minha bolsa me espera na cama com roupas limpas para trocar, mas também uma das camisetas grandes e limpas de Adam, e preferiria estar enrolada nele. O gatinho de pelúcia de Connor chama minha atenção e o carrego de volta pelo corredor. Ele nunca dorme sem o gato. Os dois ainda estão no banheiro, o tranquilo bater de água, risadas musicais e palavras suaves me atraindo. Paro na fresta da porta, os dois garotos cobertos de chapéus de bolhas e barbas de bolhas, o cotovelo de Adam em seu joelho, o queixo apoiado em seu punho como se estivesse imerso em pensamentos. É uma visão ridícula, mas que me aquece das pontas das orelhas até os dedos dos pés.

— Eu estava pensando que você poderia me ajudar a pedir sua mãe para ser minha namorada — Adam murmura para Connor, e meu coração para. — O que acha disso, probleminha? Você gostaria que eu fosse o namorado da mamãe?

Connor joga um monte de bolhas em cima da cabeça já borbulhante de Adam.

— Papa, *boias*!

Connor dá um tapinha na cabeça de Adam, que retribui o gesto, cobrindo o rosto do menino com outra camada de barba de bolha, até que ela caia em seu peito.

— Você é muito especial para mim, cara, e sua mãe também. Por isso que quero que ela seja minha namorada. Você acha que a mamãe gostaria disso? — Com um grande suspiro, Adam gentilmente abaixa a testa até a borda da banheira. — Acho que sim. Espero que sim. Droga, não sei, amigo. E se ela disser não?

— Não vou dizer não — deixo escapar, um par de olhos verdes animados e outro de olhos azuis nervosos virados para mim quando empurro a porta.

Caindo de joelhos na frente de Adam, seguro seu rosto em minhas mãos, dedos empurrando camadas de bolhas. Ele parece tão ridículo e adorável que dói.

— Você é o homem mais lindo, gentil e atencioso deste planeta. Meu coração já é seu. "Não" não é uma opção, Adam.

16 NÃO VAI CABER...

ROSIE

PERDI A CONTA DE QUANTAS vezes me perguntei por que nos amar é uma das coisas mais difíceis que temos de fazer na vida.

Na maioria das vezes, descubro que consigo fazer isso bem. Lembro-me de todas as coisas incríveis que este corpo já fez por mim, dos presentes que me deu, e eu não trocaria por nada no mundo. E, então, alguém abre a boca sem motivo e destrói todo o seu trabalho em segundos. Você fica ali, segurando o amor que carrega com tanta força em suas mãos, sem querer abandoná-lo. Mas, às vezes, quanto mais forte você o segura, mais fácil é deixá-lo escorrer por entre os dedos, como areia caindo a seus pés.

Em frente ao espelho enorme no quarto de Adam, meus olhos percorrem todo o comprimento do meu corpo nu, tanto as partes que amo todos os dias quanto aquelas contra as quais às vezes luto um pouco.

Você não tem se cuidado muito bem. Você ganhou peso... Um ano e meio. É só começar a ir à academia ou algo assim.

Fecho os olhos para palavras que tentam tanto me envergonhar, as mãos se cerrando em punhos que tremem sobre a minha barriga à medida que luto contra a tentação de deixá-las vencer. Porque, no fim das contas, sei que amor-próprio não é estar feliz consigo o tempo todo. Isso não seria realista, mas, sim, uma receita para o fracasso.

Soltando um suspiro trêmulo, forço meus olhos a se abrirem, forço-os a me absorverem no espelho.

— Não sou a opinião de outra pessoa sobre mim — sussurro. — Sou forte. Sou resiliente. Meu coração é grande e gentil. Estou sempre aprendendo. Sou única.

Com cada palavra, a tensão no meu corpo se dissipa lentamente, ombros relaxando, dedos se desenrolando com meu corpo absorvendo as afirmações como se estivesse faminto por elas, à espera do meu abraço, porque, hoje, preciso de um pouco mais de amor por mim.

Porque, acho, amor-próprio é tão simples quanto me amar em dias difíceis, amar a mim mesma um pouco mais quando preciso.

A porta do quarto se abre e pego a toalha do chão, enrolando-a em volta de mim assim que o olhar de Adam me encontra. Calor se acumula em minhas bochechas com a forma como seus olhos escurecem ao me observarem, a curva que sua boca faz conforme suas longas pernas diminuem a distância entre nós.

— Oi — sussurro quando ele se posiciona atrás de mim, abraçando-me, o queixo pousando sobre o meu ombro ao me observar no espelho.

— Oi, linda. — Ele ri, beijando minha bochecha ruborizada. — Connor está dormindo.

— Muito obrigada. Ele ama passar tempo com você.

— Ele me faz sentir como se eu estivesse fazendo algo certo nesta vida.

Pontas de dedos escaldantes deslizam pelos meus braços, sobre os meus ombros, antes de mergulharem até a base do meu pescoço, onde agarro a toalha. O fogo atiça baixo em minha barriga, rolando em ondas em todas as direções, a maior chama de todas se instalando entre as minhas coxas. Engulo.

— Você está fazendo tudo certo.

— Tudo?

Faço que sim com a cabeça sem desviar a atenção da dele pelo reflexo no espelho, observando-o me fazer largar a toalha. O tecido cinza felpudo se abre lentamente, revelando meu corpo centímetro por centímetro. Por um momento, a incerteza toma conta, correndo por mim conforme me esforço para cobrir meus seios, a maciez da minha barriga, as estrias que não desapareceram por completo, uma cicatriz que nunca desaparecerá.

— Amamentei Connor por treze meses — deixo escapar quando os dedos de Adam circundam meus punhos, abrindo-me gentilmente para ele. — Então, eles são... Eles são...

— Perfeitos — Adam sussurra, o toque suave traçando o formato dos meus seios, guiando meus olhos de volta para onde os dele me observam tão atentamente, segurando nada além de profunda apreciação, adoração total. — São perfeitos, Rosie. Por favor, nunca tente se convencer de que qualquer parte sua não é perfeita, porque, para mim, é. Você. É. *Perfeita.*

Uma única lágrima escorre pela minha bochecha. Quando seus lábios a capturam, eu me viro para o seu beijo, afundando-me contra ele.

— Eu acho que precisava ouvir isso.

— Precisa ver também? Sentir? — Ele levanta minha palma até sua boca, pressionando beijos prolongados à medida que as pontas dos outros dedos deslizam pela minha barriga. — Porque quero te dar tudo de que precisa. Quero que você se veja exatamente do jeito que te vejo. O jeito como meu coração dispara quando estou com você, quando te toco, quando consigo apenas... olhar para você. Quero que você sinta isso.

Meu olhar rastreia o olhar ardente de Adam no espelho.

— Como você faria isso?

— Que tal começarmos com você se observando? Olhando para cada pedaço de si exatamente como você é, apreciando tudo o que ele fez por você. Vendo a sua beleza.

— Nem sempre é tão fácil.

— Não — ele concorda. — Não é. Não quando estamos falando sobre nós mesmos. — Ele pega meu queixo em sua mão, passa o polegar em meu lábio inferior. Minha língua persegue seu tracejado. — Deixe-me mostrar como é, para mim, olhar para você. Cada pensamento sai do meu corpo, exceto... *Porra.* Sou sortudo pra caralho. Te encontrei e, de alguma forma, você me escolheu. Posso ficar com você.

— Havia outra opção? Escolher você? Porque não parecia uma escolha; parecia certo.

— Como se fosse para acontecer? Eu e você? Aquele garotinho lá fora?

— Como se estivéssemos perdidos, e você estacionou sua caminhonete no acostamento e perguntou se precisávamos de uma carona. Nós entramos e nunca mais saímos.

Adam sorri contra a minha bochecha.

— Gosto disso. Você foi feita para andar no meu banco do passageiro. — Ele passa os dedos pelos meus fios de cabelo, entrelaçando uma ponta cor-de-rosa ao agarrar meu quadril. — Você pinta essas ondas cor de mel com o tom mais suave de rosa porque quer se destacar só um pouquinho. Acho que a faz parecer inocente, doce, mas o que faz você se destacar mesmo... — Ele passa o polegar sob meu olho. — São esses olhos deslumbrantes, da mesma cor das árvores no dia em que nos conhecemos. — Ele acaricia a minha bochecha. — E essas sardas, o jeito como elas iluminam seu rosto quando você sorri, saindo do esconderijo depois de uma tarde no sol... — A ponta de seu nariz esfrega no meu. — Esse nariz, o nariz mais fofo do caralho, o jeito como enruga quando faço você corar. — Pegando meu queixo, ele toca de leve minha boca com a sua. — E esse sorriso… Caramba, é isso que faz você se destacar, Rosie. É desse sorriso que eu não conseguia tirar os olhos naquele dia na floresta, o jeito com que ele crescia quando você via Piglet no meu colo, o jeito como ele transformava cada centímetro do seu rosto quando você ria. Me apaixonei por esse sorriso primeiro, porque não havia outra escolha a não ser me apaixonar.

"Sempre há uma escolha", quase digo. E eu nunca fui a de ninguém. Mas Adam balança a cabeça, um brilho nos olhos como se soubesse exatamente para onde minha mente está tentando me levar. Como se ele não fosse deixar. Ele agarra meu pescoço, trazendo minha boca para a dele, devorando-me com uma ferocidade que rouba meu fôlego, me levantando na ponta dos pés.

— Não há outra escolha — ele continua, sussurrando contra os meus lábios antes de forçar meu olhar de volta para o nosso reflexo, onde cada centímetro da minha nudez brilha sob seu escrutínio.

Com os olhos fixos nos meus, Adam dá um passo para trás, alcançando atrás dele e puxando sua camisa sobre sua cabeça. Minha boca saliva ao vê-lo, quilômetros de músculos bronzeados e nodosos esculpidos em um nível de perfeição que parece surreal. E, quando ele tira o short, coxas musculosas se esticando abaixo das linhas imaculadas do leão tatuado ali, o calor se espalha por toda a minha barriga.

Adam dá um passo para trás, a palma cobrindo meu tronco ao deslizar as mãos para cima, roçando as laterais dos meus seios. Ao mesmo tempo, pontilhando meu ombro em beijos.

— Eles — ele murmura — são perfeitos. E alimentaram seu filho por mais de um ano? Nunca quero ouvir você dizer nada negativo sobre algo tão incrível. E, porra, eles são incríveis. Como se fossem feitos para caber dentro das minhas mãos.

— Adam — engasgo assim que seus polegares raspam meus mamilos, puxando tudo de dentro de mim com força.

Minhas costas arqueiam, me empurrando mais fundo em seu toque, querendo mais. As pontas dos dedos dançam em minha pele, mergulhando entre meus seios, mais abaixo, em minha barriga, deixando um rastro de arrepios.

Os olhos de Adam encontram os meus quando ele gentilmente traça as leves estrias que cortam a minha pele. O calor se acumula em minhas bochechas, implorando para que eu desvie o olhar, mas o olhar de Adam me implora para ficar aqui com ele.

— Listras de tigresa? — ele se pergunta em voz alta. — Entendo a expressão agora mais do que nunca. Um lindo lembrete da versatilidade do seu corpo, a maneira como ele se adaptou para desenvolver algo tão precioso. Você é incrivelmente forte, Rosie. Uma mãe que fará qualquer coisa por seu filho, para ajudá-lo a crescer e aprender cercado de amor, ao mesmo tempo em que mostra a Connor o que é a verdadeira força.

— Como é? — pergunto baixinho sentindo suas mãos queimarem a minha pele como um pincel em uma tela.

— É feroz. Corajosa. Você vence seus medos para que você e seu filho possam viver sem as barreiras que vê em sua mente. Mas também tem a ver com vulnerabilidade. Honestidade. Confiança. Com ver suas falhas, seus medos, como contratempos e oportunidades para crescer e aprender mais sobre si, em vez de só enxergar um beco sem saída. É seguir em frente, um passo de cada vez, com a mão de alguém na sua, segurando firme.

— Gosto de segurar sua mão. Torna todos esses passos um pouco mais fáceis.

— Sinto o mesmo sobre segurar a sua mão. Mas, Rosie, acho que você seguiria em frente com ou sem mim. Não sou sua força. Você é a sua própria força. — Dedos sobrevoam a linha da minha cicatriz da cesárea, abaixo da maciez da minha barriga. — Se alguma vez se questionar, isso aqui deve ser toda a prova necessária para se lembrar de como você é foda e tem uma força incomparável. Porque essa cicatriz conta uma história. A trajetória de uma vida e de uma vida que você deu à luz, uma família que você construiu sozinha, da qual qualquer um teria muita sorte de fazer parte. — Ele me puxa com força, envolvendo-me em seu calor e algo que se parece muito com amor. E eu? Eu me entrego a isso. Abraço tudo isso, porque acho que é o que você faz com o amor. Você nunca sabe quão passageiro o amor é, afinal. — É assim que me sinto, Rosie. Sortudo. Sortudo por fazer parte da sua família, por menor que seja a minha participação. Grato por você me deixar entrar na sua vida. Grato por esses lindos olhos verdes e o sorriso mais gentil e largo que faz meu coração se sentir tão cheio. Grato por esse corpo forte e incrível que me presenteou com um garotinho de que eu não sabia que precisava, mas por quem me apaixonei. Então, obrigado, Rosie. Se você não conseguir se ver por tudo de incrível que fez por si mesma, espero que consiga ver tudo de incrível que me trouxe. — Meu coração bate forte conforme Adam pega minha mão trêmula na sua. — Isto aqui, Rosie — ele murmura, pressionando minha palma sobre seu coração batendo — é todo seu.

Não sei por que parece tão pesado, tão profundo, como estar submersa na água, exceto que é o tipo bom de afogamento, que lhe dá vida em vez de roubá-la. Afogar-se em gratidão, em elogios, em palavras que, de alguma forma, sei que são genuínas. Dar-me conta disso arranca uma respiração trêmula dos meus pulmões, fazendo meus joelhos tremerem com a sensação deste homem me envolvendo. E, quando meus joelhos cedem, me jogando para trás, sinto a pressão pesada de uma protuberância contra a parte inferior das costas, o tamanho e o peso arrancando um novo suspiro da minha garganta.

A risada baixa de Adam desliza pelo meu pescoço.

— Sim, isso é tudo seu também.

O fogo floresce, rastejando ao longo de cada centímetro de mim quando ele passa duas palmas escaldantes pelas laterais do meu corpo, agarrando meus quadris com tanta força que atravessa aquela linha de prazer-dor da maneira mais perfeita, como se afrouxar seu aperto pudesse significar me perder.

— Eu beijaria cada centímetro desse corpo, adoraria todo ele, faria dele minha única religião se você deixasse — ele prossegue, arrastando uma única ponta do dedo pelo meu ombro, minha clavícula, mergulhando depois para circundar um mamilo tenso. — O que você me diz, problema? Você vai deixar?

Minhas costas arqueiam, empurrando meus seios doloridos em suas mãos.

— Por favor, Adam.

Ele pega o peso dos meus seios tão facilmente, apertando, rolando meus mamilos entre os polegares e indicadores, arrancando cada som da minha boca. Beijos quentes e molhados percorrem meu ombro, meu pescoço. Ele traça cada curva, desenha um caminho pela minha barriga, ao redor dos meus quadris. Mergulha ainda mais fundo e, quando seu toque passa pelo ponto que mais o quero, meu corpo inteiro treme, dobrando-se para a frente da provocação, da saciedade que me foi negada, e o filho da puta *ri* no meu ouvido.

— Gosto de ver você frustrada — ele me diz, puxando minha bunda de volta para si. Adam mergulha a mão entre minhas pernas, traçando minhas coxas, e assobia quando encontra a evidência física do que faz comigo bem ali.

— Eu gostaria que sua mão estivesse um pouco mais para cima.

— Hum. É mesmo? — As pontas dos dedos dançam mais perto, tão lentamente que dói, um aperto desesperado na parte inferior da minha barriga. — Aqui? — ele sussurra contra o meu ouvido, deslizando o dedo pela umidade da parte interna da minha coxa.

— Mais alto, por favor.

— Aqui, então. — Ele traça a junção da minha coxa. — Deve ser aqui.

— *Adam*. — Seu nome soa como um grito distorcido, afogando-se em desespero. — Por favor, me toque. Faço qualquer coisa.

— Uma boca tão bonita, implorando tão bem. Mas não precisa implorar. — Dois dedos deslizam lentamente por minhas dobras, me dando bem o que quero e me fazendo cair em direção ao espelho com um gemido, com a boca de Adam ao meu ouvido: — Eu nunca diria não para você.

Minha boca se abre em um suspiro agudo quando ele empurra dois dedos dentro de mim e me mostra outro lado do homem que eu pensava conhecer. Adam é suave e gentil. Cada palavra, cada ação, é delicada e atenciosa. O jeito como me fode com os dedos agora, com os olhos cor de cobalto brilhando com calor, com poder, é tudo menos isso. É selvagem e implacável, como se possuísse cada centímetro deste corpo. Como se quisesse que meu corpo se lembrasse para sempre do formato do seu, do aperto possessivo no meu quadril ao me segurar no espelho, do jeito como sua mão desliza para baixo, agarrando minha bunda como se ela tivesse sido feita para ele segurar.

— A porra dessa bunda. Quase esqueci de te dizer quanto gosto dela.

— Você não acha grande demais? — pergunto.

— Grande demais? Existe isso? — As pontas dos dedos cravam na carne macia, me apertando com sua palma gigante. — Parece o tamanho perfeito para mim. Olha como ele se encaixa bem em mim.

— Suas mãos são enormes.

Ele dá um tapa rápido e gentil na minha bunda antes de passar à minha nuca, travando nossos olhares refletidos.

— E sua bunda é perfeita pra caralho.

Um arrepio percorre minha espinha quando o polegar de Adam encontra meu clitóris, movendo-se com precisão.

— Por que você falando sacanagem é um tesão?

— Por que não posso falar como um cavalheiro quando você está nua nas minhas mãos?

Sorrio contra a sua boca quando ele rouba um beijo.

— Gosto de você cavalheiro, mas amo quando perde um pouco a compostura.

— Obrigado... Porque sinto que estou perdendo a porra da minha cabeça agora, e é você quem está roubando minha sanidade. — Ele me arrasta para longe do espelho, para o seu corpo. — Então venha aqui, problema. Porque, já que está roubando a minha, eu vou roubar a sua.

Seus dedos se movem mais rápido, bombeiam mais fundo, atingindo um ponto dentro de mim que ninguém nunca encontrou. O calor sobe pelo meu peito, envolvendo minha garganta como uma trepadeira, e minha respiração sai cada vez mais pesada. Não consigo tirar os olhos de Adam, do seu corpo atrás do meu, um lar que eu estava procurando, um abrigo pelo qual eu ansiava. O jeito como seus olhos azuis elétricos se movem sobre mim, memorizando, reverentes, como se expressassem total admiração.

A ferocidade espreitando sob suas pálpebras puxa tudo de dentro de mim. Adam agarra meu pescoço, guiando meus olhos para os dele no espelho, sua mão se movendo entre minhas coxas escorregadias.

— Porra, Rosie. Olhe para você, linda, pingando em meus dedos. Uma garota tão comportada, mas quer ser um pouco má, não é?

— Só para você — consigo suspirar.

— Sim — ele afirma, o hálito quente rolando pelo meu pescoço, sacudindo minha espinha com um arrepio. — Só para mim.

Ele pressiona os lábios na minha têmpora.

— Consegue mais um?

— Mais um?

Uma ponta de pânico se insinua na minha voz, porque as mãos desse homem são *grandes*; seus dedos, *grossos*. Estive só com um homem, e... Bem, ele com certeza não era nada parecido com Adam.

— Mais um — ele repete, gentilmente colocando outro dedo, me apertando. Suspiro com a intrusão, me esticando em volta dele. — Esta é minha linda, aceitando meus dedos. Em breve, será meu pau.

— Ahhh... — choramingo, e minha alma começa a deixar meu corpo. — *Adam*.

— Amo sentir sua boceta apertando meus dedos quando você está quase gozando. E você está perto, Rosie, não está?

Balanço contra o seu toque, agarrando sua mão. Tento responder:

— Estou... per... ahhh...

— Perto — ele termina para mim, a única palavra mergulhada em alegria e um pouco de arrogância.

Seus dedos mergulham mais fundo, mais rápido, o polegar dedilhando meu clitóris dolorido, e tudo dentro de mim começa a se desfazer conforme Adam aplica sua boca quente e molhada na inclinação do meu pescoço, antes de sussurrar seu comando:

— Goze nos meus dedos para depois gozar na minha língua. — *Na língua dele? Mas nunca...* — *Agora*, Rosie.

Ele pontua a ordem com a curva dos seus dedos, a pressão firme do polegar no meu clitóris, e algo dentro de mim estala. Estrelas explodem atrás das minhas pálpebras, e Adam aperta suavemente meu pescoço, meu olhar se fixa no dele.

— Esses olhos pertencem a mim quando você está gozando. Para quem você está gozando?

— Você.

Ele inclina minha cabeça sobre meu ombro e, quando nossos olhares colidem, gozo em toda a sua mão, dando-lhe as palavras que ele quer antes que tome minha boca também.

— Ahhh, Adam, *você* — repito.

Mãos grandes agarram minha cintura, me virando e me pressionando contra o espelho. Ele deixa a testa cair na minha, nós dois somos nada além de peitos arfantes, respirações vacilantes, mãos trêmulas. Além do som de nossa respiração pesada, noto o gotejamento baixo e lento para lá das persianas abertas de Adam, em sua varanda. As nuvens se abrem e o sol poente banha Adam em um brilho âmbar, iluminando-o como o deus que eu acho que ele é.

— A chuva parou — sussurro, e minhas mãos tremem ao deslizarem por seu abdômen até os quadris, onde enfio meus dedos no cós da cueca, abaixando-a aos poucos, e... — Ai meu Deus. — Pulo para trás, uma mão no pescoço, a outra apontando para... para... — Puta que pariu... — Meu olhar salta para o dele. — Isto é... Sabe, é... — Aponto para o seu pau, sacudo o dedo para ele, então bato um punho na minha mão oposta para me distrair do fato de que estou *surtando*. Limpo a garganta. — Enorme! Enorme, meu amigo. Uau.

Curvando-me, agarro os joelhos e tento respirar.

— Você está bem? — ele pergunta, e odeio o brilho de humor em seu semblante.

— Adam, não posso... Isso não vai... — Balançando a cabeça, dou um passo para trás, depois outro, e no terceiro, tropeço nos meus pés, me segurando na beirada do colchão de Adam. Ele ri, correndo para me ajudar a levantar, acho, mas nunca terei certeza, porque subo na cama e rastejo para longe dele o mais rápido que posso.

— Volte aqui — ele fala rindo, agarrando meu tornozelo.

Ele me vira de costas e me arrasta para a beirada da cama, com o sorriso mais malicioso e sensual que já vi.

— Aonde você pensa que vai?

Literalmente para qualquer lugar, menos perto desse pau.

Fiz uma cesárea porque a cabeça de Connor não estava passando pela minha pélvis, e esse homem acha que seu pau vai passar? Claro, um pau não é um bebê de quatro quilos e meio. E, sim, não é exatamente o mesmo caminho, mas, puta merda, esse filho da puta... Jogo minhas mãos para o alto.

— Acho que é maior do que o do cara de cueca do ponto de ônibus!

— Com certeza.

— Isso não cabe em lugar nenhum. Nem na minha boca, nem na minha vagina. Você sabe disso, certo?

Ele levanta um ombro.

— As coisas têm um jeito de se resolverem.

— "As coisas têm um jeito de se resolverem?" Que merda isso significa?

— Significa que faremos caber.

— Faremos caber — murmuro, braços abertos na cama, desistindo.

Resignada com o meu destino iminente, que é ter o pau desse homem dentro e ao redor de qualquer parte do meu corpo esta noite e no futuro, seja na minha boca, seja na minha vagina. Tudo que sei é o seguinte: não haverá sobreviventes.

— Faremos caber. Ok, sim, tenho certeza de que isso vai simplesmente... *Uau*!

Todo o ar do meu corpo me deixa quando Adam me pega e me joga por cima do ombro, percorrendo a distância até a sacada. Ele abre as portas e entra na noite úmida, no ar fresco e terroso de uma tarde de chuva e, quando me coloca de pé, o borrão do arco-íris manchando o céu cor-de-rosa e laranja rouba todas as minhas preocupações.

— Que lindo — murmuro enquanto ele me abraça por trás.

— Um lindo pôr do sol para a minha linda garota. — Seus lábios se movem sobre o meu pescoço. — Você vai assistir a esse céu enquanto eu te provo. — Ele roça o polegar sobre o repentino brilho de calor em minhas maçãs do rosto. — Por que está corada?

— Você não precisa fazer isso. — Odeio a humildade em minha voz, a vergonha que outra pessoa deixou *porque ela não queria fazer isso.* — Se não quiser, tudo bem.

— Não há nada que eu queira mais do que provar você, prometo. — Ele levanta o meu queixo, os olhos procurando os meus por cima do meu ombro. — Você nunca fez isso?

Balanço a cabeça.

— É egoísta, eu sei, mas estou feliz em ser seu único. Vou fazer bem gostoso, Rosie. Prometo.

— Mas...

Viro a cabeça para a esquerda, depois para a direita. A propriedade de Adam é enorme, um oásis de árvores verdes exuberantes e cercas altas que oferecem quase toda a privacidade que se pode desejar. Mas, daqui de cima, em sua varanda, posso ver as casas aninhadas em ambos os lados, então abaixo a voz como se elas pudessem de alguma forma nos ouvir.

— Alguém pode ver — concluo.

Lá está aquele sorriso de novo, embora ele abaixe a cabeça para escondê-lo. Adam se senta no grande *chaise* e me leva a seu colo, envolvendo minhas pernas ao seu redor. Com a sensação grossa e pesada dele pressionada contra mim, bem onde eu mais o quero, cravo minhas unhas em seus ombros. Adam segura meu cabelo antes de me puxar para a frente, fundindo sua boca à minha. Há uma lentidão nesse beijo, algo sem pressa e paciente. Mas, por trás disso, há uma fome tão profunda que sinto em cada movimento de sua língua, o jeito como suspira na minha boca, o leve tremor em suas mãos. E, quanto mais nos beijamos, mais quente cada parte de mim fica, até que estou empoleirada em meus joelhos, empurrando-o de costas, rolando meus quadris, arrancando gemidos das partes mais profundas de mim, sem me importar com quem possa ver. Não sei onde isso vai dar hoje à noite. Pensei que queria mais tempo, mas, com ele debaixo de mim, o jeito como ele reivindica cada pedaço do meu corpo, como me toca, me sinto pronta.

— Ninguém pode ver — ele promete contra a minha boca. — Mas, se você fizer muito barulho, podem ouvir. Você quer fazer barulho, Rosie?

— Sim — gemo.

— Ótimo.

Ele se espalha nas almofadas e me puxa para a frente, abrindo minhas coxas e colocando meus joelhos em ambos os lados de seu rosto.

— Diga a eles que você é minha.

Uma lambida. É tudo o que ele me dá. De modo lento e enlouquecedor, de baixo até o topo, parecendo uma obra-prima tragicamente linda abaixo de mim, com os olhos fixos nos meus e, então, todos os vestígios do meu gentil Adam desaparecem. O homem com o rosto entre as minhas coxas me mostra quão faminto está, as pontas dos dedos beliscando a carne macia da minha bunda conforme ele balança meus quadris para a frente e para trás, a língua mergulhando fundo, incitando um prazer que eu nunca soube que era possível.

— Ahhh puta merda. — Agarro seus cachos com força em meus punhos, incapaz de olhar para qualquer coisa além dele me devorando. — Tão... Adam... *Tão gostoso.*

— Também acho, linda.

Ele chupa meu clitóris de uma forma que esmaga minha alma.

— Tão... *Caralho!* Gostoso...

Eu me inclino para montar nele, uma mão em seu cabelo, a outra esticada para trás, equilibrando-me em sua coxa grossa conforme meu quadril rola contra sua boca. É a visão de seu pau que me faz gozar, tão alto, tão orgulhosa, quando sei que tudo o que ele está fazendo é por mim.

E ele está gostando. De me fazer me sentir bem, o que o faz se sentir bem também. E isso... Isso mexe comigo. Não é uma obrigação; é uma escolha. E, pela sensação de suas mãos em mim, a maneira como seus gemidos vibram contra mim... Eu diria que é uma escolha que ele faria alegremente de novo e de novo.

— Adam.

Inclinando-me para trás, alcanço seu pau, que pulsa na minha mão. O corpo de Adam sacode contra o meu conforme ele se mexe, puxando meu clitóris.

— Quero me virar.

— Você não tem...

— Quero chupar seu pau, por favor.

É parte súplica, parte choramingo, e muito beicinho, mas com certeza funciona. Em um segundo, nossos olhos estão travados e, no próximo, estou sendo maltratada: Adam me vira, minha bunda no ar antes que ele a empurre de volta para seu rosto. Ele puxa meu cabelo, me segurando acima dele, minhas costas curvadas ao montar em seu rosto, seu pau agarrado firmemente em minha mão.

— Você quer?

Sua boca se move sobre a curva da minha bunda, beijos molhados e beliscões provocantes que me levam à beira do abismo.

— Peça com jeitinho.

— Por favor — imploro com um gemido quando sua língua retorna exatamente para onde pertence, me deixando louca.

— Por favor, Adam.

— O que você quer?

— Seu pau.

— Boa menina — ele sussurra, me guiando para a frente com a mão no meu quadril. — Pode ficar com ele.

É uma visão perturbadora, as coxas musculosas de Adam flexionando abaixo de mim, seu comprimento grosso pulsando na minha mão pequena. Ele está duro como uma pedra, e observo com admiração uma gota de pré-gozo decorar a cabeça de seu pau quando o acaricio devagar. Inclino-me para a frente, passando minha língua sobre a gota brilhante, sorrindo quando ele geme contra mim.

Adam está sempre tão no controle, mas essas pequenas brechas, que me dão um vislumbre de sua vulnerabilidade, fazem-me querer desvendar tudo dele, ver o que está escondido sob a fachada calma.

Então agarro a base do seu pau e lambo, de baixo até o topo, devagar, antes de girar minha língua ao redor da cabeça. Suas coxas se esticam e seus dedos se curvam e, quando o engulo o máximo que posso, as pontas dos seus dedos beliscam minha bunda.

— *Porra, Rosie!*

Seu aperto em mim tremula e, quando seu pau alcança o fundo da minha garganta, sua boca se afasta de mim, o mais lindo gemido gutural saindo de seus lábios. Palmas ásperas deslizam pelos meus lados antes que ele as arraste pelas minhas costas, agarre minha bunda e me abra mais. Algo se liberta, sua amarra final, talvez, porque cada indício de cavalheiro desaparece quando ele me come como um homem que passou fome por muito tempo, perdido no deserto por semanas a fio. E, quando enfia o polegar dentro de mim por trás, meu mundo inteiro parece desaparecer.

— Ahhh... *Porra*, Adam. E-eu...

Meus olhos se reviram, voltando-se para as montanhas, o pôr do sol colorindo o céu, e eu lutando para respirar, lutando para manter minha boca nele.

— Puta merda, *Adam*.

— Esta é a minha garota barulhenta. Diga a eles a quem você pertence.

Mas ele também pertence a mim, e quero que todos saibam.

Eu o levo de novo para minha boca, combinando o movimento dos meus quadris, o impulso do seu polegar, a sensação da sua língua. Não somos nada além de respirações ofegantes, unhas arranhando, suspiros estrangulados e gemidos baixos.

Adam afasta a boca, tirando o polegar para depois substituí-lo por dois dedos profundos que me fazem gritar.

— Porra, Rosie. Tão maravilhosa. Você é uma obra-prima, cavalgando meu rosto.

Gemo em volta de seu pau quando ele me puxa, passando os dedos pela minha bunda antes de dar um tapa rápido e mergulhar de volta sua língua. Nunca senti nada assim, o deslizamento suave e aveludado de sua língua, o puxão suave de seus dentes exatamente no lugar certo, a pressão macia de seus lábios no meu lugar mais íntimo. É um gosto do céu que me deixa ansiosa por mais, para que nunca acabe. Tudo dentro de mim se arrebenta. Estou desesperada. Desesperada para dar tudo de mim a este homem, para que ele veja, tome… Ame.

— Dê tudo pra mim, Rosie. Goze para mim.

E como eu não poderia? Com suas mãos em meus quadris me segurando forte, e sua língua em todo o meu corpo, desisto. É como caminhar até a beira de uma montanha, olhar para toda aquela beleza abaixo de você, fechar os olhos e simplesmente pular. Deixar-se ir. Cair livremente no esquecimento e amar cada momento. Não há nenhuma preocupação no mundo, porque, no momento, eu sei: cada centímetro de mim pertence a este homem de alguma forma, que está espremendo de mim cada gota de prazer quando grito seu nome. Ele se afasta, substituindo a boca pelos dedos, arrancando um segundo orgasmo de mim sem pausa.

— Rosie… — Sua voz soa rouca, seus quadris sacudindo ao deslizar para dentro e para fora da minha boca. — Vou gozar. — Ele puxa meus quadris. — Você tem que sair daí, linda.

Mas não quero. Quero lhe dar tudo o que ele me deu. Seus dedos se enroscam dentro de mim, e ele arranca outro orgasmo devastador do meu corpo, logo quando pensei que não tinha mais nada para dar. Cravando os dedos em meus quadris, ele me segura conforme libera todo o resto, derramando-se dentro da minha boca ao mesmo tempo que morde a carne macia da minha bunda.

— *Porra!* — ele rosna, me pegando e me jogando na espreguiçadeira. Ele rasteja por cima de mim, o olhar feroz em seus olhos me dizendo que ele não está nem perto de saciado. Um sorriso perverso surge em seus lábios ao agarrar minha nuca e levantar minha boca para a dele, onde murmura suas próximas palavras antes de mergulharmos direto para a segunda rodada.

— Porra, adoro o seu gosto quando você se desfaz para mim.

— Você, na minha varanda, bebendo vinho sob as estrelas, vestindo nada além da minha camiseta.

Inclino minha cabeça para trás, no peito de Adam, observando-o. Ele está olhando para mim, uma mão segurando sua taça de vinho, a outra traçando um caminho sobre minha coxa nua. Ele usa um par de óculos de aro escuro porque queria olhar para cada foto de Connor que já tirei, e isso aumenta o fator "foda-me" para incríveis cem pontos de dez. A pontuação de "foda-me" desse homem já cruzou todos os limites. Sua mão grande segura meu queixo ao deixar sua boca cair na minha.

— Minha versão do paraíso.

— Se este é o paraíso, poderíamos ficar aqui para sempre?

— Eu ficaria feliz em qualquer lugar que você estivesse. — Ele mergulha a mão por baixo da camiseta que estou vestindo, passando a ponta do dedo sobre minha barriga. — O que eu não daria para ter visto você grávida. Aposto que você era uma obra-prima.

— Eu tomava muitos sundaes com calda de chocolate, aliás, calda de chocolate quente. Era um vício.

— Eu teria alimentado esse vício com alegria.

— Você teria contribuído para o número de estrias, hein?

— Listras de tigresa — ele murmura contra o meu ombro, meu pescoço. — E eu teria passado todas as noites beijando-as também.

Ele coloca nossas taças sobre a mesa e me gira, envolvendo minhas pernas ao redor de si antes de se levantar e me carregar pelas persianas, passando por Bear cochilando em uma almofada no canto do quarto. Deitando-me em sua cama, ele tira a camiseta de mim e posiciona-se sobre o meu corpo.

— Eu poderia passar a noite toda beijando o seu corpo.

— Acho que você já fez isso.

As palavras geram um gemido ao mesmo tempo que sua boca sobe por minhas coxas, por meus quadris, por minha barriga, cobrindo minhas imperfeições com ternura.

— Só quero ter certeza de que você sabe quanto aprecio esse corpo e tudo o que ele fez e continua a fazer.

— Você me faz sentir muito apreciada — revelo baixinho. — Mais apreciada do que jamais me senti.

As palavras suaves trazem os olhos de Adam para os meus, e desvio o olhar.

— Ei — ele sussurra, puxando o meu rosto para o dele. — Eu queria que você não sentisse que precisa se esconder de mim. Somos parceiros agora, Rosie. Você e eu. E não consigo ser o melhor parceiro que posso caso não se sinta segura comigo.

— É só... Tenho um pouco de vergonha.

Seu olhar suaviza-se, e ele se move para os travesseiros, puxando-me contra o seu peito. Ele pega o meu queixo para que eu o encare.

— Gosto de você por tudo o que você é, por tudo que me mostrou, e por tudo que tenta esconder também. Sei que nossas inseguranças existem por um motivo, mas não há nada que você precise esconder de mim.

Apego-me à segurança de suas palavras e ofereço as minhas a ele.

— Brandon disse que eu precisava perder peso. Que eu precisava cuidar melhor de mim, porque eu estava dando um mau exemplo para Connor.

— Foda-se ele. — Adam enterra o rosto no meu cabelo. — Sinto muito. Não queria dizer isso em voz alta. Eu só... Não, não sinto muito. Esse cara precisa se foder agora mesmo. Ele está falando sério?

Risadas borbulham e a tensão diminui.

— Adoro quando você fala assim.

— Bom, estou puto de verdade agora.

— Não fique bravo por mim.

— Tarde demais. Ninguém tem o direito de falar sobre o corpo de outra pessoa.

— Ele disse que fazer uma cesárea foi a saída mais fácil, que eu não podia mais usar a desculpa de que tive um bebê.

Adam resmunga baixinho uma série de xingamentos, e algo que soa muito como "deu a ele o maior presente do mundo, só para ele jogar de volta na cara dela..." antes de me apertar mais forte, cobrir meu ombro de beijos.

— Sinto que alguém tenha dito algo tão doloroso e descuidado. Você é linda, por dentro e por fora, e não precisa mudar nada.

Tiro os cachos dele da testa, sentindo a barba por fazer áspera ao longo do seu maxilar antes de pressionar meus lábios nos dele.

— Tudo fica mais fácil quando você está por perto. É mais fácil me amar exatamente como sou, porque você me aprecia por inteiro.

— Você é a pessoa mais forte, gentil e bonita que já conheci. Como eu poderia não apreciar? — Ele se deita, me puxando contra o seu corpo, seu rosto no meu pescoço. — Estou morrendo de vontade de fazer isso desde o nosso primeiro beijo. Acho que vai ser o melhor sono que já tive, e nunca mais vou deixar você ir embora.

Acho que não quero que ele deixe, porque, conforme o sono ameaça chegar, embalando-me em direção a uma paz que não conheço há eras, há uma coisa que sei com certeza.

É assim que você se apaixona.

17

PINTO SABOR BANANA

ADAM

É DIFÍCIL PARAR DE OLHAR para ela.

Esta manhã, aninhada depois da bagunça que fizemos até altas horas da noite. Lábios macios que imploravam por beijos sob o sol nascente, com sardas cor de mel e um rosto com o qual eu poderia acordar todos os dias, pelo resto da minha vida. Bear aninhado atrás dos joelhos dela, recusando-se a sair do seu lado. O garotinho que se juntou a nós na cama depois que nossas roupas voltaram a ser vestidas, aconchegando-se entre nós e que, como eu, não conseguia tirar os olhos da mãe ao ouvir seu livro favorito sendo lido por ela.

E, agora, com Rosie caminhando à minha frente e de Connor, os dois cachorros ao seu lado, as pontas dos seus dedos tocando o tronco de cada pinheiro por qual passa. Ela está em casa, nessas montanhas. Vejo a clareza refletida em seus olhos cor de musgo depois de apenas alguns minutos aqui, como se o ar fresco levantasse sua névoa. De seu lugar sobre os meus ombros, Connor abraça a minha cabeça. Seus lábios pressionam meu boné, que ele aperta com força.

— *Muuuu!*

Não tenho certeza se já tive tanta sorte e, mais do que isso, não tenho certeza se já me senti tão desperto. Tão *vivo*.

Porque eu estava tão cansado... Cansado de pessoas me tirando apenas o que queriam e depois me largando para trás. Você não pode escolher partes das pessoas; tem de querê-las inteiras. Dei a Rosie as partes que ninguém mais queria e ela pegou todas com desejo.

De alguma forma, isso torna tudo mais assustador. Antes, eu só tinha a mim mesmo para perder. Agora tenho duas pessoas loiras de olhos verdes que levariam tudo de mim se fossem embora. O pensamento faz minhas palmas suarem, minhas mãos tremerem. Porque, no cerne do meu medo, está o lembrete de que não estou sendo honesto com Rosie. Que escondo uma grande parte da minha vida ao mesmo tempo que lhe peço para me dar tudo.

Fiz tudo ao contrário. Sempre pensei que teria de convencer alguém a amar todo o meu lado normal depois que se apaixonasse pela estrela do hóquei. Agora tenho de convencê-la de que não sou diferente do que ela conhece por ser uma estrela do hóquei. Preciso dar a Rosie tudo de mim.

— Posso te contar um segredo? — sussurro, olhando para Connor. — Eu só quero ser bom o suficiente para vocês dois, e estou com medo de não ser. Mas prometo, vou tentar o meu melhor.

Connor sorri para mim, então pousa a testa contra a minha, dando um tapinha na minha bochecha.

— Papa bom.

— Obrigado, cara. Eu precisava disso.

Meus olhos encontram Rosie, que nos observa com um sorriso atordoado.

— Pare de me olhar assim, problema.

— Assim como?

Pressiono minhas palavras abaixo de sua orelha.

— Como se quisesse repetir a noite passada na minha varanda.

Ela sorri, dentes pressionando seu lábio inferior rosado.

— Você está carregando meu filho nos ombros. Vou olhar para você do jeito que eu quiser.

— Admita. Você quer uma segunda rodada.

— Você e eu sabemos que é, no mínimo, a quinta rodada.

— Quer ver se conseguimos atingir dois dígitos?

— Quer me carregar para todo lugar no dia seguinte quando minhas pernas não funcionarem mais?

— Quer nunca sair da cama?

Ela sorri para mim, colocando sua mão na minha, e nunca vou superar quão perfeita ela está ali, a maneira como nossos dedos se entrelaçam.

— Quero. — Ela me espia por baixo dos cílios. — Parece que uma noite sem bebê pode ser uma boa.

Meu coração dispara.

— Sem bebê?

Ela pisca, saindo do meu abraço, e dança em direção à ponte, os cachorros correndo atrás dela.

— Sem bebê? — repito, Connor pulando em meus ombros conforme corro atrás dela. — Rosie! O que significa sem bebê?

Ela me ignora e, quando enfim a alcançamos, já está servindo o almoço para todos, ainda com aquele sorriso presunçoso.

— Problema — murmuro, tirando Connor dos meus ombros. — O que você vai fazer sobre isso?

Meus olhos se voltam para os dela, brilhando com um calor tão selvagem que a faz corar. Rosie morde os lábios e se vira para a sua mochila, e agarro um punhado de sua camiseta, puxando seus lábios para os meus.

— Acho que você vai ter que descobrir.

Connor dá um tapinha em nossos ombros, um sorriso borbulhante aparecendo entre nós.

— Mamãe, papa, beijo.

Depois do almoço, caminhamos até o riacho, e Bear e Piglet correm ao lado de Connor indo logo à frente, as mãos enterradas nos pelos dos cachorros.

— Acho que Pig e Bear adotaram Connor — afirmo.

— Também acho — ela murmura, observando-os com um sorriso.

— Estou tão feliz que ele ame animais. E Piglet... — Ela balança a cabeça, o sorriso esperançoso e triste. — Ela chegou tão longe, não é? Está ótima com você e Bear, e ama tanto o Connor.

— Ela parece tão em casa aqui com você.

— Com todos nós. Muitos de seus avanços aconteceram desde que você apareceu.

— Estou feliz por ser uma parte positiva de sua jornada, mas não subestime todo o trabalho que você fez com Pig, Rosie.

— Não estou subestimando. De verdade, não estou. Mas havia um limite para o que eu poderia fazer sozinha, sabe? Sim, trabalhei duro para ganhar a confiança dela, para ajudá-la a se sentir confortável, mas não consegui aproximá-la de homens até você. E, agora, olhe para ela. Está tão despreocupada aqui, tão feliz. — A esperança se esvai de seus olhos, como se lamentasse um futuro que ela disse a si mesma que não pode ter. — Pig vai tornar uma família tão feliz um dia.

Aperto a mão de Rosie na minha.

— A família dela vai ter muita sorte.

Rosie assente antes de se concentrar nas árvores ao nosso redor, arrastando a ponta do dedo sobre o tronco de cada árvore por qual passa, como sempre faz, como se estivesse à procura de algo que perdeu. Ela nunca explica por quê, e não a pressiono. É seu momento de silêncio, e sou grato por ela me permitir acompanhá-la. Além disso, é gratificante dar-lhe tempo e espaço para que venha até mim quando estiver pronta. Isso me faz me sentir digno, um sentimento do qual tenho sentido falta nos últimos dois anos.

— Ei. — Eu a cutuco. — Estava pensando em você presa na chuva ontem. Tenho um SUV na minha garagem, mas gosto bastante da minha caminhonete. E se você a usasse para se locomover? Trabalho, compras, pegar e deixar Connor. O carro lhe pouparia algum tempo e a salvaria da chuva.

— Ah, não. Não posso fazer isso.

— Claro que pode. Ficarei feliz em lhe emprestar um dos meus carros se isso tornar a vida um pouco mais fácil para você.

— Não, não é isso. É... Bem...— Ela faz um aceno com o dedo e levanta um ombro. — Não sei dirigir.

— Sério?

— Tenho a carteira de motorista provisória, mas nunca aprendi a dirigir de verdade. Meu pai sempre disse que um dia iria me ensinar, mas... — Ela dá de ombros. — Acabei não tendo ninguém por perto para me ensinar.

Ela me dá um sorriso agradecido e um aperto de mão.

— Mas obrigada pela oferta, Adam. Foi muito atencioso da sua parte. O ônibus está ótimo, e um pouco de chuva não vai me fazer mal.

Memórias inundam minha cabeça, semanas passadas no banco do motorista da F-150 do meu pai ao dirigir furtivamente por bairros tranquilos, minha mãe no banco de trás, pendurada no meu ombro e ofegante toda vez que eu chegava perto demais de outro carro, ou aquela *única* vez em que bati no meio-fio. Meus pais me esperando com um pôster e balões quando passei no exame de motorista, e o jantar ao qual me levaram depois para comemorar. Memórias incríveis, mas que não aprecio o suficiente. Porque um ritual simples de amadurecimento que eu achava que toda criança tinha... Rosie não teve.

Ela não teve alguém sentado ao lado dela, preocupando-se com como ela pisava no acelerador, com cada giro excessivo do volante, se tinha verificado o ponto cego. Não teve alguém para vê-la sair da garagem sozinha pela primeira vez, alguém para se preocupar com onde ela estava indo e se chegaria lá em segurança, dizendo-lhe para não se atrasar, mandando mensagens quinze minutos depois para ter certeza de que ela chegara bem.

Pela primeira vez, realmente me ocorre quanto Rosie perdeu. Posso compensar todas essas experiências? Estou tão orgulhoso dela, dessa linda garota, da maneira como supera tudo apesar das coisas que perdeu, da maneira como se esforça para superar os medos pelo filho. Porque, quando Connor quer entrar no riacho, ela pega sua mão e entra junto e, quando ele quer ir um pouco mais longe, ela respira fundo e dá um passo à frente.

— Vou sentir falta disso — Rosie fala quando começamos a voltar.

Connor está adormecendo, seus bracinhos jogados em volta do meu pescoço, a cabeça apoiada no meu ombro, a respiração ficando leve contra o meu peito.

— Do verão?

— Verão. Isso. Eu e você. Connor. Todo o tempo que passamos juntos. Não tive um verão tão incrível desde... desde... — Ela fecha os olhos, balançando a cabeça. — A faculdade volta daqui a duas semanas e mal posso esperar para retomar os estudos, para me formar, mas sei que estarei muito ocupada com todas as atividades, e você estará ocupado no trabalho também, então... Vou sentir falta disso. Do tempo ilimitado. Dos dias preguiçosos e das noites longas.

Meu estômago se revira, e é como se um caroço pesado o afundasse como uma âncora. Duas semanas. Restam duas semanas de férias de verão antes que Rosie volte à faculdade e eu comece o treinamento antes dos nossos jogos de pré-temporada. Não quero passá-las mentindo para ela. Quero passá-las amando-a, dando-lhe tudo de mim, recebendo tudo dela em troca. Quero-a na minha estreia em casa. Quero-a com a minha camisa, com o meu nome nas costas. Quero Connor gritando por mim, chamando-me de qualquer merda que quiser me chamar. E quero deixá-los orgulhosos de fazer parte da minha vida.

— Nada vai mudar entre nós, Rosie. Vai ser difícil, sim, mas vamos achar caminhos para lidar juntos com isso. Vamos começar uma nova rotina, e você vai arrasar no último ano de faculdade. Antes que perceba, será a primavera e você será uma veterinária.

— Isso é tão assustador quanto emocionante.

— Qual é o plano depois da formatura?

Ela range os dentes.

— Não tenho ideia.

— Ora, vamos lá. Você, a garota que planeja tudo, não sabe? Não acredito nisso.

Ela solta um suspiro profundo, virando-se antes de vir para o meu lado, segurando meu braço.

— Talvez eu tenha algumas ideias.

— Desembucha, problema.

— Bem, o último ano é para explorarmos todos os diferentes aspectos da medicina veterinária, para que possamos decidir a especialidade. Então, meu primeiro período é na faculdade em si, onde fazemos cirurgias, emergências, radiologia, esse tipo de coisa. Depois, podemos escolher atividades complementares. Já sei que quero entrar para a medicina de animais abandonados, e me organizei para fazer a maioria das atividades eletivas no Coração Selvagem. Espero que, se eu for bem, eles me contratem como veterinária depois da formatura.

— Você vai se sair muito bem. E já te amam lá. Não consigo imaginá-los não querendo contratá-la.

— Sim, espero que sim. Eu adoraria que Connor e eu tivéssemos nosso próprio apartamento também. Sei que Marco quer se mudar com Archie, e nosso apartamento é tão pequeno. Mal há espaço suficiente para Connor e eu, muito menos para outro adulto. E os dois são tão altruístas que nunca me pedirão para sair. Se conseguir um emprego e juntar os primeiros salários, poderei pagar um apartamento, com um quarto para Connor.

— Gosto dos seus sonhos. Eles parecem perfeitos, e sei que você vai alcançá-los. Enquanto isso, podemos dar ao Connor seu próprio quarto na minha casa.

— Você não precisa fazer isso.

— Por que não? Tenho quatro. E planejo manter vocês dois por perto o máximo que eu puder, então faz sentido para ele ter algo um pouco mais permanente do que um cercadinho, certo?

Ela cora, mordiscando o lábio.

— Connor adorou as estrelas que brilham no escuro, que você colou no teto para ele… — Ela olha para mim. — Seria maravilhoso, Adam. Tem certeza?

— Tenho muita certeza. — Reviro os olhos e inclino a cabeça para os cães à nossa frente. — Agora vá separar esses dois.

— *Bear!* — Rosie corre até os cães, tentando fazer o meu desmontar do dela. — Vocês são castrados! Não podem ter bebês, por mais fofos que eles fossem! — Ela os encara, os punhos apoiados na cintura. — O que vamos fazer com vocês dois?

Rio baixinho quando Rosie tem de se virar e separá-los uma segunda vez, apenas alguns momentos depois de dar as costas para eles.

— Íamos levar vocês dois para tomar *puppuccino* na Starbucks, mas agora não sei mais.

Ela dá de ombros, como se não fosse subir no banco da frente da caminhonete e me dizer da forma mais meiga: "Eles não foram ótimos hoje? Merecem uma recompensa, não acha?". É assim que ela faz todas as vezes. E, assim como faço todas as vezes, vou acabar com chantili nas mãos conforme os cachorros fazem uma bagunça nos copinhos que seguro para eles lamberem.

Connor se mexe, virando-se para enfiar o rosto no meu pescoço, colocando a pequena mão sobre o meu coração. Beijo seu cabelo, apertando meu abraço, saboreando a plenitude que sinto neste momento, bem aqui nesta floresta. Olho ao redor, para a terra, todas as árvores, o mar de verde que dá a este lugar um aroma tão fresco, e não consigo acreditar que foi aqui que encontrei exatamente o que estava procurando. Uma árvore à direita chama a minha atenção. É um pinheiro velho e imponente, assim como os outros, mas, em seu tronco grosso, a casca está marcada com entalhes desbotados.

— Olhe — chamo Rosie, tocando a casca, o coração velho e áspero esculpido nela, com três letras no meio. P, M, R. Abaixo do coração há uma série de números que formam uma data de eras atrás. — Está aqui há treze anos.

Ouço o barulho da terra sob seus tênis, a maneira como param abruptamente, a inspiração brusca. Fito Rosie, encontro sua mão na boca, olhos cheios de lágrimas, e aperto seu braço.

— Ei. Você está bem?

Seus olhos não se desviam do coração na árvore.

— Você encontrou! E-eu... Eu o tenho procurado. Em todas as caminhadas, por sete anos. Nunca consegui... Não conseguia lembrar... — Seu peito sobe bruscamente com uma inspiração cambaleante, e lágrimas escorrem por sua face antes que ela jogue os braços em volta de mim. — Você encontrou!

Olho de volta para o coração, e algo clica.

P, M, R. Papai, Mamãe, Rosie.

— Você já esteve aqui antes... com seus pais.

Um soluço a sacode até o âmago e ela enterra o rosto no meu ombro conforme passo a palma da mão em suas costas.

— Quer me contar sobre as marcas? — pergunto.

Rosie enxuga as lágrimas das bochechas e acena. Pegando sua mão, puxo-a até a base da árvore, com Connor adormecido ainda no meu colo. Ela descansa a cabeça em meu ombro antes de me contar a história.

— Meus pais e eu amávamos explorar ao ar livre. Estávamos sempre caminhando, acampando, nadando, explorando. Tudo o que se podia fazer ao ar livre, fazíamos. Passávamos todos os verões viajando e, quando eu tinha onze anos, viemos para cá. Viajamos por todo o Canadá; passamos duas semanas em Alberta, depois dirigimos até a Colúmbia Britânica. E terminamos aqui. Vancouver foi a minha cidade favorita, então estendemos nossa estadia por uma semana, e caminhávamos por esta trilha todas as manhãs. — Rosie olha para o coração, um sorriso nos lábios. — No nosso último dia, meu pai o esculpiu. Ele prometeu que voltaríamos, que encontraríamos a árvore. — Ela olha para mim. — Você conhece a Ponte Capilano? A ponte suspensa que atravessa as montanhas? Ela fica coberta de luzes durante todo o inverno.

Eu assinto.

— Já fui algumas vezes. É linda.

Rosie sorri melancolicamente.

— Aposto que sim. Só vi fotos, mas parece incrível. As árvores cobertas de neve, todas as luzes cintilantes... Parece mágica. Eu queria muito ir, mas é claro que as luzes não estavam acesas no verão. Meus pais disseram que poderíamos voltar em novembro para o meu aniversário, para ver as luzes. — Seu queixo treme quando novas lágrimas se acumulam, deslizando em silêncio por seu rosto. — Meus pais faleceram em setembro. Nunca pudemos ir.

Segurando seu rosto, limpo as lágrimas que rolam.

— Sinto muito, Rosie.

— É por isso que estou aqui. Por isso que escolhi Vancouver, embora haja uma faculdade de veterinária incrível a quarenta e cinco minutos da minha cidade natal. Porque esta é a última viagem que fizemos juntos. Porque fomos muito felizes aqui. Estávamos juntos e fomos felizes. Porque Vancouver, porque aqui, *bem aqui*, é onde sinto minha família por perto. — Rosie se levanta, estendendo a mão para mim, me convidando a fazer o mesmo. Ela traça o formato do coração, a data, O P E O M. — Não quero perder o local de novo. Não posso. Não posso esquecer onde a árvore está.

— Você não vai — prometo. — Eu vou lembrar. Podemos colocar algo aqui para marcá-la. Plantar algumas flores.

Ela sorri.

— Peônias?

Sorrio, tocando meu polegar na covinha em seu queixo.

— Peônias.

Rosie olha para o coração por um longo momento antes de colocar a mão sobre ele, com os olhos tremulando, fechados.

Quando se abrem, há uma clareza por trás deles, uma esperança recém-descoberta. Ela não está mais perdida; foi encontrada. Rosie se agarra ao seu coração.

— Sabe o que acho, Adam? Acho que você é quem o encontrou, porque agora você é minha família também. Você não encontrou apenas minha família; eu encontrei minha família em você.

Fico feliz por lhe dar algo que ela tinha perdido, algo pelo qual anseia com tanto afinco e que merece tão loucamente.

Porque sei que, nela, encontrei algo que me parecia perdido.

Encontrei o amor.

— Acho que ela está pronta para fazer sexo.

A conversa ao meu redor morre, e quatro pares de olhos se erguem para os meus. Carter abre o vigésimo quinto Oreo, lambendo lentamente a cobertura, e Garrett rasga um saco de salgadinhos antes de enfiar a mão dentro, pegando um punhado no ritmo literal de uma tartaruga. Jaxon tira a tampa de uma garrafa de cerveja, embora já tenha uma na mão, a excitação brilhando em seus olhos ao levar as duas à boca ao mesmo tempo, e Emmett pega o celular, o som de seus dedos batendo na tela preenchendo este silêncio terrível.

Um grito horrível, agudo e moribundo, como um pássaro morrendo, é ouvido na cozinha de Carter, e, meu Deus, o que eu não daria para ter aquele silêncio constrangedor de volta.

— *Rosie está pronta para fazer sexo!* — Kara grita lá de dentro. — *Nosso doce anjinho vai afogar o ganso!*

— Puta merda... — Esfrego as mãos no rosto e olho para Emmett. — Ela alguma vez, sabe... Não grita?

Ele balança a cabeça melancolicamente.

— Nunca. Ela nunca não grita.

— Quando você a verá de novo? — Jaxon pergunta, pegando os salgadinhos de Garrett.

Garrett olha feio, puxando o saco para si.

— Amanhã.

— E o que o faz pensar que ela está pronta para o sexo?

— Ela... Nós... Bem, as coisas progrediram de forma natural.

Garrett enfia salgadinhos na boca.

— Natural...

Carter joga o biscoito na boca.

— Então você vai molhar o biscoito!

— Eu me recuso a ouvir você comendo e falando de biscoitos dessa forma.

— Mimimi — ele zomba, depois tenta pegar o pacote de Oreo de volta da minha mão quando o agarro. — Não! Você não vai pegar os biscoitos se vai tirar sarro de mim.

— Carter — Olivia avisa lá de dentro. — Compartilhe seus biscoitos.

Suas sobrancelhas se juntam com força em sua careta, e ele entrega o pacote. É bem difícil levá-lo a sério quando ele está usando a camiseta com os dizeres *Apoie Pais de Meninas*. Carter gesticula para Emmett, que está segurando Ireland.

— Me dá a minha bebê.

— Não.

— Se não posso ter meus Oreos, preciso da minha princesa.

Emmett faz cócegas na barriga de Ireland, que ri ao redor do patim de hóquei de silicone que está roendo.

— Ela está feliz aqui. Não está, meu anjo?

A porta do pátio desliza e Olivia sai. Seu olhar varre o pátio antes de pousar em Emmett e Ireland.

— Aí está a minha garota. Preciso te alimentar, querida, mas prometo que te trarei de volta para o tio Emmett, ok?

— Vou esperar!

Ele manda um beijo para Ireland e se recosta na cadeira, cruzando um tornozelo sobre o outro, me olhando.

— De volta a vocês fazendo sexo.

— Ela dormiu comigo pela primeira vez na semana passada. E tem dito... Ela tem dito que, da próxima vez, não haverá bebê por perto. Então, acho... Vocês acham... — Apoio meus cotovelos nos joelhos. — Isso significa...?

Os quatro saltam das cadeiras, cumprimentando uns aos outros.

— *Uhu!*

— Aí está!

— Esse é o sinal! — Garrett confirma, afundando de volta em seu assento.

Carter assente.

— Olivia sempre pede um tempo sem bebê quando quer transar a noite toda ou ser superbarulhenta.

— Ah, caramba. — Olivia rosna lá de dentro. — *Carter!*

Emmett bate a cerveja na minha.

— Parece que você vai fazer sexo amanhã à noite, amigo.

— Amanhã à noite? Mas é... tão logo... E se eu... — Minha garganta fica seca e umedeço os lábios. Já faz tanto tempo. Tempo demais. Estou sem prática. E se eu não for bom? Olho para minhas mãos trêmulas e deixo escapar: — Minhas mãos estão suadas.

Jaxon me observa com cuidado.

— Então Rosie está pronta... Mas, e você?

Estou pronto? Ninguém nunca me fez essa pergunta. Acho... Acho que eu não tinha pensado nisso. Nunca estive pronto antes, mas nenhuma daquelas garotas era Rosie. Só quero ser o suficiente para ela. Fico em pé, derrubando os Oreos no chão, arrancando um suspiro de Carter, que mergulha para pegá-los. Enfio os dedos pelo cabelo e deixo escapar a primeira coisa que me vem à mente.

— E-eu... Não tenho nenhuma camisinha.

Com os biscoitos seguros no colo, Carter passa a palma da mão sobre o peito grande.

— Eu te daria uma das minhas, mas seria muito grande.

O bufo de Olivia atravessa a porta do pátio.

— Carter, se alguém ensinou a ele a importância de usar camisinha, foi você. Todo mundo sabe que você não tem nenhuma.

Garrett exala alto, recostando-se na cadeira, chutando as pernas para a frente, apoiando a parte de trás da cabeça nas mãos entrelaçadas.

— Eu te daria se tivesse, mas Jennie me deixa foder pele com pele.

— *Sim, eu deixo, amor!*

— Retire o que disse — Carter rosna baixinho.

Garrett joga um dos biscoitos de Carter na boca.

— Não.

Emmett levanta as mãos.

— Nem olhem para mim. Eu e Kara estamos tentando engravidar.

— O que é uma camisinha? — Kara grita.

Jaxon suspira e se levanta, tirando a carteira do bolso de trás.

— Eu te ajudo, cara. Do que você precisa? Tenho superfina, ponto G… Essa foi feita para o prazer dela, Rosie vai gostar. Sabor banana, que esquenta e esfria…

— Por que você tem tantas?

— Você nunca sabe o que ela vai…

Um estrondo alto encerra suas palavras e nos viramos, observando Carter e Garrett lutando na grama.

— Falei para retirar o que disse! — Carter grita, prendendo o outro no chão.

Garrett rola para cima dele.

— E eu disse não!

— Você roubou meus biscoitos!

— A Ollie mandou você dividir!

— Vocês não podem fazer sexo desprotegido! E se tiverem um bebê por acidente?

— Prova de que comi sua irmã! E não chame sua filha de acidente!

— Ireland, minha princesa, papai te ama! Você foi uma surpresa feliz!

A porta do pátio desliza e Olivia, Jennie e Kara saem.

— Ai, meu Deus — Olivia murmura, devolvendo Ireland para Emmett.

— Crianças — Jennie murmura.

— Aposto cem dólares no Ursinho Garrett — diz Kara. — Quem quer entrar?

— Nem fodendo — resmungo.

Garrett ganhou força e coragem desde que ele e Jennie começaram a namorar. É muito divertido vê-lo aterrorizar Carter. Além disso, aprendi a não apostar em Carter. Seu casamento foi um erro de setecentos dólares que não vou cometer de novo.

— Você parece frustrado — Olivia afirma, quando se senta ao meu lado, a caixa perdida de Oreo de Carter agora em seu colo. — Sabe o que é ótimo para isso?

— Sexo? — indago com um suspiro exausto.

Ela atira um biscoito na boca e pisca.

— Sexo.

18
ANTES DE EU DESMORONAR

ROSIE

— ROSIE VAI TRANSAR ESTA noite.

— Não, não vou!

— Correção: Rosie vai ser fodida a quase dois metros de profundidade esta noite.

Olho feio para Marco.

— Você não está ajudando, e não foi o que eu quis dizer quando disse que não.

Ele balança as sobrancelhas escuras.

— Você vai ficar de repouso amanhã. Talvez o fim de semana todo. — Ele apoia o queixo no punho e olha para Archie. — Nunca vi Rosie *apauxonada*.

— Não acho que ela tenha estado *apauxonada* antes.

— Hum. Certo, Brandon é um fracassado. E gravidez sem orgasmo deveria ser ilegal.

— Ok, primeiro de tudo... — Levanto um dedo, uma mão apoiada no meu quadril. — Sim, deveria. Segundo, fiquei *apauxonada*!

Archie sorri ao colocar a massa de panqueca em uma frigideira.

— Quando?

Cruzando os braços, aponto meu nariz para o teto.

— Semana passada, quando tentei fazer garganta profunda no pau dele. É a única maneira de explicar como *mal* consegui encaixar *parte* daquela coisa na minha boca.

Mordo o lábio inferior e meus pensamentos vagam de volta para a varanda de Adam, renunciando a todo o controle.

— Olhe para você — Marco zomba. — Sua putinha adorável. Você vai ter esse pau hoje à noite.

— Não tenho certeza. Às vezes, Adam parece contente em manter as coisas como estão.

— Um cara que gosta de ir devagar? Parece um unicórnio; homens assim não existem.

Marco deixa cair um saco de gotas de chocolate nos braços de Archie e dá um beijo em sua bochecha, um lembrete de que ele só come panquecas quando estão carregadas de chocolate.

— Falando em ir devagar, quando vamos conhecer esse seu homem misterioso?

— Ele não é um mistério. O nome dele é Adam.

— É um mistério para nós, e estou cansado de ouvir o papai Archie tarde da noite, preocupando-se com sua doce Rosie porque ele ainda não fez uma revista ocular no seu namorado e o liberou para namorar você. Por que está escondendo Adam de nós?

— Já falei — Archie rosna — para não me chamar de papai.

— Ok, papai. — Rio, beijando a bochecha de Archie. — Acho fofo quando você se preocupa, papai.

A cabeça de Archie cai para trás, e ele suspira.

— Pelo amor de Deus. E não estou preocupado. Vocês dois estão saindo há quase dois meses e não o conhecemos. Só quero dar um rosto ao nome. — Ele vira uma panqueca e dá de ombros. — E ter certeza de que ele é bom o suficiente para a minha Rosie.

— Você conheceu os amigos dele? — Marco pergunta.

— Ainda não.

Ele franze a testa.

— Ele está mantendo você na própria bolha secreta ou algo parecido?

Meu coração dispara.

— Bolha secreta? Como assim?

Ele dá de ombros.

— Vocês nunca nem saíram em público.

— Você acha... — Minha garganta seca e a coço. Não que eu não tenha pensado nisso, imaginado quando ele me apresentaria aos amigos. Adam está com eles o tempo todo, parecem a família dele. Eu estava esperando, ansiosa para que gostassem de mim, mas o convite nunca veio. — Que ele não quer ser visto comigo?

Marco agarra minha mão.

— Não, Rosie. De jeito nenhum. Desculpe, não foi isso que eu quis dizer. Sério, é meio fofo. Como se Adam quisesse você só para ele.

— Mas nós adoraríamos mesmo conhecê-lo — Archie acrescenta com um sorriso suave. — Por que não o convida para jantar no domingo? Tenho certeza de que conhecer seus amigos o levará a apresentá-la aos dele também.

Eu me forço a relaxar os ombros.

— Sim, ok. Vocês estão certos. Vou convidá-lo para jantar.

— *Mamããããe!*

Sorrio, indo em direção ao meu quarto.

— E aí está minha deixa.

Connor sorri assim que me vê, esticando os braços para o alto.

— Oi, mamãe!

Ele murmura quando o pego nos braços.

— Papa?

— Você verá o papai mais tarde hoje, querido.

— Bear? Papa, Bear?

Meu coração tem uma reação estranha, como uma vibração que cai na minha barriga, explodindo como borboletas.

Ele está perguntando por Adam, não por Brandon.

Connor aprendeu a amar muito Adam, e não posso culpá-lo. Ele dá tudo de que Connor precisa, inclusive amor incondicional, paciência, conexão, as coisas que seu próprio pai luta para lhe oferecer. Não quero que seja uma competição; quero que meu filho receba o amor que merece de todas as pessoas importantes em sua vida.

— Tio Arch fez panqueca — falo a Connor ao vesti-lo. — Com gotas de chocolate.

— *Pá-queca?* — ele sussurra com os olhos arregalados. — *Uau.*

— Rosie! — Archie chama. — Seu celular! Por que a reitora está ligando para você?

— O quê? A reitora? — Ele aparece na porta, o celular na mão.

— Como você já se meteu em problemas? O ano letivo nem começou ainda.

Arranco o celular dele.

— Nunca me meto em problemas.

— *Ai-tchiiii! Pá-queca?* — Archie balança Connor nos braços.

— Vamos, meu bem. Fiz a sua em formato de coração.

— Professora McKee? Olá.

— Quantas vezes tenho que pedir para você me chamar de Eva, Rosie? Você sabe que não gosto de sobrenomes e títulos.

— Desculpe. Entrei em pânico.

Eva ri, e suspiro, o pânico dissipando-se. Mais ou menos. Não de fato. Eva é o tipo de professora que você espera ter. Acessível, gentil. Ela faz com que todos se sintam confortáveis em sua presença. Mas, ainda assim, é agosto, ela é a reitora e está me ligando. Se isso não é motivo para pânico, não sei o que é.

— Alguma chance de você passar no meu escritório hoje?

— Ah. — *Acho que vou vomitar.* — Sim. Claro. Estou com meu filho hoje. Ele não vai para a casa do pai até mais tarde. Tudo bem?

Eva faz uma pausa e o pânico dá um nó no meu estômago.

— Seria melhor se fôssemos só você e eu.

Definitivamente, vou vomitar.

— Eu estou... com problemas?

— Claro que não, Rosie. Em que tipo de problema já se meteu?

Nenhum, mas não significa que coisas ruins não tenham acontecido comigo.

— Precisamos conversar, só isso — ela prossegue. — Seria melhor se pudesse dar à conversa toda a sua atenção, e sei como isso pode ser desafiador quando se está com um bebê.

Meus olhos ardem, e engulo a vontade de chorar quando começo a catalogar mentalmente todos os piores cenários.

— Vou deixar Connor na casa do pai dele e passar na faculdade.

— Ótimo. Fico aqui até três horas. E, Rosie, tente não se preocupar.

O problema com a ansiedade é que você não tem controle algum sobre ela. Seu cérebro sente uma ameaça, e todos os alarmes na sua cabeça começam a soar. Os nervos do seu corpo saltam, e você fica tentando lutar contra a vontade de se levantar e correr enquanto todos os piores cenários se desenrolam na sua mente. Às vezes, o que é mais difícil de entender sobre ansiedade é o fato de que, para as pessoas sem ansiedade, é bem simples apenas deixar os pensamentos voarem para longe; ao passo que sinto estar perdendo a cabeça por algo tão sem sentido. Porque é inútil se preocupar com algo fora do seu controle, não é? Eu só queria que meu cérebro recebesse esse memorando.

Minhas unhas cravam nas palmas das mãos tentando parar o leve tremor antes de ligar para Brandon. Cai na caixa postal e, quando ligo pela segunda vez, ele atende com um gemido.

— Estou tentando dormir.

— Desculpe por acordar você. Aconteceu uma coisa. Posso deixar Connor um pouco mais cedo hoje?

— O quê? Quando?

— A uma hora, talvez?

Outro gemido.

— Ele não pode vir antes das quatro e meia. Os caras estão vindo para assistir ao jogo de beisebol.

Tento tirar a dor de cabeça dos olhos.

— Eu não pediria se não fosse importante.

— Por que não pede para o seu namorado cuidar dele?

Seu tom é azedo e não tenho paciência para isso.

— Porque você é o pai dele, Brandon, e, sendo sincera, estou cansada de você agir como se tivesse coisas melhores para fazer do que ficar com o próprio filho. Agora posso deixá-lo mais cedo ou preciso encontrar outra pessoa que se importe com Connor?

— Jesus, Ro, quem cagou no seu café da manhã?

Ele suspira, longo e baixo, como se tivesse que pensar.

— É, tanto faz. Ele pode vir, acho. Mas não vou cancelar meus planos.

— Obrigada, Brandon.

— Você me deve essa. Você vai deixá-lo três horas e meia mais cedo, então me deve essas horas de volta.

Desligo sem dizer uma palavra, porque estou muito perto de atingir meu limite. Acho que sou uma pessoa bem paciente, mas Brandon tem um jeito de testar cada um dos meus nervos quando se trata do nosso filho.

Connor não foi planejado, eu entendo, mas já faz quase um ano e meio, e Brandon ainda age como se fosse uma tarefa árdua ser pai do próprio filho. É só mais um motivo de estresse hoje e, quando estou batendo na porta de Brandon várias horas depois, minha vontade é envolver Connor em meus braços e levá-lo embora, para saber que ele está recebendo todo o amor que merece.

Brandon abre a porta com uma cerveja em uma mão e nachos na outra.

— Ei — ele diz, já de costas para nós ao voltar para a sala de estar, onde seus amigos estão espalhados pelos móveis.

— Não — Connor sussurra, olhando para mim com os olhos arregalados assim que começo a tirar seus sapatos. — Mamãe, não…

— Você vai ficar com o papai. — Meu sorriso é tão falso que dói. — Mamãe te vê amanhã.

— Não. — Ele balança a cabeça, puxando a barra do meu vestido. — Não. *Nããão!*

— Porra — Brandon murmura, esfregando a mão sobre a boca. — Aqui vamos nós. Já começou.

Meu peito aperta e, quando Connor olha para mim com os olhos cheios de lágrimas, meus olhos também se enchem. Pego seu rostinho em minhas mãos, enxugando as lágrimas silenciosas quando elas caem.

— Eu queria poder ficar com você todos os dias, querido. É o que deixaria meu coração de mãe tão, tão feliz. Você vai ficar com o papai hoje à noite, e mamãe estará pensando em você. Quando eu vier te buscar amanhã, vou te dar o maior abraço de todos para que possa sentir quanto senti sua falta.

Brandon se apoia na parede, observando-me com desinteresse.

— Quando você acha que vai parar de sufocá-lo assim? Ele não precisa que você explique cada coisa como se ele fosse um bebezinho; Connor precisa que você vá embora. Ele vai se esquecer de você assim que você sair pela porta.

Não gosto de brigar com Brandon na frente de Connor. Chame isso de ser uma adulta madura que deseja criar relacionamentos respeitosos, mas não acho que expor nossas queixas na frente do nosso filho seja uma demonstração particularmente saudável de comunicação. Nem preciso dizer que Brandon e eu não concordamos em nada.

Também estou a cerca de dois minutos de perder a cabeça e socar o pai do meu filho bem no meio do seu pequeno e inútil pau. Fecho os olhos e respiro, esfregando os braços de Connor. Pego suas mãos nas minhas e sorrio, dando-lhe um aperto carinhoso.

— Mamãe te ama e mal posso esperar para te ver amanhã. Vou sentir sua falta, mas espero que se divirta muito com o papai e seus amigos.

— Papa — Connor sussurra, lindos olhos procurando os meus ao apontar para a porta. — Bear...

Pressiono meus lábios em seu pequeno beicinho e o puxo para os meus braços, abraçando-o com força.

— Podemos vê-los amanhã — murmuro ao seu ouvido, saboreando a maneira como seu pequeno corpo quente se derrete no meu.

Consigo apertar mais um pouco antes de Brandon puxá-lo para longe, levando-o para a sala de estar.

— Oi — Connor diz aos três homens descansando no sofá. Ele aponta para o logotipo do Batman na própria camiseta. — *Ba-ti-man?*

Três olhares voltam-se para o bebê antes de retornarem para o jogo de beisebol na TV e meu coração afunda. Connor vasculha a pequena cesta de brinquedos, tirando uma vaca de plástico. Ele a exibe com orgulho, sorrindo amplamente.

— *Vaca. Mu-mu!*

— Eles não querem brincar — Brandon o avisa de modo categórico.

Connor coloca a mão no joelho do pai, segurando a vaca para ele.

— *Ia-ia-ô?*

— Não sei do que você está falando.

— Música da fazendinha — esclareço com gentileza, lembrando da paciência que Adam demonstrou, da maneira como se esforçou para descobrir o que Connor queria, como ele cantou e dançou com Connor por toda a sala de estar. — Ele quer que você cante a música da fazendinha.

— Não, obrigado.

O rosto de Connor se entristece na mesma velocidade com que meu coração afunda. Brandon o pega e o coloca no cercadinho no canto da sala, esvaziando a cesta de brinquedos ali.

— Aqui. Brinque aqui.

— Ok, bem… — Engulo em seco, torcendo as mãos. — Me ligue se precisar de mim. Tchau, meu amor. Tchau, pessoal.

Enquanto espero o elevador no corredor, procuro meu celular na bolsa para avisar a Adam que estou indo à faculdade. Minha mão toca em algo peludo, e gemo quando pego o gatinho de pelúcia de Connor. Ele vai tirar uma soneca sem o gatinho, mas não vai conseguir — *de jeito nenhum* — dormir à noite sem o bichinho. Volto para a casa de Brandon, abrindo a porta.

— Ela é tão estranha — alguém está dizendo, e meus pés param.

— Você quem está dizendo — ouço Brandon murmurar.

— Um pouco autoritária, não?

— Controladora pra cacete é o que ela é. Me deixa louco.

Uma risada baixa ecoa conforme meu peito arfa, minha cabeça abaixa. Uma mão treme na maçaneta, a outra segurando o brinquedo de pelúcia com força.

— Não acredito que você teve um filho com ela.

As palavras doem, mas não tanto quanto a resposta de Brandon.

— Acham que escolhi isso? Que escolhi *essa* mulher? Era só uma foda casual por algumas semanas de verão. Sabiam que os pais dela morreram quando ela era criança e ninguém nunca a adotou? Às vezes acho que ela furou a camisinha ou algo assim, só para ter uma família. Agora estou preso a essa mulher para sempre. Acham que é o que quero?

Meus dedos cravam no bicho de pelúcia e tento me equilibrar no presente. Sinto a maciez do seu pelo, ouço o zumbido do ar-condicionado, inalo o cheiro da comida espalhada na bancada da cozinha.

Mas não funciona.

Em vez disso, ouço as palavras na minha cabeça, de novo e de novo, como se estivessem sendo gravadas para eu repeti-las nos meus momentos mais sombrios.

Acham que escolhi isso?

Que escolhi essa mulher?

Ninguém nunca a adotou.

Agora estou preso a essa mulher para sempre.

As palavras são afiadas e cruéis, uma faca mergulhada fundo na minha jugular e torcida com força. O bichinho de pelúcia cai assim que minha mão se move para segurar o tremor do meu queixo, para abafar o gemido ferido escorrendo dos meus lábios. Dou um passo para trás, e depois outro, observando a porta bater na minha cara quando a solto. Chego ao elevador antes de começar a desmoronar.

— Você está se sentindo bem, Rosie? Parece estar passando mal.

— Estou bem — minto, torcendo as mãos suadas no colo.

Precisei juntar todas as forças em mim para vir até aqui, para não ceder à compulsão corrosiva de chorar por um homem cujas palavras não deveriam ter peso algum. Ele tocou em cada uma das minhas inseguranças. Deu vida a todos os medos que passei anos em terapia combatendo, validando todos os temores de uma só vez.

— Não dormi bem ontem à noite. E estou com um pouco de dor de cabeça. — Aceno uma mão agitada no ar. — Este clima, acho.

O olhar de Eva diz que ela não está acreditando.

— Como foi seu verão?

— Está, hum, está sendo ótimo. Connor e eu... — Apertando os olhos, balanço a cabeça. — Na verdade, poderíamos não fazer isso? Sinto muito. Não quero ser rude, mas estou muito ansiosa sobre o porquê de me trazer aqui. Prefiro acabar logo com a situação para não mais imaginar catástrofes na minha cabeça.

— Compreendo, claro. Não queria causar ansiedade em você, Rosie, mas... Veja bem. Para ser honesta, não é a melhor notícia, então, para acabar logo, vou direto ao ponto. — Ela apoia os cotovelos na mesa, torcendo uma caneta entre os dedos ao me observar. Ela abaixa o olhar por apenas um momento, soltando um suspiro. — Você perdeu sua bolsa.

Com o choque, acabo deixando a bolsa cair do colo, espalhando seu conteúdo no chão.

— *O quê?* — Eva corre ao redor da mesa para me ajudar. Levanto a mão, parando-a. — Não. Pare.

— Rosie — ela insiste com gentileza, me observando coletar os objetos, enfiando-as na bolsa. — Deixe-me ajudar você.

— Não precisa... — digo, com a emoção borbulhando na minha garganta. — Por que perdi minha bolsa?

— O instituto doador sentiu que você não estava levando os estudos a sério, e ele preferiu tomar outro caminho.

— Não levando a sério? Mas eu... trabalhei tanto para isso! — Levanto-me, agarrando minha bolsa no meu peito arfante. — Tiro nota máxima em tudo. Estudo muito. Eu... não tenho uma vida fora da faculdade... Mal tenho amigos. Não saio, não vou a festas. A faculdade é a minha *vida*.

— Você é uma aluna excelente, Rosie, e tem sido desde o momento em que pisou aqui.

— Então me ajude a entender — imploro, meus olhos queimando com lágrimas que querem desesperadamente cair. — O que fiz de errado?

Eva dá um passo à frente, pegando minha mão.

— Você não fez nada de errado, querida. Os valores do instituto doador... Ficou claro que eles não se alinham aos seus.

— Como assim?

Ela puxa o lábio inferior entre os dentes, como se estivesse debatendo se deveria me contar. Suspirando, ela me guia de volta para a cadeira.

— Ficaram decepcionados ao saber que você tirou uma folga acadêmica.

— Uma folga acadêmica? Mas eu estava de licença-maternidade. Estava criando meu filho.

— Eles sentiram que, ao escolher tirar uma licença-maternidade em um momento tão importante da vida acadêmica, você mudou suas prioridades.

— Nós moramos no Canadá... — Pressiono meus dedos contra a dor de cabeça que se forma em minhas têmporas. Não posso estar ouvindo direito. — Tenho direito a um ano inteiro de licença-maternidade.

— Você tem, é claro.

— Estou sendo penalizada por fazer do meu filho, da minha *família*, minha prioridade?

— Rosie, você não está sendo penalizada...

— Perdi minha bolsa! — O sangue troveja em meus ouvidos quando me levanto de repente. A sala gira, as bordas da minha visão ficam turvas. — Como vou pagar a faculdade? Meu Deus. — Afasto-me dela, a mão trêmula pressionada contra a minha boca. Meu mundo começa a desabar ao redor, o peso da notícia me atingindo bem no peito. — Como vou pagar a faculdade? — sussurro de novo. — Usei o resto da herança para complementar minha licença-maternidade no último ano. Só voltei a trabalhar há quatro meses. E apenas meio período. E tenho despesas com creche. E-eu... não tenho o suficiente em economias. Nem perto disso. — Um soluço sufocado escapa da minha garganta e tapo a boca com a mão quando meu estômago ameaça se esvaziar. — Meu Deus.

Uma mão pousa nas minhas costas e, embora o toque tenha a intenção de ser reconfortante, não sinto conforto.

— Quais são as minhas opções?

Eva faz uma pausa.

— Pesquisei algum financiamento adicional, algumas bolsas, mas, Rosie, tão perto do início do ano letivo... Tudo já foi destinado.

Eu abraço minha bolsa no peito, olhando para o chão.

— Eu merecia a bolsa — sussurro. — Eu a ganhei.

— Não há dúvida disso, mas, no final das contas, depende do doador. — Ela aperta meu ombro. — Você pode esperar um ano. Trabalhar na clínica e economizar. Guardaremos sua vaga para o ano que vem. O que é mais um ano?

O que é mais um ano? Mais um ano significa que terei de trabalhar o máximo que puder, longos dias e noites para conseguir pagar o aluguel, a creche e, de alguma forma, economizar dinheiro suficiente para cobrir o custo da faculdade de veterinária. São mais de dois anos morando com Archie e sendo a razão pela qual ele e Marco não podem morar juntos sozinhos, porque não tenho dinheiro para sair. É menos tempo com meu filho, uma batalha mental que tenho de enfrentar por decepcionar nós dois, colocando nosso futuro em compasso de espera por mais um ano. Colocando minha bolsa no ombro, vou até a porta.

— Obrigada por reservar um tempo para se encontrar comigo — digo baixinho.

— Rosie...

— Está tudo bem — minto. — Estou bem. Aproveite o resto do seu verão.

Eva me observa atentamente e vejo a angústia em seus olhos. Ela odeia ter de fazer isso, e sei que não é culpa sua. Mas, neste momento, preciso me afastar. Eva enfim concorda, sorrindo levemente.

— Entraremos em contato. Cuide-se, Rosie.

Saio correndo pelos corredores, ignorando os professores e os poucos alunos que ainda estão circulando. Minha garganta queima, apertada. Tudo fica embaçado, confuso, uma bagunça que não consigo distinguir. Atravesso as portas da frente, entrando no sol quente e na brisa fresca, mas não ajuda. Não traz clareza nenhuma, e corro sem rumo pelo campus, sem saber para onde estou indo, o que estou procurando.

Seja lá o que for, não vou encontrar aqui de qualquer maneira, certo?

Não pertenço a este lugar. Não neste momento, pelo menos. Eu... não tenho certeza se pertenço a algum lugar. E me dar conta disso acaba comigo, faz meus joelhos dobrarem-se, ameaçando me jogar no chão.

Mas chego a um banco antes de desmoronar.

19

IDIOTAS

ADAM

— SÉRIO, ADAM, SE PERDERMOS por sua causa, vou ficar puto.

— Ele está distraído pra caralho hoje.

— Deixe-o em paz. Ele vai transar hoje pela primeira vez em muito tempo. Isso exige muita preparação mental.

— Não estou... Não estou... Isso é ridículo... — suspiro diante da tela de TV, na qual respinga o sangue do meu personagem morto mais uma vez, o que decepciona meus companheiros de equipe do outro lado do fone de ouvido pela enésima vez hoje. — Sim, com certeza estou meio que pensando sobre isso.

Que se dane. Como Emmett disse, faz uma eternidade. Além disso, Rosie é Rosie. Você a conhece? Ela tem o coração mais gentil e paciente que já conheci, e estar com ela me faz me sentir vivo. Claro que não consigo pensar direito agora.

— Ele está errando de novo — Jaxon murmura. — Amigo, é melhor você entrar no chuveiro e bater uma antes de sua garota chegar. Senão, Rosie vai se decepcionar esta noite quando você gozar cinco segundos depois de você enfiar seu pau.

— Vá se foder.

Definitivamente, vou bater uma no chuveiro.

— Que horas ela vem? — Garrett pergunta.

— Ela vai mandar uma mensagem avisando que está pronta. Ela teve de ir para a faculdade se encontrar com um dos professores. — Meu Apple Watch vibra e jogo o controle do Xbox com toda a minha ansiedade. — Deve ser ela. — Franzo a testa, desligando a chamada. — Deixem pra lá. Não era ela.

— Quem mais poderia ser? Você tem outros amigos que não conhecemos? — Carter acusa.

— Com essa sua personalidade gigante? Não tenho espaço para mais amigos.

— Não tem mesmo.

O mesmo número salta para mim do mostrador do meu relógio e minhas sobrancelhas se juntam. Não sei, mas reconheço que é o mesmo que ligou na semana passada quando Rosie e Connor estavam aqui. Recuso de novo a ligação e sento-me no sofá, esfregando os olhos.

— Vou indo.

— Ele vai bater uma no chuveiro — esclarece Jaxon.

— Ei, Jaxon?

— Sim, cara?

— Cala a boca.

— Ah, merda. — Ele ri. — Cuidado, Rosie. O papai Adam está mal-humorado hoje.

Jogo o controle e o fone de ouvido na mesa de centro, dando um tapinha na cabeça de Bear antes de me levantar, esticando os braços acima da cabeça.

— Onde está Rosie, hein, Bear?

Pego meu celular da ilha da cozinha. Sua última mensagem de texto chegou há duas horas, bem antes de ela deixar Connor na casa de Brandon.

Problema: Vc acha q vou ser expulsa pq sou uma menina má?
Eu: Vc é uma boa menina, mas, se quiser ser má hj à noite, posso garantir q será punida de acordo.
Problema: A gnt devia chamar *vc* de problema, não eu. Sou um anjo, e vc é uma má influência.
Eu: Pode me chamar do q quiser, desde que esteja gemendo.
Problema: Meu problemão, e o garoto mais danado.
Problema: Será q tô imaginando o pior cenário?
Eu: Talvez. Mas a gnt faz isso. Tenho certeza q não é nada.
Problema: Espero q sim. Ainda posso ser uma menina má mais tarde?
Eu: Vc sempre pode ser uma menina má, desde q seja minha.

Problema: *emoji de sorriso* Obrigada por me fazer me sentir melhor e tirar minha mente disso. Te ligo quando terminar. Mal posso esperar pra te ver.

Sorrio para as mensagens, esfregando a mão sobre o peito, sentindo o jeito como ele se infla de orgulho, de felicidade, de plenitude. Porque Rosie me faz sentir todas essas coisas, e fazia tanto tempo que eu não sentia nada além de decepção.

Mando uma mensagem curta, perguntando se a reunião foi boa, e tomo um banho rápido. Não porque não me masturbo — porque claro que me masturbo. Rápido porque Jaxon estava certo — faz muito tempo, e estou nervoso demais com essa garota para durar mais do que alguns minutos pensando em seu corpo abaixo do meu.

Mas não há resposta de Rosie quando saio do chuveiro e, ao ligar para ela, vai direto para a caixa postal. Parado na ilha da cozinha, bato as chaves da caminhonete no mármore, tentando ignorar o formigamento de desconforto que deixa minha nuca úmida.

— *Foda-se.*

Jogo o celular no bolso, coloco o boné na cabeça antes de sair e subir na caminhonete. Algo parece estranho e, quanto mais perto chego da faculdade, mais me preocupo. O celular de Rosie ainda está desligado, o que não é de seu feitio. Ela sempre o mantém ligado e por perto quando não está com Connor. Dirigindo devagar pela rua da frente, meu olhar percorre o terreno, à sua procura. Não sei qual é meu plano se não conseguir encontrá-la. Não tenho a mínima ideia de onde Rosie possa estar neste prédio, e não posso ficar passeando por aqui e esperar que ninguém me reconheça. Estou prestes a tentar uma última vez quando vejo um lampejo de finas ondas cor de ouro rosado sob a sombra de um carvalho imponente. Rosie está sentada sozinha em um banco, e sei que há algo de errado pela posição de derrota de seus ombros, pelo jeito como ela balança a cabeça, a maneira como aperta a bolsa contra a barriga.

Estaciono a caminhonete, desligo a ignição e corro pelo gramado sem me importar com quem possa me reconhecer. Rosie está sozinha agora e preciso consertar isso.

— Rosie — murmuro quando a alcanço. — Querida, o que aconteceu?

Ela não vacila, nem um pouco, como se soubesse que eu a encontraria.

Quase acho que ela não vai falar nada. Vai permanecer sentada aqui em silêncio, incapaz de encontrar as palavras de que precisa.

Mas ela tem as palavras e as dá de bandeja para mim. Baixinho, e com facilidade, como se fossem a única verdade que conhecesse.

— Meus pais morreram em um incêndio quando eu tinha onze anos. Minha casa foi destruída. Minha vida inteira foi perdida. Fui a única que sobreviveu, porque meu pai escolheu me salvar primeiro. Ele me escolheu. — Lentamente, o olhar de Rosie se ergue para o meu, e a tristeza sem fim que brilha em seus olhos como vidro quebrado, estilhaçado demais para ser consertado, me abala até o âmago. — Foi a última vez que fui a primeira escolha de alguém.

As palavras gaguejadas roubam o que restava da minha determinação. Ajoelho, bem à sua frente, e, quando a represa se rompe e aquelas lágrimas escorrem pelo seu rosto como chuva, a puxo para os meus braços, agarrando-me a Rosie tanto quanto ela está agarrada a mim.

Não consigo parar de olhá-la, o jeito como está aconchegada sob o sol que se põe rapidamente, meu cachorro também encolhido ao seu lado, recusando-se a deixá-la. Não o culpo. Ela está diferente hoje, e tem sido desde que a coloquei na minha caminhonete, abandonei nossos planos de jantar para pegar sua comida favorita para viagem. Ela está quieta e distante, e o silêncio é ensurdecedor e doloroso de uma forma devastadora.

Meu mundo não fica certo sem a sua risada.

Passando pela porta do pátio, vou até ela, substituindo sua taça de vinho por uma caneca de seu chá de mirtilo favorito. Ela a pega com um pequeno sorriso, olhos avermelhados me fitando e, quando me sento a seu lado, ela não perde tempo e se aninha a mim. Apertando-a contra mim, beijo sua cabeça.

— Acho que seu lugar é aqui.

— Com você? — ela pergunta, o queixo no meu peito.

— Onde mais?

Ela coloca a bochecha sobre o meu coração, suas palavras suaves.

— Faz tanto tempo que quero pertencer a alguém. Faz tanto tempo, que não tenho certeza se meu cérebro vai me deixar acreditar agora.

— Sou um homem paciente. Não me importo de ter que provar isso para você todos os dias.

Rosie sorri e, pelos próximos minutos, nos sentamos na paz da noite, a brisa tranquila farfalhando entre as árvores, o zumbido das cigarras, o canto esmaecido dos pássaros se acomodando na noite. E, então, Rosie me conta sua história.

— Acordei no meio da noite com minha mãe gritando meu nome. A porta do meu quarto estava fechada e estava muito quente lá dentro. Lembro-me do brilho vindo de baixo da fresta. — Uma lágrima desliza. — Pensei só que as luzes do corredor estavam acesas. — Eu a puxo para mais perto de mim, esfrego suas costas e a ouço. — Minha mãe continuou gritando, dizendo ao meu pai para me pegar. Isso me assustou e comecei a chorar, chamando por meus pais. Então meu pai entrou no quarto. Ele se ajoelhou ao lado da minha cama, me disse para envolver os braços em volta do seu pescoço e minhas pernas em volta da sua cintura. E para fechar os olhos. — Os olhos de Rosie encontram os meus, brilhando com lágrimas sob a luz da lua. — Eu escutei. Sempre escutei meu pai.

— Uma criança tão boazinha — murmuro, enxugando as lágrimas dos seus olhos antes que elas caiam.

— Mesmo com os olhos fechados, eu sabia. Podia ouvir. Sentir. Meu pai me segurou tão forte que me deixou com hematomas. Estava tão frio quando ele correu para fora comigo. Era setembro e o tempo estava começando a mudar. Foi um alívio estar lá fora, mas eu podia sentir o calor nas minhas costas quando meu pai me tirou de casa. — Ela olha para o céu, respirando fundo. Quando solta o ar, as lágrimas escorrem por seu rosto. — "Fique aqui", meu pai disse. "Não se mova. Espere por ajuda". Ele me falou que tinha de ir, que tinha de buscar minha mãe. Perguntei se ele voltaria, ele olhou para mim por um minuto antes de prometer que voltaria. "Voltarei. Prometo que nunca vou te deixar".

Seus olhos se fecham e ela para um pouco, refletindo, para se concentrar na memória. Beijo sua testa e afasto seu cabelo do rosto molhado.

— Eu sabia que ele estava mentindo. Ele não voltaria, e ele sabia disso também. Ele me beijou, me abraçou tão... tão forte. Colocou meu cabelo atrás da orelha e falou que estava orgulhoso de mim. E, bem antes de desaparecer dentro de casa, ele olhou para mim uma última vez por cima do ombro e, pela última vez, falou que me amava.

Meu peito aperta e sinto como se estivesse se abrindo quando Rosie enterra o rosto no meu pescoço e chora pelos pais que perdeu, o adeus que nunca deveria ter dito, não aos onze anos. Pressiono os lábios em seu ombro várias vezes, sem palavras de consolo para oferecer. Será que eu poderia fazer algo melhor? Não sei, mas não quero que ela se sinta sozinha.

— Ele ficou lá dentro por apenas um minuto quando aconteceu. Eu podia ouvir os caminhões de bombeiros se aproximando. Mas, de repente, houve um estrondo alto e todas as janelas se estilhaçaram. A porta da frente se abriu e as chamas se espalharam. Gritei e saí correndo em direção ao portão assim que os caminhões chegaram. Bem a tempo de a porta dos fundos explodir — ela acrescenta em um sussurro. — Eu me assustei e tropecei nos meus próprios pés. Caí para trás na piscina. Na capa de proteção, na verdade, e me enrosquei nela. Comecei a afundar e não conseguia me soltar. Não conseguia encontrar a saída. Pensei que ia morrer, Adam. Só queria ficar com os meus pais. — Rosie enxuga os olhos, fungando. — A próxima coisa de que me lembro é estar deitada no nosso quintal e um bombeiro fazendo uma massagem cardíaca em mim. Já era tarde demais para meus pais.

— Que horror, Rosie.

Eu a puxo para o meu colo, abraçando-a, sentindo-a contra mim. Ela está aqui agora, mas a aceleração do meu coração me lembra de quão perto estive de perdê-la, de nunca a conhecer, e esse pensamento é opressor.

— Ei — ela sussurra, segurando meu rosto, trazendo meu olhar para o seu. — Estou bem aqui. Estou bem.

— Desculpe — tento dizer, mas sai rouco, quebrado.

Não basta essa palavra, mas é tudo o que tenho. Fechando os olhos, descanso a testa contra a dela, procurando me reorientar. Coloco seu cabelo atrás das orelhas, encarando os doces olhos verdes, que contêm tanto amor, compaixão, força e uma tristeza sem fim.

— Não acho que ele estava mentindo, Rosie. Seu pai. Sei que parece que sim. Mas ele falou que nunca a deixaria porque nunca deixará. Você não pode vê-lo, eu sei, mas ele está aqui. Sua mãe também.

— Eu sei, sei mesmo. Mas fiquei sozinha. Tantas vezes desejei ter ido com eles, porque fiquei sem ninguém. Fiquei sozinha e tinha apenas onze anos.

— Como assim ficou sozinha? Você tinha mais familiares, certo? Quem a acolheu?

Ela olha para mim por um longo momento, deixando minha mente trabalhar, e sei antes que ela responda.

— Fui encaminhada para o sistema de adoção, Adam. Assim como você.

Há uma pequena parte de mim que quer pular de alegria por essa nossa identificação, mas eu sei. Sei pelo olhar solitário que vive no canto de seus olhos que a carência sempre esteve ali.

— Mas nossas experiências foram muito diferentes, não foram?

Ela assente, com um sorriso triste no rosto.

— Eu cresci. Fiquei sentada ali sozinha, ano após ano, querendo nada mais do que ser escolhida. Eu queria minha família de volta. Qualquer família. Só ansiava por pertencer a alguém, me sentir segura, me sentir querida. E… — Ela funga, pegando uma lágrima que escorre de seu olho. — Eu não entendia por que ninguém me queria. Eu era uma criança tão boazinha. Sempre fui gentil e respeitosa. Eu amava a escola, era uma aluna nota A. Mas ninguém me queria, Adam. E ainda é assim…

— Como assim "ainda"? — Agarro seu queixo quando ela se vira, forçando seu olhar de volta para o meu. — Como assim "ainda", Rosie?

Ela funga de novo, mordiscando o lábio inferior.

— Ouvi Brandon hoje quando deixei Connor. Os amigos dele estavam lá e Brandon falou… que nunca teria escolhido ter um filho comigo. Que eu deveria ter sido apenas uma diversão temporária, mas agora ele estava preso a mim.

— Que babaca — deixo escapar sem querer.

— É minha culpa por esperar mais de pessoas que nunca me deram motivos para isso. Ele nem está na certidão de nascimento de Connor, pelo amor de Deus! Dei à luz sozinha, porque ele não conseguiu me apoiar nos meus momentos mais vulneráveis.

— Foda-se esse cara — exaspero, o sangue trovejando em meus ouvidos. — Rosie, *foda-se ele*, e foda-se a opinião inútil dele. Esse cara não sabe o que tem, como é *sortudo* ter você como mãe de seu filho. Você deu o presente mais lindo do mundo e o cara não fez nada para merecer. Então, foda-se ele.

— Mas não é só isso — ela sussurra. — Perdi minha bolsa hoje.

— O quê?

— Minha professora… Ela falou que a instituição doadora sentiu que eu tirar a licença-maternidade foi a minha maneira de declarar em que estavam as minhas reais prioridades. Que eu deveria ter escolhido a faculdade em vez de ficar em casa com Connor.

Uma risada sombria e amarga sai da minha garganta.

— Você deve estar brincando comigo. É a coisa mais misógina que já ouvi. Tiraram sua bolsa porque você escolheu seu filho quando ele precisava de você?

— É só que... Por anos, ninguém me escolheu. Eu não tinha ninguém, e eu queria muito uma família minha. Alguém para amar, alguém para me amar. E então Connor apareceu e, por um milagre, ganhei uma família. Ganhei a família com a qual sonhava. Disse a mim mesma que sempre o escolheria, então o escolhi. Eu o escolhi e, sendo sincera, assim também me escolhi. Porque ninguém mais fez isso, e eu não ia começar a vida do meu filho sem colocá-lo em primeiro lugar, não quando eu tinha a oportunidade de ficarmos juntos. Mas, ao fazer isso, perdi a única coisa para a qual fui escolhida em anos. — Ela balança a cabeça e franze as sobrancelhas. — Trabalhei tanto para isso, Adam. Coloquei meu coração e minha alma na minha formação, e conquistei essa bolsa ano após ano. E, agora... Agora não me querem mais.

— Eles não merecem você, Rosie. Ninguém que a trata assim merece. — Passo meu polegar sobre seu lábio inferior. — Sinto muito que não tenha sido adotada, que ninguém tenha dedicado tempo para conhecê-la, para ver como seu coração é lindo. E sinto muito que Brandon seja um tonhola inútil.

Rosie solta uma risada, o que é música para os meus ouvidos depois de um dia sem ela.

— O que é um tonhola?

— Pra falar a verdade, não sei, mas minha amiga chama o namorado e o irmão dela de tonholas toda vez que os dois estão sendo idiotas, então me pareceu apropriado. — Ela ri de novo, e sorrio. — Sinto muito que tenha perdido sua bolsa. Sei quanto você trabalhou duro pela bolsa, e isso não é justo. Vamos encontrar uma solução, ok? Juntos.

— Não tem solução, Adam. Não tenho dinheiro para pagar, ponto-final. Vou ter de tirar outro ano de afastamento dos estudos e trabalhar para economizar.

Balanço a cabeça.

— Não. Qual é a opção número dois?

Ela ri de novo, baixinho desta vez, um som cansado e resignado que odeio.

— Não tem outra opção. Eu tinha algum dinheiro depois que meus pais faleceram, mas usei o restante para nos sustentar durante a licença-maternidade. Não tem outro jeito.

— Então, eu a ajudo.

— De jeito nenhum — ela diz com firmeza. Quando abro a boca, ela ergue as sobrancelhas, então a fecho de novo. — Você não vai fazer nada disso, Adam Lockwood, está me ouvindo?

— Não quero que adie seus sonhos, Rosie.

— O que seria um ano a mais? — ela murmura, e as palavras parecem doer tanto ao serem pronunciadas quanto doem ao serem ouvidas. Ela sai do meu colo para o assento ao meu lado, puxando os joelhos contra o peito. Ela parece tão pequena, tão vulnerável, que quero envolvê-la em um plástico-bolha para que nada possa machucá-la de novo. — Hoje foi um lembrete gritante de que nunca pertenci a ninguém ou a nada. Que nunca fui o suficiente, nunca fui a pessoa certa para ser a primeira escolha de alguém. — Ela apoia o queixo no joelho, olhando para o nada. — Talvez seja menos sobre ser a primeira escolha de alguém e mais sobre ser amada, ser amada o suficiente para *ser* a primeira escolha de alguém. E ninguém nunca me amou o suficiente para me tornar sua primeira escolha.

— Ei. — Pego suas mãos, puxando-a de volta para mim. — Nós nunca seremos certos para todos, mas seremos perfeitos para a pessoa certa. E, quando essa pessoa aparece, não há escolha. Ela só... é. Nós podemos ser exatamente do jeito que somos, porque não há outra maneira de ser. — Pressiono os lábios nos dela e ela os abre sem hesitar, seus dedos deslizando com ternura pelo meu cabelo ao suspirar contra a minha boca. — Eu quero você, Rosie. Quero você inteira. E não há outra escolha.

20

PARTINDO-A AO MEIO, MAS COM EDUCAÇÃO

ADAM

JURO QUE ESTE CORPO FOI feito para mim. Quente e macio, enrolado em torno de mim, com dedos gentis que deslizam por meus braços, um olhar terno que não hesita.

Este corpo é perfeito, cada doce centímetro dele, e não quero o largar.

Nós nos sentamos por um bom tempo sob as estrelas, membros emaranhados e amontoados sob um cobertor aconchegante, Bear esparramado aos nossos pés. Rosie está diferente agora. Mais livre, como se não precisasse mais se esconder. Ela derrubou sua última parede, colocou tudo para fora, e agora ela pode apenas... ser.

Rosie nunca precisou se esconder, mas entendo a hesitação antes de deixar alguém entrar por completo. Sou grato por ser o sortudo que tem acesso a ela inteira. Rosie me conta sobre a casa em que cresceu, grande e bonita, uma antiga casa vitoriana com vitrais emoldurando a porta da frente, e uma varanda com um balanço. Seus lugares favoritos eram a janela na sala de estar, onde ela lia, e o jardim de peônias que ela e sua mãe plantaram no jardim da frente. Rosie amava todo o charme que a casa tinha, e me diz que, apesar da fiação antiga que levou ao curto-circuito que causou o incêndio, suas memórias de lá são repletas de carinho.

— Adam? — Rosie esfrega o espaço entre os olhos de Bear, sorrindo para a sua cabeça em seu colo. Ela olha para mim, os olhos se movendo entre os meus. — Quero me desculpar por não ter lhe contado antes que eu também estava no sistema de adoção. Sei que o momento ideal teria sido quando você compartilhou o mesmo comigo, mas, quando você me contou sobre seu tempo no orfanato, fiquei com um pouco de ciúmes. Você encontrou sua linda família, e eu não encontrei nada. Sua experiência me pareceu tão maravilhosa e a minha foi tão solitária. O ciúme não durou, mas fez com que eu me sentisse suja e culpada, e eu não sabia como falar com você sobre isso. Minhas maiores inseguranças foram formadas durante meu tempo lá, e passei os anos seguintes tentando combatê-las, tentando me animar, me amar o suficiente para não ter que depender de outra pessoa para me dar isso. Mas alguns dias são mais difíceis do que outros quando se trata de lembrar de todos os avanços que fiz. Então, me desculpe, Adam.

— Você não precisa se desculpar por ser humana. Esses sentimentos são reais e válidos, e você merecia um tempo para resolvê-los. — Pressiono um beijo em sua palma. — Obrigado por ser honesta comigo.

Ficamos aconchegados por mais meia hora, em silêncio, apenas nos abraçando. Ela teve um longo dia, então, quando ela enterra o terceiro bocejo contra o meu braço, eu a tiro do meu colo. De pé, estendo minha mão para ela.

— Vamos, querida. Vamos para a cama.

Bear não passa da sala de estar, preferindo desmaiar no sofá. Puxo Rosie pela mão e andamos em silêncio pela casa escura. Ela planta um beijo nos meus lábios antes de desaparecer no banheiro a fim de se preparar para dormir.

Tiro a roupa até ficar só com a cueca bóxer e conecto meu celular ao carregador. Tenho dezenove notificações perdidas. Duas são chamadas daquele número desconhecido; as outras dezessete são do grupo Marias--Patins. Garrett enviou quatro emojis de berinjela, quatro emojis de pêssego e oito pontos de interrogação. Emmett diz que Kara quer ter outra noite de garotas para que possam analisar nossa primeira vez. Jaxon quer saber quantas camisinhas dele usei. Carter quer saber se comemos lanches na cama pós-sexo. Ao que parece, esse é o momento de união favorito dele e de Olivia. Estou exausto demais para lidar com qualquer um deles, então, quando a porta do banheiro se abre, desligo meu celular de imediato.

— Pronta para… Ahhh. Você está nua. — *Nuazinha*. Enfio a mão no cabelo e gesticulo para o corpo lindo, cheio e nu de Rosie. — Você está… nua mesmo. Espetacular, também, caso esteja se perguntando. Além disso, nua.

Meu problema favorito ri, aquele nariz adorável enrugando-se quando ela o faz, as mãos torcendo-se sobre sua barriga. Ela dá um passo à frente e meus olhos saltam de seus seios imaculados para o balanço daqueles quadris redondos. Nossa, ela é perfeita. Já falei isso?

— Posso confirmar que estou, de fato, nua. Caso você esteja se perguntando. — Há uma pitada de travessura em seus olhos, que estão brilhando muito, escondendo quase todo o nervosismo. — Você gostaria de ficar nu também?

— Bem, eu… Eu… — Esfrego a nuca e aponto para a cama. — Fazer coisas nuas?

Rosie concorda.

— Fazer coisas nuas. Se você quiser.

— Não quero me aproveitar de você quando está se sentindo vulnerável.

— Estou me sentindo vulnerável, mas não de um jeito ruim. Sinto-me segura, Adam, e é libertador. Esta noite me fez me sentir mais perto de você. Talvez eu tenha derrubado meu último muro. — Seu ombro sobe e desce. — Não sei como, mas me sinto bem, e estar com você me faz me sentir ainda melhor. — Engulo o nó na garganta quando ela para na minha frente. — Estar com você me faz sentir melhor do que nunca.

Ela pega meu rosto em suas mãos, seu toque suave e quente deslizando ao longo do meu queixo mal barbeado.

— Posso te beijar?

Meu coração troveja e lhe dou a resposta sussurrada mais articulada que consigo.

— *Dããã.*

Ela sorri, a visão mais incrível, de tirar o fôlego, e guia meu rosto para o dela. O beijo é tudo. Paciente e lento, suave, mas confiante, a maneira gentil como seus lábios se movem nos meus, sua língua varrendo minha boca, dedos deslizando em meu cabelo, atravessando os cachos. Isso acalma meu coração e faz todas as terminações nervosas se acenderem ao mesmo tempo.

— Você está tremendo — Rosie murmura, a cabeça inclinada ao me observar. — Você está nervoso.

— Não — minto. — De jeito nenhum. Estou totalmente preparado e superanimado e nem um pouco nervoso. Olha!

Correndo para a minha mesa de cabeceira, abro a gaveta com as minhas mãos superfirmes.

— Até tenho todos esses. — Seguro o enorme maço de camisinhas que Jaxon enfiou no meu peito ontem, balançando-o no rosto de Rosie. — Preservativos! — Começo a separá-los. — Ultrafino, sensação de pele nua, sabor banana…

— Adam. — Rosie ri, colocando a mão sobre a minha e minha coleção gigantesca de preservativos. — Por que você tem tantos?

Meu rosto queima e posso sentir meu coração batendo na garganta.

— Meu amigo me deu.

— Ele gosta da variedade, não é?

Rosie escolhe, separando um, guardando o resto. Com um sorriso tão seguro, tão certo, ela se aproxima de mim e meu cérebro entra em curto-circuito quando vejo tudo o que eu queria, tudo pelo que ansiei por tanto tempo. Ela enfim está aqui, esta mulher incrível na minha frente, e parte de mim está apavorada ao estender a mão e puxá-la para mim. Parece que não há como voltar depois disso, mas e se ela quiser? E se ela decidir que não sou o suficiente?

— Estou tentando... — Engulo em seco, abalado pelo nervosismo que me invade enquanto Rosie fica ali, tão certa do que quer. Ela pega minhas mãos nas dela, estabilizando meu tremor. — Não quero apressar você. Estou tentando levar as coisas devagar.

— Você quer ir devagar?

Meus olhos se movem entre os dela, esperando que ela veja tudo. O comprometimento, a ansiedade, todas as minhas melhores intenções.

— Eu quero... você. Quero só você, Rosie.

— Você me tem, Adam. Não sinto que apressamos nada, nem que fomos devagar demais. Tudo parece certo. — Ela afasta os cachos da minha testa antes de pressionar seus lábios nos meus. — Muito certo.

Talvez fosse exatamente o que eu precisava ouvir, que sou a pessoa *certa* para ela. Porque a tensão acumulada em meus ombros se dissolve, e, conforme me aprumo, meu peito se enche de orgulho.

— Ah — Rosie diz. — Aí está aquele sorriso. Uma parte brincalhão, duas partes arrogante. — Ela joga os braços em volta do meu pescoço e a puxo para mim. — Do jeito que adoro.

— Sabe o que também vai adorar? — Minha boca se move sobre seu ombro, sobe pelo seu pescoço, parando na concha de sua orelha. — O jeito que te fodo.

As unhas de Rosie cravam em meus ombros quando a empurro. A parte de trás de suas coxas bate na cama e, com a minha mão na base do seu pescoço, a forço a se deitar no colchão. Seus olhos arregalados seguem o caminho das minhas mãos, até o cós da minha cueca bóxer, e quando a derrubo no chão, ela lambe os lábios.

— Caramba, continuo esquecendo como seu pau é gigante. Tenho quase certeza de que vai doer.

— Serei gentil — prometo. — Vou tentar ser, pelo menos.

Passando meu dedo por sua coxa, vejo a pele arrepiar antes que as pernas se abram para mim, me deixando ficar entre elas.

— Podemos ficar na cama o dia todo amanhã e tomar sundaes com calda quente enquanto você se recupera.

— Cuidado. Sirva sundaes com calda quente para uma garota na cama e ela pode se apaixonar por você.

— Lembrete para mim mesmo — murmuro, abaixando-me para agarrar sua nuca, erguendo sua boca até a minha. — Servir sundaes de calda quente para Rosie na cama.

Dando um passo para trás, aperto a base do meu pau duro, aproveitando um momento para apreciar o rubor escarlate rastejando sobre o corpo de Rosie, o jeito como isso me aquece de dentro para fora.

— Pés apoiados na cama. Me deixe ver como essa boceta está molhada, linda. Me mostra que está pronta para mim.

Ela não hesita, apoiando-se nos cotovelos, abrindo bem as pernas. A visão é gloriosa, sua pele delicada de uma cor rosa-escuro, brilhante e carente, implorando para ser tocada, provada. Sigo em sua direção e suas pupilas dilatam quando ela se apoia para trás, indo até os travesseiros. Sorrio, agarrando seus tornozelos, arrastando-a para baixo de mim ao apoiar meus joelhos na cama.

— Volte aqui — murmuro, os dedos deslizando no cabelo de sua nuca, agarrando-o, inclinando seu queixo. — Não consigo sentir seu gosto aí em cima.

Reivindico sua boca primeiro, porque amo como ela se solta contra mim, solta aquela respiração que parece segurar cada último pedaço de tensão, como se se derretesse só por mim. Conforme deslizo ao longo de sua mandíbula, trilho beijos molhados por seu pescoço, sua respiração falha. Espalmo seu quadril, apertando a carne macia em minha mão ao pegar um mamilo rosado entre meus dentes, arrastando minha língua por ele, fazendo-a se contorcer.

— Adam — ela choraminga conforme minha boca se move para baixo, sobre sua barriga, girando minha língua em torno do seu umbigo, mordiscando o osso do quadril.

— Sim, linda?

— Eu... eu...

Ela cobre o rosto com as mãos, os quadris se levantando da cama quando traço a junção de suas coxas com minha língua.

— Ai, merda.

Eu me acomodo entre as suas pernas, enganchando meus braços em volta de seus quadris. — Está tentando dizer alguma coisa?

— Eu... eu...

Olhos verdes brilhantes saltam entre os meus.

— Eu só… — Ela engole e essa simples ação é audível. — Gosto mesmo de você.

— Gosto mesmo de você também. Quer que eu te mostre quanto?

— Por favor.

— Tá certo.

Com meus olhos fixos nos dela, vou lambendo um caminho lento até o centro, observando-a jogar a cabeça para trás com um gemido áspero. Seus dedos agarram meu cabelo e, quando puxo seu clitóris inchado para dentro da minha boca, ela se empurra contra mim, gritando meu nome.

— Mais — ela implora. — Deus, me dê mais, por favor.

— Eu te disse. Só "Adam" já está bom.

Sua cabeça cai para trás.

— Você é irritante às vezes.

— Se é você que estou irritando, farei isso com prazer pelo resto da minha vida.

Rosie ganha vida quando empurro dois dedos dentro dela e, *caralho*, é uma visão impressionante.

Ela mantém uma mão no meu cabelo ao se esfregar contra o meu rosto, monta em meus dedos, um rubor brilhante manchando sua pele imaculada, subindo por seu pescoço como uma trepadeira, acumulando-se em suas bochechas. Suas ondas rosa-claro roçam o pescoço esbelto, emoldurando os lábios vermelhos e cheios, que estão entreabertos. Ela luta para respirar, com gritos estrangulados a caminho do ápice.

Flexiono meus dedos dentro dela, arrancando um suspiro de sua garganta, e chupo seu clitóris até que ela se desfaça, derramando tudo em mim ao gemer meu nome.

Rosie se senta próxima à cabeceira da cama ao mesmo tempo que abro a gaveta, pegando a camisinha que ela escolheu para mim. *Magnum.*

Como eu amo essa mulher!

Continuo a encará-la ao rasgar a embalagem com os dentes e protejo meu pau latejante com um movimento fluido. Meus joelhos batem no colchão e rastejo sobre ela, segurando seu rosto conforme ela se deita.

— Tem certeza? — pergunto baixinho.

— Muita certeza.

— Ótimo. Porque tenho muita certeza sobre você.

Rosie sorri para mim, leve e gentil, e sei que vou me lembrar do jeito como me sinto agora pelo resto da minha vida. Rosie envolve seu punho em volta do meu pau, guiando-o entre suas coxas. Apesar de toda a sua confiança neste quarto esta noite, sinto o leve tremor em seu toque. Tiro sua mão de mim para segurá-la na minha.

— Ei — murmuro, tirando o cabelo de seu rosto. — Está tudo bem ficar nervosa. Eu também estou.

— Faz muito tempo — ela admite em um sussurro.

— Para mim também. Mas estou feliz, porque significa que esperei por algo especial. Você é meu algo especial, Rosie.

Ela inclina o queixo, passando a ponta do nariz contra o meu antes de me beijar. — Estou pronta.

Agarro meu pau, pressionando-o contra ela. Meu peito aperta e meu coração salta para a garganta conforme Rosie segura meu olhar, e lenta, *muito lentamente*, afundo dentro dela. Sua boca se abre em um suspiro... Ela arranha os meus ombros, tensa debaixo de mim.

— Desculpe — sussurro contra o seu pescoço, me segurando.

Meu corpo treme com o desejo de mergulhar para a frente, de sentir cada centímetro seu apertado tão forte ao meu redor.

— Não quero que isso suba à sua cabeça, mas parece que estou sendo educadamente dividida ao meio.

Eu rio.

— Contanto que seja eu quem esteja te dividindo ao meio educadamente.

Ela ergue os quadris, me estimulando a ir mais fundo. Aperto os olhos conforme a euforia avassaladora me toma. Paro para me ajustar.

— Caralho, Rosie. — Deixo minha testa cair em seu ombro, lutando para manter a sanidade. — Você é tão apertada. — Lentamente, balanço meus quadris contra os dela. — Está tudo bem?

— Sim — ela geme, sintonizando seu balanço com o meu. — Por favor, mais.

Dou mais a ela, saindo antes de afundar de volta para dentro, centímetro por centímetro dolorido, tomando cuidado para não a empurrar. Ela pega tudo, abrindo mais as pernas, levantando os quadris mais alto, e agarro seu queixo ao enfiar um pouco mais fundo, um pouco mais rápido.

— Uma garota tão linda, tomando tudo de mim. Você está indo tão bem.

Olhos turvos viram-se para os meus, a língua rosa deslizando por seus lábios inchados. Ela joga um braço em volta do meu pescoço, me puxando para mais perto, o outro solto acima de sua cabeça ao sentir cada uma das minhas estocadas.

— Tão gostoso — ela murmura. — Tão perfeito. Não pare, Adam. Por favor.

Acho que eu não conseguiria parar nem se quisesse, mas, se ela me pedisse, eu encontraria uma forma. Daria a ela qualquer coisa, o que quisesse, porque, quando Rosie me encara como se eu fosse o sol em seu céu, percebo que ela é minha. Ela é tudo o que brilha e o que tem valor no meu mundo e, neste momento, estou tão grato. Grato por uma ex que me tratou mal, porque assim ela me mostrou o que eu merecia. Grato por encontros que deram errado, porque me mostraram o que eu queria. Grato por tudo o que não deu certo como eu gostaria na época, porque todos os acontecimentos — toda a traição, a mágoa — me trouxeram até aqui, para esta mulher incrível debaixo de mim, a única que quero ao meu lado.

Saber disso me deixa ensandecido.

Algo toma conta de mim. Algo escuro e faminto que quer foder esta mulher para que todos saibam que ela é minha. Minha mão vai até seu pescoço, arrastando seu olhar zonzo para o meu conforme rosno as próximas palavras.

— Você quer pertencer a alguém, Rosie? Você pertence a mim. Esses olhos são meus. Esse sorriso é meu. Esse coração? É todo meu. — Arrasto minha mão pela lateral do seu corpo, por seu quadril, cravando meus dedos em sua bunda para trazê-la para mais perto, me aprofundando cada vez mais, até que não há mais para onde ir. — Esses quadris. Essa bunda. Essa boceta? *Minha.* Tudo em você pertence a mim, Rosie.

— *Ai, caralho* — ela grita, apertando-me com mais força. — Adam, vou gozar.

— Não vai. Ainda não. Não até que você diga a todos a quem você pertence.

Levanto sua perna, jogando-a por cima do meu ombro. Rosie grita quando mergulho mais fundo e, ainda bem que tomei aquele banho, porque estou a cerca de trinta segundos de gozar.

— A quem você pertence, Rosie? Melhor fazer valer a pena, porque só vou perguntar uma vez.

Seus olhos arregalam-se, as pernas tremendo e, quando sua cabeça cai para trás, agarro seu cabelo e trago seu olhar de volta para o meu. Suas paredes internas tremulam e, quanto mais rápido enfio, mais ela arranha meus ombros. Meu polegar encontra seu clitóris, e ela explode ao meu redor com um grito, chamando meu nome.

— *Você* — ela grita, e enterro meu rosto em seu pescoço, queimando dentro dela. — Eu sou sua.

Esmagando minha boca na dela, puxo seu corpo escorregadio contra o meu e pego outra camisinha, porque não terminei. Não com ela, e vou garantir que Rosie saiba disso.

— Você não é a minha primeira escolha. Você é a única escolha.

21
USAMOS SETE CAMISINHAS

ADAM

DURANTE A VIDA, PENSEI MUITO no destino.

Reconheci que, se minha primeira mãe não tivesse tomado a decisão de não me criar, se minha avó não tivesse morrido, eu nunca teria encontrado meus pais e a família incrível que escolheu amar uma criança que não tinha obrigação nenhuma de amar. Sem minha família, eu não teria conseguido seguir meu sonho de ser jogador profissional de hóquei. Caramba, nem sei se eu teria tido esse sonho...

Se não tivesse sido convocado para o Vancouver e transferido do Colorado para o Canadá, nunca teria encontrado meus melhores amigos.

Se não tivesse viajado para jogar hóquei, talvez não tivesse voltado para casa de uma viagem de doze dias e encontrado minha namorada transando com outro homem na nossa cama.

Se não tivesse flagrado Courtney me traindo, eu nunca teria me forçado a ir embora.

Se não tivesse me forçado a ir embora, eu não teria ido àquela trilha pelo monte Fromme quase dois meses atrás.

Se eu não tivesse ido à trilha, não teria encontrado a melhor coisa do meu mundo.

Penso muito no destino. Penso em todas as merdas que tive de superar para chegar aonde estou agora, o mais feliz que me lembro de ter sido, com uma doçura aninhada ao meu lado, sua bochecha corada descansando em meu ombro, a mão macia espalhada sobre a minha barriga. Eu não teria essas sardas, essas deliciosas manchas de mel salpicadas sobre a pele beijada pelo sol. Nem esse nariz que se enruga da maneira mais doce quando ela está tentando não sorrir, esses quadris largos e macios que exigem que meus olhos os sigam aonde quer que vão, nem esse sorriso brilhante que consegue mudar meu dia inteiro e me dar esperança de um futuro do qual havia desistido.

Aprendi a não perguntar por quê, mas sempre me pego me perguntando como. Porra, como vim parar aqui? Como tive tanta sorte? Como a encontrei e como posso ter certeza de que vou mantê-la? Cílios grossos tremulam e olhos sonolentos, cor de musgo, piscam para mim. Um sorriso tímido puxa um lado de sua boca primeiro, antes de dar lugar a uma explosão brilhante que essa garota perfeita tenta esconder enterrando o rosto no meu peito.

— Por que está me encarando? — Rosie murmura.

— Por que está se escondendo de mim?

— Perguntei primeiro.

— Perguntei depois.

Ela levanta o rosto, o cabelo em uma bagunça maravilhosa, o olhar brincalhão estreitado.

— Você é irritante.

Rindo, a viro sobre suas costas e me esparramo em cima dela, segurando seus punhos acima da cabeça.

— Não sei como te encontrei, mas não quero perder meu tempo pensando nisso. Não acredito que acabei tropeçando em você em um dia normal, que você entrou na minha vida, não se virou e saiu na mesma hora. Não quero saber como ou por que tive tanta sorte; só quero aceitar que tive e nunca mais questionar. Não quero perder meu tempo fazendo perguntas inúteis, imaginando uma vida em que você está em qualquer outro lugar que não seja bem ao meu lado. Quero passar meus dias dando o amor que você sempre mereceu, do tipo que sempre sonhou, e quero mostrar quanto sou grato por retribuí-lo. Você é minha, Rosie, e eu sou seu. É tudo que preciso saber. É *por isso* que estou olhando para você.

— Ah. — Ela inclina o queixo, dando um beijo ofegante em meus lábios. — Acho que está tudo bem, então.

— Hum, você acha? Bem, não posso deixar você em dúvida. Preciso dar a certeza.

— E como você planeja me dar essa certeza?

Arrasto meu nariz pela curva de seu pescoço, depois desço, até poder segurar seu seio cheio na minha mão, girar minha língua sobre aquele bico tenso e escuro. Meus dedos deslizam sobre a depressão em sua cintura, empurram seu caminho entre suas coxas deliciosas, mergulhando em uma poça de calor, arrancando um grito de sua garganta.

— Fodendo você.

— Só temos uma camisinha sobrando.

Sentando-me sobre os calcanhares, pego a última embalagem lacrada da pilha na mesa. Levanto uma sobrancelha e protejo meu pau sob o olhar de Rosie, que observa, cativada.

— É melhor fazer valer a pena então, hein, problema?

O apelido desperta algo em Rosie, fazendo-a ganhar vida com confiança, talvez. Porque ela tem esse brilho perverso nos olhos, tentando e falhando conter o sorriso. Ela fica de joelhos, a palma sobre o meu peito ao montar em meus quadris, prendendo meu pau entre a sua boceta molhada e a minha barriga.

— Olhe para você — murmuro. — É tão sexy quando assume o controle. Você vai se sentar no meu pau?

— Não sei. Provocar você pode ser divertido.

— Me provocar?

— Hum... — Uma mão desaparece em seu cabelo, a outra apoiada em meu abdômen conforme ela lenta, *tão lentamente*, desliza ao longo do comprimento do meu pau, até a cabeça e depois de volta, me encharcando. — Provocar você.

— Rosie — aviso, agarrando seus quadris assim que ela repete o movimento, parando-a na ponta do meu pau. — Eu nem sempre sou paciente.

— Mas é sempre gentil.

Apoio-me no meu cotovelo, trazendo sua boca até a minha com um punhado de seu cabelo.

— Não confunda minha gentileza com fraqueza. Vou te colocar de quatro, me enterrar dentro de você e te foder por trás até que a única palavra que se lembre seja meu nome, e você possa me sentir mesmo quando não estivermos juntos. — Mordo seu lábio inferior. — Sou fraco por você... *Tão fraco...* Mas o quarto é o último lugar onde você verá isso.

Rosie sorri, presunçosa e orgulhosa, antes de pegar meu pau com uma mão, me empurrando de volta para baixo com a outra. Ela afunda no meu comprimento, uma visão magnífica enquanto sua cabeça pende para trás, os lábios se abrindo com um suspiro baixo e longo. Tudo dentro de mim se ilumina como uma máquina de fliperama, implorando para que eu assuma o controle.

— Ahh. Isso é... — Ela se move, balançando, e cai para a frente com um gemido, as unhas cravando em meu peito. — Sim, é essa. Minha favorita da sua coleção. Agradeça ao seu amigo.

Pego a embalagem e leio, rindo: *Ponto G, Para o Prazer Dela.* Abro a boca para responder que não vou contar nada para Jaxon, porque ele vai ficar se achando, mas Rosie se levanta e senta uma segunda vez, mais fundo agora, sentando-se completamente no meu pau, e jogo a cabeça para trás com um rosnado baixo, os dedos cravando em seus quadris com um aperto punitivo. Rosie se inclina, ondas caindo em volta dos nossos rostos.

— Gosto de você fraco por mim — ela sussurra. — Também sou fraca por você, exceto que, de alguma forma, me sinto muito mais forte com você. — Sua mão macia roça minha bochecha e ela pressiona a boca na minha, persuadindo-a a abrir. — Obrigada por me fortalecer, por me fazer me sentir segura o suficiente para ser eu mesma, por ser o tipo de homem que meu filho admira. Obrigada por ser você, Adam, exatamente como é.

O destino demorou tanto, só para depois me conceder tantas coisas inestimáveis nesta vida. E, por mais que eu tenha tentado não questionar e apenas aceitar o que ele me dá, eu estaria mentindo se dissesse que às vezes não questiono o processo. Porque, se Courtney tivesse me amado exatamente como eu era e ainda assim não tivesse dado certo, eu não teria mentido para Rosie sobre quem sou. Mas Courtney não me amava por quem eu era.

E menti.

Rosie não tem ideia de quem ela está namorando de verdade.

Mas a culpa não é do destino. É minha.

— Você usou todas?

— Não vou te dizer quantas vezes fizemos sexo.

Se eu fosse me gabar, porém, com certeza diria aos meus amigos que é um milagre meu pau ainda estar preso ao meu corpo e que não corro mais o risco de desenvolver artrite prematura. Mas não estou com vontade de me gabar.

Estou nervoso e meu estômago dói. Jaxon balança as sobrancelhas.

— Então você *fez* sexo.

— O quê? Não, eu... *Argh.*

Cruzo os braços sobre o peito e desvio o olhar. Se eu não fizer contato visual, há uma chance maior de eu não derramar os *detalhes suculentos* que todo mundo está pedindo.

— Cala a boca.

— Não estou perguntando quantas vezes fez sexo. Estou perguntando se usou todas as camisinhas.

— Responder quantas camisinhas usamos diz quantas vezes fizemos sexo.

Carter pisca.

— A menos que tenha ido sem…

— Não fiz isso.

— Seu filho da puta — Jaxon reflete. — Você *usou* todas as camisinhas. Caralho, foram, tipo, seis.

— Sete — murmuro, ignorando a mão de Carter levantada para me cumprimentar. Ele então bate na palma de Garrett.

— Mas a última foi esta manhã.

Aponto para os dois, enfiando as mãos em uma caixa de Oreo.

— Se os dois não pararem de comer, ficarão cobertos de migalhas de biscoito para suas entrevistas.

Garrett franze a testa antes de limpá-las nas calças. Carter, por outro lado, mastiga outro biscoito ao me encarar.

Reviro os olhos.

— Não dou a mínima para a sua aparência na entrevista, mas sei que Olivia vestiu você com essa roupa esta manhã e, se estiver coberta de migalhas, ela vai ficar puta.

— Sei lidar com a Ollie — ele afirma, lambendo os dedos, e dou uma risada.

— Ok, amigo. Vamos fingir que sua esposa de um metro e meio não te leva na rédea curta.

Ele me dá um soco no ombro.

— Um metro — *soco* — e cinquenta — *soco* — e cinco. Mas ela tem mesmo uma personalidade muito poderosa. Com os olhos de professora. — Ele aponta dois dedos agressivamente para os olhos. — Vê tudo. E nem vou falar da voz. Me excita e me assusta pra caralho ao mesmo tempo. — Ele coloca os biscoitos na mesa, limpa as mãos, ajeita o corpo e franze a testa. — Acho que vou guardar isso por enquanto.

Emmett salta do banco em que está sentado há dez minutos, apertando a mão do jornalista esportivo que o entrevistou. Ele vem até nós com olhos arregalados e um sorriso no rosto.

— Ouvi você dizer que usou *sete* camisinhas ontem à noite? Kara vai perder a cabeça, falou que você tem ignorado as mensagens dela. Kara está chateada com você.

Gemendo, tiro o celular do bolso. Tenho vinte e três notificações, e todas são do meu grupo com as meninas.

Olivia: Pq ele tá ignorando a gnt?

Kara: A gnt sabe onde você mora, Lockwood. Ngm ignora Kara Brodie e fica vivo pra contar.

Jennie: Nosso homem com ctz viajou pra Bocetolândia ontem à noite. Talvez se perdeu por lá.

Olivia: Só qro saber se ela te tratou bem.

Olivia: Ah! Vc tentou aquele movimento do audiolivro? Sabe, a cena qdo ela tá de quatro???

Jennie: acho q Adam é uma loucura entre os lençóis. São sempre os quietinhos, né?

Kara: Se vc não responder nos próximos dez segundos, não serei responsabilizada pelas minhas ações. Tá me ouvindo, Lockwood? NÃO. SEREI. RESPONSABILIZADA. PELAS. MINHAS. AÇÕES.

Kara: Vou matar esse punheteiro.

Jennie: **Ex-punheteiro, atual comedor

Guardo o celular como tenho feito o dia todo, porque não consigo lidar com essas três agora. Minha cabeça dói ao pensar em Rosie.

Isso significa reconhecer os erros que cometi, as maneiras como falhei com ela, e não tenho certeza se estou pronto para encarar uma versão de mim que não foi honesta.

Esfregando a mão na boca, me afasto dos meus amigos, dando uma desculpa por cima do ombro sobre precisar de um pouco de ar.

Não fico surpreso quando ouço a porta se abrir atrás de mim alguns segundos depois de fechar, mas fico um pouco surpreso ao ver Jaxon se sentar ao meu lado no banco da frente. Ele me entrega uma garrafa de água.

— Você está bem?

— Sim. Bem.

Ele bufa uma risada, olhando para os pés.

— Sabe, sou péssimo em relacionamentos, mas, quando uma mulher diz que está bem, ela quase sempre está mentindo.

— Não sou uma mulher.

— Mas você também não está bem, está?

Olho para o meu amigo, o jeito fácil como ele se senta ali, como se não tivesse uma preocupação no mundo.

— Quer saber mesmo?

— Claro. Estou aqui, não estou? Além disso, parece que você vai vomitar, então talvez você devesse passar mal antes de ficar na frente daquela câmera.

Apoiando os cotovelos nas coxas, concentro-me na garrafa de água em minhas mãos, mexendo sem pensar no rótulo de papel.

— Estou apaixonado pela Rosie.

— É, imaginei. Você fala sobre ela o tempo todo e está sempre sorrindo para o celular como um garotinho mandando mensagem para a *crush*. Ou Carter mandando mensagem para Olivia. Garrett e Jennie também. — Ele suspira. — E Emmett e Kara. Vocês são todos péssimos, para ser honesto.

Eu rio, mas termino com um suspiro, arrastando minhas mãos pelo meu cabelo.

— E estraguei tudo, cara, de verdade.

— Com Rosie? Achei que a noite passada foi boa.

— Foi. Foi ótimo. Perfeito. Ela é… Ela é perfeita pra caralho. É só que… algo mudou ontem à noite. Ela se abriu sobre algumas coisas sérias, uma merda toda simplesmente… horrível. E não é justo. Ela não teve uma vida fácil, mas se sentou lá e me contou tudo.

— Você está se sentindo mal por fazer sexo depois disso? Porque ela estava vulnerável?

Meu joelho salta e aperto a garrafa de água. As palavras estão na ponta da minha língua, mas continuo tentando engoli-las. Nunca fui tão descuidado, tão egoísta, e não consigo aceitar que, a única vez em que fui, foi com alguém que significa tanto para mim, alguém que eu nunca quis machucar.

— Estou me sentindo mal porque ela me deu tudo, e menti para ela.

Jaxon hesita, então baixa a cabeça.

— Você ainda não contou a ela.

— Não.

— *Mano.*

— Eu sei. — Abaixo meu rosto exausto em minhas mãos. — Porra, sou um babaca. E me sinto mal por isso. A farsa já está durando tanto tempo, muito mais do que planejei.

— Por quê, cara? Por que deixou chegar tão longe? Porra, Adam, você pode ser exposto por qualquer um a qualquer momento. O treinamento recomeçará em breve, e depois os jogos de pré-temporada. O que vai dizer a ela quando estiver fora do país?

Meu estômago se revira.

— Eu estava apenas… assustado. Aterrorizado pra caralho. Ser Adam Lockwood, goleiro da Liga, só me trouxe problemas. Eu só queria ser eu. E foi tudo o que fui para Rosie. Não tive de me preocupar se ela me queria para outra coisa que não fosse só por mim mesmo. Não tive de me preocupar com mentiras para me fazer gostar dela. Foi fácil. Foi apenas… gostoso.

— Entendo, Adam, eu entendo. Mas você percebe que tudo o que o preocupa que ela fizesse, você fez com ela, não é? Você mentiu porque queria que ela gostasse de você.

Minhas atitudes nunca passaram despercebidas para mim, e talvez isso piore a situação. Todo esse tempo eu estava com medo de ser enganado. Acontece que eu sou o único a enganar. Minha garganta queima e uma dor de cabeça bate nas minhas têmporas.

— E se ela não me perdoar?

— Ah, cara… — Jaxon aperta meu ombro. — Ela vai, sim. Sei que vai. Você ainda é o mesmo cara que sempre foi para Rosie. Só mais rico e famoso. — Ele suspira, girando o boné na cabeça. — Olha, cara, tem de ser honesto. Seja honesto, se abra. Mulheres adoram quando você é vulnerável. Diga a Rosie por que estava com medo, peça desculpas, peça para ela te perdoar, e então siga em frente.

— É fácil assim, hein?

— A solução? Sim, é. Acho que a honestidade quase sempre funciona. Mas, de repente, ser honesto quando você não tem sido? Não é tão fácil.

— Nem me fale. Eu me convencia de que contaria tudo a Rosie, mas, quanto mais demorou, mais difícil ficou. Gostei da vida que criamos, como se estivéssemos em nossa própria bolha. Eu queria me apegar a isso só mais um pouco. Agora, a ideia de contar a ela… depois de tudo que ela me deu, especialmente depois da noite passada… parece impossível.

O som das portas se abrindo faz nossas cabeças girarem. Uma das assistentes coloca a cabeça para fora.

— Está com você, Adam. — Jaxon se levanta, apertando meu ombro. — Fale com a Rosie. Seja honesto com ela. Vai dar certo.

Em geral não dou muita importância aos conselhos de relacionamento de Jaxon, mas dessa vez sei que ele está certo. Porque não há outra escolha. Rosie pertence à minha vida, e vou garantir que ela permaneça aqui. Sei que isso significa ficar vulnerável, me abrir sobre as inseguranças contra as quais tenho lutado. Mas Rosie me deu tanto, confiou a mim seus segredos, seus medos, seu coração e, o mais precioso de tudo, seu filho. Ela confiou em mim com tudo isso, mesmo que não tenha sido fácil.

Rosie tem sido muito mais forte do que eu. Dessa vez, eu é que terei de ser forte. É o que digo a mim mesmo ao entrar de volta. É o que está em minha mente quando me sento na frente das câmeras e ligo o charme de Adam Lockwood que todo mundo ama.

Fazemos essas entrevistas de pré-temporada todo ano, no final do verão, quando nos reunimos em Vancouver para nos prepararmos para o treinamento. Sempre são as mesmas perguntas: *O que você fez neste verão, como está se preparando para a próxima temporada, quais são as expectativas para a temporada e para o time?* Toda entrevista termina com o repórter tentando descobrir o que as pessoas de fato querem saber: algo sobre nossas vidas pessoais. Para a maioria dos caras, é uma chance de se gabar de suas famílias. Carter trouxe uma pilha de fotos da filha para se exibir e, embora ele seja o último entrevistado, todo mundo já viu essas fotos pelo menos duas vezes hoje. Garrett quase trouxe o anel de noivado que está planejando dar a Jennie, até perceber que ela estaria assistindo à entrevista quando fosse ao ar daqui a algumas semanas. Em vez disso, eu o vi sorrir de orelha a orelha ao contar ao jornalista tudo sobre a casa para a qual ele e Jennie acabaram de se mudar, o estúdio de dança em que ela tem trabalhado tanto para abrir.

Meus amigos estão felizes e adoro vê-los se gabar das pessoas que os fazem assim. Mas também estou feliz, e estou cansado de não poder me gabar das duas pessoas que me fazem feliz, as que mais importam para mim.

— Como seus pais se sentem sobre a sua renovação com o Vancouver por mais oito anos? — pergunta Chuck, o jornalista esportivo. — Dizem por aí que seu pai esperava que você aceitasse a oferta do Colorado.

Rindo, passo a mão pelo queixo.

— É, meus pais adorariam que eu voltasse para perto deles. Minha mãe até comentou sobre eu voltar a morar com eles. Mas meu coração está aqui em Vancouver e meus pais sabem disso. Estou trabalhando para convencê-los a se mudarem, mas assim Garrett não teria alguém para enviar pacotes de doces dos Estados Unidos para ele.

Chuck ri.

— Sim, ele mencionou algo sobre Dunkaroos e Pop-Tarts de edição especial. Mas vamos voltar ao que você acabou de dizer.

— Que estou tentando convencer meus pais a se mudarem para cá?

— Ah, vamos lá, Lockwood. Você sabe que não é o que todo mundo quer saber.

Sorrio para o meu colo, esfregando a nuca. Eu sei aonde isso vai dar, porque quase toda entrevista não relacionada a jogos segue esse caminho em algum momento.

— Você disse que seu coração está aqui em Vancouver. — Chuck levanta as mãos em sinal de rendição no segundo em que minha boca se abre. — Eu sei, eu sei. Você só quis dizer que pertence a este lugar. Mas haverá muitas mulheres furiosas se eu não fizer a pergunta que todo mundo quer... Tem alguém especial na sua vida?

22
PIOR CENÁRIO

ROSIE

— POR QUE ELE TEM tantos dedos? Isso é normal? Gatos são esquisitinhos, não são?

— Mittens é polidáctilo — explico a Marco, coçando o queixo do meu amigo peludo. — Ele tem dedos a mais. E gatos não são esquisitinhos. Pequenos demônios que te aterrorizam no meio da noite, sim. Mas esquisitinhos, nunca.

— Quantas vezes você perguntou a Archie se poderia levar um gato para casa?

Franzo a testa, abraçando Mittens, que ronrona, acariciando minha bochecha.

— Vezes demais para contar. Ele não deixa. Diz que não quer pelos de gato espalhados por toda a mobília. Como se ele não ficasse todo animado quando os novos chapéus para as sessões de fotos de gatos chegam pelo correio.

Marco revira os olhos, dando a volta ao redor de mim para que possa se apoiar nas gaiolas dos gatos. Ele tem me seguindo pelos últimos quinze minutos, esperando Archie terminar o trabalho.

— Tenho noventa e nove por cento de certeza de que ele vai ser um pai de gato quando tivermos nossa própria casa, e vou ser submetido a uma vida inteira de pelos de gato nos móveis. Simplesmente não há espaço suficiente agora para todos os gatos que ele planeja trazer para casa.

Meu sorriso começa a cair antes que eu possa ajustá-lo de novo.

— Connor e eu sairemos assim que pudermos, prometo. Sei que não é o ideal, e...

— Rosie, não. Não foi o que eu quis dizer. Você pode ficar o tempo que precisar.

— Eu sei que você está esperando a gente sair para você poder se mudar. Não há espaço suficiente para todos nós; entendo.

Coloco Mittens de volta em sua casa e ele me observa com aqueles olhos enormes e tristes, combinados com um *miadinho*, porque odeia ficar sozinho. Ele é sociável, embora pareça ser muito exigente quanto a com *quem* socializa. Seu favorito até agora é o homem tatuado que veio aqui com o amigo, e pensei mesmo que ele voltaria para adotá-lo. Acho que Mittens e eu estamos chateados por isso não ter acontecido.

— Eu estava planejando me mudar depois da formatura na primavera que vem, mas, agora, com a perda da bolsa de estudos…

— Rosie. — Marco agarra minhas mãos, interrompendo meus pensamentos acelerados. — Eu sei que você pensa assim, mas você não está nos segurando. Não há outro lugar onde Archie preferiria estar. E eu fico lá na maioria das noites, de qualquer maneira. Mas estamos felizes, ok? Sério, estamos. Além disso, minha mãe ainda não está pronta para me deixar ir embora.

— Você odeia morar com sua mãe.

— Porque ela me deixa louco. Mas sou o filho favorito, naturalmente, então persisto.

Abaixo o olhar, encarando os meus tênis.

— Se eu me tornar um fardo…

— Você é família, não um fardo. Eu te amo, Ro. Você é como minha irmãzinha irritante. Não consigo me livrar de você.

Dou um puxão em seu cabelo escuro antes de voltar para a casa dos gatos, verificando uma ninhada de gatinhos e a mamãe vira-lata que foi trazida na semana passada.

— Você é muito mais irritante do que eu.

— Cuidado com a boca suja.

— Não consigo me controlar. — Dou um beijo em um gatinho minúsculo de listras cinzas antes de colocá-lo de volta na cama. — Archie deve terminar a cirurgia em breve. Vocês vão sair para jantar?

— Não. Vamos pegar o Connor e comprar comida para viagem.

Minha cabeça se levanta.

— O quê?

— Archie me contou o que Brandon disse sobre você ontem. Vamos pegar o Connor no caminho para casa, para que você não precise ir lá.

— Vocês vão falar algo para o Brandon.

Se não for o Marco, será o Archie. Ou os dois.

Marco sorri.

— O que poderíamos dizer?

— Marco…

— *Talvez* eu acabe dizendo que você foi fodida tão forte ontem à noite que está mancando hoje.

— Eu *não* estou mancando!

Com certeza estou mancando. Minhas pernas poderiam ter funcionado bem o suficiente hoje se não tivéssemos usado a última camisinha esta manhã. Mas Adam arrancou um total de quatro orgasmos de mim — deitada, com minhas pernas sobre seus ombros, de joelhos e contra a parede — antes de ele *enfim* gozar. Quando me levantei para segui-lo até o chuveiro, cinco minutos depois, minhas pernas tremiam tanto que minha bunda estava a uma fração de segundo de bater no chão antes de Adam me agarrar pela cintura e me puxar contra ele.

Fui fodida com tanta força que estou sentindo no meu cérebro.

— Rosie, você foi fodida com tanta força que está olhando para o nada e *sorrindo*.

Fecho minha boca.

— Não estou, não.

— *Olá!* — Marco suspira, me empurrando para o lado. Ele coloca os óculos de sol só para poder posicioná-los no nariz ao olhar pela janela. — Alerta de gostosão. E com flores.

Sigo seu olhar e, quando vejo a caminhonete azul-escura, o homem incrivelmente grande descendo com um buquê de peônias, meu coração despenca até o meu estômago.

— Ai, Deus. — Eu me pressiono contra a janela, observando Adam tirar os óculos de sol e os encaixar na gola da camiseta, girando o chaveiro no dedo. — Ai, Deus — murmuro de novo, embaçando a janela.

Eu me viro para Marco, cruzando as mãos na barriga.

— Como estou? Não, espere. Não responda. É tarde demais para mudar alguma coisa. Adam gosta de mim do jeito que sou.

Empurro Marco para o lado, ultrapassando-o. A porta se abre assim que ele me dá um tapinha por trás, e sorrio para Adam quando ele para, percebendo nós dois o olhando, sem fôlego.

— Adam. Você está aqui. — Levanto as palmas das mãos e gesticulo ao meu redor, caso ele não saiba onde é *aqui*. — No meu trabalho.

Ele sempre me espera do lado de fora, e a visão de sua caminhonete estacionando quinze minutos antes do fim do meu expediente sempre faz meu coração disparar. Ou todo sábado de manhã, quando ele e Bear se juntam a Piglet e a mim para a nossa caminhada. Mas é diferente ele estar aqui dentro, parece tão pessoal.

Dou um passo em sua direção antes de parar, sem saber como agir. Ele apenas me observa, os olhos se movendo entre mim e Marco, que pode ou não estar tendo um ataque cardíaco ao meu lado. E, então, de repente, Adam sorri, apontando o dedo para mim.

— Venha aqui, problema, e me dê a sua boca. — Corro pelo saguão até Adam, que engancha um braço sob minha bunda, me levantando antes de deixar sua boca cair na minha. — Mal podia esperar para te ver hoje à noite. Queria passar e dizer oi.

— Oiii.

Marco se aproxima devagar, com um sorriso bobo no rosto. Ele acena.

— Eu sou o Marco, o amigo incrível e lindo de Rosie, que ela tanto ama.

Adam ri, me colocando de pé.

— Sim, isso bate com tudo o que ela me contou sobre você. — Ele oferece a mão. — Oi, Marco. Eu sou o Adam.

— Hum. — Seus olhos medem Adam. — Pois é. Também ouvi muito sobre você, Adam, mas não o suficiente.

— Talvez pudéssemos marcar um jantar — sugiro de modo animado, olhando para Adam. A visão dele, tão imponente, tão impecável, me deixa nervosa, e me pego voltando atrás, enrolando meu cabelo no meu dedo. — Ou algo assim.

Seus olhos azuis se movem sobre mim e o canto de sua boca se ergue ao soltar meu dedo do cabelo.

— Eu adoraria se nós jantássemos juntos, ou algo assim.

Ele me estende o buquê de peônias, com rosas brilhantes, amarelos escuros e laranjas profundos, meu pôr do sol favorito.

— Estas são para você.

Levo as flores ao meu nariz para cheirá-las, mas me engasgo ao ver o que está lá dentro. Escondido no meio do buquê, há um sundae com calda de chocolate quente.

— Calda de chocolate extra — Adam sussurra contra a minha têmpora com o braço em volta da minha cintura.

É a coisa mais boba, algo tão pequeno e doce, e, ainda assim, está trazendo três pequenas palavras à ponta da minha língua, prontas para rolar para fora. Eu quero dizer. Eu nunca disse, porque nunca senti. Pensei que não teria certeza de que estava apaixonada, que eu teria de me perguntar, mas agora sei que não há dúvidas.

O amor é, sem dúvida, a emoção mais certa que já senti. É firme e seguro, constante, como a ondulação suave do riacho serpenteando pelas montanhas, o canto tranquilo dos pássaros nas copas das árvores. Abri meus olhos uma manhã e lá estava, esculpido nas partes mais profundas de mim, como se sempre tivesse estado lá.

Como se Adam sempre tivesse sido um pedaço de mim.

Há uma felicidade irradiando por todo o meu corpo, um leve tremor em minhas mãos ao encará-lo, como se meu corpo estivesse implorando para que eu estenda a mão, para tomá-lo nos braços, e Deus, eu quero. Ele passa o polegar pelo meu lábio inferior.

— Pare de me olhar assim. É perigoso.

— Como estou te olhando?

— Como se casasse comigo agora mesmo se eu prometesse trazer flores e sundaes todos os dias pelo resto de nossas vidas.

Falho completamente em disfarçar o sorriso quando respondo:

— Eu me contentaria com um sundae semanal.

Suas sobrancelhas se erguem, um desafio brincalhão.

— Não me tente, problema. Não vim preparado com um anel.

— Ahh! Vocês dois são tão adoráveis. — Marco gesticula para nós fazendo círculos com as mãos. — Quase sinto como se estivesse interrompendo um lindo momento.

Adam lhe lança um olhar divertido.

— Quase, hein?

— Ah, não se incomodem comigo. Ro já está destruída mesmo. Está mancando aqui o dia…

— *Marco!*

Adam ri, passando um braço em volta da minha cintura e me puxando para o seu peito conforme tento decapitar meu amigo.

— Tenho que ir. Não assassine o Marco antes de podermos jantar. Mas, para que fique registrado, Rosie… — Seus lábios baixam-se até a minha orelha, enviando um arrepio pela minha espinha. — Gosto de você um pouco destruída. — Com meu queixo entre seus dedos, ele pressiona um beijo demorado em meus lábios. — Vejo você mais tarde, linda.

Fico enraizada no lugar, observando Adam ir para a caminhonete, me dando uma piscadinha antes de entrar e ir embora.

— Se você não vai tomar esse sundae...

— Cai fora!

Arranco meu sorvete de Marco. Há uma quantidade obscena de calda de chocolate, em camadas na parte inferior, superior e na metade. Acho que nunca estive mais feliz.

— Você tem algumas explicações a dar, srta. Rosie.

Meu olhar ergue-se para Marco, minha colher parando na frente da minha boca.

— O quê?

Seu sorriso está bem aberto ao me observar com o queixo apoiado nas mãos, cotovelos na mesa.

— Não me venha com "o quê". Você sabe bem "o quê".

— Eu não sei.

— Hum. — Ele deixa os antebraços caírem na mesa, batendo os dedos. — Então, todo esse tempo você convenientemente se *esqueceu* de mencionar que está namorando Adam Lockwood?

— Como assim? Falei que estávamos namorando.

— Você disse que estava namorando um homem chamado Adam. Não disse que estava namorando ADAM *LOCKWOOD*.

— Não estou entendendo — falo devagar, abaixando minha colher. — Você o conhece?

Marco franze a testa.

— Você não sabe o que Adam faz da vida?

— Ele trabalha... Trabalha com atletas profissionais... — Não sei por que sai como um murmúrio, ou por que soa mais como uma pergunta. Também não sei por que meu estômago dá um nó.

— Rosie, Adam Lockwood *é* um atleta profissional. É o goleiro titular do Vancouver Vipers.

— Ho... hóquei?

— Um dos melhores e mais bem pagos da Liga.

Minha cabeça balança e o tremor em minhas mãos retorna. Adam não mentiria para mim sobre algo tão importante. Ele simplesmente não mentiria.

— Ele acabou de renovar com os Vipers por dez milhões e meio por ano. E isso não inclui nenhum patrocínio. — Marco pega o celular e digita. — O Google diz que, no final da última temporada, seu namorado tinha um patrimônio líquido de trinta e quatro milhões de dólares.

— Trinta e quatro milhões?

Coloco a mão sobre a barriga, que está se revirando como se eu fosse vomitar o almoço.

— Sério, Ro. Você não o conhece? Aqui, olhe. — Ele me mostra uma foto. — Aí está ele em um dos ternos de dia de jogo. Olha como ele usa o terno de três peças. Imagine o seu casamento?

Não consigo; tudo no que concentro são as fotos. Tantas delas, todas de Adam. Clico em uma e a tela se enche com uma foto de Adam no gelo, parecendo ainda maior em um par de patins e um equipamento imenso e complexo, uma máscara que combina com a camisa verde e azul. Meu estômago se contrai ao abrir outra foto. Adam com os lábios pressionados na têmpora de uma ruiva linda ao seu lado. Há uma legenda que me faz parar de respirar:

Fim de romance? O garoto de ouro do hóquei, Adam Lockwood, e sua namorada de longa data, Courtney McLean, terminam seu relacionamento de sete anos em meio a rumores de traição.

Engulo a bile subindo pela garganta e, sem juízo para me controlar, escolho uma nova foto. Adam nem parece saber que a foto está sendo tirada. Ele está sentado em um restaurante, bebendo vinho com uma morena bonita. Esta legenda?

Parece que Adam Lockwood, o solteiro mais cobiçado do hóquei e pegador, não vai se aquietar tão cedo!

Meu coração desacelera até quase parar de bater por completo, e meu sundae escorrega da mão, respingando sobre os meus pés. Acho que meu coração derreteu também, após se despedaçar.

23
A GENTE SE VÊ

ADAM

DEI CINCO VOLTAS AO REDOR do abrigo. *Cinco malditas voltas.*

Repeti meu discurso várias vezes, o mesmo que recitei para Bear oitocentas vezes antes de sair de casa, depois da certeza de que meu cabelo estava bonito e que eu estava usando a camiseta da sorte. Minhas mãos não param de tremer, e digo a mim mesmo que minhas palmas suadas deslizando contra o volante são a razão de eu perder a entrada do abrigo pela sexta vez.

— Merda.

Agarro o volante, batendo de leve minha testa contra ele. Eu deveria ter batido minha cabeça na parede há tempo; quem sabe esse trauma me daria bom senso.

Mas não posso estragar a situação ainda mais, então, quando o sinal na minha frente fica verde, entro no estacionamento do abrigo Coração Selvagem e paro o carro no lugar de sempre, onde costumo ficar na primeira fila para ver Rosie se movimentando lá dentro, terminando a última papelada, fazendo suas últimas rondas na ala dos gatos, enchendo-os de amor uma última vez antes de se despedir.

Tiro meu cinto de segurança, olho para as mãos trêmulas antes de limpá-las em meu jeans, esfregando uma sobre a boca, passando a outra pelo cabelo antes de ajeitar meu boné de volta na cabeça e, enfim, sair da caminhonete.

As duas garotas que estão atrás da mesa levantam a cabeça quando entro, e um gato anda até mim, abaixando-se aos meus pés e me mostrando sua barriga. O silêncio cai sobre a sala e meus ombros enrijecem quando me abaixo para fazer carinho na barriga do gato.

— Rosie está por aí? Podem dizer a ela que Adam está aqui?

As garotas trocam um olhar, olhos esbugalhados e cabeças inclinadas em minha direção. A loira limpa a garganta, virando-se para mim.

— Hum, Rosie não está.

— Não?

— Ela não estava se sentindo bem. Foi para casa mais cedo.

De pé, deslizo meus dedos pela parte de trás do boné, coçando a cabeça.

— Ah. Certo. Ela estava mal?

— Hum…

Elas se entreolham mais uma vez.

— Não importa. Obrigado.

Faço um último carinho no gato antes de seguir para a porta e, quando estou na metade do caminho, as palavras abafadas fazem meu coração disparar.

— Meu Deus. É ele mesmo. Rosie está namorando Adam Lockwood.

Não tenho certeza se há uma palavra para descrever o que estou sentindo agora, ignorando o elevador e subindo todos os doze andares até o apartamento de Rosie. Não há mais nervos, apenas pânico puro, que sai de mim no bater frenético dos meus dedos contra a porta dela, na maneira como tiro o boné da cabeça e puxo meus cachos esperando que ela atenda, para me dizer que posso consertar a situação. Mas não é Rosie quem abre a porta, e o olhar estreito e os braços cruzados do homem tatuado esperando por mim me dizem que posso ter chegado tarde demais.

— Archie…

— Ah, que interessante — ele diz. — Você sabe quem eu sou, mesmo que nunca tenhamos nos conhecido, mas você anda transando com minha melhor amiga pelos últimos dois meses e ela não tinha a *mínima ideia* de quem você era.

— Não, não é… Não é assim.

— Sério? Você não mentiu para ela sobre seu trabalho?

— Não, eu… — *Porra.* — Sim. Mas tinha um…

— Bom motivo? — Suas sobrancelhas se erguem. — Mal posso esperar para ouvir.

A porta se afasta dele e minha doce garota entra em cena, ondas rosas empilhadas na cabeça e roçando o pescoço; seu olhar fixo nas mãos sobre a barriga. Quando seu nome sai dos meus lábios, é um apelo desesperado, instigado pela dor que emana.

— *Rosie.*

Ela então olha para mim, encarando-me com aqueles olhos verdes, tão arregalados e arrasados, implorando para entender. Tudo o que quero dizer, tudo o que pratiquei quando achei que estivesse no controle desta situação, morre em algum lugar na minha garganta.

Preciso abraçá-la. Preciso senti-la, preciso que ela me sinta. Para sentir quanto sinto muito, quão profundamente me importo com ela. Como não vou a lugar nenhum, porque ela tem sido a única desde que entrou na minha vida. Se ao menos eu pudesse abraçá-la, ela saberia. Eu a faria sentir tudo isso, todo o amor que tenho.

Mas ela cruza um braço sobre o estômago, agarrando o cotovelo oposto, e posso sentir o muro que ela acabou de erguer entre nós.

— Estarei aqui se precisar de mim.

Archie pressiona um beijo em sua têmpora antes de me lançar um olhar de reprovação e desaparecer.

Lágrimas de traição nadam em seus olhos cautelosos, mas a desesperança pode ser o pior de tudo. Olhos que brilhavam com tanta fé, tanto calor, agora estão despedaçados e mudos. Há certa resignação neles, quase como se ela estivesse esperando que algo ruim acontecesse, que o chão se abrisse.

— Você mentiu para mim — ela sussurra, enxugando as lágrimas que começam a escorrer pelo seu rosto. Dou um passo em sua direção, mas ela recua.

— Sinto muito, Rosie.

— Por mentir ou por ter sido pego?

— Eu ia contar. Juro, Rosie. Eu ia te contar hoje à noite.

Uma risada escapa dela, que puxa as mangas do suéter — *meu suéter* — sobre as mãos, enxugando os olhos.

— Conveniente, hein?

— *Papa?*

Uma vozinha flutua pelo corredor, fazendo meu coração parar. Connor aparece cambaleando, os olhos fixos nos meus e tão animados. Ele corre na minha direção. Eu me agacho, pronto para pegá-lo, porque acho que a única coisa no mundo capaz de me fazer sentir melhor agora é abraçar esse garotinho.

— *Papa!*

— Connor, não.

Rosie o pega antes que ele chegue a mim. Por um momento, permaneço agachado, tentando afastar a sensação assustadora arranhando meu peito. Um *vazio* do caralho.

Connor aponta para mim, olhando para Rosie.

— *Papa, abaço?*

Ela aperta as mãos de Connor nas suas, as palavras roucas.

— Agora não, meu amor.

Seu rosto doce se contorce e estou pronto para cair de joelhos, para implorar o perdão, pegá-los em meus braços e dizer quanto os amo.

Mas, então, Marco aparece, pegando a mão de Connor.

— Ei, meu amor. Vamos brincar de trem.

— Diga tchau para Adam, filho — Rosie diz, e estas simples palavras enchem seus olhos de lágrimas, mais rápido agora, e ela se vira tentando disfarçar as evidências em seu rosto.

— Tchau, papa — Connor sussurra, acenando para mim. — *Ti amu.*

Fecho os olhos para as duas palavras que nunca ouvi antes, não dele, aquelas que quero ouvir de novo, mas talvez nunca tenha a chance.

— Também te amo, probleminha.

Ele aponta para Rosie.

— *Pobemão? Amu?*

— Marco — Rosie engasga-se. — Por favor.

Ele pega Connor nos braços, lançando um olhar de desculpas para mim.

— Vamos, meu bem. O tio Arch está montando os trilhos.

— Rosie, eu...

Meu celular toca no bolso, me interrompendo. Eu o retiro, silenciando-o sem olhar para ele, mas, antes que possa guardá-lo, ele toca novamente.

— Desculpe — murmuro, franzindo a testa para o número, o mesmo maldito que está acendendo há mais de uma semana. — Vou desligá-lo.

— Você pode atender, Adam — Rosie fala, esfregando os olhos.

— Não, eu não...

Toca de novo, e Rosie suspira.

— Adam, por favor. Apenas atenda.

Trazendo meu celular para o ouvido, mantenho meus olhos em Rosie.

— Alô?

— Adam? Ah, ainda bem. Estou tentando falar com você há dias!

Franzo a testa, baixando meu olhar e tentando identificar a voz do outro lado. Quando me dou conta e entendo o apelo frenético por trás do meu nome, algo cai do meu peito, afundando no meu estômago.

— Courtney?

O rosto de Rosie se fecha e percebo de imediato que ela já sabe quem é Courtney. E me recuso a deixar essa mulher estragar qualquer relacionamento que não seja aquele que ela arruinou há um ano e meio.

— Eu bloqueei seu número por um motivo — pontuo em voz baixa enquanto Rosie olha para baixo, me dando um espaço que eu não quero.

— Eu sei, mas eu tinha de falar com você. É sobre...

— Não há nada para falar. Não me ligue de novo.

Antes de jogar o celular no bolso, bloqueio o número dela.

— Desculpe por isso. Ninguém importante.

Rosie assente, arrastando os dedos dos pés descalços no chão antes de, enfim, encontrar meu olhar.

— Você está no Tinder.

Minhas sobrancelhas se abaixam.

— Tinder? Não.

Ela pega o celular, me mostrando meu perfil naquele aplicativo de namoro de merda.

— Este não é você?

— Não, é... Quero dizer, sim, é. Mas não estou... É que eu *estava*... Meu perfil ainda está... *Argh*. — Esfrego as mãos no meu rosto, porque nada está dando certo. Estou fodido, em pânico e minhas palavras não estão ajudando, então respiro fundo e tento mais uma vez. — Não uso o aplicativo desde que te conheci, Rosie. Prometo.

Ela olha para baixo, e odeio quão baixa sua voz está quando fala em seguida.

— Por que não deletou seu perfil? Não tinha certeza sobre mim? — Dou um passo à frente, dizendo um grande *foda-se* para a distância entre nós que meu cérebro parece acreditar que é saudável. Pego suas mãos nas minhas, apertando-as.

— Você é a única coisa da qual já tive certeza. — Passo meus polegares sobre seus nós dos dedos. — É uma desculpa de merda, mas só não pensei nisso. Eu não estava logado, então nem passou pela minha cabeça.

Seus olhos se movem entre os meus quando ela puxa o lábio inferior com os dentes.

— Os sites estão chamando você de "o solteiro mais cobiçado do hóquei" e de "pegador da Liga". Você saiu com muitas mulheres em público, mas não comigo. Só saiu comigo em particular, Adam. Por que não queria que as pessoas soubessem sobre mim?

Balanço a cabeça e, quando ela tenta se afastar, eu a puxo para mais perto.

— Não! Não é isso. *Nunca* foi esse o motivo. Não tem a ver com você, Rosie, mas comigo. Não vou deixar você pensar que estava tentando te esconder, que estava envergonhado, porque não é verdade.

— Mas parece que sim, você entende, não? Tudo que li sobre você esta tarde me diz que sou diferente.

— Você *é* diferente. É tudo o que elas não foram para mim, de maneira muito melhor e mais surpreendente. Vou me desculpar por muitas coisas, porque sei que estraguei tudo. Caralho, estraguei tudo mesmo. Mas não vou me desculpar por querer manter você comigo, por querer te manter perto de mim e longe desse mundo.

— Do *seu* mundo, Adam. Esse é o *seu* mundo. E não o conheço, nem um pouco. Descobrir isso agora me faz sentir como se eu não conhecesse *você*. — Ela dá um passo para trás, olhando para o teto, lutando muito para evitar que mais lágrimas caiam. — Meu Deus, sou muito burra, não sou? Estou namorando um dos goleiros mais famosos da Liga Nacional de Hóquei e não fazia a mínima ideia. Eu me sinto uma completa idiota.

— Porra, Rosie. Estou um caos e muito decepcionado comigo. Não quis magoar você, juro. Eu me odeio por ter feito você se sentir assim. Mas entrei em pânico. Eu te disse meu nome no dia em que nos conhecemos e você não reagiu. Quando me perguntou o que eu fazia, percebi que você não tinha ideia de quem eu era, e eu só... Não consegui. Por algum motivo, as palavras não saíram. — Sei o que fiz. Porra, sei exatamente o que fiz. Ao mentir para ela, perpetuei seus medos mais profundos. Ela passou a vida inteira querendo que alguém a escolhesse, e foi decepcionada mais uma vez. — Pode parecer que você não era importante o suficiente para eu ser honesto. Sei que você está sentindo que não te escolhi.

— Parece que você nos escolheu só pelo verão. Brincou de casinha por alguns meses e agora pode voltar a ser um jogador de hóquei famoso. Você não escondeu seu trabalho de mim, Adam. Você nos colocou em uma bolha e nos escondeu do resto da sua vida.

— Eu vi uma oportunidade e a agarrei... Você não sabia nada sobre hóquei e eu gostei disso. Não tive que me perguntar de qual versão de mim você gostava.

Algo em seus olhos suaviza, mas eles sempre são tão meigos... gentis, mesmo agora, quando parti seu coração.

— Preciso que entenda que a situação não tem a ver com hóquei, Adam. Eu entendo que, em algum momento, como atleta profissional, você foi levado a sentir que isso é tudo o que você é. E posso afirmar, com absoluta certeza, que não é verdade. Você é um ser humano lindo com muito mais a oferecer. Mas, ao deixar essas preocupações o consumirem do jeito que fez, você não mentiu apenas para mim. Você escondeu lados inteiros de si porque não confiou em mim. E tudo o que fiz foi confiar em você. Eu te dei tudo. Minhas verdades mais pesadas e devastadoras. — Sua voz cai e seus olhos se movem por cima do ombro para Connor, nos observando de seu lugar no chão onde brinca com Archie e Marco. — E todo o meu coração. Confiei em você com o meu filho, Adam, e você mentiu para nós. Estou me sentindo como uma conveniência temporária, quando pensei que poderíamos ser... — Cada uma de suas inseguranças brilha em seus olhos devastados. — Pensei que nossa relação poderia ser permanente. Você prometeu que não me machucaria, mas isso? Isso dói. — Seus ombros caem e Rosie parece se encolher diante de mim. — Não sei como confiar em você agora. E, se não posso confiar em você, não sei como podemos ficar juntos.

O pânico borbulha em mim e é como se o mundo todo desacelerasse.

— Você está terminando comigo?

Olhos cheios de lágrimas se erguem para os meus.

— Eu... Eu não sei. Sendo sincera, Adam, não sei. Quando entrou na minha vida, você me equilibrou. Você me puxou para o meu centro e, pela primeira vez desde que meus pais morreram, senti como se estivesse enfim em um terreno plano. Eu me senti segura, amada. Agora sinto como se tivesse perdido o equilíbrio de novo. Não sei qual é o caminho certo, e odeio isso. *Odeio.*

Engulo o nó na garganta.

— Você é minha família, Rosie. Você e Connor.

— Famílias são construídas com honestidade. Verdades duras e vulnerabilidades assustadoras. Você não esconde quem você é.

— Não quero voltar para como era antes. Sem você. Não quero esquecer como é ser uma família com você. — Algo se quebra dentro de mim, se é que alguma coisa ainda estava inteira. Sinto esse algo rastejando por minha garganta, tentando escapar, destruindo meu próximo apelo quando uma lágrima escorre do meu olho. — Por favor, Rosie. Não posso deixar você ir. Não vou.

Rosie dá um passo à frente e segura meu rosto. Seus polegares passam sob meus olhos molhados, dilacerando meu coração partido. Ela pega as minhas mãos nas suas, dedos finos entrelaçados aos meus. São tão pequenas, tão quentes, tão perfeitas, e estou com medo de que seja a última vez que as seguro.

— Preciso de um tempo, Adam. Preciso de um espaço para respirar, para entender o que está acontecendo e descobrir o que isso significa para nós, se conseguiremos superar. Você pode me dar um tempo? Um pouco de paciência?

Olho para as nossas mãos entrelaçadas, para o jeito como se encaixam.

— Eu te daria tudo o que quisesse.

Mesmo que seja a última coisa que eu queira fazer agora.

— Tudo o que eu sempre quis foi você, Adam. Até as partes que tem medo de compartilhar. — Ela pega meu rosto nas mãos, seu toque terno e compassivo, assim como o jeito como olha para mim. — Temos que nos sentir confortáveis com as partes desconfortáveis de nós mesmos antes de saber quem somos e amar essa nossa pessoa, antes que possamos deixar outra pessoa nos conhecer e nos amar. Quero te conhecer, mas quero que se conheça mais. Para que, então, possa compartilhar essa pessoa comigo. Ok?

A esperança se acende em meu peito, uma batida frenética que dói do jeito como esperança às vezes dói.

— Não é um adeus? Não para sempre?

Sua boca se curva com um sorriso triste.

— Não gosto de despedidas.

Enterro meus dedos trêmulos em seu cabelo e trago sua testa contra a minha.

— Prometa para mim. Prometa, Rosie.

Seus olhos se fecham, cílios repousando contra a pele rosada à medida que lágrimas descem por sua face.

— Não acho que meu "para sempre" exista sem você em algum lugar dentro dele.

Neste momento, essas palavras são o suficiente. O suficiente para soprar vida de volta em mim, mesmo que por apenas um breve momento, enquanto ficamos ali abraçados, seu peito subindo e descendo no ritmo do meu, tão perto, que não consigo dizer se é o coração dela ou o meu batendo tão rápido. É quando Rosie enfim me solta e se afasta que percebo que é o meu coração. Porque, neste momento, ele para de bater, um silêncio tão alto, tão ensurdecedor, que ouço cada pequena fissura que estilhaça todas as partes de mim que Rosie e Connor tornaram inteiras. Rosie volta para o apartamento e, antes de desaparecer, sussurra as quatro palavras às quais me agarrarei até que ela volte para mim.

— A gente se vê.

24
RUA DA VIA LÁCTEA

ROSIE

TENHO CERTEZA DE QUE ESTAS mãos nunca sentiram algo tão macio quanto o cabelo ondulado e as finas mechas loiras espalhadas pela testa de Connor. São perfeitas em todos os sentidos, uma prova de inocência que espero que nunca desapareça.

Corro meus dedos pelas mechas, tirando-as de sua têmpora, passando meu polegar sobre seu rosto, tão macio quanto o cabelo.

E, ainda assim, não consigo deixar de lembrar da aspereza das palmas calejadas de Adam quando agarram as minhas, a maneira como raspam as laterais do meu corpo, agarram meus quadris e me puxam contra ele. A sensação diferente de quando descem pela curva da minha espinha, quando me deito sobre ele, entrelaçando-se em meu cabelo, a ponta de seu polegar correndo sobre a covinha em meu queixo antes que ele pressione seus lábios nos meus.

Que saudade. Sinto falta da maneira como ele me faz sentir tão necessária e tão valorizada com o simples movimento de seu olhar sobre o meu corpo, o toque de suas mãos. Amada de maneira tão apaixonante com as palavras calmas e seguras que pressiona contra o meu ouvido.

Ele é todo carinhoso e gentil, firme, mas caloroso. Um homem que é feliz com tudo o que tem, mas insaciável, com uma necessidade selvagem de manter a felicidade ao seu alcance, não querendo correr o risco de perdê-la.

Vi isso na semana passada em seu olhar, a relutância em me dar o que eu precisava. Tempo para pensar, espaço para respirar. Ele não queria me dar, mas, como prometeu, me deu o que pedi.

Tudo que sempre pedi foi ele.

Passei a semana passada buscando clareza, mas não tenho certeza se meu cérebro ficou menos nebuloso do que estava.

Uma parte do *porquê* está clara. Está escrito em cada manchete que menciona seu status de atleta famoso e quanto dinheiro ele vale. Cada manchete que viola seu direito à privacidade quando publica uma foto sua e da ex-namorada, especula o motivo do término, as fotos indesejadas em encontro após encontro, imaginando *qual garota será a sortuda que enfim conquistará o galã mais desejável e disponível da Liga*. É claro que Adam teria dificuldade para distinguir quais relacionamentos são genuínos e quais são oportunistas, e não consigo imaginar como seria desafiador viver com a grave falta de privacidade que esse homem enfrenta.

Mas, a outra parte do *porquê*, a parte da mentira… Eu me pergunto como, depois de todo o tempo que passamos juntos, conhecendo um ao outro, amando um ao outro, ele ainda não se sentia seguro suficiente para confiar em mim. Para me escolher e compartilhar tudo de si.

Todas as horríveis inseguranças com as quais passei anos lutando tentam arranhar a minha mente e, acima de todas, está o fato de que nunca fui a primeira escolha de ninguém. Nenhuma pessoa olhou para mim e viu a possibilidade de um "para sempre", certa permanência que vem com uma família escolhida, um amor incondicional que passei a vida perseguindo.

Mentira é o oposto de permanência. Além da dor intencional infligida pela facada nas costas, está a turbulência emocional de ser apenas um momento fugaz na vida de alguém. Porque mentiras nunca duram para sempre, e não consigo entender o sentido delas com alguém que você pretende manter em sua vida.

Apesar dos medos que cravaram dentes em meus ossos ao longo dos anos, orgulho-me de nunca ter perdido a esperança de encontrar uma família. Tal atitude nem sempre me beneficiou, como o tempo que passei tentando forçar uma relação com Brandon, só para que fôssemos uma família. E eu estaria mentindo se dissesse que estava preocupada com a possibilidade de repetir a história. Não há um centímetro de mim que tenha se preocupado com Adam sobre isso. Até a semana passada, quando a vida que ele estava escondendo de mim foi jogada na minha cara.

— Rosie?

Meu olhar se volta para Eva, esperando na porta de seu escritório. Seu sorriso é fácil; eu queria poder apreciá-lo mais.

— Muito obrigada por vir no último minuto mais uma vez. — Ela acena para mim, fazendo beicinho para Connor, no meu colo, passando por ela. — Dormindo?

— Aproveitamos a manhã no parque. Uma excursão para um acampamento estava prestes a sair, então Connor quis ver todos os ônibus partindo.

Não conto que ele perguntou por Papa e Bear vinte vezes depois que encontrou o boné de Adam na minha bolsa. Não conto que ele colocou o boné de beisebol na cabeça e ficou andando por aí dizendo que era o "chapéu do Papa". E não conto que, quando Connor deu a primeira mordida em seu sanduíche de manteiga de amendoim e banana, ele o levantou e perguntou pelo Papa de novo, querendo dividir o sanduíche com ele como sempre faz, a primeira lágrima se soltou.

— Parece um dia divertido até agora.

Muito divertido.

Pelo menos não sobrou rímel nos meus cílios para quando eu chorar de novo com o aviso que Eva está prestes a me dar, sobre meu futuro ser adiado por mais um ano. Droga, talvez ela me avise que não podem mais segurar minha vaga, não por dois anos seguidos. Para eu juntar o dinheiro em quatro dias a fim de retornar às aulas na semana que vem ou desistir da minha vaga no programa de uma vez.

Estou passando por um período um pouco pessimista agora, como se pode imaginar, então, ao receber a ligação de Eva esta manhã, pedindo para nos encontrarmos e termos essa conversa, quase me resignei com a ideia da minha expulsão do curso.

— Você ainda não tem todos os seus livros e materiais para este ano, tem? — ela pergunta, sentando-se na beirada da mesa, gesticulando para a cadeira à sua frente.

Connor se mexe quando me sento, colocando o rosto no meu pescoço e enfiando o polegar na boca.

— Estou comprando os materiais um de cada vez. — Pressiono meus lábios no cabelo de Connor, meu joelho saltando. — Mas acho que conseguiria vendê-los. Tenho certeza de que há algum aluno que ainda não comprou. Não tem problema.

— Rosie, do que está falando?

— Não posso pagar minha mensalidade este ano sem a bolsa de estudos. Não é por isso que estou aqui? Você vai me dizer que não vão mais guardar a minha vaga? Que tenho de pagar e comparecer este ano ou ir embora para sempre?

Ela me encara por um longo momento, e quando ela enfim ri, não sei se rio também ou se choro. Não tenho mais ideia do que está acontecendo na minha vida, mas parece que está se desfazendo diante dos meus olhos.

— Rosie, você é nossa melhor aluna. Reconhecemos quanto tem se dedicado ao longo dos anos, e o mundo veterinário sofreria muito se a perdesse antes mesmo de você ter a chance de começar. Estamos muito orgulhosos de tudo o que conquistou. Você é uma aluna incrível, uma aprendiz interessada e uma mãe dedicada. Temos muita sorte de ter você.

— Ah... — O calor sobe pelo meu pescoço, formigando minhas bochechas. — Obrigada. É muito bom ouvir isso. Ser reconhecida.

— Você deve perceber como contribui, não?

— É difícil ver o que você tem a oferecer quando ninguém se interessa.

— Aí está a questão, Rosie. Você não precisa de ninguém para isso. Basta ser feliz consigo mesma. Essa é a única maneira de você se dar ao valor.

Pego a lágrima assim que ela escapa do meu olho. Meu olhar cai para o garotinho em meus braços, a única pessoa que pensa tudo de bom a meu respeito. Mas talvez ele seja o único que importa.

— Bem... — Eva anda ao redor da mesa, afundando na cadeira atrás dela. — Fico feliz em saber que comprou os materiais. Seria muito ruim se virar com isso a apenas quatro dias do início das aulas.

— Como?

— E espero que encontre seu valor este ano. Tenho certeza de que encontrará, pelo menos aqui na sala de aula.

Meu pulso troveja em meus ouvidos.

— Estou confusa e emocionada porque, sendo sincera, esta tem sido uma semana péssima. Então, preciso que me tire do meu sofrimento e me explique o que está falando.

Ela ri baixinho.

— Um cavalheiro passou no meu escritório ontem, querendo criar um novo fundo anual de bolsas de estudo para os nossos alunos de veterinária. Descreveu todas as qualidades que gostaria de ver nos beneficiários, não apenas como alunos, mas como pessoas reais. Alguém dedicado à família, alguém que prioriza as coisas que de fato importam, alguém atencioso e compassivo que está comprometido em ajudar os animais. Alguém que se parece muito com você, Rosie.

— Quem? — pergunto, a única palavra ofegante conforme meu peito arfa, meus olhos ardendo com lágrimas. — Quem é o doador?

— Ele deseja permanecer anônimo.

— Eva, não posso...

— Você pode, Rosie. Você pode aceitar a bolsa pelo que é: alguém que deseja vê-la tendo sucesso em todos os seus sonhos, porque você merece.

Meu queixo treme.

— O que está dizendo?

— Estou dizendo para você ir para casa e descansar um pouco nesse fim de semana, Rosie, porque tem um ano louco pela frente. Você é a primeira ganhadora da Bolsa de Estudos Via Láctea.

Já é difícil aceitar que ganhei uma bolsa de estudos de última hora, permitindo que eu termine meus estudos quando eu já estava quase perdendo as esperanças. Mas ouvir o nome da bolsa é o que faz as lágrimas rolarem pelo meu rosto. *Por que Via Láctea?* Esse é o nome da rua em que cresci.

A última vez que estive em casa com meus pais...

— Gástrico, o quê?

— Síndrome da dilatação vólvulo-gástrica — repito para a mulher parada na minha frente, uma mão segurando a alça da bolsa, a outra colocada protetoramente sobre o estômago do cachorro. — É quando o estômago do cachorro se enche de gases e incha, ou o que chamamos de dilatação gástrica. Progride para um vólvulo quando o estômago inchado se contorce, bloqueando a entrada e a saída.

— E Pepper... Ela precisa de cirurgia? Não tem outro jeito?

— Essa condição requer cirurgia para corrigir.

— E vai corrigir? A cirurgia vai funcionar e Pepper vai ficar bem?

Olho para a linda e dócil são-bernardo na mesa de exames, o laço rosa que usa na coleira. Grandes olhos castanhos me encaram, e eu queria poder mentir.

— A cirurgia não é garantia.

— Qual é a taxa de mortalidade?

— A taxa de sobrevivência...

— Perguntei pela taxa de mortalidade, não pela de sobrevivência. Quero saber quais são as chances de minha cadela morrer se eu deixar você colocá-la naquela mesa.

Cerro os punhos, em uma tentativa de acalmar o tremor violento nas minhas mãos.

— Em casos não complicados, a taxa de mortalidade é de quinze a vinte por cento. Dependendo de quanto tempo o estômago ficou torcido e de que outros problemas surgirem durante a cirurgia, a taxa de mortalidade pode saltar para até trinta e oito por cento.

Ela assente, olhando para sua cadela.

— Preciso de um tempo para decidir. Talvez eu leve Pepper para casa, e veremos como ela se sai no fim de semana.

— Sra. Greene, com todo o respeito, esta é uma emergência com risco de morte e requer intervenção *imediata*. É crucial que aliviemos a pressão nos órgãos internos de Pepper o mais rápido possível.

Seus olhos se enchem de lágrimas e ela olha para a dra. Holmes ao meu lado, como se minha professora pudesse dizer que estou errada.

— Rosie está certa — ela concorda. — E, quanto mais tempo ela fica sem tratamento, maiores são as taxas de mortalidade. Sem tratamento, um cão nesse estado *vai* morrer. A cirurgia é uma garantia? Não. Mas podemos garantir que faremos tudo o que estiver ao nosso alcance para ajudar sua menina. A outra opção é a eutanásia…

— Não. Não vou considerar isso.

Lágrimas escorrem por sua face, e luto para me controlar, mordendo a língua para tirar a dor do meu peito conforme a sra. Greene olha para a sua melhor amiga.

— Não entendo como isso aconteceu.

— Não há nenhuma razão — explico gentilmente. — Pode acontecer em cães maiores, como Pepper, mas pode acontecer com qualquer cão.

Ela enxuga as lágrimas.

— Posso ter alguns minutos a sós com ela?

— Claro. Vamos começar a nos preparar para a cirurgia.

A dra. Holmes me segue até a sala de cirurgia, observando-me organizar os instrumentos necessários.

— É assim que imaginou terminar sua primeira semana do quarto ano?

— Preparando-me para uma cirurgia? Para falar a verdade, esperava que sim. Estava tão ansiosa para estar deste lado do vidro. Mas, uma cirurgia desse porte? — Penso em Pepper, inconsciente no SUV de sua tutora ao chegar aqui, em como a sra. Greene explicou que ela estava doente a manhã toda. — Não, não foi assim que imaginei terminar esta semana.

Mas, sinceramente, está no mesmo nível das outras coisas. Não houve alívio. Pulamos direto para a ala de emergência na clínica do *campus*, e não houve um momento de silêncio desde então. Estou exausta, mal controlando as minhas emoções, e ontem à noite desmaiei na cama com meus sapatos ainda calçados e meu jantar — uma maçã — meio comido na minha mão. Estou mais do que grata por estar aqui, mas mal posso esperar por uma pausa.

A dra. Holmes me entrega o prontuário de Pepper quando entra na sala.

— Pode nos contar sobre Pepper antes de começarmos?

Sorrio para a doce e linda cadela, que me encara de volta.

— Oi, querida — murmuro, acariciando a mancha marrom entre seus olhos. — Pepper é uma são-bernardo de três anos e cinquenta e sete quilos. Sua tutora relatou que ela não parecia bem esta manhã. Não tomou café da manhã, estava quieta e letárgica e preferindo ficar na cama, o que é incomum para Pepper. A tutora a trouxe quando ela desmaiou tentando caminhar até o pote de água. — Aliso suas orelhas, dando-lhe uma coçadinha. — E ela tem os olhos castanhos mais lindos.

— Ela tem mesmo, não é? — Dra. Holmes fixa sua máscara sobre a boca e puxa as luvas. — Tudo bem, vamos garantir que mantenhamos Pepper confortável, e vamos começar.

Não solto a pata de Pepper da minha mão, não enquanto a anestesiamos, nem quando entrego o bisturi à dra. Holmes para que ela faça o primeiro corte no abdômen. Não a solto quando seu estômago rompe de repente antes que a cirurgia possa de fato começar, e não a solto quando a energia na sala fica frenética, com a dra. Holmes trabalhando o mais rápido que pode, fazendo de tudo ao seu alcance para salvá-la.

Não a solto mesmo quando vejo seu pulso cair cada vez mais, até ela ficar parada ali na mesa, na minha frente, a pata ainda quente em meu aperto. Não a solto quando a dra. Holmes toca meu ombro, me diz que esta é a parte mais difícil do trabalho e que ela lamenta que eu tenha visto isso tão cedo.

Não a solto até que a sala se esvazie, até que seja a hora do momento que temo, algo que passei esses anos esperando nunca ter de fazer.

— Isso nunca fica mais fácil? — pergunto em um sussurro, espiando a tutora de Pepper pela pequena janela da porta.

A Dra. Holmes hesita.

— Nunca.

— Era o que eu temia.

— Rosie. — Ela pega meu braço, me parando antes que eu possa abrir a porta. — Você foi ótima hoje. Atenciosa e rápida na avaliação de Pepper, permitindo que a colocássemos naquela mesa tão rápido quanto possível, mesmo que ainda estivéssemos muito atrasados. Precisamos manter nossas emoções sob controle aqui, sim, mas não preciso que seja um robô. Se precisar chorar depois disso, gritar, xingar... Sinta o que precisa sentir. Acho que não podemos seguir em frente até que façamos isso.

Concordo e, antes de perder a coragem, empurro a porta. A sra. Greene se levanta de um salto, torcendo as mãos.

— Foi rápido. Você disse que demoraria mais. — Ela sorri, mas está trêmula. — Isso é uma coisa boa?

Não quero responder. Não quero ser responsável por partir o coração dela, por dizer que sua melhor amiga não vai para casa hoje à noite, que Pepper não estará enrolada a seus pés ou descansando a cabeça em seu colo. Limpo a garganta e dou um passo em sua direção.

— Sra. Greene...

Sua respiração falha, ela pressiona a mão na garganta, dando um passo para trás.

— Não.

Tudo fica tenso, tanto que sinto como se algo estivesse prestes a explodir. Há um nó na minha garganta, tornando cada vez mais difícil respirar.

— A condição de Pepper era extensa e avançada. Seu estômago rompeu com a pressão logo depois de começarmos, e não conseguimos salvá-la.

Meus olhos ardem quando vejo os dela se encherem de lágrimas, escorrendo implacavelmente pelo seu rosto. Pisco as minhas próprias lágrimas e aperto os lábios para conter o soluço que quer escapar.

— Ela não estava com dor quando se foi. Nós nos certificamos de que se sentisse confortável e amada. Ela não estava sozinha.

Minha voz falha na última palavra e sinto um toque suave no meu ombro.

— Rosie segurou a pata de Pepper o tempo todo — diz a dra. Holmes à sra. Greene. — Sabemos que é muita coisa para processar. Você gostaria de um momento sozinha ou gostaria de um ombro amigo?

— Eu... — Ela afunda em seu assento. — Eu não... Mas Pepper... Ela estava bem ontem à noite. Ontem à noite ela estava bem...

O olhar da sra. Greene está perdido, fixo no chão, mas aposto que ela não está vendo porcaria nenhuma. Seus olhos começam a vagar, saltando pela sala, como se estivessem dando sentido às notícias.

Como se ela estivesse assimilando que acabou de perder sua melhor amiga.

Estou bem. *Juro* que estou bem, mesmo quando seu peito começa a arfar. Mas, quando seu rosto se contorce, quando um soluço escapa e ela cai em si mesma, enterrando as mãos trêmulas no cabelo e gritando por sua cachorra, algo dentro de mim se estilhaça. Agarro meu peito, tentando arrancar a dor de lá, e a dra. Holmes sussurra um simples "pode ir" em meu ouvido antes de se sentar ao lado da sra. Greene.

E eu vou. Jogo minha prancheta no posto médico e atravesso as portas duplas que levam à área de recepção. Corro pelos olhares e saio pela porta da frente, para a tarde quente de setembro, e corro. Corro pelo *campus*, até acabar no mesmo banco em que desmoronei há duas semanas, quando Adam me encontrou aqui depois que perdi minha bolsa de estudos. E faço a mesma coisa que fiz naquele dia. Não quero, mas me entrego à dor, enterro meu rosto em minhas mãos trêmulas e me deixo levar.

Como fiz aqui neste banco, na segurança dos braços de alguém que eu amava e em quem confiava, desmorono.

25

FAMÍLIAS DEFINITIVAS

ROSIE

ADOTADA.

Há uma parte boba de mim, uma criança pequena enterrada lá no fundo, que vê essa palavra de sete letras rabiscada na gaiola de um animal e, toda vez, sem falta, realmente sente... ciúmes. O luto por uma família que perdi e por uma segunda com a qual nunca tive uma chance.

Isso não muda o fato de eu adorar a ida dos animais para suas famílias definitivas. Não há nada que eu queira mais do que eles vivendo para sempre no luxo.

Luxo é estar cercado por todo o amor de que você precisa para caminhar pela vida. É ter alguém para rir nos dias bons e abraços nos dias ruins. Luxo... são as pessoas que fazem tudo valer a pena. Todos os dias.

Vivi com luxo e vivi sem ele. Sei qual eu escolheria.

Tiro Mittens de sua gaiola, aconchegando-o contra o meu peito.

— Estou feliz que você tenha ganhado uma família, Mitts. — Ele se agarra ao meu ombro conforme caminho pelo abrigo. — Vai ficar tudo bem, cara. — Faço carinho em suas costas e chego à sala onde seu novo pai está esperando. — Você vai amar sua nova família.

Ele emite um rosnado baixo, como se não acreditasse em mim.

Empurro a porta, parando quando vejo o homem grande e tatuado lá dentro. Jaxon Riley, que agora sei ser a superestrela da defesa do Vancouver Vipers, um dos jogadores mais famosos da Liga Nacional de Hóquei, *playboy* e um dos melhores amigos de Adam, sorri.

— Oi, Rosie.

A cabeça de Mittens se vira e, com um miado que ecoa pelas galáxias, ele se lança do meu peito. Jaxon ri, agachando-se para pegá-lo nos braços. Meu coração se aquece com a visão: Mittens enfiando a cabeça branca e laranja fofa na curva do pescoço de Jaxon, o encaixe perfeito.

— Ei, Mitts — Jaxon sussurra. — Você vai para casa, marshmallow.

Disfarço a risada como uma tosse quando Mittens sobe correndo pela camisa de Jaxon e se joga sobre seus ombros largos.

— Sua camiseta diz "Pai de Gato"?

Jaxon nem pisca.

— Pois é! Eu queria que dissesse "Pai Gostoso de Gato", mas Adam não deixou. Ele é bem sem graça às vezes.

Limpando minha garganta, começo a folhear a papelada da adoção.

— Quase não te reconheci sem o bigode.

Seu sorriso é orgulhoso ao esfregar o local onde aquela monstruosidade estava quando o conheci. Agora, só há uma barba rala por fazer em seu rosto bonito.

— Estou pensando em deixar crescer um bigode de verdade. Vou ficar bonitão, não vou? Mas Garrett ficou ridículo com o dele. Certo? Fiquei melhor?

— Quando vieram me espionar, era uma competição?

— Tudo é uma competição entre mim e Garrett. E não estávamos espionando você. — Ele ri da maneira como reviro os olhos. — Ok, estávamos espionando, mas só porque Adam não parava de falar sobre você, cansamos de esperar que ele a apresentasse.

Meu coração afunda com suas palavras inofensivas, e agarro a prancheta em minhas mãos.

— Hum, então... Você trouxe uma caixa de transporte para levar Mittens para casa, isso é ótimo.

— Rosie.

— Não acho que você terá problemas, considerando quanto ele te ama...

— Rosie.

— ... mas pode haver um período de adaptação em que ele se esconderá e...

— *Rosie.* — O peito de Jaxon aparece no meu campo de visão, e Mittens se estica, colocando uma pata no meu ombro. — Adam não estava escondendo você de nós, nem nada assim.

— Não estava?

— Não. Ele não é assim. — Jaxon ri de repente, coçando o maxilar com a barba por fazer. — Na verdade, ele queria te apresentar, mas estava com medo de assustar você. Somos um grupo meio autoritário. Como uma família grande e disfuncional. Grande, disfuncional e *muito amorosa* — ele acrescenta com um olhar penetrante.

— Acredito em você — falo baixinho, passando por ele para inspecionar a caixa de transporte.

— Acredita?

— Claro que sim. A mídia ama a amizade de vocês.

Pouca coisa que encontrei *on-line* me fez sorrir, mas uma delas foi essa pequena família que Adam parece ter formado com alguns dos companheiros de equipe e suas parceiras. Toda vez que são fotografados na noite, eles estão juntos. A mídia também adora fazer referência às suas contas nas redes sociais, especialmente a de Carter Beckett, o modelo de cueca do ponto de ônibus, com o membro enorme e, pelo jeito, o capitão do time. Sua conta no Instagram está atolada com fotos da família: a filha, a esposa e os melhores amigos, sempre juntos.

— A mídia não sabe de tudo — Jaxon me lembra. — Eles inventam histórias para fazê-las parecer mais interessantes do que são.

— Então Adam não é o solteiro mais cobiçado da Liga?

Ele esconde o sorriso atrás da mão.

— Não, ele é. Ou era, até conhecer você. Mas olhe nos meus olhos e diga que todos aqueles artigos sobre ele ser um pegador não o fizeram parecer o maior babaca. — Olhos divertidos me encaram. — Não dá, né? *Eu* sou o babaca, não o Adam. Eu só tento transar; ele só estava tentando encontrar a felicidade. E Adam falhou, todas as vezes, até te levar para um piquenique e roubar seu chapéu, só para ter um motivo para te encontrar de novo.

Meu coração palpita e a felicidade invade meu rosto, fazendo-me sorrir.

— Ele te contou sobre isso?

— Já disse: ele não parava de falar sobre você. E sobre Connor.

Pego Mittens de Jaxon, aconchegando-o pela última vez.

— Ele te contou que criou uma bolsa de estudos na minha faculdade só para que eu pudesse me formar no tempo certo?

— Pensei que ele tivesse feito isso de modo anônimo. — O rosto de Jaxon cai diante do meu sorriso. — Ah, *merda*. — Ele balança o dedo para mim. — Sua merdinha sorrateira. Adam vai me matar.

Dói pensar em Adam, em todas as maneiras como ele tem sido tão altruísta, tão solidário. Eu queria ficar brava com ele por ter sido egoísta em sua decisão de se esconder de mim, mas, com base em toda a minha pesquisa, em tudo que li na internet, entendo. Não gosto do que ele fez, mas entendo. Ele foi magoado uma vez após a outra, e não posso culpá-lo por ter medo de se machucar de novo.

Todos nós temos medo de coração partido! Ele vem de muitas formas, das pessoas de quem você menos espera, e nunca deixa de doer. O problema é que, ao tentar proteger seu coração, ele partiu o meu. Também o de Connor, que chama pelo "papa" todos os dias. Abraçando um Mittens ronronante contra o meu peito, fecho os olhos.

— Vou sentir sua falta, amiguinho, mas estou tão feliz por você.

Ele cutuca sua cabeça macia contra a minha e pressiono um beijo nela antes de colocá-lo na caixa de transporte.

— Você pode vir visitá-lo algum dia, talvez — pontua Jaxon, pegando a caixa e me seguindo até a recepção. — Ele vai viver como um rei.

— Não tenho dúvidas.

Jaxon para em frente à mesa, me olhando.

— Você está bem?

— Bem.

— Você ficaria surpresa, mas anos sendo babaca com mulheres me ensinaram que, quando uma mulher me diz que está bem, ela nunca está.

Consigo dar uma risada cansada, esfregando meus olhos exaustos.

— Sério, o que foi? — Ele continua. — Você parece prestes a desmoronar.

— Foram apenas algumas semanas difíceis. Nada de mais. — Fungo. — Estou bem.

Espero que ele aceite a resposta e saia pela porta com seu novo melhor amigo, mas Jaxon não se move. Apenas me encara. E espera.

— Perdi uma cachorra ontem — deixo escapar. — Na faculdade. O nome dela era Pepper e ela ainda era bebê. Segurei sua pata enquanto ela dava seu último suspiro, depois tive de contar à tutora... — Lágrimas embaçam minha visão e a memória aperta minha garganta. — Tive de contar à tutora que Pepper não iria para casa. E tudo o que eu queria era ir até Adam, porque ele apenas escuta, não tenta consertar coisas que não podem ser consertadas. Ele me deixa sentir o que preciso e isso faz com que eu me sinta segura. Mas ainda estou tão magoada! Ele era meu porto seguro, mas eu não era o dele. — Limpo o rosto. Claro que estou chorando de novo. Parece que é tudo que sei fazer nas últimas duas semanas. — Quero ser alguém de quem ele tenha orgulho, mas, em vez disso, parece que eu era seu segredinho, não sua primeira escolha.

A caixa de transporte bate na mesa na minha última palavra e os braços de Jaxon me envolvem, levando-me para perto de seu peito. Ele me abraça até meu corpo parar de tremer, até minhas lágrimas pararem de cair e, quando enfim me solta, não consigo mais encará-lo. Observo pelo canto do olho quando ele contorna a mesa, toca no mouse para acordar o computador, digita no teclado. Então, me puxa de volta para ele. Sinto seu queixo no topo da minha cabeça e, por um momento, deixo-me levar por sua compaixão.

— Sei que agora não parece, mas prometo que tudo ficará bem. — Ele me solta, pega Mittens e caminha até a porta antes de parar mais uma vez. — Você nunca foi o segredinho dele, Rosie. Você é tudo para ele e tenho certeza de que o mundo dele parou de girar desde que você se foi.

Pensamentos sobre Adam correm soltos em minha mente quando observo Jaxon indo embora. Passos se aproximam e o assobio familiar de Archie soa atrás de mim antes de parar de repente.

— Rosie? O que é isso?

Archie está inclinado sobre a mesa, olhando para o computador. Ele acena para mim com a cabeça, e meu coração tenta sair do peito com o vídeo me esperando na tela, a legenda lá em cima:

Adam Lockwood parte corações: ele está comprometido!

O vídeo está pausado em um ponto na metade. Adam está sentado em um banquinho, vestindo a mesma roupa que estava usando da última vez que o vi. Archie pega o mouse, mas o agarro antes.

— Jesus — ele murmura enquanto eu aperto o *play*. — Eu ia fazer isso, garota mandona.

— Não rápido o suficiente.

Tudo no meu corpo para quando o vídeo começa e vejo o sorriso de partir o coração de Adam, seus olhos azuis eletrizantes, o timbre profundo de sua voz ao falar sobre a vida em Vancouver. Meu estômago contrai-se com o lembrete do repórter de que eu nunca teria encontrado Adam se ele não tivesse assinado de novo com o Vancouver pouco antes de nos conhecermos. Eu poderia ter vivido uma vida inteira antes dele, mas agora dói imaginar uma vida sem Adam. Porque, quando ele diz à câmera que seu coração está em Vancouver, eu sei que o meu também está.

— Haverá muitas mulheres furiosas se eu não fizer a pergunta que todo mundo quer, principalmente porque o pegador da Liga Nacional parece ter desaparecido de cena nos últimos meses — diz o repórter. — Então, sr. Lockwood, todo mundo quer saber... Tem alguém especial na sua vida?

Estou hiperconsciente do olhar de Archie, ricocheteando entre mim e o vídeo, a maneira como tudo ao meu redor desaparece e desacelera, até que só consigo ouvir o bater do meu coração, o tamborilar do sangue em meus ouvidos. Minhas mãos tremem e estou quase desligando o computador quando os olhos de Adam ganham vida, uma faísca familiar que contém tanto amor. Um sorriso surge em seu rosto, dividindo suas bochechas.

— Sim, há alguém especial. Dois alguéns especiais, na verdade.

As sobrancelhas da repórter saltam.

— *Dois*?

Adam ri.

— Não é o que parece. Ela tem um filho.

— *Padrasto Adam!* — alguém grita por trás da câmera, o que é seguido por uma série de vaias e assobios.

Suas bochechas queimam antes que ele abaixe a cabeça para esconder o sorriso.

— Você parece bem apaixonado — o repórter observa. — É bom vê-lo tão feliz.

— Eu não sabia que seria tão feliz de novo. — Adam esfrega a nuca e dá de ombros. — Os dois me fazem querer ser a melhor versão de mim mesmo.

— Então, é sério? Essa mulher e seu filho?

— A única coisa que levo tão a sério quanto o hóquei.

— Está planejando seguir os passos do seu capitão?

— Em geral, me esforço para fazer exatamente o oposto de Carter — ele fala com uma risada. — Mas presumo que se esteja se referindo a se casar e ter uma família...

— Exatamente.

Os dedos de Adam batem contra o seu joelho por um momento de silêncio, e então ele sorri.

— Sempre adorei a ideia de ser casado. Sempre foi uma parte importante do meu plano de vida, porque meus pais são um exemplo incrível de duas pessoas que se amam, trabalhando juntas nas partes mais difíceis da vida. São a prova de que você não precisa fazer tudo sozinho, e não quero fazer tudo sozinho. Quero passar por todas as coisas difíceis com a pessoa certa ao meu lado. Então, se eu me vejo me estabelecendo com ela? Sim, vejo. E começando uma família? — Adam olha diretamente para a câmera e, por um momento, parece que ele está olhando para mim. — Nós já temos uma, mas mal posso esperar para continuar a construindo.

É a primeira vez que estou aqui sozinha em mais de dois meses.

Desde julho, venho aqui com Adam. Sem ele, não consegui me obrigar a voltar.

Mas este é o meu espaço. Antes de Adam, era aqui que eu me sentia segura. Há algo tão reconfortante na sensação da terra sob os pés, de todo o verde ao redor, do frescor, da vida e da energia renovada. Onde cada sopro de ar da montanha faz você se sentir viva e com clareza.

Clareza. Está faltando clareza há duas semanas e, agora, é tudo de que preciso.

— Pare de me olhar assim, sua atrevida — digo a Piglet conforme caminhamos pela floresta, porque é a centésima vez que ela me lança aquele olhar mal-humorado por cima do ombro. — Entendo: tudo é muito menos divertido sem Adam e Bear. Não sou emocionante o suficiente.

Ela inclina a cabeça, os lindos olhos castanhos piscando para mim. Então trota de volta para o meu lado, cutucando minha mão antes de continuar ali. Ela tem um jeito engraçado de desacelerar meus pensamentos, me lembrando de ir com calma comigo mesma. Talvez seja por isso que nos damos tão bem. Damos uma à outra a paciência e o amor de que ambas precisamos.

— Sei que está aqui em algum lugar — murmuro, passando entre as árvores.

Há muito tempo tinha desistido de encontrar aquelas iniciais de treze anos atrás, que meu pai esculpiu em uma árvore quando eu tinha onze anos. Devo ter procurado umas cem vezes ao longo dos meus anos em Vancouver. É bobo, mas, quando Adam as encontrou, pensei que talvez fosse a maneira dos meus pais me dizerem que estavam conosco, que aprovavam Adam.

E acho que é parte da razão pela qual não voltei aqui desde então. Porque sei que, se não encontrar agora, quando realmente preciso, vou começar a imaginar. Minha mente vai vagar para aquele perigoso território do "e se" que odeio, o território em que começo a duvidar de tudo. E estou tão cansada de duvidar. Só quero ter certezas. Quero seguir em frente com a certeza de que estou tomando a decisão certa para mim. Não importa para onde isso vá, quero saber que acreditei em mim, que me dei uma chance verdadeira no amor, um final feliz com alguém que só me eleva.

E se eu não conseguir encontrar a árvore, se meu cérebro tentar convencer meu coração de que é um sinal… E se eu não for forte o suficiente para lutar contra essa voz? E se as vozes me dominarem, e eu ceder à pressão de desistir? Digo a mim mesma que não estou procurando de fato, que só quero encontrar casualmente. Mas, cinco minutos se transformam em dez e, quando estou vagando em círculos por quarenta e cinco minutos, tudo no meu peito parece apertar.

— Está aqui — digo a Piglet. — Sei que está aqui. Tem de estar.

Mas, quanto mais não encontro, mais duvido de mim mesma. E, quanto mais duvido de mim mesma, mais quero rastejar para os braços dos meus pais, lembrar como é estar cercada de amor, protegida pelo amor incondicional.

Então, quando meu coração fica pesado e aquelas vozes tentam vencer, decido pegar leve comigo mesma. Escolho uma velha árvore e me sento ao pé dela. Piglet coloca a cabeça sobre o meu colo e lambe meus dedos conforme encaro o céu azul filtrado através das árvores, me concentrando em respirar ar fresco, limpando a mente.

— Sou mais forte do que as vozes na minha cabeça — lembro a mim mesma. — Priorizo a mim mesma e à minha família, e tomo decisões com meu bem-estar em mente.

Respiro fundo e mergulho no momento, a terra sob minhas mãos. Se eu prestar atenção, quase consigo ouvir. Minha risada ecoando pelas árvores, minha mãe me dizendo para ficar por perto, papai sugerindo um mergulho no riacho. Posso ouvir o chapinhar da água quando dançamos, o frio beijando meus pés e, neste momento, eu os sinto. Colocando minha mão sobre o coração batendo depressa, afirmo com certeza:

— Mesmo que eu não possa vê-los, meus pais estão sempre comigo.

Piglet e eu ficamos ali por meia hora e, quando enfim me recomponho, minha cabeça está limpa. Não há vozes me dizendo o que posso não fazer. Tudo parece estável. Claro. Como se eu soubesse exatamente para onde estou indo, e o alívio que a sensação traz, a liberdade, é impressionante.

Nas últimas duas semanas, tenho lutado contra a dor avassaladora dentro de mim que faz eu me sentir tão vazia. Entretanto, nunca estive vazia e tenho de me lembrar disso. Tenho Connor, e nossa pequena família é o suficiente. *Sempre* será o suficiente. Ele é o sol que se infiltra pelas rachaduras de vidro quebrado e preenche cada espaço vazio com luz.

A questão é que, quando alguns desses pedaços quebrados se soltaram e tentei colocá-los de volta no lugar, Adam me ajudou a perceber que não havia problema em deixá-los onde estavam, abertos. Ele os segurou em suas mãos e me mostrou como a luz brilha mais quando você aprende a deixar as coisas serem como são.

Talvez eu esteja percebendo que, embora eu tenha tudo de que preciso com a família que Connor e eu criamos, a família que acho que ambos queremos… bem, acho inclui Adam.

Porque, mesmo quando ele não está aqui, ele está em todo lugar.

Talvez seja por isso que não me surpreendo quando meus olhos pousam naquele coração esculpido no pinheiro imponente diante de mim, aninhado no meio da floresta. Meu olhar traça as linhas das iniciais, os números que marcam o tempo que passei aqui com meus pais.

E, enfim, meus olhos deslizam para baixo. Para baixo do tronco, onde a árvore encontra a terra. Onde caules de peônias cor-de-rosa estão espalhados ao redor dela, tornando esta árvore impossível de não ver.

Porque, mesmo quando ele não está aqui, ele está em todo lugar.

E não o quero em nenhum outro lugar.

26
CHAMARAM A MINHA MÃE

ADAM

ESQUECI COMO É FISICAMENTE EXAUSTIVO ficar com o coração partido.

É ficar olhando para o seu celular até tarde da noite, relendo mensagens antigas, sorrindo para fotos. Digitando uma centena de novas mensagens, apenas para desistir e apagar todas. Coração partido é esquecer de comer, não dormir nada ou dormir demais. É névoa mental e dores de estômago, pular o treino matinal e esquecer que fez planos.

Coração partido é mil vezes pior quando Rosie é a pessoa que está faltando no meu coração.

Eu queria que fosse tão fácil quanto me ajoelhar e implorar por perdão, mas, quando me afundo em um dos sofás na sala de estar principal do abrigo Segunda Chance, sei que não é. Menti para Rosie, alguém que confiou em mim com todas as forças. E, em vez de ficar furiosa comigo, em vez de gritar, dizendo que nunca me perdoaria, ela me confortou. Pegou minha dor em suas mãos e me ofereceu apoio. Apenas pediu espaço e paciência. E, como falei naquele momento, eu lhe daria qualquer coisa que ela pedisse.

Um arrastar de pés silencioso faz meu olhar subir, encontrando a pequena Lily parada na extremidade oposta do sofá, mãos entrelaçadas, cabeça baixa.

— Ei, Lily.

— Oi, Adam.

Ela arrasta os pés no chão, grandes olhos castanhos saltando sobre os meus, depois para baixo.

— Posso sentar com você?

Dou um tapinha na almofada ao meu lado.

— Você sempre pode se sentar comigo, querida.

Ela se aproxima, deixando um espaço entre nós.

— Fiz alguma coisa errada?

— Alguma coisa errada?

Ela assente, os olhos fixos nas mãos sobre seu colo.

— Às vezes, em casa, o papai falava que não queria me ver. Ele falava que era porque eu estava sendo má, mas eu nunca sabia o que fazia de errado. Ele me trancava no meu quarto por um tempo.

Um músculo aperta meu maxilar.

— Um tempo?

— Sim. Eu não podia sair ou descer para ver TV nem brincar com os meus brinquedos. Mamãe me trazia sanduíches e outras coisas e vinha brincar comigo enquanto o papai dormia. — Ela puxa a barra do vestido, repetidamente, os nós dos dedos ficando brancos. — Achei que talvez eu tivesse feito alguma coisa errada e você não queria mais me ver.

A raiva ferve dentro de mim e forço meus punhos a se abrirem. Não sei a história de Lily, mas sei que não quero ser nada parecido com seu pai. O fato de inadvertidamente tê-la feito se sentir indesejada enquanto eu estava concentrado na minha própria cabeça nas últimas duas semanas me deixa doente. Estendo a mão, enganchando meu mindinho em volta do seu dedo minúsculo.

— Sinto muito, Lily-linda. Passei por alguns dias difíceis, mas não deveria ter desaparecido assim. Desculpe por assustá-la, e sinto muito por ter feito você sentir que isso tinha algo a ver com você. Você é especial para mim e eu nunca faria nada para te magoar.

Lentamente, ela desliza sua pequena mão na minha.

— Por que me chamou de Lily-linda?

— Não tenho certeza. Mas é bonitinho, não é? Soa bem, o que me deixa feliz. E fico feliz quando estou com você. Como se meu coração estivesse sorrindo.

Suas orelhas queimam de tão vermelhas e ela franze o nariz e a boca, tentando esconder o sorriso.

— Mamãe costumava me chamar de Lily-linda. Antes que o papai mandasse ela para o céu.

Merda.

— Se quiser, eu não te chamo assim de novo. Pode ser um apelido especial entre você e a sua mãe.

Lily fica quieta, aproximando-se e virando nossas mãos entrelaçadas em seu colo, passando uma pequena ponta de dedo sobre os nós dos meus dedos.

— Por que está triste hoje?

— Não estou conseguindo esconder direito, né?

Seu nariz enruga.

— Talvez você seja melhor no hóquei.

— Espero que sim — rio, depois suspiro. — Eu magoei os sentimentos de alguém. Alguém especial para mim. Menti para ela sobre algo bobo e isso a magoou de verdade.

— Como você fez isso?

— Eu estava com medo de me machucar, e também não queria perdê-la. Pensei que talvez ela pudesse gostar mais de mim se não soubesse que eu jogava hóquei.

Lily inclina a cabeça.

— Mas, por quê? Eu gosto de você mesmo jogando hóquei.

— É? — Aperto sua mão. — Por que você gosta de mim?

— Porque você é legal comigo, me faz rir, faz pulseiras comigo e, nos dias que estou muito triste, esqueço por que estou triste quando você brinca comigo.

Algo quente se move em mim e luto contra a vontade de abraçar essa garotinha.

— Você me faz sentir muito especial, Lily. Obrigado.

— Você é especial, Adam.

A compaixão brilhando em seu olhar me comove tanto. Nesse momento, percebo quanto ela me lembra Rosie.

— Eu poderia te dar um abraço, se você quiser. Mamãe disse que tenho abraços mágicos. Eles sempre faziam ela se sentir feliz quando estava triste. Então, se você quiser... — Ela dá de ombros. — Eu poderia te dar um abraço.

— Eu adoraria um abraço mágico.

Com cuidado, ela envolve seus bracinhos em volta de mim. Coloco meu braço em suas costas, abraçando-a de leve e, conforme Lily se aconchega em mim, tudo parece que vai ficar bem. Acho que essa é a mágica.

— Adam? Acho que você pode me chamar de Lily-linda, igual minha mãe fazia.

— Vou me sentir muito especial compartilhando com você algo que só compartilhou com a sua mãe.

— Acho que ela gostaria que eu compartilhasse com você. — Ela deita a cabeça em mim, suspirando. — Me sinto segura com você, assim como com a minha mãe.

Chamaram a minha mãe, porra.

Meu pai também, mas ele só deu um tapinha nas minhas costas e desapareceu para o quintal com o restante dos caras, murmurando um rápido "boa sorte" antes de me deixar sozinho com esse bando de hienas cruéis.

— Francamente — minha mãe começa —, já estava na hora de eu ser convidada para a noite das garotas, já que *alguém* tem ignorado minhas ligações.

Encaro o chão.

— Tenho estado ocupado.

— Ocupado chafurdando na autopiedade — Kara esclarece com um revirar de olhos.

— Ocupado sentindo falta da Rosie — Olivia corrige com um olhar penetrante para Kara.

— Ocupado cuidando da artrite prematura, porque ele voltou a se masturbar agora — Jennie murmura, verificando as unhas.

Arrasto minhas mãos pelo meu rosto.

— *Como*?

— Como o quê? — Kara pergunta.

— Como vocês podem ser a minha melhor opção?

— Ei! — Olivia leva as mãos à cintura. — Eu me ofendo muito com isso! Sou muito normal *e* madura!

Com os cotovelos nos joelhos e a cabeça sobre as mãos, corro meus dedos pelo meu cabelo.

— Talvez a gente possa encerrar a noite.

Faço um carinho nas orelhas de Bear, que abre uma pálpebra sonolenta, olhando para mim do meu colo.

— O que acha? Sou uma causa perdida?

— Adam. — Olivia se espreme ao meu lado. — Você não é uma causa perdida.

— Eu sei como é fácil desistir de si mesmo — Jennie adiciona com gentileza. — Mas não vamos deixar você fazer isso.

— Sinto tanta falta dela. — Esfrego meu peito, tentando aliviar a dor latejante. — Está ficando difícil dar esse espaço a Rosie. Fico cada vez mais puto comigo mesmo a cada dia que passo sem ela.

— Odeio a Courtney — minha mãe murmura.

— Eu estou com Bev — Kara concorda, balançando uma perna sobre a outra. — E não é tarde demais para voltar à minha ideia original de atropelá-la com o meu carro.

— Não vamos atropelar ninguém — Olivia pontua. — Mas, se por acidente ela fosse empurrada... — Ela levanta uma mão, parando a si mesma e balançando a cabeça. — De todas as coisas terríveis que Courtney fez, a pior com certeza foi te destruir a ponto de fazê-lo acreditar que você não é digno do amor de alguém.

Baixo a cabeça.

— Nem sei mais quem eu sou.

— Nós sabemos quem você é, Adam — Jennie insiste. — Você é eternamente esperançoso. Alguém que sempre tenta ver o melhor nos outros.

— Torce por todos e sempre fica ao lado dos seus amigos — Olivia acrescenta.

— Torce pelas pessoinhas que não conseguem torcer por si mesmas — Kara completa. — Algumas dessas crianças não tinham um motivo para sorrir até você entrar em suas vidas.

— Você tem o maior coração que conheço — Garrett fala atrás de mim, e me viro, encontrando meus amigos e meu pai na porta do pátio.

— Quando me sinto um fracasso, procuro você — Emmett diz. — Você me levanta e me lembra quão longe cheguei.

— Você me faz querer ser uma pessoa melhor — Jaxon murmura, o olhar saltando de mim para o chão. — Acho que já sou, e é porque sigo você.

Carter inclina-se contra a porta, com a filha nos braços.

— Você acredita em mim quando ninguém mais acredita.

Solto uma risada cansada.

— Isso provou ser mesmo uma característica minha.

— E você dá os melhores abraços — ele faz uma voz de bebê, balançando os braços de Ireland enquanto ela ri. — E com certeza você é o mais bonito e forte de todos os meus tios, quase tão bonito e forte quanto o meu pai, mas não tanto. — Risadas ecoam por toda a sala e Carter coloca a filha sorridente em meus braços. — Sério, cara, você não se vê de verdade. E nós entendemos. Como poderia, depois de tudo que passou? Mas se olhar ao redor desta sala, verá um monte de pessoas que te amam. — Ele dá de ombros. — Mas você precisa se amar também. Ainda mais se quiser que Rosie te ame.

— Por que sente que não a merece? — meu pai pergunta.

— Eu nunca disse isso.

— Não com essas palavras, talvez. Mas foi isso que suas ações disseram, não foi? Você escondeu quem era porque sentiu que essa pessoa poderia ser menos merecedora do amor de Rosie.

Rosie é tudo de bom e iluminado neste mundo. Tem o coração mais puro, feito do sol mais quente. É a personificação da compaixão e da gratidão, a pessoa mais gentil que já conheci, alguém que se esforça para dar às pessoas a compreensão que não recebeu quando mais precisava. Está sempre trabalhando em si mesma, tomando decisões difíceis para dar ao filho a vida que ele merece. Está sempre tentando ser a melhor versão de si, mas não acho que precise mudar nada; sua motivação e seu coração garantem que ela seja alguém que só dá o seu melhor.

— E se eu não puder dar a Rosie tudo o que ela passou a vida procurando? — sussurro. — Não poderei ser um parceiro presente todos os dias, pois viajo muito. Perderei aniversários e datas comemorativas, e não vou segurar a mão dela em alguns dos seus momentos mais difíceis. Como posso ser o parceiro que ela merece? A família de que ela e Connor precisam? — Balanço a cabeça à medida que a verdade aperta a minha garganta. — Não posso ser.

— Ah — murmura minha mãe. — Então é por isso que só deu a ela metade do seu coração.

As meninas todas concordam, mas estou sentado aqui, tão perdido que não consigo distinguir a esquerda da direita.

Ela continua:

— Aqui está essa linda mulher que viveu a vida sem ser escolhida. Que não queria nada mais do que alguém que a visse e a amasse o suficiente para escolher a ela e seu filho. E você a escolheu, Adam, você a escolheu de verdade. Mas você não *se* escolheu. Você pegou tudo dela e só lhe deu uma metade em troca. Todos esses pedaços quebrados não formam um todo a menos que compartilhe tudo com Rosie.

Todo esse tempo, eu queria que alguém gostasse das partes de mim que não eram definidas pelo hóquei. Queria que alguém me visse fora do esporte e tudo o que ele me trouxe, e quisesse esse outro lado também. Porque, por tanto tempo, é tudo o que tenho sido. Mas a verdade é... o hóquei é uma parte de mim. Ele me tornou tudo o que sou hoje, tanto o lado bom quanto o ruim. Sou leal e solidário porque sei como fazer parte de um time. Sou empático porque sei como é perder, colocar tanta pressão em mim mesmo para ter sucesso, e sei como é ter pessoas me apoiando a cada passo do caminho quando acho que não mereço. Amo tanto quanto amo porque as pessoas me amaram com a mesma intensidade.

E, porque houve pessoas que me magoaram, nunca, jamais quero ser como elas.

Encontrei Rosie. *Finalmente, eu a encontrei.* Alguém que me faz me sentir como uma *pessoa* completa. Esqueço de tudo quando estou com ela. Esqueço que fui magoado. Esqueço de fingir. Esqueço quanto dinheiro tenho e, ainda assim, com ela ao meu lado, sinto-me *inestimável*. Insubstituível. Quando estou com Rosie, sinto que não há ninguém vivo que possa amá-la do jeito como a amo, do jeito que quero prometer amá-la pelo tempo que ela me deixar.

Mas, quando estou sozinho, eu lembro.

Lembro que fui substituído por alguém que amei. Que não fui nada além de cifrões, uma casa chique e um rosto bonito. Esqueço todas as coisas que Rosie ama em mim, as coisas que amo em mim mesmo, e me fixo nisso. O que me puxa ainda mais fundo na mentira que inventei, sem encarar a possibilidade de dar tudo a Rosie, porque tudo nunca foi o suficiente.

— E se eu der tudo de mim para ela e Rosie decidir que não quer? — As palavras são roucas, meio quebradas, mal se segurando em um fio de esperança. — Não tenho mais nada para oferecer.

Olivia coloca a mão sobre a minha.

— Você dá o que pode, Adam, e, se ela não quiser, a perda é dela, e uma das grandes. Mas não consigo imaginá-la não o amando por inteiro. O que você deu a Rosie é quem você é; o hóquei é apenas uma extensão disso. Não muda nada no seu coração. Rosie precisa te dar uma chance para que você lhe mostre isso... E ela vai dar, porque Rosie sempre se mostrou paciente, sempre fez você se sentir visto. E você precisa estar disposto a deixá-la ver todos os seus lados do jeito como são.

— Tudo bem ter medo, Adam — Jennie murmura. — Porque, quando a gente tem dificuldade de amar nossas partes frágeis, nada parece mais assustador do que as mostrar a outra pessoa. — Seus olhos viram-se para Garrett e algo suave surge em seu olhar. — Mas, às vezes, é essa pessoa que vai mostrar como podemos amar todas essas partes. Para ela, esse não será um lado ruim.

Minha mãe sorri do outro lado da sala.

— Vá mostrar a Rosie quanto pode amá-la, simplesmente porque você é você e ela é ela. Mostre que ela e Connor são a família que você escolheu porque vocês são a combinação perfeita um para o outro. Mostre que o homem por quem ela se apaixonou e o jogador de hóquei que ela acabou de conhecer são a mesma pessoa. Mostre que você a ama, Adam, porque sabemos que você ama. E, no fundo, acho que ela também sabe.

Kara enxuga uma única lágrima do olho, fungando.

— Eu sabia que ligar para a sua mãe seria brilhante da minha parte. Mal posso esperar para ver qual será minha próxima genialidade.

Meu pai vem atrás de mim, cutucando meu ombro.

— Talvez duas semanas sejam tempo suficiente para esperar na lateral do campo. Você foi paciente, e isso é ótimo. Agora, talvez o que Rosie precise é que você se levante e a lembre de que você ainda está aqui, de que não vai a lugar nenhum. De que, quando ela estiver pronta, você estará bem aqui, pronto para seguir em frente com ela. — Ele pisca. — As mulheres amam homens que as perseguem só um pouquinho. Pergunte para a sua mãe.

— E para a Ollie — Carter acrescenta, erguendo as sobrancelhas. — Ela me queria desde o começo, mas fingiu que não...

— Carter.

— Tudo bem — ele resmunga, cruzando os braços. — Mas foi relevante.

Minha mãe me abraça por trás, beijando minha têmpora.

— Estou orgulhosa de você, querido. Quero que também se orgulhe de si. — Ela tira um dos cachos de Ireland da testa. — Olha, Carter, não acredito que você participou da criação de algo tão bonito e puro. Graças a Deus por sua esposa incrível. — Ela se endireita, dando um tapinha no meu ombro. — Garrett, trouxe uma caixa de doces para você, que está lá...

— Nem precisa falar! — ele exclama, sem fôlego, disparando pelo corredor.

É incrível como, assim, minhas preocupações começam a desaparecer. Acho que é para isso que serve a família: para levantar quem caiu tanto que não consegue ver a saída lá de baixo. Até as coisas mais difíceis parecem mais fáceis de administrar com a família ao meu redor.

Passamos o resto da noite aproveitando o último dia de verão no pátio, bebendo cerveja e comendo churrasco; sinto-me contente. Pela primeira vez em duas semanas adormeço em paz e, quando acordo de manhã com o sol batendo no meu rosto, estou otimista.

O horário no meu celular me diz que já passa das nove, o que provavelmente é o motivo pelo qual Bear não está na cama. Se eu não alimentá-lo até as sete, vou encontrá-lo esperando ao lado de sua tigela na cozinha, agindo como se eu o tivesse deixado passar fome por dias.

Desço as escadas, o cheiro da rabanada da minha mãe vindo da cozinha faz meu estômago roncar. Dou um beijo em sua bochecha, roubando um pedaço de bacon da travessa.

— Bom dia, querido. Tentei alimentar Bear, mas ele não estava interessado. — Ela gesticula para o quintal. — Está descansando lá atrás no sol. Parece que está um pouco devagar hoje.

— Obrigado, mãe.

Saio para os fundos com sua tigela, assobiando para Bear. Sua cabeça aparece de onde ele está encolhido sob a sombra de um carvalho, mas ele não se move, exceto pelo rebuliço animado de seu rabo quando me aproximo.

— O que foi, amigão?

Coloco a tigela à sua frente, fazendo carinho em suas orelhas caídas e beijando o ponto entre seus olhos. Ele deita a cabeça de volta e franzo a testa, passando minha palma sobre sua barriga. É difícil dizer por baixo de todo o pelo, mas parece inchada.

— Você está com dor de barriga, amigão?

Enormes olhos castanhos me encaram conforme sua cauda desacelera para uma batida feliz e constante na grama, mas ele não faz nenhum movimento para comer o café da manhã.

— A vovó está fazendo bacon — tento, e aquela batida constante se torna frenética antes que ele se levante. — É isso aí. Vamos, amigão. É do bom, defumado.

Ele corre na minha frente, saltitante, antes de parar de repente. Seus olhos encontram os meus por cima do ombro e, por um momento, acho que ele está esperando que eu o alcance.

Até que todos os sessenta quilos desabam no meio do quintal.

27
QUANTOS PIORES CENÁRIOS EXISTEM?

ROSIE

A CLAREZA TEM UM JEITO engraçado de fazer você se sentir como se estivesse amarrada a um punhado de balões, flutuando acima dos céus com a visão mais nítida do seu mundo, onde todas as respostas estão diante de você como um livro aberto. O tipo de clareza que vem com a pausa para refletir sobre suas prioridades, para que você possa escolher o futuro com mais certeza.

Connor é meu tudo. Ele é meu passado, presente e futuro. Mas Adam é o *nosso* futuro. É o tipo de percepção que a clareza me trouxe, fazendo-me pesquisar no Google ontem à noite as datas de treinamento dos Vancouver Vipers e a programação dos jogos da pré-temporada. Descobri que ele viaja amanhã para o primeiro jogo da pré-temporada em Edmonton, então, se eu quiser falar com ele — e eu quero —, tem de ser hoje.

Deve ser por isso que estou flutuando no meu estágio matinal na emergência, com um sorriso no rosto, sem um pingo de tensão nos ombros.

Tudo bem, tenho que dar crédito à dose extra de café no *iced latte* com baunilha esta manhã. E, claro, ajuda o fato de não ter havido emergências até agora. Passamos a manhã olhando raios-x antigos e as notas clínicas correspondentes e relatando à dra. Holmes o que achamos que estava acontecendo com os animais. Acertei todos até agora, então estou flutuando um pouco mais alto quando vou até a recepção para arquivar os registros.

— É difícil acreditar depois de dias como sexta-feira — diz a dra. Holmes —, mas estamos passando bons dias por aqui. Temos de aproveitá-los.

Minha mente vagueia de volta para uma noite quente de verão quando saí furtivamente pela porta da frente, determinada a verificar três vezes o coelhinho que havíamos devolvido ao ninho vazio no parque, para ter certeza de que sua mãe tinha mesmo voltado. Meu pai me pegou em frente à garagem e fomos até lá juntos. Foi a primeira vez que lhe falei sobre minha vontade de ser veterinária, como ele, e ele me disse a mesma coisa que a dra. Holmes: apesar de todos os dias difíceis, nos quais eu ia querer chorar e desistir, haveria muitos dias bons também.

Os dias bons nem sempre eram os dias fáceis, meu pai pontuou. E estava certo. Às vezes, eram os dias em que você se sentia pendurado por um fio, em que se perguntava por que escolheu algo que poderia ser tão doloroso, apenas para ver um amigo peludo abrir os olhos quando você não tinha certeza se ele abriria de novo, quando os braços do seu humano o envolvem sem aviso, com a força do agradecimento.

Os dias em que você pode olhar para trás e saber que fez a diferença, meu pai completou. *São os dias que fazem tudo valer a pena.* Sei que os dias serão difíceis. Quero ser alguém que pega a dor do dia mais difícil de alguém e a torna um pouco mais fácil de carregar.

Um motor ruge por perto, seguido pelo cantar de pneus no estacionamento. Um burburinho irrompe ao redor quando meus colegas se reúnem nas janelas da frente para assistir à nossa primeira emergência.

— Desculpem por interromper nosso dia fácil, pessoal — diz a dra. Holmes. Seus olhos encontram os meus. — Prontos?

Assinto, tiro meu estetoscópio do bolso e o penduro no pescoço. Minhas pernas me levam rapidamente em direção às portas e quase tropeço nos pés quando uma caminhonete azul-escuro derrapa até parar na frente. Quando a porta do passageiro se abre, meu coração para.

— É Adam Lockwood? — alguém se pergunta em voz alta.

E, quando Adam salta do banco do passageiro, com seu cachorro de sessenta quilos mole nos braços, já estou empurrando a porta, correndo em sua direção.

— Rosie! — Adam grita conforme profissionais e estudantes o cercam para acolher Bear. — Preciso da Rosie!

Ele agarra Bear em seu peito arfante, seus olhos vasculhando o estacionamento, caindo direto sobre mim.

— Não! Você não pode levá-lo. Só Rosie pode tocá-lo!

Abro caminho, pegando o rosto de Adam e me concentrando em seu olhar torturado.

— Respire, Adam. Respire, querido. Estou bem aqui.

Olhos de safira pousam nos meus, avermelhados e em pânico.

— Eles não podem levá-lo — Adam sussurra. — Não confio neles. E-eu... confio em você.

Cubro a mão trêmula de Adam, seus dedos emaranhados no pelo de Bear.

— Vou dar uma olhada em Bear, ok? Mas você pode confiar em todos aqui, prometo. Todos querem ajudar.

— Você vai dar uma olhada nele? — Olhos suplicantes saltam entre os meus. — Porque ele conhece você. Ele-ele… te ama.

— E eu o amo também. Muito.

Um homem bonito e largo, de pele escura, sai do banco do motorista da caminhonete de Adam, ficando atrás dele, apertando seu ombro. Conheço esse homem pelas fotos felizes enfileiradas na escada de Adam, mas o que eu não sabia sobre ele até o Google me dizer é que se trata de Deacon Lockwood, o pai de Adam, um jogador aposentado da Liga de Futebol Americano. Um *quarterback*, para ser mais específica, e acho que isso é uma grande coisa. Em meio à preocupação, seu olhar brilha com gentileza.

— Oi, Rosie.

— Olá, sr. Lockwood.

Nós compartilhamos um sorriso discreto antes de eu correr meus dedos pelos cachos desgrenhados de Adam, segurando seu rosto.

— Precisamos levar Bear para dentro, para que possamos ver o que ele tem agora mesmo, ok?

Seu queixo treme, lágrimas grudando em seus cílios escuros. Quando ele pisca, elas escorrem por suas bochechas.

— Não posso perdê-lo, Rosie. Não posso. Ele é meu melhor amigo. — Seus dedos se enredam no pelo de Bear.

— Faremos tudo o que pudermos por ele. Prometo.

— Sr. Lockwood, sou a dra. Holmes, professora de Rosie e chefe da cirurgia de emergência aqui. — Ela conduz Adam e o pai para dentro. — Vamos andando e conversar para que possamos nos atualizar sobre Bear e estabilizá-lo de imediato. Pode nos contar o que aconteceu?

— Não sei. — Adam coloca Bear sobre a mesa de exames. — Ele estava bem ontem à noite. Estava brincando com os amigos no quintal e ocupou a cama inteira à noite, como ele gosta, Rosie, sabe? E, então, esta manhã, não quis tomar café, e você sabe como ele gosta de comida. Então, ele só… Caiu. Estava andando e, do nada, desmaiou.

Sorrio para o cão ofegante, levantando a pata dianteira robusta quando pressiono meu estetoscópio em seu peito.

— Ele vomitou?

Adam fecha os olhos com força, a testa franzindo.

— Eu não… não consigo lembrar.

Ele olha para o pai.

— Pai?

— Sim — Deacon responde por ele. — O Bear vomitou três vezes no quintal.

— Oi, Bear — murmuro, passando meu polegar pelo focinho. — Estava com saudade. Por que não tomou o café da manhã, hein? Você nunca recusa comida.

O cachorrão choraminga, acariciando a minha mão. Sua pulsação fraca em meus ouvidos aperta minha garganta.

— Vou te ajudar a respirar um pouco melhor, ok, grandão? — digo a ele, colocando uma máscara de oxigênio em seu focinho.

Minhas palmas deslizam ao longo de sua caixa torácica, movendo-se de leve sobre a barriga. O medo arranha meu peito quando sinto o inchaço ali, e o olhar que compartilho com a dra. Holmes diz que ela sabe exatamente o que encontrei.

Isso não pode estar acontecendo, não de novo, não tão cedo, e não com o nosso Bear.

Limpo minha testa no punho antes de fechar os punhos, as unhas cravando-se para acalmar meu pânico.

— Gostaria de começar a tratar Bear de imediato. Ele está em choque e vai ajudar a estabilizá-lo. Eu também gostaria de fazer um raio-x.

— Para quê? Acha que ele quebrou alguma coisa?

— O raio-x vai nos dar mais informações. O estômago dele está inchado e há uma chance de ter se torcido.

— Como assim? Como o estômago se destorce?

Aperto seu antebraço e seus ombros relaxam um pouco ao meu toque.

— Vamos dar uma olhada lá dentro e ver o que está acontecendo primeiro. Você e seu pai podem ficar com ele durante o raio-x, então a dra. Holmes e eu discutiremos o que vemos, e voltaremos para falar com vocês sobre um plano de ação. Parece bom?

Adam concorda, e assim que Bear recebe uma medicação intravenosa e está estabilizado, uma técnica de raio-x vem para levá-lo para a outra sala. A mão de Adam desce sobre a barriga de Bear, olhos em pânico dirigindo-se aos meus.

— Rosie? Quero que você faça isso.

Calor corre pelo meu corpo quando cubro sua mão com a minha, como se meu corpo tivesse sentido falta, tivesse ganhado vida só para ele.

— Este é o trabalho de Maribel, e ela é incrível. Ela também tem um mastim tibetano em casa, sabia? — Maribel sorri.

— Maior que Bear, dá para acreditar?

Ele olha para Bear e aperto sua mão, trazendo seus olhos de volta para os meus.

— Mal posso esperar para você ver o como a Maribel será gentil com ele. Ele vai amá-la. Talvez até mais do que me ama.

Seu olhar pisca com descrença.

— Isso não é possível — ele murmura antes de dar a Maribel um sorriso fraco.

— Ok. Estamos prontos.

Digo a mim mesma que não estou tirando conclusões precipitadas. Digo à dra. Holmes que estou esperançosa, que os raios-x mostrarão o estômago ainda na posição correta, então seremos capazes de remover qualquer gás de forma rápida e fácil. Digo a mim mesma que está tudo bem, mas, quando as imagens de raios-x pousam em minhas mãos quinze minutos depois, me mostrando a evidência condenatória, elas caem direto no chão, e os olhos da dra. Holmes seguindo.

— O estômago de Bear está torcido. Está com dilatação vólvulo-gástrica.

— Não entendo. — A voz baixa e perdida de Adam perfura meu peito enquanto ele olha para Bear, com a cabeça apoiada no torso de Adam. — Foi algo que fiz? É minha culpa?

— Não há explicação clara — repito a mesma informação que dei à sra. Greene apenas três dias antes, só que, desta vez, não consigo engolir a dor no coração. — Raças maiores com peito profundo, como Bear, correm maior risco, embora possa acontecer com qualquer cão e até com gatos. O estômago se expande com gás e então gira, ou torce, bloqueando a entrada e a saída.

— Então o gás não tem para onde ir — ele murmura, uma palma protetora deslizando sobre a barriga de Bear. — É comum?

— A chance em um cão do tamanho de Bear é de cerca de vinte e um a vinte e quatro por cento.

— Porra. Você já tratou um cão com isso?

Olho para a dra. Holmes e ela acena, gesticulando para que eu continue.

— Na sexta-feira passada, diagnosticamos um são-bernardo com essa síndrome.

— O que aconteceu? — As palavras se perdem nos olhos brilhantes de Adam, segurando aquela centelha de esperança, mas diminuindo rapidamente. — Rosie — ele sussurra —, o que aconteceu?

— Pepper... — O nome dela fica preso na minha garganta, queimando. — Pepper morreu durante a cirurgia. O estômago dela não aguentou mais a pressão e rompeu antes que pudéssemos liberá-la. — Uma única lágrima escorre do canto do meu olho e eu fungo, enxugando-a. — Entendo que isso pode fazer você hesitar, mas a cirurgia é a única opção. Nós liberamos o gás e colocamos o estômago de Bear de volta na posição normal, depois fazemos uma gastropexia, que é quando prendemos o estômago à parede abdominal para evitar torções futuras. — Hesito. — Se Bear não fizer a cirurgia, Adam, ele vai morrer. Não há outro resultado.

Seu peito sobe bruscamente e ele acaricia Bear com uma mão.

— Ok.

— Ok?

— Confio em você, Rosie. Se você diz que ele precisa de cirurgia, vamos fazer.

Confiança. Às vezes, é uma faca de dois gumes, não é? Eu a quero. Estou honrada em tê-la. E, ainda assim, estou com medo de ser eu a quebrá-la, mesmo que seja sem querer. Então apenas aceno, rezando para não ter de fazer isso hoje, e peço licença para arrumar a sala de cirurgia.

A dra. Holmes me para no corredor.

— Você está bem para fazer isso? Não há vergonha em recuar. É sempre difícil, mas quando você tem um vínculo pessoal com um animal...

— Quero ficar com Bear. Por favor, não me tire da cirurgia.

— Se sentir que está perdendo o controle, me avise, e outra pessoa pode intervir.

— Obrigada, mas não vou perder o controle.

É só uma meia mentira; vou me controlar até a cirurgia terminar.

Quando a sala de cirurgia está pronta, volto para a sala de exames onde Adam espera com Bear e seu pai. Deacon sorri para mim, levantando-se.

— Sua mãe está chegando. Vou encontrá-la na frente. — Ele dá um tapinha nas costas de Adam, beija sua cabeça e, então, pega o rosto de Bear. — Você, garotão. Sei que vou te encontrar mais tarde. Posso sentir isso até nos meus pés, onde você ama tanto se sentar. — Ele pressiona um beijo em seu focinho e Bear retribui o sentimento com um movimento lânguido da língua sobre o rosto de Deacon. — Você é um bom menino, Bear.

Deacon para ao meu lado no caminho.

— Obrigado por cuidar dos meus meninos, Rosie. Sei quanto eles te amam.

As palavras permanecem pesadas no ar conforme ele se afasta, deixando Adam olhando para o rubor profundo que o sentimento deixa em meu rosto.

— Estamos prontos para Bear — aviso. — A dra. Holmes fará a cirurgia e...

— Mas você...

— Não posso fazer a cirurgia, Adam. Meu trabalho é ajudá-la com os instrumentos e monitorar Bear enquanto observo e aprendo.

Ele morde o lábio inferior.

— Você não vai sair do lado dele?

— Nunca. Prometo.

— Ele vai ficar bem, Rosie. Certo?

Suas palavras estão encharcadas de desespero, assim como o olhar de partir o coração escurecendo seus olhos cobalto, implorando por uma promessa que ele sabe que não posso fazer.

— Ele estará cercado de amor, Adam. Posso te prometer isso.

— Sim — ele murmura, observando nossas mãos dançarem uma ao lado da outra em Bear, quase se tocando. — Eu sei. Você dá o melhor tipo de amor.

Ele funga, seu olhar encontrando o meu, e a confiança que vejo ali aperta meu coração.

— Obrigado, Rosie.

Adam se agacha, pegando o rosto de Bear em suas mãos. Lindos olhos se enchem de lágrimas antes que ele descanse a testa na de Bear, e me viro, enxugando a única lágrima gorda que escapa e desliza furtivamente pela minha bochecha.

— Eu te amo, Bear — Adam sussurra. — Você é o melhor cachorro do mundo e meu melhor amigo.

Ele pressiona um último beijo na cabeça de Bear e, no caminho para a sala, seus dedos encontram os meus, entrelaçando-se, apertando-os com ternura. Quando ele desaparece na área de recepção, não consigo evitar o medo que arranha minha garganta. E, minutos depois, quando grandes olhos castanhos me encaram antes de se fecharem, com a sedação fazendo seu trabalho, aquelas garras cravam mais fundo, não querendo me soltar.

E se o Bear não sair dessa, e o Adam nunca me perdoar? E se eu perder os dois hoje?

ADAM

Não achei que poderia piorar. Pensei que tudo de ruim já tinha acontecido e, ainda assim, aqui estou eu, diante da possibilidade de perder não apenas Rosie e Connor, mas agora meu Bear também.

Quantos piores cenários existem?

Meu único consolo é que estou cercado pela minha família. Meu pai anda de um lado para o outro na área de recepção, Carter está agachado perto de um pequeno cercado, mostrando silenciosamente a Ireland uma ninhada de gatinhos enquanto Jaxon se reveza para aconchegá-los. Jennie senta-se ao lado de Garrett, a cabeça apoiada em seu ombro, e Olivia e minha mãe estão ao meu lado, sussurrando palavras reconfortantes para mim enquanto espero com a cabeça nas mãos.

Cometi o erro de procurar o nome da síndrome no minuto em que me sentei. Artigo após artigo que, de repente, me deixaram certo de que nunca mais veria meu cachorro, porque ele apresenta alguns dos sintomas mais avançados.

Não parei de olhar até que as portas da clínica se abriram atrás de mim e meus amigos entraram. Carter pegou meu celular e me lembrou por que ele é o capitão do nosso time, um líder nato, e mais um punhado de palavras.

Não faremos isso. Não vamos nos concentrar nos números ruins. Vamos nos sentar aqui juntos, porque é assim que somos mais fortes, vamos encontrar paz em saber que Bear está nas mãos mais capazes agora e vamos ter esperança. É o que vamos fazer, entendeu?

Então, fiquei sentado aqui pela última hora pensando em tudo de bom que Bear me trouxe. A lealdade, a amizade. O corpo quente aconchegado ao meu na cama, depois que tive meu coração despedaçado, o bater de suas patas quando ele me segue pela casa, me fazendo companhia. As risadas bobas, as carícias na barriga e o coração mais gentil do mundo.

E Rosie.

Bear me trouxe Rosie, e Rosie me trouxe Connor. Eu não teria um sem o outro, e não parece que minha família esteja completa sem os três.

O silêncio cai sobre a sala e Olivia aperta um pouco a minha mão. Meu olhar se ergue para ela, e tiro a cabeça das minhas mãos, seguindo seu olhar.

Rosie está parada na porta, olhos verdes cansados varrendo a sala, pousando em mim. Suas mãos se fecham em pequenos punhos ao lado do corpo; ela dá um passo em minha direção quando me levanto. Ela me encontra no meio da sala, todo o seu um metro e sessenta e sete me encarando, o queixo com covinhas tremendo.

— Está tudo bem — digo a ela baixinho. — Se ele não… — O pensamento de uma vida sem ele muito antes do que eu deveria ter que pensar nisso toma conta dos meus pulmões, e engulo em seco. — Você pode me dizer.

Lágrimas brilham em seus olhos e o canto de sua boca se curva para cima.

— Bear se saiu muito bem.

— Ele… O quê?

— A cirurgia foi um sucesso. A dra. Holmes liberou o gás preso e prendeu o estômago à parede do abdômen. Não houve complicações.

Meu coração dispara, batendo contra a caixa torácica.

— Ele vai ficar bem?

Rosie pega minhas mãos nas dela, apertando-as com força.

— Ele vai ficar bem.

A sala vibra com aplausos e minha família fica ao meu redor, uma teia emaranhada de braços me segurando forte conforme o alívio me invade. O sentimento é tão forte, tão palpável, que tira o ar do meu peito, me deixando sem forças. Afundo no amor, na família que tenho tanta sorte de ter encontrado. Meus olhos se abrem a tempo de ver Rosie saindo em silêncio pelas portas da clínica, correndo para o estacionamento.

— Volto já — murmuro, me desembaraçando e correndo atrás da mulher que acabou de sair correndo daqui com meu coração nas mãos. — Rosie! Espere.

Ela olha por cima do ombro, acenando para mim.

— Estou bem, Adam. Não se preocupe.

Pego seu punho, puxando-a para mim.

Ei. Pare.

Olhos verdes tremulam e cada respiração é aguda e cambaleante.

— Estou bem — ela repete, e a mentira é tão fraca que quase rio. — Você deveria estar com a sua família. Bear vai acordar logo. Só preciso fazer alguma coisa.

— Estou com a minha família e estarei com Bear assim que ele acordar. Então me diga o que precisa fazer que eu te ajudo.

Ela balança a cabeça, tentando se soltar do meu aperto.

— Preciso só… Preciso só fazer alguma coisa — ela choraminga, o peito arfando conforme o rosto começa a desmoronar. — Por favor.

— Rosie. — Corro minhas palmas pelos braços dela, apertando seus ombros. — Diga, querida. Diga.

Seu lábio inferior treme, e tudo que quero fazer é prendê-lo sob meu polegar, pegá-lo entre meus lábios. Quero sua dor, suas preocupações, sua confiança. Quero que ela desista do controle e entregue tudo para mim. Vou cuidar dela.

— Eu estava com tanto medo — ela enfim sussurra, as palavras quebradas e mansas. — Estava com tanto medo de perder Bear. E aterrorizada por que você nunca me perdoaria por isso. Pensei que poderia perder vocês dois para sempre, e… — Um soluço escapa de sua garganta, sacudindo seu corpo. — Sobrevivi a muitas coisas, mas não sei como sobreviveria a essa perda.

Sua agonia envolve minha garganta como um punho, ameaçando cortar o oxigênio. Quando uma nova onda de lágrimas cai em cascata por sua face e ela a cobre com as mãos, eu a puxo para mim. Desta vez, me recuso a soltá-la.

— Você nunca vai me perder, Rosie. Enquanto você me quiser aqui, não há outro lugar para eu estar. — Pressiono meus lábios ternamente em sua têmpora e ela se agarra à minha camisa. — Prometo.

28

DEMORA

ADAM

— O QUE ESTÁ FAZENDO?

Movo meus óculos de leitura para cima do nariz e viro a página.

— Lendo.

— Eu sei — Garrett resmunga.

— Mas lendo o quê?

— Um livro.

Ele prende os braços sobre o peito e afunda no assento do avião.

— Você é tão irritante às vezes, seu peru de merda.

Sorrio para mim mesmo, colando um *post-it* azul em uma passagem do meu livro. Irritar Garrett é divertido. Ele começa a cuspir todos os tipos de insultos estranhos, a maioria deles aprendidos com Jennie, que também gosta de irritá-lo. Por motivos diferentes dos meus, no entanto. Algo sobre brinquedinhos sexuais e outras merdas que prefiro não saber.

— O que você está fazendo aí? — Jaxon gesticula para os *post-its* que estou colando no livro. — Com as abas?

— Chama-se anotação — Carter responde por mim, tirando uma caixa de Oreo da bolsa.

— Aaahhh, com cobertura de chocolate. Porra, sim, Ollie. — Ele rasga o pacote e joga um na boca. — A *Oivia* faz isso com os *libros* de sacanagem. — Ele engole o biscoito para poder falar como um adulto. — Marca todas as coisas sensuais de que gosta, e então nós experimentamos. Como aquela coisa da venda…

— Não. — Ergo uma mão. — Pare. Odeio quanto sei sobre sua vida sexual.

Jaxon franze a testa.

— Então, está marcando coisas sensuais para tentar com a Rosie?

— Não, eu estou…

— Kara marca o pornô de que ela gosta — ajunta Emmett. — É meio que como fazer anotações, mas com um filme, não com um livro.

— O quê? Não, não é a mesma coisa...

Ele sorri, um olhar distante em seus olhos.

— Semana passada, ela saiu do banheiro usando essa peça de couro...

— Pelo amor de Deus, não quero saber sobre nenhuma de suas vidas sexuais!

— Uau — Garrett murmura, com os olhos arregalados. — Alguém está irritadinho.

Carter lambe a cobertura de outro biscoito novo.

— Porque ele não tem nenhuma no momento.

— Ele acabou com todas as minhas camisinhas em uma noite e agora não faz sexo há três semanas — Jaxon acrescenta, sem necessidade.

Emmett dá um tapinha no meu ombro.

— Isso deixaria qualquer um de nós mal-humorado.

— Puta merda. — Guardo meu livro; claramente a leitura não está mais acontecendo. Com meu MacBook e AirPods, me levanto e aponto para um assento vazio na fileira. — Vou assistir a um filme.

— Divirta-se olhando fotos da Rosie — Garrett grita quando vou embora.

Estamos viajando há três dias para os nossos dois primeiros jogos de pré-temporada em Edmonton e Calgary, e Garrett tem sido o azarado do meu colega de quarto.

Não, espere. *Eu* sou o colega de quarto azarado. Ele voltou para o quarto uma noite e me encontrou olhando todas as fotos que Rosie me enviava dela e de Bear durante a sua recuperação da cirurgia na clínica da faculdade; já eu voltei para o quarto uma noite e ele estava como um louco, esfregando uma *mancha* no carpete enquanto Jennie ria pelo FaceTime. Ele gritou para nós dois que tinha marcado um gol e merecia se soltar. Qual cena você preferiria ver quando chegasse em casa?

Colocando os fones de ouvido, abro o notebook e minhas mensagens com Rosie. Nossa pré-temporada começou no dia seguinte à cirurgia de Bear, mas saber que Rosie estaria lá todos os dias para dar a ele muito amor tornou mais fácil embarcar no avião. As fotos e os vídeos que ela tem enviado de modo sistemático também ajudam. Abro o meu vídeo favorito, enviado esta manhã. Rosie está sorrindo para a câmera, toda feliz.

— Vamos ver se Bear está acordado. — Ela empurra um conjunto de portas giratórias e a cabeça de Bear aparece na cama. Lentamente, ele se levanta, o rabo balançando para a frente e para trás, batendo contra a parede do enorme canil. — Olhe para você, garotão — Rosie o cumprimenta, guardando o celular e se ajoelhando, enterrando os dedos em seu pelo. Bear não perde tempo e cobre seu rosto com beijos, e ela ri, abraçando-o forte. — Você quer dizer ao papai quanto está sentindo falta dele? — Ela aponta para a câmera quando Bear dá um pequeno latido. — Diga, "Te amo, papai". — Ele late de novo. — Este é o meu lindo garoto.

Uma mensagem aparece na minha tela e suspiro com a interrupção da minha assessora.

Angie: Ela me ligou três vezes hoje, Adam.

Não tem nome, porque Angie sabe que não dizemos quando podemos evitar.

Você pensaria que bloquear o número dela não uma, mas duas vezes, e lhe dizer para nunca mais me ligar resolveria, mas depois que Courtney me ligou naquela noite na casa de Rosie, no meio de todo o caos, ela começou a ligar para Angie. A mulher não está na minha vida desde que a joguei — e o cara com quem ela estava transando — para fora da minha cama há mais de um ano, e de repente ela quer conversar.

Não tenho tempo para ela, e com certeza não posso me dar ao trabalho de vê-la mais uma vez. Ainda me arrepio ao pensar nela na minha cozinha naquela manhã de julho, vestindo apenas minha camiseta, agindo como se pertencesse àquele lugar, alegando que tinha estado na minha festa na noite anterior.

O Adam bêbado nem sempre toma as decisões mais brilhantes, mas o Adam bêbado nunca cometeria um erro daquela magnitude.

Eu: Não qro falar com ela.
Angie: Já falei isso. Umas 25 mil vezes. Sendo sincera, Adam, não consigo entender como você já ficou com essa mulher. Sem ofensa.

Eu poderia jurar de pés juntos que Courtney não era assim aos dezessete anos, mas, quanto mais reflito, mais sinais vejo. Ainda assim, nos meus dias ruins, às vezes me pergunto se sou responsável, se não a amei do jeito que ela precisava ser amada, se o hóquei me deixou ausente demais. Todos os mesmos medos que levaram à minha queda, às mentiras que nunca deveria ter contado a Rosie.

> **Angie:** Acho que você deveria se encontrar com ela. Me escute.
> **Eu:** De jeito nenhum.
> **Angie:** Eu sei, eu sei. Mas ela falou que tem algo que você gostaria de ouvir.
> **Eu:** É besteira. O que ela poderia dizer que eu gostaria de ouvir?
> **Angie:** Concordo, mas também sei que você gosta de ficar longe da mídia quando não é sobre hóquei ou arrecadação de fundos, e não duvidaria que ela te arrastasse para algum escândalo só para ter sua atenção. Então acho que devemos encontrá-la em algum lugar público e que devemos dar a ela cinco minutos, nada mais.

Courtney já me envergonhou o suficiente na mídia, mas nada é pior do que a dor que isso causa, sabendo que, depois de tudo que passamos, todos os anos que lhe dei, ela se importa tão pouco comigo que faria de tudo para me derrubar de qualquer maneira que pudesse. Como se tudo o que quisesse fazer fosse destruir tudo pelo que trabalhei tanto, tirar de mim a vida que conquistei. Então, concordo com cinco minutos, nem um segundo a mais, neste sábado.

Só quero acabar logo com isso. A tensão se acumula em meus ombros, tão forte que me faz curvar para a frente. Giro meu pescoço, mas a rigidez já cravou suas garras. Meus dedos se movem por conta própria, apertando o botão de videochamada, e meu joelho salta enquanto rezo para que se conecte. O rosto de Rosie preenche a tela do meu computador e afundo no assento.

— Ei — ela me cumprimenta baixinho, uma centelha de hesitação em seus olhos.

Apesar de todas as mensagens desde que Bear saiu da cirurgia, não nos falamos cara a cara.

— Desculpe por ligar tão tarde.

— Está tudo bem. Acabei de me deitar, há dois minutos.

Ela parece um anjo, iluminada apenas pelo brilho do celular, ondas rosas espalhadas pelo rosto, a manga da camiseta de dormir pendurada em um ombro delicioso.

— Parabéns pela sua... Ai, Deus, que vergonha. Sei que não é o certo, mas é algo assim. Inauguração?

Dou uma risada e ela cora com o meu rubor favorito.

— Estreia.

— Falei que era vergonhoso. Mas fazia sentido na minha cabeça. Você não sofreu nenhum gol, então inaugurou uma vitória. Faz sentido?

— Gostei. Petição para mudar de jogo de estreia para jogo de inauguração.

— Sei que está apenas me consolando, Adam Lockwood.

— E sei que estou ferrado quando você ou minha mãe usam meu nome completo. — Sorrio ao ver como ela ri. — Você assistiu?

Ela assente, empurrando a franja para trás.

— Ambos os jogos. Carter Beckett é muito rápido. E Jaxon gosta de uma briga, o que eu não esperava, já que ele se apaixonou perdidamente por um gato à primeira vista, deu o nome de Mittens e depois o adotou.

— Ele esconde o lado fofo atrás de tatuagens e socos.

— E você, você foi tão... — Ela solta um suspiro, arregalando os olhos. — Grande. Não achava que você poderia ficar maior, mas pareceu. E, hum... Flexível. Quero dizer, eu sabia que você era flexível, é claro. — Seus olhos se arregalam. — Ai, caramba. Que... — Ela gesticula no ar. — Esqueça.

Porra, como ela é fofa, eu daria qualquer coisa para agarrá-la neste momento.

— Eu, hum, liguei porque... Queria... — *Dizer que te amo e odiei cada minuto longe de você?* — Agradecer. Por cuidar do Bear.

— Não precisa me agradecer por isso, Adam. Ele torna a faculdade melhor, e ganho um abraço e um beijo sempre que quero.

— É por isso que ele parece tão metido em todas as fotos que você mandou, hein?

— Você sabe que não consigo dizer não ao Bear. Além disso, ele está evoluindo com toda essa atenção. Bear tem as garotas daqui na palma de sua pata. — Um farfalhar desvia o olhar dela de mim e ela mergulha sob as cobertas com o celular. — Ai, droga. Vou acordar o Connor. É melhor desligar.

— Vejo você de manhã? Quando eu for pegar o Bear?

— Estarei lá, Adam. Estamos animados para ver você.

Estamos. Uma única frase faz meu coração idiota disparar, e me fixo nela pelo restante do voo e nas duas horas seguintes, ainda acordado na cama. Quando estou entrando na clínica depois do café na manhã seguinte, girando minhas chaves no dedo e assobiando, a frase de cinco palavras ainda está se repetindo na minha cabeça.

— Sr. Lockwood — a recepcionista me cumprimenta. — É um lindo dia para levar um filhote feliz e saudável para casa.

— Com certeza é!

Deslizo uma caixa de donuts para a mesa.

— Estes são para vocês.

— Adoramos donuts. Vou avisá-los que você está aqui.

Uma mulher sai dos fundos um minuto depois e, definitivamente, não tem o cabelo rosa.

— Venha comigo. Vou explicar o que esperar da recuperação de Bear em casa.

— Rosie está aqui? Trouxe o café da manhã. Às vezes ela se esquece de comer.

— Rosie está trabalhando em uma emergência que chegou há cerca de vinte minutos. Ela ficará triste por ter perdido a sua vinda, mas posso levar para ela.

Ela pega o *iced latte*, um sanduíche de bacon apimentado, queijo gouda e ovo em um croissant, acompanhado por um biscoito morno de melaço e gengibre.

E o que eu faço? Puxo as embalagens para o peito, porque devo ser uma criança.

— Ela vai receber a comida, sr. Lockwood — a mulher garante. — Prometo que não vou roubar o café da manhã de Rosie.

— Ah. — Olho para a comida na minha mão antes de entregá-la devagar. — Ok. Obrigado.

Uma sensação sombria se instala em meu estômago. Com Bear voltando para casa, Rosie não terá motivo para vê-lo. Conforme sigo a veterinária pela clínica, meu cérebro já está trabalhando a todo vapor, imaginando centenas de maneiras de esbarrar nela *por acidente*. Se eu conseguisse colocar as mãos em seu chapéu de novo, ela seria *obrigada* a me ver.

— Rosie chegou cedo esta manhã para arrumar o Bear — a veterinária me conta. — Ela o levou para uma caminhadinha pelo *campus* e falou que ele ficou muito feliz de sair no sol.

Ela gesticula para que eu entre em uma pequena sala de exames, onde Bear me cumprimenta pulando nas patas traseiras, as patas dianteiras na minha barriga.

— Ah, amigo.

Ajoelho-me, deixando-o lamber o meu rosto, as minhas mãos deslizando sobre o pelo grosso e sedoso. O alívio se expande em meu peito, enchendo minha garganta quando o abraço.

— Te amo, Bear — murmuro contra a sua orelha caída. Minhas mãos deslizam sobre o algodão macio do seu pelo, e me afasto para olhar a bandana amarrada em seu pescoço. — O que é isso?

— Rosie queria fazer uma surpresa. E, como você pode ver, Bear está muito elegante com a nova bandana.

O logotipo dos Vipers com o número da minha camisa, 40, cobrem a bandana azul. E, bem no centro? Um desenho meu e do meu melhor amigo peludo, com as palavras "Maior fã do papai" escritas embaixo. Eu devia saber. Que se haveria alguém que me veria para além de tudo, da máscara de goleiro, dos medos e das inseguranças, seria a Rosie.

Sempre foi a Rosie.

ROSIE

Pense com o cérebro, não com os peitos. Pense com o cérebro, não com os peitos.

Não importa quantas vezes eu repita as palavras, tudo o que consigo ver são músculos. Quilômetros de músculos. Intrincadamente esculpidos, dourados como mel, movendo-se com agilidade sob o sol suave de uma manhã de sábado em setembro, com cachos cor de ébano caindo sobre olhos azuis brilhantes. Sei o que vai acontecer quando eu os vir.

Vou me afogar. Vou me perder naqueles olhos, no amor, na gentileza, na paciência que transborda deles. Vim aqui para falar com Adam, para descobrir o que vamos fazer a partir de agora, mas, ao vê-lo, as únicas palavras que me vêm à mente são *eu te amo*.

Dou só mais três passos pela sinuosa entrada de veículos antes que meu coração despenque em meu estômago, meus pés de repente parando. O lindo jardim de Adam entra em foco, com pétalas exuberantes espalhando-se em um arco-íris de cores na varanda da frente, me atraindo, para mais perto de um sentimento de "lar".

— O que está fazendo?

Os olhos de Adam se erguem e ele fica em pé, todo o seu um metro e noventa e cinco de músculos suados e mal cobertos.

— Rosie.

Bear salta de sua cama na varanda, choramingando ao correr em minha direção, pressionando-se ao meu lado.

Adam limpa o suor que escorre da testa, deixando uma mancha de terra acima da sobrancelha.

— Você está aqui.

Concentro em uma gota correndo como um rio pelo centro de seu peito largo, descendo do abdômen definido com perfeição e que se flexiona conforme ele tira as luvas.

— O que está fazendo? — repito, com os meus olhos percebendo arbustos de plantas que não estavam ali antes.

Ele torce as luvas, o olhar ricocheteando entre mim e os arbustos.

— Adam... — Acaricio as pétalas cor-de-rosa, lutando contra a ardência da emoção atrás dos meus olhos. — São peônias. Está plantando um canteiro de peônias no seu jardim da frente. — Ele assente. — Por quê? — sussurro, o coração batendo forte em meus ouvidos.

A névoa em seus olhos se dissipa, deixando-os vulneráveis.

— Porque eu queria que você se sentisse em casa, se quisesse voltar para mim.

Há muito espaço entre nós. Espaço *demais*, e a única decisão lógica é eliminá-lo me jogando em seu peito, envolvendo cada centímetro de mim em volta dele até que não reste nada. Adam ri baixinho, a mão correndo pelas minhas costas.

— Esqueci como é bom te abraçar — choro baixinho em seu pescoço, e então ele suspira, seu corpo relaxando conforme ele me abraça com mais força.

— Senti tanto a sua falta, Rosie.

Deslizo para baixo em seu corpo, enxugando as lágrimas traiçoeiras das minhas bochechas.

— Vim visitar Bear e ia perguntar se poderíamos conversar sobre a gente. Eu não estava planejando pular em você.

Ele ri de novo, e não deve haver som mais bonito no mundo.

— Para referência futura, pular em mim é sempre aceitável. — Ele gesticula para minha bolsa, descartada em algum lugar ao longo do caminho para a garagem, e o cachorro pulando aos meus pés. — Você quer dar uma olhada no Bear e depois me perguntar se podemos conversar aqui ou lá dentro? — Ele se encolhe, olhando para o relógio. — Droga, esqueci que tenho de encontrar alguém em meia hora. É meio importante. Minha assessora disse que tenho de estar lá.

— Ah. Tudo bem.

A decepção faz meus ombros caírem e Adam coloca a palma da mão na nuca.

— Eu poderia adiar? Sim, vou adiar. Então podemos ter o tempo de que precisarmos para conversar.

— Não, está tudo bem. Eu não deveria ter vindo sem avisar. Deixei Connor na casa do Brandon e, em vez de ir para casa, acabei aqui.

— Não vou demorar. Se quiser, pode esperar aqui com o Bear e venho direto para casa.

— Ótimo. — Esfrego as orelhas do Bear, sorrindo para o garoto feliz. — Vamos entrar e deixar você confortável no sofá para que eu possa dar uma olhada na sua saúde, ok, bonitão?

Lá dentro, Adam coloca as ferramentas de jardinagem no corredor e sobe as escadas para tomar banho enquanto desfaço minha bolsa.

— Ai, droga — murmuro, puxando o gatinho de pelúcia de Connor.

Passar o verão com Adam me ajudou a perceber que meu filho é muito mais adaptável do que eu imaginava, mas a única constante em sua vida é esse gatinho em sua cama todas as noites, não importa onde ele durma. Muitas vezes, tive de levá-lo até a casa de Brandon enquanto Connor gritava do outro lado da linha.

Depois de examinar Bear, estou confiante em sua cura e me aninho ao seu lado, sua cabeça no meu colo quando ligo para Brandon. São necessárias três tentativas antes que ele atenda.

— O quê?

— Eu me esqueci de deixar o gatinho de Connor com você.

— Porra, Rosie. — Ele solta um suspiro profundo, mas que mal ouço, com todo o barulho ao fundo. — Que burrice da sua parte, hein?

Meu peito arfa ao som da palavra de sete letras que ele usa com tanta facilidade.

— Consigo levar depois.

— Sim, é melhor mesmo — ele murmura de modo distraído.

— Acabou ficando na bolsa! Mas não terá problema.

Outro suspiro.

— Estarei em casa em algumas horas. Traga o bicho de pelúcia depois das 16h.

— Vocês saíram para passear? Que divertido.

Mordo a língua para não perguntar se ele está com o nosso filho em um bar enquanto assiste a um jogo de beisebol.

— Não, Connor está em casa.

— Ah. Quem está cuidando dele? Eu poderia ter ficado com ele por mais tempo, já que você queria sair.

Ele solta uma risada.

— Claro, daí você reclamaria comigo por eu não passar mais tempo com ele. Connor está bem, de qualquer maneira. Programei o alarme antes de sair.

— Você programou o... O quê?

— O alarme.

Esfrego a dor de cabeça se formando em minhas têmporas conforme processo o significado por trás de suas palavras, ouvindo o som dos passos de Adam quando ele desce as escadas, os passos acompanhando o compasso das batidas do meu coração agitado.

— Quem está cuidando de Connor? — repito.

— Eu programei o alarme — ele insiste.

— Quem está cuidando de Connor, porra?

— Relaxa — ele responde com um sussurro abafado. — Eu o coloquei no cercadinho para tirar uma soneca e programei o alarme quando saí. Estou no bar aqui embaixo.

— Você deixou um *bebê* sozinho em casa para beber e assistir a um jogo de *beisebol*? — É a última gota, e fico em pé conforme as palavras saem de mim, uma onda de raiva e violência pulsando através do meu corpo. — Como você pode ser tão descuidado com a vida do seu filho?

Nem ouço sua desculpa idiota. Enfio o celular na bolsa e caminho pelo corredor, lágrimas de raiva inundando minha visão ao lutar para calçar os tênis.

— Sinto muito — digo quando Adam me força a sentar na escada, calçando os tênis para mim. — Tenho de ir. Não sei como... Brandon não o ama nem um pouco? Ele é o pai de Connor, pelo amor de Deus!

Meus punhos se fecham, as unhas cravando na carne, e murmuro um obrigada distraído quando Adam me ajuda a ficar de pé, abre a porta para mim e me segue para fora.

— Rosie — ele grita quando saio andando.

— Te ligo mais tarde, Adam.

— *Rosie.* — Paro, olhando por cima do ombro. Ele está em pé na caminhonete, segurando a porta do passageiro aberta. Há um tique em sua mandíbula marcada, e veias saltam em seu antebraço enquanto ele aperta as chaves com força no punho, a raiva irradiando dele. — Entre na caminhonete.

— Você tem um compromisso importante. Sua assessora...

— Cancelado. Entre na caminhonete.

— Mas...

— Connor é um milhão de vezes mais importante. *Ninguém* é tão importante para mim quanto você e aquele garotinho, então, pelo amor de Deus, Rosie, entre nesta caminhonete antes que eu te jogue nela.

Meu coração dispara e Adam não tira os olhos de mim conforme caminho em sua direção; depois me ajuda a me sentar no assento e tranca a porta. Ele não diz uma palavra durante todo o trajeto, seguindo em silêncio as instruções que dou com minha voz em pânico. A caminhonete mal está estacionada quando ele pula do assento, me puxa do meu e me guia pelo saguão até o elevador.

Assim que as portas se abrem, o choro de Connor perfura meus ouvidos, flutuando pelo corredor do prédio.

— Porra — Adam murmura logo atrás de mim à medida que corro para a porta do apartamento.

— Está trancada — grito, balançando a maçaneta.

— *Maaamããããe!* — Connor grita lá de dentro, fazendo lágrimas quentes caírem em cascata pelo meu rosto, e Adam gentilmente me afasta para tentar mexer na fechadura.

— Está tudo bem, meu amor! — Luto para mascarar a ansiedade subindo pela minha garganta. — Mamãe chegou!

— Estamos indo te pegar, ok, amiguinho? — Adam diz. — Aguente firme.

— O que fazemos? Devo ir atrás de Brandon? Pegar as chaves com ele?

— Eu cuido disso — Adam sussurra.

— Como você vai... — Suspiro, e Adam empurra seu ombro contra a porta. — Adam, é uma porta reforçada. Não tem como você...

Seu ombro bate uma segunda vez na porta, que se solta na dobradiça superior. Com um grunhido, ele empurra seu corpo contra a madeira uma, duas vezes mais, e se segura contra a moldura bem quando a porta se escancara e o elevador se abre atrás de nós.

— Que porra é essa? — Brandon grita. — A merda da minha porta!

— Imagine você se importar com seu filho tanto quanto se importa com sua porta! — Adam barra a entrada com seu braço, impedindo Brandon de me seguir assim que entro vasculhando o apartamento. — Não a siga, porra.

O rosto manchado de lágrimas de Connor aparece onde ele está preso entre o chão e o cercadinho tombado. Pequenas mãos se estendem para mim, olhos cheios de medo colidindo com os meus; puxo o cercadinho dele, pegando meu filho nos braços, pressionando meus lábios no pequeno corte em sua testa.

— Estou aqui, meu bebê — choro baixinho em seu cabelo enquanto ele enterra o rosto em meu pescoço. — Vai ficar tudo bem. Mamãe está com você.

Pego sua bolsa do chão, e Adam a pega de mim, sua mão nas minhas costas me guiando em direção à porta, passando por um Brandon confuso e meio bêbado.

— Ele estava preso debaixo do cercadinho.

— Ele... ele... — Os olhos de Brandon passam da bagunça em sua sala de estar para o sangue escorrendo da testa de Connor. — Ele deve ter tentado sair e o cercadinho tombou. Foi um acidente. Certo? Foi apenas um acidente, cara. Você está bem.

Ele estende os braços para Connor e o empurro para longe.

— Não toque nele — perco a paciência. — Nunca mais. Você teve um milhão de chances. Chances *demais* e, como uma idiota, continuei dando chances porque tudo que eu sempre quis foi que Connor tivesse uma família. Mas você não é a família dele, é? Você não se importa com ninguém além de si mesmo.

— Não é verdade — Brandon tenta se defender sem forças, os olhos dele se voltando para Adam. — Eu... Eu o amo.

— Você não tem a mínima ideia do que é amor.

Ele revira os olhos, desistindo de argumentar.

— E você tem?

— Sei que não se parece nada com isso. Essa merda tóxica e egoísta que você chama de amor só machuca as pessoas. E não vou deixar você machucá-lo mais.

— Ah, é? Vocês estão terminando comigo, então?

— Você nem está na certidão de nascimento.

Ele bufa uma risada, balançando a cabeça quando me viro para ir embora.

— Tanto faz. Grande perda. Estava mesmo cansado de dar uma de babá.

Viro-me, as palavras na ponta da minha língua, mas Adam me interrompe.

— E é o seu maldito problema, sabia? — Ele paira sobre Brandon, observando-o se encolher. — Você não é uma babá, você é o pai dele, e a última coisa que já fez foi agir como tal.

— Quem você pensa que é, porra? — Brandon olha para mim, uma risada amarga subindo em sua garganta. — É com essa pessoa que está namorando? Adam Lockwood? Você deve ser louca se acha que esse cara se importa com outra coisa além da sua boceta. — Ele olha para Adam. — Ela deve estar se escondendo ainda, caso contrário, você saberia que não vale a pena.

— Vá embora — Adam me fala tão baixinho que espalha um arrepio pela minha espinha. — Rosie, vá embora. Agora.

— Eu...

— O que ela é, seu mais novo caso de caridade? Rosie é uma piranha inútil, Lockwood. Você deve saber disso, certo? É por isso que nunca a vi em nenhuma foto com você. Deve ter vergonha dela.

— Vá embora — Adam repete, os olhos fixos em Brandon enquanto ele aponta para mim. — Pegue Connor e entre na caminhonete.

— Ela furou a camisinha só para tirar um bebê de mim — Brandon cospe sua mentira quando tento ir embora, sabendo muito bem que o látex de merda rasgou bem no meio. — Porque ela estava tão *desesperada* por uma família. Por alguém que a quisesse. E alguém tão rico e famoso quanto você? O que acha que ela vai fazer para te prender?

A porta bate na minha cara, uma força tão pesada e brutal que me joga um passo para trás. Mas não é isso que faz o suspiro rasgar minha garganta.

É o som do punho de Adam batendo em carne e osso.

Uma.

Duas.

Três vezes.

Suas ameaças sussurradas são quase inaudíveis, e fico enraizada no lugar à medida que as ouço flutuarem através da porta, chegando aos meus ouvidos.

— Cala essa boca, porra, e pare de agir como se aqueles dois saindo por esta porta sem olhar para trás fossem a pior coisa que já te aconteceu. Você só ganha uma chance dessas uma vez na vida, e outra pessoa vai apreciar e amar a linda família que poderia ser sua, que você não soube valorizar.

— Quem? — Brandon esforça-se para perguntar. — Você?

— Sim. Eu.

A porta se abre e tropeço para trás antes que os dedos de Adam envolvam meu braço, me segurando. Ele pega meu filho chorando sem hesitar, abraçando-o forte enquanto Connor enterra seu "papa!" no pescoço de Adam. Sua mão desliza pelo meu braço, dedos entrelaçados aos meus, e meu olhar se fixa nos nós dos dedos inchados e ensanguentados. Adam me puxa para dentro do elevador, o olhar aquecido encontrando o meu, o peito arfando a cada respiração irregular.

— Acho que precisamos de sundaes com cobertura quente.

29

BATMAN SEMPRE CONQUISTA A GAROTA

ROSIE

— VOCÊ É MUITO BOA NISSO.

Ele está tão fofo, sentado aqui ao meu lado, tentando puxar assunto. Por que ele ficaria surpreso que eu, uma estudante de veterinária do quarto ano e mãe, sei cuidar de ferimentos? Adam tem feito diversos comentários desde que chegamos aqui, há dez minutos, não tantos elogios, mas mais observações gerais. *Você está com uma trança no cabelo hoje. Gostei do seu grampo roxo. Você tem cheirinho de laranja. Sou eu ou essa grama é* muito *verde?*

Minha favorita? Quando ele olhou para mim, engoliu em seco e sussurrou: *Tem 36 árvores neste parque. Eu contei.*

Termino de limpar os nós dos dedos feridos de Adam e passo pomada neles.

— Quer um Band-Aid do Batman para combinar com o do Connor?

Connor dá um tapinha no curativo em sua testa.

— *Ba-ti-man.*

Depois, dá um tapinha na mão de Adam.

— Papa, *ba-ti-man.*

— Você acha que ele está me chamando de Batman? — Adam sussurra quando coloco um curativo em seus dedos.

— Acho que, para ele, você deve ser mesmo o Batman.

Seu peito se infla de orgulho e engulo uma risada. Esse homem é nada menos que um super-herói. Pensei nisso quando ele saiu furioso do apartamento de Brandon, e foi a única coisa em minha mente quando ele deixou a sorveteria com meu filho nos ombros, os nós dos dedos ensanguentados envolvendo o pé de Connor, uma bandeja de sundaes na outra mão. Essa visão meio que revirou algo dentro de mim, e voltei a cantar meu mantra cérebro/seios na minha mente.

— Obrigada — sussurro ao observarmos Connor e Bear na grama. — Por nos defender.

— Sempre vou apoiá-la, Rosie. — Ele coloca a mão sobre a minha. — Como está se sentindo?

— Um pouco assustada, pra ser honesta. Sei que tirar Brandon da vida de Connor é a decisão certa neste momento. Ele já estava com um pé fora desde antes do filho nascer, e colocar a segurança de Connor em risco é inaceitável. Mas assumir tudo sozinha parece meio assustador.

— Você não está sozinha. Tem Archie e Marco. E a mim.

Eu me concentro no guardanapo que rasgo entre os dedos.

— Não somos responsabilidade de ninguém.

— Não, não são. Vocês são nossa família.

Hesitante, ele levanta meu queixo e coloca minha franja para trás.

— Sinto muito que minhas ações tenham feito você sentir que não eram uma prioridade para mim, vocês dois. De todas as coisas de que me arrependi na vida, mentir sobre quem eu era foi a pior. A questão é, Rosie: mentir para você foi uma maneira de colocá-la em primeiro lugar. Meu coração escolheu você o tempo todo.

— Você vai me dizer o que aconteceu?

Ele apoia os braços nos joelhos, mantendo os olhos em Connor e Bear.

— Tudo sempre girou em torno do hóquei, sabe? Adotamos o Bear porque Courtney dizia que ficava entediada em casa quando eu estava fora, jogando hóquei. Depois, foi também por causa do hóquei que, quando ele tinha três meses, comecei a deixá-lo com a mãe de Carter porque Courtney cansou de cuidar do Bear. — Ele puxa uma folha de grama, brincando com ela entre os dedos. — Foi por causa do hóquei que cheguei em casa de uma viagem e encontrei Courtney na cama com outro homem, e foi por causa do hóquei que todas aquelas mulheres quiseram sair comigo desde então. — Seu olhar quieto, reservado, encontra o meu. — Irônico, né? Courtney disse que me traiu porque eu não ficava em casa o suficiente para dar a atenção de que ela precisava, mas ela também não queria ir embora, porque o hóquei sustentava seu estilo de vida. A cada encontro, parecia que eu tinha de falar sobre contratos e salários, casas de férias e quantos carros eu tinha na garagem. *Sempre* tudo em torno do hóquei, Rosie, e era tão exaustivo nunca ser o suficiente para ninguém. — Ele olha para baixo, dando de ombros. — Cheguei a um ponto em que queria desistir. E, então, conheci você, que não tinha ideia de quem eu era. E gostou de mim de qualquer maneira, viu todos os lados para os quais ninguém quis olhar. Vi nisso uma chance e a abracei. Não estou orgulhoso, mas também não vou mentir: este verão com você, esquecendo toda a merda que vem com a fama… Foi o melhor verão que já tive. Só nós dois e Connor, o tempo que passamos juntos e tudo o que estávamos construindo. Eu sei que a magoei e não é desculpa, mas, porra, Rosie, ter sido *escolhido* por você… Consertou algo dentro de mim. Pela primeira vez em muito tempo, me senti digno.

É de partir o coração vê-lo assim, encolhido em si mesmo, tão inseguro, mesmo sendo tão incrível e tendo tanto a oferecer, nas mãos de pessoas que nunca mereceram nada de Adam. Odeio saber que pessoas tão egoístas fizeram mal a um homem tão bondoso e o desgastaram a ponto de ele sentir que precisava esconder algo tão importante só para que alguém lhe desse uma chance. Cubro sua mão com a minha, acalmando sua inquietação.

— Você fez o mesmo por mim, sabia? Consertou algo dentro de mim. Algo que estava partido há tanto tempo que pensei que nunca poderia ser consertado. Não tenho certeza se eu enxergava mesmo meu valor antes de você. Não como mãe, como amiga, nem como uma possível parceira. Agora tenho certeza disso.

Olhos azuis orgulhosos movem-se entre os meus.

— Eu fiz isso?

— Você fez isso. Lamento que as pessoas não tenham se dado ao trabalho de ver que homem maravilhoso você é além do hóquei, Adam. Azar deles. — Observo Connor rastejar sobre nossa toalha de piquenique e ir para o colo de Adam, acomodando-se em seu peito enquanto Bear faz o mesmo, colocando a cabeça em suas pernas. — E sorte a nossa.

— E se você não gostar do meu lado de jogador de hóquei?

O problema é que já sei que adoro. Passei as últimas duas semanas assistindo a jogos. Vi entrevistas pós-jogo, jogos de pré-temporada… A única coisa que vi com clareza é que ele é o mesmo homem no gelo e fora dele. Cheio de vida. Dominador. Comemora todas as vitórias e levanta o moral dos companheiros de equipe quando eles estão desanimados. Alguém que tenta colocar tudo sobre os próprios ombros, mesmo que seus amigos não deixem. Ele protege o time com tanto afinco, da mesma forma que protege a família.

Como explicar a Adam que o vejo?

— Qual foi a primeira coisa que notou em mim naquele dia na trilha? — pergunto.

Adam sorri, elétrico, como se pudesse ver a memória se desenrolar diante de seus olhos.

— Seu sorriso. Foi tão grande, tão genuíno, quando meu cachorro de sessenta quilos pulou no seu colo. Daí você riu, e seu riso foi tão lindo, tão feliz e viciante quanto seu sorriso, e eu soube na mesma hora que seu coração era assim também. — O sorriso em seus olhos traça o formato da minha boca, seu polegar correndo ao longo da covinha no meu queixo. — Essas foram as primeiras coisas que notei em você.

— Você se lembra quando contei que pintava o cabelo de rosa por causa da minha mãe?

— Você se lembrava das peônias rosas que plantou. Puras e cativantes. — Ele inclina a cabeça, sorrindo. — Uma das minhas descrições favoritas de você.

Meu coração dispara, zumbindo com a confirmação de que este homem sempre me ouviu, sempre viu muito em mim.

— Esse é metade do motivo. A outra metade é porque eu queria ser notada. Desejava tanto que alguém se interessasse. Não tinha conseguido ser notada durante todos aqueles anos no orfanato. Pensei que, se alguém notasse meu cabelo, se fosse curioso o bastante e passasse algum tempo conversando comigo... talvez notasse outras coisas também. Talvez, se apenas me desse uma chance, encontraria em mim outras coisas para gostar. E funcionou com bastante frequência, embora não exatamente da maneira que eu esperava. Era sempre a primeira coisa que as pessoas percebiam em mim, mas não você. Você viu muito mais, desde o começo. Você me fez me sentir vista por todos os motivos certos. — Estendo a mão sobre o cobertor, entrelaçando os dedos nos dele. Ele está quente como sempre, e seu toque firme faz as montanhas parecerem pequenas. Com sua mão na minha, me sinto mais confiante do que nunca. — Eu sempre vi você, Adam. E amei tudo que vi. Sei que escondeu essa parte de você por um motivo, mas tenho certeza de que vou amá-la também.

Ele olha para o meu filho adormecido em seu colo, passando os dedos pelas ondas loiras de seu cabelo.

— Eu só quero ser perfeito para vocês dois.

— Não preciso de perfeição. Gosto da bagunça, do caos, de todos os seus medos e suas inseguranças. Eu te contei sobre os meus, e você me ajudou com todos eles. Deixe-me caminhar com você pelo seu caos.

— E se for demais? Todo o tempo separados, os jogos, a mídia. E se for difícil demais?

— É a vida, não é? Descobrir o que fazer quando fica difícil? É assim que crescemos. E passei tantos anos crescendo sozinha. Agora quero crescer com alguém.

A esperança brilha em seus olhos, e juro que seu corpo ganha vida.

— Comigo?

— Com você, Adam.

Ele sorri para as nossas mãos, observando seu polegar se mover pela minha pele. Quando seu olhar cai em mim, vejo paciência ali, um lembrete de que esse homem sempre entendeu até as partes mais profundas de mim.

— Acho que você precisa que eu vá devagar.

— Também acho — admito, avaliando sua reação.

Mas ele apenas sorri.

— Acho que pode ser disso que também preciso. Tenho tanta certeza de que você pertence ao meu mundo, mas quero fazer isso direito, Rosie. Quero te dar tudo de mim, te dar tempo para se acostumar na sua velocidade.

Ele levanta minha mão até a boca, dando um beijo leve como uma pluma nos meus dedos.

— Então vá com calma, ok? Porque, quando estiver pronta, não vou deixar você se afastar de novo.

Sempre fui fã do silêncio. Do tipo bom, confortável. O tipo de silêncio que vem com a paz, com expor tudo, resolver os problemas juntos e, enfim, encontrar o caminho para percorrerem em parceria, lado a lado. Esse tipo de silêncio me faz feliz, e é nele que estamos quando pegamos o elevador até o meu apartamento. A porta se abre assim que paramos na frente dela, quase como se alguém estivesse observando pelo olho mágico. Archie fica ali, seu olhar se movendo cautelosamente entre nós, e Adam estende a mão.

— Nós não nos conhecemos de fato. Eu sou Adam.

O rosto de Marco aparece por cima do ombro de Archie.

— Meu Deus. Ele está aqui. Para fins de pesquisa, Adam, você pode levantar sua camisa? Rosie disse que você tem um abdômen todo definido, mas Archie acha que ela está exagerando. Temos uma pequena aposta, e... — Ele coloca a mão sobre o peito. — Aposto em você, *é claro*. Então, se puder...

Archie o silencia com uma mão sobre o rosto.

— Por favor, não tire a camisa. Marco precisa aprender a ter limites, mas é bom conhecê-lo. — Ele se agacha, coçando as orelhas de Bear. — Ei, garotão. Você é tão bonito quanto Rosie nos contou. — Seus olhos encontram os meus, procurando. Quando sorrio, ele sorri também. — Connor, quer brincar de trenzinho enquanto a mamãe dá boa noite para Adam?

Connor corre pela porta com um grito, depois derrapa até parar. Então corre de volta até nós, jogando os braços em volta do pescoço robusto de Bear.

— Tchau, *cachoio gande. Ti amu.* — Em seguida, colide com as pernas de Adam, envolvendo seus braços ao redor delas. — Tchau, papa. *Ti amu.*

Adam o aperta contra o seu peito.

— Tchau, amiguinho. Te amo também.

A porta se fecha atrás de Connor, nos deixando sozinhos no corredor.

— Senti falta disso — ele diz baixinho. — *Papa.* Sei que não significa... — Ele balança a cabeça, enfiando as mãos nos bolsos. — Mas me faz sentir especial para ele, só isso.

— Você é especial para ele, Adam. É especial para nós dois. — Estudo esse homem diante de mim enquanto ele fita o chão, na mistura mais estranha e cativante de confiante e tímido, o coração mais puro por trás da aparência. — Como você sabia?

— Sabia o quê?

— Da rua Via Láctea? — murmuro o nome da rua onde passei minha infância. O nome da bolsa de estudos que convenientemente apareceu depois que a minha foi perdida.

Adam cora, rindo de nervoso.

— Você sabia que era eu, né? Eu, hum, pesquisei você no Google.

Bufo uma risada.

— Acho que toda essa confusão teria sido evitada se *eu* tivesse pesquisado *você* no Google.

Adam olha para Bear, sentado exatamente no meio do caminho entre nós, como se se recusasse a escolher apenas um.

— Acho que foi Bear que me trouxe até você, sabia. Eu nunca teria conhecido você e Connor se ele não tivesse te derrubado naquele dia nas montanhas. E, quando ele passou pela cirurgia, percebi. — Ele dá um passo para mais perto de mim e meu coração salta na garganta. — Mas também percebi que eu tinha de agradecer aos seus pais. Que você não teria vindo parar em Vancouver se os dois não a tivessem trazido para cá e a feito se apaixonar. Que você talvez nunca tivesse desejado ser veterinária se não fosse pelo seu pai, ou pela maneira como seus pais a criaram, o que tornou esse seu coração incrível e empático. Eu não poderia deixá-la adiar o seu sonho por mais um ano, não depois de todo o seu esforço. Sei que você não queria minha ajuda financeira, Rosie, mas poder te dar a bolsa... É um dos melhores investimentos que já fiz. E quanto à Bolsa de Estudos Via Láctea? Eu queria encontrar uma maneira de honrar o papel dos seus pais na sua vida e no seu futuro. Porque sei que, se estivessem com você a cada passo do caminho, ficariam muito orgulhosos da filha.

Lágrimas furtivas ardem em meus olhos, e eu fungo, abanando meu rosto.

— Por que você sempre tem de me deixar tão emotiva?

Ele ri baixinho, enxugando uma lágrima perdida.

— Eu amo seu coração, Rosie. É o que vai fazer de você uma veterinária incrível. É o que faz você ser *você*.

— Obrigada por acreditar em mim, Adam.

— Obrigado por me dar uma segunda chance. Mas não vou precisar de uma terceira. Prometo.

A promessa é tão boa quanto o calor de sua mão segurando meu rosto, e me entrego a ambos.

— Mas chega de segredos, ok?

— Ok.

Ele puxa a mão para trás. Seus olhos tremem e ele flexiona os dedos, fechando-os em punhos antes de deixar escapar:

— Eu amo Fruit Roll-Ups. Sei que parece que como mais comida saudável, mas amo tanto Fruit Roll-Ups que tenho oito caixas na minha despensa agora. Tentei parar, mas não consigo. — Ele exala uma respiração longa e alta, com uma mão em seu torso, que desinfla. — Uau, agora me sinto muito melhor.

Que esse seja o pior dos seus segredos é tão revelador sobre o tipo de pessoa que Adam é, e, quando rio, ele sorri. Seus dedos encontram os meus, entrelaçando-os devagar.

— Passei a maior parte das últimas duas semanas na minha cozinha, olhando para os meus armários verdes, porque não queria esquecer a cor dos seus olhos. — Seus olhos voltam-se para mim e meu coração acelera com o peso do seu olhar. — Eu não teria desistido, só para você saber. E, agora, farei tudo o que precisa até que esteja pronta. Irei com tanta calma quanto você precisar. Serei paciente.

— Pronto para passar seus dias esperando por uma mulher, hein?

— Se essa mulher for você? Com certeza.

Ele dá um beijo no meu rosto, os lábios macios encontrando meu ouvido, demorando-se ali com suas palavras sussurradas:

— Afinal, vou me casar com você um dia. O Batman sempre conquista a garota. — Ele recua, um sorriso orgulhoso no rosto, antes de ir para o elevador. Olhos brincalhões encontram os meus antes que a porta se feche, e ele pisca. — Boa noite, problema.

30
PAIS SEM CAMISA

ADAM

— VOCÊ NÃO PODE SÓ mandar uma mensagem para ela? Estou cansado de ver você abrir a caixa de mensagens, encará-la e depois fechá-la de novo!

— Nossa — murmuro, olhando feio para Jaxon. — Alguém está irritadinho esta manhã.

— Mittens achou que o meu pau era um brinquedo pendurado quando saí da cama. E me deu umas arranhadas antes que eu pudesse me proteger. — Ele agarra o pau com uma mão, o outro braço se agitando. — É claro que estou irritado pra caralho!

— Talvez você devesse ter protegido o seu *caralho*, aí não ficaria todo bravinho — zomba Carter, erguendo a mão para um cumprimento no ar. — Entenderam a piada?

— Sim, nós entendemos — eu o asseguro.

— Ah. — Ele franze a testa para sua mão. — Porque ninguém me cumprimentou. — Ele engole seu *smoothie* pós-patinação, depois pega um Oreo. Para equilibrar a refeição, imagino. — Por que você não quer mandar mensagem para Rosie?

— Mal passou das 7h da manhã.

— Ela tem um filho na creche — Emmett diz, enquanto ele e Garrett espalham abacate amassado em vários pedaços de torrada. — Ela com certeza está acordada.

— *Estaum* indo *debagar* — Garrett murmura de boca cheia.

Jaxon pisca.

— O quê?

— Eles estão indo devagar — Garrett repete. — Então ele não pode mandar mensagem logo de manhã, porque isso não é devagar.

Carter ri, esticando os braços acima da cabeça.

— É, conheço esse jogo. Ollie e eu nunca fomos bons em ir devagar. Ela mais do que eu. Era para irmos devagar, mas ela subiu em cima de mim na limusine depois do noivado de Kara e Emmett. Tive que lutar contra ela.

Olivia passa com uma caneca fumegante de chá e dá um peteleco na cabeça dele.

— Não foi bem assim que aconteceu. — Ela sorri para mim. — Acho fofo vocês irem devagar por um tempinho. Não vai doer. E, sim, pode mandar mensagem para ela. As mulheres adoram saber que são seu primeiro pensamento pela manhã.

— Então eu deveria…

— Sim.

— *Sim.*

Pego o celular e começo a digitar, nem me importando com o jeito como meus amigos estão rindo de mim.

Bom dia. Dormiu bem?

Não. Péssimo. Apago.

Olá, Rosie. Vc está bem hoje?

Piorou. Apago.

Bom dia, linda. Pensei em vc na cama ontem à noite.

Meu Deus, Adam, o que há de *errado* com você? Apago.

Olivia espia por trás do meu ombro.

— Um simples "tenha um bom dia" faria maravilhas, Don Juan. Não pense demais.

Eu: Bom dia, problema. Espero q vc tenha um bom dia.
Problema: Obrigada, Adam. Não começou muito bem.

Chega uma foto de um Connor choroso agarrado a ela.

Problema: Connor tá com uma virose estomacal.

Ah, droga. Tadinho. Dou zoom na foto, vejo os olhos sonolentos de Connor, sua pele pálida. É o olhar exausto e estressado de Rosie que me faz apertar o botão de chamada, saindo pela porta do pátio de Carter até o quintal.

— Ei — Rosie responde.

— Sinto muito que Connor esteja doente, Rosie. Você está bem?

— Sim, é só que... — Ela suspira. — Dia ruim. Não posso mandá-lo para a creche, e claro que Brandon não é mais uma opção. — Ela funga, o que aperta o meu coração. — Desculpe, estou frustrada e exausta porque estamos acordados desde as duas da manhã. Preciso entrar em cirurgia em duas horas, mas vou ter de faltar.

— Eu cuido dele. Posso ficar com Connor hoje enquanto você estiver na faculdade.

— Não posso pedir para você fazer isso.

— Você não está pedindo. Estou me voluntariando. Já treinei com os caras hoje; tenho o resto do dia livre.

— Não vai ser um dia fácil. Ele fica pegajoso e chorão quando está doente.

— Eu gosto de pegajoso e chorão.

— Adam...

— Deixe-me ajudar você, Rosie. Pode contar comigo. Além do mais, senti tanta falta dele. Conte comigo hoje.

Ela hesita, e imagino seus dentes mordendo o lábio inferior, o pequeno vinco entre as sobrancelhas ao refletir a respeito.

— Tem certeza?

— Claro que sim. — Volto para dentro da casa. — Estarei aí em vinte minutos.

Carter joga os braços no ar, me seguindo até a porta da frente.

— Você prometeu fazer aquele TikTok comigo!

— Não prometi, não.

— Ah, *cara.* Mas as garotas adoram ver você dançar.

— Não, Carter. — Abro a porta, olhando para ele com sua camiseta de Papai Mais Gostoso do Mundo. — Eles adoram ver seu conteúdo de papai feliz sem camisa.

— *Você também poderia ser um papai sem camisa!* — ele grita do lado de fora da porta quando entro na minha caminhonete.

Aceito ser chamado de *papa* apenas por Connor. E, *merda*, o coitadinho está doente, com os olhos vermelhos e o nariz escorrendo de tanto chorar, a pele pálida e escorregadia de suor.

— Vamos ficar bem — prometo a Rosie quarenta minutos depois, quando estamos na frente de sua faculdade. *Podemos não ficar tão bem assim.* — Está tudo sob controle. — *Não há nada sob controle.* Sorrio para Connor.

Está muito mais trêmulo do que eu gostaria, então tento o plano B, que é colocar os dois polegares para cima. — Certo, cara?

Ele arfa e Rosie consegue colocar a sacola aberta na posição uma fração de segundo antes de ele vomitar.

— Ah, meu amor… — Ela enxuga o rosto dele, o olhar preocupado encontrando o meu. — Não sei, Adam. Talvez eu devesse ficar com ele.

— Rosie. — Agarro seus ombros, apertando-os com gentileza. — É assustador, porque é algo que você não consegue controlar. Mas você também não vai conseguir controlar a doença dele se ficar em casa. Eu sei que só quer ficar com Connor, garantir que ele esteja sendo cuidado, e prometo que vou cuidar dele. Ele vai ser amado por mim e pelo Bear. Certo, amiguinho?

Connor enxuga as lágrimas do rosto, fungando.

— Papa, Bear?

Rosie sorri com timidez, tirando o cabelo da testa úmida.

— Confia em mim? — pergunto baixinho.

Ela me observa por um momento, então concorda.

— Confio em você, Adam.

— Claro que confia, porra!

— *Porra* — Connor repete baixinho e meu sorriso desaparece.

— Ai, merda. Não. *Porra!* — Olho para Rosie. — *Rosie.*

Connor sorri lentamente com uma carinha diabólica, pequenas sobrancelhas se erguendo.

— *Ai, merda. Merda! Merda!*

Pego a mochila de Rosie, coloco as alças em seus ombros e empurro o café do Starbucks que peguei para ela em suas mãos.

— Ligo para você se precisar de alguma coisa, e prometo que não vou mais falar palavrões! — Eu a empurro de modo gentil em direção à entrada do prédio. — Tenha um ótimo dia, nós te amamos! — Paro, batendo o punho no meu quadril, as sobrancelhas franzidas quando repito aquelas últimas três palavras na minha cabeça. — Não, eu não, hum… — Encaro Rosie. Ela está parada ali, segurando o café, sorrindo para mim. — *Ok, tchau!*

Corro para o carro e saio do estacionamento sem olhar mais para ela.

— Merda. Essa foi por pouco, hein, cara?

Connor sorri para mim no reflexo do espelho.

— Merda.

Ah, merda.

Problema: Como tá indo?
Eu: Tdo ótimo!
Problema: Vc tá mentindo?
Eu: Só um pouco!
Problema: *emoji rindo* obrigada, Adam.

Ela aguentou duas horas e meia antes de mandar mensagem. Estou impressionado; só sei que seus dedos devem ter coçado a manhã inteira. E, sério, estamos mesmo bem. Dia difícil, mas estamos superando. Ele não vomita há quase duas horas, conseguiu engolir alguns biscoitos e um pouco d'água, e só caiu, tipo, três vezes. Todas as três vezes que tentei colocá-lo no chão. E eu? Estou inteiro. *Totalmente* inteiro.

— Preciso de ajuda.

— Chego em cinco minutos — diz Carter.

Sei o que você está pensando: liguei para *Carter* para pedir conselhos? Pois é a última coisa que eu pensei que faria também, mas, tenho que admitir, ele domina a arte de ser pai. Fico esperando na minha varanda da frente quando ele aparece, com Connor chorando em meus braços, sua pequena mão emaranhada em meu cabelo.

— O que é isso? — pergunto conforme ele caminha em nossa direção.

— Como assim? — Ele toca o boné em sua cabeça. — É meu boné de Papai Gostoso.

— Eu sei ler, Carter. E sei o que o boné diz. E por que precisa de um boné, se já está usando a camiseta?

— Para enfatizar. — Ele está segurando algo. Parece um tipo de... mochila? — Quando Ireland está tendo um dia difícil, ela só quer ser carregada. Eu a amarro no meu peito e ela fica feliz pra caramba. — Ele me avalia. — Talvez seja preciso ajustar a alça, porque você é menor do que eu.

Reviro os olhos conforme ele tenta inflar a cintura, porque sabe tão bem quanto eu quem é o menor de nós dois.

— Vou te colocar no chão por um minuto, ok, cara?

Coloco Connor em uma cadeira na varanda, e ele grita, agarrando minha camisa.

— Não! Não chão! *Colo! Colo!* — Ele se levanta, puxando minhas calças, chorando. — *Colo, papa, colo!*

— Ei — eu o acalmo, agachando-me, esfregando suas costas. — Sei que você está chateado. Meu amigo Carter vai me ajudar a colocar isso em você, e então vou te pegar de novo, ok?

— Vou ser super-rápido, carinha. Prometo. — Carter amarra a engenhoca em volta da minha cintura. — Falei que você poderia ser um papai sem camisa.

— Não quero ser um papai sem camisa. Quero ficar vestido.

Pego Connor de volta e Carter me mostra como colocá-lo contra o meu peito antes de prender as alças nos ombros. Connor esfrega os olhos com seus pequenos punhos, soluçando, apoiando a bochecha na base do meu pescoço.

— O que você acha, cara? Gostou?

— Ônibus — ele sussurra, apontando para a rua.

— Você quer ir ver os ônibus? — Olho para Carter. — Podemos fazer isso com ele doente?

— Ar fresco pode fazer bem. — Ele dá um tapinha nas costas de Connor, sorrindo. — Prazer em conhecê-lo, rapazinho. Você vai ter que ir brincar com a Ireland em breve, ok?

Os olhos arregalados e vidrados de Connor se movem entre os de Carter.

— *I-land?*

— Acertou em cheio! — Ele me dá um tapinha nas costas. — Você consegue, papai.

— Por favor, não me chame de papai.

Ele pisca para mim, entrando em seu carro.

— Você pode *me* chamar de papai.

Meu Deus. Coitada da Olivia.

Prendo Bear em sua coleira, pego alguns lanches e nós três saímos para passear. Connor fica quieto no começo, me observando conforme aponto caminhões e pássaros, mas Bear arranca uma risadinha dele quando se enrosca tentando perseguir um esquilo em uma árvore.

— Carro *vemeio* — ele sussurra, apontando para um carro no semáforo.

— Sim! Carro vermelho! — Aponto para um azul. — De que cor é esse?

Ele sorri e seus pezinhos começam a chutar.

— Carro *vemeio*!

— Carro azul!

— Carro *vemeeeeio*!

— Quase! — Aponto para o ônibus descendo a rua. — Olha!

— *Uhuuuu!* Ônibus! *Ônibus gande!*

O ônibus passa por nós e Connor acena freneticamente.

— Oi, ônibus! *Oi, ônibus gande!*

A motorista do ônibus acena de volta, buzinando, e Connor fica maluquinho.

Bi bi, ônibus! Bi-bi!

Paramos no Coração Selvagem e deixamos Piglet sair para uma caminhada rápida. Ela fica confusa por Rosie não estar conosco, mas alegre do mesmo jeito, jogando o traseiro para o alto como sempre faz, batendo na cara de Bear.

Quando voltamos para casa, todos nós estamos prontos para tirar uma soneca.

Connor come metade do sanduíche de manteiga de amendoim e banana no almoço, depois enfia a outra metade na minha boca, e espero não pegar uma virose estomacal quatro dias antes do jogo de abertura da temporada.

— Pronto para tirar um cochilo? — pergunto, carregando-o para cima.

— Não — ele responde simplesmente.

— Eu estou. Estou com sono.

Ele aponta um dedo na minha cara.

— *Papa mimindo?*

— Sim, amiguinho. Papa está com sono. Você me manteve ocupado hoje.

Entro no quarto de hóspedes e coloco Connor de pé para conseguir empurrar as caixas que coloquei aqui na semana passada e guardar as latas de tinta no armário. Quando me endireito, Connor se foi.

— Connor? — Corro para o banheiro, o pânico apertando meu coração quando não o encontro. — Connor! Onde você está?

Uma risadinha soa no corredor e sigo o som até o meu quarto. Connor está no pé da minha cama e Bear está com a cabeça sob seu traseiro, como se estivesse tentando levantá-lo.

— *Papa, mimir?*

Connor aponta para a cama, então estende as duas mãos para mim.

— *Connor mimir.* — O alívio me toma e suspiro — Você me assustou. Pensei que tivesse te perdido por um minuto. — Eu o ergo em meus braços. — Você tem de se deitar no seu cercadinho.

— Não! — ele grita, agarrando meus ombros, tentando se levantar. — Sem *cecadinho*!

Ele encosta a mão na testa, a marquinha do machucado de sábado, quando ficou preso sob o cercadinho na casa de Brandon.

— Ai. — Suspiro, abraçando-o contra meu peito. — Você está com medo. Eu sei, amiguinho. Sinto muito. — Eu o embalo de um lado para o outro e ele deita a bochecha no meu ombro, enfiando o polegar na boca. — O que devemos fazer?

Ele aponta para minha cama de novo, abafando um bocejo.

— *Papa, Bear, Connor, mimir.*

— Você quer que eu me deite com você?

Sua resposta é um sorriso sonolento. Eu o coloco no meio da cama, e Bear sobe ao seu lado enquanto eu pego travesseiros extras do armário, construindo uma proteção improvisada ao redor dos dois. Eu me deito ao lado deles, e meu suspiro se transforma em um bocejo completo de cinco segundos. Esfrego os olhos quando Connor se aninha ao meu lado, Bear em suas costas, e me acomodo no calor. — Vou ficar aqui até você dormir, combinado?

Ele desliza sua pequena mão na minha e sorrio para ele enquanto seus olhos se fecham. Suas ondas loiras estão espalhadas pela testa, pequenas sardas revestindo o nariz. Ele tem aquela covinha no queixo, a mesma que Rosie, e, porra, não consigo acreditar em como esse garotinho é perfeito, como sou *sortudo*. É nisso que estou pensando quando seguro seu pequeno corpo contra o meu e meus olhos se fecham, pensamentos sobre ele e sua mãe correndo desenfreados em minha cabeça.

A voz da Rosie soa igual nos meus sonhos. Suave e doce quando chama meu nome, com aquela risadinha baixa deslizando sobre mim. Porra, até o toque dela é o mesmo nos sonhos: mãos gentis que deslizam pelo meu braço, roçando meu queixo, segurando minha bochecha.

— Adam — ela sussurra meu nome de novo e, quando seu polegar desliza sobre meu lábio inferior, meus olhos se abrem, encontrando os dela, divertidos, me observando.

— *Ai, merda, peguei no sono!* — Eu me levanto, quase batendo meu rosto no dela. Agarro seus braços, firmando-a, e olho para Connor, ainda desmaiado ao meu lado. — Esqueci de te pegar? Porra, Rosie, sinto muito. Connor não queria ir para o cercadinho, ele não me soltava, então deitamos aqui porque ele estava cansado e eu estava cansado pra caralho, e ele só... Ele só... — Gesticulo para o meu lado. — Connor se aconchegou a mim, uma bolinha minúscula, apenas se agarrando a mim, e adormeceu. Eu estava apenas olhando para ele, não conseguia acreditar como ele é fofo, como é perfeito, e... acho que também adormeci!

Rosie sorri, uma visão incrível e de abalar a Terra, que me faz querer cair de joelhos aos seus pés.

— Minha professora me deixou sair depois da cirurgia. Voltei sozinha porque você não respondeu, e encontrei vocês dois exatamente onde eu esperava. — Ela passa os dedos pelos meus cachos bagunçados. — Cuidar de um pequeno humano o dia todo é cansativo, ainda mais de um que está doente. — Ela gesticula para Bear, ofegante e feliz a seus pés. — Eu e Bear deixamos você dormir enquanto fazíamos o jantar.

— Você fez o jantar? Por quê?

— Para agradecer. Eu estava estressada essa manhã porque não conseguia estar em dois lugares ao mesmo tempo, e odeio deixar Connor quando ele está doente. Achei que ficaria olhando para o meu celular o dia todo, pedindo atualizações, mas, quando você saiu do estacionamento com o meu filho, me senti calma. Eu sabia que ele estaria seguro com você, Adam. — Ela pega meu rosto em suas mãos, me puxando para a frente, para que possa deixar seus lábios selarem um beijo na minha bochecha quente. — Todos os dias, você me dá algo novo para amar em você. Que sorte eu tenho de encontrar alguém que me dá tantas coisas pelas quais ser grata.

— Isso é inútil.

Observo Rosie andando de um lado para o outro ao lado da caminhonete na tranquila estrada rural onde estamos estacionados. Ela continua parando para pensar, então joga os braços para o alto e diz: "Isso não tem sentido!", e começa a andar de novo.

— Por que não tem sentido?

— Porque nem carro eu tenho, Adam! E não posso comprar um, então para que *treinar*, se não vou dirigir?

Ela apoia o queixo no punho, olhando para mim, mas sem me ver de fato, abanando a cabeça.

— Sim, está resolvido. Não vamos treinar.

Ela marcha até a frente, gesticula por cima do ombro e dá dois tapinhas no capô.

— Nada de aulas de direção hoje! Vamos lá, pessoal! Vamos!

— Ela sempre faz isso? — pergunto, braços cruzados enquanto ela luta para abrir a porta que acabei de trancar em sua cara.

— A saída dramática? — Archie a observa puxar a maçaneta. — Ahã.

— Acredite ou não — acrescenta Marco —, ela tem mais talento para o drama do que eu.

— Ok — Archie ri, revirando os olhos. — Eu não iria tão longe. Ninguém é tão dramático quanto você.

— Ah, tenho um amigo assim... — Destranco a porta para me divertir, e os olhos de Rosie brilham antes que ela alcance a maçaneta. Tranco de novo. — Às vezes, não tenho certeza sobre quando pressioná-la a tentar coisas novas e quando deixar para lá. Não quero forçá-la a fazer algo para que não está pronta, sabe?

Archie concorda.

— Sim, conheço essa dúvida. Contudo, a questão é: você *saberá* quando ela não estiver pronta de verdade para algo. Rosie se fechará por inteira e seu coração dirá para você não seguir e apenas abraçá-la. Você parece entendê-la bem. Ro nunca se sentiu pressionada por você. Mas ela de fato precisa ser convencida a algumas coisas.

— Alguém já parou para pensar se *atirar* coisas nela pode funcionar melhor do que *tentar convencê-la* a fazer algo? — Marco balança as sobrancelhas para mim. — Tente, é só o que estou dizendo.

Connor se pendura na cabeça de Marco, sentado em seus ombros, cobrindo sua boca com a mão. Pode ser o melhor a se fazer.

— Mamãe, *camião*?

— Acho que não, meu bem — Rosie diz, caminhando de volta até nós, as mãos na cintura, bufando. — Hoje, não.

Ela aponta por cima do ombro para a caminhonete.

— Adam, algo está acontecendo com as fechaduras.

— Sério?

— Sim, elas estão destrancando e trancando de novo.

— Não diga.

— É estranho, porque é quase como quando pego a maçaneta... — Ela para, franzindo a testa para mim. Seu rosto me diz algo como "vou castrar você". — *Seu filho da p...*

— Ah-ah. Cuidado com a língua perto de ouvidos inocentes.

— Boboca.

Seus olhos se estreitam e ela cruza os braços. Meu olhar cai em seu decote — *opa* —, mas ela puxa a camisa de botões, roubando minha visão.
— Nem pense.

— Lá vamos nós — Archie murmura.

— E você disse que ela não era dramática… — Marco sussurra.

— Não, falei que ela não era tão dramática quanto *você*.

— Estou bem aqui!

— Estamos vendo, Rosie, com certeza.

Eu rio, então transformo em uma tosse quando Rosie olha para mim.

— Vamos lá, problema. Vamos conversar na caminhonete.

— Eu sei o que está fazendo — ela exclama quando a coloco no banco do motorista, aquele que ajustamos para ela ao menos três vezes. — Você vai me olhar daquele jeito…

— Que jeito?

Eu a olho daquele jeito.

— Assim! — Ela me deixa prender o cinto. — E vai me perguntar o que está me impedindo de dirigir com uma vozinha gentil que me faz querer te contar tudo, daí vou ceder!

Subo no banco do passageiro, segurando minha palma virada para cima entre nós. Seu olhar oscila três vezes inteiras antes que ela enfim deslize a mão contra a minha, entrelaçando os nossos dedos. Que sensação boa, que faz tudo parecer tão quente, brilhante e completo.

— O que está te impedindo de dirigir? — Ela geme e rio. — Estou falando sério. Você estava animada com a nossa aula de direção hoje, então acho que quer aprender.

Ela morde o lábio.

— Eu quero.

— Mas está com medo.

Ela abaixa a cabeça.

— Estou cansada de ter medo de coisas simples.

— Não tem problema ter medo, Rosie. Só porque dirigir é simples para algumas pessoas não significa que seja simples para todos. É algo que eu possa ajudar você a resolver?

— Acho que não.

— Quer tentar mesmo assim? Nunca se sabe.

— Tenho medo de morrer — ela deixa escapar, então espera, avaliando minha reação. Quando não reajo, ela continua. — Não é da morte que tenho medo, mas do que vem depois de uma morte inesperada. O pensamento de nunca mais ver Connor, não poder vê-lo crescer, me destrói. E quem vai cuidar dele? Ele não tem avós. O pai dele nem mesmo... — Ela se interrompe, abanando as palavras, seu nariz se franzindo. — Sei que meus pais não morreram em um acidente de carro. Mas as pessoas morrem em acidentes de carro todos os dias, e incêndios são muito menos prováveis, e ainda assim aconteceu... Depois que os dois morreram, comecei a ter muita ansiedade em torno da possibilidade de uma morte inesperada, mas, depois que tive Connor, a ansiedade aumentou dez vezes. De repente, eu tinha esse pequeno humano que dependia de mim para tudo, e tudo em que eu conseguia pensar era em como teriam sido os momentos finais dos meus pais, sabendo que não me veriam de novo, que eu ficaria sozinha. As pessoas sempre dizem "imagino que" e sempre acho isso bobo, porque, não, você não consegue imaginar de fato... Mas venho tentando imaginar isso há tanto tempo, e é... é debilitante. Não tem outra maneira de descrever. É como se meu corpo desistisse de mim. O medo toma conta do meu cérebro e não consigo fazer nada além de imaginar o pior cenário. Fico tão perdida em meus pensamentos, Adam. Às vezes parece que eles me comem viva. — Ela funga de modo tão audível que machuca até a minha garganta. Quando uma lágrima desliza pelo seu rosto, eu a pego com meu polegar. — Sei que é só minha imaginação, mas isso quase torna mais difícil, sabe? Porque se dói tanto só de imaginar... Deus, a dor que meus pais devem ter sentido naqueles momentos, sabendo que era o fim... — Ela força uma risada. — Então, sim, é por isso que tenho medo de dirigir, embora eu queira aprender. Bobo, hein?

— Não. — Seu olhar volta-se para mim.

— O quê?

— Nada bobo. Seus medos são reais e válidos. Posso sentir sua dor, Rosie, e isso me dói também. Mas tenho uma ideia. Você está sentindo esse medo de ter que dizer adeus a Connor, de deixá-lo para trás, o que é bem assustador por si só... Mas, será que também não está carregando a dor dos seus pais? E se estiver assumindo a dor que sentiram ao deixar você para trás? A dor deles por sentirem que estavam abandonando você? — Seu olhar baixa, refletindo sobre as minhas palavras enquanto seu peito arfa. Aperto suas mãos nas minhas. — Você pode tentar uma coisa? Feche os olhos para mim. — Sorrio, tirando o cabelo do rosto dela quando seus olhos se fecham. — Sei que é difícil, mas imagine seus pais sentados aqui com você. — Uma lágrima escapa, descendo por sua face, seguida por outra, e ela aperta o lábio inferior, o queixo tremendo. — Conte que você vê a dor deles. — Ela balança a cabeça, as lágrimas caindo mais rápido. — Rosie — sussurro, segurando seu rosto em minhas mãos. — Por favor. Diga a seus pais.

— Vejo sua dor — ela chora baixinho.

— Boa menina — murmuro, enxugando suas lágrimas. — Agora diga a seus pais que você não pode carregar essa dor por eles.

Rosie suspira as palavras antes de se inclinar sobre o console central, desabando contra o meu peito. Aliso suas costas, abraçando-a conforme ela chora em meu pescoço.

— O que eles disseram?

Ela me observa, olhos verdes dançando em sua própria chuva cristalina, lavando um pouco dos seus medos.

— "Não queremos que carregue nossa dor."

— Acredito nisso. Seus pais não querem que você se apegue ao sofrimento. Nem à dor, nem aos seus medos. Ambos querem que você se lembre do amor. — Enxugo as lágrimas que grudaram em seus cílios quando ela me dirige um sorriso de partir o coração. — Aposto que te amaram do melhor jeito possível, Rosie. Assim como você.

Rosie joga os braços em volta do meu pescoço, me abraçando forte.

— Obrigada, Adam. Muito obrigada.

Passamos os próximos minutos verificando os espelhos, praticando pisar no freio e ligando a caminhonete e, quando Rosie está pronta, respira fundo, segurando o volante.

— Coloque em movimento — eu a instruo, observando-a manobrar. — Ótimo. Agora sinalize para a esquerda para que as pessoas saibam que você vai entrar no trânsito.

Olho por cima do ombro para o trânsito imaginário, e Archie e Marco fazem sinal positivo com os polegares de onde estão no acostamento, com Connor batendo na cabeça de Marco.

— E quando estiver pronta, tire o pé do freio.

Ela aperta os olhos e respira fundo antes de exigir:

— Conte-me algo bom. Conte-me sobre seu projeto caridade, Projeto Família. Por que o iniciou?

Sorrio.

— Iniciei pelas crianças que estão procurando um lugar ao qual pertencer, com segurança e amor.

Rosie solta o freio aos poucos e a caminhonete avança lentamente.

— Comecei pelas crianças que querem desistir — prossigo, e ela pisa no acelerador, só um pouquinho, e o veículo se move um pouco mais rápido. — Comecei para que as crianças saibam que sempre haverá alguém lá fora que as ama, que está torcendo por elas. Que pode levar algum tempo, mas que vão encontrar sua família. Comecei o projeto pelas crianças, Rosie.

Ela sorri, brilhante e tão linda, e, quando para na esquina e estaciona, Archie e Marco correm em nossa direção com Connor, gritando e aplaudindo. O orgulho brilhando em seus olhos é incomparável, uma visão que lembrarei para sempre.

— Consegui, Adam. Dirigi por uma rua inteira!

31
QUEM É O SR. INCRÍVEL?

ROSIE

— VOCÊ ESTÁ NERVOSA?

— Eu? Nervosa? Você *já* me viu nervosa?

Adam me olha de soslaio enquanto andamos pela calçada juntos, levando conosco Connor em um carrinho novo, top de linha, chique de doer que, quem poderia imaginar, Adam tinha na garagem. E, no carrinho com Connor? Bear. Sim, o carrinho é tão chique que aguenta um cachorro de sessenta quilos.

— Sempre.

— Este seria um momento aceitável para mentir, caso esteja se perguntando.

Observo Connor, saltitando em seu novo carrinho favorito, batendo palmas e cantando *I-land*, porque Adam lhe contou que íamos conhecer sua nova amiga, Ireland. Então, olho para mim mesma, a roupa que troquei quatro vezes, o jeans que Archie jurou que abraçava minha bunda perfeitamente, o suéter grande que vesti depois de desistir de todo o resto.

— Só quero que seus amigos gostem de mim.

— Eles já te amam, Rosie.

— Não tem como saber disso, Adam. Só está tentando me fazer me sentir melhor.

— Eu sei, sim. Falamos de você há três meses. Estão morrendo de vontade de conhecer a garota que me faz sorrir para o celular o tempo todo.

Calor invade as minhas bochechas e escondo o sorriso. Já faz duas semanas que Adam e eu decidimos levar as coisas devagar, e o homem voltou a ser uma presença permanente na minha vida, exceto que está ainda melhor do que antes, mesmo sem a parte física.

Ele terminou os jogos de pré-temporada na semana passada e, entre todos os treinos, práticas e cirurgias, nos vemos todos os dias. Às vezes, acordo com ele confirmando o que quero da Starbucks, e trinta minutos depois ele já está na minha porta, me ajudando a preparar Connor para a creche enquanto saboreio meu café. Às vezes, ele está encostado em sua caminhonete quando saio da faculdade, com um sorriso ridiculamente bonito me esperando, somado a um sorriso bobo no rosto feliz de Bear.

E às vezes — *meu momento favorito* — ele aparece à noite com chás e muffins, me ajuda com o banho de Connor, lê os livros favoritos dele e o coloca para dormir. Depois, senta-se no sofá comigo, com Archie e Marco para ver TV. Ele se espremeu em cada canto da minha vida e tudo parece tão cheio que estou quase prestes a explodir.

— Pelo menos já conheci alguns deles — revelo quando entramos em uma longa e sinuosa entrada de veículos.

— Na clínica, depois da cirurgia de Bear, quando todos estavam lá?

— Não, quando foram ao Coração Selvagem.

— O quê?

— Garrett e Jaxon? Quando os dois foram ao abrigo para me conhecer?

Adam arqueia uma sobrancelha.

— Como?

— Sim, os dois usaram bigodes falsos! Você não sabia?

Adam tropeça nos próprios pés e até deixa escapar um sapato.

— *Bigodes falsos?*

— Espere. — Paro, e Adam ainda está tentando calçar o sapato de volta. — Se você não sabia que os dois foram me espionar, de onde você acha que Jaxon conseguiu Mittens?

Ele joga os braços acima da cabeça.

— Ele me contou que ouviu pequenos miados vindos da caçamba de lixo na garagem do apartamento e que salvou Mittens! Me mandou uma foto de Mittens ao lado de uma meia velha e um saco amassado de Doritos e disse: "Olha o que achei no lixo!".

— Uau. Essa é uma mentira bem elaborada. Estou impressionada.

Adam pisca para mim e, então, de novo:

— Bigodes falsos?

— O de Garrett caiu e ele saiu correndo depois de fingir que recebeu uma ligação.

Adam esfrega as mãos no rosto em câmera lenta. Com um suspiro, gesticula para a casa ampla diante de nós.

— Bem, vamos conhecer o restante.

Ele coloca o carrinho na varanda da frente e pega a mão de Connor. Quando ele abre a porta, um animado golden retriever nos dá as boas-vindas caindo de costas, rolando no chão. Bear se junta a nós e Connor grita de tanto rir, caindo no chão para poder participar da diversão, enquanto estou ocupada surtando sobre se devo apertar as mãos, abraçar ou oferecer um aceno simples e amigável para todos que eu encontrar esta noite.

Viro-me para Adam, prestes a deixar escapar a pergunta, mas Garrett Andersen desce as escadas, sorrindo ao me ver.

— Rosie! Bem-vinda ao Palácio do Amor de Carter.

Ele me dá um abraço assim que começo a esticar minha mão no espaço entre nós.

— Nós somos abraçadores aqui.

— Bem, teve aquela vez que você foi cumprimentado com o tapa de um vibrador no rosto.

Jaxon Riley aparece logo atrás, passando um braço em volta de mim.

— Ah, ei, mal posso esperar para mostrar todas as fotos de Mitts.

Seus olhos disparam para Adam por cima do meu ombro.

— Hum... O gato de rua que encontrei na... lixeira.

Ele pisca para mim e franze a testa para Adam.

— Por que você está mal-humorado?

— *Bigodes falsos*?

Jaxon faz uma careta.

— Ah.

Garrett range os dentes.

— Você ouviu falar disso, hein? — De repente, seus olhos arregalam-se e ele coloca uma mão em volta da orelha. — O que foi, Jennie? Estou indo!

Ele dispara pelo corredor na velocidade da luz, deixando Jaxon nos encarando.

— Então, acho que somos só nós. Bem, eu, hum... — Ele é quase tão rápido quanto Garrett quando tenta fugir, exceto que escorrega no fim do corredor, batendo na parede. — Aiiii.

— Você mereceu — exclama uma mulher linda, jogando seus longos cachos loiros por cima do ombro.

Assim que Jaxon estende a mão para ela, a mulher se afasta com o pé.

— Que fofo você achar que eu o ajudaria. Kara Brodie não fica de joelhos para nenhum homem. — Ela pisca para mim, cutucando o interior da bochecha com a língua. — Exceto meu marido.

Connor se levanta, apontando para Kara quando ela me abraça.

— *Bunita*!

— Ahh, muito obrigada, meu amorzinho. — Ela o pega em seus braços. — Você tem um gosto incrível, não é?

Ele passa a mão pelo cabelo dela, fascinado.

— Uau.

— Fiz a mesma coisa na noite em que a conheci — Emmett Brodie revela, cutucando-me. Ele sorri para mim antes de me envolver no que possivelmente é o melhor e mais doce abraço de urso que já recebi. — Sou o marido sortudo.

A mão de Adam desliza pelas minhas costas, me puxando para perto, seus lábios em meu ouvido.

— Você está bem?

— Ai, droga. — Bato a mão na testa. — Eu não falei uma palavra ainda, falei? Sou Rosie.

Estendo a mão, então a puxo de volta.

— Ah, certo. Já nos abraçamos. — Eu limpo as palmas no meu jeans. — Estou nervosa.

— Você sabe o que é ótimo para os nervos? — Kara pergunta, apoiando Connor em seu quadril e passando seu braço pelo meu. — *Frozen* margaritas. — Ela se inclina e me leva pelo corredor, com um barulho de... *cantoria?* Chegando aos meus ouvidos: — Você vai precisar de pelo menos cinco.

A visão na sala de estar é interessante, para dizer o mínimo. Toda a ansiedade que eu estava nutrindo ao pensar em conhecer a família de Adam se dissipa quando vejo Carter Beckett e sua irmã, Jennie, dando um show cantando a versão karaokê de "Eu mal posso esperar para ser rei".

— Uau.

— É — Kara sussurra. — Você não acreditaria na frequência com que isso acontece.

Garrett vem para o nosso lado, tomando uma lata de água com gás de cereja.

— A bunda da Jennie está surreal naquele jeans, né?

— *Cala a boca*, Garrett! — Carter grita, virando-se para nós. Ele para quando me vê, jogando o microfone por cima do ombro. — *Ollie!* Rosie está aqui!

Passos ecoam e, um momento depois, uma pequena morena chega à sala, segurando sua minúscula irmã gêmea.

— Ai meu Deus. — São... lágrimas? — *Finalmente.*

Jennie dança até mim com um sorriso brilhante e cheio de covinhas, seu longo cabelo castanho preso para trás com uma fita.

— Oi. Sou a irmã Beckett mais engraçada, mais bonita e mais madura. Posso te dar um abraço?

— Claro — respondo, engolindo a emoção que sobe pela minha garganta enquanto ela me dá um aperto tão quente que pareço estar envolta pela luz do sol.

Todo mundo é tão *legal*, e tive nada menos que três ataques de ansiedade hoje com a perspectiva de conhecê-los.

Carter aproxima-se e, juro por Deus, estou fazendo tudo o que posso para não olhar para sua virilha. Ela já foi enfiada na minha cara dezessete mil vezes no ponto de ônibus, então quase sinto que somos amigos.

— Carter Beckett, capitão da Liga Nacional de Hóquei, modelo de cueca da Calvin Klein, o homem mais sexy da GQ e Papai Mais Gostoso do Mundo. — Seu peito se infla de orgulho e ele dá de ombros. A ostentação humilde que emana dele em ondas é surpreendente. — Algumas pessoas também me chamam de Sr. Incrível.

— Ah, pelo amor de Deus, Carter. — Olivia revira os olhos e suspira. — Desculpe. Ele é... Bem, ele é assim o tempo todo. Sou Olivia e estou presa a ele pelo resto da minha vida. — Ela passa a filha para Carter e me abraça. — É tão bom conhecer você, Rosie.

Carter enfia sua adorável filha na minha cara.

— *E eu sou Ireland, a maior fã do meu pai e seu orgulho e alegria.*

— Oi, Ireland — rio, apertando sua mãozinha. — Você é perfeita, não é?

— *I-land!* — Connor grita, puxando as calças de Carter até que ele a coloca no chão, na frente dele. — *I-land?* — Connor se pergunta em voz alta, agachando-se para olhar a nova amiga, as mãos nos joelhos. Ele acena para a bebê, então dá um tapinha em seus cachos escuros e fofos. — *Oi, I-land. Oi, bebê.* — Ele sorri, os olhos brilhando, e aponta para o peito. — *Connor abaça I-lland?*

— *Olivia!* — Carter grita, acenando sem rumo. — Pegue a câmera! Está acontecendo!

Ele arranca o gravador de vídeo da mão dela quando retorna e se joga de bruços no chão, os olhos brilhando ao gravar meu filho abraçando a doce garotinha.

— *Seu primeiro amiguinho!*

Carter se levanta, passando a mão pelo peito e suspirando, e é então que noto sua camisa. É uma foto dele e Ireland, com "papai" rabiscado por cima. Meu olhar vai para Ireland quando Connor solta a garota risonha, e mordo meus lábios quando vejo seu macacão. Porque a foto nele combina com a de Carter, e rabiscado sobre ela? "Princesa do papai". Adam enfia uma margarita na minha mão.

— Você conheceu todo mundo, viu os irmãos Beckett fazendo karaokê e foi submetida às camisetas do Carter, das quais, a propósito, ele tem um armário cheio. Você merece margaritas. Kara colocou tequila extra nela.

A tequila extra é maravilhosa, assim como o daiquiri de morango que Kara faz para mim em seguida, mas, sendo honesta, são as pessoas que tornam esta noite tão fácil. Estar aqui com elas, estar à vontade, sendo eu mesma. Vê-las dando as boas-vindas a Connor em sua família, dançando pela sala de estar com ele, interagindo com meu filho da mesma forma que fazem com Ireland. Não há diferença aqui, não com eles. Família é família, pura e simplesmente.

E estão nos tratando como se pertencêssemos a ela.

— Ele continua me batendo nas bolas toda manhã. Tipo, assim que saio da cama.

— Que tal dormir de cueca? — sugiro a Jaxon, que, aparentemente, está sendo abusado por Mittens todos os dias.

Ele me lança um olhar de desgosto.

— De jeito nenhum. Gosto de deixar as bolas livres. Meus meninos adoram ficar soltos.

— Ok, bem, você pode vestir antes de sair da cama.

— E tirar dois segundos depois, quando for fazer xixi? Não.

— Talvez eu não tenha soluções para você então, Jaxon. Cubra seu membro ou Mittens continuará a usá-lo para prática de rebatidas.

Ele bufa, afundando-se contra o sofá, mas sorri para o seu protetor de tela. São os rostos dele e de Mittens, esmagados lado a lado.

— Ele tem sorte de ser tão fofo.

Meu olhar percorre a sala, encontrando as mesmas pessoas que ele esteve procurando a tarde toda. Adam não estava a mais de três passos de Connor, e a única vez que tirou os olhos dele foi para colocá-los em mim. Agora mesmo, está sentado no chão com Connor, Ireland, Garrett, Carter e Emmett, as crianças gritando de tanto rir enquanto os rapazes as entretêm.

— Há algo tão atraente em homens com filhos, não é? — Olivia me pergunta em uma expiração, os olhos em seu marido.

Eu os observo cantando com bastante afinco canções infantis, com coreografia e tudo, até que as risadas estridentes de Connor e Ireland enchem cada centímetro desta casa, e quando Adam pega o meu filho, abraçando-o forte e dando um beijo em sua bochecha, fogos de artifício explodem em meu estômago.

— *Tão* atraente... — digo, e Olivia se vira para olhar para mim, sorrindo. — Que foi?

— Ele merece isso, sabe. Você. Merece você. Alguém que o veja por tudo o que Adam é e não peça nada mais. Alguém que ame seu coração gentil e que tenha um coração gentil também. Alguém que olhe para Adam do jeito como você o observa. — Os olhos de Adam encontram os meus então, com uma ternura que me derrete de dentro para fora, um amor que brilha como os raios de sol dourados em seu olhar azul-celeste, e, quando ele sorri, meu mundo inteiro se endireita. — Do mesmo jeito que ele olha para você.

Aceno uma mão agitada no ar para me distrair dos sentimentos que estão me encarando, exigindo que eu continue bem onde paramos: eu, com três pequenas palavras na ponta da língua, destinadas apenas a Adam.

— Você ainda não sabe, mas sou uma pessoa excepcionalmente emotiva.

— Meu Deus, eu também! Ainda mais depois que tive Ireland.

— Os hormônios do pós-parto são uma loucura. Como se eu não tivesse chorado por coisas o suficiente antes de ter um bebê. Como aqueles comerciais com os filhotes, sabe de quais estou falando?

— Da Sarah McLachlan! Sim! Tive que morder minha língua para não chorar na noite em que conheci Carter!

— Aquela música é mesmo necessária? Ela piora muito as coisas.

— Me emociona toda vez! — Olivia pega minha mão. — Vamos lá. Vamos fazer outra bebida.

Ela se move na cozinha, jogando ingredientes em um liquidificador, conforme examino a bandeja de doces sobre a ilha. É noite de "traga sua guloseima favorita", algo que Adam me explicou enquanto eu colocava cinco caixas de Fruit Roll-Ups no carrinho. Alguém poderia imaginar que estamos em uma festa de aniversário infantil se visse essa combinação de vários tipos de Oreos, Dunkaroos, Pop-Tarts e diversos outros doces, mas, ao que parece, é assim que eles gostam de comemorar o início da temporada, e amanhã é a estreia em casa.

— Se escolher um Oreo em vez de um Fruit Roll-Up, Carter vai jogar isso na cara de Adam para sempre — Olivia me explica.

Eu rio, abrindo um Fruit Roll-Up, e Adam sorri para mim do outro lado da sala. Ele pisca, dizendo “boa escolha, problema!”, e minhas entranhas esquentam.

— O quê é? — pergunto, encontrando um álbum de recortes entre toda a comida.

A capa mostra uma foto de Carter em seu equipamento de hóquei, segurando uma Ireland sorridente, as palavras “Papai vai para o hóquei” rabiscadas na capa.

— Carter tem trabalhado nisso o verão todo. É um livro para a Ireland, para quando eles tiverem de viajar a trabalho. Pode dar uma olhada.

Folheio as páginas, obviamente criadas com muito amor, fotos e mais fotos da família deles, de Carter no gelo, Olivia e Ireland nas arquibancadas. Passa por suas rotinas diárias, aconchegos matinais e um café da manhã bagunçado, caminhadas no parque, beijos de cachorrinhos e banhos de espuma antes de dormir. E, então, mostra Carter embarcando em um avião, explica como ele está indo para algum lugar longe para jogar hóquei, mas que ele estará pensando em casa e, em breve, estará com suas meninas de novo. Na última página, há uma foto de Carter com Ireland no braço e Olivia firme ao seu lado. O amor refletido em seu olhar é impressionante, mas são as palavras abaixo da foto que tocam cada pedacinho do meu coração: “Papai vai para o hóquei, mas seu amor fica aqui”. Carter aproxima-se de mim, espiando por cima do meu ombro, com um pequeno sorriso.

— Não sei o que farei ficando tanto tempo longe dela.

— Você vai sentir falta dela, hein?

— Hum, sim. Sou *meio* obcecado por ela.

Meu olhar se move rapidamente para sua camiseta.

— Não diga.

— E se ela se esquecer de mim, sabe? E se esquecer como eu sou?

Olho para Ireland, sentada no colo de Garrett, o rosto do pai estampado em sua roupa.

— Não acho que isso seja possível.

— Você está certa, Rosie. Eu deveria mandar fazer mais camisetas para nós. Uma para cada dia da semana. Ótima ideia, obrigado.

— O quê? Não falei…

— Ollie! Rosie me disse para fazer mais camisetas para mim e para Ireland!

— Carter, você deu àquela pobre garota um emprego de tempo integral fazendo camisetas para você e ela tem só catorze anos. Você precisa dar um tempo para ela.

— Tudo bem. — Ele pisca para mim. — Com certeza vou dar um tempo.

Piscadela, piscadela.

— Você é uma ameaça — sussurro para ele.

— Você não tem ideia de quão alto eu posso voar, Rosie.

As meninas me puxam para fora, reunindo-se em torno de uma fogueira com todos os ingredientes para *s'mores* enquanto tomamos as nossas bebidas.

— Não acredito que estejamos confiando as crianças apenas àqueles cinco — pontua Jennie, girando um marshmallow sobre as brasas.

— Você está brincando comigo? Encontrei um rolo gigante de plástico-bolha na garagem há dois dias. Quando perguntei a Carter para que servia, ele falou que era para Ireland quando ela começasse a andar. Achei que ele estava brincando, mas, quando ri, ele disse: "A segurança da nossa filha não é brincadeira, Olivia".

Kara suspira.

— Ele te chamou pelo seu nome?

Ela assente.

— Connor e Ireland devem estar seguros *demais* com aqueles caras lá dentro.

Jennie me entrega um *s'more* grudento e algo aperta a minha garganta ao olhar para o doce.

— Você está bem? — ela me pergunta baixinho.

— Ah, sim. Desculpe. Isso é muito legal. Me lembra meus pais. Costumávamos acampar no verão, e *s'mores* eram a especialidade do meu pai. Faz muito tempo que não como um.

Jennie sorri, apertando meu antebraço.

— Meu pai faleceu quando eu tinha dezesseis anos. É estranho, não é? Fazer coisas que fazíamos naquela época? É nostálgico e sinto como se ele estivesse aqui ao meu lado. Mas ainda é difícil. Porque, às vezes, a sensação de que ele está bem ao meu lado é tão forte que olho para dizer algo a meu pai, e... ele não está lá.

— Sim. É quase como se eu tivesse me esquecido de como respirar por um segundo.

— Conheço esse sentimento.

Aperto sua mão.

— Obrigada por compartilhar isso comigo.

Nós quatro começamos uma conversa fácil e, quando os rapazes saem para nos avisar que vão colocar as crianças para dormir, Olivia e Kara decidem adicionar *mais um pouco* de tequila na próxima jarra.

— Não sou uma pessoa violenta… — Olivia interrompe o monólogo de Kara com um bufo. — Mas, se eu tivesse cinco minutos sozinha em um quarto com ela… — Rio, e Kara aponta para mim. — Você está rindo, mas estou falando sério. Se Courtney estivesse na beira de um penhasco, meu cotovelo, por acidente, cutucaria as costelas no lugar certo e nunca mais falaríamos o nome dela.

— Ela era mesmo tão ruim? — pergunto.

Todas as três me encaram e me encolho.

— Pensei que talvez a mídia estivesse exagerando.

— Não houve exagero. — Olivia suspira. — Ela era tão horrível quanto a pintaram, mas, para ser sincera, estamos felizes que ela esteja fora da vida de Adam. Ele sempre mereceu muito mais. Ela nunca pareceu ser parte desta família.

Baixo a cabeça ao ouvir a palavra "família", a saudade que me suga quando a ouço. Mas Kara fala, persuadindo meus olhos a se levantarem de novo.

— Não como você, Rosie.

— Como assim?

— Somos família. Queremos que você e Connor façam parte dela.

Então, acontece algo. A menor das mudanças, mas com o maior dos impactos. Como se a peça final já estivesse aqui, apenas ligeiramente entreaberta, e alguém a tivesse tocado, com tanta delicadeza que talvez eu nem notasse. Exceto que, enfim, ela desliza para o lugar, esse encaixe perfeito que estava apenas esperando para ser preenchido, e de repente tudo está bem como deveria ser.

Meu coração bate forte e luto contra o aperto na minha garganta — a emoção mantendo tudo preso ali. Nunca tive isso na minha vida, esse amor imediato, a aceitação sem questionamento, sem hesitação. É assustador e lindo e… incrível. É tudo o que eu sempre quis.

— Obrigada — sussurro e, quando minha voz falha, essas três mulheres incríveis se jogam sobre mim, dando-me um abraço que me preenche por completo. E nós quatro congelamos com o grito estridente de Carter lá dentro.

— *Ollie!* Venha rápido! É uma emergência!

Corremos para dentro, desmaiando de alívio quando vemos os rapazes parados na cozinha, pilhas de embalagens de Fruit Roll-Up na frente deles, lanches meio comidos apertados em suas mãos. Carter segura seu doce de arco-íris, os olhos brilhando de empolgação.

— Isso faz tatuagens na língua!

— Jennie! — Garrett grita, animado, correndo até ela. Ele mostra a língua.

— Uau, olha a minha! — Carter corre até Olivia com o doce inteiro pendurado em sua língua. Ele o tira, exibindo orgulhosamente o Yoda azul. — É o Yoda!

Meu olhar volta-se para Adam e manchas rosadas aparecem em suas maçãs do rosto quando ele sorri envergonhado para mim. Lentamente, ele mostra a língua, me mostrando o unicórnio tatuado, e é tão fofo que o único pensamento na minha cabeça agora é quanto quero levá-lo para um banheiro e montá-lo.

— Quero perguntar se foi divertido, mas você não para de sorrir e continua dançando pela rua, então acho que sei a resposta.

Rodopio no ar frio da noite, depois danço de volta até Adam, segurando seu bíceps enquanto ele reboca Connor e Bear dormindo no carrinho.

— Eu me diverti muito.

— Eles não te assustaram?

— Nem um pouco.

— Tem certeza de que não é o álcool falando?

Eu rio, inalando o ar fresco e revigorante.

— Você não ama esse cheiro? Deus, isso me deixa tão feliz, o cheiro de ar fresco. Você tinha um varal quando criança? Nós tínhamos. Na primavera e no verão, minha mãe sempre colocava meus lençóis do lado de fora para secar, e deitar neles limpinhos, à noite, era a melhor sensação do mundo.

Adam pega o celular, batendo na tela.

— O que você está fazendo?

— Tomando nota para instalar um varal.

— Por quê?

— Para você ficar feliz assim todas as noites quando deitar na nossa cama. Esposa feliz, vida feliz, sabe.

Rio e bufo, e estou tão embriagada que nem me importo.

— Você acha mesmo que vai se casar comigo um dia?

— Claro que sim.

— E se eu disser não?

— Você não vai dizer.

— Não seja arrogante — murmuro quando ele abre a garagem, pega Connor e nos leva para dentro.

— Não. Só tenho certeza sobre nós.

Além de todo o álcool correndo solto pelo meu sistema, é uma coisa engraçada e maravilhosa ouvir essas palavras, saber que alguém tem tanta certeza sobre o seu lugar no futuro dele, e, durante toda a caminhada escada acima, com Adam me observando, não consigo evitar que o calor suba às minhas bochechas.

— Você vai ter de dormir aqui esta noite — ele pontua, me mostrando um de seus quartos de hóspedes. — Tirei a cama do quarto do Connor.

— Quarto do Connor?

— Sim.

Ele abre a porta do quarto onde o cercadinho sempre ficava montado, e meu coração dispara assim que entro. As paredes, antes beges, agora são de um cinza-claro, com nuvens brancas e pássaros pretos pintados, além de montanhas azuis cobertas de neve e pinheiros escuros como a meia-noite na parte de baixo. Há uma cômoda em uma parede, uma linda estante de livros ao lado dela e, do outro lado do quarto, uma cama com estrutura de madeira, em forma de casa, com um material branco transparente pendurado sobre o teto. Centenas de estrelas que brilham no escuro dançam no teto acima de nós, assim como meu coração dança no meu peito.

— É uma cama de chão — explica Adam. — O colchão fica no chão, então Connor não vai se machucar. Ele estava com medo do cercadinho, aí pensei que ele poderia gostar da nova cama.

— Quando você fez isso?

— Esta semana. Gostou?

Meus olhos ardem, porque, acredite ou não, o álcool me deixa cem vezes mais emotiva, mas estou determinada a não chorar esta noite.

— Você fez isso por Connor?

— Por vocês dois, Rosie. Quero que sinta que tem um lugar quando estiver aqui. Como se estivesse…

— Em casa.

— Sim. Como se estivesse em casa.

Connor se agita em seus braços, esfregando os olhos sonolentos com os punhos.

— Papa — ele sussurra, sorrindo para Adam. Olha ao redor do cômodo, os olhos arregalados, se contorcendo até que Adam o coloca de pé.

— Ebaaa! *Passaínho!*

Adam o segue até a parede.

— E árvores e montanhas também.

Ele espia a cama, então corre para ela, subindo no colchão.

— Cama! *Cama gande! Uau, cama gande!*

— Acho que ele gosta — Adam murmura, olhando para mim.

Ele sorri quando vê as lágrimas escorrendo silenciosamente pelo meu rosto.

— Connor, vá dar um abraço de boa-noite na mamãe e depois leio um livro para você na cama, ok?

Ele envolve seu pequeno corpo ao redor do meu, pressionando um beijo desleixado na minha bochecha.

— *Ti amu,* mamãe — ele diz, e corre para a estante para pegar um livro enquanto fujo para o meu quarto temporário, enxugando as lágrimas.

Ouço Adam ler história após história para Connor, depois ele lhe deseja boa-noite e diz que o ama. A porta do quarto se fecha logo atrás e sua sombra flui por baixo da minha porta. Quando subo na cama, ouço o som da minha própria respiração, agitada e cambaleante, a batida frenética do meu coração que não quer nada mais do que estar nos braços do homem que amo.

Quando a casa está silenciosa e escura, e desisti de dormir, desço as escadas na ponta dos pés, em direção à cozinha. O luar entra pela porta do pátio, e a chaleira ferve enquanto vasculho a despensa de Adam em busca do meu chá favorito. Xingo a altura de Adam quando luto para alcançar as canecas, o ar frio beijando minhas coxas nuas ao ficar nas pontas dos pés, quase alcançando.

Mas o ar frio desaparece, substituído por um calor escaldante que queima a fina camiseta que estou vestindo assim que um corpo é pressionado contra as minhas costas, o hálito quente beijando minha orelha. Uma mão forte agarra meu quadril, prendendo-me entre seu corpo e a bancada enquanto alcança acima de mim, pegando uma caneca.

— Imaginei que sua altura fosse acima da média — sussurra a voz rouca de Adam. — Daí você só precisaria de mim para coisas muito mais divertidas do que um chá no meio da noite.

Ai, caramba.

Ele me solta, olhos escuros como a meia-noite me encarando ao encher a caneca, mergulhar meu saquinho de chá, e tudo em que consigo focar é ele vestindo apenas uma cueca bóxer, o abdômen impecável e as coxas dignas de babar em exibição, sob o luar.

— O que está fazendo acordada, Rosie?

— E-eu… não conseguia dormir.

— Por quê?

— Eu estava pensando sobre… sobre… por que Carter se chama de Sr. Incrível?

Muito bem, Rosie. Muito melhor do que dizer que estava pensando em entrar furtivamente no quarto dele e pedir para ser fodida até ficar sóbria de novo.

— Porque ele acha que tem o maior pau.

Veja, é aqui que o álcool me coloca em apuros, porque, em vez de concordar, respondo:

— Ok, bem, eu vi, *todo mundo* viu, o contorno do pau dele, e é grande? Claro. Sim, claro. Mas já tive o seu no meu corpo, em mais de um lugar, e *sei* que o seu é maior, então, quem é o verdadeiro Sr. Incrível?

Adam ri, um som profundo e estrondoso que se instala no fundo do meu estômago, formigando entre as minhas pernas.

— Gosto de você um pouco bêbada.

— Você gosta de mim o tempo todo.

— Isso é verdade. — Ele se aproxima de mim devagar e meus olhos mergulham em seu corpo, pousando sem minha permissão no volume em sua cueca conforme Adam me prende contra a bancada. — Gosto de você com seu uniforme de veterinária. Gosto de você com a legging roxa que usou naquela segunda caminhada, a que grudava na sua bunda. — Ele agarra minha cintura, içando-me para cima da bancada, abrindo minhas coxas e se aconchegando entre elas, as mãos nos meus joelhos, queimando minha pele. — E gosto de você nisso, minha camiseta e nada mais, com suas pernas à mostra e seus quadris me implorando para deslizar minha mão por baixo e agarrar.

Meu cérebro para de funcionar e minha pulsação cai para o meu clitóris, pulsando de necessidade à medida que Adam arrasta as palmas ásperas sobre minhas coxas, agarrando a barra de sua camiseta. Olhos escurecidos colidem com os meus conforme ele empurra seu corpo contra mim, na altura do meu quadril, e minha respiração se perde na garganta, sem achar saída. Ele baixa o olhar e o ar beija o ponto quente e úmido entre as minhas pernas. Uma respiração pesada escapa de seus pulmões.

— Eu sabia — ele afirma, arrastando os polegares sobre o alto das minhas coxas, tão perto, e ainda não perto o suficiente, conforma espalha minha excitação, arrancando um gemido de mim quando me inclino para trás em minhas mãos. — Consegui sentir seu cheiro no segundo em que você entrou aqui.

— Qual é o meu cheiro?

Sussurro quando ele leva um polegar à boca, chupando meu gosto, uma visão que me deixa enlouquecida. Ele abaixa a cabeça, os lábios encontrando a curva do meu pescoço antes de subirem até minha orelha.

— Você tem cheiro de problema, e tem gosto de problema também. Agora volte para a cama, antes que eu me meta em encrenca.

Ele se afasta, observando-me levantar.

Palavras inebriantes me param ao sair da cozinha.

— E, Rosie? Se eu te encontrar na minha cozinha no meio da noite de novo, vou te comer ali mesmo, naquela bancada.

32
3 DE OUTUBRO

ADAM

— NÃO VOU FAZER SEU TikTok, Carter.

Você não acreditaria quantas vezes essas palavras são ditas neste vestiário. Seria de se imaginar que um capitão de time estaria superfocado antes do jogo de abertura em casa, talvez até mesmo incutindo o terror em seus companheiros de equipe, mas não Carter. Não, nosso capitão está tão animado que sua filha o verá jogar hoje à noite que está tocando "My Girl" repetidamente, balançando a bunda em seu cubículo e criando um monte de conteúdo para seu TikTok. Ele está tentando fazer alguém concordar com algum vídeo inspirado em *Meninas malvadas* nos últimos dez minutos, mas ninguém está mordendo a isca.

— Por que não? — Carter pergunta a Garrett, franzindo a testa.

— Porque estou tentando me preparar para o nosso jogo.

— Depois do jogo, então?

— Não.

— Mas é o dia de *Meninas malvadas*! Esse é tão fácil! Você precisa olhar para a câmera e dizer a data. — Ele cruza os braços sobre o peito. — Não vou te dar permissão para se casar com minha irmã a menos que você faça o vídeo.

— A única permissão de que preciso para me casar com a sua irmã é a da sua irmã. Além disso, você já me disse que ficaria feliz em me chamar de seu cunhado, já que faço Jennie tão feliz.

— *Ssshhh!* — O olhar de Carter percorre a sala. — Te contei em segredo!

— Você sabe que ele deu à Ireland uma camiseta do time com "papai" nas costas, certo? — Jaxon sussurra para mim. — E, para Olivia, uma jaqueta de couro com o número dele acima de "Sra. Beckett". O homem é obcecado.

— Sabe, Jaxon, Carter era muito parecido com você antes de conhecer Olivia. Talvez pior.

— Qual é o seu ponto?

Eu dou de ombros.

— Mal posso esperar para ver quão obcecado você ficará pela mulher certa.

Jaxon me encara, o desgosto curvando seus lábios.

— Credo. Se eu der a uma mulher, por vontade própria, uma jaqueta com "Sra. Riley" bordado, pode me matar. Só se eu estiver possuído.

Bufo uma risada, fechando as tiras das minhas proteções de goleiro.

— E aí, Adam? — Carter chama. — O que foi?

— Que dia é hoje?

— É três de outubro.

Um gemido coletivo enche o vestiário quando Carter dá um soco no ar, com seu celular apontado para mim.

— Acertou em cheio!

Olho para Jaxon.

— Acabei de fazer a coisa das *Meninas malvadas*?

— Você acabou de virar Cady Heron, cara.

— Porra…

Sinceramente, eu queria estar tão relaxado quanto Carter agora. Estou agitado, e estive na maior parte do dia. Com nossa patinação matinal e uma reunião de equipe mais cedo, não tive a chance de falar com Rosie desde que a deixei com Connor depois do café da manhã. Engoli a pergunta na minha língua junto com meu café, e quinze malditas vezes a digitei, perguntando se ela queria ir ao jogo hoje à noite, fazendo-a saber que eu tinha comprado dois ingressos para eles.

Em vez disso, me acovardei, com medo de que ela dissesse não, que era demais, muito rápido. Eu não a culparia, mas tenho que confessar: cansei de lentidão.

Estou tão *faminto* por ela, a dor dentro de mim implora para que eu me sacie.

Precisei de tudo em mim para não afundar meus dedos em sua boceta encharcada ontem à noite, para não a puxar para a beirada da bancada da minha cozinha e nos lembrar quão bem ela aceita meu pau. Quero sentir sua boca se mover contra a minha, sentir o jeito como seus quadris se levantam e balançam, seguindo cada movimento meu. Quero seus dedos em meu cabelo e meu nome em seus lábios, e quero isso para sempre.

Mas, mais do que isso, quero que ela saiba o que sinto por ela. Como sou devotado a ela. Como sou alucinantemente apaixonado por ela.

Meu corpo já sentiu o dela e, porra, ele a quer de novo e de novo. Mas posso ir devagar. Posso aplacar o desejo, contanto que eu tenha seu coração.

Meu celular toca no meu cubículo e o pego, sorrindo para o nome que aparece para mim.

> **Problema:** Se divirta hj, Adam. Vc será incrível! Tão grande e flexível...

Sua mensagem me dá a coragem de que preciso e, quando seguimos pelo túnel dos jogadores, estou focado. A fumaça artificial da máquina à frente enche o túnel, e as luzes na arena se apagam. Aplausos ensurdecedores enchem o rinque e sacudo os meus nervos, minha máscara de goleiro apoiada no topo da cabeça. Holofotes verdes e azuis brilham no rinque e Carter passa de bobo a capitão em uma fração de segundo.

— Aqui vamos nós, rapazes! Quem é o dono dessa pista, porra?

— Vipers!

— Quem trabalha mais que nós?

— Ninguém!

— E quem vai levar a vitória para casa hoje à noite?

— Nós!

— Claro que vamos, rapazes! Mostrem a todos quem somos!

A música começa e o locutor vem pelos alto-falantes, apresentando cada jogador conforme ele pisa no gelo, até que apenas eu e Carter sobramos. Carter agarra minha cabeça, trazendo minha testa para a sua.

— Você consegue, cara.

Ele bate uma mão na minha bunda quando seu nome é chamado e patina no gelo ao som da arena explodindo.

— *E, enfim, senhoras e senhores, para nosso orgulho e alegria, o número quarenta dos Vancouver Vipers, Adaaammm Lockwoooood!*

Piso no gelo, levantando meu taco no ar quando o meu nome entoado abafa a música. É uma sensação surreal, olhar para este mar de azul e verde, pessoas aqui apenas para torcer por você. É o que amo no hóquei, a maneira como todos se apoiam, ficam ao seu lado, acreditam em você. É viciante o apoio, todo o amor, mas, ainda assim, quando as luzes se acendem para o nosso aquecimento, mantenho meus olhos longe do banco.

Em muitos jogos, olhei bem ali, para os lugares logo atrás, e vi as esposas, namoradas e famílias dos meus companheiros de equipe. E, no meio de todo esse amor, havia um assento vazio que Courtney não se preocupava em preencher, com uma desculpa que ela não se preocupava em me dar. Como um idiota, continuei comprando o mesmo ingresso jogo após jogo.

A culpa é minha, eu sei. Nem dei a Rosie a chance de vir hoje. E, ainda assim, não consigo olhar, porque não suporto a ideia de associar as memórias dolorosas daquele assento vazio a uma mulher tão bondosa quanto Rosie. Ela merece mais do que isso. Seguro a máscara no topo da minha rede e vou para um canto seguro do gelo onde ninguém pode disparar os discos em minha direção. Antes que eu possa me alongar como planejei, a música muda, e suspiro quando "Cha-Cha Slide" começa.

— Ah, merda! — Carter grita, parando ao meu lado. — Sabe que horas são, Woody? — Suspiro de novo, porque sei bem que horas são. — É hora do passinho!

Aponto para Jaxon, que está rindo de nós enquanto Garrett e Emmett se juntam.

— Não vou dançar a menos que Riley participe este ano!

— De jeito nenhum. É a sua tradição. Eu não estava aqui quando ela foi formada.

— Você faz parte da família — Carter diz a ele humildemente, pegando sua camiseta e arrastando-o. — E esta família dança os passinhos!

Ele gesticula para a multidão, todos os celulares apontados para nós, porque, desde que Carter nos forçou a essa tradição em meu primeiro jogo, em uma tentativa de acalmar meus nervos e me impedir de vomitar, começaram a esperar que a gente dance sempre que a música toca.

— As pessoas querem nos ver rebolando, Riley, e o que as pessoas querem, as pessoas conseguem.

— Não quero que ele fique parado do meu lado — Garrett resmunga. — Se ele errar, ele vai me derrubar junto. E Jennie gosta de me ver balançando a bunda.

Carter puxa Jaxon entre nós e ele revira os olhos, ficando parado como uma estátua conforme o restante segue as instruções da música, deslizando para a esquerda.

— Deslize para a esquerda, porra — rosno para ele, empurrando-o para a esquerda com o meu ombro. — Agora para a direita.

— Cruzada de perna!

Pulo em meus patins, cruzando os pés, e estreito os olhos na direção de Jaxon.

— *Tudo bem* — ele rosna, cruzando os pés uma vez, depois duas.

Ele bate palmas junto com a música, assim como pelo menos três quartos da multidão e, quando é hora do *chá-chá* bem no ritmo, ele rebola perfeitamente, mexendo os quadris ao girar em um círculo, quase como se ele já tivesse praticado.

Ele aponta um dedo ameaçador na minha cara no segundo em que abro a boca.

— Eu sei o que está prestes a dizer, e não. Apenas. *Não!*

Sorrio, focando nos passos de dança que Jaxon acerta ao meu lado e, quando termina, dou um tapinha nas costas dele.

— Parece que você é muito mais parecido com Carter do que gostaria de admitir.

— Se quer que eu defenda sua rede hoje, vá se foder.

Rindo, abro minhas pernas e afundo sobre o gelo, deleitando-me com o alongamento na minha virilha e nos meus tendões, abaixando o máximo que consigo. Garrett afunda ao meu lado de joelhos, abrindo as pernas.

— Nunca vou entender como você consegue fazer isso.

— Coisas de goleiro.

— Jennie falou que parece que estou transando com o gelo ao alongar — ele revela, saltando de sua posição.

Ele olha para cima, balançando as sobrancelhas, e sei, sem dúvida, que está fazendo isso para Jennie. Eu me inclino para a frente, aproximando meu peito o máximo que posso do gelo.

— Você acha que Rosie vai assistir ao jogo na TV?

— Não.

Estreito meus olhos.

— Obrigado, seu tonhola. Você poderia ter me apaziguado e respondido sim, sabia?

Garrett ri, ficando de pé comigo.

— Ela não vai assistir na TV. — Ele arrasta um disco com a lâmina de seu taco, lançando-o no ar antes de pegá-lo. Então, aponta para a arquibancada. — Ela vai assistir dali.

Meu olhar se volta para os assentos que jurei estarem vazios e meu coração se enche as ver minhas duas pessoas favoritas aninhadas entre as outras pessoas que chamo de família.

Eu não conseguiria tirar o sorriso do rosto nem se tentasse e, ao patinar em direção a Rosie e Connor, ele só aumenta. Connor está usando uma versão minúscula da minha camisa, com fones de ouvido grandes cobrindo suas orelhas e, assim que Rosie aponta para mim, um sorriso acende seu rosto. Ele dá um tapa no acrílico de proteção quando paro ali perto.

— *Papa! Oi, papa!*

Eu rio, colocando minha mão enluvada contra o acrílico, do outro lado da dele.

— Oi, cara. Estou tão feliz de você estar aqui.

— *Hóqui!* — Ele aponta para meu taco. — *Papa... joga... hóqui?*

Rosie está tão incrivelmente linda, sentada com a minha camisa, que mal consigo ouvir Kara perdendo a cabeça pelo fato de Connor estar me chamando de "papa".

— Vire para mim.

As palavras são um apelo silencioso e meu coração bate forte contra o peito quando Rosie sorri, erguendo Connor em seus braços e dando uma voltinha lenta, me mostrando meu sobrenome em suas costas.

Perfeição do caralho.

Ela sorri para mim e é um sorriso brilhante e explosivo, tudo o que amo.

— Sou uma garota do rosa, mas acho que estou arrasando de azul e verde.

Tiro meu bloqueador, pressionando a mão contra o acrílico de proteção.

— Obrigado por vir.

Os olhos de Rosie se comovem e ela toca sua mão do outro lado.

— Onde mais estaríamos senão aqui, apoiando nossa pessoa favorita?

As palavras enchem-me de orgulho, e vinte e cinco minutos depois, quando os hinos terminam e estou tomando meu lugar no gol, estou determinado a deixá-los orgulhosos também.

Não tenho certeza de quanto do primeiro período Rosie de fato assiste. Toda vez que olho para ela, ela está olhando para mim. Eu sorrio, ela cora e sorrio mais ainda. No segundo período, seus olhos estão seguindo a jogada e, quando o disco passa de Emmett para Garrett, depois para Carter, que o acerta na rede logo acima do ombro do goleiro do Philly, ela até pula do assento com o resto das garotas. Tenho certeza de que Connor não tem ideia do que está acontecendo, mas todo mundo está gritando, então ele grita também.

Carter gira, parando no centro do gelo, apontando seu taco para a esposa e a filha.

— Para as minhas princesas!

Olivia parou de esconder o rosto nas mãos quando ele faz isso, mas ainda fica vermelha. O melhor é quando Carter patina até tocar as mãos e testa no acrílico, com Ireland bem do outro lado.

Meu jogo está fenomenal. Consigo impedir cada tentativa de gol, mas meus defensores estão fazendo o melhor para impedir que o disco chegue tão perto. Quando falta apenas um minuto e meio para o fim, temos o único gol, e estamos a caminho da vitória, mas o Philly retira seu goleiro e coloca um jogador extra no gelo, determinado a empatar.

A jogada vira, e Jaxon pula do banco, correndo como um condenado para alcançar o central adversário que está vindo com tudo em minha direção. Eu me agacho, saindo da rede e seguindo o disco e, quando ele se prepara para arremessar, Jaxon desvia o disco. Eu o pego com meu taco e o arremesso contra as bordas e, no instante em que Garrett o pega, ele é prensado contra o vidro. O disco salta e o ponta-direita do Philly acelera em minha direção. Ele puxa o taco para trás antes de mandá-lo para a frente, e mergulho para a direita, desviando-o com meu bloqueador. Outro jogador pega o disco e dispara antes que eu possa me levantar de novo; pulo para o outro lado e o pego na minha luva no exato momento em que Jaxon esmaga o adversário contra as bordas.

O apito soa, tiro a máscara, pego minha garrafa de água e esguicho uma porção generosa na boca antes de molhar meu rosto encharcado de suor. Rosie está me observando com a boca aberta, então pisco, observando seu rosto ficar vermelho quando puxo a máscara para baixo.

Com dez segundos restantes no jogo, o disco cai no círculo à minha esquerda. Quando ele se solta bem na minha frente, com o caminho livre até o gol vazio de Philly, decido que quero manter minha invencibilidade hoje à noite. E talvez me exibir um pouco.

Seguro o disco na lâmina do meu taco, saindo da minha área, e Carter empurra para fora o único defensor que está no meu caminho. Então puxo o taco para trás, bato e deixo o disco voar em direção ao gol vazio.

A campainha toca uma fração de segundo antes de o tempo acabar, e olho para Rosie e Connor, de pé, torcendo.

Logo antes de meus companheiros de equipe me jogarem no gelo, bato no meu coração duas vezes, então aponto para as duas pessoas que o possuem.

Nunca na minha vida tirei o equipamento tão rápido quanto esta noite. Pulei no chuveiro e esfreguei cada centímetro de mim antes de vestir o terno, sem me importar com os cachos molhados que grudam na minha pele, deixando gotas de água caindo em cascata pelo meu rosto. Coloco a gravata, com o nó frouxo e muito para a esquerda, mas estou animado demais para me importar.

— Adam, você está…

— Indo embora. Tchau.

Risadas explodem atrás de mim quando atravesso o vestiário, seguidas por assobios e gritos, algo sobre eu ir para a Bocetolândia e uma promessa de me ligar amanhã para que eu não me perca lá e me esqueça de pegar o avião para Washington em trinta e seis horas.

Como se eu fosse passar as próximas trinta e seis horas enterrado dentro de Rosie.

Quem estou enganando? Vou passar as próximas trinta e seis horas enterrado dentro de Rosie.

Câmeras e gravadores são enfiados na minha cara assim que saio do vestiário. Eu os empurro, acenando por cima do ombro, porque tenho certeza de que não vou ficar por aqui para conversar.

Rosie olha do corredor, com a mão de Connor na dela, cercada por meus amigos. Um lindo rubor colore suas feições delicadas conforme caminho em sua direção, câmeras atrás de mim, esperando para ver o que vou fazer.

— *Papa!* — Connor grita quando me vê.

Ele corre até mim com as pernas instáveis e o pego em um braço, levantando-o.

— Ei, probleminha.

Ele aponta para Rosie.

— *Pobemão.*

— Adam — ela sussurra quando paro à sua frente. — Eu…

Engulo suas palavras, todas elas. Seja lá o que fossem, eu as engulo com a minha boca na sua. *Porra, ela é doce.* Como chocolate quente e canela, meu primeiro gosto do outono. Minha boca se lembra de tudo, e a devoro selvagemente, como se eu não tivesse sonhado com nada além disso a minha vida toda. Vou levá-la para casa e adorá-la. Afasto-me, apenas uma polegada, os dedos trêmulos de Rosie no meu rosto, os meus enterrados em seu cabelo.

— Ei, problema — murmuro e ela sorri.

— Ei, você.

33
ACHO QUE TRANSCENDI

ADAM

NÃO ESPERAVA POR ISSO.

Porra, eu *não* esperava mesmo por isso.

Corro pelo meu quarto, jogando roupas sujas no cesto, esfregando o espelho do banheiro, lavando a gota de pasta de dente que caiu na minha pia antes de eu sair para o jogo. Ouço Rosie dizer um último boa-noite para Connor no corredor, o clique da porta do quarto, e me jogo em cima da minha cama, puxando as cobertas para arrumá-las.

Porra, na única vez em que estou atrasado e não tenho tempo para ajeitar as coisas antes de sair, Rosie vem para casa comigo. A porta do quarto se abre quando estou no meio de um golpe de caratê em um travesseiro e, ao ver sua feição divertida, paro. Gentilmente, termino de afofar os travesseiros, me apoio de lado, minha bochecha no meu punho, cotovelo no colchão.

— Ei.

— O que está fazendo? — ela pergunta e, ao se aproximar, meu coração dispara ainda mais.

— Eu estava só... só... arrumando — termino com um suspiro, tirando um momento para dar uma olhada na cama antes de me levantar, juntando-me a ela ao lado da mesa de cabeceira. — Não tive tempo de arrumar antes de sair para o jogo e não queria que você pensasse que sou bagunceiro.

— Adam, sou *muito* bagunceira.

— Sim, mas sua bagunça é um caos organizado. A minha é só... — Eu faço um gesto com a mão sobre a bagunça na mesa de cabeceira, procurando pela palavra, mas toda a esperança se perde quando vejo o que deixei na mesa. — Ai, merda.

O olhar de Rosie segue o meu e, quando tento ficar na frente da mesa, ela me dá uma cotovelada para eu sair do caminho.

— O que é isso?

— O que é o quê?

Ela segura o livro da minha mesa de cabeceira.

— Isto aqui.

Engulo o nervosismo que quer me comer vivo. Bem quando eu estava me sentindo tão confiante.

— Uma leitura leve.

— Leitura leve? — Ela vira o livro em suas mãos. — *Coparentalidade, não padrasto: como se livrar de rótulos e apoiar sua parceira para que você possa ser o melhor parceiro parental possível.*

— Ok, bem, não precisava ler o título em voz alta.

— Há quanto tempo você tem isso?

Esfrego a nuca.

— Um tempinho. Eu queria ser perfeito para você e o Connor, caso me desse uma segunda chance.

Ela me encara por um longo momento, engolindo em seco. Então, aponta para os *post-its* coloridos e o marca-texto na minha mesa de cabeceira.

— E isso?

Limpo a garganta.

— Eu, hum... marquei as partes importantes. Para que eu possa voltar e reler mais tarde.

— Você tem feito anotações em um livro sobre como ser um bom parceiro e padrasto?

— Sim, acho. Bem, quero dizer, o livro diz que uma das coisas mais importantes é acabar com o rótulo de padrasto. Você deve amar a criança como se ela fosse sua. Mas isso é fácil, porque, óbvio, já amo Connor como se ele fosse meu.

Lágrimas brotam nos olhos de Rosie, o que me deixa nervoso. Quero que ela pare de chorar, então abro a gaveta e pego minha caneta e meu caderno.

— Tenho este caderninho. Às vezes, surgem perguntas quando estou lendo, e as escrevo para poder perguntar depois. — A vergonha sobe pelo meu pescoço, a incerteza fazendo-me pressionar o caderno contra o peito, escondendo-o. — Que estranho. Estou dizendo isso em voz alta e ouvindo como soa estranho. Você pode querer que eu não me envolva. E se quiser...

— Eu quero.

Engulo em seco de novo.

— Você pode não querer que eu me envolva. Vocês dois já são uma família. E talvez nem precisa de mim, não do mesmo jeito que preciso de você.

Rosie olha para mim com uma ruga na sobrancelha, como se estivesse tentando processar as palavras. Ela fecha os olhos, balança um pouco a cabeça, dá um passo à frente, pegando o caderno das minhas mãos, entrelaçando seus dedos nos meus.

— Precisamos de você.

— Precisam?

— Claro. Mas mais do que precisamos de você, Adam, nós *queremos* você.

Meu peito se expande, ameaçando se abrir com a tensão do meu coração batendo forte.

— Sério? Porque eu nunca quis nada do jeito que quero você e Connor, Rosie. Nem uma única coisa, nem mesmo o hóquei. Quero ser seu parceiro e quero fazer todas as coisas juntos. As coisas aventureiras e as calmas e preguiçosas. Quero todas as coisas felizes, e as tristes e difíceis também, contanto que eu as faça com você. Quero continuar amando Connor exatamente do jeito que eu amo, como se ele fosse meu, *nosso*, porque ele é meu. Aquele garotinho é dono do meu coração, e não há um dia que eu não espere que "papa" não seja apenas um nome pelo qual ele me chama porque é uma fase, mas porque sou o homem com quem ele pode contar.

— Ai, Deus — Rosie murmura. — Eu te amo.

Meu coração acelerado derrapa até parar.

— Você o quê?

Seus olhos se arregalam, e ela solta as minhas mãos. Dá um passo para trás ao mesmo tempo que dou um para a frente.

— E-eu... tenho que tomar banho!

Ela gira, correndo para o banheiro, batendo a porta logo atrás.

Olho para a porta por três segundos antes de ir atrás de Rosie, que está andando de um lado para o outro no quarto, com os olhos fechados, dedos pressionados nas têmporas. Tenho certeza de que ela nem me ouve entrar, por causa do barulho do chuveiro e de seu... mantra.

— *Pense com o cérebro, não com os peitos. Pense com o cérebro, não com os peitos. Pense com o cérebro, não com os peitos.* — Ela joga os braços no ar. — Sério, Rosie, não é tão difícil assim!

— Por quê?

Rosie grita, girando para mim.

— Adam. Você ouviu.

— Por quê? — Repito, empurrando-a contra o balcão. Seus olhos saltam entre os meus conforme ela procura algo a que se agarrar, algo que não seja eu.

— Por quê, o quê?

— Por que você me ama?

— Ah, *isso*? — Ela acena com uma mão agitada no ar, rindo ansiosamente. — Aahh... Isso foi tão bobo. Eu te amo? Sim, digo isso o tempo todo. Motorista de ônibus? "Ei, obrigada pela carona, cara. Te amo!". Caixa de supermercado? "Obrigada por embalar as minhas compras! Te amo!"

Outra risadinha estridente, e *caralho*, amo esse seu lado atrapalhado.

— Por quê? — Minha mão vai para o seu jeans e sua barriga treme quando deslizo pelo cós. — Me dê os motivos — murmuro ao abrir o botão, descendo lentamente o jeans sobre seus quadris cheios, descendo pelas coxas deliciosas.

Porra, ela já está molhada para mim e nem começamos. A mancha escura no centro daquela calcinha rosa-claro me implora para prová-la, mergulhar minha língua dentro dela e chupá-la inteira.

É o que planejo fazer.

Hoje à noite, vou tomá-la de volta.

Cansei de ir *devagar*.

Minhas palmas deslizam por seu corpo, sobre seus quadris e pela depressão em sua cintura, puxando sua blusa para cima, guiando seus braços acima da cabeça conforme ela me deixa tirá-la. Alcanço suas costas, abrindo seu sutiã, e um gemido gutural retumba em meu peito quando seus seios cheios e perfeitos ficam livres. Nossos olhares se chocam assim que passo meus polegares sobre seus mamilos tensos, sua respiração falhando em seus lábios.

— Motivos, Rosie. Agora.

— Não me sinto mais sozinha — ela deixa escapar, então lambe o lábio, observando meus dedos rastejando por sua barriga. Seus olhos se voltam para os meus. — E não é sobre ter alguém. É sobre ter *você*. É saber que você é meu parceiro, não apenas um corpo quente ao meu lado. São as mensagens de bom-dia e aparecer no ponto de ônibus quando está chovendo. É me preparar um banho e me forçar a relaxar enquanto você passa um tempo com Connor. É verificar duas vezes meu pedido na Starbucks, caso o tempo mais frio tenha me feito querer uma bebida quente em vez de uma gelada. É meu chá favorito em seus armários e uma camiseta limpa esperando que eu a vista para dormir. É amar meu filho como se ele fosse seu, aceitar nós dois sem hesitação. — Seus cílios tremem, a voz abaixa. — É dar à bolsa de estudos o nome da rua em que cresci, plantar peônias sob a árvore dos meus pais e no seu jardim da frente, só para eu saber que meus pais estão aqui comigo. Porque sinto você em todos os lugares, Adam, mesmo quando você não está perto.

Algo se fecha em seus olhos, uma hesitação que doma minha fome por um momento. Descanso minha testa contra a sua.

— Do que você tem medo, Rosie?

— De perder você — ela sussurra. — Connor é o único amor que já tive.

— Você pode ficar com o meu. Ele pertence a você.

— Promete?

— Juro.

Eu a coloco no balcão, tiro sua calcinha e abro suas pernas, passando dois dedos ao longo de sua fenda encharcada enquanto ela suspira.

— Adoro como você fica molhada pra mim — murmuro ao mergulhar os meus dedos, espalhando sua umidade sobre seu clitóris. Afundo minha mão em seu cabelo e puxo seu olhar para o meu. — Agora me diga de novo, e não do jeito que você diz ao motorista do ônibus.

Ela pega meu rosto em suas mãos, com o amor fluindo por aqueles olhos sábios, quase me derrubando de joelhos.

— Eu te amo, Adam. Por tudo que você é.

Fecho os olhos conforme suas palavras penetram em minha pele, um calor que se espalha por mim. Conheço esse sentimento. Senti quando meus pais me perguntaram se eu queria ir para casa com eles, se eu queria fazer parte de sua família. Quando prometeram me amar para sempre, e provaram isso repetidas vezes, mesmo quando errei. Não tive de fazer nada para ganhar o amor deles. Os dois apenas me escolheram, dia após dia.

E é o que Rosie está fazendo agora. Está me escolhendo.

Por inteiro.

— Obrigado — eu me engasgo.

— Por quê?

— Por me amar.

— Adam. — Ela passa o polegar sob o meu olho, persuadindo meu olhar pesado a se voltar de volta para o dela. — Amar você aconteceu tão naturalmente, como se todos esses anos eu estivesse guardando tudo só para você, e quando você entrou na minha vida, eu só queria te entregar meu coração e dizer para você pegá-lo. Então me beije, por favor, porque estou pronta para dar tudo a você.

— Esperei muito tempo por isso, uma parceira com quem caminhar pela vida, um amor que não precisei ganhar, mas que simplesmente merecia. Porque todos nós merecemos ser amados de modo incondicional.

Minha boca pega a dela, uma mordidinha suave dos meus dentes, implorando para entrar. Um movimento suave da minha língua, saboreando-a lentamente. Suas costas se curvam quando pressiono dois dedos dentro dela, um mergulho sem pressa conforme saboreio a beleza abaixo de mim, cada um dos seus ruídos, aqueles que ela faz só para mim.

— Eu me apaixonei por você no primeiro dia, sabe. Lá, cuidando de uma cachorra que nem é sua. Com medo de abrir mão do controle, de confiar em outra pessoa, mas disposta a fazer isso de qualquer maneira e por um homem que tinha acabado de conhecer. Aqueles olhos que sorriam primeiro, antes de qualquer outra coisa. E, caramba, Rosie, depois continuei me apaixonando. A cada bendito dia, me apaixonei mais e mais forte, até que não havia mais para onde ir.

Retiro os dedos sob seu olhar, afundando-os de volta mais devagar, mais fundo, repetidamente, meu polegar circulando seu clitóris à medida que ondas de calor sobem por sua pele dourada. Sua respiração torna-se irregular.

Continuo:

— No segundo em que te vi com aquele garotinho, eu soube que meu coração era seu. Você é tudo o que eu estava procurando. Doce e gentil, com tanto amor para dar. Alguém que trabalha pela vida que quer e não desiste de lutar. Você passou por tanta coisa. Tanta, e nunca você virou as costas e foi embora. Mesmo quando pensei que você poderia ir. E rezei para que você não fosse. Fiquei com medo de que desistisse de mim, Rosie. Mas você ficou. E me escolheu. Por sua causa, sei como é ser visto, ser amado por inteiro. Sei porque você faz isso todo santo dia, e é tão bom. — Seguro seu rosto, passando meu polegar ao longo de seu lábio inferior ao mesmo tempo que ela luta para respirar. Eu a levo mais perto do clímax. — É por isso que te amo, Rosie. Eu te amo, e tenho te amado por um longo tempo.

— Adam — ela grita, apertando meus dedos, esfregando a pélvis na palma da minha mão ao gozar.

— Adoro quando você goza para mim também — murmuro.

Arrastando-a para fora do balcão, eu a empurro em direção ao vapor que transborda pela porta do chuveiro. Puxo a camisa por cima da cabeça e tiro a calça, revelando meu pau em pé, orgulhoso, e aceno com o meu queixo em direção ao chuveiro.

— Agora entre aí.

Quando ela hesita, sorrio, estalando a língua.

— Você está com vontade de ser uma garota má hoje à noite, não está? Tudo bem. Não estou com vontade de ser tão legal.

Curvando-me, agarro-a pelos joelhos, erguendo-a sobre o meu ombro.

— Adam! — ela grita, batendo na minha bunda, me fazendo rir. — Me coloque no chão!

Abro a porta de vidro, deixando-a de pé sob o jato quente, empurrando-a contra as paredes de azulejos. Meus dedos percorrem suas curvas molhadas, seus cabelos rosa e mel, e pressiono minha boca contra o seu pescoço e meu pau em suas costas.

— Pronta para ouvir agora?

— Não — ela respira.

— Por que não?

— Porque quero que me foda com tanta força que vou me esquecer de todo o tempo que perdemos, quando você poderia ter estado dentro de mim.

Enterro meu sorriso em seu pescoço.

— Você quer que eu deixe o formato do meu pau na sua boceta apertada e molhada, problema?

Ela sorri para mim por cima do ombro sardento, atrevida e charmosa.

— Faça o que quiser, Adam. Contanto que eu goze.

Eu a giro, batendo suas mãos no azulejo de cada lado de sua cabeça, segurando seus punhos. Arrastando a ponta do meu nariz por baixo do dela, encontro sua boca, roubando um beijo.

— Diga de novo — sussurro.

— Eu te amo.

— Caralho, como é bom ouvir isso.

Erguendo seus joelhos, elevo suas pernas em torno dos meus quadris. Ela coloca os braços em volta do meu pescoço.

— Não tenho camisinha, Rosie. Eu não esperava por isso, não esta noite.

Ela roça os lábios contra os meus.

— Estou tomando pílula. E confio em você.

Eu concordo, pressionando um beijo naquela pequena covinha em seu queixo.

— Eu te amo.

— Eu sei.

— E vou te foder como te amo. Mas, primeiro... Primeiro vou te foder como eu deveria ter feito ontem à noite no meu balcão da cozinha.

Ela abre a boca, mas o que quer que estivesse prestes a dizer morre em um grito quando a deixo cair bem sobre o meu pau, enterrando até a base.

— *Caralho* — gemo, apertando sua bunda enquanto ela ofega, arranhando minhas costas com suas unhas.

— Você é muito grande — ela choraminga, e eu rio.

— Ah, não, meu pobre ego.

— Cala a boca.

— Diga de novo, meu amor. Só vai melhorar.

Fogo brilha em seus olhos.

— Cala. A. Boca.

— Essa é a minha garota.

Com uma mão apoiada na parede e a outra em sua bunda, me empurro para a frente. Repetidamente, mais forte, mais rápido, mais fundo, até que Rosie se torna nada mais do que suspiros agudos e súplicas choramingadas, unhas arranhando e um par de peitos incríveis e saltitantes que eu quero devorar. Abaixo minha boca, chupando um mamilo rosado entre meus dentes, e Rosie geme, arqueando-se para mim.

— Ai. Adam. Ai, assim... Ahhh. Sim! *Caaa-ra-lhooo.*

— Você parece um pouco confusa.

— Vou gozar — ela grita, os pés cravando na minha bunda, as unhas arranhando meus braços.

Seus olhos reviram, o cabelo molhado espalhado pelo pescoço, e agarro um punhado dele, arrastando seu olhar de volta para mim.

— Olhe para mim quando gozar.

— Porra, Adam.

Sua boceta aperta meu pau e continuo empurrando, arrancando até a última gota dela. Quando ela fica mole em meus braços, a puxo de mim, jogo-a por cima do meu ombro, desligo o chuveiro e atravesso o quarto. Deixando-a cair na cama, dou um tapa em sua bunda e empunho meu pau.

— De quatro, Rosie.

Ela se posiciona e, devagar, agarro seus quadris, puxando-a para a beirada da cama, bem onde preciso dela. Arrasto a ponta do meu dedo ao longo de sua espinha, então a sigo com meus lábios.

— Você vai gozar de novo para mim?

— Sim, Adam.

— Quantas vezes?

— Quantas você quiser.

— E onde você vai gozar?

Ela suspira, agarrando os lençóis quando mergulho minha língua dentro dela, banqueteando-me com sua doce boceta.

— No seu pau, por favor.

— Gostosa do caralho.

Corro minha língua ao longo de sua fenda, lambendo o máximo que posso antes de me inclinar sobre ela, fundindo minha boca com a sua para que ela saboreie o próprio gosto. Eu me movo para trás dela, meu olhar seguindo cada centímetro delicioso do seu corpo, o mergulho em sua cintura que leva àqueles quadris largos, macios o suficiente para eu cravar meus dedos. A curva em sua espinha que desliza para baixo até aquelas covinhas em sua parte inferior das costas, logo acima da bunda imaculada e redonda.

— *Amo* tudo isso — resmungo, arrastando minhas palmas pelas costas dela até as covinhas, cravando meus polegares em sua carne macia. Eu pressiono meu pau contra sua bunda e gemo, segurando-a no lugar enquanto luto para manter o controle. — Você é uma deusa do caralho, Rosie. Esse corpo me faz ficar... *selvagem*.

— Selvagem? — ela sussurra e, quando ergue a bunda, esfregando-a contra o meu pau, qualquer tentativa de controle desaparece.

Puxo suas coxas para mim, as solas dos seus pés batendo no chão, seu peito achatado na cama, e abro bem suas pernas antes de mergulhar fundo dentro dela. Suas costas se curvam para fora da cama e ela arranca os lençóis do colchão.

— Porra!

Eu agarro seu quadril, segurando-a no lugar ao meter fundo, minha outra mão deslizando por suas costas, fechando seus punhos molhados.

— Porra, te amo. Amo te foder. Mas, principalmente... — Eu me curvo sobre ela, penetrando mais fundo e puxando o seu rosto para o meu. — Principalmente, eu amo te amar.

Ela grita o meu nome quando nossas bocas colidem, meus quadris batendo contra a sua bunda conforme enfio mais e mais. Ela aperta meu pau mais fundo e, quando alcanço e esfrego seu clitóris, ela explode, deixando seu rosto cair nos lençóis para enterrar um grito. Saio dela, virando-a e jogando-a nos travesseiros, rastejando em sua direção.

— Mais uma, linda — imploro, abrindo suas pernas, jogando uma sobre o meu ombro ao pressionar o meu peito no seu. — Mais uma.

Ela balança a cabeça, os olhos fechados conforme meto de novo, correndo em direção à linha de chegada. Ela já está gozando, me apertando mais uma vez, ou talvez nunca tenha parado. Não sei, mas, quando seus quadris se levantam e ela puxa minha boca para a sua, quando me diz que me ama mais uma vez, eu a solto. Esvazio tudo o que tenho dentro de Rosie, enterrando seu nome na curva do seu pescoço quando nos agarramos um ao outro, suados, sem fôlego e muito felizes. Quando saio de cima dela dois minutos depois, é só porque estou com medo de esmagá-la.

— Foi incrível. Surreal. Acho que transcendi. — Sua cabeça cai, olhos turvos me encarando. — Sério, Adam, não sei como você vai superar isso.

— Vou passar o resto da minha vida tentando.

— Meta de vida?

— Meu único objetivo nesta vida é garantir que você passe o resto dos seus dias sabendo, sem dúvida, quanto você e Connor são amados. — Eu a coloco ao meu lado, passando meu polegar sobre seu queixo com covinhas. — Se eu conseguir, terei vivido esta vida direito.

Ela sorri, passando os dedos pelos meus cachos antes de pressionar um beijo em meus lábios.

— Você é perfeito para nós, Adam.

Não é difícil perceber a sorte que tive de encontrar Rosie. Se não fosse por ela, não tenho certeza se teria encontrado coragem para ser eu mesmo de verdade, para dar tudo de mim para outra pessoa. Eu poderia ter vivido para sempre com muito medo da rejeição, com muito medo de amores falsos e intenções equivocadas. Agora, vivo minha vida sabendo que alguém me conhece e, ainda assim, escolhe estar comigo.

Esse alguém é Rosie.

Ela desfaz cada fio e, quando junta de novo, estou melhor do que era antes. Inteiro, enfim, e acho que nunca estive tão inteiro.

34

NOVEMBRO NA SECA

ADAM

— ROSA É A MINHA cor favorita.

— É uma das minhas também.

Não era até quatro meses atrás, mas, agora, quando penso em rosa, penso em tudo de brilhante, fresco e cativante. Penso em Rosie. Mas, em vez de dizer a essa pré-adolescente que, de todas as opções que me foram apresentadas hoje, escolhi me vestir como o giz de cera rosa porque a cor me lembra o punhado de cabelo que eu tinha em minhas mãos esta manhã, quando Rosie levou meu pau o mais fundo em sua garganta que podia, decido falar:

— É a que deixa feliz. — A garota na minha frente sorri quando tiro minha foto de suas mãos e destampo meu marcador. — Meu nome é Skylar.

— Skylar — repito, rabiscando seu nome na foto antes de assinar o meu, terminando com o número da minha camisa. — Aqui está, Skylar.

Despejo um punhado de doces em seu balde de abóbora de plástico.

— Feliz Halloween.

— Obrigada!

Ela olha para Jaxon com desgosto.

— *Não* gosto de verde. Lembra vômito.

Jaxon cruza os braços sobre o peito verde, e seu chapéu verde com ponta de giz de cera cai sobre uma de suas sobrancelhas.

— É, bem, *não* gosto de rainhas borboletas. Elas *também* me lembram vômito.

Skylar suspira, a ponta de suas altas asas de borboleta batendo no queixo de Jaxon quando ela se vira e sai furiosa.

— Você é péssimo com crianças — afirmo baixinho quando a menina lança para Jaxon um último olhar por cima do ombro, que ele retribui de imediato.

— Sou ótimo com a Ireland. Ela só chora, tipo, trinta por cento das vezes que a pego no colo, e ri quando assopro em suas bochechas. E Connor é, tipo, meu melhor amigo.

É verdade, mas pode ter algo a ver com o gato fofo que Jaxon traz para a minha casa toda vez que vem nos visitar. Jaxon adora mostrar todos os truques que ensinou a Mittens, e Connor adora rolar no chão com Mittens e Bear. Ele até chama seu gatinho de pelúcia de Mittens agora.

— Aliás, por que estou vestido de giz de cera? — Jaxon resmunga, rasgando um mini-Kit Kat. — E por que eu sou o único que não pôde usar calças com a fantasia, inferno?

Não sei, mas ele está muito engraçado com o vestido verde de giz de cera, o chapéu com ponta de giz e suas pernas peludas à mostra.

— É o fantástico mundo de Carter. Não devemos questionar, apenas aceitar.

— Ele contou quais fantasias nos fará usar à noite para pedir doces?

— Ele disse que é uma surpresa.

— Carter falou o mesmo para mim, depois deu uma risadinha estridente, prometeu que seria "picante" e saiu correndo.

Estou com tanto medo quanto todo mundo. Não ficamos na cidade no Halloween nos últimos cinco anos. E, no último que não tivemos de viajar para jogar, Carter nos fez nos fantasiar de Britney Spears, todos nós. Ainda tenho pesadelos com ele na roupa de colegial. Fiquei sufocado em látex vermelho, enquanto Garrett estava vestido como uma aeromoça sexy e Emmett quase nu com uma cobra de pelúcia em volta do pescoço.

Ganhamos o prêmio de Melhor Fantasia de Grupo naquela noite, então…

— Ouvi falar do desastre de Britney Spears — sussurra Jaxon. Olhos assustados saltam entre os meus. — Este ano vai ser melhor, certo? Porque ele tem uma filha agora? Então ele não vai ser tão… *Carter*?

Antes que eu possa responder, um microfone apita. Jaxon e eu olhamos para cima, observando Carter — vestido como um giz de cera roxo e com a filha de giz de cera roxo presa ao peito — pisar no palco montado em frente às portas da arena.

— Não… — murmura Jaxon quando uma tela é baixada atrás de Carter.

— Ele vai mesmo fazer isso — sussurro.

— Achei que ele estava só brincando — murmura Garrett, aparecendo à minha esquerda.

— Alguém chame a Olivia — ajunta Emmett, à direita de Jaxon. — Ele precisa ser impedido.

— *Estão todos prontos para o karaokê dos Vipers?* — grita Carter para a multidão.

Para nosso horror, as pessoas explodem de alegria.

— Com vinte dólares, você pode escolher a música e qual Viper vai cantar aqui no palco...

— O quê? — Jaxon suspira.

— *Não* concordei com isso — Garrett rosna.

— Não! — Emmett geme.

— Puta merda — suspiro.

— ...E todos os lucros ajudarão a financiar programas esportivos para jovens carentes. Então, várias músicas não são apenas bem-vindas, mas *encorajadas*!

Jaxon cruza os braços.

— É melhor ninguém me escolher, porque não vou cantar.

Uma garotinha usando um vestido rosa brilhante com uma saia fofa e uma tiara se aproxima de Jaxon, puxando seu vestido de giz de cera com as mãos enluvadas, piscando seus olhos azuis.

— Com licença, sr. Riley. Meu nome é Mia e sou uma princesa. Quero cantar uma música de princesa com você.

Os olhos de Jaxon se derretem ao ver a princesinha. E, quando ela junta as mãos e abaixa a cabeça em sinal de derrota, Jaxon geme. Ele pega a mão dela na sua, puxando-a em direção ao palco, onde Carter espera com um sorriso ridículo.

— Vamos, princesa Mia. Vamos escolher uma música de princesa.

Treze. É o número de músicas que Jaxon cantou esta tarde.

— Ele se comporta como se não fosse um de nós — Carter reflete quando Jaxon encerra a performance de "Saber quem sou", de Moana, com uma garota vestida exatamente como ela. — Mas eu sabia que ele seria um Maria-Patins desde o momento que desceu daquele avião de Nashville, um ano atrás.

Garrett tira o chapéu de giz de cera azul e bagunça o cabelo.

— Quando poderemos ir para casa? Quero levar Jennie para uma rapidinha no banheiro de Carter antes de irmos pedir doces.

Carter enfia o cotovelo na caixa torácica de Garrett.

— Ei, qual é?

— Vou cortar seu pau fora se tocar na minha irmã no meu banheiro.

— Você não pode fazer isso. — Garrett abre um sorriso lento e presunçoso, e seu peito treme, já rindo da própria piada. — É o brinquedo favorito dela, assim como a minha cara.

Jaxon faz um gesto com o polegar para Garrett quando ele se junta a nós.

— De onde veio tanta coragem?

— Jennie — Emmett e eu respondemos em uníssono.

— Só sei que ela vai ficar sexy fantasiada. Não vou conseguir resistir.

Arqueio uma sobrancelha, espiando a foto no meu celular, a que Rosie me enviou meia hora atrás, depois que elas saíram daqui e voltaram para a casa de Carter e Olivia. É uma foto do grupo das meninas e Connor, todos com alguma fantasia de animal. Mostro meu celular para Garrett.

— Ela é uma borboleta.

— Uma borboleta sexy.

— Você transaria com Jennie vestida de saco de lixo.

— E você com Rosie.

Verdade.

— Mas Jennie não vai querer tocar em você vestido de giz de cera.

Ele gesticula agressivamente para si mesmo e passa as mãos sobre os quadris cobertos de giz de cera.

— Jennie vai adorar *tudo* isso.

— Hã-hã.

Ele enfia o dedo no meu peito.

— Só espere. Jennie vai implorar por mim. Vou ter de dizer não a ela.

Jaxon bufa uma risada.

— Como se você fosse capaz de dizer não a Jennie.

O peito de Carter incha.

— É, eu tenho que dizer não à Ollie o tempo todo.

Todos riem, exceto Carter.

— O quê? Eu tenho! — Ele franze a testa, as mãos nos quadris. — Bem, eu poderia se quisesse. Nunca quero.

— É claro que você *não* poderia — argumenta Emmett. — Nem pagando.

— Quer apostar? — Carter tira um maço de dinheiro da carteira. — Quinhentos dólares que eu posso.

— Ah, estou dentro. — Garrett segura o próprio dinheiro.

Emmett cruza os braços.

— Quais são os termos?

Carter pensa por um minuto.

— Novembro na Seca.

— Novembro na Seca... — Enterro meu rosto na minha mão. — O quê?

— Os termos são simples. Quinhentos dólares cada e todos nós estamos apostando em nós mesmos. Sem sexo, sem punheta, sem gozar, ponto-final. Começamos amanhã, primeiro de novembro. Quem durar mais tempo ganha o pote inteiro. Dois mil e quinhentos dólares.

Meu rosto ainda está em minhas mãos, então as arrasto para baixo em câmera lenta.

— Não posso acreditar que estamos tendo essa conversa vestidos de giz de cera.

— Não posso acreditar que estou sem calça — Jaxon afirma, e então: — Topo.

— *Você?*

— O quê? Não estou em um relacionamento.

— Você ainda transa quase tanto quanto a gente — argumenta Garrett.

Jaxon passa a palma da mão no peito orgulhoso.

— É, é difícil resistir.

— Nem pensar — declaro.

— Ah, vamos lá — Carter reclama.

— Comecei a fazer sexo regularmente há um mês. Não vou parar.

Além disso, tenho um pouco de medo da Rosie. Ela gosta de transar até dormir na noite antes de uma grande cirurgia ou de uma prova. É o que a ajuda a relaxar e a limpar a mente, caso contrário, ela fica acordada a noite toda, preocupada. Ela também gosta de sexo matinal e sexo no chuveiro e, na outra tarde, eu a fodi na bancada da cozinha enquanto Connor cochilava lá em cima. Não vou ser eu quem vai tirar isso dela.

— Então aposte em mim — Carter afirma com tanta certeza, como se fosse... lógico.

Não é, não. É por isso que dou a risada mais alta e incrédula.

— Não vou te decepcionar, Adam, prometo. Além disso, viajaremos por catorze dias em novembro. O que significa que só tenho que resistir a Olivia por dezesseis dias. Consigo resistir. Eu consigo.

Ele parece tão confiante que é cômico e triste ao mesmo tempo. Depois de todos esses anos, Carter acha que não o conheço. Depois de todos esses anos, Carter não se conhece.

— Não.

— Não aposte em mim — Emmett diz. — Sei bem qual será a reação de Kara. Dica: não muito boa. — Ele balança a cabeça. — E, porra, amo a minha esposa, mas tenho medo dela.

— Pode apostar em mim — Garrett me garante. — Não se preocupe. Jennie não é a minha chefe.

Pisco para ele.

— Meu dinheiro está em Jaxon.

— Porra, *sim*! — Carter estica os braços acima da cabeça. — É, espere só até as meninas nos verem mais tarde com as fantasias que escolhi. Elas vão ficar de joelhos, implorando por um pedaço.

— Você está…

— Sim.

— Adam…

Rosie morde os lábios, mas isso não impede sua risada. Ela sacode todo o corpo à medida que me analisa, depois volta para cima. Para baixo de novo, depois para cima. Para baixo mais uma vez e, enfim, a risada se liberta.

— Não consigo lidar com isso.

Ela ri com as mãos no rosto e vou te dizer uma coisa: definitivamente, ela não está de joelhos, implorando por um pedaço. Está tão fofa em sua fantasia de joaninha, e estou… estou… porra, não consigo encontrar as palavras.

De alguma forma, Carter encontrou uma maneira de superar o desastre de Britney.

Há um grito másculo vindo do banheiro do andar de baixo, e sei que Jaxon acabou de descobrir seu destino.

— *Não* vou usar isso!

— Você tem que usar!

— Não vou pintar meu cabelo!

— É só gel colorido! Vai sair na hora!

Rosie e eu trocamos um olhar.

— Ruivo…

Ela espia por cima do ombro, então dá um passo em minha direção, me empurrando de volta para o banheiro de onde acabei de sair.

— Sabe — ela murmura, passando a mão pela minha regata *cropped* laranja, sobre meu abdômen nu. — Acho que isso combina com você. Laranja pode ser a sua cor.

— Vou congelar, isso sim.

Ela sorri, pressionando-se contra mim, passando a boca na minha.

— Vou te aquecer depois.

— Isso me lembra que Carter quer fazer Novembro na Seca. Nada de sexo o mês inteiro.

— Mas eu começo um novo estágio na segunda-feira. Vou ficar acordada a noite toda pensando em tudo se você não me colocar para dormir. Além disso, a resposta é não.

Eu rio, beijando seus lábios vermelhos e carnudos.

— Posso tê-lo deixado me convencer a usar esta roupa ridícula, mas não vou deixá-lo me convencer a não usar você.

Meus olhos dirigem-se para o meu reflexo no espelho e suspiro com todo esse... laranja. Eu preferia minha fantasia de giz de cera.

— Estou bonito?

Rosie aperta os lábios e assente.

— Super.

— Não me convenceu.

— Bem, eu te amo mesmo assim.

Dedos finos entrelaçam os meus e ela me puxa para fora do banheiro. Todos os olhos se erguem para os meus, e Carter, que está usando um vestido roxo com uma sobreposição de renda preta, abre bem os braços.

— Aêee! Aí está ele!

As meninas explodem em gargalhadas e Rosie, enfim, solta a minha mão.

— Ah, fala sério! — Garrett joga os braços para o alto. Seu cabelo loiro está preso em rabos de cavalo altos, e ele está usando um vestido rosa justo e meias até o joelho com os tênis. O toque final é a gargantilha dourada em volta do pescoço que diz BABY. — Adam pôde ser a Sporty Spice e eu fiquei como a porra da Baby Spice?

Emmett gesticula para o seu macacão de *spandex* dourado.

— Vai se foder. Eu sou a porra da Scary Spice. Estou com a porra dessa roupa justa. — Ele lança um olhar penetrante para a virilha e abaixa a voz para um sussurro. — Dá pra ver... tudo.

Kara esfrega o peito dele.

— E nós adoramos isso, lindo.

Connor espia por cima do tapete em que está brincando com Ireland, seus olhos brilhando.

— Uuuuhhh! *Papa! Papa lalanja!* — Ele pula, cambaleando em minha direção, passa a mão pelas minhas calças cargo e sorri para mim. — *Ti amu, papa lalanja.*

— Também te amo, Mittens.

Mittens porque ele está vestido de gatinho e anda por aí se chamando de Mittens. A porta do porão desliza para abrir, mas ninguém sai. Então, depois de um minuto, um tênis de corrida aparece, seguido por uma meia com a bandeira do Reino Unido presa a uma perna longa e peluda. Lento como mel, Jaxon entra no corredor, vestido com shorts vermelhos e uma regata combinando, exibindo parte de seu torso, e o cabelo castanho agora brilha em tom vermelho vibrante.

— Ninguém diga uma só palavra — ele murmura, entrando na cozinha silenciosa com a cabeça baixa. — Nenhuma porra de palavra.

O lento barulho de seus sapatos ressoa no chão da cozinha conforme todos os olhos o seguem. Quando ele tira uma cerveja da geladeira e começa a beber, as risadinhas começam, engasgadas e abafadas. Jaxon fecha os olhos e joga a cabeça para trás com um gemido assim que a gargalhada explode ao seu redor.

— Fodam-se, não me importo. Estou lindo pra caralho, e todo mundo sabe que a Ginger Spice era a Spice Girl mais gostosa.

— Ok, bem... — Gesticulo para mim mesmo. — Obviamente, era a Sporty Spice.

— De jeito nenhum — argumenta Garrett. Ele mostra o pequeno rabo de cavalo e o pirulito rosa na mão. — Baby Spice, óbvio!

Emmett gesticula agressivamente para sua roupa.

— Sou eu, porra! Olha que justinha a minha roupa!

— Vocês estão todos errados — pontua Carter. — Era a Posh Spice. Ela era a mais gostosa. É por isso que estou vestido como ela. — Ele aponta o pé para seus tênis, e meus olhos vão para a corda preta que ele amarrou nas panturrilhas como algum tipo de decoração. Quando ele flexiona uma panturrilha, a corda arrebenta. — Ah, droga. Ollie! Minhas panturrilhas musculosas arrebentaram a cordinha de novo!

— Bem, pare de flexioná-las!

— Não consigo parar de flexionar meus músculos. — Ele balança a cabeça e pega Ireland, que está vestida como o cachorrinho mais fofo do mundo. — Vamos, cachorrinha. Vamos colocar sua fantasia de Posh Spice.

Olivia coloca as mãos na cintura.

— Ela está feliz com sua fantasia de cachorrinho.

— Mas ela quer ser gêmea do papai. Você quer, né, princesinha? Papai até comprou uma jaqueta de couro para você se aquecer.

Apesar dos protestos de Olivia, ele segue pelo corredor com Ireland nos braços, cantando "Spice Up Your Life" e, dez minutos depois, retorna com sua irmã gêmea Posh Spice, exceto que ela ainda está usando as orelhas de cachorrinho. Ele a estende para Olivia.

— Viu, nós dois ganhamos.

Inclinando-se para mim, ele esconde seu sussurro atrás de sua mão.

— Se eu só tenho uma noite, tenho que fazer valer a pena.

Carter não tem apenas uma noite; sabe disso tão bem quanto o resto de nós, incluindo Olivia, que revira os olhos e sussurra algo em seu ouvido, algo que faz seus olhos esbugalharem conforme nos dirigimos para a porta da frente.

Paramos na varanda para uma foto — várias, na verdade, até Carter ficar satisfeito —, depois descemos a rua, um grupo assustador que com certeza nunca deveria ser visto em público.

Mas, quando olho para os meus amigos, a maneira como todos apenas aceitam seu lugar neste grupo, sei que é tudo o que eu sempre quis da vida. Uma família que escolhe ficar ao seu lado todos os dias, mesmo quando você é um homem de quase dois metros vestido de Spice Girl e passando vergonha na rua.

Olho para a mãozinha na minha e a outra mão na da mãe dele ao andarmos pela rua e, puxa, tudo parece tão certo neste mundo. O olhar de Rosie encontra o meu, as bochechas corando quando vê o sorriso bobo estampado em meu rosto.

— O quê?

— Amo a nossa família.

Seus olhos se movem sobre o pessoal, e ela sorri o sorriso mais lindo.

— Connor e eu temos muita sorte de fazer parte disso.

Kara vira a cabeça por cima do ombro.

— E *nós* temos muita sorte por vocês dois fazerem parte disso.

Eu: Kd todo mundo?

Estou na pista há quinze minutos, preparando-me para a nossa patinação matinal, e os outros quatro ainda não chegaram. Eu gostaria de ouvir suas desculpas, já que foder *a esposa/namorada/garota aleatória que conheci na academia de manhã* não pode ser nenhum dos motivos. O Novembro na Seca começou há nove horas. Sou o único com licença para enterrar meus vinte e cinco centímetros dentro da minha mulher.

E enterrei, caso alguém esteja se perguntando. Rosie e eu acordamos com o sol, e o café na sacada virou... bem, sexo na sacada. Quem não ia querer aproveitar um lindo nascer do sol sobre as montanhas.

A porta do vestiário se abre e Jaxon entra, cabelo bagunçado e óculos escuros, Starbucks nas mãos. Ele afunda ao meu lado com um suspiro, esticando as pernas e cruzando um tornozelo sobre o outro.

— Desculpe pelo atraso. Dormi até tarde. Foi incrível. Talvez eu estivesse mesmo precisando de uma pausa do sexo.

— Só se passaram nove horas. Acho que você ainda não consegue deduzir isso.

— Sinto que consigo. — Ele toma um gole de café e me olha. — Você transou de seis maneiras diferentes no domingo. Sortudo do caralho.

Antes que eu possa responder, a porta se abre com tanta força que bate na parede. Carter entra, a braguilha meio aberta e a camisa do avesso. Ele tira um maço de dinheiro do bolso e joga no banco ao meu lado.

— Estou fora.

— Já?!

— Já se passaram nove horas! Ollie colocou a fantasia de abelha de novo agora de manhã, mas sem blusa e sem calcinha por baixo do tutu. — Ele ri, passando a mão na boca. — Nós brincamos que ela...

A porta se abre com força e Garrett entra dançando, assobiando. Ele joga um maço de notas e Jaxon suspira.

— Você também?

— Jennie ganhou um brinquedo novo. Disse que não precisava mais de mim. — Ele dá de ombros. — Tive que mostrar que ela precisa de mim, sim.

Desta vez, quando a porta se abre, é um rangido lento. Emmett enfia a cabeça para dentro, espiando antes de entrar, passando a mão pelo cabelo loiro desgrenhado.

— Então, hum... Como anda o Novembro na Seca, hein?

— Temos muita sorte de vocês dois fazerem parte disso.

— Carter e Garrett já saíram.

— Ah, porra, ainda bem. — Ele conta seu dinheiro, adicionando-o à pilha. — Bem, começou com Kara se recusando a desmontar de mim à meia-noite. Argumentei que não contava, porque começamos antes da meia-noite, então, tecnicamente, era sexo de Halloween. Mas ela falou que "*tecnicamente*, Emmett, não *preciso* que você me faça gozar". — Seus olhos ficam vidrados. — Ela colocou o maldito audiolivro que estão ouvindo e começou... Ela começou... Ela abriu as pernas e... Eu tentei. Tentei mesmo.

Garrett aperta seu ombro.

— Eu sei, cara. Eu sei.

Jaxon fica em pé, jogando os braços acima da cabeça.

— Estão me zoando?! Fui o único a levar a sério?

Ele pega o dinheiro, colocando-o no bolso antes de apontar um dedo para os demais, um após o outro.

— Foda-se. Foda-se. E foda-se. — Ele aponta para mim. — Obrigado por acreditar em mim, mas que se foda você também, porque você fez sexo e eu não fiz.

— Ok, então. Me escutem. — Carter sorri com expectativa, gesticulando. — Dezembro da Bocetolândia.

O silêncio paira no ar por apenas um breve momento. Então, de repente, o lugar vazio no banco onde os ganhos de Jaxon estavam está transbordando com uma porrada de dinheiro novamente.

— Estou dentro.

35
NOVA MOTORISTA À VISTA

ROSIE

— NÃO.

— Rosie, você consegue.

Olho para o prédio do outro lado: "Exame de habilitação de Vancouver". De jeito nenhum. Cruzo os braços.

— Adam, não. Não estou pronta. Vou reprovar.

— Quando você foi reprovada em alguma coisa? — Adam se contorce no assento, pegando minhas mãos. — Rosie, você tem praticado bastante. Você está indo muito bem e, além disso, é uma motorista muito consciente.

Tradução: chata. Sou uma motorista chata e ambos sabemos disso. Adam me lembrou carinhosamente que posso ultrapassar um pouquinho o limite de velocidade e, ainda assim, me manter segura, mas eu prefiro continuar dirigindo do meu jeito: tirando o pé do acelerador e nos deixando deslizar toda vez que for além da velocidade em um ou dois quilômetros.

— Já sei que o examinador vai ficar muito impressionado com como você mantém o limite de velocidade exato o tempo todo.

Estreito os olhos para a diversão no rosto dele.

— Sei que, em pensamento, está rindo de mim, *Adam*.

Ele ri, puxando minha mão para a sua boca, dando um beijo em meus dedos.

— Eu nunca riria de você. Só rio *com* você.

— Mas não estou rindo — argumento, levantando meu ombro para tirar a língua de Piglet do meu ouvido quando ela a enfia lá do banco de trás. Ela se contenta em lamber minha têmpora. — Foi por isso que pegamos a Pig? Que trouxemos o Bear? Para que todos pudessem me ver fracassar? E no meu aniversário, ainda por cima.

— Connor, diga à mamãe que ela não vai reprovar.

— *Mamãe num repova!* — ele grita do banco de trás.

Não consigo dizer quantas vezes desejei ter a mesma fé em mim que Adam e Connor têm. Ambos fazem parecer tão fácil, tão natural, a maneira como acreditam em mim. O que eu não daria para viver um dia dentro da cabeça de uma pessoa que nunca duvida de si mesma.

Adam passa o polegar sobre a covinha no meu queixo.

— Pare com isso.

— Pare com o quê?

— Pensar demais. Se esquecer de como você é incrível, quantos passos dá dia após dia para ser melhor do que era. Você pega o volante todos os dias, comigo, com Archie ou Marco. Às vezes pratica por duas horas, às vezes só dá um pulo na Starbucks. Você sempre trabalha em seus objetivos e medos. E me inspira diariamente, Rosie. Mesmo em seus dias difíceis.

— Você acorda toda manhã e pensa: "O que posso dizer a Rosie hoje para ela se apaixonar ainda mais por mim?"?

— Basicamente, sim. Preciso ter esperança de que você vai mudar seu sobrenome em algum momento. Todas as manhãs acordo e me pergunto como posso dar um passo a mais nesse objetivo.

— Cala a boca — falo, toda risonha enquanto aquele calor familiar sobe pelo meu pescoço. Arrastando o pé pelo chão da caminhonete, murmuro: — Não acredito que você não me contou.

— Rosie, o que você teria feito se soubesse há três semanas que hoje seria seu teste de direção?

— Eu teria perdido pelo menos três noites de sono imaginando os piores cenários, tudo que poderia dar errado, teria tido alguns ataques de ansiedade e com certeza teria vomitado esta manhã.

Ele sorri com gentileza, puxando minha franja para trás.

— Eu queria que fosse uma surpresa para que você não ficasse estressada e presa em sua cabeça por semanas. Era tempo demais para se questionar quanto aprendeu nos últimos dois meses. — Com meu queixo em sua mão, ele traz meus lábios aos seus. — Se não estiver pronta, ou só não quiser... Não importa o motivo; não precisa de uma desculpa... apenas fale. Vou ligar o carro de novo e vamos comprar cupcakes de aniversário. Não tem um livro de regras explicando que você tem de fazer isso. Mas você consegue, Rosie. E, se sairmos daqui hoje sem tentar, tudo bem. Contanto que vá embora sabendo que é capaz. — Outro beijo; tão típico de Adam. Doce, suave, com aquele pouco de força que me deixa escancarada. — Eu acredito em você.

Olho para o meu filho no banco de trás, tagarelando com os cachorros que retribuem o olhar como se Connor fosse um filhote. Seu suéter diz "Mamãe é uma super-heroína". Quando Adam o deixou na cama esta manhã usando isso, pensei que era só um gesto fofo para o meu aniversário de vinte e cinco anos.

— Você acha mesmo que sou uma super-heroína? — sussurro para Adam.

— Eu sei que você é. Vi com os meus próprios olhos. Você pega o impossível e o torna possível.

A verdade é que sinto que a maioria das coisas neste mundo são possíveis com a mão dele na minha.

Talvez seja por isso que respiro fundo e saio do carro. E talvez seja por isso que, quinze minutos depois, quando vou embora com o examinador no banco do passageiro e Adam, Connor e os cachorros ficam segurando um cartaz que diz "Acreditamos em você, mamãe!", sinto que posso mesmo ser uma super-heroína.

E talvez, só talvez, quando paro no meio-fio quarenta e cinco minutos depois, é por isso que consigo pular do carro, levantar minha nota final com as mãos trêmulas e gritar uma frase que nunca pensei que conseguiria dizer:

— Sou uma motorista habilitada!

— Tenho cinco carros. Você pode usar um dos meus.

Abro a boca para recusar educadamente, mas Carter levanta a mão.

— Espere, são seis. Tenho seis carros. Porque Ollie não me deixa me livrar da Honda Redonda.

O rosto de Olivia se ilumina.

— Você pode emprestar a Ronda! Ela é um ótimo carrinho de iniciante. Eu a comprei quando tinha dezessete anos. Ela…

Carter cobre a boca dela com a mão, puxando-a de volta.

— Uma vez que começa a falar desse carro, ela não para. E, acredite em mim, Ro, aquela lata velha não vai te levar a lugar nenhum, exceto a uma vala.

Olivia franze a testa, afastando a mão dele.

— Aconteceu só uma vez. A Ronda só precisa de pneus de neve, aí ficará novinha em folha.

O olhar de Carter cruza com o meu e ele balança a cabeça, discretamente cortando a garganta com a mão.

— Talvez eu continue pegando o ônibus para economizar. E quem sabe essa seja minha primeira grande compra depois de me formar na primavera, quando Connor e eu tivermos a nossa casa.

— Você quer dizer, quando for morar com Adam? — Carter pergunta, então agarra seu ombro quando Olivia lhe dá uma pequena pancada. — Ai! Não me faça amarrar essas mãos, pequena Ollie.

Ela revira os olhos.

— A discussão sobre a mudança não inclui você.

— Mas…

Olivia o silencia com nada além do olhar ferino.

— Tudo bem — ele resmunga. — Mas não é como se Adam fosse deixá-la se mudar para outro lugar. Ele é bem *obcecado* por Rosie.

Meu olhar volta-se para Adam ao meu lado, apenas para encontrá-lo já me observando. Ele pisca, e a ação simples, combinada com ele empurrando o carrinho de bebê gigante com Connor e Ireland dentro, *e* Bear e Dublin, que é o golden retriever de Carter e Olivia, envia uma onda inebriante de sangue para minha cabeça. Ele fica tão à vontade nesse papel de homem de família, como se tivesse sido feito para isso.

Já faz dois meses desde que vimos Brandon e não ouvi falar dele mais nenhuma vez. Eu sabia que seria assim no instante em que fomos embora de sua casa. Eu sabia que não haveria volta, que ele escolheria o caminho mais fácil, aquele que provavelmente estava procurando desde o começo. Mas, se eu tivesse um pingo de dúvida, ela teria se dissipado na noite em que Archie chegou do trabalho e contou ter visto uma pilha de coisas de Connor colocadas ao lado do lixo na calçada do prédio de Brandon.

A imagem na minha cabeça foi devastadora e, assim que Connor foi para a cama, eu me encolhi no sofá e chorei nos braços de Archie. Saber que foi tão fácil para Brandon abandonar Connor, comparar isso a tirar o lixo, doeu demais.

E, ainda assim, Connor não perguntou por ele nenhuma vez. Seus dias estão mais cheios de amor agora do que nunca, pessoas que se colocam em sua vida porque querem fazer parte dela, e meu filho está feliz, radiante. Tenho tantas pessoas incríveis para agradecer por isso, mas quem fez a maior diferença recentemente é o homem que está ao meu lado. Aquele que o pega mais cedo na creche quando ainda estou na clínica, que fica em casa o dia todo porque sentiu saudades de Connor quando estava viajando. Que canta e dança com ele na sala de estar. Que o leva até a escola no bairro na hora da saída, só para que Connor possa ver todos os ônibus indo e vindo. Que o deixa fazer bagunça na cozinha enquanto os dois preparam o café da manhã juntos. Que usa barbas e chapéus de bolhas com ele. Que lê para ele na cama, à noite. Que o ama incondicionalmente, do jeito que uma criança deve ser amada.

A nostalgia atiça um fogo quente no meu peito nesta noite fria de novembro, lembrando-me da infância que tive, das diversas maneiras como meus pais me amavam todos os dias. Tudo o que quero fazer é dar a Connor uma infância como a que tive, e espero que, em algum lugar, meus pais estejam olhando para mim, orgulhosos da vida que estamos vivendo.

Orgulhosos de mim.

— Desculpe, pessoal. Gostaríamos de dar a vocês uma permissão especial, mas vocês têm que deixar o carrinho aqui. A ponte não é acessível, infelizmente.

— A ponte?

Viro a minha cabeça, percebendo pela primeira vez que saímos da avenida Capilano, que estamos na entrada de um tipo de parque, conversando com um funcionário sorridente. Observo Adam e Carter tirando as crianças do carrinho, prendendo-as em seus peitos, em cangurus. A visão é tão atraente, mas não consigo apreciá-la por completo neste momento.

— Que ponte, Adam?

— Bem na hora também — continua o atendente. — As luzes se acenderão em cinco minutos.

— Luzes? Que luzes? Adam, que luzes?

Ele apenas sorri, pegando minha mão, puxando-me para a frente. Meu coração ameaça saltar para fora do peito, porque a única ponte e as únicas luzes em que consigo pensar são as que meus pais queriam ter me levado para ver exatamente treze anos atrás, no meu décimo segundo aniversário.

— Achei que íamos apenas dar uma volta — saio correndo, tropeçando no caminho, minha mão de repente úmida na dele.

— Você não achou que eu ia deixar seu aniversário passar sem te dar algo que sempre quis, né?

— Você já fez isso — argumento. — Você me ensinou a dirigir. Sou uma motorista habilitada hoje por sua causa. E você me deu café da manhã na cama, ninguém nunca fez isso por mim. — E, como estou nervosa, surtando *um pouco*, me inclino mais perto e sussurro: — E você fez aquela coisa com a língua, lembra?

— Ah — ele cantarola. — Sim, eu fiz. E com os dedos também. E você fez aquela coisa que faz, o que foi, três vezes?

— Quatro — murmuro, a lembrança do nome dele em meus lábios enquanto eu gozava esta manhã ainda é uma memória tão vibrante, linda e incrível.

— Certo, bem, deixe-me lhe dar uma última coisa.

Ele me puxa de volta, parando para olhar seu relógio: 4h28 da tarde, diz, bem a caminho do pôr do sol de outono de Vancouver. Adam sorri.

— Preciso que feche os olhos.

Meu peito se contrai e balanço a cabeça.

— Estou com medo.

Connor toca meu nariz.

— Mamãe, sem medo.

— Eu deveria ser corajosa? — pergunto a ele baixinho.

Ele concorda.

— *Mamãe coajosa.*

— Ok. Serei corajosa, mas só porque é fácil ser corajosa com vocês dois ao meu lado.

Os dedos de Adam se entrelaçam aos meus, um aperto suave que faz meus olhos fecharem. Gentilmente, ele me conduz para a frente e, quando paramos de novo, aperto sua mão com tanta força que tenho medo de arrancar os dedos que ele precisa usar para agarrar os discos no gol do hóquei; não sei, ainda não entendi direito o esporte.

Enquanto espero, meu coração bate forte e instável, um zumbido de eletricidade que pulsa através de mim, das pontas dos dedos das mãos até os dos pés. Respiro o ar fresco, ouço o som dos pássaros, dos galhos estalando e das folhas farfalhando, e centenas de memórias inundam meu cérebro.

Memórias de tempos tão distantes, passados em lugares como este, onde as duas pessoas que me amavam mais do que tudo me mostraram como apreciar a natureza, como me apaixonar pela maneira como ela nos aterra, como faz com que cada preocupação pareça tão pequena.

Às vezes, a vida tem uma maneira engraçada de lembrar que a permanência da morte não é tão abrangente quanto acreditamos que seja. Que, apesar da falta de evidências físicas, as pessoas de quem nos separamos nunca estão tão longe. Permanecem conosco, aparecem às vezes nos momentos mais estranhos e inconsequentes. Porque, quando termino de sorrir ao pensar em meus pais, sinto os lábios de Adam tocarem meu ouvido, sussurrando para eu abrir os olhos, e sou agraciada com a vista mais magnífica. Uma vista que esperei metade da minha vida para ver.

Em uma floresta exuberante, de um verde profundo, cores intensas dançam com as árvores balançando, brilhando lá embaixo no rio corrente, cintilando contra o pôr do sol roxo e coral, e serpenteando como videiras brilhantes ao redor de uma ponte pela qual desisti de caminhar.

No meu vigésimo quinto aniversário, Adam está me dando o presente que meus pais não puderam me dar no meu décimo segundo. Mas, mais do que isso, está me dando os meus pais. Não há nada que eu sinta mais agora do que a certeza de que meus pais estão aqui ao meu lado, que eles nunca partiram.

Sem palavras, olho para a ponte suspensa de Capilano, para o rio e as árvores, os milhões de luzes cintilantes que a fazem brilhar. E, ao fitar Adam, não são apenas as luzes que dançam em seu olhar, mas o mesmo amor que meus pais devotavam a mim, dia após dia. Uma lágrima silenciosa corre pelo meu rosto com um sentimento poderoso, tão palpável que me sinto envolvida por ele, então fecho os olhos e o assimilo.

Adam pega minha lágrima com o polegar.

— Sei que era para ser algo especial que você e seus pais fizeram juntos, e não posso substituir os dois, mas pensei... — Ele gesticula atrás de mim, e me viro para ver todos os nossos amigos se juntando a nós ao lado de Olivia e Carter. Archie e Marco, Garrett e Jennie, Kara e Emmett e Jaxon. — Pensei que essa família poderia ser uma segunda família decente.

— Por favor, diga que sim — Carter sussurra por cima do meu ombro. — Meu ego não aguenta o golpe.

— Seu ego é grande o suficiente para levar pelo menos cem golpes antes de ser colocado em risco — sussurro de volta, fungando.

— Pô, ela já me conhece muito bem.

Limpo as lágrimas dos meus olhos.

— Vocês estão aqui por mim?

— Onde mais estaríamos? — Archie pergunta.

Kara sorri.

— Somos uma família, Rosie. Contamos uns com os outros.

Jennie dá um tapa nas bochechas.

— Não estou chorando, para a sua informação. Você está chorando, e as luzes estão superbonitas, e amo aniversários, e-e... — Ela se engasga com um soluço baixo enquanto Garrett esfrega suas costas. — Tenho alergia.

Adam agarra a minha mão.

— Mencionei que amamos muito nesta família, certo? Mais um pouco, e seria bem sufocante.

Sufocante? É o oposto. Essas pessoas, a maneira como amam tão abertamente e sem limites, é tão revigorante. Tenho procurado minha vida inteira por essas pessoas, por esse tipo de amor, e não o encontrei apenas em uma pessoa; eu o encontrei em um grupo inteiro. Cercar-me de seu amor é como respirar fundo, como ter a vida soprada de novo dentro de si.

Penso nisso a noite toda, conforme vagamos pelas trilhas iluminadas, tomamos chocolate quente sobre o rio, conversamos, rimos e aproveitamos cada momento juntos. E, quando Adam e eu estamos deitados na cama mais tarde naquela noite, tudo o que quero fazer é dizer obrigada.

Corro meus dedos pelos cachos escuros espalhados em seu peito, enfio minha perna entre as dele, desesperada para ficar o mais perto possível conforme as pontas dos seus dedos percorrem as minhas costas.

— Posso te contar uma coisa? — murmuro no silêncio da noite. Os olhos escuros caem sobre os meus, um sorriso bonito e preguiçoso aparecendo no canto de sua boca.

— Qualquer coisa, linda.

— Mais cedo esta noite, você disse que queria me dar algo que eu sempre quis. Mas já tenho, Adam, porque tenho você. Você me deu você. Eu sempre quis você, mesmo antes de te conhecer. Meu coração sabia que você estava em algum lugar, que um dia eu o encontraria. — Acaricio seu maxilar, dedos deslizando em seu cabelo ao guiar sua boca até a minha. — Como sou sortuda de ter os meus sonhos realizados.

— Eu sou o seu sonho? — ele sussurra contra os meus lábios. — É sério?

— Sim.

36
NINGUÉM VAI SABER

ADAM

— QUE VERGONHA ALHEIA.

— O quê? Então você e Carter podem levar os filhos para a patinação em família, mas eu não posso levar o meu? — Jaxon joga os braços para o alto antes de apoiar os punhos nos quadris. Seu gato, Mittens, mia de onde está amarrado ao peito, em um — porra, até dói dizer — canguru para gatos. — Dois pesos e duas medidas.

Garrett olha para cima dos joelhos, onde está amarrando os patins de Jennie.

— Estou com medo de que esteja perdendo o controle, amigo.

Jennie encolhe-se.

— Odeio ter que falar, Jaxon, mas acho que você pode precisar de uma...

— Não diga. Não diga, Jennie.

— ... namorada.

Lá vão seus braços, acima da cabeça novamente.

— Falei pra você não falar! Mittens sofre de um pouco de ansiedade de separação, só isso. E ficamos fora por oito dias. — Ele pega a pata de Mittens, sacudindo-a. — Você odeia quando te deixo, não é, carinha? Sim, você odeia. Papai odeia te deixar também.

Rosie bufa uma risada e Jaxon estreita os olhos para ela. Ela aperta os lábios, como se os estivesse fechando com um zíper, então se inclina para mim enquanto amarro os novos patins de hóquei de Connor.

— Acho que sabemos quem é que sofre com ansiedade de separação.

Eu rio, observando-a enquanto ela olha para os próprios patins, balança-os de leve, os dedos apertando o banco enquanto respira fundo. Ela com certeza não está sofrendo de ansiedade de separação de um gato agora, mas eu conheço a minha garota, sei que ela está um pouco nervosa.

— Como você está, problema?

— Eu?

Suas sobrancelhas saltam e ela coloca a mão no peito.

— Bem. Estou bem, Adam.

— Quer tentar de novo?

Ela dá um suspiro, profundo e alto, voltando a olhar para os seus patins.

— Estou nervosa. Nunca patinei. Acho que vou fazer papel de boba, mas estou tão feliz de estar aqui e fazer algo que significa tanto para você.

Seu olhar hesitante se volta para a multidão de crianças que acabaram de explodir pelas portas, correndo para encontrar lugares nos bancos em nosso vestiário e calçar os patins também. As crianças do orfanato Segunda Chance estão participando hoje do nosso dia de patinação em família — porque elas também fazem parte da nossa família Vipers.

Cubro as mãos trêmulas de Rosie com uma das minhas, levantando seu queixo até que ela olhe para mim. Nos últimos dois meses, contei-lhe tudo sobre meu projeto de caridade, o Projeto Família, o trabalho que fazemos com a comunidade de adoção. Ela adora as histórias e está muito orgulhosa de mim, mas, por mais que eu quisesse arrastá-la para conhecer todo mundo, nunca pedi. Não quis forçá-la a reviver partes de sua infância que ela desejaria que nunca tivessem acontecido. Mas convidar as crianças para participar da nossa patinação em família, para ajudar a decorar a árvore na arena, foi ideia de Rosie.

— Não quero lembrar como é passar despercebida — ela admite, com calma. — De como é me sentir indesejada. Mas acho que essa lembrança nunca esteve realmente longe. E acho que estou só... com medo de me enxergar em outra pessoa. Alguém pequeno, perfeito, inocente, que merece ser o centro do mundo de alguém. Alguém que não deveria ter que se perguntar o que precisa mudar em si, como se tornar mais amável, só para que alguém escolha ficar com ela.

Minha Rosie tem o maior dos corações, e isso transparece em cada uma das suas decisões, em cada pensamento que passa por sua cabeça. Sei que ela passou essa qualidade para o filho também, porque Connor coloca a mão em sua bochecha e diz:

— Connor escolhe mamãe.

Ela beija a parte interna da palma da mão dele.

— Escolho você também, Connor.

— Acho que passar um tempo com as crianças quando você tem tantas emoções pesadas com relação ao sistema de adoção é corajoso da sua parte, Rosie. Mas não precisa sempre ser corajosa. Se pesar demais, pode se afastar, ok? Apenas me diga se quer se afastar sozinha ou comigo. Vou te apoiar no que precisar.

Olhos gratos me encaram.

— Obrigada.

Rabos de cavalo castanhos chamam minha atenção e encontro Lily pairando sozinha no canto, observando Connor, Rosie e eu. Quando aceno para ela, suas orelhas queimam em vermelho vivo e ela desvia o olhar.

— Deve ser Lily — Rosie murmura. — Por que não vai dizer oi? Connor e eu vamos para o gelo com os outros e esperamos por você no banco.

Ela dá um beijo em meus lábios e fica de pé sobre as pernas trêmulas, passando um braço pelo de Jaxon e Garrett pegando Connor, e os vejo desaparecer. Lily enrola um rabo de cavalo em volta do dedo, arranhando o chão conforme me aproximo dela.

— Ei, Lily-linda. Estou feliz em ver você.

Olhos castanhos disparam para os meus.

— Era sua família?

— Sim, eram Rosie e Connor. Você quer conhecê-los?

Ela levanta um ombro.

— Não quero incomodar.

— Você não vai incomodar.

— Está tudo bem. Vou ficar aqui.

Franzo a testa.

— Você não vai patinar?

— Não sei patinar.

— Bem, eu te ensino. — Estendo minha mão para ela. — Vamos lá. Vamos encontrar um par de patins que sirva nesses pés minúsculos.

— Promete não soltar a minha mão? Tô com medo de cair.

Levanto dois dedos em sinal de promessa.

— Não vou soltar sua mão a menos que você peça. Pode confiar em mim, Lily. — Seu nariz enruga e, lentamente, ela desliza a pequena mão na minha.

— Confio em você, Adam.

Não tenho certeza do que fiz nesta vida para merecer sua confiança, mas sei que nunca farei nada para quebrá-la. Com um par de patins nos pés, um capacete na cabeça e sua mão na minha, caminhamos pelo túnel e chegamos ao rinque.

— Adam! — Rosie grita com o maior sorriso que já vi se abrindo. Ela se agarra a Olivia e Garrett, deslizando com eles. — Olha! Estou patinando!

— *Papa!*

Connor acena do gelo, onde segura o pequeno suporte vermelho de patinação, Emmett segurando-o do outro lado conforme ele dá pequenos e rápidos passos.

— *Papa, oi! Connor joga hóqui!*

— Olha só para você, probleminha! Está conseguindo! E a mamãe também!

— Eles estão aprendendo também? — Lily pergunta, puxando a minha mão. — Igual eu?

— Assim como você, querida. — Seu peito incha. — Vamos lá. Essa é a minha garota! — grito, pisando no gelo.

Lily congela no último segundo, largando minha mão e abraçando o muro de proteção.

— Não. Espera. Estou com medo.

Agacho-me à sua frente.

— Tudo bem. Às vezes, as melhores coisas da vida são um pouco assustadoras. Podemos fazê-las no nosso próprio ritmo. Não tem pressa.

Ela espia ao meu redor, observando as crianças correndo pelo gelo, se divertindo, e então aqueles enormes olhos castanhos encontram os meus.

— Acho que... se você me segurasse, talvez fosse tudo bem. Você pode fazer isso?

Como se eu algum dia fosse conseguir dizer não pra ela. Eu a acolho nos braços, sentando-a no meu quadril, e ela se agarra ao meu pescoço enquanto deslizo pelo gelo.

— Não vai rápido — ela sussurra e, quando dou uma voltinha, ela ri. — Até que é divertido.

Carter patina ao nosso lado, com Ireland nos braços, sua roupa completa com seu capacete minúsculo, camisa do papai e os patins mais minúsculos que já vi, enquanto morde um mordedor de silicone de patins de hóquei.

— Ei, Lil. Quer dar uma volta comigo? Sou muito mais rápido que Adam.

Ela balança a cabeça, me abraçando mais forte.

— Quero ficar com ele. Você fala demais.

— Uau — Carter murmura diante da minha risada. — Uma adaga bem no coração. Não falo muito, Ireland, falo?

— Fala sim — Olivia responde quando se junta a nós, segurando a mão de Rosie.

— Olha só para você — murmuro, puxando Rosie para o meu lado livre. — Conseguiu se livrar de Garrett, hein?

— E Olivia falou que não parecia mais que eu estava esmagando os ossos da mão dela!

Olivia ri.

— Você é uma aluna muito melhor que Kara. Levei semanas para ensiná-la.

— Eu não estava motivada o suficiente — Kara pontua, patinando em um círculo vacilante ao nosso redor. — Emmett já estava obcecado por mim. Mostrei a ele como ganhei o prêmio de maior número de tacos comidos em cinco minutos na universidade, ele caiu de joelhos e me implorou para casar comigo.

Kara, Olivia e Carter patinam para longe, e Rosie sorri para Lily.

— Oi, Lily. Adam me falou muito sobre você. Eu sou a Rosie.

Suas bochechas queimam e suas pernas agarram-se à minha cintura com mais força enquanto ela murmura:

— Eu gosto do seu cabelo rosa.

— Obrigada. Era a cor favorita da minha mãe.

— Sua mãe está no céu?

Os olhos de Rosie piscam.

— Ela está.

— A minha também.

Ela hesita, mas, com cautela se estica para a frente, tocando seu braço.

— Você deve sentir muita falta dela.

— Sinto mais falta dos beijos de borboleta dela — Lily sussurra. Ela toca o nariz. — Ela me dava beijinhos bem aqui sempre que eu estava triste ou assustada.

Um pequeno sorriso se curva no canto da boca de Rosie.

— Minha mãe costumava me dar desses beijos também.

O rosto de Lily se ilumina.

— Sério? Então você sabe como dar?

— Eu sei.

— Talvez, se você me der um, não vou ficar com tanto medo de patinar. — Ela olha entre nós, com sua empolgação borbulhando, mas depois se encolhe. — Mas só se você quiser. Não precisa. Eu vou voltar e sentar no banco.

Rosie dá um passo à frente em dois pés vacilantes, segurando o rosto de Lily em suas mãos.

Meu coração bate forte e instável quando a vejo pressionar beijos leves como penas ao longo da ponte do nariz enrugado de Lily, e vejo o sorriso da garotinha explodir como o sol.

— Acho que posso tentar patinar agora. Tô me sentindo meio corajosa.

Quando a coloco de pé, ela desliza uma mão na minha e na de Rosie, e os olhos de Rosie encontram os meus. A forma como ambas dançam juntas diz tudo: estão apaixonadas, o que é exatamente o que imaginei que aconteceria quando as duas se conhecessem. Afinal, tem sido a mesma coisa para mim desde a primeira vez que Lily deslizou no sofá e me pediu para ler um livro.

— Tentei dar passos no começo também — Rosie explica conforme Lily se coloca entre nós. — Mas Olivia me disse para tentar manter os pés no gelo e balançar o bumbum um pouco.

— Assim? — Lily rebola, olhando para Rosie ao deslizarmos lentamente para frente.

— Assim mesmo.

— Tô patinando — ela sussurra. — Tô mesmo patinando! Olha pra mim!

— Você está indo muito bem, Lily-linda.

Sorrio para Rosie.

— Vocês duas estão.

— *Papa!* — Connor corre em minha direção, com as mãos de Emmett em ambos os lados dele.

— Amiguinho! Olhe para você!

— Ele é rápido pra caralho — Emmett solta, parando Connor antes que ele bata em nós. — Quero dizer, muito rápido. — Ele se encolhe. — Vou melhorar da próxima vez, juro.

Agachando-se, ele levanta a mão, sorrindo quando Connor bate nela.

— Obrigado por patinar comigo, cara!

— Tchau, cara!

— Aii — Lily se solta de nós, colocando as mãos nos joelhos e se agachando até a altura de Connor. — Oi, Connor. Você é tão fofo. Eu sou a Lily. Você consegue dizer Lily?

— *Uuuhhh. Lily! Abaço? Vai abaça Lily?*

Ele abre bem os braços e tropeça nela, e os dois caem no gelo, uma bagunça de risos.

— Acho que ele gosta de mim! Posso ser sua melhor amiga, viu, Connor?

Eu os pego no colo, colocando-os de pé, e Lily pega a mão de Con.

— Vamos, Connor. Vou te proteger, ok? Sua mãe me deu beijos de borboleta, então estou supercorajosa agora.

— É! *Coajosa!*

— Tenham cuidado, vocês dois — Rosie diz, pegando a minha mão enquanto deslizamos atrás deles, observando seus passos rápidos e minúsculos nos patins. — Não muito rápido, combinado?

Olhos verdes e quentes voltam-se para os meus, e ela sorri aquele sorriso bobo e magnífico.

— *Ooops.*

— Ooops, o quê?

— Ooops, acho que acabei de me apaixonar.

Uma das coisas que amo na Rosie é que ela não se apaixona mais ou menos. Ela é do tipo que se entrega de cabeça, que se entrega de corpo e alma. Se eu já não tivesse certeza disso, com certeza teria agora. Porque, na semana seguinte à patinação em família, Rosie não para de falar sobre certa garotinha de cabelos castanhos que roubou seu coração.

— As crianças podem sair com as famílias? — ela pergunta ao passearmos pelo shopping, em busca de um vestido para ela usar na minha festa de Natal na semana que vem.

Será a primeira, uma extensão da cerimônia de iluminação da árvore que o Projeto Família realiza todo ano. Exceto que esta é um jantar e um baile de gala, com bebidas alcoólicas e ingressos caros. Uma noite especial para nós, e mal posso esperar para ver Rosie em seu vestido e depois tirá-lo mais tarde.

— Você está pensando em Lily de novo.

— Talvez ela queira fazer uma caminhada com a gente e com os cachorros. Algo casual, uma mudança de cenário. — É a primeira sugestão. Muitas outras vêm logo depois, em rápida sucessão, e acho que ela nem respira. — Ah! Já sei! Podemos ir à ponte pênsil de novo e ver as luzes de Natal! Ela vai adorar! Poderíamos levá-la para um café da manhã com panquecas e chocolate quente. Ou sobremesa. Todo mundo adora sobremesa! Ah, ei, tem aquele novo filme da Disney. Talvez possamos levá-la no Ano-Novo. Você acha que ela gosta de ônibus tanto quanto Connor? Sei que ela adora fazer aquelas pulseirinhas. Do que mais ela gosta? Ela gosta de colorir?

Eu a sigo por uma loja, observando-a se entusiasmar com vestidos lindos e depois se convencer a largá-los, dizendo a si mesma que não ficarão bons em seu corpo. Cada um que coloca de volta eu pego e penduro no braço. Ela continua com ideias para Lily.

— Posso te perguntar uma coisa? — Ela se vira, franzindo a testa quando vê meu braço cheio de vestidos. — Adam, o que está fazendo com todos esses?

— É isso que você queria perguntar?

— Não, eu... Esses não vão servir em mim. Eu sou muito... tenho muito...

— Não há nada em você que tenha demais, Rosie. Tudo em você fica perfeito. Você adorou esses vestidos, então vai experimentá-los e, caso não goste, não tem problema. Mas dê uma chance a eles.

— Mandão — ela murmura, escolhendo outro cabideiro. Ela tira um vestido de cetim carmesim com alças finas e uma fenda na altura da coxa, seus olhos brilhando. — Com licença, você teria estes no tamanho quarenta e dois? — ela pergunta a uma das vendedoras.

— Claro. — Ela pega os vestidos. — E vou separar um provador para você.

Rosie afasta sua franja. Ontem, ajudei-a a retocar o cabelo, e o rosa acobreado está agora mais vibrante, um tom deslumbrante em contraste com as sardas douradas no nariz e nas maçãs do rosto.

— O que você acha de ter Lily com a gente no Natal? Ela poderia vir de manhã, e colocaríamos alguns presentes debaixo da árvore para ela. Sei que fazem essas coisas no orfanato, mas...Não sei. — Ela baixa o olhar, passa os dedos sem pensar em um vestido brilhante. — Quero que ela se sinta especial. Eu odiava o Natal sem uma família. Era tão solitário, mesmo estando cercado por tantas pessoas.

— Sim.

— Sim? Sim, você vai pensar sobre isso, ou...

— Sim, vamos convidá-la para o Natal. Vou verificar com a assistente social dela para ter certeza de que é permitido e se é algo que ela aceitaria.

Seu olhar sobe para o meu, pensativo, curioso. Lentamente, ela desliza os braços em volta da minha cintura, ficando na ponta dos pés para tocar seus lábios nos meus.

— Obrigada.

Estou prestes a abrir bem sua boca, ver se ela me deixa deslizar a língua para uma rápida degustação, mas uma garganta é limpa ao nosso lado.

— Sinto muito — a vendedora se desculpa. — Não temos mais tamanhos quarenta e dois, apenas alguns quarenta. Você gostaria de experimentar?

— Ah, droga. Era o meu favorito. Hum… — Rosie tamborila as pontas dos dedos no queixo e acena com a mão no ar. — Está tudo bem. Talvez nem vá servir.

A vendedora segura o vestido ao lado de Rosie e olha para mim. Nós dois assentimos. Rosie nos encara com olhos esperançosos.

— Sim? Vocês acham?

Ela acena para minha resposta antes que eu possa dar.

— Não. — Ela franze a testa. — Ok, talvez… Não custa, certo?

A vendedora nos leva aos provadores e desabo em uma cadeira grande e macia assim que Rosie desaparece no provador. Há pelo menos vinte mulheres perambulando pela loja, e o único outro homem está sentado do outro lado do provador, enterrado sob uma pilha de vestidos, assistindo a atualizações esportivas no celular, pelo que posso ouvir. Ele olha para mim, e dou um meio aceno que ele retribui com um aceno e um soco no peito duas vezes. *Solidariedade, irmão*, ele murmura. Zapeio sem rumo pelo celular enquanto espero Rosie, checando com Carter para ver como Connor está indo na casa deles. Quando cinco minutos viram dez, e o silêncio de Rosie vira grunhidos, vou até a porta dela e bato gentilmente.

— Está tudo bem aí?

— Hum… Sim. Não. Acho… que esse vestido… não é para mim.

— Vamos ver.

— Hum… Não. Não, obrigada. Acho que preciso de um tamanho maior.

— O que fizer você se sentir confortável.

— Ou algo menos revelador, talvez.

Menos revelador? Não tenho orgulho nenhum da maneira como meu pau se levanta em posição de sentido, como se sua presença tivesse acabado de ser solicitada. Pressiono um pouco mais perto da porta, em especial porque quero entrar, mas também porque não quero que meu amigo ali veja a ereção que estou exibindo de repente. Bato de novo, abaixando minha voz para um sussurro.

— Deixa eu ver, linda. Aposto que está perfeita.

A porta se abre e Rosie dá um passo para o lado, os olhos fixos no chão quando me deixa entrar. Fecho a porta, meu olhar caindo em seu corpo naquele vestidinho apertado. Ela coloca o cabelo atrás da orelha e gesticula para o corpo do qual não consigo tirar os olhos, aquele que preenche cada centímetro de cetim tão perfeitamente, enviando uma onda de sangue para meu pau latejante.

— Corpo de mãe, estou certa? — Ela força uma risada e, quando não digo nada, seus olhos encontram os meus, a voz delicada falhando. — Adam? Por que está mudo? — Ela alcança o zíper nas costas. — Isso foi inútil. Não consigo usar algo assim. Não tenho o corpo...

Ela suspira quando eu a empurro contra a parede, o queixo agarrado entre os meus dedos. Olhos verdes arregalados me encaram, suas bochechas coradas com o mesmo calor que pulsa através de mim.

— Vou falar da maneira mais educada possível, Rosie, juro, mas pelo amor de Deus, cala a boca. E, se não fizer isso, se disser mais alguma coisa sobre esse corpo que não seja elogiar como ele é *delicioso*, vou fazer um favor a nós dois e te calar com o meu pau na sua boca.

Minha mão desliza em seu pescoço, apertando-o suavemente, segurando-o no lugar conforme abaixo a cabeça e a provo mais uma vez. O cetim carmesim aperta sua cintura, esticando-se por seus quadris cheios. A fenda em sua coxa é alta, implorando por minha mão para deslizar para baixo e descobrir como ela está quente, como está molhada. Meus olhos sobem, focando no mergulho profundo em seu decote, no arfar de seus seios cheios e macios. A ponta do meu dedo desliza por seu lado, corre até o centro de seu peito, traça o volume de seus seios, ao longo da clavícula e até aquela delicada alça que pende do ombro. Deslizo meu dedo abaixo dela, brincando, antes de agarrá-la e puxá-la para a frente.

— Quer fazer barulho para mim, problema?

Seus olhos disparam para a porta.

— Aqui? Mas... *Ahhh*...

— Bom começo, meu amor — cantarolo, acariciando sua boceta através da calcinha. — Vou tirar isso, ok?

Ela balança a cabeça freneticamente e levanta o pé, como se achasse que eu fosse tirá-la. Em vez disso, enrolo a renda frágil em meu punho e a rasgo.

— *Ooops*.

— Idiota — ela respira, passando a perna em volta do meu quadril conforme arrasto minhas mãos por suas coxas, agarrando dois pedaços de sua bunda. — Ah, olha, eu ia ser legal e te foder devagar e com carinho para que você pudesse ficar quieta. — Empurro o vestido sobre os seus quadris, e um arrepio percorre minha espinha com o som que ele faz quando rasga. — Agora acho que vou garantir que todos aqui saibam o meu nome.

— Adam...

— Mais alto, linda. — Mergulho dois dedos dentro de sua boceta molhada. — Quero que ouçam por quem sua boceta está encharcada.

— Ahh, Deus. — Ela puxa meu casaco, arrancando-o do meu corpo, puxando os botões da minha camisa e rolando sua pélvis contra a minha mão conforme acaricio entre suas pernas. — Adam, amor... Não, por favor. Quantas vezes tenho que te dizer?

Roubo sua boca, afogando seus gemidos com a minha língua, mordiscando ao longo da borda de sua mandíbula até encontrar sua orelha.

— Ou você precisa que eu te foda?

— Sim — ela choraminga, puxando a fivela do meu cinto, abrindo meu zíper. — Por favor.

— Me diga como seu corpo é perfeito — exijo, provocando seu clitóris com a cabeça do meu pau. — Me diga e você pode ter meu pau.

— Caralho — ela solta asperamente, observando meu pau deslizar por sua fenda.

— *Me diga.*

— Perfeito — ela geme. — Meu corpo é perfeito.

— E a quem ele pertence?

— A você — ela choraminga sem fôlego enquanto eu enfio dentro dela. — E essa boceta? Quem está transando com ela? Quem é o dono dela?

— Você, Adam. Ahh, *você*.

— Essa é minha boa garota, Rosie.

Meus dedos deslizam pela parte de trás do seu pescoço, agarrando o cabelo da sua nuca ao segurá-la contra a parede e fodê-la bem ali. Suas unhas arranham meus ombros conforme ela levanta os quadris, me incitando a ir mais fundo, mais forte. Minha mão desliza ao longo do seu ombro, agarrando aquela alça delicada. Eu a puxo, rasgando-a, e seus peitos incríveis saltam livres, quicando no meu rosto à medida que ela me cavalga.

— Você é uma obra-prima do caralho, querida. Feita só para mim, é sério. — Eu puxo sua cabeça esticada, trazendo aqueles olhos para os meus. — Vou adorar esse corpo pelo resto da minha vida.

— Por favor — ela implora. — Não quero que você pare.

— Não conseguiria nem se tentasse.

Deixo minha testa cair na dela ao avançar, repetidamente, a porta tremendo nas dobradiças.

— Porra, Rosie. Você é tão apertada, tão molhada, está me apertando tão bem.

Apalpando seu seio, chupo seu mamilo em minha boca, provocando-o com minha língua, puxando-o suavemente entre meus dentes enquanto ela se contorce e choraminga, implorando por mais.

— Vou gozar. Adam, vou… Por favor, Adam…

— Já que você está pedindo com tanto jeitinho.

Levo minha boca até seu pescoço enquanto a pressão se acumula na base da minha coluna, minhas bolas se contraindo. Segurando a parte de trás dos joelhos dela, ergo suas pernas contra o próprio corpo, abrindo-as ainda mais, e me afundo o máximo que posso — até meu nome escapar da boca dela num suspiro alto.

— Caralho, nunca pensei que amaria tanto ouvir meu nome. — Sua cabeça pende sobre o ombro, olhos atordoados presos aos meus enquanto eu a bombeio, saboreando o jeito como se aperta em volta de mim, lutando para respirar. — Segure — exijo, sentindo meu orgasmo descer pela minha coluna.

Ela balança a cabeça, me apertando mais forte.

— Segure, porra, Rosie — insisto.

— E-eu… não consigo. Ai, Adam…. Ahh, por favor.

Ela ergue os quadris e, quando a penetro, ela explode ao meu redor, gritando meu nome, arrastando o dela da minha garganta quando me esvazio dentro dela, minha palma batendo contra a parede.

— Porra, Rosie.

Seu corpo arfante fica mole em meus braços, e luto por ar ao sorrir para o seu rosto úmido, beijando seus lábios inchados. Cinco minutos depois, quando estamos vestidos e o vestiário está… bem, tão limpo quanto seria de se esperar, saímos de lá. Todos os cinco vendedores, um punhado de mulheres e meu amigo, que ainda está sentado na cadeira sob uma montanha de roupas, nos encaram, sem palavras e boquiabertos. Seguro o cabide com o vestido rasgado.

— Vamos levar dois, por favor.

37
PESADELO DE NATAL

ROSIE

— TENHO MEDO DE DEIXAR você com eles.

Kara revira os olhos, tomando seu coquetel vermelho brilhante.

— Diga isso mais uma vez, Adam, e vou te dar algo para ter medo.

— Você continua dizendo como se Rosie já não fosse uma de nós — Jennie acrescenta. — Ela entrou para o clube do livro, se infiltrou oficialmente no grupo. Não tem mais volta.

Olivia dá um tapa na mão de Carter por baixo da mesa e levanta sua faca de manteiga.

— Carter, é sério, se você tentar enfiar a mão por baixo do meu vestido mais uma vez, vou serrar um dedo seu. Estamos em uma arrecadação de fundos para crianças, pelo amor de Deus.

Carter faz bico. Aprendi que ninguém faz bico como ele, exceto, talvez, sua irmã. Deve ter a ver com as adoráveis covinhas dos Beckett.

— É, mas não tem crianças aqui, e as pernas continuam aparecendo por essa fenda.

Garrett vira sua água.

— É, Carter. Leve-a ao banheiro. Jennie e eu já fomos.

— Vá se foder!

Carter se irrita, e uma batalha de tapas se inicia entre os dois homens adultos, ou crianças crescidas, como você preferir.

— No caso, só se for foder a sua irmã. — Jaxon acrescenta, e Emmett lhe dá um *high-five*.

Adam levanta-se, dobrando o guardanapo e colocando-o sobre a mesa.

— É, vejam, é bem disso que estou falando.

— Rosie sabe se virar — diz Carter.

Emmett joga o braço por cima do meu ombro.

— Vamos contar a Rosie sobre como você ganhou o apelido de *Woody*.

Os olhos de Adam se arregalam:

— Não.

— Achei que fosse por causa do seu sobrenome, Lockwood.

— Os caras o pegaram batendo punheta no quarto do hotel. — Jaxon me explica.

Adam enfia um dedo na cara dele.

— Você nem estava lá, seu tonhola!

A mesa primeiro fica em silêncio, mas logo explode em risadas.

Carter faz uma garra com a mão e urra.

— Adoro irritar Carter — afirma Garrett.

Eu rio, agarrando um punhado da camisa branca de Adam, puxando-o para mim.

— Ficarei bem. Sei bem quem são essas pessoas, e escolho amá-las. Bem, amar você.

— Isso foi um insulto? — Carter sussurra. — Pareceu um insulto.

Pressiono meus lábios nos de Adam quando o mestre de cerimônias o apresenta.

— Você está tão bonito. Não vou conseguir tirar os olhos de você lá em cima. — Ele sorri e o puxo para mais perto, meus lábios em seu ouvido. — Então talvez depois você possa me levar ao banheiro.

Juro que ouço a maneira como seu coração acelera, engolindo em seco. Em geral, sou tão ousada? Claro que não. Mas agora tenho uma propensão para sexo em lugares semipúblicos, onde alguém poderia nos pegar, desde que Adam me fodeu com tanta força que minha alma deixou meu corpo naquele provador na semana passada?

Sim.

Mas, veja, está fora do meu controle esta noite. Esta festa vai até as onze horas, para que os meninos possam embarcar no avião para Tampa quarenta minutos depois. Se eu o quiser mais uma vez — e quero — não tenho escolha.

Beijo seus lábios e sorrio para ele, que luta com os botões de seu paletó, olhos arregalados saltando entre mim, o corredor que leva aos banheiros e o palco onde todos estão à sua espera. Adam se afasta e os lábios de Kara tocam a minha orelha.

— Eu sabia que você tinha um lado bem safado.

Arqueio uma sobrancelha, porque sei que Adam recebeu um pedido de ajuda em seu grupo de bate-papo na semana passada, envolvendo algum tipo de confusão com algemas e chaves perdidas. Se isso não bastasse, Kara usou nosso grupo de meninas quarenta minutos depois para perguntar a Olivia se ela tinha *gostado do que viu* quando ela e Carter foram ajudá-los.

Kara apenas sorri torto, balançando as sobrancelhas, e reviro os olhos, voltando toda a minha atenção para Adam subindo ao palco.

Ele é sempre um sonho, seja coberto da cabeça aos pés com roupas de hóquei, seja de moletom. Ou nu e amarrotado de sono na cama, ou com nada além de uma calça fina de pijama pendurada nos quadris e sua barba por fazer, preparando rabanada e bacon para o café da manhã. Mas, hoje à noite, com seus cachos em geral rebeldes bem domados, de barba feita, um terno azul-escuro que parece ter sido feito especialmente para ele e uma gravata carmesim que combina com o meu vestido, ele está perfeito. A própria imagem da autoconfiança, alguém que sabe qual é o seu propósito na vida e tem orgulho de cada passo que dá.

Estou orgulhosa dele.

— Boa noite a todos, e obrigado por se juntarem a nós esta noite, no primeiro baile anual de caridade da nossa instituição. Meu nome é Adam Lockwood, e...

— *Vai, Woody!*

— *Estamos com você!*

— ... tenho os amigos mais solidários e inapropriados do mundo. — A multidão ri e ele sorri. — A maioria de vocês me conhece como o goleiro do Vancouver Vipers, mas também sou o orgulhoso fundador do Projeto Família, uma instituição que apoia agências locais de adoção aqui na Colúmbia Britânica. Todos os lucros são destinados diretamente para a nossa comunidade e hoje à noite, em particular, estamos arrecadando dinheiro para abrir o nosso primeiro acampamento esportivo de verão. — Seu sorriso é tão infantil, tão adorável; ele esfrega a nuca, um doce rubor colorindo suas maçãs do rosto ao som dos gritos e aplausos. — Estou bastante orgulhoso, mas, principalmente, estou orgulhoso desta comunidade. Nada disso seria possível sem as pessoas incríveis que nos apoiam sempre, doam seu tempo, e seu dinheiro, muito obrigado!, apenas para colocar um sorriso no rosto de uma criança. E, embora eu saiba quanto isso significa para essas crianças, não posso dizer quanto significa para mim. Porque fui uma criança como elas. — Adam abaixa os olhos por um momento e, ao levantar, eles se dirigem para mim. Há algo neles, algo triste e ainda assim muito grato, o que desperta uma esperança em mim que eu não sabia que precisava, não agora. — A verdade é que tive muita sorte de encontrar a minha família. E, se não a tivesse encontrado, não estaria onde estou agora, cercado de outras pessoas que chamo de família. — Gesticula para a nossa mesa. — Meus companheiros de equipe e suas incríveis esposas. Minha namorada espetacular e nosso lindo filho. — Meu coração salta para a garganta ao ouvir o "nosso" que ele jogou ali de modo tão casual, como se nem precisasse pensar sobre isso. Sua boca se curva ao me observar ajeitando o vestido, me remexendo na cadeira. — Se eu puder ajudar pelo menos uma criança a encontrar o amor que eu encontrei, sei que terei feito a diferença. Obrigado, pessoal, por virem aqui fazer a diferença também.

Adam recebe sua ovação de pé, depois vem em minha direção. A música começa, abafando os aplausos, e ele pega minha mão, puxando-me para a pista de dança.

— Por que está chorando, linda? — ele pergunta, fazendo-me rodopiar antes de me puxar de volta para ele.

— Estou tão orgulhosa de você. — Fungo, enxugando as lágrimas. — E, também, você falou *nosso*. Você chamou Connor de *nosso filho*. Tudo que eu sempre quis foi que alguém o amasse tão infinitamente quanto você.

— Eu estava pensando, talvez um dia, no futuro...

Ele limpa a garganta, e fico comovida pela timidez repentina, por sua incerteza.

— Desembucha, Woody.

Ele sorri e, bem ali na pista de dança, na frente de todos, aperta minha bunda.

— É Adam para você e, quando estou dentro de você, "Deus" também é aceitável. — Soltando um suspiro baixo, ele nos gira em um círculo lento. — Eu estava pensando, no futuro, quando nos casarmos...

— Você tem de pedir primeiro, sabe.

Ele estreita os olhos.

— Se conseguirmos chegar até o banheiro, com certeza todo mundo vai ouvir meu nome saindo dessa boca, problema. — Ele arqueia uma sobrancelha e, quando mordo os lábios, ele continua. — Adotar Connor seria algo de que você gostaria? Claro, nós conversaríamos com ele sobre isso também e veríamos se ele é o que ele quer, mas...

Jogo meus braços em volta do seu pescoço, abraçando-o com força, e ele ri.

— Isso é um sim?

— Ele seria o garoto mais sortudo do mundo por poder chamá-lo de pai, oficialmente. — Minha mão desliza em seu cabelo e pressiono meus lábios nos dele. — Mas você tem sido o pai de Connor desde o momento em que ele pôs os olhos em você, Adam.

Sua expiração suave rola pelo meu pescoço e, conforme passamos de uma música para a outra, ele se recusa a me soltar, e não consigo tirar da cabeça uma garotinha de olhos castanhos que roubou meu coração em seu par de patins.

— Você já pensou em acolher alguma das crianças do abrigo? Ou... adotar?

Sua mão desliza lentamente pelas minhas costas.

— É algo que sempre esteve na minha mente, para ser honesto.

— Sério? Como nunca me perguntou se é algo que eu faria?

Porque, para falar a verdade, até pouco tempo atrás, a ideia de pisar de novo em um orfanato me causaria náuseas. Queria esquecer todos aqueles anos do meu passado, mas agora tudo em que consigo pensar é em dar a alguém a infância que eu queria ter tido. A família que perdi e que encontrei agora.

Adam passa o polegar sobre a covinha no meu queixo.

— Porque isso não mudaria a nossa relação, Rosie. Existem tantas maneiras de retribuir a esta comunidade. Não precisa ser por meio de acolhimento ou adoção se não for algo que se encaixe na nossa família. Também reconheço como nossas experiências foram diferentes no sistema de acolhimento, e você ainda está lidando com essas emoções. A última coisa que farei é pressionar você. — Sua mão vai até meu cabelo, passando pela presilha de joias, enrolando uma mecha solta em seus dedos antes de colocá-la atrás da minha orelha. — Como formamos uma família não importa para mim. Se formos abrir nossa casa para crianças que nasceram de outra pessoa, se fizermos cinco bebês ou se Connor for nosso único filho, e ele e Bear nos convencerem a comprar uma fazenda cheia de animais para brincar. O que importa para mim é que estou com minha família. E minha família é você e Connor.

Com o meu rosto em seu peito, respiro o conforto, a segurança, a maneira como ele me ama tão completamente, sem exigir nada em troca.

— Obrigada.

— Pelo quê?

— Por ser você. Por não me fazer sentir pressionada de qualquer maneira. Por tudo que você faz que torna este mundo um lugar melhor para crianças como Connor e Lily. Para crianças como eu que, aos doze anos, esperam um dia encontrar alguém que se importe tanto quanto você. — Pego seu rosto em minhas mãos. — Você é um bom homem, Adam Lockwood. Eu te amo.

— Você ama, hein? Quanto?

Arqueio uma sobrancelha.

— O que você quer?

Ele sorri, dando de ombros.

— Estive pensando no que Carter disse algumas semanas atrás, no seu aniversário.

— Ele diz um monte de coisas. Na verdade, quase nunca para de falar.

Adam ri.

— Sobre você e Connor se mudarem depois da sua formatura.

Meu pulso dispara.

— Ah. Não se preocupe com isso.

— Não estou preocupado.

— Ótimo. — Minha cabeça balança. — Eu também não.

Tento recuar, colocar o mínimo de espaço entre nós para que ele não possa ouvir o modo como meu coração bate contra a caixa torácica, mas suas palmas pressionam as minhas costas, puxando-me de volta até o seu peito.

— O quarto de Connor já está arrumado, e você não tem muita coisa na sua casa com Archie. Será uma mudança rápida e indolor.

Meu queixo cai e Adam sorri, dois dedos no meu queixo para fechar minha boca.

— Você não está surpresa, está? Ouviu Carter dizer que eu era obcecado por você, certo?

— Olha, não é como se eu já tivesse pensado que "como seria incrível se tudo ainda estivesse perfeito na primavera, e Adam quisesse que ficássemos juntos para sempre"...

— Quero que você fique para sempre, Rosie. Eu estava pensando que poderíamos começar o ano em nossa casa, juntos.

— O ano? Tipo-tipo-tipo... Daqui a duas semanas, esse Ano-Novo?

— Exatamente.

— Mas-mas-mas... — *Controle-se, Rosie.* — Mas é tão cedo.

— Respeitosamente, não dou a mínima para quão cedo é. Por que eu deveria esperar por algo que me traz tanta felicidade? — Ele segura meu rosto, guiando meu olhar para o dele. — Se não é algo para o qual está pronta, e sente que é rápido demais, tudo bem. Diga isso para mim e vou esperar. — Ele abaixa a cabeça, acariciando meu pescoço. — Mas se estiver em cima do muro e aberta à persuasão, posso levá-la ao banheiro e mostrar o que poderíamos fazer todas as manhãs na bancada do nosso banheiro.

— Hum… — Inclino-me sobre ele, que beija meu pescoço. — E se eu quiser pintar nosso quarto de rosa?

— Feito.

Penso em seu SUV, o que dirijo para ir e voltar da faculdade desde que tirei minha carteira.

— E se eu bater em um meio-fio com seu carro? Ah, ou *se eu bater na sua caminhonete com o seu carro*? Hein? E então?

Ele abaixa a cabeça, pressionando a risada baixa e estrondosa contra o meu ombro.

— Você quer ouvir como a primeira coisa que vou perguntar é se você está bem? E então te dizer que está tudo bem, que são apenas carros? Ou quer que eu diga como vou te colocar sobre o capô mais tarde naquela noite, quando a casa estiver quieta, e fingir que estou furioso? Porque vou fazer as duas coisas, Rosie.

Parece ótimo. Ok, Rosie, vamos levar isso para o próximo nível.

— E se eu tiver uma coleção assustadora de bonecas de cerâmica sobre a qual não te contei e quiser exibi-las para todo mundo ver?

— Daí vou construir a porra de uma prateleira para as suas bonecas assustadoras, para que os olhos delas possam me seguir por todos os lugares em nossa casa, contanto que seja a *nossa* casa. Mude-se para lá, *por favor*.

— Uau — murmuro, escondendo meu sorriso contra o seu ombro. — Não precisa implorar. Eu ia dizer sim.

— Sua encrenqueira — ele murmura contra os meus lábios, depois olha para o relógio. — Ainda temos mais de uma hora antes que eu precise entrar naquele avião. Quantas vezes você acha que posso fazer você gozar no banheiro antes disso?

— Nojento — Carter sussurra, matando o momento íntimo quando aparece ao nosso lado. — Seus orgasmos no banheiro precisam esperar. O DJ está prestes a colocar nossa música.

— Nossa música? Que…

As sobrancelhas de Adam se abaixam e sua boca se fecha em uma linha sombria quando "Cha-Cha Slide" começa a sair dos alto-falantes. Os garotos reúnem-se ao redor dele, batendo palmas no ritmo, e Adam tenta se segurar em mim como se fosse o Jack de *Titanic* se segurando àquela porta. Mas não há espaço suficiente para ele na minha porta, e esse barco está afundando, então sorrio para ele quando o solto.

— Meu cérebro não consegue compreender por que acho isso vergonhoso e excitante ao mesmo tempo — Olivia sussurra ao me puxar para um lugar seguro.

— Ah, amo isso! — Kara traça o formato de seus lábios com o dedo indicador ao observar seu marido dançar. — Emmett às vezes coloca essa música quando está limpando a casa. Não há nada como ver seu homem fazendo um *cha-cha* bem suave com uma vassoura na mão.

— Amo Garrett balançando a bunda — Jennie nos diz com um suspiro. — Ele é um péssimo dançarino, o que o torna cem vezes mais fofo.

— Adam tem ensinado Connor a dançar "Macarena". Connor a chama de Macaroni, então agora toda vez que Adam coloca as mãos na bunda e pula, ele canta, "Eeeei, Macaroni!". É a coisa *mais* atraente do mundo, e pulei nele assim que Connor foi tirar uma soneca esta tarde.

— Aquele homem foi feito para ser pai — Kara declara, assentindo.

A música termina e os meninos se curvam para a multidão animada antes de começarem a se espalhar.

— Quem tem o primeiro direito ao banheiro privativo? — Kara pergunta. — Porque eu... — Seus olhos arregalam-se de repente, e seu rosto ganha um tom vulcânico de vermelho conforme seu olhar se estreita para algo por cima do meu ombro. — Devo ter morrido e ido para o inferno, porque a prostituta de Satanás ressuscitou das cinzas e entrou aqui.

O sorriso fácil de Adam desaparece e a cor desaparece de seu rosto. Ele pega minha mão, puxando-me para trás dele, e agarro seu paletó ao espiar em volta, para ver o que quer que esteja causando essa comoção.

Uma ruiva deslumbrante caminha em nossa direção com saltos altos e um casaco de pele. Só quando ela para diante de nós e o tira, exibindo um vestido azul royal brilhante, é que percebo que ela está grávida. Um suspiro baixo enche a sala e Kara murmura algo sobre a cria de Satanás. A ruiva sorri para ela, cruzando os braços sobre o peito.

— Encantadora como sempre, Kara.

Olhos azuis devastadoramente lindos e malignos se movem sobre mim com desdém, e meu estômago dá uma cambalhota quando Adam me aperta mais contra ele.

— O que você quer, Courtney?

— Ah, isso é simples. — Ela joga os cachos ruivos flamejantes por cima do ombro. — Quero que seja um pai para o bebê que você colocou dentro de mim.

ADAM

— Que merda você acabou de dizer?

Bato a porta atrás de nós, mas o ar frio e fresco não faz nada para acalmar o fogo queimando em minhas entranhas. Rosie está aninhada ao lado de Olivia, seu olhar perdido movendo-se entre mim e a barriga de Courtney. Sinto como se minha maldita cabeça fosse explodir.

— Estou grávida — afirma Courtney.

Bufo.

— É óbvio.

— O bebê é seu, Adam. E se tivesse atendido o celular uma das centenas de vezes que tentei te ligar, ou comparecido à reunião que marcou comigo, saberia disso.

— De jeito nenhum. Faz um ano e meio que não dormimos juntos.

Ela zomba, revirando os olhos.

— Então vai fingir que aquela noite na sua casa não aconteceu? Em julho, quando você deu a festa?

— *O quê*? Não toquei em você! Nem lembro de você estar lá! — Meu olhar se volta para Rosie e vejo como ela está refletindo, somando datas em sua cabeça; entro em *pânico*. — Rosie, não olhei para outra mulher desde que você entrou na minha vida, juro.

— Que desprezível — Courtney cospe. — Imaginei que tivesse se arrependido quando acordou na manhã seguinte e tentou fingir que nada aconteceu, quando me expulsou daquela que costumava ser a *nossa* casa. Mas não acredito que você, Adam Lockwood, garoto de ouro, realmente agiria como se não tivesse nada a ver com isso. Você me encontrou vestida só com a sua camiseta, pelo amor de Deus.

— Isso não significa nada. — Não sou eu quem diz, mas Carter. — Todo mundo sabe que você não passa de uma megera ardilosa e vingativa. Tudo o que você faz é tentar arruinar tudo de bom porque perdeu a melhor coisa que já teve. Você está mentindo.

— Então que porra é essa? — Courtney enfia o celular na cara dele e na de Rosie antes que eu o arranque da mão dela. — Uma evidência bem contundente da cama em que dormi naquela noite.

A foto sou eu, desmaiado na minha cama. Ao meu lado? Courtney, vestindo só a minha camiseta. Balanço a cabeça, vasculhando minha memória. Assim como naquela manhã, tudo está enevoado pra caramba.

— Eu bebi demais. Bebi... aqueles barris.

Olho para Jaxon, implorando por respostas, mas ele apenas balança a cabeça, seus olhos tristes por mim, como se ele desejasse poder ajudar.

— Te falei naquela manhã, cara. Você saiu correndo da piscina quando a viu entrar e não te vi mais.

Puxo meu cabelo.

— Eu não lembro.

Courtney dá um passo à frente, uma mão na barriga, a outra no meu braço.

— Podemos ser uma família de novo, Adam.

Afasto-me de seu toque.

— Já tenho uma família.

— Uma família *de verdade*. Você já brincou de casinha com aquela garota ali por tempo suficiente, não acha?

— Não fale dela, porra — rosno baixo, pairando sobre Courtney.

— Este é o nosso filho. *Nosso,* Adam. Aquele que você sempre quis. Aquele que sonhamos em ter juntos.

Meu estômago revira-se e coloco a mão sobre ele.

— Um bebê não vai mudar nada entre nós. E eu tenho o filho que sempre sonhei em ter.

— Essa atitude de padrasto rico e mártir não cola, Adam. — Ela se vira para Rosie, uma risada escapando de seu nariz. — Uau, que sorte, hein? Deve estar orgulhosa por sua atitude de "ai de mim, doce mãezinha solteira" ter funcionado. Você acha que resolveu sua vida, hein?

— Chega — interrompo, o sangue trovejando em meus ouvidos, meu coração martelando. — Não fale com ela, porra. Nem *olhe* para ela. Você está tão abaixo de Rosie que nem imagina.

Rosie corre para o meu lado, colocando sua mão trêmula na minha, colocando a outra mão sobre meu peito arfante.

— Esta conversa acabou — ela diz a Courtney. — Você não deveria ter vindo aqui esta noite.

— Não ouse falar assim comigo, sua vagabunda.

— Não — Kara rosna, colocando-se entre Rosie e Courtney. — Não ouse falar assim com ela. Na verdade, a vida seria muito melhor para todos se você *calasse-a-sua-boca*! — Ela inclina o quadril e cruza os braços. — Deveria ter vergonha de arruinar uma noite tão especial por cinco minutos de fama. Como ela disse, esta conversa acabou. Vá embora!

— Você é uma vadia — Courtney late.

— E orgulhosa disso, querida. — Kara estala os dedos para ela conforme ela vai descendo a rua. — Aproveite sua viagem de volta às profundezas do inferno!

Por sorte, nosso ônibus estaciona na frente neste exato momento e as portas se abrem para o restante da equipe sair. O treinador ergue as sobrancelhas para mim.

— Está tudo bem aqui?

Não.

— Está tudo bem, treinador — Carter responde, seu aperto no meu ombro trêmulo.

— Ótimo. Todos no ônibus. Partimos em quarenta minutos.

— Rosie, juro...

Ela silencia minhas palavras frenéticas com sua boca na minha, os dedos trêmulos pressionando meu maxilar enquanto seus lábios macios se movem com propósito. Quando ela se afasta, é o tremor em seu queixo que me quebra, a maneira como seu olhar oscila ao me encarar.

— Nós vamos... dar um jeito nisso, Adam. Ok?

Subo no ônibus e vejo seus cabelos rosa desaparecerem lentamente de vista, e não consigo evitar os pensamentos que se arrastam dentro de mim, instalando-se dentro do meu cérebro.

Vamos mesmo dar um jeito?

38
BONITO DEMAIS PARA BRIGAR

ADAM

SOU UM JOGADOR DE HÓQUEI emotivo.

Acho que isso faz parte da vida de goleiro. Derrotas são difíceis e sempre acabo me culpando. Pior ainda, quando algo está acontecendo na minha vida pessoal — como, digamos, o retorno da minha ex-namorada de longa data —, acabo distraído. Meus pensamentos estão em outro lugar, o que às vezes leva a descuidos.

Mas não esta noite. Porque esta noite não estou distraído.

Estou furioso.

O ponta-esquerda de Tampa corre pela lateral, deixando nosso defensor exausto. Jaxon cometeu uma penalidade descuidada há um minuto — resultado de alguém gritando em seu ouvido —, então estamos com um homem a menos, e me jogo por toda essa rede para bloquear os incontáveis chutes.

O capitão de Tampa voa pela linha azul, para nossa zona defensiva, pedindo o disco. O ponta o envia, bem entre as pernas do meu defensor, e o capitão acaba atirando o disco em mim na velocidade da luz. Mergulho para a direita, minha luva subindo bem a tempo de pegar o disco antes que ele possa atingir o fundo da rede. O apito soa, deixo o disco cair na mão do árbitro e tomo um gole de água.

— Porra — Carter murmura, batendo a mão na minha cabeça ao circundar a minha área. — Você não vai deixar nada passar por você esta noite.

— Não.

Ele me avalia.

— Você está bem?

— Não.

Não vejo Rosie há quarenta e oito horas e, além da troca de algumas mensagens, não tivemos a chance de conversar. Ela trabalhou o dia todo ontem, teve doze horas de clínica hoje e está estudando para o exame de licenciamento para a prática de veterinária, que será em janeiro.

Olhando ao redor desta arena, tudo o que vejo são maneiras pelas quais aumentar seu estresse.

Para onde envio minha inscrição de mamãe do bebê nº 3?

Pode atirar e marcar & eu não peço mais nada!

Com Woody, só preciso de 2 minutos!

Caralho, quem deixa essas garotas entrarem aqui com esses cartazes? Pela primeira vez nesta temporada, espero que Rosie não esteja assistindo.

Carter segue meu olhar.

— Ela sabe que não deve dar importância aos cartazes.

— Não significa que não vão tornar isso mais difícil para ela.

Jogo a garrafa de água de volta na rede, posicionando-me na borda conforme todos se alinham. O apito soa e o disco cai no gelo; deslizo para a esquerda e para a direita enquanto a jogada se move do nosso lado do rinque. O central tenta bloquear minha visão do disco, o que me irrita pra um cacete, então deslizo para a frente e o empurro para fora do caminho.

— Saia da minha rede, Marchanbo.

— Está irritadinho esta noite, Lockwood? — Olhos escuros se voltam para as mulheres batendo na barreira de acrílico, mostrando seus cartazes. — Pensei que você fosse generoso com o que distribui por aí.

Acompanho o disco quando ele passa entre os jogadores, pela parte de trás da minha rede, quando Garrett prende alguém no gelo e tenta passar.

— É por isso que você tem duas mamães na sua vida, certo? — ele continua, deslizando na minha frente, e o empurro para fora do caminho quando a penalidade de Jaxon termina e ele pula na área. — Quantas outras você acha que existem por aí? Aposto que as mulheres têm furado preservativos há anos, tentando pegar um pedaço do menino de ouro.

— Vá se foder.

— Gosto daquela com cabelo rosa. Parece atrevida. E aquela bunda? *Aff.* Adoro ter algo para agarrar.

Jogo o taco e as luvas no chão e vou para cima do cara.

O jogo ao nosso redor para quando o agarro pelo colarinho.

— Cala a boca.

— Acha que o filho dela vai me chamar de papai?

Meu punho se ergue para trás antes que eu o lance para a frente, muito parecido com o que fiz da última vez que vimos Brandon, quando ele garantiu que Rosie soubesse quão descartáveis ela e Connor eram. Porque aí está a questão: todo mundo acha que sou dócil o tempo todo. Mas, no segundo em que alguém abre a boca e insulta as duas pessoas que mais amo neste mundo, você vê outro lado meu, um lado que é tudo, menos dócil. Marchanbo limpa o sangue do lábio cortado, rindo baixinho, um som que mal ouço por cima do rugido de uma multidão que adora ver punhos voando.

— Acho que você não é tão bonzinho assim — ele murmura antes de se lançar em mim, arrancando meu capacete.

Pego seu punho na minha mão antes que ele possa se conectar com o meu queixo. Antes de plantar outro soco em sua cara, outro corpo colide com Marchanbo a toda velocidade, esmagando-o contra o gelo. O peito de Jaxon arfa assim que Marchanbo cai aos seus pés.

— Não toque no meu goleiro, porra.

Ele joga a máscara no meu peito.

— Aqui. Seu rosto é bonito demais para olhos roxos.

Ainda assim, parece que tenho dois olhos roxos. Tudo dói, uma dor latejante atrás dos olhos e nas minhas têmporas, que sugere a exaustão correndo desenfreada por mim, arrastando-me em direção ao chão quando volto para o quarto de hotel. Tudo o que quero fazer é enterrar minhas mágoas em um balde de cerveja e um prato de picles fritos, depois desabar no quarto de hotel com o rosto de Rosie sorrindo para mim do outro lado do meu celular.

Mas, no momento, não tenho nenhuma dessas coisas. Olho para as duas últimas mensagens de Rosie enquanto tiro os tênis. Uma é de antes do jogo, de Connor em seu pijama dos Vipers. A outra foi na metade do terceiro período, bem na hora em que dei um soco no rosto de Marchanbo, e ela repete as palavras de Jaxon para mim.

> **Problema:** já te falei q seu rosto é bonito demais pra olhos roxos? Seu rosto é bonito demais pra olhos roxos, Adam.

Já li pelo menos vinte vezes. É a única coisa que me fez sorrir hoje. A verdade é que não sei como encarar Rosie, e isso está me matando. Tenho medo do que posso ver refletido naquelas poças de sálvia. Sei que a mesma gentileza de sempre estará lá e todo aquele amor. Mas é a hesitação, a decepção que pode ofuscar tudo que é tão típico de Rosie... é o que vai me destruir.

Não dou a mínima para a minha reputação. Nem que a mídia esteja distorcendo as palavras do meu discurso, quando chamei Connor de *nosso* filho, e supondo que ele é biologicamente meu. Nem que Courtney esteja contando sua história triste, que não foi ela quem traiu, mas *eu*. Que ela descobriu sobre minha *amante* quando me pegou visitando Rosie e Connor no hospital, poucas horas depois que ele nasceu. Tudo isso, um monte de merda que me faz parecer um traste... não dou a mínima.

Não dou a mínima para a minha reputação, mas me importo com a de Rosie.

Destruidora de lares. É assim que a estão chamando. Está em todas as páginas de fãs dos Vipers, a foto dela e de Connor, de quando ela o colocou no banco de trás do meu SUV no maldito estacionamento do supermercado. E eu que fiz isso com ela.

É por minha causa.

Ela acabou entrando comigo nessa confusão; como posso pedir para Rosie continuar comigo quando a confusão ficar pior?

Minha cabeça se levanta assim que a porta se abre atrás de mim, meus amigos entrando e falando, braços cheios de sacolas.

— O que estão fazendo aqui? Achei que iriam para o bar.

Carter descarrega pilhas de embalagens de comida para viagem.

— Você falou que não estava a fim, então viemos ficar aqui com você.

Ele me entrega uma montanha de picles fritos.

— Você não pode ficar assim.

— Assim, como?

Garrett joga uma caixa de Fruit Roll-Ups em cima dos meus picles.

— Como se toda essa merda fosse culpa sua.

— Mas é — afirmo.

Carter balança a cabeça.

— Sabe, isso me lembra da noite em que você chegou em casa e Courtney estava te traindo. Naquela época, você se perguntou se a culpa era sua. Se poderia tê-la amado mais, dado a ela mais do que ela precisava. Mas é a mesma história agora. Você não poderia ter evitado isso. Não importaria se tivesse atendido às ligações ou tivesse ido encontrar com ela. Courtney quer algo de você, seja para ser um pai para o filho dela, seja dinheiro para se sustentar.

Jaxon abre a tampa de uma cerveja e me entrega.

— Ela quer os dois, e acha que você é bobo o suficiente para aceitar seu destino sem questioná-lo.

Emmett pega os meus doces e os coloca na mesinha no canto. Balanço a cabeça, apertando-a entre as mãos ao afundar na cadeira.

— Esse bebê não é meu. De jeito nenhum. Eu sei que estava bêbado. Sei que não tenho uma lembrança clara de algumas partes da noite, mas... Eu não dormiria com ela. Não há nada que Courtney possa dizer que me faça duvidar, não importa quanto eu tenha bebido.

Sendo sincero, me dá enjoo pensar que ela esteve na minha cama em algum momento daquela noite, mesmo que tenha sido apenas para tirar uma foto.

Meu celular toca e minha assessora, Angie, está na linha. Atendo a ligação e coloco no viva-voz ao abrir a caixa de Fruit Roll-Ups e desembalar um.

— Alguma novidade? — Fecho os olhos, pressiono os dedos contra a dor de cabeça latejante enquanto amasso o Fruit Roll-Up em uma bola e jogo na boca. — Desculpe. Olá. Como você está?

Ela ri.

— Não há espaço para gentilezas agora; entendo. Criei uma conta falsa no Instagram e segui Courtney. Parece que ela está saindo com o mesmo cara de vez em quando desde que vocês dois terminaram. Mas não há fotos deles juntos depois de junho. — Leva um momento para as palavras serem absorvidas, mas, absorvo, a esperança acende em meu peito. — Acho que ela já estava grávida na sua festa, Adam. Meu palpite é que esse cara a abandonou quando ela contou sobre a gestação, então ela foi à sua festa esperando que você dormisse com ela.

— Para que pudesse fingir que era meu.

— Bingo.

Carter balança a cabeça e deixa cair uma fatia inteira de pizza na boca.

— Vi isso na novela uma vez.

— *Toda* novela tem isso — Emmett pontua.

— Pois é — Garrett sussurra. — Seu burro.

— Cala a boca — Carter sussurra de volta e dou um tapa na mão dele quando ele pega um dos meus Fruit Roll-Ups.

— O que devo fazer?

— Acho que só tem de esperar e fazer um teste de paternidade quando o bebê nascer — Emmett sugere.

— De jeito nenhum. — Jaxon cutuca a mesa. — Exija essa merda agora. Existem testes que podem ser feitos antes.

— Eu nem quero saber por que você sabe disso, Jaxon — Angie afirma com um suspiro. — Mas os meninos estão certos, Adam. Você tem duas opções. Pode ver quanto dinheiro ela quer para sumir, ou...

— Foda-se. — Claro, posso pagar a ela, mas tenho mil maneiras melhores de gastar esse dinheiro. O acampamento de verão que vou abrir no ano que vem, a educação de Connor, um jardim cheio de peônias no quintal e um anel de noivado que Rosie nunca vai querer tirar do dedo, para citar algumas. — Ela não vai ganhar um centavo de mim.

— *Ou* — Angie continua — você pede um teste de paternidade. Tudo vai passar de uma forma ou de outra. Sei que parece muito mais complicado do que isso, mas, na verdade, é simples assim.

Ela está certa sobre uma coisa: nada parece simples. É um jogo de espera, e já esperei o suficiente na minha vida.

Aliás, minha vida começou quando Rosie e Connor entraram nela, e tudo o que quero fazer é mergulhar de cabeça nessas relações. Eu nunca deveria ter me esquecido de como me amar, de como ter orgulho de tudo que me faz ser quem sou, mas foi preciso encontrá-los, deixá-los me amar, para lembrar como. E não vou deixar Courtney roubar isso de mim de novo.

— O que ele está fazendo? — Garrett sussurra.

— Eu não sei — Jaxon murmura.

— Esse é, tipo, o quinto Fruit Roll-Up.

— Acho que ele nem percebeu que não parou de comer esse tempo todo — Emmett acrescenta.

— Estou preocupado com Adam — Carter fala baixinho. — Ele nem está mastigando. Só está... devorando tudo.

Coloco minha mão na caixa, franzindo a testa quando não encontro nada.

— Vocês só trouxeram esta caixa?

Sem quebrar o contato visual, Garrett desliza devagar outra caixa pela mesa.

— Então, grandão, estávamos pensando...

— Emmett, ligue para Kara. Preciso do conselho dela.

Ele salta do assento, correndo pela sala para pegar o celular.

— Ela esteve se preparando para isso a vida toda.

É quase uma da manhã quando estou subindo a entrada da minha garagem dois dias depois, desesperado para me enfiar na cama depois da nossa viagem. São muitos dias de chamadas perdidas, fotos enviadas de fusos horários diferentes e análise excessiva de mensagens de texto sem tom definido.

Sinto tanta falta de Rosie que meu alarme já está programado para as seis da manhã, para que eu possa dirigir até a Starbucks, comprar de tudo que a deixa feliz e sorridente e aparecer na porta dela antes que ela vá para a faculdade. Se não fosse de madrugada, eu estaria na porta dela agora mesmo, implorando para entrar.

Mexo nas minhas chaves na porta da frente, parando quando a luz da varanda acende. A porta se abre e Rosie está lá, vestindo apenas minha camiseta e minhas meias mais grossas, e, nossa, nunca fiquei tão feliz em ver a cor rosa!

— Você está aqui.

— Onde mais eu estaria?

Meu estômago afunda, o peso nos meus ombros diminui.

— Vocês não vão embora?

— Por que faríamos isso? Connor e eu éramos uma família antes de encontrarmos você, claro, mas agora... — Ela balança a cabeça, fechando os olhos ao pensar em um futuro que não deseja, o mesmo que não quero: um sem o outro. — Algo sempre estaria faltando sem você, Adam. — Ela pega minhas mãos, puxando-me para o calor da casa, o calor também irradiando dela. Dedos gentis afastam os cachos da minha testa e um sorriso terno surge em seus lábios. — Não escolhemos você apenas quando é conveniente, fácil e feliz. Escolhemos você em todos os momentos difíceis e desafiadores também. É assim que as famílias se amam, Adam. E Connor e eu? Sempre estaremos ao seu lado.

Ela enxuga a lágrima solitária que escorre pela minha face antes de pressionar seus lábios nos meus e dizer:

— Não há vista melhor do que com você ao lado.

39
NÃO RESTOU PEDRA SOBRE PEDRA

ROSIE

QUATRO DIAS É MUITO TEMPO para ficarmos separados quando o que mais precisamos é um do outro. É tempo demais para pensar, para imaginar os piores cenários — que é o que faço de melhor. Já chega de tentar encontrar soluções para essa situação, porque eu soube desde o momento em que as palavras saíram da boca de Courtney.

Tudo o que posso fazer, tudo o que eu *faria*, é ficar ao lado de Adam.

Mas a surpresa que ele demonstrou quando me encontrou à sua espera, algo ali partiu meu coração. Passei grande parte da minha vida acreditando que não era o suficiente. Que, se eu fosse melhor, alguém me escolheria, me daria o amor que tanto queria. Adam viveu meses me reconstruindo, me ajudando a perceber que nunca foi um problema meu. Que eu sempre seria o suficiente para as pessoas certas. Mas, à uma da manhã, o olhar aterrorizado em seus olhos me disse que ele não tinha tanta certeza de que *ele* era o suficiente.

E, agora, vou dedicar o resto da minha vida para garantir que o homem ao meu lado nunca mais questione o próprio valor.

Olho para a cafeteria chique e engulo a irritação. Claro que Courtney pediu para Adam encontrá-la em seu antigo lugar de encontro favorito. Adam parece tão irritado ao meu lado, com um toque de náusea ao segurar o envelope pardo em sua mão.

Ele odeia que tenha chegado a esse ponto. Depois de tudo o que essa mulher o fez passar, esse homem gentil que posso chamar de meu preferiria que ela apenas sumisse.

— Não precisamos fazer isso — eu o lembro gentilmente. — Se não é o que você quer, Adam, podemos esperar até o bebê nascer e solicitar um teste de paternidade. Podemos esperar em silêncio.

Ele balança a cabeça, amassando o envelope ao apertá-lo cada vez mais.

— Ela perdeu o direito ao silêncio quando colocou você e Connor nisso. Tolerei muita baboseira dela, mas me recuso a tolerar isso. — Ele pega minha mão na sua, apertando-a ao me encarar. — Te amo, Rosie. Obrigado por ficar ao meu lado.

Espero que um dia ele entenda que não há outro lugar para mim e Connor.

Tudo o que já fiz com o amor foi perdê-lo. Mas eu não vou perder isso. Não Adam, não esta vida que estamos construindo juntos. Eu me recuso a fazer isso.

O sino sobre a porta toca quando entramos e as cabeças se levantam, os olhos esbugalhados quando veem o próprio Adam Lockwood.

— Adam.

Courtney se levanta, um largo sorriso se estendendo por suas bochechas. Mesmo depois de todas as coisas horríveis que ela fez, ela ainda é tão linda. Tanto que, por um breve momento, uma semente de insegurança floresce em mim. Então, Adam aperta minha mão e enterro essa semente bem fundo, recusando-me a dar raízes para ela crescer. Os olhos azuis brilhantes de Courtney escurecem quando me veem, seu queixo se fechando em uma linha dura conforme nos aproximamos da mesa separada que ela escolheu em um canto dos fundos. Sua localização não impede todos os olhares errantes de nos seguirem.

— Pensei que seríamos só nós dois — ela diz.

— É apropriado que, se estou falando sobre a perspectiva de expandir minha família, minha família atual esteja presente, não?

Ela cruza os braços sobre o peito.

— Eu não vou me sentar com ela.

— Você está certa; ela não vai se sentar. — Ele deixa o envelope cair na mesa, na frente dela. — Nós não vamos ficar.

— O que é isto?

— Uma carta do meu advogado. Você receberá por e-mail também. Deve ter chegado à sua caixa de entrada... — Ele verifica o relógio. — Dois minutos atrás. — Então ele sorri para ela, sádico e tão bonito. — Mas eu queria ver sua reação pessoalmente.

Há um leve tremor nas mãos que ela tenta esconder ao abrir o envelope e puxar a carta. Seus olhos se movem sobre as palavras, e qualquer indício de confiança que ela estava conseguindo manter escapa de seu rosto.

— Está me processando?

— Por dois milhões e meio — ele confirma, apontando para um número no documento.

— Mas vo-você... não pode me processar.

— Posso, na verdade. Suas histórias tristes e idiotas não fizeram nada além de prejudicar minha reputação. Eu poderia ter deixado passar, mas você arrastou pessoas que amo para essa bagunça. Sabe, não consigo mesmo entender como você pensou que arrastar meu nome pela lama era a melhor maneira de chegar até mim, mas, enfim, você nem sempre tomou as melhores decisões.

— Não tenho como pagar por isso — ela gagueja. — Não tenho esse dinheiro. Vou ter um bebê! — Seu olhar se volta para mim, acendendo com fogo, ciúmes por algo de que ela desistiu. — Que tipo de merda tóxica ela está plantando na sua cabeça? Você rejeitaria seu próprio sangue e a mãe do seu filho por uma vagabunda e sua prole? O pai do garoto não quer o menino nem ela.

Em um momento, Adam está sólido e firme ao meu lado, minha mão enfiada calorosamente dentro da sua. No próximo, ele está pairando sobre Courtney, uma energia tão selvagem que faz os cabelos da minha nuca se arrepiarem.

— Mantenha o nome dela fora da sua boca — ele sussurra, as palavras tão letais, tingidas de veneno, que Courtney cambaleia para trás, a mão na garganta. — Isso não é mais a porra de um jogo, Courtney. Você não pode brincar com a vida das pessoas como se elas fossem peões para você manipular. Estou cansado de ser sua peça de xadrez.

Dou um passo à frente, colocando minha mão gentilmente em suas costas, observando seus ombros caírem, seu peito arfante desinflar e sua respiração se estabilizar. Courtney observa a mudança, e vejo em seus olhos o desespero, a percepção de que seu plano não está funcionando, de que está caindo aos pedaços sobre seus pés. E, em todo o seu desespero, ela dá uma última chance, jogando-se em Adam, agarrando seu casaco com seus punhos apertados.

— Por favor, Adam. Por favor. Você não pode fazer isso comigo. Você não pode. Esta é a nossa chance. Podemos ser uma família. Uma família *de verdade*.

— Tenho uma família, Courtney, e ela está aqui! Tenho uma família que me escolheu dia após dia, que me ama pelo que sou, e você não tem ninguém. Você. Não. Tem. *Ninguém*. Então, que porra você ainda está fazendo aqui? Por que ainda está em Vancouver? No Canadá? Pelo amor de Deus, Courtney, vá para *casa*.

Ela balança a cabeça freneticamente, lágrimas se acumulando em seus olhos. Parecem ser genuínas, mas tenho quase certeza de que estão ali porque são seu último recurso. Ela não se importa com Adam, e é bem evidente que ela não o merece.

— Você nunca vai se livrar de mim — ela sussurra. — Não vou embora. Você não pode apenas me varrer para debaixo do tapete porque tem uma nova namorada.

— Não vou precisar varrer você para debaixo do tapete. Estou lhe dizendo aqui, agora, que você não tem lugar na minha vida. Nada disso pertence a você e nunca mais pertencerá. Esse bebê não é meu e nós dois sabemos disso. — Seus olhos vidrados saltam ao redor da cafeteria, um calor vulcânico subindo por seu pescoço, irrompendo em suas bochechas. — Suas opções são as seguintes, Courtney. — Adam começa calmamente. — Você pode provar isso agora mesmo: faça um teste de DNA e prove que o bebê é meu. Mas, quando os resultados mostrarem que não sou o pai, vou processá-la por difamação, e todo o dinheiro vai direto para o orfanato. Ou você pode admitir que o bebê não é meu. Pode fazer um anúncio público explicando que estava mentindo e que Rosie não teve nada a ver com o fim do nosso relacionamento. Não dou a mínima se você contar à imprensa a verdade sobre quem traiu, contanto que conte a verdade sobre Rosie. Vamos resolver isso de uma forma ou de outra, mas nada dessa situação envolve você e a mim em um futuro juntos. — Ele entrelaça os dedos nos meus e, juntos, nos viramos em direção à porta. Damos só três passos antes que ele se vire de novo. — E, sem ofensa, Courtney, vá se foder. Por me usar para te fazer feliz até decidir que não precisava mais de mim. Por pegar o que queria e me deixar sem nada. Por tudo que te dei e não recebi nada em troca. Você não me deu *nada*. Nem amor, nem felicidade e, com certeza, não o seu respeito. Você tirou a minha confiança e toda a minha autoestima, e machuquei alguém que amo porque você me fez sentir como se ela não fosse capaz de me amar pelo que sou. *Você* fez isso. E eu deixei que você fizesse. — Ele esfrega o queixo, uma risada baixa ecoando no peito. — Sabe, o estranho é que eu não mudaria nada. Caso contrário, eu teria ficado em um relacionamento infeliz e não teria encontrado Rosie e Connor. Eu não conheceria o amor verdadeiro, como é senti-lo, como é ser amado dessa forma, se não fosse pelos dois. E sempre vou escolher os dois. — Ele aponta um dedo trêmulo em seu rosto. — Vá se foder.

Ela pisca os olhos azul-claros e funga, a boca se abrindo, quase como se ela pudesse realmente tentar a sorte e responder. Mas estou tão orgulhosa do meu homem, do jeito como ele está se defendendo, porque nunca é fácil fazer isso. E agora quero mostrar a Adam exatamente como é ter alguém sempre ao seu lado. Então, quando ela cospe a primeira palavra, levanto um dedo, silenciando-a.

— Você desistiu do direito ao seu final feliz com Adam quando escolheu machucá-lo em vez de amá-lo. Agora eu vou dar a ele o final feliz que ele merece. Todos os dias, vou escolher respeitá-lo. Todos os dias, vou escolher levantá-lo em vez de derrubá-lo. Todos os dias, vou escolher ficar ao lado dele. Todos os dias, vou escolher amá-lo. Todo *santo dia*, Courtney, vou escolhê-lo, e ele vai me escolher de volta. E esse é o *nosso* final feliz.

Ele não parou de olhar para mim desde que saímos da cafeteria.

Ele me fitou enquanto segurava a porta para mim, quando tropeçou no meio-fio e caiu contra o capô da caminhonete. Quando me colocou no banco do passageiro, batendo a testa no batente da porta. E durante o caminho inteiro para casa, quase passando no sinal vermelho.

Ele ainda está me observando, mesmo enquanto tiro os sapatos no corredor da frente dele e penduro o casaco no armário. Sinto seu olhar tocar minhas costas conforme caminho pelo corredor e entro na cozinha, tagarelando sobre coisas aleatórias para me distrair do fato de que ele não falou uma única palavra comigo desde que saímos do encontro com Courtney.

— Você ainda está a fim de jantar e beber na véspera de Natal na casa de Carter e Olivia amanhã? Encontrei Oreo de gengibre naquele mercadinho do outro lado da cidade. Comprei para Carter. — Abro a geladeira, arregalando os olhos para o nada conforme o ar frio roça as minhas bochechas, o que é um descanso bem-vindo do olhar ardente de Adam. Pego uma garrafa de água e fecho a porta, bebendo metade dela encostada na bancada. — Jaxon falou que vai trazer Mittens, então Connor vai ficar animado. Ei, você viu a previsão do tempo? Deve nevar. Imagine só, hein? Neve.

Bebo o resto da água, deixando-a assentar em minha boca por um momento ao balançar a cabeça. Então, faço o que sei de melhor: papel de boba quando esqueço de engolir antes de abrir a boca.

— Marco… — Tento engolir, balançando a mão como se eu não estivesse me engasgando, os olhos lacrimejando. — Marco estava medindo meu quarto ontem. Disse que vai transformá-lo em um bom estúdio de ioga. Então Archie o lembrou que ele não faz ioga há dois anos, mas Marco quase o fuzilou enquanto comprava um novo tapete e cinco roupas da Lululemon. — Forço uma risada e vou para a garagem para jogar a garrafa no lixo dos recicláveis. — Sim, vou sentir falta deles... *Ah*!

Adam me para com a mão em volta da minha nuca. Lentamente, seus dedos rastejam em meu cabelo, e ele puxa minhas costas contra seu peito. Lábios macios tocam a concha da minha orelha, respirações quentes e trêmulas rolando pelo meu pescoço, enrijecendo meus mamilos sob a blusa.

— Tire as roupas, problema.

— Roupas? Mas...

— Tire. As. *Roupas*.

Arranco o moletom, puxando-o pela cabeça. O jeans vai em seguida e, quando uma perna da calça fica presa no meu tornozelo, Adam me empurra contra a parede, me segurando ali com uma mão entre as minhas omoplatas ao arrancar minhas calças. Sua palma desliza lentamente pela minha coluna e ele puxa o fecho do sutiã, guiando as alças pelos meus braços. Os polegares engancham na minha calcinha, e a velocidade torturante com que ele a arrasta pelos meus quadris, pelas minhas pernas, me faz tremer. Seu peito pressiona contra as minhas costas ao mesmo tempo que espalma um seio, sua outra mão entre as minhas pernas. Suspiro conforme ele me acaricia, e ele assobia quando molho seus dedos.

— O que você disse antes? Na cafeteria?

Fecho os olhos, tentando lembrar as palavras que deixaram aquele olhar atordoado no rosto de Courtney... Ele mergulha dois dedos dentro de mim.

— Que escolho você. Todos os dias.

— Hum. E a última parte? Sobre o final feliz?

— É você. Você é o meu final feliz.

Ele estremece, a mão deslizando para cima para agarrar minha garganta enquanto ele abre a boca no meu pescoço, beijos lentos e molhados e dentes roçando. Sua protuberância está pressionada contra a minha lombar, e sorrio ao perceber. Ele está excitado. Eu o defendi de alguém que não fez nada além de machucá-lo e desrespeitá-lo, e ele está excitado.

— Eu te amo, Adam. Sempre vou te amar.

Há uma breve pausa quando seus movimentos param e ele descansa a testa no meu ombro, como se estivesse saboreando o momento. E, então, ele me gira, me joga por cima do ombro e me carrega de volta para a cozinha.

Ele me coloca sobre a ilha, um olhar faminto em seus olhos ao retirar suas roupas. Caramba, eu nunca o vi tão duro, em pé tão alto, tão orgulhoso, o pau balançando contra seu umbigo.

— Abra as pernas — ele exige, pegando seu pau. — Mostre pra mim essa boceta perfeita e molhada.

Coloco meus pés na bancada, me expondo para ele. Seu gemido profundo envia um arrepio pela minha coluna e o calor se instala no meu clitóris, pulsando de necessidade quando ele envolve seus dedos em volta dos meus tornozelos, se acomodando entre minhas pernas.

— Esta é minha boa menina. Quer me mostrar como você é boa?

— Sim, por favor.

Estou quente por toda parte, uma necessidade selvagem e desenfreada para que esse homem se enterre dentro de mim até que ele seja tudo que eu possa sentir, até que eu não consiga lembrar meu próprio nome. Ele me guia para baixo, de costas, me espalhando sobre o mármore, pressionando beijos carinhosos ao longo da parte interna da minha coxa. Olhos azuis eletrizantes se voltam para os meus, e meus dentes pressionam meu lábio inferior trêmulo enquanto observo sua língua se mover, lambendo-me lentamente de baixo para cima.

— Nunca vou superar o seu gosto — é tudo que ele diz, quase um murmúrio, e então ele mergulha.

Caramba, é tudo o que eu sempre quis, o jeito que ele me come. Selvagem e faminto, como se precisasse de mim para sobreviver. Reverente e voraz, como se adorasse cada centímetro deste corpo. Ele lambe minha boceta, chupa meu clitóris inchado, afunda dois dedos dentro de mim e me fode até eu ver estrelas, sacudindo meus quadris e chacoalhando seus cachos macios. E, quando ele termina, me puxa para cima, me puxa para a beirada da bancada e envolve minhas pernas em volta de seus quadris. Os dedos puxam meu cabelo, forçando-me a encará-lo, abaixando sua boca doce contra a minha para um beijo longo e lento. E, quando ele se enfia dentro de mim, arrancando um grito da minha garganta conforme as pontas dos seus dedos cravam em meu quadril, eu juro que vejo a luz.

— Se eu sou seu final feliz, você é o meu paraíso. Não há mais nada de que eu precise deste mundo. Eu poderia viver aqui para sempre, neste lugar onde eu sou seu e você é minha. Nunca houve nada mais lindo do que esta versão do paraíso. Tenho certeza disso.

40
PIPIS NA NEVE

ADAM

— BEM-VINDO À VILA DO Papai Noel. Você foi travesso ou bonzinho este ano?

Dou um golpe de caratê no punho de Carter, fazendo-o derrubar o minúsculo chapéu de Papai Noel que tentou colocar na minha cabeça na porta da frente.

— *Ho-ho-ho* — ele continua, pegando o chapéu com um sorriso irritante. — Ollie, meu amor, mude o lado do Adam na minha lista de quem foi travesso ou bonzinho! Ele foi um menino mau este ano! — Ele se inclina para mim e Rosie, com uma mão na boca. — Está tudo bem. Ollie também foi *muito* travessa.

— *Carter!* Estou te ouvindo!

— Parece que ela tem uma superaudição. Estou cansado disso. Nada escapa! — Ele pega Connor nos braços, dando um beijo forte em suas bochechas antes de colocá-lo nos ombros. — Vamos, carinha. Sua melhor amiga está esperando por você. Comprei roupas de rena combinando para vocês dois. Vamos fazer uma sessão de fotos!

— Jesus — murmuro, agarrando a mão de Rosie enquanto seguimos Carter até a sala de estar. Há enfeites de Natal pendurados no teto, visco pendurado na porta, bastões de doces gigantes, luzes cintilantes e uma pequena árvore de Natal rosa, enfeitada com esmero. — Parece que os elfos do Papai Noel vomitaram por aqui.

— Carter queria que o primeiro Natal de Ireland fosse especial — explica Olivia, envolvendo Rosie e eu em um abraço. — Feliz Natal para vocês dois.

O pacote de Rosie amassa-se no abraço com Olivia, cujos olhos se arregalam.

— Estes são…

— Oreo de gengibre! — Carter grita, arrancando o pacote das mãos dela. — Procurei por eles em todos os lugares! — Ele puxa Rosie para os seus braços, girando-a. — Eu te amo, eu te amo, eu te amo!

A porta da frente se abre atrás de nós e Jennie entra com um sorriso deslumbrante e covinhas no rosto, estendendo a mão.

— Nós estamos...

Garrett passa por ela.

— ... noivos!

— Garrett, seu idiota. — Jennie olha para ele, com as mãos na cintura. — Você roubou minha entrada!

— *Ooops*. Desculpe, minha flor. — Ele a pega em seus braços, girando-a enquanto ela grita de tanto rir. — Estamos noivos!

As meninas correm para a frente, abraçando os dois e, quando Jennie se liberta, corre até o irmão. Carter a abraça com força e sussurra algo em seu ouvido, e quando Jennie se afasta, juro que ele enxuga uma lágrima do olho. Então, estende a mão para Garrett e fala:

— Tenho sorte de chamá-lo de meu cunhado.

Quando os dois se abraçam, todas as mulheres na sala começam a chorar. Rosie abana o rosto.

— Não sou estável o suficiente para isso.

Agarro seu queixo, puxando seu rosto para cima, e pressiono meus lábios em suas lágrimas.

— Amo seu coração instável.

— Que bom, porque é seu.

Jaxon entra com Mittens enfiado debaixo do braço, os dois em suéteres de Natal combinando. Ele olha para a cena se desenrolando ao seu redor, garotas chorando e Jennie e Garrett se beijando sob o visco.

— Eles ficaram noivos? Legal! Sou o único solteiro que sobrou. Tudo bem. Mitts e eu não precisamos de ninguém além um do outro, certo, filho? — Ele acaricia o rosto de Mittens. — Não, não precisamos. Não precisamos de nenhuma garota má e assustadora arrancando nossas bolas.

— Você não vai ter bolas sobrando se seu gato continuar usando-as como brinquedo — Rosie murmura e Jaxon ri.

— Quero que saiba que comecei a dormir de cueca, então o problema está resolvido.

Rosie arqueia uma sobrancelha, duvidando. Ele admite:

— Tudo bem. O problema não está resolvido. Eu me recuso a usar cueca para dormir. — Ele aponta um dedo na cara dela. — Cala a boca.

Mittens salta do peito de Jaxon para o de Rosie, acariciando seu queixo, e Jaxon olha feio conforme os dois se afastam, encontrando um lugar para se aconchegar no sofá onde o restante de nós se reúne com Jennie e Garrett contando os detalhes de como foi o noivado. Detalhes *explícitos*, até a cor da calcinha de Jennie. Aparentemente, é um detalhe muito necessário, argumenta Jennie quando Carter se recusa a ouvir, porque combinava perfeitamente com a safira em seu anel, uma surpresa agradável para Garrett quando ele conseguiu tirá-la depois que ela disse sim.

— Se isso não for alma gêmea, não sei o que é — afirma Garrett. — Calcinha combinando com o anel?

Parece coincidência, mas ele está tão empolgado com o noivado que apenas aceno e digo a ele:

— Ah, com certeza. Definitivamente calcinha de alma gêmea.

Suspiro, observando Carter enfiar chifres com sinos nas cabeças de Connor e Ireland. Então ele coloca chifres iguais em Bear e Dublin e, quando Connor pega Mittens, segurando-o no peito e beijando sua testa, Carter prende um par minúsculo de chifres no gato também. Carter se agacha no chão, mirando a câmera no grupo mais caótico de renas que já vi.

— Ok, pessoal, olhem para cá. Ireland, olhe para o papai! Connor! Connor, olhe para o seu tio Carter favorito! Dublin!

— Mittens — Jaxon chama, tilintando as chaves acima da cabeça de Carter. — Mittens, olhe para o papai! *Pss-pss-pss!*

Foda-se. Se não posso vencê-los, é melhor me juntar a eles.

— Bear! — Bato palmas. — Aqui, amigo! Connor, olhe para o papai! Diga xis!

Connor segura um bastão de doces, sorrindo para mim.

— *Xis, papa!*

— Não, Dublin, não coma isso!

— Ireland, princesa, o nariz do Connor não é um brinquedo de mastigar.

— *Mittens!* Não a árvore! Não, não a... *Não a árvore!!*

A árvore rosa cai para o lado, os cachorros a pisoteiam, o gato sai correndo como um raio, espalhando enfeites cor-de-rosa em todas as direções, e Connor está sentado ali gritando de tanto rir quando Ireland fica de pé sobre as perninhas bambas, seus braços em volta da cabeça dele mordendo seu nariz. Suspiro, virando-me para Rosie, e meu coração para com as duas lágrimas silenciosas escorrendo pelo seu rosto enquanto ela observa a comoção geral ao seu redor. Olivia coloca a mão sobre a de Rosie.

— Você está bem? — Ela funga, enxugando o rosto, balançando a cabeça.

— Esqueci como o Natal deveria ser. Obrigada por me lembrar.

Eu as observo se abraçando e fico impressionado com como é fácil para mim esquecer. Esquecer que Rosie perdeu tanta coisa, todas as tradições bobas, palhaçadas ridículas, a família que envergonha você, mas que você não trocaria por nada no mundo. Eu nunca soube como é estar sozinho em um feriado, desejar algo tão profundamente, algo que tantas pessoas acham normal.

Mesmo nesta última semana, em toda a minha raiva, confusão, em toda a minha *mágoa*, nunca senti a necessidade de querer nada mais do que já tenho. Todos de que precisei para superar a tempestade permaneceram firmes ao meu lado, lembrando-me de que, seja qual for o resultado, não preciso passar por isso sozinho.

Rosie não teve isso, não até agora, e sei que essa família vai lhe dar tudo o que ela perdeu.

— Ei. — Carter me cutuca, oferecendo uma cerveja, inclinando a cabeça em direção à porta do pátio. — Vamos lá fora um pouco.

Deixo Rosie com um beijo e sigo o restante dos meninos para fora, sentando-me ao redor da pequena fogueira que Carter fez. Ele segura um saco de marshmallows e um pacote de doces e Oreo de gengibre.

— *S'mores* natalinos?

— Ahhh. — Garrett esfrega a barriga. — Eu poderia foder com esses.

— Como está se sentindo? — Emmett me pergunta enquanto assamos marshmallows.

— Melhor do que estava há dois dias. O conselho de Kara estava certo, acho. Ameaçar processar, entregar a papelada a Courtney em público.

Havia tantos olhos em nós, observando-nos. Em geral, faço tudo o que posso para evitar a mídia, que é sanguinária e implacável; por que outra razão alguém com cérebro espalharia essa história sobre Rosie ser minha amante e Connor ser nosso bebê secreto?

Não tenho certeza se Courtney sequer percebeu o erro que cometeu ontem. Ela pensou que tinha me rotulado, assim como um dia me rotulou como o cara legal que a deixava pisar nele por anos. O processo a chocou e, na pressa de se agarrar a qualquer coisa, ela tropeçou na própria mentira e admitiu que eu não era o pai biológico de Connor.

Agora, só posso esperar que, de alguma forma, a notícia se espalhe.

— Não vou contar a Kara que você admitiu que ela estava certa. Ela quase nunca está errada. Na verdade, registra todos os dias que passam quando não está errada. A sequência atual é de cento e quarenta e sete. — Emmett passa a palma da mão exausta no rosto. — Sei porque está escrito no espelho do meu banheiro com batom rosa.

Eu rio, tomando um gole de cerveja enquanto o fogo tosta meu marshmallow.

— Preciso vê-la sair desta cidade e nunca, nunca mais voltar. Esse capítulo da minha vida precisa acabar, e não sinto que possa superar a menos que ela vá embora de vez.

Carter levanta sua cerveja.

— À morte de Courtney!

Ele olha em volta para nossos rostos inexpressivos, nossas cervejas ainda em nossos colos.

— O quê? Não é o que estamos... Sim, não, claro que eu quis dizer foi... para gentilmente... *guiar*... Courtney... para fora da cidade. Claro. Obviamente, foi o que eu quis dizer. — Seus olhos deslizam para Garrett e se reviram. — E acho que para Garrett e Jennie, então... Sou tão sortudo por ter você como irmão, mal posso esperar para você se casar com minha irmã, sei que você vai fazê-la feliz, blá-blá-blá, eu te amo.

— Você acabou de assumir que me ama — Garrett sussurra.

— Não assumi.

— Carter acabou de assumir que ama Garrett — canto.

— Carter ama Garrett, Carter ama Garrett! — acrescenta Jaxon.

Carter esmaga um marshmallow assado entre dois Oreos.

— E daí? Homens de verdade amam seus amigos. Li em algum lugar que há uma correlação direta entre quanto amor um homem demonstra por outros homens e o tamanho do seu pau.

— Ah — Emmett cantarola. — Isso explica seu foguetinho de bolso.

Carter fica parado, seu olhar lentamente subindo para encontrar o de Emmett.

— Como?

— Seu pau minúsculo. Isso explica.

Carter levanta-se da cadeira.

— Nem fodendo!

— Todo mundo sabe que o do Adam é maior — Garrett acrescenta e dou de ombros, mas concordo, porque, sim, é.

— Seu filho da puta. Acabei de te dar as boas-vindas a minha família. — Ele se inclina para mais perto, tentando, sem conseguir, sussurrar. — Falei que te amo e é assim que você retribui?

— Só há uma maneira de saber com certeza. — Jaxon levanta-se, pegando a fivela do cinto.

— Há crianças aqui! — digo rapidamente. — Não vamos comparar nossos paus.

— Claro que não.

Ele caminha até a grama coberta de neve e vira as costas para nós, o som do zíper ecoando pelo ar gelado da véspera de Natal. Ele sorri para nós por cima do ombro e então abre bem os braços, plantando o rosto na neve.

— *Iupiii!* — Ele se levanta, pulando para a frente e para trás ao se aconchegar. Então, com um sorriso, aponta para a neve, um tipo de anjo de neve distorcido e, hum… Uma marca perfeitamente moldada de seu pau. — Vejam se conseguem competir com isso, seus filhos da puta.

— Não. De jeito nenhum — balanço minha cabeça, recuando. — Tenho vinte e seis anos. Não vou mergulhar meu pau na neve para comparar tamanhos.

Mergulhei meu pau na neve para comparar tamanhos.

Sendo sincero, não quero falar sobre isso.

— É claro que encolheu! — Carter grita. — Por causa da neve! Porque está frio!

— Mas, se o seu encolheu, o de todos nós encolheu! — Garrett grita de volta, agitando os braços. — Isso não muda o fato de que o do Adam é um centímetro maior que o seu!

— Menos de um centímetro!

A porta do pátio desliza para abrir, e quatro mulheres bonitas e preocupadas nos encaram com canecas de chocolate quente alcoólico nas mãos.

— O que está acontecendo? — Olivia pergunta, olhos desconfiados se movendo entre nós, que estamos trememos, molhados de neve.

— Nada — Carter mente rapidamente. — Nada, Ollie.

Kara olha para Emmett, arqueando uma sobrancelha, e aquele filho da puta se dobra como uma cadeira de jardim.

— Estávamos comparando paus mergulhando-os na neve — ele deixa escapar, então solta um profundo suspiro de alívio. — Adam derrotou Carter por um centímetro!

— Menos de um centímetro!

O olhar divertido de Rosie encontra o meu.

— Adam, você não participou disso, participou?

O calor sobe às minhas bochechas, embora meu membro esteja congelado. Com uma risada ansiosa e um sorriso tímido que espero que seja igualmente charmoso, dou um passo para a direita, mostrando a ela meu anjo de neve safado.

— Sagrada Mãe de Jesus — Kara murmura. — Olhe para esse pau. Rosie, como você está de pé?

Ela abre a boca para dizer a todos como sou gentil e respeitoso quando a fodo, mas o barulho do meu celular corta o ar da noite. Meu coração bate forte no peito ao ver o nome na tela.

— É meu advogado.

Rosie corre para o meu lado e meus amigos se aglomeram ao meu redor quando atendo o celular.

— Sei que é véspera de Natal, Adam, mas imaginei que você iria querer respostas assim que eu as tivesse — ele pontua. — Courtney recusou o teste de paternidade.

— Claro que sim — rosno, e Rosie desliza sua mão na minha, apertando gentilmente. — Ela recusou o teste de paternidade porque o bebê não é seu, Adam.

— O quê?

— Você não teve relações com ela naquela noite. Você estava dormindo no seu quarto, ela tirou aquela foto para fazer parecer que vocês dois estavam juntos. Ela já estava grávida de cinco semanas. — *Não dormi com ela.* — Emiti uma ordem restritiva para que ela não entre em contato com você e Rosie, e deixei explicitamente claro quais tipos de consequências poderia haver em seu visto canadense caso ela burle a decisão. Acabou, Adam, para sempre. E, se precisar de uma pequena prova para ajudá-lo a se sentir confiante nisso, sugiro olhar o X. Um minuto lhe dará toda a satisfação de que você precisa.

Abro o aplicativo assim que desligamos o telefone, meu coração disparado com o conteúdo espalhado no *feed*. Links para artigos de fofoca detalhando as intrigas de Courtney, todas as suas mentiras. Postagens em apoio a Rosie e a mim, pessoas enviando seus melhores desejos para nossa família. Clico em um vídeo que tem dezenas de milhares de compartilhamentos, assistindo a uma repetição de ontem de uma perspectiva diferente: eu e Rosie, uma frente unida, e Courtney, desesperada e presa em suas mentiras.

— Como conseguiram essa filmagem? — Rosie pergunta. Olho para ela, para os meus amigos ao redor, e minhas mãos tremem. — Não sei. Mas eles são incríveis.

— *Uau* — Kara murmura, escondendo muito mal o sorriso furtivo atrás de seu chocolate quente alcoólico. — É quase como se alguém soubesse que vocês estariam lá, naquele exato café, naquele exato momento, e se certificasse de que daria para ouvir a voz daquela diaba, para que pudesse gravar a conversa e depois vazá-la na internet. Hum... — Ela toma um gole de sua bebida, lambendo o chantili de seu lábio superior. — Eu me pergunto quem poderia ter sido.

— Foi você? — pergunto baixinho. — Você fez isso?

— Com bastante facilidade, meu chapa. E, sendo sincera, não acredito que vocês dois não tenham me notado, que insulto! Sim, eu estava com meus óculos escuros grandes, e sim, estava usando o cachecol horrível que a avó do Emmett tricotou para ele. Mas não há ninguém vivo com um cabelo tão lindo, e vocês deviam ter sido capazes de identificá-lo a um quilômetro de distância.

— Você fez isso por Adam? — Rosie sussurra, olhos verdes vidrados.

— Fiz isso pela minha família. Por Adam, Connor e você. Porque ninguém escapa ileso de machucar as pessoas que eu amo.

Rosie atira-se em Kara, jogando seus braços em volta do pescoço dela, enterrando o rosto em seu longo cabelo loiro, enquanto fico ali, chocado demais para me mover.

— Tem mais uma coisa — Kara diz. — Pesquise a hashtag "deportada".

Meu feed inunda-se com fotos da minha ex. A mesma foto, repetidamente, dela com um boné de beisebol puxado para baixo, um suéter largo e um cachecol enrolado no pescoço, cobrindo metade do rosto, como se estivesse tentando passar despercebida. Entretanto, não há como confundir aquele cabelo ruivo. Assim como não há como confundir a bagagem aos seus pés. Ou a pista de avião atrás dela.

Meu feed atualiza-se, e uma nova postagem aparece com a mesma hashtag. Uma imagem simples de um avião decolando e uma palavra que eu estava começando a pensar que nunca veria: *Foi-se!*

Jogo meu celular no peito de Carter, envolvo Kara no melhor e mais apertado abraço e pego o rosto de Rosie em minhas mãos.

— Ela foi embora — ela sussurra. — Sério?

— Ela foi, graças a Deus. — Um raminho de visco aparece acima de nós, segurado por Carter. — Quero um abraço coletivo, então todos precisamos que vocês se apressem e se beijem logo.

Rosie ri, aquele adorável franzir de seu nariz me fazendo sorrir. Eu o beijo primeiro, depois a covinha em seu queixo, antes de enfim — *enfim!* — tomar sua boca. Um beijo leve e doce, sem pressa, com gosto de liberdade. Liberdade para amar com todas as forças. Liberdade para esquecer o passado. Liberdade para ser quem sou e saber com certeza que tudo em mim é amado.

Então, nossos amigos vêm ao nosso redor, entrelaçando os braços.

Qual é o sentimento? De estar em família.

41

PEÇAS DO QUEBRA-CABEÇA

ROSIE

— E AQUI ESTÁ ADAM com oito anos, desmaiado na despensa.

— Ele está usando uma cueca com cachorrinhos vestidos de Papai Noel?

Sim, sem dúvida, e é a *única* coisa que está usando. Também está meio caído para fora da despensa, sobre a prateleira de baixo, a bochecha no chão, cachos escuros espalhados ao redor dele.

— Essa era a sua cueca de Au-Au Noel — sua mãe, Bev, me conta. — Era a sua favorita. Queria usar todos os dias. Tive de brigar com ele para me deixar lavá-la. Um garotinho tão obstinado.

— E ele está na despensa por quê…?

— Queria pegar o Papai Noel no flagra. E está usando apenas a cueca porque queria mostrá-la ao Papai Noel.

— *Mãe.* — Adam lhe dirige um olhar de "que porra é essa" do outro lado da sala. — Quem viaja com álbuns de fotos para se exibir?

— Eu viajo. — Ela vira a página. — Ah, ai meu Deus! Olhe para ele aqui! Com treze anos e tinha começado a deixar crescer esse precioso bigodinho.

— Que gracinha.

Olho para o meu namorado desengonçado, o cabelo desgrenhado precisando muito de um corte, sorriso largo finalizado com aparelho, e cerca de oito fios de barba dos quais parece tão orgulhoso. Quando vejo a careta de Adam, ele estreita os olhos.

— Não — ele sussurra. — Não ouse.

— Você está… — Pressiono os lábios, meus ombros tremendo com a risada que continuo tentando engolir. — Tão fofo.

— Quero ver! — Lily coloca a pulseira que está fazendo para Connor e beija sua testa. — Já volto, tá, Connor? Você fica aqui.

Então beija a cabeça de Bear e a de Piglet, em seguida, e, quando se aproxima do pai de Adam, ela apenas cora.

— Você também vai ficar aqui?

— Eu não sonharia em ir a lugar nenhum — Deacon diz a ela com sinceridade, segurando suas várias pulseiras elásticas coloridas. Ele é muito melhor do que Adam, que ainda está lutando com sua primeira pulseira. — Estou aprendendo muito sobre como fazer pulseiras.

Lily esteve conosco o dia todo. Chegou às nove da manhã em um lindo vestido vermelho que estava à sua espera sob a árvore de Natal no orfanato esta manhã. Ela estava chorando quando chegou e fiquei preocupada que não quisesse ficar com a gente, até que ela se agarrou às minhas pernas e me agradeceu por querer passar um tempo com ela. Lily apegou-se a Bev de imediato, assim como Connor quando fomos pegar os pais de Adam no aeroporto, no caminho para casa de Carter e Olivia ontem à noite.

Ela tem sido mais hesitante com Deacon, mas Adam disse que a menina fica um pouco nervosa com homens, assim como Piglet. As duas, porém, têm se aproximado dele a manhã toda, e agora Piglet está pendurada em seu colo, com as patas no ar, e sei que ela está aproveitando uma folga do abrigo neste Natal.

— Qual era o tamanho de Adam quando foi adotado? — Lily pergunta a Bev.

— Adam tinha cinco anos quando o adotamos.

O rosto de Lily se ilumina.

— Ei, eu tenho cinco anos! Talvez alguém me adote também, igual o Adam.

Bev sorri, passando os dedos pelos cabelos de Lily.

— A família que adotar você será uma família de muita sorte, Lily.

Minha garganta aperta e meu olhar colide com o de Adam. Não parei de pensar em Lily desde que a conheci e, ultimamente, tenho pensado em como seria um dia abrir nossa casa para alguém que precisa de uma. Alguém que precisa de mais amor ainda, porque temos muito amor para distribuir. É tão assustador quanto fortalecedor. Quando eu estava em um orfanato, tentei de tudo para me tornar mais *adotável*, como se isso fosse possível. Levei anos para aceitar o fato de que não havia nada que eu pudesse fazer. Não dependia de mim. E, agora, estou nesta situação incrível, na qual tenho o poder de mudar a vida de alguém para melhor.

E, ainda assim, há algo dentro de mim que me segura. Algo que me impede de dar o passo final. Eu me preocupo em não ser a escolha certa.

Encontrei todas essas pessoas que são perfeitas para mim, mas me preocupo em não ser perfeita para *ela*.

— Droga — Adam resmunga da sala de estar. — *Lily!* Preciso de ajuda com a minha pulseira, por favor!

— De novo?

— Não consigo... Meus dedos são muito grandes!

— Ué, e como seu pai consegue? — ela grita de volta, então me abraça com força antes de correr de volta para a sala de estar. — Você só precisa acreditar em si mesmo, Adam. Se disser que não consegue, aí não consegue mesmo.

A menina se senta ao lado de Adam, que a observa como se ela fosse uma das poucas razões pelas quais ele respira.

— Não se preocupe. Não vou desistir de você.

— Peças de um quebra-cabeça — Bev murmura ao meu lado.

— Hum?

— Eu sempre pensei que as pessoas eram como peças de um quebra--cabeça. Que passamos a vidas procurando alguém que é moldado quase como se fosse só para nós. Vocês se encontram, e há essa sensação engraçada e excitante no seu estômago de que, quanto mais perto ficam, mais vocês se encaixam. De repente, algo desliza para o seu devido lugar, o encaixe perfeito, como se houvesse um espaço reservado para isso. Quando todas as peças se encaixam, o quebra-cabeça fica completo. — Ela sorri, observando o marido e o filho arrumarem todos os brinquedos que Connor e Lily abriram esta manhã, puxando uma minirrede de hóquei, mostrando às crianças como segurar os pequenos tacos. — Pensei que Deac e eu tínhamos encontrado todas as nossas peças quando nos conhecemos na faculdade. Então, encontramos Adam, e é como se um novo espaço se abrisse só para ele. Pensei que tínhamos terminado. — Ela cobre minha mão com a dela, apertando com ternura. — Mas parece que encontramos mais algumas peças.

Tudo o que fiz nos últimos seis meses foi encontrar mais peças, preenchi minha vida com tantas pessoas incríveis. Mas tenho mais espaço? Tenho espaço para mais uma? Como vou saber? Começo com a pergunta mais lógica.

— Você sempre quis adotar?

— Não. Nunca quis ter filhos.

— Então como você acabou com Adam?

Seus doces olhos castanhos seguem Deacon quando ele cobre as mãos de Connor com seu taco de hóquei, ajudando-o a arremessar e marcar pontos em Adam.

— Porque o coração de Deacon é tão grande quanto o de Adam. Ele tinha muito dinheiro e nada para gastar. Depois de algumas arrecadações de fundos com o time, ele começou a se voluntariar em alguns programas para jovens em situação de rua. Depois começou a organizar as próprias arrecadações de fundos, tentando encontrar famílias amorosas para essas crianças. Adam apareceu um dia, com aqueles grandes olhos azuis e cachos, tímido como só ele. Deacon começou a aparecer no orfanato sempre que podia. Ele encontrava qualquer desculpa para ir ver aquele garotinho. Falei que, por mais triste que Adam estivesse, seus olhos se iluminavam com muita esperança sempre que alguém se sentava com ele, dava-lhe alguma atenção.

Pressiono minha mão no peito, sobre o coração que dói por um garotinho que só queria alguém que o amasse. Por mais diferentes que nossas experiências tenham sido, tivemos muito mais em comum do que eu imaginava. A conexão não foi tão estável quanto eu pensava; dói saber que ele já se sentiu da mesma forma que eu. Bev ri baixinho, observando Lily gritar de tanto rir quando Adam erra o arremesso, caindo de costas, em sinal de derrota.

— Aquele garoto roubou meu coração inteiro, e fez isso sem nem tentar — ela continua. — Deacon organizou um evento discreto no parque um dia, tentando fazer as crianças interagirem com famílias em potencial. Adam não queria falar com ninguém além de nós. Ele trouxe uma pequena bola de futebol, disse que tinha economizado todo o dinheiro que ganhava pelas tarefas para poder aprender a jogá-la como Deacon fazia na TV. Foi a primeira vez que aquele garoto me fez chorar. A segunda vez foi vinte minutos depois, quando caiu e ralou o joelho. Limpei e beijei para sarar. Ele olhou para mim com tanto amor naqueles olhos cheios de lágrimas, cobriu minha mão com a dele e disse que eu seria a melhor mãe para a criança mais sortuda do mundo. Começamos o processo de adoção no dia seguinte. — Ela enxuga as lágrimas enquanto as minhas rolam em silêncio pelo meu rosto. — Às vezes, você não nasce na sua família, não na definitiva. Às vezes, você nasce, e a tragédia acontece e os separa até que possam ficar juntos de novo. E, às vezes, apesar de tudo, você encontra sua família. Vocês escolhem um ao outro todos os dias. Quando você encontra as pessoas que entram em sua vida e a tornam completa, você não hesita, Rosie. Você as agarra antes que possa perdê-las, porque a vida sem elas não é mais viver. É apenas existir.

— Desculpe por chorar — falo, passando as mãos nas lágrimas que escorrem pelo meu rosto.

Ela ri, me puxando para o seu abraço. É o típico abraço dos Lockwood, quente e firme, o lugar mais seguro para estar.

— Agradeço a seus pais todos os dias por terem colocado você no caminho do nosso filho naquele dia. Por nos deixar ficar com você. E agradeço a você, Rosie, por tornar nossa família completa.

É louco, não é? Como você pode passar anos buscando amor, aceitação e, um pouco antes de aceitar que nada disso é para você, alguém chega e muda o jogo. É como se Adam tivesse olhado para o meu coração e dito: "É isso que você quer? Então eu vou te dar ainda mais". Não foi só ele. Ele me deu a família que eu estava procurando todos esses anos.

Uma mãozinha puxa a minha, e olhos castanhos preocupados me olham.

— Você está bem, Rosie? — Lily pergunta. — Vi você chorando.

Agacho-me diante dela, tirando sua franja da testa.

— Estou bem, querida.

— Você estava pensando na sua mamãe e no seu papai no céu?

— Sim, estava.

— Posso te dar uma coisa pra ajudar você a ficar melhor?

— Eu adoraria.

Duas mãozinhas gentis seguram o meu rosto, fecho os meus olhos quando Lily pressiona beijos leves como penas em meu nariz.

— Pronto — ela sussurra. — Beijos de borboleta. — Ela se vira para sair, mas faz uma pausa, sorrindo para mim por cima do ombro. — Acho que Connor é o garoto mais sortudo do mundo. Ele tem a melhor mamãe.

Meu coração fica preso na garganta; alguns beijos especiais e duas pequenas frases de uma menina de cinco anos que soam idênticas às que um Adam de cinco anos disse há vinte e um anos.

Adam se junta a mim, aconchegando-me ao seu lado ao observarmos o nosso Natal.

— Você conseguiu tudo o que queria?

Meu olhar desliza para Lily, e meu coração bate forte contra o peito quando a vejo ajudar Connor a se sentar no sofá e se aconchega com ele, Deacon, Bev e os cachorros. O encaixe perfeito. A palma da mão de Adam toca as minhas costas, deslizando pela minha espinha, seu polegar se movendo sobre minha nuca.

— Sabe o que eu estava pensando?

— O quê?

— Temos cinco quartos e apenas dois deles estão sendo usados.

Meu peito sobe e desce rapidamente.

— Sim?

Ele olha para Lily e, quando ela sorri para nós, ele sorri também.

— Sim.

— Pelo amor de Deus, Marco, eu nem saí ainda!

Coloco as mãos na cintura na porta do meu quarto. Ah, desculpe! Do Templo Zen do Marco. É assim que ele está chamando o cômodo agora. Acho que é por isso que está trocando minhas luzes brancas suaves por lâmpadas âmbar quentes, e porque há galhos de bambu em um grande vaso de cerâmica no canto, além de um difusor. Ele sopra a névoa em seu rosto e inala profundamente, então pisca para mim por cima do ombro.

— Tenho de me livrar de todas as más energias.

— Não tem más energias! Connor e eu não temos nenhuma má energia!

Como se vê, estou mais apegada a este pequeno apartamento e a este minúsculo quarto do que eu imaginava. Deveria ser simples fazer as malas e ir embora hoje, para começar oficialmente o ano-novo na minha nova casa. E é. Mas subestimei o poder que esse lugar tem sobre mim.

Esta era a nossa casa. Foi aqui que descobri que estava grávida, e o sofá da sala de estar é onde Archie me abraçou e me garantiu que eu seria uma mãe incrível. Este quarto é onde Connor dormiu quando voltou do hospital, e onde passei a noite inteira apenas olhando para ele, recusando-me a acreditar que tinha criado algo tão *perfeito*. Esta casa é onde ele sorriu pela primeira vez, e estas paredes ouviram sua risada antes que eu tivesse de compartilhá-la com alguém. Ele aprendeu a engatinhar, aprendeu a andar e aprendeu a amar aqui mesmo nesta casa.

— Ah, Deus. Merda. *Archie*, socorro! Fiz a Rosie chorar! — Marco corre para o meu lado, puxando-me para um abraço. — Eu estava só brincando, Ro. Você tem a melhor aura do mundo. Ninguém tem tantas boas energias quanto Rosie Wells-em-breve-Lockwood. *Ninguém*.

— O que você fez agora? — Archie pergunta com um suspiro pesado, entrando no quarto.

— Ele não fez nada — engasgo, batendo as mãos no rosto. — Eu só vou — soluço — sentir muita saudade de vocês!

— Ah, Rosie. — Archie me abraça com força, e Marco se amontoa em cima dele. — Você sabe que não vamos a lugar nenhum.

— Vocês dois são a única família que conheço há tanto tempo. Não quero perder vocês.

Archie enxuga as lágrimas que caem dos meus olhos.

— Sempre seremos uma família, Ro. E estamos muito orgulhosos de você, e muito felizes em vê-la aumentando sua família. Você merece tudo de bom que encontrou neste mundo.

— Vocês são duas das melhores pessoas que encontrei — murmuro.

— Sempre ouvimos isso — Marco sussurra e bufa em meio às lágrimas.

Vinte minutos depois, coloco as últimas coisas na mochila. Uma mala é tudo o que me resta, porque Adam e Archie já levaram todo o restante para a casa de Adam — para a *nossa* casa — ontem.

— Ah. — Archie me para na porta depois do meu quinto adeus, entregando-me uma pasta do banco. — Pegue isto.

— O que é?

— Uma conta-poupança para Connor. Eu a abri quando você descobriu que estava grávida. — Ele esfrega o pescoço, levantando um ombro. — Venho colocando sua metade do aluguel lá todo mês para ajudar na educação dele.

Meu peito se abre e meu coração despenca aos meus pés. Não tenho palavras para dizer a ele quanto isso significa para mim, então, no verdadeiro estilo de uma garota que tem muitos sentimentos e nunca aprendeu a expressar todos corretamente, me jogo em seu peito e choro. Ele esfrega minhas costas, sua respiração presa na garganta.

— Se você não sair daqui nos próximos dez segundos, vou chorar também, e não quero chorar.

— Te amo, Arch. Obrigada por ser meu melhor amigo.

— Também te amo, Rosie. Agora vá para casa.

Mal posso esperar, mas é ano-novo, e não posso deixar uma das minhas garotas favoritas comemorar sozinha, então paro no abrigo no caminho. A técnica veterinária que ficou encarregada do feriado acena para mim da ala dos gatos quando entro.

— Ei, Rosie.

Ela me segue até o canil com um dos gatinhos de dez semanas de uma ninhada que alguém encontrou na beira da rodovia.

— O que você está fazendo aqui hoje?

— Só quero ver Piglet.

Não a vejo desde que a deixamos de volta no dia de Natal, e acho que nunca fiquei tanto tempo sem vê-la.

— Vou levá-la para uma caminhada rápida.

— Piglet? Ninguém te contou?

— Me contou o quê?

Pego sua guia do gancho, já separando seu biscoito favorito no meu bolso ao me aproximar de seu canil. Meus pés param e meus joelhos tremem, como se não soubessem mais como me manter de pé. Leio a placa pendurada no canil do Piglet e, quando minha colega de trabalho sussurra as mesmas palavras, meu coração se despedaça.

— Piglet foi adotada.

Levo uma hora para me recompor o suficiente e me sentar ao volante. Uma hora me convencendo de que isso era tudo o que eu queria para a minha querida Piglet. Um lar. Uma família que a amaria sem sombra de dúvida e a trataria bem. Uma família que a escolheria para o resto da vida. É o que ela merece: uma família para sempre. Acho que eu estava apenas mantendo a esperança de que essa família seria a minha...

Soluços feios e todo tipo de fluidos ranhosos não é bem como imaginei dirigir até a casa pela primeira vez desde que ela se tornou oficialmente meu lar. Quando Adam me observa da varanda da frente, posso dizer que também não é como ele imaginou. Está um dia ameno, com a camada de neve que tivemos ontem derretendo sob o sol brilhante. Connor pedala em sua bicicleta nova pelo caminho da entrada. O olhar de Adam vem em minha direção, e toda a preocupação em seus olhos azuis rouba sua excitação quando ele se levanta dos degraus da frente. Connor para a bicicleta com os pés, desce e corre até mim.

— Mamãe! — Ele abraça minhas pernas com força, seu grande capacete verde esmagado contra minhas coxas. — *Ti amu*, mamãe.

— Também te amo, meu amor.

As palavras saem roucas e, quando Adam pega minha mão e me puxa para ele, uma nova onda de lágrimas cai.

— O que aconteceu? — ele sussurra, embalando-me de um lado para o outro. — Você mudou de ideia? Porque você não tem permissão para mudar. Vou trancar as portas e não vou deixar você sair.

Solto uma risada estrangulada e rouca, depois choro mais um pouco.

— Estou bem. Estou total e completamente bem.

— Ahã. Quer tentar de novo?

Enterro meu rosto no peito de Adam.

— E-e-eu fui visitar Piglet no caminho para levá-la para passear, mas ela não estava no abrigo. Ela-ela-ela... — Passo a palma na mão pelo nariz — Ela foi adotada! É ótimo, não é? É incrível. É maravilhoso. Ela encontrou uma-uma... — Um soluço sufocado me balança e enterro o rosto no meio de Adam. — Ela encontrou uma família!

Adam desliza sua mão por baixo do meu suéter, a palma fria como um peso calmante nas minhas costas, deslizando para cima e para baixo. Ele fica em silêncio, apenas me abraça de volta quando me agarro a ele. Depois, pega minha mão e minha bolsa, puxando-me em direção aos degraus da frente.

— Vamos, Connor. Vamos mostrar à mamãe o que fizemos em casa hoje.

Esfrego os olhos e Connor corre para a porta da frente.

— O que você quer dizer? O que fizeram?

Adam sorri e, mesmo no meu estado quase histérico, reconheço que visão linda é esta. Se lar é um sentimento, sinto quando vejo esse sorriso. Quando Adam abre a porta, um coro de latidos nos saúda. Bear salta para a frente, cobrindo-nos de beijos, acalmando meu coração dolorido. E, então, um lampejo de pelo marrom e preto chama minha atenção, e olho para cima quando a mais linda pastora-alemã dá um passo à frente, a língua rosa feliz pendurada para fora da boca e seus lindos olhos castanhos piscando para mim. Ela dá três passos antes de pular no ar, acertando Bear bem no rosto com seu traseiro ao girar, depois cai de joelhos. Eu a abraço e enterro meus gritos em seu pelo.

— *Piglet!*

Uma peônia rosa de crochê está presa em sua coleira, e pego a medalha em forma de coração com seu nome entre meus dedos. Atrás está meu número de celular e uma mensagem simples: "Se eu estiver perdida, ligue para a minha mãe".

— Você fez isso por ela? — sussurro, encarando Adam com os olhos embaçados.

Ele balança a cabeça.

— Não fiz nada além de me apaixonar por uma garota e sua cachorra um dia na floresta. Daí as duas me trouxeram aquele garotinho e, juntos, todos nós formamos uma família.

— *Miau!*

Minha cabeça se levanta rapidamente com o pequeno miado, bem a tempo de pegar uma pequena sombra de penugem cinza que se lança da cabeça de Bear e corre pelo meu ombro. O gatinho cutuca meu maxilar com sua cabecinha e, então, crava as garras penetrantes em meu suéter, pendendo pelo meu peito e caindo no meu colo. Adam esfrega a nuca.

— Ah, e, hum, este é o Dino. Fomos visitar os gatos enquanto esperávamos por Piglet, e eu... Bem, Connor me dirigiu aqueles olhos suplicantes, e eu... — Ele suspira e dá um sorriso envergonhado. — Ele queria chamá-lo de Dinossauro. Não consegui dizer não.

Adam sorri, pegando Connor nos braços, ajudando-me a levantar e me aconchegar ao seu lado. Ele pega meu queixo em sua mão, deixando pousar os lábios mais doces nos meus conforme outra peça do quebra-cabeça lentamente se encaixa no lugar.

— Bem-vinda ao seu lar, Rosie.

EPÍLOGO

OOOPS

ROSIE

Maio

— ACHAM QUE ELA VAI gostar?

Dou um passo para trás, meus pés descalços aquecidos pelo assoalho de madeira, o sol da costa oeste do início da manhã entrando pelas janelas da nossa sala de estar, banhando a cena de luz. Balões metalizados cor-de-rosa, soletrando seu nome e o que esse dia significa para nós. Seu café da manhã favorito estendido em um cobertor no chão, porque piqueniques são a nossa maneira favorita de comer em família. *Up: Altas Aventuras* pronto para passar na TV, porque não há um filme que ela ame mais. Mãos quentes pousam em meus braços, subindo até os meus ombros, onde deslizam por baixo das alças da minha blusa. Adam me puxa de volta contra o seu peito, braços largos me envolvendo quando ele beija meu ombro, meu pescoço.

— Ela vai adorar. Ela adoraria mesmo que não houvesse nada disso, Rosie, porque ela te ama.

Sorrio quando Adam beija minha bochecha.

— Eu a amo tanto. Parece que fomos feitas uma para a outra. — Viro-me para ele, colocando meus braços sobre seus ombros enquanto ele agarra meus quadris. — Foi assim que eu soube que ela era para nós, do mesmo jeito que eu soube que você era para mim. Sua mãe me disse que as pessoas são como peças de um quebra-cabeça, e quando você encontra as peças que se encaixam com as suas, você não as solta.

— Ela é a peça do nosso quebra-cabeça.

— O encaixe perfeito.

Ele entrelaça os dedos nos meus, puxando-me em direção à escada.

— Vamos. Vamos acordar as crianças.

Adam para do lado de fora do quarto de Connor, seu ouvido na porta. Vozes baixas chegam até nós, e ele sorri quando nossos olhares se encontram. Ao abrir a porta, todos estão exatamente onde esperamos que estivessem.

Connor ainda está enfiado sob seus cobertores, entre os travesseiros, com o polegar na boca. Bear e Piglet estão enrolados juntos ao pé da cama, e Dino — que é uma pestinha, por sinal — está pendurado na beirada do colchão, de barriga para cima, com a cabeça no chão e as patas esticadas para cima.

E Lily está sentada de pernas cruzadas sobre os travesseiros, com um livro nas mãos lendo para Connor e os animais, o mesmo que ela faz todas as manhãs antes do café da manhã.

Faz seis semanas que Lily está morando conosco. No dia seguinte ao Natal, Adam contatou a assistente social e perguntou sobre nos tornarmos pais adotivos. Em dois de janeiro, começamos nosso treinamento de doze semanas e, assim que fomos qualificados, Lily veio morar conosco. Nem sempre foi fácil. Houve lágrimas e medos, noites longas e dias ainda mais longos. A exaustão foi grande quando terminei as atividades complementares antes de me formar, e tudo parece mais difícil quando Adam não está aqui, mas ele entra em contato todas as noites. E, apesar de todos os dias difíceis, cada um deles valeu a pena. Porque, além de tudo, houve os momentos corajosos, sorrisos de tirar o fôlego, tantas risadas e mais amor do que jamais imaginei ser possível.

E, agora, depois de quase seis meses, Adam e eu estamos oficialmente prontos para a adoção.

— Bom dia, queridos — cumprimento as crianças, sentando-me no chão ao lado da cama. Connor e Lily correm, subindo no meu colo para um abraço antes de correrem para Adam. — Você dormiu aqui com Connor ontem à noite? — pergunto a Lily quando Adam os ergue em seus braços fortes, colocando uma criança sobre cada lado do quadril.

Lily deita a cabeça no ombro de Adam, assentindo.

— Eu não gosto de dormir sozinha. Eu e Connor, a gente se sente seguro juntos.

Meu coração se aquece com o amor que ela tem por Connor, tão profundo e infinito, e estou feliz que ela tenha encontrado outra maneira de se sentir mais em casa, mais segura. Ouvimos a porta do seu quarto ranger ao abrir todas as noites desta semana, colocamos nossas cabeças para fora e a observamos atravessar o corredor com pelo menos um animal em seus calcanhares, andando em silêncio na ponta dos pés para dentro do quarto de Connor. E, cinco minutos depois, abríamos a porta dele, vendo os dois dormindo profundamente sob o brilho das luas e das estrelas grudadas em todo o teto.

Lily corre até mim, pegando a minha mão.

— Você pode me ajudar a me arrumar, Rosie?

Adam joga Connor em seus ombros.

— Eu cuido deste aqui.

Como sempre, minha garganta aperta ao ver o quarto de Lily, limpo e arrumado, como se não fosse habitado, sua mala no canto como se ela estivesse apenas nos visitando. Ela abre o zíper, tira a roupa limpa que lavei ontem, as roupas que ela colocou de volta lá. E faço a mesma pergunta que faço todas as manhãs.

— Você gostaria de desfazer sua mala hoje?

Ela balança a cabeça, espalhando algumas opções sobre a cama.

— É melhor assim. Se você quiser que eu vá embora, assim é mais rápido.

Sua dor envolve meu coração como um punho raivoso, apertando-o. Os mesmos velhos sentimentos ressurgem, a lembrança de anos passados me sentindo indesejada, indigna de amor, como um tapa na cara. Não, não é melhor assim, e eu faria qualquer coisa para ela acreditar nisso. Por enquanto, agacho-me ao seu lado, colocando minha mão sobre a dela, olhando para aqueles olhos inocentes e arregalados.

— Nós te amamos muito, Lily. Quando estiver pronta para desfazer sua mala, avise, e vamos guardar tudo juntas. Nossa casa não seria um lar sem você.

Seu narizinho enruga-se quando ela funga. Ela enrola as pontas rosa--claro de seu cabelo castanho em volta dos dedos, da tinta temporária que colocamos no último final de semana quando ela disse que queria um cabelo como o meu.

— Você poderia trançar meu cabelo hoje? Quero combinar com você.

Quinze minutos depois, com tranças embutidas combinando com o vestido favorito — o mesmo que ela estava usando quando perguntamos se ela queria vir morar conosco —, descemos as escadas.

Meu coração dispara, ficando mais ansioso à medida que nos aproximamos. Quando vemos os meninos na sala de estar, esperando sob os balões e entre nosso minizoológico, Lily para.

— Dia da Lily? — ela sussurra, com os olhos cor de chocolate curiosos se movendo entre nós e os balões metalizados cor-de-rosa. Ela inclina a cabeça. — Achei que meu aniversário fosse em junho.

— É. Mas hoje queremos mostrar quanto somos felizes por ter você em nossa família. Amamos ver você crescer, Lily. Você é meiga e corajosa, e é uma irmã muito carinhosa e espetacular para Connor.

Os olhos dela brilham com a palavra "irmã" e, quando Connor corre, abraçando-a, ela fecha os olhos, afundando-se em seu amor.

— *Ti amu, imã* — meu doce filhinho de dois anos lhe diz.

Adam se ajoelha na frente dela, pegando as pequenas mãos nas suas.

— Nós te amamos, Lily. Amamos seus recitais de dança nas manhãs de sábado, piqueniques no chão da sala de estar e de brincar de dra. Lily, a veterinária, com os cães e o gato. Amamos nos aconchegar e ler seus livros favoritos, os dias chuvosos passados assistindo a filmes. E adoramos os seus desenhos na nossa geladeira.

Enquanto o queixo de Lily treme e as lágrimas inundam seus olhos, Adam enfia a mão no bolso e tira a pulseira rosa e roxa que fez ontem à noite, depois que Lily já estava dormindo profundamente. Ele a coloca no punho dela, passando a ponta dos dedos sobre a pequena adição às letras prateadas penduradas: A, R, L, C.

— Uma para cada um de nós — ele explica e, quando a primeira lágrima escapa, ele a pega com o polegar. — Você é uma peça do nosso quebra-cabeça, Lily. Nossa família não está completa sem você.

Corro minha mão pela sua trança, sorrindo através das minhas próprias lágrimas.

— Queremos que você fique, querida. Para sempre.

— Você-você-vocês... — Ela funga, o queixo tremendo. — Querem me adotar?

Concordo com a cabeça.

— Você faz parte da nossa família há um tempo. Se estiver tudo bem para você, gostaríamos de oficializar.

Ela agarra a barra do vestido com força, olhando para Adam.

— Isso significa que eu ganho uma camisa como a do Connor para usar nos seus jogos? Com "Papai" nas costas?

Adam sorri, caminhando até a mesa de centro, retornando com uma pequena camiseta azul e verde. Ele a desdobra, mostrando as costas para Lily, seu número debaixo de "Papai", aquela palavra pela qual Adam se sente tão sortudo por ser chamado por Connor, aquela que esperava que Lily um dia se sentisse confortável em chamá-lo também. Lágrimas caem em cascata pelas bochechas de Lily enquanto ela esfrega os olhos com seus punhos trêmulos.

— E então eu posso te chamar de mamãe?

Meu coração se despedaça e a puxo contra o meu peito.

— Se você quiser, querida. Eu ficaria muito honrada em ser sua mamãe, e vou te amar para sempre, assim como sua mamãe no céu.

Um soluço escapa de sua garganta e ela se agarra a mim enquanto choramos juntas. Connor envolve seus bracinhos em volta de nós, e Adam nos abraça. Em algum lugar, há um gato miando em desaprovação por não estar no meio desse abraço, e dois cachorros dançam ao nosso redor, enfiando as línguas em nossos ouvidos, lambendo nossas lágrimas. Quando nos separamos, Lily olha para mim, esfrega as lágrimas dos olhos. Com bordas vermelhas e cansadas, é a esperança renovada neles que cola as fissuras em meu coração, consertando pedaços de mim que eu não achava que poderiam ser consertados.

E, então, ela pega minha mão e diz:

— Acho que podemos desfazer minha mala hoje.

Ela veste sua camisa para o jogo de Adam desta noite. Orgulhosamente exibe a palavra de cinco letras nas costas, além de um sorriso de alegria e muita cor em suas bochechas quando aponta para ele no gelo e fala a todos:

— Aquele é o meu papai.

— *Caramba* — Kara murmura baixinho.

— É — Olivia diz com um suspiro.

— Todos nós sabíamos — Jennie cantarola.

— O quê? — pergunto, meus olhos em Adam, que está se alongando, fazendo aberturas com as pernas e, ao mesmo tempo, piscando para mim e acenando para as crianças.

— Adam — Olivia explica. — Ele é um Papai Gostoso ainda mais gostoso que Carter.

Carter joga a perna para cima no banco, alongando-se e olhando feio.

— Como você ousa! Estou bem aqui! Ninguém me supera como Papai Gostoso, Olivia.

Kara aponta para Adam, ajeitando a máscara de goleiro novinha em folha sobre o rosto ao patinar.

— Adam acabou de te superar, queridinho.

— Papai! Papai! — Connor e Lily pulam, batendo as mãos contra o acrílico quando Adam para na frente deles.

Os olhos de Connor brilham, e ele aponta para a arte na máscara de Adam.

— *Papa, Mamãe, Connor, imã! Êêêêe! Bear, Pig, Dino! Au, au, miau!*

Ser pai nunca foi tão adequado para uma única pessoa viva quanto para este homem, juro por Deus. Perdi a conta de quantas vezes pulei em cima dele no momento em que ele saiu do quarto das crianças depois de ler uma história de ninar, colocando-os para dormir. E fiz isso quando Adam chegou em casa quatro noites atrás e me mostrou o novo capacete que fez com a arte da Lily, um desenho da nossa família.

O queixo de Lily treme.

— Meu desenho! Você colocou no seu capacete?

Adam assente.

— Tenho que manter minha família comigo quando estou no gelo.

Ele coloca a palma da mão contra o acrílico, e Lily sorri, dando um passo à frente para colocar a dela do outro lado.

— Aqui, Connor — ela diz baixinho. — Você coloca a sua aqui, bem ao lado da minha.

Há uma fungada ao meu lado, e o clique inconfundível de uma câmera. Lennon, a nova fotógrafa e gerente de conteúdo de mídia social da equipe, e mais nova integrante do nosso grupo de garotas, funga.

— Consegui. É isso. Esta é a foto mais fofa que já tirei na vida. As meninas vão pirar.

Jaxon bate no acrílico.

— E eu? Você tirou uma foto minha?

Ela o ignora, tirando uma foto de Carter e Ireland em seguida.

— Perfeição. Perfeição total.

— Lennon? Quer tirar logo a minha foto? Olha isso. — Jaxon recua, caindo de joelhos, abrindo bem as pernas. — Olha como sou flexível.

— Não tanto quanto Adam — ela murmura, folheando suas fotos.

— Len? Você me viu? Quer que eu faça de novo?

— Sim, Jaxon — ela enfim responde, revirando os olhos para nós, seus cachos castanhos saltando de onde estão empilhados no topo de sua cabeça quando ela enfim vira para lhe dar atenção. — Eu vi você. Estamos todos tão impressionadas.

Ele sorri, de modo tão infantil e orgulhoso, e rio. Entre os dois, não tenho certeza de qual deles irrita mais o outro, mas tenho certeza de que ambos gostam disso.

Um toque suave no acrílico à frente atrai meu olhar, que encontra Adam me observando, sua máscara apoiada no topo de sua cabeça.

— Temos muita sorte, hein, problema?

— Toda ela.

Ele sorri, então, de modo diabólico e tão seguro de si.

— Vou me casar com você um dia, sabia.

Sorrio, aquela mesma sensação vertiginosa no meu estômago toda vez que temos essa conversa.

— E se eu não aceitar?

Ele puxa a máscara para baixo, fixando-a sobre seu rosto. Quando se afasta, pisca para mim.

— Você vai aceitar.

No final do jogo, quando eles ganham na prorrogação, Adam olha para nós e bate em seu coração três vezes.

Acordamos na manhã seguinte, as crianças e todos os animais embolados na caminhonete para a nossa caminhada. Sim, até mesmo o Dino.

O sol tinha acabado de raiar no horizonte quando Adam deixou as crianças subirem em cima de mim na cama, com cartões desenhados e um buquê brilhante de peônias rosas para mim no Dia das Mães, solicitando uma caminhada ao nascer do sol.

O Starbucks quente em minhas mãos ajuda a afastar o sono de uma noite passada comemorando com nossa família e amigos, mas eu acordaria cedo todos os dias pelo resto da minha vida, contanto que fosse com essa família. Raios de âmbar filtram-se pelos galhos conforme caminhamos, o sol nascendo lentamente, aquecendo a trilha arborizada. Connor e Lily dançam à nossa frente de mãos dadas, os cães logo atrás, o gato tentando abrir caminho à frente do bando.

— No que está pensando?

O timbre profundo de Adam crepita na floresta silenciosa conforme os pássaros acordam um por um, suas canções matinais se tornando mais altas à medida que nos embrenhamos mais.

— Em como nunca me imaginei passeando com um gato na coleira.

Ele ri, sua mão apertando a minha.

— Dino não gosta quando saímos sem ele.

Ah, sim. O gato tem o maior caso de medo de perder a diversão que já vi na vida. Todos os seus quatro quilos também acham que ele é tão grande e feroz quanto os irmãos caninos — que, a propósito, têm medo dele —, então Dino praticamente comanda nossa casa agora. Lily e Connor param para inspecionar um inseto subindo no tronco de uma árvore, e os animais correm, os cinco se amontoando ao observar a lagarta peluda, laranja e preta, subindo lentamente.

— Não acredito em como o meu mundo mudou no último ano. Tenho tudo o que sempre quis, mas nunca ousei sonhar que teria de verdade. Tudo o que eu tinha aprendido a acreditar que não merecia. Achei que precisava ser melhor. Fazer algo para me destacar. Tingir meu cabelo para que as pessoas me notassem. Eu só queria ser escolhida. Queria que alguém olhasse para mim e dissesse: "É ela". Só queria que alguém me amasse pelo que eu era sem ter de mudar nada em mim, Adam, e então te encontrei. E não só recebi seu amor, mas aprendi a me amar mais por causa da maneira como você me amou.

Os dedos de Adam apertam os meus, fazendo-me parar. A emoção brilhando em seus olhos reflete exatamente o que sinto em meu coração: tanta gratidão pelo amor de uma vida inteira. Pego seu rosto em minhas mãos, guiando sua boca até a minha.

— A única escolha que tive foi pisar nesta mesma trilha naquela manhã. O destino cuidou do resto. É nisso que estou pensando.

— Case-se comigo — ele deixa escapar, então pisca rapidamente, como se não pudesse acreditar que as palavras acabaram de sair de sua boca. — Ah, merda. Não era assim que deveria acontecer.

— Pensei que você ia pedir na árvore — Lily repreende, as mãos na cintura. — Onde os pais dela estão. — Ela bate o pé. — E você tem de dar o anel, papai. É assim que ela vai dizer sim.

— Sinto muito — ele fala apressadamente, e não tenho certeza se ele está se desculpando comigo ou com Lily.

Adam segura minha mão, correndo em direção à velha árvore, aquela com as minhas iniciais e as dos meus pais, cercada por um arco-íris de peônias que acabaram de começar a florescer. Meu coração tenta subir pela garganta quando ele se vira para mim, puxando uma pequena caixa de veludo de sua mochila com mãos trêmulas.

— Ei, hum, esqueça o que falei um minuto atrás, ok?

— Esqueci — sussurro quando ele cai de joelhos.

Os cachorros se sentam ao seu lado, e Dino cai de costas, miando e rolando na terra.

Connor puxa a caixa das mãos de Adam, abrindo-a, e o sol nascente brilha sobre o diamante mais lindo.

— Aaah! — ele exclama, empurrando-o na minha cara. — *Bunitu*, mamãe!

— Achei que você fosse esperar o sol nascer inteiro — Lily lembra Adam. — Porque você disse que ela é como um nascer do sol.

Adam abaixa a cabeça, uma risada cansada balançando seu peito. Quando ele olha de volta para mim, é com o sorriso mais suave, tão característico de Adam, terno e calmo, tão paciente.

— Eu deveria ter imaginado que isso sairia exatamente o oposto do que planejei, hein?

Concordo, lágrimas já se acumulando em meus olhos.

— É como ser pai, não é... Nunca sai como planejamos.

— Mas talvez seja exatamente como planejei, porque tudo de que preciso é de você aqui, cercada por todo o amor que torna esta família tão perfeita quanto ela é. É a única coisa com que sempre sonhei. — Ele se vira para Connor, pegando as mãozinhas nas suas. — Connor, amiguinho, eu me apaixonei por você assim que te conheci, quando você jogou seus sapatos no meu peito e exigiu que eu os calçasse em seus pés. Você é tão inteligente e curioso, e ama com todo o seu coração, assim como sua mãe. — Ele puxa Lily. — Lily, você é tudo que há de mais gentil e paciente neste mundo e, no dia em que você me pediu para ler com você, eu soube que te amava. — Ele aperta suas mãos. — Amo vocês dois, e estou tão orgulhoso e grato por ser seu pai. Agora, o que acham de eu tornar a mamãe minha esposa?

— Sim! — eles gritam, e Connor tropeça nos próprios pés, plantando o rosto contra o peito de Adam ao agarrar seu pescoço.

— *Ti amu, papa.* — Ele aponta para mim, segurando o anel. — Dá anel mamãe?

Adam pega o anel da caixa com as mãos trêmulas. Seu olhar volta-se para o coração esculpido na árvore e, quando fecha os olhos, pressiona a mão contra o mesmo lugar que meus pais tocaram um dia. Minhas lágrimas correm. Ele abre a boca, hesita, então a fecha, balançando a cabeça.

— Pratiquei isso mil vezes. Cada palavra que eu queria dizer, na frente do espelho, no chuveiro... Caramba, Rosie, até pratiquei na frente dos caras na semana passada. E agora estamos aqui, estou olhando para você, e as únicas palavras que consigo pensar são de agradecimento. Obrigado por confiar em mim, com seus medos, suas inseguranças, seu passado e seu futuro. Obrigado por me deixar entrar na sua vida, por me fazer sentir como se eu pertencesse a ela. — Ele abaixa a cabeça, expirando, e estendo a mão, passando meus dedos pelos seus cachos macios até que ele me encare de novo com os olhos azuis, que estão eletrizantes e brilhando com lágrimas. — Obrigado por me dar uma segunda chance. Obrigado por reservar um tempo para me ver por inteiro, para me conhecer por inteiro e obrigado por me amar por inteiro. Obrigado por me mostrar o que significa ser amado sem reservas. Obrigado, Rosie, por ser você.

Raios dourados dançam pela floresta quando o sol rompe por entre as árvores, banhando minha família em um calor deslumbrante que posso sentir até nas pontas dos meus dedos dos pés. Adam sorri, compondo uma visão linda e magnífica, e o tremor em seu toque desaparece quando ele desliza a minha mão na dele.

— Você foi minha melhor amiga e minha parceira durante tudo isso. — Ele desliza o anel requintado no meu dedo, com um diamante em formato de lágrima do mesmo tom rosado do meu cabelo. — Agora quero que você seja minha esposa.

Ele me abraça e caio em seu colo. Uma risada suave desliza pelo meu pescoço quando jogo meus braços ao redor dele e choro por um amor com o qual passei minha vida sonhando.

— Você não formulou isso como uma pergunta — choro.

— Porque você não tem permissão de dizer não, já avisei. — Ele afasta meu cabelo do rosto úmido de lágrimas. — Sabe como eu soube? Como eu soube que era você?

— Como?

— Às vezes, dizem que a pessoa certa vira seu mundo de cabeça para baixo. Mas, você? Não você, Rosie. Você não desequilibrou o meu mundo. Você o centralizou. É como se você fosse o meu centro de gravidade e, a cada momento que estive com você, tudo se equilibrou. Meus medos, minhas inseguranças, minhas esperanças e meus sonhos. Vi que ficaria em paz com tudo, contanto que você estivesse ao meu lado. — Ele coloca meu cabelo atrás da orelha, seu polegar passando sobre a covinha no meu queixo, e sorri. — Com você, encontrei a minha gravidade. Isso vale muito mais do que o caos.

Ficamos ali a manhã toda, eu e minha família. Tomamos café da manhã na ponte, mergulhamos no riacho fresco lá embaixo. E, quando é hora de ir embora, Adam pega um canivete da bolsa e adiciona C, L e A àquele coração marcado para sempre na árvore. Pego a mão de Lily enquanto Adam coloca Connor sobre seus ombros. Bear, Piglet e Dino nos guiam para casa.

— Teremos de voltar em janeiro para marcar mais uma inicial.

O olhar de Adam volta-se para o meu.

— Mais uma?

— Hum... Quando formos uma família de cinco. — Dou de ombros. — Ou oito, acho, se incluirmos os animais.

— Família de...

Ele para, contando baixinho com os dedos. Lily suspira, e os olhos de Adam se voltam para a minha barriga quando ela coloca a mão ali.

— Sei que é um pouco mais cedo do que planejamos, e você imaginava um bebê na primavera ou no verão, para que pudesse estar em casa com a gente, mas parece que fizemos um...

— Bebê de inverno.

Suas palavras escapam com um suspiro. Seu peito sobe bruscamente, e aquele tremor retorna quando ele leva uma mão à boca, esfregando-a, antes de estender a mão com certa hesitação, colocando a palma sobre a minha barriga. Os olhos azuis se voltam para os meus bem a tempo de eu rastrear a única lágrima que escapa, escorrendo por seu rosto.

— Fizemos um bebê de inverno?

Sorrio, cobrindo sua mão com a minha, e dou de ombros.

— *Ooops.*

PLAYLIST DE
Jogando para amar

1. "Searching for a Feeling" — Thirdstory
2. "IDK You Yet" — Alexander 23
3. "Soul" — Lee Brice
4. "First Date" — Blink-182
5. "I Wanna Remember" — NEEDTOBREATHE com Carrie Underwood
6. "State of Grace" (versão acústica) — Taylor Swift
7. "Kiss Me" — Ed Sheeran
8. "Speak Too Soon" — Wild Rivers
9. "Beyond" — Leon Bridges
10. "Power Over Me" (acústica) — Dermot Kennedy
11. "Supply & Demand" — Wilder Woods
12. "Dance With You" — Brett Young
13. "Feel Like This" — Ingrid Andress
14. "This is how you fall in love" — Jeremy Zucker e Chelsea Cutler
15. "Afterglow" — Taylor Swift
16. "The Few Things" — JP Saxe e Charlotte Lawrence
17. "Sky is the Limit" — Mark Ambor
18. "I Wish You Would" — Ross Ellis
19. "I Don't Need Anyone Else" — Liam Fitzgerald
20. "You Make My Dreams" (cover) — Tim Halperin
21. "My Boy" — Elvie Shane
22. "Best Shot" (acústica) — Jimmie Allen
23. "Looking for You" — Chris Young

AGRADECIMENTOS

A MEGAN, PORQUE, SEM ELA, este livro não teria nada além de onze capítulos de lágrimas minhas, e eu estaria sozinha chorando no meu armário agora. Não sei como agradecer por tudo o que você fez para me ajudar a dar vida à história de Adam e Rosie, mas espero que tenha gostado do *podcast* que eu lhe enviava todos os dias. Sou muito grata por sua amizade.

Às minhas meninas, Erin, Hannah e Ki: não sei o que faria sem vocês, além de dormir mais. De todas as coisas incríveis que escrever livros me trouxe, a melhor, de longe, são vocês três.

A Michelle, obrigada por reservar um tempo para me deixar explorar seu cérebro veterinário. Sei que não ficou perfeito (nenhum aluno do quarto ano de veterinária tem tanto tempo livre quanto Rosie!), mas espero que tenha gostado.

A Paisley, por me fazer sentir segura ao entregar minhas histórias a vocês. Sinto muito que seu site de busca fique todo engraçadinho por causa dos meus livros.

A Nicole, por estar comigo desde o primeiro dia, e por dar uma olhada no nome de Adam no papel e dizer: “Meu”. Você tem bom gosto.

A Ellie e Autumn, por tudo o que fizeram não apenas pelos meus livros, mas por mim. Sou muito grata por ter vocês na minha equipe.

A Alana, por dar vida aos meus meninos com seus adesivos. Você é uma artista incrível.

A srta. Bizzarro, sempre, porque, quando eu tinha doze anos, você fez o impossível parecer possível.

A Louise, Anthea e Sarah. Que sorte a minha de ter uma equipe tão incrível.

Aos meus leitores, pelo apoio e amor, que me erguem sempre que preciso. Adoro vocês e lhes sou muito grata. Obrigada por amarem meus Vipers.

Ao meu filho, por ser a inspiração mais fofa para Connor, e à minha filha, porque você vale cada atraso.

E, ao meu irmão mais velho: eu nunca deixaria você ler os meus livros, mas sei que, em algum lugar, você está orgulhoso de mim. Sinto tanta saudade.

Do fundo do meu coração, obrigada.

VANCOUVER

VIPERS